라플라스의
마녀

LAPLACE'S WITCH

© Keigo Higashino 2015

Edited by KADOKAWA SHOTEN

First published in Japan in 2015 by KADOKAWA CORPORATION., Tokyo.

Korean translation rights arranged with KADOKAWA CORPORATION., Tokyo.

through Shinwon Agency Co.

라플라스의 마녀

히가시노 게이고 장편소설

양윤옥 옮김

현대문학

자디잔 진동이 느껴져 잠에서 깨어났다. 눈을 뜨자 낯선 것이 바로 코앞에 있었다. 그것이 자동차 천장이라는 것을 깨닫기까지 잠깐의 시간이 필요했다. 이윽고 아사히가와 공항 옆 렌터카 회사에 들렀던 게 생각났다. 하지만 어떤 차에 탔는지는 전혀 기억나지 않았다. 출발하자마자 졸음이 몰려와 그대로 뒷좌석에 누워버렸기 때문이다.

우하라 마도카는 부스스 몸을 일으키며 창밖을 보았다. 주위는 온통 밭이고 비닐하우스가 줄줄이 이어졌다. 저 멀리로는 구릉지가 보였다.

"푹 잘 자던데?" 운전석에서 미나가 말했다. "뒤척이다가 의자 밑으로 떨어질까 봐 엄마 혼자 조마조마했어."

"지금 어디쯤이야?"

"거의 다 왔어. 이제 20분 정도만 달리면 도착하려나."

"내가 그렇게 많이 잤어?" 눈을 깜빡거려가며 쓱쓱 비볐다. 외갓집까지 공항에서라면 자동차로 세 시간 남짓 걸리는 것이다.

페트병에 든 차로 목을 축인 뒤, 마도카는 호주머니에서 거울을 꺼냈다. 뒷좌석에 누워 있는 동안에 머리가 눌리지 않았는지 점검하기 위해서였다. 초등학생이 무슨 거울 같은 걸 들고 다니느냐고 아버지는 눈이 둥그레졌지만 여학생에게 이런 건 상식이다.

거울을 들여다보는데 갑자기 차체가 좌우로 흔들렸다. "앗, 왜 그래?"

바람, 이라고 미나가 대답했다. "오늘 바람이 꽤 세게 불어."

"맞아, 아까 비행기도 막 흔들렸지?"

"응, 요즘 같은 철에는 이 부근의 대기가 불안정해지는 일이 많거든."

어머니는 문과 출신이지만 자연과학 쪽 단어가 술술 나오곤 한다. 아마 아버지 영향일 것이다. 마도카의 아버지는 의사다.

계속해서 외줄기 도로를 달려가자 이윽고 눈에 익은 풍경이 점점 다가왔다. 도로 오른편에는 광대한 전원 풍경이 펼쳐지고 왼편에는 공장이 줄을 이었다. 그 공장 바로 옆에 큰 공원이 있고 그 너머로 시선을 던지면 작은 시영 스키장이 보인다. 하긴 이제 막 11월에 접어든 참이라 아직 눈이 쌓인 곳은 없었다.

그 블록을 지나면 가옥이며 점포가 부쩍 많아지면서 드디어 도시다운 모습이 보이기 시작한다. 그렇긴 해도 작은 도시다. 초등학교도 중학교도 고등학교도 수백 미터 원 안에 모두 모여 있다.

미나가 핸들을 꺾었다. 렌터카는 메밀국숫집 모퉁이를 왼쪽으로 꺾어 들자마자 멈춰 섰다. 네모난 목조 주택 앞이었다.

마도카는 차에서 내려 인터폰 버튼을 눌렀다. 미나는 차 트렁크를 열고 짐을 꺼내고 있었다.

곧바로 현관문이 열리고 외할머니 유미코가 모습을 드러냈다.

"어머나, 마도카, 그새 많이 컸구나." 핑크색 카디건 자락을 펄럭이며 유미코는 춤추듯이 계단을 내려왔다. 아직 일흔 살이 안 된 외할머니는 허리가 꼿꼿하고 건강한 모습이었다.

"외할머니, 안녕하세요?" 마도카는 고개를 숙이며 인사했다.

"어서 오너라. 먼 길 오느라 고생했지?"

"아뇨, 전혀. 차에서 푹 잤거든요."

"고생한 건 나예요. 어머니, 이것 좀 받아줘요." 미나는 모친을 향해 무뚝뚝하게 말하고 종이봉투와 가방을 쑥 내밀었다. "나는 차를 그 주차장에 세워놓고 올 테니까."

미나는 유미코를 마주하면 그 즉시 거만해졌다. 이것도 어리광의 일종인 것이리라. 유미코는 "그래, 그래"라면서 딸의 말을 순순히 들어주었다.

그나저나 홋카이도의 11월은 역시나 추웠다. 마도카는 긴소매 티셔츠 위에 얇은 파카 하나만 걸치고 있었다. 유미코가 재촉하기도 전에 냉큼 현관을 향해 계단을 통통 뛰어 올라갔다.

정원이 내다보이는 거실에서 유미코가 내준 홍차를 마시며 학교와 친구들에 대한 이야기를 했다. 별로 재미있는 얘기도 아닌 것 같은데 외할머니는 손녀의 목소리를 듣는 것만으로도 흐뭇한지 벙실벙실 웃으며 연신 맞장구를 쳐주었다.

이윽고 미나도 돌아와 냉장고에서 꺼낸 페트병 생수를 마시기 시작했다.

　"애 아빠는 역시 휴가를 못 낸 모양이구나." 유미코가 미나에게 물었다. 마도카의 아버지 젠타로 얘기였다.

　"중요한 수술 일정이 잡혔나 봐요. 장인 장모님께 안부 전해달라고 했어요." 미나가 선 채로 대답했다.

　"역시 힘든 일이구나, 의사 선생이란. 누가 대신해줄 수도 없었던 모양이지?"

　"세계 최초로 시도하는 수술이라서 그 사람 아니면 못 한다고 하더라고요. 자세한 건 나도 잘 모르지만, 수술받을 환자가 열두 살 먹은 남자애라네요."

　"아휴, 그렇게 어린 아이가? 딱하기도 해라. 열두 살이면 우리 마도카보다 두 살 많은 거잖아." 유미코는 눈을 깜작거리며 마도카를 보았다.

　그 수술 얘기는 아버지와 어머니가 대화하는 것을 곁에서 들었기 때문에 마도카도 대충 알고 있었다. 뭔가 사고를 당한 소년인데 의식이 영 돌아오지 않고 있다는 것이었다.

　"그래도 너희들이라도 이렇게 와줬으니 됐다. 애 아빠가 병원 일 때문에 못 오게 됐다고 해서 너희까지 못 오나 하고 네 아버지랑 걱정했었는데."

　"너희들, 이라기보다 어머니가 보고 싶었던 건 마도카뿐이죠?"

　얄밉게 내뱉는 딸의 말에 유미코는 태연히 "그거야 당연한 거 아니니?"라고 대답하면서 마도카를 향해 "그렇지?"라고 동의를 청해

왔다. 마도카는 깔깔거리며 웃었다. 어머니와 외할머니의 이런 대화를 듣는 것도 이번 여행의 즐거움 중 하나였다.

마도카가 다니는 초등학교의 개교기념일 덕분에 11월 초는 공휴일과 합쳐 긴 연휴가 되는 일이 많았다. 올해도 나흘 동안의 연휴였다. 젠타로가 병원 일을 쉴 수 있을 때는 이 기간을 이용해 가족 여행을 떠나곤 했다. 작년까지는 주로 하와이였지만, 이번에는 외가댁에 가자고 젠타로가 먼저 말을 꺼냈다. 장인 장모에게 한참 동안 외손녀 얼굴도 보여주지 못한 것이 적잖이 마음에 걸린 모양이었다. 그런데 급하게 이번 수술 일정이 잡히는 바람에 결국 젠타로만 오지 못하고 말았다.

"아버지는? 어디 나가셨어요?" 미나가 물었다.

장례식, 이라고 유미코는 대답했다.

"네 아버지가 다니던 회사의 전직 임원분이 돌아가셨어. 젊은 시절에 큰 신세를 졌던 분이래. 암이었던 모양인데 올해 여든 살이라고 하니까 호상이라고 해야 하나."

장례식장은 바로 이웃 도시라고 했다.

그런 이야기를 하고 있는데 거실 장식장 위의 전화가 울리기 시작했다.

"어라, 호랑이도 제 말 하면 온다더니." 그렇게 말하며 유미코가 자리에서 일어나 수화기를 들었다. "네, 에비사와입니다. ……아, 역시 당신이네요. 장례식은 끝났어요? ……그래요? 미나하고 마도카, 도착했어요. ……그래도 여보, 술 드셨잖아요. 괜찮겠어요?"

미나가 뭔가 눈치챈 듯 옆으로 다가가 유미코의 손에서 수화기를 빼앗았다.

"여보세요? 아버지, 저 미나예요. ……네, 잘 지냈어요. 그보다 음주운전은 안 돼요. ……무슨 말씀을, 안 된다니까요. 제가 모시러 갈 테니까 그때까지 조금만 기다리세요. ……자전거 타고 갈게요. ……아이, 괜찮아요, 3킬로미터 정도니까. 차는 그 하이에스지요? 그럼 자전거 싣고 돌아올 수 있잖아요. ……네, 알아요. 얼른 갈게요. 네, 그럼." 전화를 끊고 한숨을 내쉬며 유미코를 돌아보았다. "그런 자리에 차를 몰고 가시게 하면 어떡해요. 분명 술 많이 드실 텐데."

"그런 얘기 해봤자 내 말은 귓등으로도 안 들으셔."

"어머니가 너무 물렁해서 탈이에요. 아버지 목소리 들었죠? 벌써 혀 꼬부라진 소리를 하시잖아요. 이러다 언젠가 사고 한번 난다니까." 미나는 거실을 나섰다.

잠깐만, 이라고 마도카도 그 뒤를 따라나섰다. "엄마, 나도 갈래."

"넌 여기서 기다려. 자전거가 한 대밖에 없어."

"뒤에 태워주면 되잖아. 홋카이도 길을 사이클링으로 신나게 달려보고 싶어."

미나가 신발을 신으면서 피식 웃었다.

"사이클링이라고 할 만큼 멋진 자전거가 아니야. 음주운전을 막으러 가는 건데 자전거를 둘이 타서야 말이 안 되잖아. 하지만 뭐, 그것도 괜찮은가?"

"괜찮아, 괜찮아. 엄마, 가자, 가자."

"근데 그 옷차림으로는 추워서 안 돼. 다운베스트 가져왔지? 그거 입고 나와."

"네."

마도카가 다운베스트를 걸치고 밖으로 나가자 미나가 집 뒤편에서 자전거를 꺼내 오는 참이었다. 아닌 게 아니라 그건 사이클링이라는 말에는 어울리지 않는 물건이었다. 투박한 업무용 자전거인 데다 군데군데 녹까지 슬었다. 하지만 튼튼해 보였고 널찍한 짐받이는 앉기도 편했다.

"날씨가 어째 수상하네." 미나가 하늘을 올려다보며 중얼거렸다.

마도카도 고개를 들어 위를 보았다. 먼 곳의 하늘이 컴컴해져 있었다. 금세라도 비가 쏟아질 것 같았다.

"엄마, 빨리 가자."

"응, 꽉 잡아."

"알았어." 마도카는 두 팔로 엄마의 가느다란 허리를 휘감았다.

미나가 페달을 밟기 시작했다. 맞바람이 차가운 것 같았지만 마도카는 엄마의 등에 얼굴을 파묻고 있어서 아무렇지도 않았다. 파란 털재킷 위로 엄마의 체온과 향기가 전해져 왔다.

작은 도시라서 잠깐만 달리면 민가는 드문드문 보일 뿐이다. 이웃 도시로 가는 외줄기 길로 들어섰을 때, 갑작스럽게 주위가 어둑어둑해졌다. 그리고 거의 동시에 자전거가 멈춰 섰다.

"엄마, 왜 그래?"

마도카가 물어본 다음 순간, 하늘에서 뭔가 투두둑 떨어졌다. 비라고 하기에는 느낌이 이상했다. 자신의 팔에 떨어진 것을 보고 깜짝 놀랐다. 자잘한 얼음덩어리였다.

큰일 났다, 라고 중얼거리면서 미나가 자전거를 오던 길로 되돌렸다. 그 순간 마도카의 눈에 뛰어든 것은 어둑어둑한 하늘에서 지면을 향해 길게 이어진 한 줄기 검은 기둥이었다.

"엄마, 저게 뭐야?"

"토네이도!" 미나가 크게 소리쳤다. "어서 달아나야 해!"

빗방울이 떨어졌다. 미나는 필사적으로 페달을 밟았다. 마도카는 뒤를 돌아보고 흠칫했다. 검고 거대한 원기둥이 순식간에 바짝 다가왔기 때문이다. 무수한 뭔가가 하늘을 향해 말려 올라가고 있었다.

"엄마, 잡힐 거 같아!"

미나는 자전거를 세웠다. "마도카, 어서 내려! 이쪽으로!"

자전거를 길에 팽개친 채 미나는 마도카의 손을 잡고 뛰었다. 차갑고 세찬 바람 속으로 몸이 빨려 들 것만 같았다.

민가는 없었지만 도로 옆에 창고 같은 건물이 있었다. 건물 앞에 중장비와 트럭이 늘어섰다. 미나는 그 건물로 뛰어들었다. 회사 사무실인지 안경을 쓴 중년 여자가 밖을 내다보고 있었다. 그 창문에서 토네이도는 보이지 않을 터였다.

돌연한 침입자에 중년 여성은 당황한 기색이었다. "무, 무슨 일이에요?"

"토네이도예요!" 미나가 소리치면서 마도카의 팔을 잡아 옆의 책상 밑에 몸을 밀어 넣었다.

그 직후, 엄청난 굉음과 함께 건물 전체가 뒤흔들렸다. 폭풍爆風 같은 것에 휘말려 마도카가 숨은 책상이 옆으로 빙글빙글 회전했다. 맨바닥에 엎드렸던 미나의 몸이 붕 떠올라 어딘가로 멀어져가는 게 보였다.

"엄마!" 마도카는 비명이 섞인 목소리로 엄마를 불렀다.

유리 파편과 잔해 조각이 휘날렸다. 분진 때문에 눈을 뜨기조차 힘들었다. 마도카는 눈꺼풀을 꽉 감고 악몽 같은 시간이 지나가기를 기다렸다.

굉음이 잦아든 것을 느끼고 머뭇머뭇 눈을 떴다. 주위가 묘하게 환했다. 이윽고 건물 벽이 깨끗이 사라졌기 때문이라는 것을 깨달았다. 앞에 주차한 트럭들이 옆으로 쓰러져 있었다. 도무지 이 세상의 광경이라고는 생각되지 않았다.

그 검은 용 같은 원기둥은 멀리 사라져가는 참이었다. 하지만 마도카는 책상 밑에서 나올 수 없었다. 하늘에서 온갖 것이 와르르 떨어졌기 때문이다. 게다가 공포에 질려 몸이 꼼짝도 하지 않았다.

바로 옆에서 큰 소리가 나는 바람에 뭔가 하고 돌아보니 함석지붕이었다. 휘말려 올라갔던 지붕이 떨어진 듯했다. 마도카는 한 차례 심호흡을 한 뒤에 기어 나왔다. 다리가 후들거려 제대로 걸음을 뗄 수 없었다.

주위를 둘러보고 소스라치게 놀랐다. 엄마와 함께 뛰어들었던 건물이 흔적도 없이 사라졌다. 이제는 그저 잔해 더미였다.

"엄마, 엄마!" 마도카는 힘껏 소리치며 계속 엄마를 불렀다. 하지만 대답이 없었다.

소리치고 울부짖으며 잔해 더미 속을 이리저리 뛰어다녔다. 멀리서 사이렌 소리가 들렸다. 그 검은 용은 마을 쪽으로 향하고 있었다. 외할머니는 무사하실까.

마도카의 시야 끝에 눈에 익은 파란빛이 들어왔다. 그쪽을 찬찬히 살펴보았다. 틀림없다. 엄마가 입고 있던 털 재킷이다. 무너진 벽에 깔려 있었다.

온 힘을 쥐어짜 벽의 파편을 정신없이 들어냈다. 이윽고 미나의 상반신이 드러났다. 그 얼굴은 회색빛이고 눈은 감겨 있었다.

"엄마, 엄마! 눈 좀 떠봐." 마도카는 필사적으로 엄마의 몸을 흔들고 뺨을 때렸다.

미나의 눈꺼풀이 파르르 움직였다. 그러더니 힘없이 떴다.

"앗, 엄마! 정신 차려봐. 내가 얼른 가서 의사 선생님 모셔 올게."

마도카의 외침이 들리는지 어떤지는 알 수 없었다. 하지만 미나는 미소를 짓고 있었다. 그리고 입술이 희미하게 움직였다.

"응? 뭐라고?" 마도카는 엄마의 입가에 귀를 바짝 댔다.

다행이다―.

미나는 그렇게 중얼거린 것 같았다. 그러고는 다시 눈을 감았다.

"안 돼! 엄마, 죽지 마! 안 돼, 안 돼!"

마도카는 미나의 몸에 매달려 계속 부르짖었다. 눈물이 멈추지 않았다.

1

그 전화는 다케오 도오루에게는 그야말로 뜻하지 않은 행운이었다.

근무하던 경호 보안 회사와의 계약이 끊기고 두 달쯤 된 참이었다. 회사에서 재계약을 해주지 않은 건 건강진단 결과가 그리 좋지 않았기 때문이다. 요산 수치가 규정보다 높게 나왔다. "여차할 때 통풍 증세가 나타나면 곤란하잖아"라고 인사부 담당자는 말했다. 건강관리에 유념해 곧바로 수치를 떨어뜨리도록 하겠다고 버텨봤지만 결국 들어주지 않았다. 하지만 나중에 생각해보니 아마 요산 수치와는 관계없는 일이었다. 회사의 실적이 전혀 호전되지 않는 것에 속을 끓이던 간부들이 경비 절감에 나선 것일 터였다.

곧바로 일거리를 찾아봤지만 좀체 자리가 나지 않았다. 다케오의 장점이라면 큰 체격과 전직 경찰이라는 경력뿐이다. 일을 찾다 보면 역시 경호 보안 업체 쪽이었다. 하지만 사십 대 후반이라는 나이가 걸림돌이었다. 최소한 두세 살만 젊어도 좋았을 텐데, 라고 노골적으로 말한 인사 담당자도 있었다.

경찰을 사직한 이유에 대해 간단히 '가정 사정'이라는 설명만으로 끝내버린 것도 그리 좋지 않은 인상을 주었는지 모른다. 지방 경찰서에 10년 가까이 근무했지만, 상사의 거듭되는 부하 여경에 대한 눈꼴사나운 성추행을 넌지시 지적했더니 그 앙갚음으로 벽지 파출소로 밀려나게 되었고 그게 화가 나서 사표를 냈다, 라는 게 진상이었다. 그런 저간 사정을 누구이 늘어놓지 않은 탓에 무슨 문제를 일으켜 경찰에서 잘린 게 아니냐는 의심을 받는 면도 없잖아 있었다.

경호 이외의 일은 더욱더 찾기 어려울 것 같았다. 게다가 다케오는 사무 일 쪽으로는 영 소질이 없다. 장부의 숫자는 암호로밖에는 보이지 않았다.

고향에 내려갈 수밖에 없는가, 라고 슬슬 생각하던 참이었다. 다케오의 본가는 미야자키로, 조부 때부터 해오던 양계장을 형이 물려받았다. 그 양계장 일과 늙은 부모님의 봉양을 도와줬으면 좋겠다고 전부터 얘기가 있었다.

하지만 마음은 무거웠다. 고향 떠난 게 열여덟 살 때 일이다. 이제 새삼 고향에 내려가봤자 친한 친구도 없다.

그러던 차에 이번 전화가 걸려 왔다.

연락한 사람은 기리미야 레이라는 여자였다. 이름만 듣고는 얼핏 감이 잡히지 않았지만, 가이메이 대학이라는 말을 듣고는 아, 그때 그 사람, 하고 생각이 났다.

"다케오 씨에게 부탁드릴 게 있어요. 잠깐 만날 수 있을까요?" 기리미야 레이는 말했다.

"그야 괜찮지만, 내가 경호 보안 회사 그만뒀다는 건 알고 있습니까?"

"알고 있습니다. 회사에 문의해봤으니까요."

"그러면 용건은 일에 대한 것이 아니군요?"

"아뇨, 일에 대한 것입니다. 자세한 건 만나서 말씀드리겠지만, 어떤 사람의 경호를 맡아주셨으면 해서요."

"경호?" 저도 모르게 전화기를 움켜쥐었다.

"어떠세요, 나오시겠습니까?"

"알겠습니다. 어디로 가면 될까요? 대학입니까?"

"네, 우선 대학으로 와주시면 고맙겠습니다."

기리미야 레이는 날짜와 시간을 제시했다. 그걸로 좋다고 대답하고 자세한 일정을 상의한 다음에 전화를 끊었다.

다케오는 주먹을 부르쥐었다. 일이 들어온 것 자체도 물론 고마웠다. 하지만 그 이상으로 '경호'라는 단어에 가슴이 뛰었다.

경찰 시절, 주로 경비과에 있었다. 체격과 유도 3단의 실력을 높이 쳐주어 주로 요인의 경호 업무가 주어지는 일이 많았다. 내 한 몸을 던져 누군가의 생명을 지켜낸다는 것에서 사명감과 정의감이 강한 자극을 받았다. 이게 천직이 아닌가 하는 생각까지 들어 SP가 되는 것을 진지하게 꿈꾸었던 시기도 있었다.

경호 보안 회사와 처음 계약했을 때도 단순한 경비원이 아니라 뭔가를 지키는 임무, 가능하면 요인을 경호하는 임무를 맡고 싶다는 희망을 적어 냈다. 실제로 그런 지시가 내려오는 일이 많았다. 해외에서 유명한 아티스트가 방문한다는 뉴스를 들으면 자신에게 그 경호 업무가 떨어지는 게 아닌가 하고 실력을 발휘할 기회를 내심 기대했다.

오른팔을 힘주어 굽혀보았다. 불룩한 근육을 왼손으로 움켜쥐었다.

트레이닝을 해야겠어, 라고 생각했다.

가이메이 대학은 이공계가 우수한 것으로 유명한 종합대학이다. 뛰어난 업적을 남긴 연구자를 다수 배출한 바 있다. 기리미야 레이는 그 대학 사람이었다.

그녀를 만난 건 2년 전이다. 어떤 물건을 도쿄에서 뉴욕으로 옮기는 일을 당시 다케오가 일하던 경호 보안 회사가 맡게 되었다. 정확히 말하면 물건을 가져가는 사람을 경호해달라는 의뢰였다. 다케오를 포함한 세 명의 경호 담당자가 파견되었다.

그 물건은 작은 가방에 들어 있는 모양이었다. 내용물에 대해서는 설명해주지 않았다. 운반자는 중년 남성이고 그의 비서로 기리미야 레이가 동행했다.

다케오 팀은 두 사람을 호위해 가이메이 대학에서 나리타 공항으로 이동했고 그다음에는 다케오 혼자서만 그들과 함께 뉴욕으로 건너갔다. 가방을 든 남자를 뉴욕에서 대기하던 사람에게 무사히 인도하고 당일 일본으로 되돌아왔다. 오는 길에는 기리미야 레이와 둘만 남게 되었지만 기내에서 대화를 나누는 일은 없었다. 그녀는 비즈니스 클래스, 다케오의 좌석은 이코노미였기 때문이다. 나리타 공항에서 그녀와 헤어지고 다케오는 회사에 출근해 임무 완료를 보고했다.

그 이후 기리미야 레이와는 만난 적이 없었다. 이번에 왜 그녀가 경호 보안 회사가 아니라 자신에게 개인적으로 일을 의뢰했는지 다케오는 전혀 짚이는 게 없었다.

약속한 날, 다케오는 양복을 입고 가이메이 대학으로 향했다. 덥수룩하던 수염은 깨끗이 밀었다. 이발소는 그 전날 다녀왔다. 일에 임하는 자세는 충분히 갖춰졌다.

대학 정문 앞에 도착해 장엄한 분위기가 감도는 문기둥을 바라보며 기리미야 레이에게 전화를 걸었다.

그녀는 곧바로 전화를 받았다. 데리러 갈 테니 그곳에서 기다리라고 했다.

다케오는 정문 옆에 서서 대학생들이 드나드는 모습을 바라보며 시간을 때웠다. 대학생들은 하나같이 똑똑해 보이고 자신감이 넘치는 표정이었다. 일류 대학에 선발된 인간이라는 자부심이 있는지도 모른다.

잠시 뒤 세단 한 대가 옆에 와서 멈추더니 운전석의 파워윈도가 열렸다. "다케오 씨."

운전하는 여자의 얼굴이 눈에 익었다. 약간 긴 얼굴에 콧날이 오똑한 미인이다. 다케오는 인사를 하면서 그쪽으로 다가갔다.

오랜만입니다, 라고 기리미야 레이는 웃음을 건넸다.

"그렇군요."

"별일 없으시죠?"

"네, 덕분에."

"다행이네요. 안심했습니다." 기리미야 레이는 만족스러운 듯 고개를 끄덕였다. 눈꼬리가 약간 처져 얼핏 졸린 듯한 표정으로 보이지만 눈꺼풀을 살짝 들어 올린 눈에는 냉철하게 상대를 관찰하는 번뜩임이 있었다. 처음 만났을 때도 느꼈던 점이지만, 한순간도 방심할 수 없는 사람이다.

"타시죠." 그녀가 말했다. "지금 가려는 데가 여기서 조금 떨어진 곳이라서요."

"알겠습니다."

다케오는 조수석 쪽으로 돌아가 문을 열고 차에 올랐다.

기리미야 레이는 검은 바지정장 차림이었다. 그 긴 다리로 액셀을 밟았다.

"연락받고 좀 놀랐습니다."

다케오의 말에 그녀는 턱을 끄덕였다. "그러시겠죠."

"왜 나한테?"

그녀는 한 박자 뜸을 들이고 나서 "자세한 얘기는 나중에"라고 말했다. 시선은 앞을 향한 채였다.

알겠습니다, 라고 다케오는 대답했다.

세단은 10여 분을 달렸다. 도착한 곳은 부자연스러울 만큼 새하얀 건물 앞이었다. 입구에 〈독립행정법인 수리학 연구소〉라는 팻말이 걸려 있었다.

차에서 내려 기리미야 레이의 안내를 받으며 다케오는 건물 안으로 들어갔다. 로비 안쪽에 보안 검색 게이트가 있었다. 이거, 라면서 그녀가 내밀어준 것은 방문자용 패스인 것 같았다. 끈이 달려 있어서 다케오는 그것을 목에 걸었다.

　게이트를 통과해 복도로 들어갔다. 이윽고 기리미야 레이는 어느 문 앞에서 발을 멈췄다. 그녀가 노크를 하자 예에, 라는 굵직한 남자 목소리가 돌아왔다.

　기리미야 레이는 문을 열고 말했다. "다케오 씨가 오셨습니다."

　"들어오시라고 해요."

　그녀가 어서 들어가라는 눈빛을 건네 왔다. 다케오는 실례합니다, 라고 인사하며 안으로 들어섰다.

　그곳은 회의실인 것 같았다. 커다란 테이블을 둘러싸듯이 소파가 몇 개나 놓여 있었다.

　거의 한가운데 자리에 앉아 있던 남자가 일어섰다. 다케오와는 그다지 나이 차가 나지 않는 것 같았다. 단지 체격은 전혀 다르다. 남자는 마른 몸매에 턱도 뾰족했다. 좀 더 다른 것은 얼굴 생김새다. 이지적이고 두뇌가 명석해 보였다. 이 사람과 비교한다면 자신은 고릴라처럼 보일 거라고 다케오는 생각했다.

　남자가 다가와 다케오의 몸을 쓰윽 훑어본 뒤에 "수치는 떨어졌습니까?"라고 물었다.

　"예?"

　"요산 수치 말이에요. 무사히 정상치로 떨어졌어요?"

　갑작스러운 말에 다케오는 허를 찔려 크게 당황했다. 엇 하고 입을 헤벌리고 말았다.

　"예에, 떨어졌습니다. 지금은 정상이에요." 그렇게 대답하고 나서 물었다. "근데 어떻게 그걸?"

남자가 빙긋이 웃었다.

"중요한 일을 의뢰하기 위해서는 사전에 이래저래 알아봐야지요."

"회사 쪽에서 들었습니까?"

만일 그렇다면 용서할 수 없다고 생각했다. 개인 정보를 무단으로 누설해도 되는가.

그의 속마음을 알아차린 듯 남자는 웃음을 띤 채 고개를 저었다.

"당신과 재계약하지 않은 이유를 그쪽 회사에서는 알려주지 않았어요. 하지만 기록 자체는 컴퓨터에 남아 있어서 그걸 살짝 들여다본 겁니다. 이 연구소에는 그런 일에 능숙한 사람도 많으니까요."

아무래도 회사 네트워크에 침입했던 모양이다.

다케오는 기리미야 레이 쪽을 돌아보았다. "경호 대상은 이분입니까?"

"아니, 내가 아니에요." 남자가 대답하더니 기리미야 레이를 향해 물었다. "다케오 씨에게 자세한 얘기는?"

"아직 아무 말 안 했습니다."

"그래?" 남자는 새삼 다케오를 바라보며 고개를 끄덕였다. "당신을 추천한 건 기리미야 씨예요. 부디 면접에 합격하기를 바랍니다."

"면접이 있습니까?"

"그렇습니다. 나는 잠깐 인사나 하려고 기다렸어요. 자, 그럼 잘 부탁합니다." 기리미야 레이 쪽에도 눈인사를 건네고 남자는 회의실을 나갔다.

다케오가 멍하니 문 쪽을 쳐다보자 "자, 앉으세요"라면서 기리미야 레이가 소파를 가리켰다. "기본적으로 보디가드는 자리에 앉지 않는 게 규칙이라지만, 아직 채용이 결정된 건 아니니까요."

세상 만만하게 되는 일이 없다. 실례합니다, 라고 말하고 다케오는 소파에 앉았다.

테이블에 서류 몇 장이 놓여 있었다. 그중 한 장에는 다케오의 얼굴 사진이 붙어 있었다. 자잘한 글씨로 적혀 있는 건 그의 경력 사항일 것이다. 이런 것도 역시 이전의 경호 보안 회사에서 훔쳐 온 모양이다.

"묻지 않으시는군요." 기리미야 레이가 어질러진 서류를 정리하면서 물었다. "방금 그분이 누구인지."

"물어보는 게 좋았습니까?"

그의 반문에 기리미야 레이는 입가에 웃음이 번졌다.

"아뇨, 그게 다케오 씨의 장점이에요. 공연히 뭔가를 알려고 하지 않으시죠. 제가 다케오 씨를 추천한 이유 중 하나예요."

"경호 대상이 아닌 사람에 대해 알아봤자 별 의미도 없으니까요."

"하지만 개중에는 호기심을 억누르지 못하는 사람도 있거든요. 그나저나 지난번에 하신 일의 내용은 기억하고 계세요?"

"물론이지요. 가방을 든 남자를 뉴욕까지 경호하는 일이었습니다."

"그 가방 속에 무엇이 들어 있는지, 다케오 씨는 한 번도 묻지 않으셨어요. 궁금해하는 기색조차 보이지 않았죠."

"상당히 고가의 물건이라는 얘기는 회사에서 들었어요. 나 한 사람의 목숨쯤으로는 감당이 안 될 정도라는 말도."

"그게 어떤 것인지, 알고 싶지 않으셨어요?"

다케오는 어깨를 으쓱 쳐들었다. "위험한 물건만 아니라면 뭐든 상관없어요."

기리미야 레이는 고개를 위아래로 끄덕였다.

"그런 자세가 아주 중요합니다. 알고 싶기는 한데 일을 위해 호기심을 억누르는 것뿐이라면 저희로서는 좀 불안하거든요."

아무래도 이번 일 역시 상당히 민감한 업무인 모양이다. 공공연히 밝힐 수 없는 '뭔가'를 지키라는 뜻일 것이다.

그가 입을 다물고 있자 기리미야 레이가 말했다. "그때 그건 소수素數였어요."

"소수?"

"수학의 소수. 2나 3이나 5처럼 1과 그 자신 이외에는 나누어지지 않는 숫자예요. 그때 가방 속에는 어떤 소수를 기록한 것이 들어 있었어요. 단지 단위 수가 엄청나게 큰 숫자였죠. 슈퍼컴퓨터를 사용해도 간단히는 발견할 수 없는 숫자예요. 현재 그런 소수가 정보의 암호화에 사용된다는 건 알고 계십니까?"

"들은 적은 있어요. 어떤 구조인지는 모르지만."

그런 건 설명을 들어봤자 아마 이해하지도 못할 터였다.

"암호화된 정보를 원래대로 되돌리는 데는 그 소수가 필요합니다. 즉 대단히 중요한 것이죠. 수송하는 데도 엄중한 주의가 필요해요. 그래서 그쪽 회사에 경호를 의뢰했었어요."

"흠." 다케오는 고개를 끄덕이고 기리미야 레이의 얼굴을 마주 보았다. "그래서요?"

그녀는 웃음을 띤 채 고개를 살짝 기울였다. "별로 관심이 없으신 것 같네요."

"나하고는 평생 관계없는 얘기인 것 같아서. 왜, 안 됩니까?"

"아뇨, 그게 좋아요. 이제 곧 여기로 어떤 사람이 올 거예요." 그녀는 상의 안주머니에서 메모 한 장을 꺼내 테이블에 올려놓았다.

다케오는 그것을 손에 들었다. '우하라 마도카'라는 이름이 적혀 있었다.

"앞으로 다케오 씨가 경호를 맡아줄 인물, 우하라 마도카입니다. 평소에는 이 건물 안의 방에서 생활하지만 이따금 외출하는 일이 있어요. 그런 때에 그녀의 보디가드로서 동행해주셨으면 합니다. 어디에 가든 절대로 시선을 떼지 말고 다양한 위험에서 그녀를 지켜주시기 바랍니다."

그런데요, 라면서 기리미야 레이가 검지를 바짝 치켜들었다.

"한 가지 주의 사항이 있어요. 결코 그녀에 대해 뭔가 알려고 하시면 안 됩니다. 왜 그녀가 이곳에 있는지, 여기서 무엇을 하는지 등등, 그녀에 관한 질문은 일절 허용되지 않습니다. 아시겠지요?"

"경호에 필요한 질문도 안 됩니까?"

"필요하다고 생각되는 사항은 그때그때 제가 말씀드리겠습니다. 설명이 좀 늦었지만, 그녀가 외출할 때는 저도 함께 행동할 거예요. 괜찮으시겠습니까?"

경호 대상이 상당히 복잡한 인물인 것 같았다. 하지만 까다로운 일거리라는 건 미리 각오한 바였다. 그렇지 않고서야 일부러 다케오 개인에게 일을 의뢰할 리 없다.

잘 알겠다고 다케오는 대답했다.

그때, 노크 소리가 들렸다. "열려 있어"라고 기리미야 레이가 대꾸했다. 다케오는 자리에서 일어나 입구 쪽으로 몸을 돌렸다.

문이 열리고 한 여자애가 들어왔다. 십 대 후반으로 보였다. 긴 머리에 키는 그리 크지 않았다. 체크무늬 셔츠를 입었고 미니 청치마 밑으로 쭉 뻗은 다리가 가늘었다. 약간 치켜 올라간 듯한 눈이 아주 커서 고양이를 연상시켰다.

다케오는 내심 뜻밖이었다. 어쩐지 경호 대상이 나이 지긋한 여자일 거라고 막연히 상상했었기 때문이다.

기리미야 레이가 두 사람 사이에 섰다.

"이쪽은 다케오 도오루 씨. 너의 보디가드 일을 맡아달라고 얘기하던 참이야." 그리고 이번에는 다케오 쪽으로 고개를 돌리며 말했다. "우하라 마도카예요."

잘 부탁합니다, 라고 다케오는 머리를 숙였다.

우하라 마도카가 큼직한 눈으로 빤히 바라보았다. 그러더니 그의 온몸을 체크하듯이 시선이 위아래로 오르내렸다.

"무슨 문제라도?" 다케오가 물었다.

"잠깐만 걸어보실래요?" 마도카가 말했다. 약간 코에 걸린 목소리였다.

"응?"

"여기를 잠깐만 걸어보세요. 내가 좋다고 할 때까지요." 바닥을 가리키며 손끝으로 원을 그렸다.

다케오는 당황스러워서 기리미야 레이 쪽을 보았다. 그녀는 원하는 대로 해주라는 듯이 슬쩍 눈짓을 보내 왔다.

어쩔 수 없이 다케오는 늘어선 소파 주위를 천천히 걸었다. 한 바퀴 돌아온 참에 마도카가 됐어요, 라면서 고개를 끄덕였다. "뛰어도 아프진 않아요?" 다케오의 허리께를 가리키며 한 말이었다.

"아프다니, 어디가?"

"허리요, 오른쪽 허리. 요통이 있잖아요."

딱 잘라 말하는 바람에 다케오는 놀랐다. 맞는 말이었다. 젊은 시절부터 요통에 시달려왔다.

"어떻게 알았지?"

"보면 알아요. 몸의 균형이 무너져 있거든요. 그나저나 어때요, 뛸 수 있어요? 여차할 때 뛰지 못하는 보디가드라면 문제가 있는 거 아닌가요?"

그녀의 말에 기리미야 레이가 걱정스러운 표정을 보였다.

다케오는 자신의 가슴팍을 툭 쳤다.

"문제없어. 분명 요통은 내 지병이지만 평소에 충분히 케어하고 있으니까."

흥 하는 콧소리를 내더니 마도카는 손을 들어 다케오의 입가를 가리켰다.

"케어도 좋지만 치과에 가시는 게 더 빠를걸요? 몸의 균형이 무너진 건 위아래 이가 잘 맞물리지 않은 게 원인이니까요."

다케오는 저도 모르게 자신의 턱에 손을 댔다. 이가 맞물리지 않는다니, 그런 건 여태까지 생각해본 적도 없었다.

마도카는 손을 내리고 "이분, 좋아요"라고 기리미야 레이에게 말하더니 빙글 몸을 돌렸다. 그러고는 그대로 문을 열고 나가버렸다. 그 모습을 다케오는 멍하니 지켜보았다.

기리미야 레이가 그를 바라보며 쓴웃음을 지었다.

"그녀에 대해 당장 뭔가 질문을 던지고 싶은 얼굴이신데요?"

"아, 그건 아니고……." 말끝을 흐렸지만 딱 맞는 말이었다. 대체 뭔가, 저 여자애는.

"그녀의 면접시험에는 합격하신 것 같아요. 어쩌세요, 일을 맡아주시겠습니까? 만일 그렇게 해주신다면……." 기리미야 레이는 보수를 제시했다. 그것은 다케오의 예상을 훌쩍 뛰어넘는 액수였다.

거절할 이유는 없었다. 해봅시다, 라고 대답했다.

다음 날부터 다케오는 경호 업무를 시작했다. 하지만 첫날은 하루 종일 연구소 로비에서 보냈다. 얘기를 들어보니 마도카는 식사도 연구소 안에서 하는 일이 많다고 했다. 저녁 식사 전인 오후 6시가 되자, 오늘은 그만 돌아가도 좋다는 기리미야 레이의 지시가 내려왔다.

"마도카가 외출하는 빈도는 어떻게 됩니까?"

다케오의 질문에 기리미야 레이는 고개를 저었다.

"완전히 마음 내키는 대로예요. 연일 외출하는 일이 있는가 하면 일주일 넘게 연구소에 틀어박히는 경우도 있거든요. 그러니 막상 그때가 되지 않고서는 알 수 없어요. 이런 얘기, 미리 말씀드렸어야 했나요?"

"아뇨, 그렇다면 뭐, 그것도 괜찮습니다."

대기 상태로 지내면서 보수를 받을 수 있다면 그야 편한 일이다, 라고 생각하기로 했다.

하지만 그런 좋은 일은 그리 오래 이어지지 않았다. 이튿날, 다케오는 처음으로 마도카의 외출에 따라나서게 되었다. 기리미야 레이가 운전하는 차가 향한 곳은 대형 쇼핑몰이었다. 그 안에서 마도카는 가게를 몇 군데나 돌아다니며 옷을 입어보고 일일이 셀 수도 없을 만큼 액세서리를 살펴보고 다녔다. 그녀가 이동할 때마다 다케오는 기리미야 레이와 함께 그 뒤를 밟았다. 물론 수상한 인물이 주위에 있는지 없는지 확인하면서.

어린 여자의 쇼핑을 따라다니는 것은 상당히 힘든 일이었다. 하지만 경호 업무로서는 그리 어렵지 않았다. 마도카의 움직임에서 한시도 시선을 떼지 않으면서, 다케오는 뭔가 좀 이상하다는 생각이 들었다. 왜 이 여자애에게 보디가드가 필요할까. 어디서나 흔히 볼 법한 평범한 소녀. 대부호의 따님이라면 그나마 경계할 필요도 있겠지만, 그런 거라면 연구소 같은 데서 먹고 자면서 지낼 리 없다.

하지만 다케오는 더 이상 깊이 생각하지 않기로 했다. 마도카에게 흥미를 갖지 말라는 지시도 있었던 데다 자신과는 관계없는 일이라 여겼기 때문이다.

그래도 그날, 한 가지 기억에 남은 일이 있었다. 쇼핑을 마치고 기리미야 레이가 운전하는 차가 쇼핑몰의 입체주차장을 나섰을 때, 마도카가 갑작스럽게 말했다. "잠깐만 차 좀 세워주세요."

기리미야 레이가 브레이크를 밟았다. "무슨 일이야?"

다케오는 뒷좌석을 돌아보았다. 마도카가 창밖을 가리키고 있었다. "아주 한심한 사람이 내 눈에 포착됐어요."

그녀가 가리킨 방향을 올려다보니 입체주차장 3층에서 한 남자가 몸을 내민 채 담배를 피우고 있었다. 한 손으로는 스마트폰을 터치하고 다른 손의 손가락 사이에 담배를 끼운 채 간간이 재를 떨었다. 그

바로 아래쪽은 주차장 통로여서 자동차를 이용하는 쇼핑객이 드나들었다.

"그냥 내버려두지?" 기리미야 레이가 말했다.

"그건 안 되죠. 저 아래로 어린애가 지나가다가 눈에 담배 불똥이라도 들어가면 큰일이잖아요." 마도카는 주위를 둘레둘레 둘러본 뒤에, 마침 딱 잘됐다고 중얼거리면서 차 문을 열고 내려섰다.

뭘 어떻게 할 생각인지는 알 수 없었지만 다케오도 즉각 차 밖으로 나왔다. 그러자 바로 옆에 엄청나게 많은 풍선을 든 사람이 있었다. 아이들에게 공짜로 나눠주는 모양이었다. 마도카는 그에게 다가가 한두 마디 말을 건네더니 빨간 풍선을 받아 왔다.

"그걸로 뭘 하려고?"

다케오의 질문에 마도카는 대답하지 않았다. 일단 지켜보라는 듯이 입체주차장 쪽으로 갔다. 3층에서 담배를 피우던 남자는 여전히 손에 든 스마트폰에 정신이 팔려 있는 모양이다. 이쪽은 내려다보는 기척도 없었다.

마도카가 멈춰 섰다. 3층까지의 높이는 10미터 가까이 될 터였다. 거기에 가로 방향의 거리도 그 비슷한 정도였다.

그녀는 고개를 갸웃거리며 왼편으로 두 걸음 이동했다. 그리고 타이밍을 재는 것처럼 기다리다가 어느 순간, 손에 쥔 풍선의 끈을 놓았다.

빨간 풍선은 쑥쑥 올라갔다. 그뿐만 아니라 바람에 날려 비스듬히 사선을 그으며 상승했다. 마치 빨려 들 듯이 3층의 그 남자에게로 향하고 있었다.

이윽고 풍선이 남자의 왼손에 도착했다. 그 순간, 빵 소리를 내며 풍선이 터졌다. 담뱃불에 닿은 모양이었다. 소스라치게 놀랐는지 남자의 몸이 흠칫 뒤로 젖혀지는 게 보였다.

뭔가 아래로 떨어져 나동그라졌다. 바닥에 널브러진 것은 스마트폰이었다. 놀라는 참에 남자가 떨어뜨린 것 같았다. 위를 올려다보니 남자는 얼굴이 일그러진 채 어딘가로 사라졌다. 떨어뜨린 스마트폰을 주우러 내려올 모양이었다.

"저 스마트폰, 고장 났을걸요? 흥, 고소해." 마도카는 차를 향해 걸음을 옮기며 말했다.

다케오와 마도카가 돌아오자 기리미야 레이가 물었다. "이제 속이 시원해?"

그녀는 차 밖으로 나오지는 않았지만 일의 전말을 지켜봤을 터였다.

"뭐, 그럭저럭?" 마도카가 부루퉁하게 대꾸했다.

기리미야 레이가 다시 차를 출발시켰다. 마도카가 한 일에 대해 전혀 아무것도 물어보지 않았고 코멘트도 하지 않았다.

당연히 다케오가 괜한 질문을 던지는 일도 없었다. 그 뒤, 세 사람은 말이 없는 채로 연구소로 돌아왔다.

그 후에도 마도카는 이따금 외출을 했다. 기리미야 레이가 말했던 대로, 빈번하게 나가는 일도 있고 한동안 뜸한 시기도 있었다. 행선지는 다양해서 영화도 보러 가고 쇼핑도 다니고 미용실에도 갔다. 단, 항상 혼자였다. 누군가 친구를 만나는 일은 없었다. 유일하게 만나는 사람은 교외의 단독주택에서 혼자 살고 있는 할머니였다. 문패에 '에비사와'라고 적힌 걸 보니 외조모인 모양이었다. 다케오와는 말을 나눈 적은 없지만 자그마한 몸매에 기품 있는 노부인이었다.

우하라 마도카가 외출할 때마다 다케오는 보디가드로서 어디든 따라다녔다. 그래도 그녀가 어떤 사람인지는 전혀 알 수 없었다. 하지만 함께 다니다 보니 서서히 짚이는 게 있었다. 마도카 주위에서는 자주 신기한 현상이 일어난다는 것이었다.

외조모 집에 갔을 때의 일이다. 집 근처에 개천이 있어서 마도카는 외조모와 함께 천변을 산책했다. 다케오는 기리미야 레이와 더불어 조금 떨어져서 따라갔다. 그러자 갑작스레 바람이 불어 외조모가 쓰고 있던 챙 넓은 모자가 날아갔다. 모자는 물 위에 떨어져 느릿느릿 떠내려가기 시작했다. 천변에서의 거리는 10여 미터나 되었다.

마도카는 외조모를 남겨두고 빠른 걸음으로 천변을 걸어갔다. 아무래도 모자를 주워 오려는 것 같았다. 다케오는 그 뒤를 따라가며, 이건 좀 어렵겠다고 생각했다. 이쪽이 원하는 대로 마침맞게 모자가 물가로 떠내려올 리는 없었다.

마도카는 20미터쯤 걸어가더니 멈춰 섰다. 다케오가 깜짝 놀란 것은 그 직후였다. 바람의 방향이 슬쩍 바뀌는가 싶더니 물에 떨어진 모자가 곡선을 그리며 마도카가 멈춰 선 곳으로 다가온 것이다. 지난번 풍선 때와 마찬가지로 마치 이쪽으로 빨려 드는 것처럼.

그녀는 모자를 집어 외조모에게로 돌아갔다. 자그마한 몸매의 노부인은 모자를 받아 들더니 고맙다면서 얼굴에 웃음이 번졌다.

그리고 이런 일도 있었다. 쇼핑을 하고 돌아오는 길에 공원을 지나는데 남자애들 몇몇이 종이비행기를 날리며 놀고 있었다. 하지만 그들의 종이비행기는 모두 제대로 날지 못했다. 우연히 그 종이비행기 하나가 마도카의 발치에 떨어졌다. 그녀가 그것을 주워 들었을 때, 종이비행기를 날린 남자애가 뛰어왔다.

마도카는 남자애에게 뭔가 얘기하더니 종이비행기의 모양을 바로 잡고 주위를 둘러본 뒤에 휘익 날렸다. 마도카의 손을 떠난 종이비행기는 마치 동력을 얻은 것처럼 허공을 가르며 날아갔다. 완만하게 선회하는 모습은 우아하기까지 했다. 그뿐만이 아니다. 계속 날아가던 종이비행기가 기막힐 만큼 정확하게 마도카와 남자애 앞으로 돌아왔다. 마도카가 그걸 척 잡아 남자애에게 건넸다. 아이는 눈이 휘둥그레진 채 미처 할 말이 생각나지 않는 기색이었다. 다른 아이들도 멍해져 있었다.

마도카는 미소를 지으며 걸음을 옮겼다. 다케오와 기리미야도 그 뒤를 따랐다. 도중에 문득 마음에 걸려 뒤를 돌아보았다. 그랬더니 남자애가 종이비행기를 날려보고 있었다. 힘껏 던졌지만 조금 전처럼은 날지 않았다.

그 밖에 이런 일도 있었다. 미용실에 갔을 때였다. 마도카가 머리를 자르는 동안 다케오는 미용실 밖에서 기다리며 서 있었다. 하늘을 올려다보니 잠깐 사이에 하늘이 점점 어둑어둑해지더니 결국 빗방울이 떨어지기 시작했다. 그 미용실은 주차장이 없어서 차를 세워둔 곳까지 걸어가야 했다. 하지만 다케오도 마도카도 우산이 없었다.

다케오는 미용실로 들어가 대기석에 앉아 있던 기리미야 레이에게 우산을 사 오겠다고 말했다. 하지만 그녀는 고개를 저으며 그럴 거 없다, 우산을 사도 쓸 일이 없다, 라는 것이었다. 그러고는 제자리로 돌아가셔도 좋다고 말했다.

왜 그러는지 이해할 수 없었지만 다케오는 제자리로 돌아와 계속해서 쏟아지는 비를 바라보았다. 10월로 접어든 참이라 비에 젖으면 상당히 추울 듯한 기온이었다.

그런데 그로부터 한 시간쯤 지나 빗발이 점점 잦아들더니 이윽고 뚝 그쳤다. 다만 하늘은 아직 어두웠다.

미용실 문이 열리고 마도카가 나온 건 그 직후였다. 머리가 약간 짧아져 있었다.

뒤를 이어 기리미야 레이가 나왔다. 두 사람은 말없이 걸음을 옮겼다. 마치 약속이라도 한 듯 빠른 걸음이었다. 다케오는 서둘러 그녀들 뒤를 따라갔다.

결국 차를 세워둔 곳에 도착할 때까지 비는 내리지 않았다. 다케오는 안도하며 조수석에 앉았다. 하지만 그가 안전벨트를 매자마자 앞유리에 빗방울이 다시 투두둑 떨어졌다. 그러고는 눈 깜짝할 사이에 기세를 올려 죽죽 쏟아졌다. 기리미야 레이는 아직 엔진을 켜지도 않은 참이었다. 그 뒤로 비는 밤까지 계속해서 내렸다.

모두 기적이라고 할 정도의 일은 아니다. 우연히 그렇게 되었던 것뿐인지도 모른다. 하지만 다케오는 그런 현상 자체가 아니라 그런 일이 일어났는데도 장본인인 마도카뿐만 아니라 목격자의 한 사람인 기리미야 레이까지 전혀 아무 느낌도 없는 것처럼 태연한 것이 이상하기만 했다. 보통 사람이라면, 모자를 다시 건져서 좋았다든가 종이비행기가 그렇게 멋지게 날아갈 줄 몰랐다든가 마침 비가 그친 틈에 나와서 다행이라든가, 그때그때 합당한 느낌을 밝히는 게 일반적이 아닌가. 하지만 마도카도 기리미야도 별다른 말이 없었다. 마치 당연히 일어날 일이 일어났다는 식이었다.

대체 어떻게 된 거냐고 다케오는 몇 번이나 물어보려다가 아슬아슬한 참에 그 질문을 꾹 참아냈다. 이유는 다시 말할 것도 없다. 마도카에 관한 질문은 금지되어 있기 때문이다.

2

그 손님이 왔을 때, 마에야마 요코는 뭔가 미심쩍은 기분이 들었다. 남자 혼자 여행하는 게 그리 드문 일은 아니다. 평소에 이래저래 지친 몸을 겨울의 온천 여관에서 치유하려는 것이다. 하지만 그런 남자들은 대부분 중년을 넘긴 사람들이다. 정년퇴직을 한 것으로 보이는 인물들이 많은 것이다.

그런데 오늘 찾아온 손님은 아무리 봐도 스무 살 남짓한 젊은이였다. 가느다란 몸집이라 자칫하면 고등학생이라고 해도 통할 것이다. 면바지에 등산용 재킷을 걸치고 배낭을 등에 메고 있었다.

기무라입니다, 라고 청년이 자신의 이름을 댔다.

"네에, 어서 오십시오." 요코는 웃음을 지으며 인사했다. 기무라 고이치라는 남자 손님이 예약했다는 건 이미 확인했다.

좁은 카운터에서 숙박표에 서명을 부탁했다. 달필은 아니지만 알아보기 쉬운 글씨로 청년은 이름과 주소를 기입했다. 주소지는 요코하마였다.

요코는 청년을 방으로 안내했다. 창문으로 뒷산이 훤히 내다보이는 방이다.

"이쪽은 아직 한 번도 눈이 내리지 않았다던데요?" 창가에 다가서서 청년이 물었다. "버스에서 이 지역 분들이 얘기하는 걸 들었어요."

"그렇지요. 아마 해가 바뀐 다음에나 내릴 모양이에요. 최근 몇 년 동안 내내 이런 식이네요. 예전 같으면 이맘때쯤 온 산이 눈으로 하얗게 뒤덮이곤 했는데." 요코는 사기 주전자에 차를 내리면서 대답했다. "손님은 항상 혼자 여행을 다니세요?" 저도 모르게 마음에 걸린 것을 입 밖에 내버렸다.

"항상 그런 건 아니지만 이따금 혼자 다닙니다." 청년은 재킷을 벗고 좌식 의자에 앉았다. "혼자 다니면 마음이 편하거든요. 아, 잘 먹겠습니다." 찻잔에 손을 내밀었다.

"그렇게 말씀하시는 분들도 많아요. 나 좋을 때 온천욕도 마음껏 할 수 있어서 좋다고 하시더군요. 자, 그럼 뭔가 필요한 게 있으면 언제든지 말씀하세요."

"네."

편히 쉬세요, 라고 머리를 숙인 뒤에 요코는 방을 나왔다.

그러고는 잠시 뒤에 요코가 카운터에서 다른 손님을 상대하고 있는데 기무라 청년이 현관으로 나가는 게 보였다. 배낭을 메고 손에는 카메라를 들고 있었다. 주변을 촬영하러 나가는 것 같았다. 아마 배낭에는 다른 촬영 기재라도 들어 있는 것이리라. 이 온천가의 영상을 찍어 인터넷에 올리려는 것인지도 모른다. 그렇다면 최대한 예쁘게 찍어주면 좋겠다고 생각했다. 홍보 효과가 크기 때문이다.

청년이 언제 여관에 돌아왔는지, 요코는 정확히 알지 못한다. 어떻든 저녁 식사 때는 식당으로 쓰는 큰 거실에서 10여 명의 다른 손님들과 나란히 앉아 묵묵히 밥을 먹고 있었다.

그다음에 요코가 기무라 청년을 본 것은 이튿날 아침이었다. 현관 문단속을 풀고 난 직후에 청년이 재킷 차림으로 나타난 것이다. 아직 6시를 막 넘어선 참이었다.

좋은 아침입니다, 라고 그는 상냥하게 인사를 건넸다.

"예, 좋은 아침이에요. 일찍 일어나셨네요?"

"어쩐지 일찍 잠이 깨버렸어요. 그래서 잠깐 산책이나 다녀오려고요."

"그래요, 조심해서 다녀와요."

배웅을 하면서 요코는 내심 고개를 갸웃거렸다. 온천 여관에 묵는 손님은 새벽 일찌감치 일어났을 경우에는 반드시, 라고 해도 좋을 만큼 거의 대부분 온천욕을 하고 싶어 하는 법이다.

청년은 어제와 똑같은 옷차림으로 카메라를 손에 들고 있었다. 아마 온천보다 촬영이 더 좋은 모양이라고 요코는 혼자 생각했다.

기무라 청년은 2박을 한 뒤에 돌아갔다. 그동안에 별다른 트러블 같은 건 없었다.

그로부터 일주일이 지나서 12월에 들어선 지 얼마 안 된 참에 여관에 한 부부가 찾아왔다. 남편 이름은 미즈키 요시로, 아내 쪽은 치사토라고 했다. 사실 요코는 미즈키 요시로가 숙박표에 기입하는 것을 보면서, 이 두 사람은 진짜 부부가 아닌지도 모른다고 의심했었다. 왜냐하면 명백히 나이 차가 너무 많이 났기 때문이다. 남편 미즈키 요시로는 화려한 스웨터로 한껏 젊게 꾸미기는 했지만 아무리 봐도 환갑을 넘긴 사람이었다. 그에 비해 치사토는 기껏해야 서른 살 정도였다. 아마도 젊은 애인쯤 될 거라고 내심 짐작했다.

그런데 그녀의 약지를 보고는 흠칫했다. 분명하게 결혼반지를 끼고 있었기 때문이다. 미즈키 요시로의 손가락에도 반지가 있었다. 그다지 해묵은 반지는 아닌 것 같으니까 결혼한 지 아직 얼마 안 되었는지도 모른다.

치사토는 긴 머리가 잘 어울리는 전형적인 동양 미인으로 피부가 투명하고 길쭉한 눈매는 요염한 빛을 풍겼다. 만일 예전에 술장사를 했다면 분명 이 여자를 찾는 손님들이 뒤를 이었을 것이다.

요코는 두 사람을 방으로 안내했다. 미즈키 요시로는 좌식 의자에 앉고 치사토는 창 옆에 섰다.

"오늘 저희 여관을 찾아주셔서 정말 감사합니다." 틀에 박힌 인사말을 건네고 요코는 차를 내려 테이블에 올렸다.

미즈키 요시로가 담배를 꺼냈다.

"사실 나는 이쪽 온천에 대해서는 전혀 알지 못했어요. 근데 우리 집사람이 이곳에 꼭 한번 가자고 조르는 바람에 이렇게 찾아오게 됐소이다."

"아, 그러십니까, 부인께서요." 요코는 아내 쪽을 올려다보았다.

치사토가 미소를 지으며 곁의 의자에 앉았다. "잡지를 보고 알았어요. 비탕秘湯이라고 하던데요?"

"여러 분들이 그렇게 말씀해주시면서부터 손님이 부쩍 많아졌답니다."

"가끔은 온천에서 느긋하게 보내는 것도 좋지요. 잘 좀 부탁합니다."

그렇게 말하는 미즈키 요시로를 향해 요코는 공손히 머리를 숙였다. "저희야말로 잘 부탁드립니다. 뭐든 필요하시면 언제든지 말씀해주세요."

미즈키 요시로와 치사토 부부의 체재 예정은 2박 3일이었다. 차림새로 보아 경제적으로 풍족한 사람들이다. 다음에도 우리 여관을 찾아오도록 서비스에 특별히 신경을 써야겠다고 생각했다.

그 뒤, 요코는 읍사무소에 잠깐 볼일이 있었다. 읍사무소까지는 자동차가 아니면 갈 수 없다. 여관을 나와 조금 떨어진 곳에 자리한 주차장까지 걸어가 5년 전에 구입한 국산 차에 올랐다.

이 온천가에는 여관이며 민박집이 10여 채가 있었다. 2년 전에 세상을 떠난 요코의 남편이 이곳에 여관을 지은 것이 벌써 30여 년 전 일이지만 그래도 한참 나중에야 시작한 축에 들었다. 원래부터 있던 여관들은 옛날 민가답게 오랜 세월의 정취를 풍겼다. 몇 년 전에는 시대극 촬영장으로도 쓰였다. 그때는 요코의 여관이 일부 들어가는 바람에 나중에 CG로 지웠다고 들었다.

마을을 나와 국도를 조금 달려가면 오른편으로 포장되지 않은 가느다란 갈림길이 나온다. 등산로 입구였다. 그곳에 서 있는 사람을 보고 요코는 저도 모르게 속도를 늦췄다. 지난주에 여관에 왔던 그 청년이었기 때문이다. 이름을 떠올려보려고 했지만 얼른 생각나지 않았다.

　그대로 브레이크를 계속 밟아 차를 세웠다. 그러고는 뒤를 돌아보았다.

　청년은 요코의 차에는 눈길도 주지 않고 먼 곳을 바라보고 있었다. 그 표정은 진지하기 이를 데 없었다. 이윽고 그는 등산로 쪽으로 사라졌다.

　2주 연속으로 이 온천가를 찾아온 건가. 이곳 온천물이 마음에 쏙 들어서? 아니면 등산로 쪽을 찾아온 건가. 거기에 뭐가 있다고?

　뭐, 아무려나 내가 신경 쓸 일은 아닌가. 요코는 머리를 한 차례 내젓고 다시 차를 출발시켰다. 그 순간 그의 성씨가 '기무라'였다는 게 퍼뜩 생각났다.

　다음 날, 아침 식사를 큰 거실에 차려낼 때에 미즈키 부부와 얼굴을 마주했다. 남편 미즈키 요시로는 유카타에 단젠* 차림이었다. 얼굴 혈색이 좋은 걸 보니 아침 일찍 온천물에 들어갔다 나온 것 같았다. 치사토는 차분한 색깔의 스웨터를 입고 있었다. 그새 화장까지 하고 내려온 모습이었다.

　"편안히 주무셨습니까. 온천은 어떠셨어요?" 요리 접시를 상에 차려내며 물어보았다.

　"음, 아주 최고예요." 미즈키 요시로가 등을 꼿꼿이 세우며 얼굴 가득 웃음을 보였다. "몸속까지 따끈해지던데요. 노천탕이 특히 좋았어요. 살이 에일 듯 차가운 바람과 뜨거운 온천물의 균형이 아주 절묘

---

* 솜을 두껍게 둔 소매 넓은 옷. 방한용 실내복이나 잠옷으로 쓰인다.

하더라고요."

"네에, 고맙습니다. 저희 여관에는 온천이 세 군데가 있는데 그 세 곳을 모두 즐기셨는지 모르겠네요."

"아, 별채 쪽은 아직 못 가봤어요. 그쪽은 오늘 저녁의 즐길 거리로 남겨뒀습니다."

"그러십니까. 오늘도 날씨가 맑아서 밤하늘의 별을 감상하시기에 도 딱 좋겠습니다."

"오호, 거참 좋군요. 재밋거리가 하나 더 생겼네."

남편 쪽은 기분이 좋아 보였다. 치사토를 보니 데려오기를 잘했다 는 듯 웃고 있었다. 그런 모습을 보니, 나이 차가 많이 나도 의외로 정신연령은 비슷한지 모른다는 생각이 들었다.

"오늘은 폭포를 보러 갈까 하고 있습니다." 요시로가 말했다. "명소 로 알려진 폭포가 있다면서요? 집사람이 그걸 꼭 보고 싶다는군요."

"네에, 폭포도 있지요." 요코는 맞장구를 쳤다.

분명 폭포는 있었다. 하지만 명소라고 할 정도는 아니었다. 온천 말고는 딱히 내세울 것이 없어서 읍사무소 관광과에서 억지로 밀어 붙인 것이다. 폭포 물은 맑고 깨끗하지만 쫄쫄 흘러내릴 뿐 장엄함이 나 호쾌함은 부족해서 일부러 거기까지 갔던 손님들이 대부분 실망 한 채 돌아오곤 했다.

요코는 얼른 자리를 떴다. 관광과와 공범은 되고 싶지 않았다.

오전 11시쯤에 요코가 손님의 체크아웃 수속을 하고 있으려니 미 즈키 요시로와 치사토 부부가 카운터 앞을 지나갔다. 두 사람 다 그 야말로 산행에 나서는 차림새였다. 그 시원찮은 폭포를 보러 가는구나, 라는 생각에 요코는 조금 우울해졌다. 돌아왔을 때, 어떻게 변명을 해야 하나.

그로부터 30분쯤 지난 무렵이었다. 아내 치사토 혼자 여관으로 돌아왔다. 숙박객 체크아웃이 일단락되어 요코는 카운터에서 종업원과 일에 대해 상의하고 있었다.

"웬일이세요?"

요코가 물어보자 치사토는 "방에 뭘 깜빡 잊고 왔어요"라면서 쓴웃음을 짓더니 계단을 올라갔다.

그리고 몇 분 뒤, 그녀는 다시 요코 앞을 지나갔다. "다녀오겠습니다"라고 하길래 "조심해서 다녀오세요"라고 인사를 건넸다.

그러고는 15분쯤 지나 카운터 전화가 울렸다. 받아보니 치사토였다. 목소리가 이상했다. 뭔가 크게 흥분해서 붕 뜬 소리였다. 큰일 났어요, 빨리빨리, 라는 말만 되풀이했다.

"여보세요? 치사토 씨, 침착하게 마음을 가라앉히고 얘기해보세요. 무슨 일이에요?"

요코의 말에 수화기 너머로 하아 하아 숨을 고르는 소리가 들려왔다.

"큰일 났어요. 남편이 산길에서 쓰러져 전혀 움직이질 않아요. 구급차 좀 불러주실래요?"

이미 뭔가 변고가 생긴 게 틀림없다고 마음을 단단히 먹었는데도 요코는 혼란에 빠졌다. 쓰러졌다고? 산길에서? 이게 대체 무슨 일인가.

"치사토 씨, 장소는 어디쯤이에요?"

"그러니까 그게, 산속인데…… 국도로 나와서 조금만 들어오면 오른편에 좁은 길이 있고……."

"등산로 입구 말인가요?"

"글쎄요, 그런가요?"

"팻말 서 있는 거 못 봤어요? 등산로 입구라고 적힌 팻말인데."

"그러고 보니 뭔가 서 있었던 것 같아요."

아무래도 틀림없는 모양이다.

"등산로를 타고 올라간 거지요?"

"아뇨, 거기서 다시 옆길로 들어와서……."

"옆길이라고요?"

등산로는 외길이지만, 짐승들이 드나드는 통로 같은 곳이라면 한두 군데가 아니다. 그중 어디로 들어갔다는 것일까.

"알았어요. 지금 즉시 구급차를 보낼게요. 나도 그쪽으로 갈 테니까 휴대전화 번호 좀 알려줘요."

"네, 부탁합니다. 휴대전화 번호는……."

치사토가 불러주는 번호를 급히 메모하고 요코는 전화를 끊었다. 그대로 119에 걸어 등산로 입구까지 구급차를 보내달라고 신고하고 수화기를 내려놓았다.

가장 오래 근무한 종업원이 바로 옆에 있길래 급하게 사정을 설명해주고 여관을 나섰다. 주차장으로 달려가 차를 타고 출발했다.

등산로 입구에 도착해 갓길에 차를 세우고 등산로로 올라가면서 전화를 걸었다. 곧바로 연결되어 치사토가 답하는 목소리가 들렸다.

"지금 등산로를 타고 올라가는 중이에요. 어디쯤에 있어요?"

"그럼 저도 그쪽으로 갈게요." 그렇게 말하고 치사토는 전화를 끊었다.

요코는 발을 멈췄다. 섣불리 너무 많이 올라가면 서로 길이 엇갈릴 수 있다고 생각했기 때문이다.

그나저나 아무리 그래도…….

주위를 둘러보며 요코는 고개를 갸웃거렸다. 미즈키 요시로와 치사토 부부는 왜 이런 곳에 왔을까. 아침에 말했던 대로 폭포를 보러 나왔다면 이곳은 전혀 다른 방향이다.

희미하게 온천 냄새가 풍겼다. 이 근처 특유의 냄새라서 딱히 드문 일은 아니다. 하지만 요코는 무어라 말할 수 없는 불길한 예감이 가슴에 번졌다.

어디선가 사람 소리가 들렸다. 요코는 사방을 둘러보았다. 뻗어나간 나무들 틈새로 빨간 것이 보였다. 치사토가 걸쳤던 점퍼 색깔이었다.

좁은 짐승 통로에서 치사토가 나타났다. 얼굴에 긴장한 빛이 떠 있었다.

"어디에요?" 요코가 물었다.

"이쪽이에요. 여기서 조금 더 들어간 곳에…….'"

치사토가 대답했을 때, 구급차 사이렌 소리가 들려왔다.

3

자신의 자리에서 컵라면을 후룩후룩 빨면서 인터넷 기사를 들여다보던 나카오카 유지는 '영상 프로듀서 미즈키 요시로 씨, 온천지에서 사망'이라는 글을 발견하고 하마터면 면발이 목에 턱 걸릴 뻔했다. 깜짝 놀라 서둘러 상세한 내용을 화면에 띄웠다.

그 기사에 따르면, 미즈키 요시로는 아내와 함께 아카쿠마 온천가에서 근처 산을 산책하던 중 쓰러져 사망했다는 것이었다. 아내가 잠시 물건을 가지러 여관에 다녀온 사이의 일이고, 발견되었을 때 주변에는 황화수소 특유의 냄새가 떠돌았다고 한다. 그 일대는 지하에 황화수소가 발생하는 장소가 몇 군데나 있고 우연히 가스 농도가 높아진 참에 피해자가 그곳에 들어간 것으로 보인다, 라고 기사는 끝을 맺었다.

나카오카는 먹던 컵라면을 책상에 내려놓고 서랍을 열었다. 잡다

한 물건을 처넣은 탓에 원하는 것이 얼른 눈에 띄지 않았다. 서류 틈새에서 겨우 편지 하나를 찾아 끄집어냈다. 받는 사람은 '아자부기타 경찰서 살인 사건 담당자님'으로 되어 있다. 석 달 전쯤에 경찰서에 도착한 편지인데 우연히 손이 비던 나카오카에게로 일이 떨어졌다. 직속 상사 나리타 계장은 편지를 내밀며 말했다. "필시 노인네의 심심풀이 넋두리겠지만 일단 한번 읽어봐." 전혀 관심이 없는 표정이었다.

보낸 사람은 미즈키 미요시라는 인물이었다. 내용을 읽기 전까지는 남자인지 여자인지 구분하기도 힘들었다.

나카오카는 봉투에서 편지지를 꺼내 펼쳤다. 파란 잉크로 쓴 달필 글자가 빼곡히 이어졌다.

인사말 다음에 '실례를 무릅쓰고 꼭 상의드릴 일이 있어서 이렇게 펜을 들었습니다'라고 되어 있다. 그리고 다음과 같이 편지글이 이어진다.

저는 올해로 여든여덟 살이 되는 사람입니다. 그간 많은 일이 있었지만 별스레 험한 꼴 보는 일 없이 오늘날까지 무사히 잘 살아왔습니다. 이제는 그저 고통이 적은 모양새로 이승을 하직할 수 있다면 참으로 다행이겠다고 막연히 생각하면서 하루하루 후회 없이 지내려 하고 있습니다.

아무 여한도 없는 사람입니다만, 요즘 자꾸 마음에 걸려 견딜 수 없는 일이 한 가지 있습니다. 다름이 아니오라 제 자식의 일입니다. 자식이라고는 해도 육십도 중반을 지나 이제는 노경에 접어든 사람이니 원래는 제 인생은 제가 살 수 있게 놓아두면 될 일이겠지요. 하지만 곁에서 지켜보기가 너무도 걱정스러워 견딜 수가 없습니다.

아들은 오랫동안 영화와 관련된 일을 해왔습니다. 이름은 미즈키 요시로라고 합니다. 경찰에서 일하는 분들이 아실지는 모르겠으나, 그간 작업해온 영화 몇 편은 일본을 대표하는 작품이라는 말도 제법 들었습니다. 나름대로 웬만한 지위는 쌓아 올렸구나 하고, 부모의 욕심이 담긴 시선이겠으나, 내심 흐뭇하게 생각하고 있습니다.

한편으로 요시로는 행복한 가정을 만든다는 점에 대해서는 전혀 무관심한 아들이었습니다. 어쩌다 얼굴을 볼 때마다 내게 하는 이야기도 참으로 어처구니없는 소리뿐이었습니다. 어디어디의 외국에 가서 도박으로 몇백만 엔을 잃었다느니, 연예인 여러 명을 제 집으로 불러들여 사흘 밤낮을 진탕 놀았다느니, 현실에 뿌리를 내린 이야기는 털끝만큼도 나오지 않았습니다. 그런 식이니 결혼을 해도 그리 오래갈 리 없어서 두 번이나 이혼을 경험했습니다. 환갑 나이를 넘어섰을 때는 아무래도 이제는 평생 독신으로 끝낼 각오인 모양이다 싶어서 본인이 그걸로 괜찮다면 어쩔 수 없다고 저도 포기하고 있었습니다.

그런데 2년 전에 갑작스럽게 결혼 얘기를 꺼냈습니다. 이번 상대의 나이를 듣고는 입이 떡 벌어졌습니다. 아직 스물여섯 살밖에 안 된 아가씨라는 게 아닙니까. 요시로와는 마흔 살 가까이 나이 차가 납니다. 그래서 나는 반대했습니다. 그런 어린 아가씨가 정말로 요시로의 인간성에 반해 결혼을 원했다고는 도저히 생각할 수 없었기 때문입니다. 분명 재산을 노린 것일 터라서 요시로에게도 그렇게 말했습니다.

그랬더니 아들은 그건 이미 다 알고 있다는 것이었습니다. 알고 있지만 그래도 괜찮다, 나는 그 여자가 마음에 들었다. 아내로서 내 곁에 둘 수만 있다면 돈을 노린 것이든 뭐든 상관없다. 세상 사람들은 이러니저러니 말들이 많겠지만, 떠들고 싶은 놈들은 얼마든지 떠들라고 해라. 어머니도 그런 말에 전혀 신경 쓰시지 마라. 아들은 그렇게 말하는 것이었습니다.

그렇게까지 단호하게 말을 하는데 더 이상 반대할 도리가 없었습니다. 하지만 며칠 뒤 그 여자를 만나고 나는 그만 가슴이 쿵쾅거렸습니다. 요시로가 그토록 반한 것도 이해가 될 만큼 미인인 데다 남자의 심기를 어지럽힐 요기妖氣를 풍겼기 때문입니다. 이 여자 때문에 내 아들은 분명코 파멸할 것이다, 나는 당장 그런 예감이 들었습니다.

저는 지금, 요양 서비스가 딸린 고령자용 맨션에서 혼자 살고 있습니다. 몇 달에 한 번씩 아들이 젊은 아내를 데리고 찾아옵니다만, 그 여자를 볼 때마다 불안이 점점 커져갑니다. 겉으로는 고상하게 행동하지만 내 눈에는 요녀의 교묘한 연기로밖에는 보이지 않습니다. 다만 이건 요시로의 어미인 저밖에는 눈치채지 못하는 것인지, 맨션의 관리사무소 직원이나 지인들은 아직 나이도 어린 여자가 야무지고 헌신적이다, 아드님은 나이 들어 참한 아내를 얻었다, 라는 소리들을 하고 있습니다. 나는 그런 사람들이 눈뜬장님으로밖에는 생각되지 않습니다.

재산을 노린 것이라도 상관없다고 아들은 말했습니다. 나 역시 다소 그런 마음을 가졌다 해도 어쩔 수 없다고 이해는 합니다. 하지만 요즘은 좀 더 무서운 일이 자꾸 머릿속에 떠오릅니다.

재산을 노린 것이라면 하루라도 빨리 그걸 내 것으로 만들려고 드는 게 인지상정입니다. 그 여자는 남편이 어서 죽기를 바랄 것입니다. 하지만 요시로는 어려서부터 몸이 건강한 편이라 여태껏 큰 병 한번 앓은 적이 없습니다. 그런 사람이 어서 빨리 죽기를 바란다면 방법은 한 가지밖에 없는 게 아니겠습니까.

제가 이런 생각을 하게 된 것은 며칠 전 아들에게서 생명보험에 가입했다는 말을 들었기 때문입니다. 요시로는 예전부터 보험에는 일절 흥미를 보이지 않던 사람입니다. 자신이 죽은 뒤의 일 따위에 신경 써봤자 별 볼 일 없다는 주의였으니까요. 그래서 내가 자세히 물어봤더니 아무래도 며느리가 생명보험 가입을 자꾸 졸라댄 모양이었습니다. 그렇다면 이 여자가 뭔가 끔찍한 짓을 꾸미고 있는 게 아니겠습니까.

곰곰 생각해볼수록 걱정이 태산입니다. 하지만 내용이 내용이니만큼 이런 얘기를 내놓고 상의할 만한 사람도 없습니다. 고민 끝에 역시 전문가에게 부탁드리는 게 좋겠다는 생각이 들어 이렇게 편지를 쓰고 있는 참입니다. 그쪽 경찰서를 선택한 것은 아들의 거주지 관할 경찰서라고 판단했기 때문입니다. 혹시 그 경찰서 관할 지역이 아니라면 적합한 경찰서로 전송해주시기를 부탁드립니다. 부디 꼭 좋은 의견을 들려주시기 바랍니다.

처음 이 편지를 읽었을 때는, 역시 나리타 계장이 떨떠름한 표정을 보일 만하다고 납득했다.

흔히 듣는 얘기였다. 한재산 벌어들인 아들이 마흔 살이나 나이 차가 나는 젊은 여자와 결혼했다면 이런 불안감을 갖는 것도 당연한 일이다. 하지만 아직 무슨 일이 일어난 것은 아니다. 앞질러 걱정하는 노파심에 일일이 응해줄 만큼 경찰도 한가하지는 않다.

그렇기는 해도 이런 장문의 편지를 받아놓고 아무 액션도 취하지 않았다가 나중에 만에 하나라도 뭔가 일이 터졌을 경우, 사회적으로 엄청난 비난이 떨어질 터였다. 전혀 내키지는 않지만 나카오카는 일단 편지를 보낸 할머니를 만나러 가기로 했다. 편지 말미에 주소와 전화번호가 적혀 있었다.

미즈키 미요시가 사는 노인 요양 맨션은 조후 시에 있었다. 식당이며 대형 목욕탕, 케어센터 같은 시설이 각 동별로 있었지만 그것만 빼면 평범한 맨션과 전혀 다를 게 없었다. 오히려 더 고급스러운 편에 속할지도 모른다. 나카오카는 미팅룸이라고 불리는 작은 회의실에서 미즈키 미요시를 만났는데 그녀의 말에 따르면 방은 꽤 널찍한 원룸이라 침대와 테이블과 소파를 넉넉히 놓고 지낼 정도라고 했다. 화장실과 욕실은 물론, 주방도 딸려 있다는 것이다.

"7년 전에 입주했어요. 우리 아들 요시로가 비용을 다 대줬지요." 자그마한 몸집에 얼굴도 작디작은 미즈키 미요시는 흐뭇한 듯이 말했다.

얘기를 들어보니 분양을 받은 게 아니라 16년분의 임대료를 처음 입주 때 일시불로 낸 것이라고 했다. 나카오카는 머릿속에서 재빨리 계산해보고 이곳이라면 4천만 엔은 넘겠다는 결론을 내렸다. 미즈키 미요시가 자랑스러운 얼굴을 하는 것도 충분히 이해가 되었다.

내내 웃음이 떠나지 않던 미즈키 미요시는 나카오카가 편지 얘기를 꺼내자 얼굴의 주름이 깊어질 만큼 입을 삐죽거렸다.

"정말 걱정, 걱정이에요. 머지않아 독약이라도 먹이는 게 아닌지,

자꾸 마음에 걸립니다."

"실제로 그런 기척을 느낀 사례가 있었습니까?"

"그야 그 여자를 볼 때마다 늘 아슬아슬하죠. 그건 뭔가 꿍꿍이속
이 있는 얼굴이에요."

"그런 감각적인 것이 아니라 좀 더 구체적인 일은 없었습니까? 아
드님이 며느리가 해준 음식을 먹고 맛이 이상하다고 했다든가."

"그 여자, 요리는 거의 안 한답디다. 노상 외식만 하고, 남편을 위
해 정성껏 뭘 차려낼 마음이라고는 눈곱만큼도 없어요."

미즈키 미요시는 치사토라는 이름의 젊은 며느리에 대한 푸념을
길게 길게 늘어놓았다.

"아드님이 사고를 당할 뻔했다든가 위험한 상황에 처했다든가, 그
런 얘기는 들은 적이 없습니까?"

자그마한 할머니는 고개를 외로 꼬면서 낮게 신음했다.

"그런 얘기를 들은 것 같기도 하고 아닌 것 같기도 하고……. 아니,
그런 일이 있었더라도 요시로는 나한테 절대 말을 안 한다니까요."

한마디로, 모든 게 이 할머니의 상상 속의 일일 뿐이었다. 망상증,
이라는 건 심한 말이겠지만, 그래도 기우로밖에는 들리지 않았다.

나카오카의 속마음을 눈치챘는지 미즈키 미요시는 손을 맞대며
빌다시피 했다.

"제발 부탁합니다, 형사님. 그 여자 좀 조사해주세요. 갑자기 생명
보험에 가입하라고 졸라대다니, 수상하잖아요. 틀림없이 내 아들을
죽일 작정이에요. 그 여자 계획대로 하지 못하게 감시 좀 해주세요."

"말씀은 잘 알겠습니다만, 현재로서는 딱히 무슨 일이 생긴 것도

아니고, 저희가 나서기가 좀 어렵습니다."

나카오카의 말에 미즈키 미요시의 눈초리가 돌연 험악해졌다. 입가가 홱 일그러지는가 싶더니 "이런 세금 도적놈!"이라고 내뱉었다.

"일이 생겨버리면 그때는 이미 늦는단 말이야! 경찰이 대체 왜 있는 거야? 우리는 평생 세금을 꼬박꼬박 바쳤어. 이런 때 움직여주는 게 당신들 할 일이잖아! 이 밥버러지 같으니라고."

너무도 달라져버린 태도에 나카오카는 어안이 벙벙해졌다. 노파는 흥 코웃음을 치며 고개를 홱 돌려버렸다.

나카오카는 머리를 긁적였다. 쉽게 그러자고 해서는 안 되지만, 이대로는 언제까지고 놓아주지 않을 것 같았다.

"알겠습니다. 순찰 돌 때, 아드님 댁에 특히 주의를 기울이라고 지역과에 말해두지요."

그야말로 공무원다운 답변이었지만 경찰에 대해 잘 알지 못하는 노파의 귀에는 형사가 아들의 안전을 보장해준 것처럼 들린 모양이었다. 나카오카를 마주 보며 단박에 얼굴이 풀어졌다.

"그래요? 참말로 고맙네요. 잘 부탁합니다." 몇 번이나 머리를 숙였다. 나카오카가 나올 때는 반지*에 싼 것을 내밀었다. "여기까지 찾아와주시고, 오늘은 수고가 많았어요. 이거, 우리 남편이 가장 좋아하던 거예요. 가는 길에 전차 안에서 먹어봐요."

열어보니 밤 만주 두 개가 들어 있었다. 단것은 별로 좋아하지 않지만 거절하는 것도 실례인 것 같아서 받았고 실제로 돌아오는 전차

---

* 붓글씨 연습용 종이.

안에서 먹었다.

미즈키 미요시와의 대화 내용은 곧바로 나리타에게도 보고했다. 당연한 일이지만 그 시점에서도 상사는 전혀 관심을 보이지 않았다. 나카오카가 "생활안전과와 지역과에 말해둘까요?"라고 물어봤는데 "에이, 그럴 거 없어"라는 대답이 돌아왔을 뿐이다.

그로부터 석 달이 지나 미즈키 미요시가 걱정했던 대로 그녀의 아들은 목숨을 잃었다.

나카오카는 오랜만에 다시 읽어본 편지를 봉투에 넣었다. 다시 인터넷 화면을 응시하며 고개를 저었다. 에이, 설마. 이건 어떻게 보건 단순한 사고다. 괜히 신경 쓸 필요는 없다.

컵라면 용기를 집어 들었다. 나머지를 다시 먹기 시작했지만 이미 차갑게 식어 있었다. 결국 그대로 다 남겨버렸다.

문득 조후 시에서 돌아오는 길에 먹은 밤 만주가 생각났다. 마침맞게 적당한 단맛이었을 텐데 왠지 이제는 씁쓸한 맛만 되살아났다.

4

스님의 독경이 흐르는 가운데 분향 행렬이 이어졌다. 참석자 전원이 향을 피우자면 앞으로 얼마나 더 걸릴까. 분향을 마친 조문객에게 머리를 숙이는 틈틈이 뒤에 선 행렬을 보며 치사토는 내심 지긋지긋해하고 있었다. 그녀로서는 친족들만 모인 단출한 장례식으로 하고 싶었다. 하지만 그래서는 오랫동안 신세진 분들께 송구스럽다고 주위에서 단호하게 밀어붙이는 바람에 이런 거창한 장례식이 되어버렸다. 내일은 훨씬 더 많은 사람들이 몰려올지도 모른다. 그 조문객한 명 한 명에게 인사해야 하다니, 생각만 해도 우울해졌다.

무심코 친족석을 쳐다봤다가 맨 앞줄에 앉은 통통한 중년 여자와눈이 마주쳤다. 여자는 매서운 눈빛으로 치사토를 노려보더니 입가를 힘주어 일그러뜨리며 고개를 홱 돌렸다.

요시로의 사촌 여동생이라고 했다. 치사토와 만난 건 오늘이 처음이다. 몇 안 되는 친척 중 한 사람이지만 얼굴을 마주하자마자 "큰어머님은 안 오실 테니 그런 줄 알아요"라고 독기 어린 말투로 알려주었다. 큰어머님이라는 건 요시로의 모친을 가리키는 것이다.

"나한테로 연락하셨는데, 아들을 배웅하고 싶은 마음은 굴뚝같지만 그 아이의 원한을 생각하면 형식뿐인 장례식 따위에는 가고 싶지 않다고 하시네? 아이고, 우리 큰어머니, 불쌍해서 어떡하나. 이런 일이 일어날 것 같다고 노상 걱정했더니만 아니나 다를까 꼭 그대로 되어버렸다고 전화기에 대고 꺼이꺼이 우셨다니까."

우리는 모두 다 알고 있다, 요시로의 죽음은 네가 꾸민 짓이다, 라는 말을 하고 싶은 기색이었다.

"그렇습니까. 안타깝네요. 남편은 어머님이 배웅해주시기를 원했을 텐데." 태연히 대꾸해주었더니 여자는 분하다는 듯 눈을 희번덕거렸다.

요시로와 결혼한 뒤에도 치사토는 그쪽 친척들과는 왕래가 없었지만, 어떤 식으로 험담을 했을지는 쉽게 상상할 수 있었다. 자신도 그들 입장이었다면 똑같은 말을 했을 것이다. 재산을 노리고 한 결혼, 어차피 남편이 어서 죽기만을 기다릴 것이다. 아니, 어쩌면 뭔가 빈틈이 보이기만 하면 죽이려고 하는 거 아니겠느냐—.

마음대로 떠들어라, 라고 치사토는 생각했다. 재산을 노리고 결혼한 건 사실이었다. 그건 남편 요시로도 다 알고 있었다. "돈이 아니고서야 이런 나이 든 남자 품에 안길 이유가 없겠지?" 껄껄 웃으면서 자주 말하곤 했다. 그야 물론이죠, 라고 치사토가 대꾸하면 더욱더 웃어젖혔다. "하지만 미리 각오해. 내가 원래부터 튼튼한 사람이거든. 그리 쉽게 덜컥 죽지는 않을 거야."

분명 요시로는 예상했던 것보다 훨씬 더 건강했다. 장수할 듯한 느낌이 있었다. 하지만 그건 치사토에게는 오산이 아니었다. 아무리 건강해도 백 살까지는 못 살 것이다. 장수한다고 해봤자 앞으로 기껏 20년. 그때까지만 기다리면 전 재산이 내 것. 그거면 충분하다고 생각했다. 물론 좀 더 일찍 떠나준다면 더욱더 좋다. 그래서 뭔가 좋은 방법이 없을지 궁리해본 것도 사실이다. 불법 사이트 쪽에 관심을 가진 적도 있었다. 실제로 접속해본 적은 없지만.

멍하니 그런 생각에 빠져 있던 치사토는 갑자기 장례식장의 분위기가 술렁거리는 것을 느꼈다. 주위 사람들의 시선이 제단 앞으로 쏠려 있었다. 치사토도 그쪽을 보았다.

바짝 마른 한 남자가 서 있었다. 어깨까지 길게 자란 머리, 깊게 파인 뺨은 덥수룩한 수염으로 뒤덮였고 턱이 뾰족했다. 치사토는 순간적으로 예수상과 아귀餓鬼를 동시에 떠올렸다.

남자는 제단의 영정 사진을 지그시 바라본 뒤, 천천히 향을 피웠다. 그러는 동안에 어느 누구도 말소리를 내는 사람은 없었다.

분향을 마치고 남자가 치사토에게 다가왔다. 그녀는 고개를 숙이며 "고맙습니다"라고 인사말을 건넸다.

그러자 남자가 작은 소리로 뭔가 중얼거렸다. 얼핏 알아듣지 못해 치사토는 얼굴을 들었다. "네, 무슨 말씀이신지."

"불운이었을까." 남자는 억양 없는 목소리로 나직하게 말했다. "황화수소를 마신 게 정말로 단순한 불운이었을까요."

마치 지옥 밑바닥에서 들려오는 듯 으스스한 여운이 있었다. 치사토는 등줄기가 오싹하는 것을 느끼며 예에, 라고만 대답했다. 그 밖에 할 말이 떠오르지 않았다.

"그렇습니까. 참 딱하게 됐군요." 남자는 한 차례 머리를 숙이고 자리를 떴다. 그 뒷모습에 요기 같은 것이 감돌아서 치사토는 한참이나 눈을 뗄 수 없었다.

장례식 후, 별실로 이동했다. 그곳에는 조문객을 대접할 음식이 준비되어 있었다. 하지만 상주인 치사토는 물론 젓가락을 들어볼 틈도 없이 한 바퀴 돌면서 관계자에게 인사치레를 하는 데 전념했다. 그래 봤자 처음 보는 사람들이 대부분이었다. 오랫동안 남편 밑에서 일했다는 무라야마라는 남자가 소개하는 역할을 맡아주었다. 무라야마는 오십 대 중반의 키가 작은 남자로, 너구리 같은 풍모 탓에 약아빠진 사람처럼 보였다. 하지만 실제로는 소심하고 착실한 성품이라고 남편은 늘 말했었다.

한마디로 영화 관계자라고 해도 다양한 부류가 있다. 프로듀서와 각본가, 연출가뿐만 아니라 연예인도 많았다. 한 사람 한 사람 받아든 명함으로 치사토의 가방은 불룩해졌다.

"고생하셨습니다. 대충 이 정도면 될 거예요." 무라야마가 손수건으로 이마를 닦으며 말했다.

치사토는 새삼 실내를 둘러보았다. "그분은 안 오신 것 같네요?"

"그분이라면?"

"있었잖아요, 머리가 길고 바짝 마른 남자분. 뭔가 좀 특이한 분위기의……."

곧바로 누군지 알았는지, 무라야마는 고개를 끄덕였다. "아마카스 씨 말이군요."

"아마카스 씨?"

"영화감독이에요. 모르십니까? 예전에 유명했던 분인데."

무라야마는 자신의 손바닥에 손끝으로 아마카스, 라는 한자를 써 보였다.

"그럼 아마카스 사이세이?"

"네, 맞아요. 역시 아시는군요."

"이름은 들었죠. 남편이 늘 얘기했었으니까요. 재능이 뛰어난 분이라면서."

아마카스 사이세이는 천재가 아니다. 그 녀석은 영화 귀신이다. 자신이 만족할 만한 영상을 찍기 위해서라면 무엇이든 희생양으로 삼는다. 배우의 목숨까지 걸 정도다. 그래서 작품에 혼이 담긴다. 그런 인간은 다시없다. 세상 어디에도—. 남편 요시로의 말이었다.

"이른바 귀재鬼才로 통하는 인물이죠. 근데 최근 몇 년 동안은 영화를 찍지 않았어요. 공적인 자리에 나타난 것도 아주 오랜만인 것 같은데요? 나도 오래 못 보던 참이라 깜짝 놀랐습니다. 전에는 생김새가 그렇지는 않았는데……."

"무슨 일 있었어요?"

무라야마는 얼굴을 찌푸렸다.

"가족에게 아주 불행한 일이 있었어요. 사고로 부인과 아이들을 잃었죠. 게다가 그 사고라는 게……." 거기까지 말한 참에 무라야마는 입을 다물었다. "아, 죄송합니다. 남편분의 조문 자리인데 남의 불행한 얘기를 들어봤자 불쾌하기만 하지요."

"아뇨, 그렇지도 않은데."

"아닙니다, 이런 얘기는 그만두지요. 아무튼 고인께서는 아마카스 씨의 실력을 높이 평가하셨어요. 바로 얼마 전에도 이제 슬슬 귀신에게 영화를 찍게 해야겠다고 얘기하신 적이 있어요. 귀신이라니, 대체 무슨 말씀이냐고 물었더니 아마카스 사이세이 얘기라고 하시더라고요. 어쩌면 두 분은 연락을 주고받았는지도 모르겠어요. 그래서 분향을 하러 나타난 거겠지요."

치사토는 고개를 끄덕이며 아마카스가 건넸던 묘한 말을 무라야마에게 말해볼까 하다가 결국 관두기로 했다. 그 으스스한 중얼거림이 어떤 봉인을 풀어버리는 일로 이어질 것만 같은 마음이 들었기 때문이다.

5

연구소 로비에서 대기하는 동안, 다케오의 큰 즐거움은 종이 신문을 읽는 것이다. 최근에는 그도 집에 신문 배달을 신청하지 않아서 뉴스 기사는 주로 인터넷을 통해 보고 있다. 하지만 종이 신문은 역시나 나름의 맛이 있다. 볼 생각이 전혀 없었던 기사라도 우연히 읽고 있던 기사 바로 옆에 있었다는 이유만으로 새삼 들여다보게 된다. 그것이 인상에 남는 정보일 경우에는 뭔가 큰 이익을 본 듯한 기분이 든다.

오늘도 그런 기사를 발견했다. 비탕으로 유명한 아카쿠마 온천에서 산책에 나섰던 숙박객이 황화수소 가스에 중독되어 사망했다는 것이다. 딱하게도, 라고 생각했다. 심신의 고단함을 풀기 위해 일부러 먼 온천지까지 갔는데 거기서 목숨을 잃다니.

우하라 마도카의 경호 업무를 시작한 지도 7개월쯤 되었다. 마도카 주위에서 신기한 일들이 이따금 일어나곤 했지만 그녀의 신상에 위험이 닥치는 일은 없었다. 다케오는 항상 특수 경봉을 소지하고 다니지만 다행스럽게도 한 번도 사용하지 않았다.

"글쎄 연락은 꼬박꼬박 하겠다잖아요. 근데 왜 안 된다는 거예요?"

"그런 문제가 아니지. 너도 잘 알잖아."

복도 안쪽에서 마도카와 기리미야 레이가 뭔가 말씨름을 하면서 나타났다. 두 사람의 그런 모습은 별로 본 적이 없었던 터라 다케오는 당황스러웠다.

"외출하려고?" 의자에서 일어나 다케오가 물었다.

마도카는 그를 보고 뭔가 할 말이 있는 듯한 눈치였지만 테이블 위의 신문이 눈에 들어오자 냉큼 그것부터 집어 들었다. 크게 펼쳐 들고 선 채로 읽기 시작했다. 어떤 기사를 그렇게 열심히 읽는지 다케오가 서 있는 위치에서는 보이지 않았다.

다케오는 기리미야 레이를 보며 무슨 일이냐고 눈짓으로 물었다. 그녀는 고개를 갸우뚱하며 어깨를 으쓱 치켜들었다.

이윽고 마도카가 신문을 접어 테이블에 내려놓았다.

"오늘은 어디로?" 다케오가 다시 물었다.

마도카는 대답 없이 기리미야 레이 쪽을 향했다. "절대 허락해줄 수 없어요?"

"그게 규칙이니까."

"알았어요." 마도카는 부루퉁한 얼굴로 "아무 데도 안 갈래요"라고 다케오에게 말하고 걸음을 홱 돌려 안으로 들어가버렸다.

기리미야 레이는 팔짱을 끼고 그녀의 뒷모습을 지켜보았다.

"혼자 외출하겠다고 조르는 거예요."

"그랬군요."

"가끔 그런 얘기를 꺼내서 이번에도 또 시작이구나 생각했는데." 기리미야 레이는 허리를 숙여 테이블에 놓인 신문을 펼쳤다. "왜 갑작스럽게 신문 같은 걸 읽었을까……."

다케오로서는 전혀 알지 못하는 얘기라서 조용히 입을 다물고 있었다.

"뭐, 좋아요. 늘 하던 대로 잠깐 변덕이 났던 모양이네요. 신경 쓰지 말기로 하죠." 그렇게 말하고 다케오에게 고개를 끄덕이더니 기리미야 레이도 복도 안으로 들어갔다.

혼자 남은 다케오는 의자에 앉아 다시 신문을 읽기 시작했다.

그날 이후, 다케오의 눈에는 마도카의 태도가 미묘하게 변한 것처럼 느껴졌다. 원래부터 말수가 많은 편은 아니지만 부쩍 더 말이 없어졌다. 차로 이동 중에는 입을 꾹 다물고 지그시 바깥 풍경만 바라보았다. 표정은 늘 음울해서 좀체 웃는 얼굴을 보이는 일이 없었다. 그런 식으로 몇 주일이 지났다.

해가 바뀌고 얼마 안 된 때의 일이다. 다시금 마도카가 외조모의 집에 가겠다고 했다. 그 말을 듣고 다케오는 약간 우울해졌다. 계속 쌀쌀한 날씨가 이어졌지만 그날은 아침부터 부쩍 더 추웠기 때문이다. 날씨 예보에 의하면 눈이 조금 흩뿌릴 것이라고 했다. 가능하면 밖에 나가고 싶지 않은 날이었다.

항상 하던 대로 기리미야 레이가 운전하는 세단으로 출발했다. 추운 날씨를 생각해서 그런지 마도카는 평소보다 방한 준비를 단단히 하고 있었다. 거기에 약간 큼직한 배낭까지 메고 있었다. 안에 무엇이 들어 있는지, 마음에 걸렸지만 물론 물어보지 않았다.

출발하고 20분쯤 지났을 무렵, 날씨 예보대로 눈이 흩뿌렸다. 하지만 그다음부터는 예보와 크게 다른 날씨로 바뀌었다. 눈이 조금 흩뿌리는 게 아니라 본격적으로 펑펑 쏟아지기 시작한 것이다. 잠깐 사이에 가로수가 눈으로 하얗게 뒤덮였다.

"눈이 꽤 많이 올 거 같은데, 괜찮겠지?" 기리미야 레이가 룸미러를 보며 말했다. 마도카에게 물어보는 모양이었다.

"네, 괜찮아요." 마도카가 그렇게 대답했지만 다케오는 이 대화의 의미를 알 수 없었다.

그 뒤에도 눈은 전혀 그칠 기미를 보이지 않았다. 주위는 온통 은빛 세계로 변하고 시야는 점점 나빠졌다. 이대로 계속 달리는 건 아무래도 위험하겠다고 생각하는 참에 아니나 다를까, 바로 앞에서 사고가 일어났다. 사거리에서 정지하려던 차가 미끄러지면서 맞은편 차선으로 진입한 것이다. 반대쪽에서 달려오던 트럭과 정면으로 충돌하는 모양새가 되었다. 양쪽 다 속도를 늦춰서 다행히 큰 사고로 번지지는 않았지만 아차 하면 다케오 일행의 차도 휘말릴 뻔했다. 기리미야 레이가 브레이크를 밟았을 때 옆으로 스르륵 미끄러지는 게 느껴졌기 때문이다.

주변 차량들이 줄줄이 멈춰 서면서 일대가 혼란에 빠졌다. 기리미야 레이는 다시 출발하려고 했다. 하지만 타이어가 미끄러져 앞으로 나가지지 않았다. 그녀는 답답한 듯 두 손으로 핸들을 툭툭 쳤다. "대체 어떻게 된 거야?" 웬일로 거친 목소리를 낸다. 그 말은 마도카에게 던진 것인 모양이었다.

"난처하시겠어요." 마도카가 말했다. 유난히 시들한 말투였다.

"남의 일처럼 얘기하는구나."

"네, 남의 일이거든요."

그 말에 다케오는 저도 모르게 뒤를 돌아보았다.

"그럼 안녕." 갑자기 인사말을 던지더니 마도카는 뒷좌석 문을 열고 차 밖으로 뛰쳐나갔다.

무슨 일인지 파악하지 못한 채 다케오는 한순간 어리둥절해했다. 왜 이런 데서 내리는 건가.

아차, 하고 기리미야 레이가 말했다. "어서 쫓아가요!"

다케오는 안전벨트를 풀고 급히 밖으로 나왔다. 재빨리 주위를 살펴보았다. 사방이 하얗게 변한 가운데 눈은 여전히 펑펑 쏟아졌다. 여기저기서 차들이 어쩔 줄 모르고 우왕좌왕, 클랙슨이 울리고 고함 소리가 터져 나왔다.

마도카의 배낭이 눈에 들어왔다. "마도카, 마도카!" 하고 소리쳤다.

그녀가 발을 멈추고 돌아보았다. 다케오는 뛰어가려고 했지만 구두 바닥이 미끄러져 마음먹은 대로 다리가 움직여지지 않았다. 그러자 그녀 쪽에서 다가왔다.

미안해요, 라고 마도카가 사과했다. "나 혼자 꼭 가야 할 데가 있어서요."

"어딘데?"

그러자 마도카는 빙긋 웃었다.

"얘기 못 들으셨어요? 나한테 질문하면 안 된다고 했잖아요."

다케오가 입을 꾹 다물자 "자, 그럼 안녕히"라면서 그녀는 몸을 돌렸다. 그대로 빠른 걸음으로 멀어져갔다. 다케오는 서둘러 뒤쫓아 가려고 했다. 하지만 그 순간, 발이 미끄러졌다. 눈 쌓인 바닥에 양손을 짚으면서 오른쪽 무릎을 쿵 찧었다.

마도카의 뒷모습을 눈으로 좇았다. 발걸음이 경쾌했다. 자세히 보니 구두에 뭔가 붙어 있었다. 아무래도 아이젠인 것 같다. 마도카는 오늘 폭설이 쏟아질 것을 미리 알고 있었다는 건가.

나는 마도카의 보디가드가 아니라 그녀를 도망치지 못하게 감시하는 역할이었던 게 아닌가—. 멀어져가는 뒷모습을 지켜보며 다케오는 생각했다.

6

자동 개찰기를 나오자마자 만나기로 한 사람이 눈에 들어왔다. 초록색 방한복으로 몸을 감싸고 귀마개 달린 모자를 쓰고 있었다. 현장이 그렇게 추운가, 하고 아오에 슈스케는 적잖이 불안해졌다. 지난번에 이곳을 다녀간 게 벌써 몇 주일 전이다. 본격적인 겨울철로 접어들어서 어제는 수도권에도 큰 눈이 내렸다.

"교수님, 안녕하십니까? 수고가 많으십니다." 이소베가 두 팔을 옆구리에 착 붙이고 그야말로 공손한 인사를 건네 왔다. 두툼한 렌즈의 안경을 썼고 앞니가 조금 튀어나왔다. 처음 만났을 때도 생각한 것이지만, 예전에 미국과 유럽 등지에서 야유의 의미로 그렸던 일본인의 모습을 그대로 빼다 박은 듯한 외모다.

"고맙습니다. 일부러 여기까지 나오시고, 미안하군요."

아오에의 말에 이소베는 눈을 둥그렇게 뜨고 손을 홰홰 저었다.

"아이고, 무슨 말씀을. 교수님을 도쿄에서 이런 시골까지 먼 걸음을 하시게 했으니 저희가 죄송스럽지요."

"아뇨, 이것도 제 업무 중 하나인데요."

"그렇게 말씀해주시니 참말로 고맙습니다."

역 앞에는 상점들이 처마를 맞대고 줄줄이 이어졌다. 하지만 대부분의 가게가 문을 닫은 채였다. 조금 떨어진 곳에 대형 쇼핑몰이 들어오면서 이 지역 사람들이 죄다 그쪽으로 몰리게 됐다는 얘기는 지난번에 들었다. 지방 도시의 상황은 어디든 비슷하다.

"그 뒤로 좀 어떻습니까?" 차가 출발하고 잠시 지나서 아오에는 물었다. "지난번 전화로는 여전히 규칙성이 발견되지 않는다고 하셨는데."

운전석의 이소베는 앞을 향한 채 고개를 내저었다.

"예, 그냥 그대로네요. 이따가 데이터를 보면 아시겠지만, 그날그날 제각각이에요. 대체 어떻게 된 일이냐고 다들 골머리를 썩이고 있습니다."

"거참, 전 구역에 출입금지 조치를 내릴 수도 없고."

"예에, 그렇습니다. 그런 조치가 내려졌다가는 우리 읍은 끝장이에요. 완전히 시들어버립니다." 이소베의 말소리에는 비장감이 담겨 있었다.

아오에는 한숨을 내쉬며 창밖으로 시선을 던졌다. 차는 그새 읍내를 빠져나와 전원 풍경 속을 달렸다. 그리고 이제 곧 산길을 달려 올라갈 것이다. 목적지까지는 40여 분쯤 걸릴까.

아오에의 연구실에 D현 경찰 본부에서 전화가 걸려 온 것은 작년 말의 일이었다. 수사에 협조해줄 수 없겠느냐는 것이었다.

아오에는 당혹스러웠다. 수사라고 하는 걸 보면 뭔가 사건이 일어난 모양이었다. 하지만 자신이 경찰에 협조해줄 것이 있을 리 없다. 대학에서 학생을 가르치는 일개 학자일 뿐이다.

그러자 상대는 사건이 아니라 사고일 가능성이 높다, 그것을 검증해주었으면 한다고 말했다.

그 일은 D현의 산속에 있는 아카쿠마 온천지에서 일어났다. 관광을 위해 찾아온 숙박객 중 한 명이 근처의 산을 산책하던 중에 쓰러져 그대로 사망했다. 아마도 화산가스에 의한 중독사로 보이는데, 지금까지 그런 일은 한 번도 없었던 터라서 그 원인을 규명해주었으면 한다는 것이었다.

그런 거라면 연락이 올 만도 하다고 그제야 이해가 되었다. 몇 년 전, 그 비슷한 일이 다른 온천지에서도 일어났었다. 눈 밑에 생긴 공동空洞에 황화수소 가스가 가득 고여 있었는데 관광 온 가족이 우연히 그 위를 지나던 참에 공동이 뚫리면서 중독사한 사고였다. 그때 아오에는 현장 조사에 협조하기 위해 나갔었다. 예전에 그 지역의 황화수소 가스 발생 상황을 조사한 적이 있었기 때문이다. D현 현경은 이번에 일어난 비극도 그것과 유사한 사고로 보고 일을 의뢰해 온 것이다. 아오에의 전문 분야는 지구화학이다. 학생들에게는 주로 환경 분석화학을 가르친다.

아오에 자신도 관심이 있었기 때문에 현경의 조사에 협조하기로 했다. 전화를 받은 그다음 날로 현지에 들어갔다.

사고 현장은 숙박 시설이 밀집한 온천가에서 수백 미터 떨어진 곳이었다. 산정을 향해 이어진 등산로를 잠시 올라가다가 중간에 좁은 짐승 통로로 들어간다. 이윽고 습한 저지대가 나오는데 그 바로 옆에서 남성 관광객이 쓰러져 있었다고 했다.

발견한 사람은 동행했던 아내였다. 여관을 나와 부부가 함께 그곳까지 갔는데 카메라 배터리를 여관방에 깜빡 잊고 온 것을 알고 아내 혼자 되돌아갔다. 배터리를 들고 다시 그곳에 와보니 남편이 쓰러져 있었다, 라는 얘기였다.

구급대원이 출동했을 때, 현장 주변에는 황화수소 가스 냄새가 떠돌고 있었다고 했다. 그건 온천물이 솟아나는 지역에서는 딱히 드문 일도 아니다. 지표면의 구멍 등을 통해 화산가스가 새어 나오는 것이다.

화산가스는 대부분 수증기로, 유독한 황화수소가 몇 퍼센트가량 포함되어 있다. 하지만 보통은 대기 중에 확산하기 때문에 치사 농도에 달하는 일은 거의 없다. 실제로 지역 소방대가 현장에서 황화수소 농도를 몇 차례 측정해봤더니 수치는 최고가 0.001퍼센트 정도였다. 이건 눈에 약간 자극을 느낄 정도의 농도다.

황화수소는 대기보다 무거워 지면의 웅덩이 같은 곳에 고이기 쉽다. 현장 부근은 분명 주위보다 지대가 낮아서 무풍 상태가 일정 시간 지속되었다면 가스가 고였을 가능성은 있다. 피해자는 하필 그런 곳에 우연히 들어갔었다는 얘기가 된다. 황화수소의 농도가 높을 경우, 10초 남짓한 사이에 의식을 잃는다. 그대로 계속 가스를 흡입하게 되면 곧바로 사망에 이른다.

아오에는 현지에 일주일을 머물면서 지역 소방대와 경찰, 읍사무소 등과 연대하여 조사를 실시했다. 하지만 그 기간으로는 충분한 데이터를 얻을 수 없었다. 그래서 한 달여간 데이터를 채집한 상태에서 본격적인 대책을 협의하기로 얘기가 되었다. 그 데이터 채집의 책임자가 이소베였다. 그는 현청의 환경보전과 소속 공무원으로 이번 일 때문에 아카쿠마 온천지에 파견된 것이다.

구불구불 휘어진 도로를 타고 올라가기를 20여 분, 드디어 작은 동네가 보이기 시작했다.

시대극을 떠올리게 하는 예스러운 온천가 한복판에 콘크리트로 지은 네모난 건물이 자리 잡고 있다. 주민 회관이다. 화산가스 사고 대책본부가 이곳에 설치되어 있었다.

차에서 내려 주민 회관 안으로 들어갔다. 회의용 책상이 실내 한가운데 놓였고 파이프 의자가 옆에 줄줄이 늘어섰다. 주변에 첩첩 쌓인 종이 박스에는 파일이며 서류 더미가 넘쳐나고 있었다.

"죄송합니다, 어질러져 있어서." 그렇게 말하면서 이소베가 두툼한 파일을 책상 위에 내려놓았다. "지금까지 채집한 데이터입니다."

"그럼 좀 볼까요." 아오에는 의자에 앉아 파일을 펼쳤다.

안에는 착착 접어 넣은 기다란 기록지 여러 장이 클립에 물려 있었다. 자잘한 간격으로 뾰족뾰족한 선을 그리고 있었다. 기록지는 모두 합해 다섯 장이다. 사고가 일어난 현장을 포함해 총 다섯 군데에서 스물네 시간 측정한 황화수소 농도였다.

이소베가 주전자에 끓인 물로 차를 내려 아오에 옆에 챙겨주었다. "어떻습니까?"

아오에는 기록지를 들여다보며 차를 홀홀 마셨다.

"순간적으로 0.002퍼센트를 넘는 경우가 있군요. A지점과 D지점에서."

그래도 그리 높은 수치는 아니다. 황화수소로 급성중독을 일으키는 기준치는 약 0.07퍼센트였다.

"네, 하지만 그것도 사고 현장인 X지점은 아닙니다. 그쪽에서는 현재까지 한 번도 0.001퍼센트를 넘은 적이 없었어요. 게다가 A지점도 그렇고 D지점도 그렇고, 0.002는 딱 한 번뿐이고 그다음은 계속 그보다 낮은 수준이었습니다. 그것도 기껏 30초도 안 되는 시간의 일이고 곧바로 안전한 수치까지 내려갔습니다."

"그렇다면 그날 그 시간대에만 우연히 X지점에서 농도가 급격히 올라갔다는 얘기가 되겠군요."

"예, 그렇지요. 그러니 이것 참 난처하게 됐지 뭡니까. 그쪽 현장에 출입금지 조치를 내리는 건 그나마 감수한다고 쳐도, 그렇다면 다른 곳은 어떻게 하느냐는 문제가 생기잖아요." 이소베의 눈썹 양끝이 여덟팔자로 처졌다.

"이 기록을 보면 1월 초에 극단적으로 수치가 낮아졌군요. 뭔가 있었습니까?"

"아, 그건 눈 때문입니다. 그 일대에 엄청나게 쏟아졌거든요."

"그렇군요. 화산가스 분출구가 눈에 막혀버린 것이네요."

"맞습니다. 그래서 그 이후의 데이터는 별로 신빙성이 없어요."

아오에는 저도 모르게 얼굴을 찌푸렸다. 눈이 녹을 때까지 결론을 미루는 수밖에 없는가. 하지만 화산가스가 발생하는 장소는 지열도 높아서 눈이 녹는 게 빠르다. 쌓인 눈 밑에 고인 가스가 단번에 외부로 배출될 위험성을 생각하면 지금부터 대책을 강구할 필요가 있다.

"다시 한 번 현장에 가봐도 될까요?"

"물론입니다. 제가 안내하겠습니다."

다시 이소베가 운전하는 차를 타고 현장으로 향했다. 혹시나 해서 산소 봄베와 가스마스크, 그리고 핸디타입의 농도계를 가져가기로 했다.

등산로 입구에 차를 세우고 거기서부터는 걸어서 올라갔다. 입구에 로프를 둘러쳤고 거기에 출입금지 팻말이 걸려 있었다.

농도계의 수치를 지켜보며 눈 덮인 등산로를 올라갔다. 수치는 거의 제로였다. 코로 공기를 들이쉬었지만 유황 냄새도 나지 않았다.

잠시 올라가자 길옆에 빨간 러버콘 두 개가 놓여 있었다. 사고 현장으로 가는 갈림길을 표시해둔 모양이었다. 쌓인 눈 위로 발자국이 찍혀 있었다.

이소베의 뒤를 따라 아오에도 갈림길로 들어섰다. 눈은 그리 높이 쌓인 건 아니지만 역시 산길이라 걸음을 옮기기가 힘들어졌다.

지난번에 안내를 받으며 이곳에 왔을 때, 가장 먼저 의아하게 생각했던 점은 왜 피해자들이 이런 곳에 들어왔느냐는 것이었다. 그것에 대해 피해자의 아내는, 남편이 길을 잘못 들었다, 라고 대답한 모양이었다. 어딘가의 폭포를 구경할 생각으로 여관을 나섰는데 길을 찾지 못해 헤매다가 남편의 감에 의지해 이 짐승 통로로 들어섰다는 것이다. 하지만 카메라 배터리를 여관방에 잊고 온 것이 생각난 시점에는 두 사람 다 자신들이 전혀 엉뚱한 곳으로 가고 있다는 의심은 털끝만큼도 하지 못한 채 이 길로 죽 들어가면 분명 폭포가 있을 것이라고만 생각했다고 한다.

불행한 우연이 몇 가지가 겹치면서 비극이 일어난 것이다.

잠시 뒤 현장에 도착했다. 큼직한 플라스틱제 상자가 지면에서 1미터 높이로 설치되어 있었다. 안에는 농도계와 기록 기기가 들어 있다. 사고 후에 설치한 것이다.

아오에는 핸디타입의 농도계를 들여다보았다. 역시 계속해서 제로였다.

고개를 들어 주위를 둘러보았다. 쌓인 눈 때문에 한 달 전에 왔을 때와는 풍경이 사뭇 달라졌다. 하지만 지형이 변한 것도 아니고 근처의 습지도 눈에 파묻히지 않았다.

이곳은 습지를 따라 주위보다 지대가 낮았다. 스노보드에 하프파이프라는 경기가 있지만, 말하자면 그런 모양새의 지형이다. 그래서 이 근처 어딘가에서 발생한 황화수소가 바람에 의해 이곳으로 밀려드는 건 가능하다. 하지만 문제는 고여 있는 시간이었다. 바람이 빠져나가기 쉬운 지형이라서 혹시 가스가 밀려들었더라도 다음 순간에는 죄다 휩쓸려나갈 터였다.

지극히 느린 속도의 바람을 타고 가스가 밀려왔는데 그 바람의 방향이 바뀌면서 우연히 이곳에 고이게 됐다고 생각하는 수밖에 없다. 게다가 하필 그곳에 사람이 있었다, 라고.

"사고가 난 그 무렵에 이 근처 날씨는 안정적이었다고 했지요?"

"그렇습니다. 그 무렵에는 비교적 온화했어요." 이소베가 대답했다.

아오에는 끄응 신음 소리를 올리며 머리를 긁적였다. "이것 참, 어렵네요."

"참말로 어떻게 된 건지 모르겠습니다."

"대책회의가 내일 오전 11시부터라고 했던가요?"

"네, 주민 회관에서 할 겁니다. 출입금지 지역을 결정할 예정입니다만……." 이소베는 슬쩍 눈치를 보는 듯한 시선을 건네 왔다.

내일 회의에서는 어떻든 아오에가 전문가로서 의견을 밝히지 않으면 안 되는 것이다.

"일단 주민 회관으로 돌아가지요. 화산가스 발생 포인트를 확인하면서 좀 더 고민해봐야겠어요."

"알겠습니다."

둘이서 온 길을 되짚어 걸어 나왔다. 등산로까지 나오자 앞쪽에서 인기척이 들렸다. "엇, 누구지?" 이소베가 중얼거렸다.

가까이 가보니 웬 젊은 여자인 것 같았다. 후드 달린 방한복을 입고 핑크색 니트 모자를 쓰고 있었다. 딱히 뭘 한다는 것도 없이 그냥 주위의 경치를 바라보는 것처럼 보였다.

"어디 여관 손님인 모양이네요." 아오에가 말했다.

"아마 그렇겠지요. —이봐요, 학생." 이소베가 말을 건넸다.

여자가 두 사람 쪽으로 몸을 돌렸다. 하지만 놀라거나 겁을 내는 기색도 없이 태연했다.

생각한 것보다 더 어린 여자였다. 아직 십 대일 것이다. 약간 강한 느낌이 드는 얼굴 모습이었다.

"거기서 뭐 하고 있어? 여긴 들어오면 안 돼. 출입금지 지역이라고 적혀 있었지?"

여학생은 주춤하는 일 없이 차가운 표정으로 이소베와 아오에를 번갈아 보더니 마지막으로 두 사람의 등 뒤쪽으로 시선을 던졌다.

"사고는 그 뒤쪽에서 난 거예요?" 약간 코에 걸린 목소리로 물었다.

뜻밖의 질문에 이소베의 대답이 한 박자 늦어졌다.

"사고 난 것을 알고 있으면 왜 출입이 금지됐는지도 잘 알겠네. 자아, 어서 내려가요, 내려가." 손을 홰홰 저으며 몰아내는 몸짓을 했다.

여학생은 뭔가 할 말이 있는 듯한 표정이었지만 결국 더 이상 입을 열지 않은 채 등산로를 내려갔다. 그 뒷모습을 지켜보며 아오에는 저도 모르게 중얼거렸다. "대체 왜 이런 곳에……."

"그러게 말입니다." 이소베도 고개를 갸웃거렸다.

"사고가 난 걸 알면서 굳이 여기까지 온 걸 보면 단순한 관광객은 아닌 것 같은데요. 혹시 사망한 사람의 유족인가."

"아, 그럴지도 모르겠네요. 하지만 그런 거라면 우리한테 미리 말했으면 합당한 대응을 해줬을 텐데 말이에요. 현장까지 안내를 한다든가."

"뭔가 사정이 있는 모양이죠. 이소베 씨는 피해자의 부인은 만났다고 했지요? 그 밖에 다른 유족은?"

"아뇨, 못 봤습니다." 이소베는 고개를 저었다. "제가 본 건 피해자의 부인뿐이에요. 아, 제가 그 얘기를 했던가요? 부인이 아주 젊고 대단한 미인이에요."

"예, 지난번에 들었어요. 아마 후처일 거라고 하셨는데."

"피해자가 예순여섯 살이거든요. 근데 부인은 아무리 봐도 서른 전

76

이에요. 분명 초혼은 아닐 겁니다." 그렇게 말한 뒤 이소베는 뭔가 깨달은 듯 손을 탁 쳤다. "방금 그 여학생, 혹시 피해자와 전처 사이의 딸이 아닐까요?"

"아, 그럴 수도 있겠네."

"그렇다면 제가 너무 매몰차게 나무랐네요. 아버지 돌아가신 곳을 봐두려고 여기까지 왔을 텐데."

"그리 걱정하지 않아도 될 거 같은데요. 반드시 피해자의 딸이라고 밝혀진 것도 아니고."

"예에, 그렇겠지요?"

이소베가 다시 앞장서서 걷고 아오에도 그 뒤를 따랐다. 이윽고 조금 전의 여학생을 따라잡을 거라고 생각했지만 등산로 입구까지 다 내려왔는데도 눈에 띄지 않았다.

"조금 전 그 여학생, 안 보이네요?" 똑같은 생각을 했는지 이소베가 어리둥절한 얼굴로 말했다.

"동행한 사람이 있었나? 그 사람이 차에서 기다리고 있었다든가."

"아하, 그런 모양이네요." 이소베가 차의 록을 해제하며 대답했다.

차에 탄 뒤에 아오에는 다시 한 번 등산로 입구를 살펴보았다. 외줄기 길이지만 주위가 온통 나무로 둘러싸여 있다. 몸을 숨기기로 마음먹으면 얼마든지 가능할 것 같았다.

나무 그늘에 숨어 아오에 일행이 떠날 때까지 숨을 죽이고 있는 여학생의 모습이 머릿속에 떠올랐다. 하지만 더 이상 깊게 생각하지 않기로 했다. 설령 그렇다 쳐도 그쪽도 나름대로 사정이 있을 것이다. 게다가 현재 이곳은 출입금지 조치를 내릴 만큼 위험한 곳도 아니다.

주민 회관으로 돌아와 몇 가지 데이터를 확인해 따로 복사하고, 이소베와 내일의 회의 절차를 상의했다. 그 뒤, 이소베와 헤어져 아오에는 혼자 오늘 밤에 묵을 여관으로 향했다. 예약해준 곳은 '마에야마 여관', 즉 피해자가 묵었던 숙소였다. 이 온천가에서 가장 큰 여관이다. 지난번 조사 때도 이곳을 이용했었다.

아오에가 여관 앞에 도착하자 눈에 익은 남자 종업원이 현관 청소를 하고 있었다. 그쪽에서도 기억이 나는지 "아, 안녕하십니까. 어서 오십시오"라면서 머리를 숙였다. 그러고는 현관 미닫이문을 열고 안에 알렸다. "주인아주머니, 아오에 교수님이 오셨습니다."

아오에가 안에 들어서자 여주인이 웃는 얼굴로 달려 나왔다. "어서 오십시오."

"또 신세를 지게 됐군요. 며칠 묵고 싶은데 이번에는 딱 하룻밤이에요."

"일이 바쁘셔서 그렇지요. 수고가 많으십니다." 여주인은 카운터 안으로 돌아가 숙박표를 내밀었다.

아오에는 카운터로 다가가며 무심코 옆으로 시선을 던졌다가 발을 뚝 멈췄다. 텔레비전을 마주한 소파에 조금 전의 여학생이 앉아 있었기 때문이다. 스마트폰을 손에 들고 있었다.

여학생은 아오에를 보더니 뭔가 거북스러운 듯 자리에서 일어섰다. 빠른 걸음으로 옆의 계단을 통해 2층으로 올라갔다.

왜 그러시냐고 여주인이 물었다.

"아뇨, 저 학생, 여기서 묵고 있습니까?"

"그렇습니다. 오늘 도착했어요."

"같이 온 사람이 있겠지요? 가족이라든가."

그러자 여주인은 고개를 가로저었다.

"아니, 그게요, 혼자 왔더라고요. 대학생인데 혼자 여행을 하고 있다네요."

"호오……."

대학생이라면 아마도 1학년이나 2학년일 것이다. 스무 살을 넘은 것으로는 보이지 않는다. 어떻든 여주인의 말투로 보아 피해자의 유족은 아닌 것 같았다.

"저 여학생의 친구도 전에 우리 여관에 다녀갔어요."

"친구?"

"네, 젊은 남자였어요. 방금 그 여학생이 사진을 보여주더라고요. 이 여관에 다녀가지 않았느냐면서. 얼굴이 눈에 익어서 우리 여관에서 묵었던 손님이라고 대답해줬어요. 아는 사람이냐고 내가 물어봤는데 친구라고 하더라고요."

흠, 하고 콧소리를 내며 아오에는 볼펜을 집어 들었다. 숙박표에 이름 등을 써넣으면서 "그나저나 대단하시네요"라고 여주인에게 말했다. "하룻밤 자고 간 손님들의 얼굴을 모두 기억해요?"

"아이, 설마요. 모두 기억하는 건 어렵죠." 여주인은 손을 저었다. "그 청년이 기억난 것은 조금 마음에 걸리는 일이 있었기 때문이에요."

"그건 무슨……?"

"우리 여관에 다녀간 그다음 주에 그 청년을 또 봤거든요, 등산로 근처에서."

"엇, 그러면 2주 동안 연달아 이 온천가를 찾아온 건가요?"

"그러게 말이에요. 두 번째 왔을 때는 다른 여관에서 묵은 모양이에요. 게다가 거기서 그 청년을 목격한 바로 그다음 날에 사고가 났었어요."

"사고라니, 황화수소의?"

네, 라고 여주인은 신기하다는 표정으로 고개를 끄덕였다.

"아무튼 그런 일이 있었으니 그 청년 사진을 보자마자 금세 기억이 났죠."

"그렇군요."

그런 일이 있었다면 분명 기억에 남을 것이라고 아오에는 고개를 끄덕였다.

다음 날은 8시에 일어나 큰 거실에서 아침을 먹었다. 지난번 왔을 때와 비교하면 숙박객이 약간 많아진 것 같았다. 그때는 사고가 보도된 직후여서 예약 취소가 줄을 이었다. 그 뒤로 시간이 조금 지났으니 이제 다시 손님들이 찾아드는지도 모른다.

아오에의 식사가 끝날 즈음에 그 여학생이 나타났다. 면바지에 트레이너 차림이었다. 화장을 안 해서 그런지 어제 만났을 때보다 더 어리게 보였다.

그녀는 아오에와 대각선으로 맞은편에 앉았다. 잠깐 시선이 마주쳤지만 아오에 쪽에서 얼른 시선을 돌렸다.

식사 후, 대욕탕 물에 들어가 몸을 덥히고 방으로 돌아왔다. 테이블 위는 자료로 가득했다. 간밤에는 늦게까지 데이터를 들여다봤지만 결국 묘안은 떠오르지 않았다. 오늘 회의에서는 두루뭉수리로 넘어가는 의견밖에 낼 수 없을 것 같다. 이소베의 난처해하는 얼굴이 눈에 선하게 떠올랐다.

오전 10시가 되자 준비를 하고 방을 나섰다. 1층 카운터에서 여관비 계산을 하고 있으려니 다시 그 여학생이 모습을 드러냈다. 배낭을 등에 멘 것을 보니 출발할 생각인 모양이었다. 어제와 마찬가지로 소파에 앉아 스마트폰을 테이블에 내려놓고 텔레비전으로 시선을 던졌다. 아오에 쪽은 돌아보지도 않았다.

그 옆 소파에는 아이를 데리고 온천지를 찾아온 가족 세 명이 앉아 있었다. 아이는 아직 초등학교 입학 전인 듯한 사내아이였다. 오른손에 페트병을 들고 있었다.

여주인이 숙박비 명세서를 내밀었다. 아오에는 지갑에서 신용카드를 꺼내 카운터에 놓았다. 그때, 옆에서 앗 하는 소리가 들렸다. 바라보니 아이 엄마가 급히 페트병을 붙잡는 참이었다. 테이블 위에는 페트병 안의 내용물이 길게 흘렀다. 아마 사내아이가 페트병을 떨어뜨린 모양이었다.

아오에는 그 여학생 쪽을 흘끗 쳐다보았다. 그녀는 테이블에 내려놓은 스마트폰을 20센티미터쯤 옆으로 옮겼다. 딱히 다급해하는 기색도 없었다.

액체가 테이블에 퍼지고 있었다. 여학생이 앉은 쪽으로도 흘러갔다. 하지만 전혀 아랑곳하지 않는 표정으로 텔레비전만 보고 있었다. 저러다가 자칫 스마트폰이 젖어버릴 것 같아 아오에가 도리어 속이 탔다.

하지만 그 여학생의 스마트폰은 무사했다. 닿기 바로 직전에 액체의 흐름이 멈췄기 때문이다. 하지만 여학생이 미리 조금 옮겨두지 않았다면 분명 젖었을 터였다.

미안해요, 라고 사과하면서 아이 엄마가 티슈로 테이블을 닦기 시작했다. 수건을 들고 여종업원도 뛰어나와 함께 거들었다. 청소하는 데 방해가 된다고 생각했는지 그제야 여학생은 자신의 스마트폰을 챙겨 들었다.

"저어, 아오에 교수님?" 여주인이 말을 건네 왔다. 카드 전표가 아오에의 손 옆에 놓여 있었다.

"아, 미안해요." 아오에는 서둘러 사인을 했다.

시계를 보니 오전 10시 15분이었다. 회의가 시작되는 11시까지 아직 조금 여유가 있다. 일찌감치 가서 이소베와 최종 상의를 하기로 마음먹었다.

여주인에게 인사를 건네고 여관을 나왔다. 주민 회관을 향해 걸어가는 도중, 그 여학생의 일이 자꾸 머릿속에 떠올랐다.

7

새해가 밝자마자 나카오카가 소속된 아자부기타 경찰서 관내에서 번거롭기 짝이 없는 사건이 터졌다.

니시아자부 거리에서 근처 맨션에 사는 여자가 칼에 찔리는 사건이 발생한 것이다. 목격자의 신고로 부근 일대에 긴급 배치가 깔렸고 곧바로 젊은 남자가 체포되었다. 여자는 생명에는 지장이 없고 의식도 명료했다.

범인은 예전에 피해 여성과 사귀었던 자였다. 일방적으로 이별을 통고한 것에 분노해 흉행에 이른 것이다.

문제는, 피해 여성이 두 달여 전에 누군가 자신의 우편물을 훔쳐보는 것 같다고 아자부기타 경찰서에 상담을 했었다는 점이다. 그녀는 남자와의 교제를 거절한 뒤에 두 차례 이사를 했는데 그 전 집에서도 똑같이 우편물을 훔쳐본 다음에 남자가 곧바로 집에 찾아왔다고 말했다. 미행 등으로 집을 알아낸 뒤 우편물로 방 번호를 확인한 것 같다, 라는 게 여자의 상담 내용이었다.

그때 대응에 나선 사람은 생활안전과의 스토커 담당 경위였다. 경위는 상대 남자에게 연락을 취해 사실관계를 확인했다. 하지만 남자는 이전 집에서 우편물을 훔쳐본 것은 인정했지만 이번 집 주소는 알지 못하며 여자의 뒤를 밟은 적도 없다고 말했다. 경위는 그의 진술 태도에서 거짓을 감지하지 못했다. 그래서 이번 상담 건은 여자 쪽의 피해망상이라고 결론을 내리고 그 이상의 대책은 취하지 않았다.

그러고는 이번 사건이 일어났다. 남자가 거짓말을 했고 경위는 그것을 간파해내지 못했던 것이다. 사람 보는 눈이 형편없다는 비난을 받아도 할 말이 없는 상황이었다.

도쿄에 폭설이 쏟아진 그다음 날 아침, 아자부기타 경찰서에서는 서장의 훈시가 길게 이어졌다. "시민이 어떤 고민거리를 상담해 올 경우, 그것이 아무리 경미한 것으로 보이더라도 안이하게 결론을 내리지 말고 최대한 손을 써주십시오. 경찰에 대한 신뢰감을 되찾기 위해서는 그 방법밖에 없는 것입니다……."

"딱하게도 그 경위, 좌천된다네요." 나카오카 옆자리의 후배가 말했다.

"그래?"

"이제는 스토커 대책이 가정 폭력과 함께 생활안전과의 주력 업무니까 그럴 만도 하죠. 일단 신뢰감을 잃으면 그 파장이 보통 큰 게 아니잖아요. 하지만 그나마 다행이었어요. 만일 피해자가 사망하기라도 했으면 어떻게 됐을지……. 유족이 소송을 제기해도 이상할 게 없는 일이죠."

"그건 그래."

"하긴 내 가족이 이미 사망했는데 그런 소송에서 이겨봤자 유족으로서는 쓸쓸하기만 하겠지요."

후배의 그 말이 한참 전부터 나카오카의 마음속에 걸려 있던 뭔가를 자극했다.

아카쿠마 온천에서 일어난 사고. 과연 미즈키 미요시 할머니는 그 사고를 어떻게 받아들이고 있을까.

어쩌나 하고 망설이면서도 스마트폰으로 전화를 걸었다. 미즈키 미요시는 휴대전화가 없었으니까 아마 방의 고정 전화 쪽으로 연결해줄 터였다.

하지만 전화는 연결되지 않았다. 놀랍게도 현재 사용되지 않는 번호라는 안내음이 흘러나왔다. 미리 등록해둔 번호를 누른 것이라 잘못 걸었을 리는 없었다. 그래도 혹시 몰라서 편지를 꺼내 그곳에 적힌 번호를 확인하고 다시 걸어보았다.

결과는 마찬가지였다. 역시 전화는 연결되지 않았다.

그래서 노인 요양 시설의 대표번호를 검색해 거기로 걸어보았다. 이쪽은 즉각 연결되었다.

나카오카는 자신의 이름만을 밝힌 뒤에 미요시 씨와 통화하고 싶다고 말해보았다.

"미즈키 미요시 씨 말씀이십니까? 아, 하지만……." 나이 지긋한 목소리의 여자는 뭔가 당혹스러운 듯한 기척이었다.

"무슨 일 있었습니까?"

"네에······." 잠시 틈을 둔 다음에 상대는 말했다. "미요시 씨, 돌아가셨어요. 일주일쯤 전에."

노인 요양 시설의 정면 현관을 들어서면 바로 왼편에 관리사무실 카운터가 있다. 둥근 얼굴의 여자가 그 카운터에 서 있길래 나카오카는 다가가 이름을 밝혔다.

"아, 아까 그분이시군요." 여자가 고개를 끄덕이며 말했다. 가슴팍에 달린 이름표에 '고모리'라고 찍혀 있었다. 전화를 받은 여자다.

"안내 좀 해주실 수 있을까요?"

나카오카의 말에 네에, 라고 작은 소리로 대답하고 고모리는 카운터에서 나왔다. 미즈키 미요시의 방을 살펴보게 해달라고 미리 얘기해둔 것이다.

"그나저나 정말 깜짝 놀랐습니다." 고모리와 나란히 복도를 걸어가며 나카오카는 말했다. "설마 자살을 하시다니."

"그러게 말이에요. 제가 이 요양 시설에서 일한 지 꽤 오래됐거든요. 그동안 방에서 쓰러져 그 길로 돌아가신 경우를 몇 번 보기는 했지만 이번 같은 경우는 처음이에요."

"목을 매셨다고요?"

예에, 라고 고모리는 고개를 끄덕였다. "그런 식으로 돌아가시는 거, 역시 안 좋아요."

유체가 발견되었을 때 그녀도 옆에 있었다는 얘기는 전화 통화에서 들었다. 목을 맨 사체의 처참함은 나카오카도 알고 있었다. 그런 끔찍한 모습은 안 보는 게 나았다고 후회하고 있을 것이다.

전에 미요시 씨가 말했던 대로 방은 청결하고 널찍한 원룸이었다. 옆으로 싱크대가 딸린 복도가 있고 그 앞쪽이 거실이다. 아직 침대 등의 가구류는 고인이 쓰던 그대로 놓여 있었다.

고모리가 큼직한 미닫이문을 열었다. 앞쪽이 세면실, 안쪽이 화장실과 욕실인 모양이었다.

"여기에 센서가 달려 있거든요." 그녀는 세면실 천장을 손끝으로 가리켰다. "사람이 이곳을 통과하면 관리사무실 모니터에 기록이 남게 돼요. 외출한 것도 아닌데 열 시간 넘게 기록이 없을 경우, 뭔가 이상이 발생했다고 판단하고 누군가는 방으로 올라와 상황을 살펴보는 시스템이에요."

"미요시 씨도 그렇게 발견된 거군요."

그녀는 고개를 끄덕이고 옷장으로 다가갔다. 접이식 문을 열고 위쪽 한 부분을 손으로 짚었다.

"여기에 밧줄을 걸고 목을 매셨어요."

"흠……."

미즈키 미요시는 몸집이 작은 편이었다. 아마 몸무게도 가벼웠을 것이다. 단 10분이면 가능했을 터였다.

"유서는?"

"있었어요." 고모리는 작은 테이블을 손으로 가리켰다. "저 위에 유서를 올려놓으셨어요."

"읽어봤습니까?"

"네에. 살기가 싫어졌다, 라고만 쓰셨어요."

나카오카는 위 속에 뭔가 묵직한 것이 털썩 내려앉는 듯한 느낌이었다.

"경찰에서는 뭐라고 얘기했습니까? 뭔가 수상쩍은 점이라든가, 그런 건 없었어요?"

그녀는 조용히 고개를 저었다.

"자살이 틀림없대요. 유서도 있었고, 자살 동기도 충분히 짐작할 만했으니까요. 아, 형사님, 미요시 씨 아드님 돌아가신 건 알고 있어요?"

"네, 알고 있습니다."

"미요시 씨가 충격이 얼마나 컸는지, 내내 침울하셨어요. 곁에서 지켜보는 내가 오히려 힘이 들 정도였죠. 저러다 건강을 해치는 게 아닌가, 다들 걱정했는데 설마 자살을 하실 줄은 생각도 못했지 뭐예요. 깜빡 주의가 부족했던 것 같아요."

"아드님의 죽음에 대해 미요시 씨는 어떻게 얘기하셨어요?"

나카오카의 질문에 고모리는 씁쓸한 것을 입에 넣은 듯한 표정을 보였다. 생각한 것을 말로 내뱉기가 망설여지는 듯한 기색이었다.

"어떤 얘기라도 괜찮습니다. 기록으로 남기는 것도 아니니까 솔직히 말씀해주십시오."

고모리는 심호흡을 한 뒤에 나카오카를 똑바로 바라보았다.

"내 아들은 살해됐다―. 미요시 씨가 나한테 그렇게 얘기하셨어요. 나 말고 직원들 몇 명도 그런 얘기를 들었습니다."

나카오카의 심장이 꿈틀 뛰었다.

"저는 그럴 리 없다고 말씀드렸죠. 신문에도 사고였다고 보도됐으니까요. 하지만 미요시 씨는 도저히 인정할 수 없으신 것 같았어요.

어렵사리 경찰하고도 상담을 했는데 결국 그 여자한테 감쪽같이 당해버렸다고 몇 번을 얘기하시더라고요."

"그 여자라는 건?"

"그야 물론……."

나카오카가 물었을 때, 현관문 쪽에서 소리가 들렸다. 고모리가 그쪽을 돌아보더니 얼굴이 굳어버렸다. "앗! ……아, 안녕하세요?"

싱크대 앞 복도를 건너오는 발소리와 함께 이윽고 한 여자가 들어왔다. 검은 원피스를 입었고 회색 모피 코트를 손에 들었다. 이십 대 후반쯤일까. 동양적인 얼굴 생김새에 화장도 짙은 편이 아닌데 요염한 빛이 감돌았다. 미즈키 미요시가 말했던 그 며느리라고 즉각 알아보았다. 이름이 치사토라는 건 미요시에게서 들은 적이 있다.

문을 여닫는 소리는 들리지 않았었다. 이 여자는 언제부터 거기에 있었는가.

"이분은?" 여자가 길쭉한 눈으로 나카오카를 쳐다보며 물었다.

"네, 그게……." 고모리는 설명하기가 난처한 듯 말을 어물거렸다.

나카오카는 재빨리 명함을 꺼내 내밀었다. "경시청 아자부기타 경찰서의 나카오카라고 합니다. 실례지만 미즈키 요시로 씨의 부인 되십니까?"

여자는 명함을 받아 흘끗 쳐다본 뒤 핸드백에 넣을 것도 없이 나카오카에게 돌려주었다. 형사의 명함 따위, 원하지 않는다는 뜻인가. "네, 그렇습니다만, 경찰분이 왜 이런 곳에?"

나카오카는 자신의 명함을 받아 호주머니에 넣었다.

"생전에 미즈키 미요시 씨가 제게 상담을 하신 적이 있어서요."

"상담? 어떤 내용의 상담이었는데요?"

"그건 말씀드릴 수 없습니다. 이미 고인이 되셨지만 우리로서는 프라이버시를 지켜줄 의무가 있으니까요."

치사토는 높직한 코를 살짝 찡그렸다.

"네, 그렇다면 어쩔 수 없군요. 묻지 않도록 하죠."

"저는 이제 그만 가도 될까요? 할 일이 좀 있어서……." 고모리가 눈치를 살피면서 나카오카를 쳐다보았다.

"네, 됐습니다. 고마워요. 저도 곧 돌아갈 겁니다."

그럼 실례합니다, 라고 말하고 고모리는 도망치듯이 방을 나갔다.

나카오카는 치사토에게로 시선을 옮겼다. "오늘은 무슨 일로 여기에?"

모피 코트를 행거에 걸던 치사토가 돌아보았다. "그건 경찰로서의 신문인가요?"

"천만에요." 나카오카는 손을 저었다. "그냥 물어본 것뿐입니다. 대답하지 않아도 괜찮아요."

치사토는 피식 입술을 풀며 웃었다.

"딱히 감출 생각도 없어요. 이 방의 짐을 처분하러 왔어요. 입주자가 사망한 경우에는 일정 기간 내에 방을 비워주기로 계약이 되어 있거든요."

"그렇군요. 전에 미요시 씨에게서 들었는데, 입주 때 16년분의 임대료를 선불하는 시스템이라면서요? 거주 기간 16년을 채우지 못했을 경우에는 어떻게 되죠?"

"물론 남은 연월 수에 따라 돌려받기로 했어요. 근데 그게 왜요?"

"아뇨, 그것도 상당한 금액일 것 같아서. ……아, 제가 너무 속물 같은 질문을 했군요. 이건 그냥 잊어버리시죠. 그보다 이번에 참으로 가슴 아픈 일을 겪으셨더군요." 나카오카는 두 손을 몸에 붙이고 머리를 깊숙이 숙이며 말했다. "남편분에 이어 시어머님 일까지, 진심으로 머리 숙여 조의를 표합니다."

치사토는 가면처럼 표정 없는 얼굴로 "마음 써주셔서 감사합니다" 라고 억양이 담기지 않은 목소리로 답했다.

나카오카는 베란다로 다가갔다. 창문 너머로 다마가와 강이 내려다보였다.

"조망이 끝내주네요. 방도 깔끔하고 시설 측의 서비스도 충실하더군요. 미요시 씨는 이곳에서 아주 행복한 나날을 보내셨겠지요." 몸을 돌려 치사토를 보았다. "아드님께 그런 일이 생기기 전까지는."

"네, 그랬겠지요." 치사토는 차가운 눈빛을 던져 왔다. "저도 설마 그런 일이 일어날 줄은 꿈에도 몰랐어요. 자연의 힘이란 역시 무섭죠? 형사님도 조심하시는 게 좋을 거예요, 온천지에 가실 때는."

"예, 조심하지요." 나카오카는 고개를 끄덕이며 옆의 작은 불단으로 시선을 던졌다. 불단에 놓인 사진의 노인은 미즈키 미요시의 남편일 것이다. 그 사진 앞에 말라빠진 밤 만주가 놓여 있었다.

형사님, 이라고 치사토가 불렀다. "아직 볼일이 남았나요? 이제 슬슬 방 정리 작업을 시작했으면 하는데요."

"직접 하시려고?"

"업자를 부를 건데, 왜요?"

"아니, 아무것도 아닙니다. 그럼 저는 이만 실례하지요." 나카오카는 다시 불단을 보았다. 이것도 이제 곧 처분될 터였다.

구두를 다 신고 현관문 손잡이를 잡으려는데 치사토가 다시 "형사님"이라고 말을 건넸다. 나카오카는 몸을 돌려 여자를 바라보았다.

"속 시원하실 때까지 마음껏 수사해주세요." 치사토는 당당한 웃음을 짓고 있었다. 눈은 냉철해 보이는 빛을 내뿜었다. "경찰에서 충분히 조사하고, 그래도 아무것도 없다는 결과가 나오면 그때는 이런저런 잡음도 분명 가라앉을 테니까요."

고모리와의 대화를 들었구나, 라고 나카오카는 확신했다.

"예에, 열심히 뛰어볼 생각입니다."

치사토는 자신에 찬 웃음을 입술에 머금은 채 슬쩍 고개를 끄덕였다.

8

건물을 나선 형사가 역 쪽을 향해 걸어간다. 그 뒷모습을 창문 너머로 확인한 뒤, 치사토는 가방에서 스마트폰을 꺼내 '기무라'라는 이름으로 등록된 번호를 눌렀다.

곧바로 연결되면서 변함없이 음울한 목소리가 들려왔다. "예에."

"형사가 시어머니 쪽에 찾아왔어." 이름을 밝히지도 않고 댓바람에 치사토는 그렇게 말했다. "시어머니가 살던 요양 시설로 직접 나왔어. 아자부기타 경찰서의 나카오카라는 형사야."

스톱, 이라고 그가 말했다. "당신, 지금 그 시어머니 방에 있는 거야?"

"응."

"그렇다면 당장 거기서 나와. 다른 곳으로 이동하라고."

"왜?"

"됐으니까 내 말대로 해."

무슨 영문인지 알 수 없었지만 치사토는 스마트폰을 손에 든 채 방을 나왔다. 엘리베이터 홀에 소파가 있어서 거기에 앉았다. "방에서 나왔어."

"그 형사에게서 뭔가 받지 않았어? 선물이라든가."

"명함을 줬는데 다시 돌려줬어."

"응, 잘했어. 요즘은 종이에도 IC 칩을 넣을 수 있으니까."

"무슨 얘기야? 왜 방을 나와야 하는 건데?"

"그 형사가 도청기를 설치했을 가능성도 있잖아."

"앗……."

분명 맞는 말이었다. 형사는 고모리라는 직원과 함께 있었지만 방에 혼자 있을 기회가 전혀 없었다고는 할 수 없다.

"그래서 그 형사는 뭐래?" 그가 물었다. 그 말투에 동요한 기척은 없었다.

"나를 의심하는 거 같아. 아무래도 시어머니가 그 경찰에게 상담을 했던 모양이야. 아들이 젊은 며느리에게 살해되는 거 아니냐고."

"오, 그렇군. 그래서 뭐지? 뭔가 문제가 있어?"

"별문제는 없지만 일단 너한테 보고해두려고."

흠, 하고 코를 울리는 소리가 들렸다.

"주위에서 의심을 받으리라는 건 충분히 예상했던 일이야. 경찰이 움직일지 모른다는 것도. 하지만 당신은 전혀 당황할 필요도 없고 두려워할 것도 없어. 그렇지?"

치사토는 스마트폰을 귀에 댄 채 고개를 끄덕였다. "응, 맞아."

"잘 들어. 당신은 어떤 이상한 짓도 하지 않았어. 그저 보통 하는 일을 했을 뿐이야. 나이 차 많이 나는 남편과 온천지에 놀러 갔고, 명소로 알려진 폭포를 찾아 산길을 올라갔어. 카메라 배터리를 여관에 깜빡 빠뜨리고 오는 실수를 했지만 그건 비난받을 일이 아니지. 아자부기타 경찰서의 형사가 어디를 어떻게 캐고 다니든 전혀 나올 게 없어. 존재하지 않는 것을 찾고 다니는 짓이니까."

"나도 알아. 그냥 보고한 것뿐이라니까."

"혹시 도청을 당했다면 당신의 이 보고가 치명타가 됐을 수 있어. 주의하지 않으면 나도 곤란해져."

"미안. 앞으로는 주의할게."

"하지만 마침 잘됐어, 내 쪽에서 연락하려던 참이었으니까. 이제 슬슬 다음 단계로 넘어갈 거야."

"……실행 날짜가 정해졌어?"

"거의. 장소도 정했어. 당신은 어떤 사람을 그 장소로 안내해주기만 하면 돼. 일의 절차는 전에 얘기했던 그대로야. 어때, 문제없겠지?"

"응, 괜찮아."

"날짜와 시간이 정확히 정해지는 대로 내 쪽에서 연락할게. 단 혼자가 아닐 때는 착신을 거부할 것."

"알고 있어."

"그리고 미행을 조심해. 한동안 경찰이 따라붙을 수도 있어. 당신이 실수하면 이쪽 계획도 엉망이 된다는 걸 명심하라고."

"그것도 잘 알고 있어. 걱정할 거 없어. 나도 어렵게 손에 넣은 걸 잃고 싶지는 않아."

"그렇겠지. 자, 그럼 다음에."

"연락 기다릴게." 치사토는 전화를 끊고 스마트폰을 가방에 챙겨 넣었다. 손바닥에 땀이 흥건했다. 그와 이야기를 나눌 때는 항상 이렇게 긴장한다.

나는 악마와 거래를 한 것일까─. 문득 그런 생각이 들었다.

9

"……이상과 같이 로이어는 CO_2 농도가 500ppm 이하였던 시대에 전 세계적으로 빙상永床이 발달했다는 점을 지적하고, 한편으로 1,000ppm 이상으로 추정된 시기에는 지구가 예외 없이 온난했다는 결론을 내렸습니다. 지구화학의 발상으로 CO_2 농도의 온실효과와 기후의 관계에 대해 추적한 연구는 그 밖에도 몇 가지가 있습니다. 대표적인 것은 현생대顯生代 전, 약 7억 년 전 무렵의 스노볼 어스Snowball Earth, 즉 전 지구 동결이라는 가설, 그리고 5500만 년 전의 급격한 온난화 사건, 4000만 년 전 이후의 한랭화와 히말라야의 융기와의 관계를 논한 레이모 가설 등입니다. 다만 위의 가설들은 찬반양론의 논문이 지속적으로 발표되고 있기 때문에 아직 답은 나오지 않았습니다. 다음 수업에서는 지구화학적 사실과 그 해석을 알아보기 위해 스노볼 어스 가설과 레이모 가설에 대해 설명하도록 하겠습니다."

오늘은 여기까지, 라고 말하고 아오에는 교단에서 끝인사를 건넨 뒤 출구로 향했다. 200명 이상이 앉을 수 있는 계단식 강의실이지만 수강하는 학생은 20여 명이다. 지구환경 과학 강의는 해마다 인기가 떨어지고 있다. 원인은 알 수 없다. 단순히 저출산의 영향 때문인지도 모른다.

교수실로 돌아오자 책상 위에 메모가 놓여 있었다. 오쿠니시 데쓰코의 성실한 성품을 보여주는 단정한 글씨로 '손님이 오셨습니다. 연구실에서 기다리고 계십니다'라고 적혀 있었다. 함께 붙여둔 명함은 나카오카 유지라는 인물의 것이었는데 소속과 직함을 보고 흠칫했다. 경시청 아자부기타 경찰서 형사과, 라고 되어 있었기 때문이다.

짚이는 것이 전혀 없더라도 경찰이 왔다는 말을 듣고 마음이 평온할 사람은 없을 것이다. 게다가 형사과라니. 대체 무슨 일인가 하고 불안해졌다. 교통과라면 몇 번 신세를 진 적이 있지만.

아오에는 강의용 자료를 책상에 던져두고 교수실을 나섰다. 연구실은 바로 옆방이다. 노크도 없이 문을 열었다.

벽을 마주 보게 배치한 책상에서 대학생과 대학원생 몇 명이 컴퓨터를 들여다보고 있었다. 빈번하게 사람들이 드나들기 때문에 문이 열리는 정도로는 아무도 반응을 보이지 않는다. 들어온 사람이 교수라고 해도 그건 마찬가지다.

오쿠니시 데쓰코는 검은 테 안경을 쓰고 한가운데 회의 책상에서 뭔가 쓰고 있었다. 그녀도 아오에에게 일별조차 던지지 않았다. 그 맞은편에 앉아 있던 낯선 인물만 그를 보자마자 자리에서 일어섰다.

"아오에 교수님이십니까?"

"그렇습니다. 아, 그……." 들고 있던 명함을 보았다. "나카오카 형사님?"

"네, 바쁘신데 갑작스럽게 찾아와 죄송합니다."

나카오카는 삼십 대 후반으로 보였다. 스포츠맨처럼 탄탄한 체형으로, 햇볕에 그을린 얼굴에는 형사답게 예리한 사나움이 있었다. 입고 있는 양복은 그리 고급품은 아니겠지만 손질은 잘되어 있었다.

자신에게 뭔가 혐의가 있어서 찾아온 건 아니라고 아오에는 짐작했다. 나카오카 곁에 선물인 듯한 종이봉투가 놓여 있었다.

"그러면 제 방으로 가실까요? 바로 옆인데."

"그래도 될까요. 고맙습니다." 나카오카는 힘차게 대답하고 종이봉투와 함께 서류 가방을 손에 들었다.

교수실로 돌아온 뒤에 나카오카가 다시 자기소개를 했다. 그 참에 내밀어준 종이봉투는 묵직했다. 그의 말에 의하면 와인이라고 한다.

"교수님이 와인을 좋아하신다고 해서요."

"좋아한다고 할 정도는 아닌데……. 누구에게서 들으셨습니까?"

"이소베 씨예요, 아카쿠마 온천의."

"아, 그 건 때문에 오셨군요."

아오에는 당혹스러웠다. 대책회의가 있었던 것이 지난주의 일이다.

나카오카는 가방에서 수첩을 꺼내 들었다.

"교수님께서 그 사고의 조사를 맡으셨지요? 그것과 관련해 좀 여쭤보려고 이렇게 찾아왔습니다. 바쁘실 텐데 정말 죄송합니다만, 몇 가지 확인해도 될까요?"

"그건 괜찮지만, 아, 저······." 아오에는 다시 명함에 시선을 떨구었다. "왜 아자부기타 경찰서 형사님이 그 사고에 대한 것을?"

"미즈키 씨의 거주지가 아자부거든요." 나카오카가 시원스럽게 대답했다.

"미즈키 씨?"

"피해자입니다."

"아하······."

아카쿠마 온천지에서 사망한 사람의 성씨가 '미즈키'였던 게 생각났다. 이름은 '요시로'였던가.

"미즈키 씨에 대해 몇 가지 궁금한 게 있습니다. 괜찮겠습니까?"

"예에."

고개를 끄덕이면서도 아오에는 선뜻 이해가 되지 않았다. 피해자에 대한 것이라면 자신은 아무것도 알지 못한다.

"가장 먼저 여쭤보고 싶은 것은 사고를 예견할 수 없었는가, 하는 점입니다. 어제 제가 현지에 다녀왔는데 출입금지 구역이 설정되었더군요. 교수님께서 결정하셨다고 하던데요."

아니, 아니, 라고 아오에는 얼굴 앞에서 손을 저었다.

"내가 결정했다기보다 대책본부 측과 상의해서 결정한 것이죠. 경찰이나 소방대 사람들의 의견도 참조했습니다."

타협의 산물, 이라는 솔직한 심정은 그냥 접어두었다. 그 회의에 대해 떠올리면 아직도 우울해진다. 소방대와 경찰 쪽에서는 황화수소가 조금이라도 검출되는 장소는 모조리 출입금지 조치를 내리는 게 어떠냐는 의견이 나왔다. 하지만 그랬다가는 온천가가 거의 전멸이라서 관광산업 자체가 이루어지지 못한다. 그러면 수치를 어디까지 인정할 것인가. 여기서 다시 말씨름이 벌어졌다. 측정 장소마다 매번 수치가 일정하지 않았기 때문이다. 최근 한 달 동안의 최고치를 참고로 한다고 쳐도 기후의 변화에 따라 또다시 달라질 터였다.

결국 이번 조사에서 고농도로 나온 장소는 일시적으로 전면 출입금지, 그 이외의 지역은 최대한 출입을 자제하라는 경고문을 내거는 것으로 낙착되었다. 하지만 다음 달에는 다시 조정할 예정이었다.

"교수님은 몇 년 전에도 비슷한 사고를 조사하셨다고 들었습니다. 황화수소계의 온천을 가진 지역에서는 크든 작든 그런 사고가 일어날 위험성이 있다고 생각해도 될까요?"

"그건 뭐, 그렇지요. 실제로 사고가 일어나기도 했으니까요."

"언제 일어날지, 어디서 일어날지, 그런 건 알 수 있습니까?"

아오에는 크흠 신음 소리를 내며 고개를 저었다.

"화산이 분화하기 전이라면 데이터상에 뭔가 이변이 나타나기도 합니다. 하지만 이번 같은 규모의 사고를 예견한다는 건 어려운 일이에요. 아니, 어렵다기보다 불가능하다고 해야겠지요." 신중하게 말을 골랐다. "불행한 우연이 겹쳤다고밖에는 달리 설명할 도리가 없습니다. 사고 현장만 해도 황화수소 농도가 위험 수준에 달했던 건 그날 이후 단 한 번도 없었어요. 지금 출입금지 조치가 내려졌지만 그건 혹시나 해서, 라는 면이 강합니다."

"불행한 우연…… 그렇다면 그런 우연이 일어날 확률은 어느 정도나 될까요?"

"확률이라고요? 아, 그건 숫자로 말할 수 있는 건 아니겠지만, 최근 한 달 넘는 기간 동안 농도가 올라간 일이 한 번도 없었으니까 아무리 많아봐야 1년에 기껏 몇 번 정도 아니겠습니까. 실은 이건 1년 동안 측정해보지 않고서는 말할 수 없는 일이긴 하죠. 하지만 농도가 올라갔다고 해도 극히 제한된 구역이고 시간적으로도 한순간의 일이라서 우연히 그런 곳에 사람이 들어간다는 건 확률로 보면 거의 제로라고 해도 무방하겠지요."

"제로······. 즉 사고가 일어난 것이 불가사의하다는 말씀입니까?"

"불가사의하지요. 그래서 좀 더 상세히 조사해볼 필요가 있습니다."

나카오카는 잠시 심각한 표정을 짓더니 몸을 슬쩍 앞으로 내밀었다.

"그러면 우연이 아닐 가능성은 어떻습니까. 그럴 수도 있을까요?"

"우연이 아니라니?"

말하자면, 이라면서 나카오카는 입술을 혀로 적셨다. "인위적으로 사고를 일으켰을 가능성 말입니다."

"예에?" 아오에는 형사의 얼굴을 마주 보았다. "인위적으로 사고를 일으켜요? 어떻게?"

"누군가 황화수소 가스를 발생시켰을 가능성 말입니다. 몇 년 전에 그런 방법으로 꽤 많은 사람들이 자살한 사건이 있었잖습니까."

아아, 하고 아오에는 입을 헤벌린 채 고개를 끄덕였다. 지금까지 생각해본 적도 없었던 일이다.

"그런 뜻이군요. 근데 그건 아니라고 생각합니다."

"왜 그렇습니까?"

"왜냐니, 도리어 내가 묻고 싶군요. 형사님은 왜 그런 생각을 하십니까?"

"그 대답은 방금 전에 교수님이 말씀하시지 않았습니까. 이번 같은 사고가 일어날 확률은 거의 제로라고요. 그렇다면 누군가에 의해 인위적으로 일어났다고 생각하는 게 합리적이죠, 그렇잖습니까?"

"아뇨, 그건요." 아오에는 고개를 가로저었다. "불가능한 일이에요. 분명 확률이 거의 제로라고 했지만 완전히 제로라는 건 아닙니다. 그런데 인위적으로 그런 일을 일으켰을 가능성은 제로라고 해도 틀림이 없어요."

"그럴까요? 많은 사람들이 실제로 황화수소로 자살을 했잖습니까."

"그건 실내에서의 일이죠. 이번 피해자는 실외에서 사망했습니다."

"많은 자살자가 실내를 선택한 것은 제삼자에게 피해가 가지 않도록 하기 위해, 그리고 그러는 게 가스 농도가 높아지기 때문입니다. 하지만 실외에서도 바람 없는 날을 택해 바로 옆에서 가스를 발생시키면 중독이 되는 거 아닌가요?"

아오에는 저도 모르게 쓴웃음을 지었다. 기분이 상한 듯 "제 얘기가 우스운가요?"라며 나카오카의 표정이 좀 험해졌다.

"아뇨, 실례했습니다. 우습다기보다 감탄한 거예요. 실로 유니크한 발상입니다. 일리가 있어요. 하지만 유감스럽게도 그건 무리예요. 나카오카 형사님은 황화수소 발생 방법을 알고 있습니까?"

"인터넷에서 검색해봤습니다. 어떤 특정 입욕제와 세제를 섞는다고 하던데요."

"자살에 빈번하게 사용되던 입욕제는 제조 중지 명령이 떨어졌어요. 그런 어리석은 짓을 퍼뜨린 자들이 있다니. 어찌 됐든 형사님이 말한 대로 황화수소 가스는 기본적으로 두 종류 이상의 액체를 섞어 발생시킵니다. 거기에 또 필요한 것이 액체를 넣을 용기예요. 자, 그렇게 가스를 발생시켜 자살했다고 칩시다. 현장에는 당연히 가스가 발생하는 용기가 남게 됩니다. 하지만 구급대원들은 그런 건 발견하지 못했어요."

나카오카는 고개를 끄덕였다.

"네, 알고 있습니다. 그래서 누군가 그 용기를 치워버렸을 가능성을 의심하고 있어요."

"치웠다고요?" 누가, 라고 물으려다가 아오에도 금세 답이 떠올랐다. "혹시 부인이 치워버렸다는 건가요?"

"불가능한 건 아니죠? 미즈키 요시로 씨의 유체를 처음 발견한 건 부인이니까요. 용기나 액체의 빈 병을 어딘가 먼 곳에 내버렸다면 아무도 알지 못했겠지요."

"부인이 왜 그런 짓을? 자살을 사고로 보이게 하다니, 그래봤자 무슨 득이 된다고……." 거기까지 말한 참에 아오에의 머릿속에서 번뜩 떠오르는 게 있었다. "아, 그렇군. 그래서 아자부기타 경찰서의 형사님이 나섰군요. 흠, 역시 경찰은 이래저래 의심을 하게 마련인 모양이네요."

"뭔가 짚이는 게 있으신 것 같군요." 나카오카가 약간 김이 샌다는 기색으로 말했다.

"예, 있어요. 그거잖아요, 보험금 사기를 의심하는 거. 어디선가 들은 적이 있습니다. 자살을 하면 보험금이 나오지 않는 경우가 있다면서요? 그것 때문에 사고가 난 것처럼 꾸민 게 아닌가 하고 의심하는 거군요."

그 물음에 나카오카는 답하지 않았다. 도리어 "어떻게 생각하십니까, 제가 한 추리에 대해서?"라고 대답을 재촉했다.

"보험금 사기 문제라면 법학과 교수와 상담해보시는 게 좋겠지요."

"그게 아니라 방금 제가 말했던 방법이 실제로 가능한가, 라는 점을 여쭤보는 겁니다."

"그건 불가능해요. 비현실적이라고 답할 수밖에 없습니다. 황화수소가 발생하는 용기에 접근하다니, 그거야말로 자살 행위예요."

그러자 나카오카는 오른손으로 자신의 턱을 짚었다. "가스마스크를 하고 있었다면?"

일순 아오에는 말문이 막혔다. 하지만 나카오카는 엉뚱한 말을 내뱉었다는 자각도 없는지 태연한 얼굴로 학자의 대답을 기다리고 있었다.

"동기는 있습니까?" 아오에가 물었다. "피해자가 자살할 동기 말이에요."

나카오카는 앉음새를 바로잡더니 등을 반듯하게 세웠다.

"계속 질문만 하는 것도 죄송하니까 저도 대답해드리겠습니다. 분명히 말해서, 미즈키 씨가 자살할 이유는 발견되지 않았습니다. 유명한 영화 프로듀서에 재산도 많고, 자살을 하면서까지 갚아야 할 빚 따위도 물론 없었습니다."

피해자가 영화 관계자였다는 건 처음 듣는 얘기였다. 그쪽 업계라면 아오에 입장에서는 아예 딴 세상 사람이나 마찬가지였다.

"그렇다면……."

예에, 라고 나카오카는 턱을 끄덕였다.

"저도 자살은 아니라고 생각합니다. 하지만 단순한 사고는 아니라고 의심하는 것이죠. 그래서 다양한 가능성을 조사해보는 중이에요."

"아, 잠깐만. 자살도 아니고 사고도 아니라면 그다음은……." 뒤를 이을 말을 내뱉기가 어쩐지 망설여졌다.

"피해자 미즈키 요시로 씨는 의사의 처방에 따라 평소에 수면제를 복용하고 있었어요. 그 약을 여관에서 나오기 전에 몰래 먹였다면 산속을 걸어갈 때 졸음이 덮쳤을 가능성이 있습니다. 잠시 쉬자면서 자리를 잡고 앉았다면 그대로 잠이 들었겠지요. 그다음에 바로 옆에서 황화수소를 발생시키고 자신은 자리를 뜬다. 충분한 시간이 지난 뒤에 가스마스크를 쓰고 돌아와 용기 등을 처분한다……. 어떻습니까, 그건 가능하겠지요? 절대로 불가능하다, 라고 단언하실 수 없잖습니까." 나카오카는 담담한 어조로 말하더니 어떠냐는 듯이 도전적인 시선을 던졌다.

아오에는 입술을 혀로 적셨다.

"경시청에서는 이번 일을 살인 사건으로 보는 겁니까? 그리고 범인은 피해자의 부인이라고? 하지만 그 지역 경찰은 그런 쪽으로는 전혀 생각도 안 하는 것 같았는데?"

나카오카가 씨익 웃었다. "글쎄요, 그건 모르는 일이죠."

"의심을 하고 있으니 그런 얘기를 한 거 아닙니까?"

"일단 다양한 가능성을 의심해보는 것이 경찰입니다. 그보다 교수님의 의견을 듣고 싶군요."

아오에는 고개를 저었다. "그런 범행은 도저히 안 됩니다."

"왜죠?"

"아까도 말했지만 자살 행위이기 때문이에요. 실외에서 중독사를 일으킬 정도라면 상당한 양을 발생시켜야 합니다. 그런 곳에 접근하는 것은 가스마스크를 쓰고 있더라도 몹시 위험해요. 화학 방호복이 필요합니다. 그리고 용기에 남은 액체는 어떻게 하지요? 그 자리에 버렸다면 나중에 출동한 구급대원들이 틀림없이 알아봤을 텐데요."

아오에의 설명에 나카오카는 떨떠름한 표정을 보이면서도 고개를 끄덕였다.

"그렇군요. 아닌 게 아니라 어려울 것 같네요."

"경찰은 정말 다양한 방면으로 의심을 하는군요."

"그게 우리 일이니까요."

"이런 질문을 해도 좋을지 모르겠지만, 동기는 있습니까? 그 부인이 남편을 살해할 동기 말입니다."

"그건, 네, 있긴 합니다만……." 나카오카가 어물어물 말을 얼버무렸다.

"그러고 보니 꽤 젊은 부인이었다고 하던데요. 혹시 유산을 노린 범행?"

나카오카는 쓴웃음을 지었다. "상상에 맡기겠습니다."

"자산가가 사망하면 경찰도 참 힘드시겠네요. 간단히 처리하고 넘어갈 수 없는 모양이군요."

"맞는 말씀입니다. 다만 이번 건은 단순히 동기가 있다는 이유만으로 의심을 하는 건 아니에요."

"그건 무슨 말씀이신지."

"개인적으로 형사로서의 책임감도 있거든요. 아니, 그 얘긴 그만두죠. 교수님과는 관계없는 일이니까요. 아무튼 저는 좀 더 캐보도록 하겠습니다. 오늘 정말 고마웠습니다." 예의 바르게 머리를 숙이고 나카오카는 성큼성큼 문으로 향했다.

10

　기차가 플랫폼에 정지하기 전에 출입문 유리창 너머로 상대의 모습이 보였다. 감색 방한복으로 몸을 감싸고 검은 털모자를 썼다. 게다가 두툼한 머플러까지 둘둘 감고 있어서 얼굴이 잘 보이지 않았지만 테가 둥근 안경을 쓴 걸 보면 틀림없었다. 그걸 서로 알아보는 표시로 하자고 전화 통화 때 얘기했었다.

　출입문이 열리자 나스노는 플랫폼에 내려섰다. 예상했던 것보다 춥지는 않았다. 약간 달아오른 얼굴에 부딪혀 오는 찬 바람이 상쾌할 정도였다.

　둥근 테 안경의 여자가 다가왔다. "나스노 씨지요?"

　"예, 오늘 잘 부탁해요."

　"저야말로 잘 부탁합니다. 짐, 제가 들게요."

　"고마워요."

나스노가 내민 스포츠백을 여자가 받아 들었다. 손에 털장갑을 끼고 있었다.

"여기서부터는 자동차로?"

"그렇습니다. 아래쪽에 주차해뒀어요."

"멀어요?"

"15분쯤 걸릴 거예요."

플랫폼 계단을 내려가 자동 개찰기를 지났다. 역 구내를 나서자 허연 것이 흩뿌리고 있었다. 역시나 북녘은 북녘이다.

나스노는 조심조심 발을 디디며 둥근 테 안경의 여자를 따라갔다. 인도에 눈은 쌓이지 않았지만 군데군데 단단히 얼어붙은 곳이 있었다. 이런 데서 미끄러져 골절상이라도 당했다가는 정말 꼴이 우습게 된다.

주차장에 세워둔 차는 소형 RV 차였다. 렌터카라는 건 번호판으로 알 수 있었다.

둥근 테 안경의 여자가 리모컨으로 록을 해제하고 운전석에 올랐다. 나스노는 뒷좌석 문을 열고 널찍한 시트에 몸을 실었다.

여자는 시동을 걸더니 "그럼 출발하겠습니다"라고 말하고 차를 몰았다.

나스노는 창밖을 보았다. 도로 옆에는 눈이 높직이 쌓였지만 노면은 제설이 되었다. 이 차는 사륜구동인 것 같으니까 운전하는 데는 아무 문제도 없을 터였다.

"오늘은 몇 시쯤부터 촬영했어요?" 나스노는 물어보았다.

"시작한 건 아침 6시쯤부터였던 것 같아요."

"6시? 와아, 새벽부터 고생이 많네요."

손목시계에 시선을 던졌다. 오후 3시 반을 조금 지난 참이었다.

"그나저나 깜짝 놀랐어요." 나스노는 말했다. "설마 나를 불러줄 줄은 생각도 못했어요. 그 유명한 요시오카 감독님이."

"그렇습니까." 여자의 말투에는 열의가 없었다. 남의 기쁨에는 관심이 없다는 건가.

"펀치히터라고 하던데, 누구 대역인 겁니까?"

나스노의 물음에 여자는 고개를 갸우뚱했다. "저는 잘 모르겠는데요."

"그래도 캐스트는 알고 있잖아요. 캐스트 목록에 실렸는데 촬영 현장에 오지 않은 게 누구지요?"

하지만 이 질문에도 여자는 고개를 저었다.

"죄송합니다. 저는 자세한 얘기는 듣지 못했어요. 아무튼 나스노 씨를 역에 가서 모셔 오라고만 했어요."

"그래요? 그럼 어쩔 수 없네."

"죄송합니다." 앞쪽을 향한 채로 여자가 슬쩍 고개를 숙였다.

"됐어요, 그쪽이 사과할 일도 아닌데요 뭐." 나스노는 한숨을 내쉬며 다리를 꼬았다.

기무라라는 남자에게서 연락이 온 것이 바로 어제였다. 영화감독 요시오카 무네타카가 신작을 촬영 중인데 출연할 예정이던 배우가 갑작스럽게 참여할 수 없게 되었다, 그러니 대역을 좀 맡아줄 수 있겠느냐, 라는 얘기였다. 기무라는 조감독을 맡고 있다고 했다.

"필요한 조건으로 스키가 가능할 것, 이라는 게 있습니다. 나스노 씨, 학생 시절에 스키부 활동을 하셨지요? 그래서 꼭 부탁드리고 싶은데요."

기무라에 의하면 설산을 무대로 한 서스펜스 영화로 올 연말에 공개할 예정이라는 얘기였다.

제대로 된 영화에 출연하는 건 정말 오랜만이었다. 게다가 설 연휴 영화라니. 출연료를 물어보니 나쁘지 않은 조건이었다. 요즘 지갑이 영 허전해서 어떻게든 대책을 세워야 한다고 생각하던 참이었다. 소속사는 있지만 나스노를 위해 일을 따 올 생각은 애초에 없는 모양이다. 무단으로 일을 받아도 아무도 잔소리하지 않을 것이라는 생각에 두말할 것 없이 승낙했다.

"자세한 것은 만나뵙고 상의하도록 하지요. 역으로 모시러 갈 사람을 보내겠습니다. 둥근 테 안경을 쓴 여자입니다. 나스노 씨는 눈길을 걸을 수 있는 차림으로만 오시면 됩니다."

교통비를 지불할 테니 승차권 영수증을 챙겨 오라고 기무라는 말했다.

어떤 배역인지는 모르지만 이번 영화를 계기로 조금은 괜찮은 일이 굴러 들어오면 좋을 텐데. 멍하니 앞쪽으로 시선을 향한 채 나스노는 그런 생각을 했다.

그 시선을 옆으로 돌렸다. 둥근 테 안경의 여자는 말없이 운전을 계속하고 있었다. 차에 탄 뒤에도 모자와 머플러를 벗으려 하지 않았다. 두툼한 방한복 때문에 몸매를 알아보기 어려웠지만 뚱뚱한 건 아닌 듯했다. 나스노는 몸의 위치를 바꿔 룸미러 너머로 여자의 얼굴을 확인했다. 안경을 쓴 눈매밖에 보이지 않지만 상당한 미인인 것 같았다.

거울 속에서 여자와 눈이 마주쳤다.

"무슨 일이신지……." 여자가 물었다.

"아니, 아무것도 아니에요." 나스노는 자세를 원래대로 되돌렸다.

어느새 차는 좁은 도로로 들어섰다. 오른편으로 동네가 보였다. 온 천가인 것 같았다.

여자가 차를 갓길에 댔다. "여기서 내리시면 됩니다."

"이런 데서?"

나스노는 밖으로 나왔다. 공기가 썰렁한 것이 역 쪽과는 전혀 달랐다. 차내에서 벗고 있었던 다운재킷을 서둘러 걸쳤다.

주위에는 아무것도 없었다. 눈 덮인 나무들 때문에 도로가 바짝 좁아져 있었다.

여자가 휴대전화를 꺼내 어딘가로 걸었다.

"수고하십니다. 나스노 씨를 모시고 왔어요. ……네, 입구 쪽입니다. ……잠깐만 기다리세요. ……나스노 씨, 그 신발로 눈길, 괜찮을까요?"

"문제없어요. 그러려고 이 신발을 신고 왔는데." 나스노는 스노슈즈를 신은 오른발을 들어 보였다.

"괜찮답니다. ……아, 그렇습니까. ……그럼 저는 차를 돌려주고 올게요. ……네, 그럼 이따가 다시." 여자는 휴대전화를 주머니에 넣더니 "다른 스태프가 올 테니까 그 사람과 합류해주세요"라고 나스노에게 말했다.

"합류? 그럼 난 여기서 기다리면 되나요?"

"아뇨, 저쪽 길로 쭉 가시면 돼요." 여자는 도로 옆을 가리키며 말했다.

그곳에는 간판이 서 있었다. 〈산책길 입구(온천가로 가는 길)〉이라고 적혀 있었다.

"가다 보면 중간에 빨간 벤치가 있을 거예요. 거기까지 스태프가 나오기로 했어요."

"나 혼자 가라고요?"

"죄송합니다. 저는 이 차로 다른 곳에 가봐야 해서요."

여자가 스포츠백을 내밀었다. 나스노 것이다.

가방을 받아 들고 새삼 산책길 입구를 바라보았다. 방금 눈이 내렸는지 그 오솔길에는 발자국 하나 없었다.

차 엔진 소리가 났다. 돌아보니 운전석에 앉은 여자가 살짝 인사를 건네고 차를 출발시켰다. 방향을 바꿀 생각인지 핸들을 크게 꺾고 있었다.

나스노는 오솔길로 들어섰다. 생각했던 것보다 신발은 눈에 파묻히지 않았다. 이 정도라면 걷는 게 그리 힘들지 않을 터였다.

산책길은 완만하게 굽어 들어갔다. 눈과 나무에 둘러싸여 고요히 가라앉아 있었다. 사박사박 눈을 밟는 소리만 귀에 들어왔다.

5분쯤 걸었지만 계속 비슷한 풍경이 이어질 뿐이었다.

꽤 머네—.

혹시 길을 잘못 든 건가. 아니, 외줄기 길이니 그럴 리는 없다. 그렇다면 아까 여자가 말했던 빨간 벤치를 깜빡 못 보고 지나쳤나. 눈에 뒤덮여서 알아보지 못한 건가.

그런 식으로 점점 불안이 커져갈 즈음, 길이 약간 커브를 그리는 장소로 접어들었다. 그리고 그 귀퉁이에 빨간 벤치가 있었다. 나스노는 안도하고 하얀 숨을 토해냈다.

손목시계를 보았다. 4시가 넘었다. 주위는 슬슬 어두워져가고 있었다.

산책길 끝으로 시선을 던졌다. 합류하라고 한 걸 보면 반대쪽에서 스태프가 온다는 것이리라. 손전등을 들고 오지 않으면 난처하겠네, 라고 묘한 것이 걱정되었다.

다운재킷 호주머니에서 담배와 라이터를 꺼냈다. 한 개비 입에 물고 불을 붙이려고 했을 때였다.

온천 냄새가 났다.

흔히들 말하는 대로 달걀 썩은 듯한 냄새, 라는 그것이다.

온천지니까 이런 냄새가 나는 것도 당연한가.

멍하니 그렇게 생각한 직후, 입에서 담배가 툭 떨어졌다.

11

날씨가 좋아서 도쿄치고는 공기가 맑은 편이었다. 하지만 전국적으로 날씨가 좋은 건 아닐 터였다. 이런 때 북녘 지방은 대개 눈이 내린다. 동해 쪽에서 피어오른 수증기가 대륙에서 밀려드는 한기에 차가워져서 눈이 되어 떨어진다. 그래서 재미있게도 늦더위가 심한 때일수록 겨울에 눈이 자주 내린다. 바닷물의 온도가 떨어지지 않기 때문이다.

아오에는 연구실 창문 옆에 서서 멍하니 하늘을 쳐다보고 있었다. 아니, 멍하니, 가 아니다. 머릿속 한 귀퉁이로는 나흘 전에 찾아온 나카오카의 이야기만 줄곧 곱씹고 있었다.

아카쿠마 온천에서의 일은 자살도 아니고 단순 사고도 아니다―. 그는 그런 말을 내비쳤다. 즉 타살이라는 얘기다. 게다가 피해자의 아내가 관련된 것으로 의심하고 있었다.

처음 들었을 때는 말도 안 되는 소리라고 생각했다. 그럴 가능성은 전혀 없다고 단언했었다.

하지만 시간이 지나고 보니 황당무계한 얘기라고 몰아붙인 것은 경솔했다는 마음이 들었다.

장소가 실외라서 황화수소를 대량으로 발생시켜야 한다고 말했지만 가만 생각해보니 꼭 그렇지만도 않은 것이다. 나카오카가 말했던 방법으로 피해자를 잠들게 했다면 머리에 비닐봉지를 씌워버리면 된다. 그리고 그 안에서 황화수소를 발생시키는 것이다. 문제는 농도니까 그렇게 하면 극히 적은 양으로도 중독사할 수 있다. 사망을 확인한 뒤, 황화수소를 발생시킨 액체며 용기는 비닐봉투로 밀폐해 다른 장소에서 처분한다. 물론 일련의 행동 중에는 반드시 가스마스크를 써야 하지만 그런 방법이라면 화학 방호복까지는 필요하지 않다.

아오에가 이런 식으로 생각하게 된 원인은 아카쿠마 온천에서의 사고가 너무도 불가사의하다는 게 내내 머릿속에 걸려 있었기 때문이다.

분명 그곳은 황화수소의 분출이 활발한 지역이기는 하다. 하지만 나카오카에게 말했던 대로, 사망 사고로 이어질 만한 '불행한 우연'이 일어나리라고는 도저히 생각되지 않는 것이다.

마음에 걸리는 점이 한 가지 더 있었다. 피해자 일행이 그런 곳에 들어갔다는 게 아무래도 이해가 되지 않았다. 길을 잘못 들었다는 걸 깨닫지 못했다고 했지만, 그런 짐승 통로로 들어섰으면서도 이상하다는 느낌이 없었을까. 카메라 배터리를 깜빡 잊고 왔다고 아내 혼자 여관으로 돌아갔다는 것도 뭔가 석연치 않았다. 만일 아오에가 피해자였다면 최소한 등산로 입구까지는 아내와 함께 갔을 것이다.

그런데 그 모든 게 아내 쪽에서 계획한 것이라고 생각하고 보면 얘기가 착착 맞아떨어지는 것이다.

하지만 이 추리에도 무리한 점은 있었다. 나카오카는 수면제로 잠들게 했을 거라고 말했지만, 피해자가 그 장소에 도착한 때에 딱 맞춰 잠들게 할 수 있는가.

역시 지나친 의심인가, 하고 생각은 번번이 처음으로 되돌아갔다.

교수님, 하고 등 뒤에서 부르는 소리가 났다. 흠칫 놀라서 돌아보았다. 오쿠니시 데쓰코가 부루퉁한 얼굴로 서 있었다. 안경 렌즈가 번쩍 빛난 것처럼 보였다.

"왜 그래, 갑자기 큰 소리로 불러서 깜짝 놀랐잖아."

"갑자기가 아니에요. 아까부터 몇 번이나 불렀는데 대답이 없으셨죠."

"엇, 그랬어? 미안해, 못 들었네."

"못 들은 게 아니라 들을 마음이 없으셨겠지요. 시험문제 얘기만 나오면 항상 들은 둥 만 둥 하신다니까." 오쿠니시 데쓰코가 쓰윽 노려보았다. 마른 편이라 나이보다 주름살이 많다. 특히 미간의 주름이 깊어서 항상 화가 난 것처럼 보인다.

"그런 게 아니라 자네를 신뢰하는 거지."

"그렇다고 제가 맘대로 시험문제를 제출할 수는 없잖아요. 따분하시겠지만 제 말 좀 잘 들어주세요."

"알았어, 알았어."

오쿠니시 데쓰코는 손에 들고 있던 파일에 시선을 떨구었다.

"지구 대기의 성분을 모두 화학식으로 표기하라. 그중 온실효과가 있는 성분은 어느 것인가. 그리고 그중 가장 농도가 높은 성분은 어느 것인가. ……어떻습니까?"

"응, 좋은데?" 아오에는 눈썹 옆을 긁적였다. "딱 좋은 함정이야. 좀 모자란 학생이라면 얼른 CO_2라고 써내겠지."

CO_2는 지구온난화에 가장 큰 영향을 끼치는 성분이지만, 압도적으로 농도가 높은 것은 H_2O, 즉 수증기다. 실은 수증기에도 온실효과가 있는 것이다.

"그럼 다음 문제입니다. 톨루엔을 지름 1.6밀리미터, 길이 50밀리미터의 가느다란 관이 달린 확산 튜브에 0.15그램을 넣었다. 이 확산 튜브를 섭씨 35도의 항온조恒溫槽에 설치하고, 확산 튜브를 설치한 실험용 상자에 0.5……."

오쿠니시 데쓰코가 거기까지 읽었을 때, 책상 위의 전화가 울렸다. 그녀는 한숨을 내쉬며 수화기를 들었다.

"여보세요. 네, 그렇습니다. ……예에?" 그녀는 미간을 찌푸리며 아오에를 보았다. "네, 계십니다만. ……알겠습니다. 잠시만 기다리세요."

무슨 일이야, 라고 아오에는 작은 소리로 물었다.

오쿠니시 데쓰코는 송화구를 손으로 가리고 심각한 표정을 지었다.

"신문사에서 온 거예요. 교수님께 상의할 일이 있대요."

"신문사? 어떤?"

"호쿠리쿠 마이초 신문사래요."

호쿠리쿠 지방의 신문사다. 뭔가 불길한 예감이 아오에의 가슴을 스쳤다. "무슨 일이지?"

그게요, 라고 말하면서 오쿠니시 데쓰코는 입술을 혀로 적셨다.

"황화수소 중독 사고가 일어났답니다. L현의 도마테 온천에서."

도마테 온천 역에 마중을 나온 사람은 작은 몸집의 여자였다. 나이는 사십 대 후반 정도일까. 쇼트커트에 안경을 쓰고 있었다. 마음 착한 아줌마 같은 분위기였다. 그 밖에는 그럴듯한 인물이 없으니 그 여자가 우치카와라는 기자일 터였다.

개찰기를 나서는 사람들이 꽤 많았지만 그쪽에서도 금세 알아봤는지 총총걸음으로 다가왔다. "아오에 교수님이십니까?"

그렇다고 대답하자 그녀는 깊숙이 머리를 숙였다.

"먼 곳까지 와주셔서 감사합니다. 호쿠리쿠 마이초 신문사의 우치카와라고 합니다."

그녀가 명함을 꺼내주길래 아오에도 자신의 명함을 건넸다.

"어떻게 할까요. 여관은 예약했다고 하셨죠, 먼저 체크인부터 하시겠습니까?"

"아뇨, 우선 현장부터 가보고 싶군요. 지금이라면 사고가 일어난 시간대와도 얼추 비슷하니까요."

"네, 알겠습니다. 역 앞에 택시를 불러뒀어요. 제가 안내하겠습니다."

작은 역을 나서자 하얀 눈 풍경 속에 아담한 로터리가 나타났다. 한쪽에 서 있던 택시가 슬슬 달려와 두 사람 앞에 멈췄다. 등 표시가

'전세'로 되어 있었다.

어서 타시라는 우치카와의 말에 아오에는 택시에 올랐다.

뒤따라 탄 우치카와는 운전기사에게 "조금 전에 말했던 그 코스로 부탁합니다"라고 행선지를 알렸다. 그녀도 아오에가 먼저 현장부터 갈 것이라고 예상한 모양이었다.

"기사에 의하면 그 사고 현장은 출입금지 구역이 아니었다던데요?" 차가 출발하자마자 아오에는 본론으로 들어갔다.

"그렇습니다. 관광진흥과 담당자에게서도 얘기를 들어봤는데, 그런 사고는 전혀 상정하지 않았었다고 합니다."

"황화수소 농도를 측정한 적은 있습니까?"

"그건 정기적으로 측정했다고 하던데요. 단지 주의해서 지켜본 건 주로 가스가 고이기 쉬운 실내였고 실외에 대해서는 별로 고려하지 않았던 모양이에요."

"그렇군요."

아오에는 창밖으로 시선을 던졌다. 도로 옆에 하얀 눈의 벽이 만들어졌다. 그 너머로 드문드문 민가가 보였다.

도마테 온천에서 중독 사고가 일어난 것은 이틀 전의 일이었다. 도쿄에서 온 관광객이 피해를 당했다는 것이다. 그 얘기를 아오에는 어제 우치카와의 전화로 들었다. 사고를 취재하던 우치카와는 아카쿠마 온천 쪽의 기사를 통해 아오에를 알고 연락해 온 것이었다.

그녀의 용건은, 이번 사고의 원인으로 어떤 점들을 거론할 수 있는가, 라는 것이었다. 거기에 대해 아오에는 아직 정확히 말할 수 없다, 라고 대답했다. 도마테 온천에는 가본 적이 없어서 현장 상황을 보지 않고서는 코멘트를 할 수 없었다.

하지만 우치카와는 순순히 물러서지 않았다. 그렇다면 현장 사진을 메일로 보내겠다, 그 밖에 필요한 데이터라면 어떻게든 입수해서 보내드리겠다, 라고 적극적으로 나왔다. 목소리는 아줌마였지만 일을 밀어붙이는 추진력은 역시 신문기자다웠다.

그런 사진이나 데이터만 봐서는 판단을 내릴 수 없다고 아오에는 말했다. 하지만 사고 자체에 흥미가 없는 건 아니었다. 오히려 그 반대였다. 내 눈으로 직접 확인해보고 싶은 마음이 강했다. 그래서 이런 제안을 해보았다.

"만일 교통비를 부담해준다면 제가 직접 찾아가는 것도 괜찮습니다만."

분명 안 될 거라고 생각했는데 "정말입니까?"라면서 우치카와가 덥석 물었다. 그러고는 꼭 와달라, 자신이 안내하겠다고 힘차게 대답했다.

아오에가 흥미를 가진 것은 물론 아카쿠마 온천의 일이 머릿속에 있었기 때문이다. 이번 사고의 원인을 분석해낸다면 그쪽의 대책에도 도움이 될 거라고 생각한 것이다.

그나저나 웬만해서는 일어나지 않을 사고가 두 달 남짓한 사이에 두 건이나 터지다니―. 우치카와의 전화를 받았을 때, 맨 처음 머릿속에 떠오른 의문이었다. 앞으로 전국의 황화수소계 온천지마다 대책을 강구하느라 정신이 없겠다고 뻔히 예상이 되었다.

택시는 좁은 눈길을 달려갔다. 이윽고 Y자의 분기점이 가까워졌지만 그중 왼편으로 가는 길이 통행금지 상태였다. 방한 코트를 입은 경관이 서 있었다.

"여기서 세워주세요." 우치카와가 말했다. 운전기사는 택시를 갓길에 붙여 세웠다.

우치카와는 차에서 내려 경관에게로 다가갔다. 명함과 서류 등을 내보이며 뭔가 얘기하고 있었다. 머플러로 목을 감싼 경관이 이쪽을 흘끔 쳐다보았다.

우치카와가 돌아왔다.

"얘기가 잘됐어요. 여기서부터는 걸어서 가야 합니다."

"알았어요."

아오에는 차에서 내려 우치카와와 함께 눈길을 걷기 시작했다. 이렇게 될 것을 예상했기 때문에 스노부츠를 신고 왔다. 아카쿠마 온천에서의 사고 조사를 위해 사들인 부츠였는데 다른 곳에서까지 신게 될 줄은 생각도 못했다.

좁은 길이 산의 비탈면을 가로지르듯이 이어졌다. 눈 덮인 나무들 틈새로 오른편 아래쪽에 건물들이 보였다. 우치카와에게 물어보니 그곳이 도마테 온천가라고 했다.

"조금 전 갈림길에서 오른쪽으로 가면 온천가예요."

"그러면 이 길은 어디로 나가게 되지요?"

"3월부터 11월까지는 산 반대편으로 나갈 수 있다는군요. 하지만 요즘은 눈 때문에 통행이 금지됐어요."

"그럼 이대로 가면 막다른 길이에요?"

"아뇨, 저 앞에서 다시 길이 갈라져요. 통행이 금지되지 않은 쪽 길로 가면 역시 온천가로 나갈 수 있습니다. 장소에 따라서는 이쪽 길로 온천가에 가는 게 더 빠른 모양이에요."

앞쪽에 몇 명인지 사람들의 모습이 보였다. 아오에 일행이 다가가자 맨 앞에 있던 헬멧을 쓴 남자가 고개를 들고 이쪽을 쳐다보았다. "신문사에서 나온 분?"

"네, 오늘 아침에 연락드렸었죠."

남자는 고개를 끄덕였다. "예, 얘기 들었어요."

"지금은 어떤 상황입니까?"

"어떤 상황? 뭐, 별로 달라진 게 없어요."

"그거 농도계군요." 아오에는 남자가 들고 있는 계측기를 보며 말했다. "수치는?"

"거의 제로인데……." 남자가 의아한 얼굴로 말끝을 흐렸다.

"아, 여기 이분은 다이호 대학의 아오에 교수님이에요. 이번 사고의 검증을 위해 모시고 왔습니다." 우치카와가 설명했다.

남자는 당황한 기색을 감추지 못하며 애매하게 고개를 끄덕였다. "그래요? 네에, 잘 부탁합니다."

명함을 내밀 필요는 없을 것 같았다. 아오에는 주위를 둘러보며 "현장은 어딥니까?"라고 물었다.

"저 앞이에요." 우치카와가 말하고는 남자 쪽을 향해 확인했다. "보여드려도 괜찮지요?"

"괜찮긴 한데, 입구까지만 가능해요."

"알고 있습니다. 자, 그럼 교수님, 가실까요."

"입구라는 건?"

"가보시면 알 거예요."

조금 걸어가자 남자들이 도로 오른편에서 뭔가 작업을 하고 있었다. 아무래도 출입금지 간판을 설치하려는 것 같았다. 바로 옆에 비탈길로 내려가는 오솔길 입구가 있었다.

　"산책길이에요." 우치카와가 말했다. "여기로 내려가면 걸어서 온천가로 갈 수 있습니다. 즉 지름길이죠."

　"아, 그렇군. 온천가까지의 거리는?"

　"1킬로미터쯤 될 거예요."

　"꽤 걸리는군요." 아오에는 입구 안쪽으로 시선을 던졌다. 좁은 길에 눈이 쌓여서 걷기 힘들 것 같았다. "혹시 피해자가 여기로?"

　"맞습니다. 여기서 300여 미터 들어간 곳에서 쓰러져 있었어요."

　우치카와는 숄더백에서 태블릿을 꺼내 익숙한 손놀림으로 터치했다. 화면을 아오에 쪽으로 내보이며 "현장 사진이에요"라고 말했다.

　화면에는 나무로 둘러싸인 오솔길이 찍혀 있었다. 우치카와는 화면을 슬라이드해가며 몇 장의 이미지를 불러냈다. 모두 비슷비슷한 사진이지만 대략적인 상황은 알 수 있었다. 폭 2~3미터의 눈길이고 약간 커브를 그리며 굽어 들었다. 사방에 눈이 쌓여 높이가 1미터 가까이 높아졌다. 자그마한 빨간 벤치가 덜렁 놓여 있었다. 벤치의 다리 부분은 눈에 깊숙이 파묻혔다.

　"이 벤치 옆에 쓰러져 있는 것을 반대쪽에서 걸어오던 사람이 발견했습니다. 발견자는 이 지역 사람이라서 일주일에 몇 번은 이 길을 지나다녔답니다. 그분이 지나가지 않았다면 발견이 훨씬 더 늦어졌을 거예요."

　"그렇다면……."

"네, 이 산책로는 주로 여름이나 단풍철에 이용하고 요즘 같은 철에는 사람들이 거의 지나다니지 않는다는 얘기지요. 보통 신발로는 걷기도 힘드니까요. 그래서 피해자가 왜 이 길로 들어갔는지 잘 모르겠어요. 더구나 혼자서."

"피해자가 이쪽으로 들어갔다는 건 확실합니까?"

"확실합니다. 눈이 내린 직후라서 발자국이 남았으니까요."

"발자국이라……."

머릿속에서 눈길에 점점이 발자국이 찍힌 풍경을 떠올렸다. 그러자 문득 묘한 의문이 뇌리를 스쳤다.

"이상한 질문인지도 모르지만, 발자국은 한 사람 것이었습니까?"

"예?"

"아니, 그날 이 산책길로 들어간 또 다른 사람은 없었나 해서."

우치카와가 고개를 끄덕였다.

"네에, 다행히 없었던 모양이에요. 그 밖에 다른 발자국은 없었다고 하니까요."

"그래요……."

우치카와는 아오에의 질문을, 혹시 산책길로 들어간 사람이 또 있었다면 피해자가 늘어났을지도 모른다, 라는 뜻으로 받아들였을 것이다. 하지만 아오에는 전혀 다른 가능성을 확인해보려고 발자국 수를 물어본 것이었다. 실은 피해자에게는 동반자가 있었고, 그 인물이 피해자를 뭔가의 방법으로 황화수소 중독사 하게 한 것이 아닌가, 라는 가능성이다. 그런 이상한 생각을 하게 된 것은 형사 나카오카의 추리를 들었기 때문이다. 하지만 다른 발자국은 없었다는 말을 듣고 아오에는 가슴을 쓸어내렸다. 이제 더 이상 이상한 의심은 하지 않아도 된다.

"어떻습니까?" 우치카와가 의견을 청해 왔다.

"현장 사진을 보면 나무나 눈에 둘러싸여 있어서 만일 가까이에서 황화수소가 발생했다면 가스가 고이게 될 우려는 충분히 있겠지요. 과거에 비슷한 사고가 일어난 적이 있습니까?"

"그 점을 저도 이 지역 사람들에게 확인해봤는데, 전혀 이런 일이 없었답니다. 이 산책로에서는 유황 냄새가 났던 적도 없었대요."

"냄새가 났던 적도 없다? 거참, 묘하네요."

"그래서 교수님의 의견을 여쭤보려고 했는데요." 우치카와가 눈을 슬쩍 위로 치켜뜨고 아오에를 쳐다보았다. 전문가라는 사람이 아마추어와 똑같이 고개를 갸웃거리고 있어서야 되겠느냐는 말을 하고 싶은 눈치였다.

"이 근처의 지형이 자세히 표시된 자료가 있을까요? 원천의 분포도 알고 싶군요. 그리고 온천가와의 위치 관계도 확인해볼 필요가 있습니다. 여관 목욕탕에서 배출된 황화수소 가스가 바람에 날려 왔을 가능성도 있으니까요. 아 참, 당일의 날씨도 알고 싶군요. 풍향이나 풍속을 알면 참고가 되겠습니다." 아오에는 우선 생각난 것을 전부 말해보았다.

"알겠습니다. 오늘 밤이 되기 전까지 모두 준비할 수 있을 거예요. 제가 여관으로 갖다 드리겠습니다." 그렇게 말하고 우치카와는 수첩을 꺼내 잽싸게 메모했다.

그다음에는 주변을 잠시 둘러본 뒤에 택시로 돌아와 온천가로 향했다.

"사망한 사람이 남자라고 했죠? 몇 살쯤 되는 사람입니까." 차 안에서 아오에가 물었다.

"그건……." 우치카와가 조금 전의 수첩을 다시 펼쳤다. "네, 39세로 나와 있네요."

"그렇게 젊은 사람이에요? 온천 여관에 혼자 찾아왔다면 좀 더 나이 든 사람일 거라고 생각했는데."

"사람들 취향도 다양하니까요. 게다가 여관은 잡지 않은 모양이에요."

"그래요?"

"여관 전부에 문의해봤는데 어디에도 예약된 곳이 없었어요. 혼자 여행 중에 훌쩍 들러본 길인가……."

"훌쩍 들러본 길?" 아오에는 뒤를 돌아보았다. "근데 저 산책로 입구까지는 어떻게 왔죠? 역에서 택시를 타고?"

"네, 그랬을 거예요. 차를 갖고 온 건 아닌 모양이니까요."

"그러면 역에서 택시를 탔는데 온천가로 곧장 가지 않고 일부러 저 산책로를 타고 넘어가려고 했다는 건가요? ─기사님, 그러는 사람이 많습니까?"

"아뇨, 그런 손님은 태워본 적이 없습니다." 운전기사는 고개를 갸우뚱했다. "요즘 시즌에 그 길로 드나드는 건 이 지역 사람들뿐이지요."

"그럼 피해자는 왜 그런 길을 택했을까요?" 우치카와에게 물었다.

글쎄요, 라고 그녀는 고개를 외로 꼬았다.

"유족들은 뭐라고 했습니까?"

"근데 그게요, 아직 가족과 연락이 안 되고 있다네요?"

"그래요? 그러면 유체는 지금 어디에?"

"아마 현의 대학병원에 있을 겁니다. 부검을 끝낸 뒤에 그대로 안치해둔 모양이에요. 가족에게 연락이 닿지 않아 경찰도 난처해하면서 인수해 갈 사람을 찾는 중이래요."

"혼자 살던 사람인가. 그렇다면 일과 관련된 쪽으로 알아보는 수밖에 없겠군요. 무슨 일을 하던 사람이에요?"

"그게 말이죠." 우치카와는 그 즉시 말을 어물거렸다. "알 수가 없어요. 소지한 명함에는 일단 배우라고 나와 있다는데……."

"배우였다고요?" 생각지도 못한 대답이었다.

"하지만 그런 배우 이름은 들어본 적도 없고, 유감스럽지만 별 인기는 없었던 것 같아요. 뭔가 부업을 하고 있었던 것 같기도 하고……."

"참고로, 이름이 어떻게 되지요?"

"아, 그건……." 우치카와는 다시 수첩을 들여다보며 '나스노 고로'라는 이름의 배우였다고 알려주었다. 분명 본 적도 들은 적도 없는 이름이었다. 본명은 '모리모토 고로'라고 하는 모양이었다.

아오에는 스마트폰을 꺼내 검색해보았다. 몇 가지가 나오기는 했지만 하나같이 오래된 정보들이었다.

얼굴 사진이 있어서 우치카와에게 보여주었다. "이 사람이에요?"

"네, 맞아요. 저도 검색해봤는데 이런 배우, 전혀 본 적이 없지요?"

인터넷에 올라온 이미지는 꽤 오래전 것이었다. 험상궂은 얼굴 생김새인데도 연예인답게 세련된 분위기가 있었다.

"나도 드라마 같은 건 거의 안 보는 편이라서……. 완전히 딴 세상 사람이군요."

그렇게 말하며 스마트폰을 호주머니에 넣는 순간, 뭔가가 머릿속에 걸렸다. 딴 세상 사람, 영화 업계 사람—. 최근에 누군가에게서 그런 느낌을 받았던 기억이 났다.

이윽고 아하, 하고 생각이 났다. 형사 나카오카에게서 들은 것이다. 아카쿠마 온천에서 사망한 미즈키 요시로라는 인물이 영화 프로듀서라는 얘기였다.

그렇다면 영화 업계 관련자가 단 두 달 사이에 연달아 사망했다는 얘기다. 게다가 온천지에서 황화수소를 흡입하고. 이건 과연 우연일까.

잠시 생각하다가 아오에는 고개를 저었다. 이건 당연히 우연일 뿐이다. 내 입장에서는 딴 세상 일이지만, 영화 업계도 분명 상상 이상으로 넓은 곳이다. 그쪽에 관련된 사람 두 명이 비슷한 사고로 사망했다고 해도 그게 그리 특이한 일은 아닐 터였다.

택시는 온천가로 들어섰다. 길을 따라 여관이 줄지어 서 있었다. 평일이라 그다지 북적거리지는 않지만 관광객인 듯한 나이 든 사람들의 모습이 띄엄띄엄 눈에 들어왔다.

앗, 하는 소리가 저도 모르게 새어 나왔다. 차 바로 옆의 여관을 막나서는 사람이 눈에 익은 인물이었기 때문이다.

"아, 죄송한데 차 좀 세워주세요." 운전기사에게 말했다.

"왜 그러십니까?" 우치카와가 물었다.

"아뇨, 그게……." 선뜻 설명하지 못한 채 아오에는 그 인물을 찬찬히 살펴보았다.

역시 틀림없다. 그 여학생이다. 아카쿠마 온천에서 같은 여관에 묵었던 그 젊은 여자. 그때와 똑같이 후드 달린 방한복을 단단히 여며 입고 핑크색 니트 모자를 썼다.

"왜 그러세요?" 우치카와가 다시 한 번 물었다. "누구, 아는 사람이라도?"

"아니, 아는 사람이라고 할 정도는 아니고……."

아오에는 여학생의 모습을 눈으로 좇았다. 그녀는 다시 그 옆의 여관으로 들어가고 있었다.

"기사님, 내가 묵을 여관은 어디쯤이죠?"

"바로 저기예요." 운전기사가 손끝으로 앞쪽을 가리켰다. "저기요, 간판이 나와 있는 곳."

그 간판은 아오에도 확인이 가능했다. 고개를 끄덕이고는 우치카와를 보았다.

"나는 여기서 내리겠습니다. 그다음은 걸어서 갈 테니까."

"그건 괜찮습니다만……. 그러면 자료 준비되는 대로 연락드리겠습니다."

"알겠습니다. 잘 부탁합니다."

우치카와만을 태운 택시가 달려가는 것을 지켜보고 나서 아오에는 여학생이 들어간 여관으로 시선을 던졌다. 그녀가 이곳에 묵고 있는 건가.

그러자 현관에서 그 여학생이 나타났다. 뭔가 떨떠름한 표정으로 걸음을 옮기다가 아오에를 보고는 흠칫 놀란 듯 멈춰 섰다. 그쪽에서도 기억하고 있는 모양이었다.

순간적으로 어떤 말을 해야 할지 생각나지 않아서 우선 "안녕?"이라고 말해보았다.

"안녕하세요." 경계하는 눈빛을 보이면서도 그녀가 인사를 건네 왔다.

"너는 거기, 아카쿠마 온천에서도 만났었지? 출입금지 구역에 마음대로 들어가 아저씨한테 혼이 났었어."

"아, 그때 그……. 어디서 봤다 했더니만."

"자주 만나는구나."

"그러네요." 통명스럽게 말하고 그녀는 다시 걸음을 뗐다.

아오에는 그 옆에 나란히 서서 걸었다. "여기서 뭘 하고 있지?"

"산책."

"아니, 그게 아니라 뭘 하려고 이런 곳에 왔느냐는 거야."

"난 온천에 오면 안 되나요?"

"왜 이 온천이지? 사고가 났다는 거, 몰랐어?"

그녀는 발을 멈췄다. 하지만 아오에 쪽을 쳐다보려고 하지 않았다. "역시 알고 있었구나?"

그 말에 그녀가 쓰윽 노려보았다. "왜 그런 걸 물어보는데요?"

"마음에 걸리니까 그렇지. 황화수소 중독 사고가 일어난 아카쿠마 온천에서 만났던 사람을 똑같은 사고가 일어난 이 온천가에서 또 만났어. 이건 우연이라고 생각하기 어렵지. 어떻게 된 건가, 의아하게 생각하는 게 당연하잖아?"

그녀는 예쁘장한 코를 움찔 치켜 올렸다.

"그러면 내 쪽에서도 질문. 그렇게 말하는 아저씨는 왜 여기 있어요? 아저씨도 아카쿠마 온천에 있었는데 여기에도 있잖아요. 우리 둘 다 똑같네, 뭐."

"나는 사고에 관해 조사해달라는 의뢰를 받고 온 길이야."

그녀가 미간을 찌푸렸다. "조사?"

아오에는 품속에서 대학 명함을 꺼내 내밀며 "나는 이런 사람이야"라고 말했다.

"아, 대학 교수님이시구나." 니트 모자의 여학생은 명함을 쓱 훑어볼 뿐 받으려고 하지 않았다. "그나저나 여기 사고 현장은 가봤어요?"

"근처까지는 가봤어. 현장은 사진으로만 봤고."

"장소가 어디예요? 산책로 안쪽이라고 하던데, 정확히 어디쯤이죠?"

이번에는 아오에가 미간을 찌푸릴 차례였다. "너도 사고에 대해 조사하는 중?"

"그렇다고 하면 정보를 주실래요?"

"무엇 때문에 조사를 하지? 화산학이나 환경 화학 학자로는 보이지 않는데?"

"그냥 흥미가 있어서요. 그런 건 안 되나요?"

"왜 흥미를 가졌을까. 젊은 여자가 관심을 가질 만한 소재는 아닌 것 같은데."

"그거야 내 자유죠. 그보다 정확한 장소나 알려주세요."

"그걸 알아서 뭐하려고?"

"아저씨와는 관계없는 일이에요. 아무튼 좀 알려주세요."

"네가 말했던 대로 산책로 안쪽이야."

"좀 더 자세한 걸 알고 싶다니까요." 그녀가 답답한 듯한 목소리를 냈다.

아오에는 승부욕이 강해 보이는 그 얼굴을 지그시 바라보았다. 그녀는 시선을 돌리는 일도 없이 마주 쏘아보았다.

"남에게 뭔가를 물어볼 때는 우선 자기소개를 하는 게 예의야. 너는 대체 누구야?"

그녀는 후우 하얀 입김을 토해냈다.

"알았어요. 더 이상 물어보지 않으면 되죠?" 한 손을 슬쩍 쳐들더니 다시 걸음을 옮겼다.

그 뒷모습을 향해 "나는 요 앞의 스즈야 여관에 있을 거야"라고 말했다. "마음 바뀌면 연락해. 내일 오후에는 도쿄에 돌아가니까 그 전에 연락해라."

못 들었을 리는 없는데 그녀는 발을 멈추지 않고 손도 흔들지 않았다. 아오에는 한숨을 내쉬고 반대편으로 걸음을 뗐다.

스즈야 여관은 전형적인 일본식 건축의 조촐한 여관이었다. 숙박 수속을 할 때, 퍼뜩 생각난 것이 있었다.

"오늘 여기에 젊은 여자가 찾아오지 않았어요? 핑크색 니트 모자의."

안경을 쓴 남자 종업원이 눈을 깜작거렸다. "머리가 긴?"

"맞아요. 눈이 약간 치켜 올라갔고 기가 드세 보이는 여학생."

남자 종업원은 웃는 얼굴로 고개를 끄덕였다. "예에, 왔었습니다."

"흠, 역시."

짐작했던 대로였다. 택시 안에서 봤을 때, 그녀는 한 여관에서 나와 바로 그 옆의 여관으로 들어갔다. 이 온천가의 여관을 한 집 한 집 돌아다니는 것 같았다.

"그 여학생이 뭔가 물어보지 않았어요?"

"네, 물어봤어요. 젊은 남자 사진을 보여주면서 최근에 이곳에 오지 않았느냐고 했습니다. 본 적이 없는 사람이라서 그렇게 대답해줬는데요."

아카쿠마 온천 때와 똑같았다. 그녀는 피해자가 묵었던 여관의 여주인에게도 똑같은 질문을 했었다.

대체 무슨 일일까. 사고와 뭔가 관련이 있는 건가.

방에 올라와 여관에서 준비해준 유카타로 갈아입고 대욕탕의 뜨거운 물에 몸을 담갔다. 황화수소계 온천 특유의 냄새가 났다. 옛날에는 탕 안에 지나치게 오래 머물던 손님이 중독 증세를 일으킨 적도 있지만 요즘은 충분한 배기와 환기가 의무 사항이라서 그럴 걱정은 없다.

창밖에는 눈이 내리고 있었다. 온천물에 들어앉아 바깥의 눈경치를 바라본다―. 오쿠니시 데쓰코에게 말하면 그런 사치스러운 아르바이트를, 이라면서 눈을 흘길 것이다. 물론 솔직히 얘기해줄 마음은 전혀 없지만.

방으로 돌아오자 우치카와에게서 전화가 왔다. 자료가 모두 준비되었으니 지금 가져가겠다는 것이었다. 알겠다고 대답하고 전화를 끊었다.

저녁 식사는 오후 7시부터였지만 그 전에 로비에서 우치카와를 만났다. 그녀가 건네준 대형 봉투에는 온천지 주변의 지형도, 원천의 위치를 기입한 지도, 사고 현장이며 그 주변 사진, 당일의 기상 데이터, 그리고 현시점에서의 각 지역의 황화수소 농도를 기록한 것들이 들어 있었다. 짧은 시간에 용케도 이만한 자료를 준비했구나 하고 내심 감탄했다.

"고맙습니다. 이걸 참고로 나름대로 연구해보도록 하지요."

"네, 잘 부탁드립니다."

머리를 숙이며 공손히 인사하고 우치카와는 물러갔다.

그 길로 저녁 식사 회장으로 가서 밥을 먹고 방으로 돌아왔다. 그새 이불이 깔려 있었지만 대충 접어 벽 쪽으로 밀어놓고 테이블을 방 한가운데로 옮겼다. 그 위에 우치카와에게서 받은 자료들을 펼쳐 놓았다.

우선은 지형도를 들여다보며 사고 당일의 바람을 점검했다. 공기보다 무거운 황화수소는 지대가 낮은 곳으로 이동해 정체되기 쉽다. 하지만 바람이 강하다면 상황은 달라진다. 기상 데이터를 살펴본바, 그날은 거의 무풍이었다.

그렇다면 온천가에서 배출된 황화수소가 바람을 타고 현장 주변까지 흘러들었을 가능성은 낮다는 얘기다. 원천의 위치도 확인해봤지만 모두 현장과는 상당한 거리가 있었다.

아오에는 지형도를 들여다보며 끄응 소리와 함께 팔짱을 꼈다. 산책로 인근에서 원천은 확인되지 않았다. 하지만 화산가스는 어디서 배출될지 알 수 없는 것이다. 극단적인 경우를 말하자면 어디서든 나올 수 있다. 지면은 단순한 흙에 지나지 않아서 기체를 완벽하게는 차단해주지 않기 때문이다. 어쩌면 가스가 다량으로 분출할 우려가 있는 포인트가 산책로 바로 옆에 있었는지도 모른다. 어떻게 하면 그 포인트를 찾아낼 수 있을까.

모형을 만들 수 있다면 좋을 텐데, 라고 아오에는 생각했다. 현장 주변의 지형을 충실히 재현한 미니어처를 제작하는 것이다. 그것을 수조에 넣고 황화수소 대신 물보다 비중이 무거운 염료를 이용해 어떻게 확산되는지 확인하는 것이다. 사고 현장에 황화수소가 정체되는 조건을 파악하면 가스 발생 포인트도 유추할 수 있을 터였다.

하지만 또 다른 의문이 생겨났다. 현지의 지면은 눈에 덮여 있었다. 발생하는 가스를 그 내리쌓인 눈이 차단하지 않았을까…….

기분 전환으로 맥주라도 마실까 하고 방 전화를 집어 들려는데 그 전화가 갑작스레 울리기 시작했다. 수화기를 들고 네, 라고 대답했다.

"쉬고 계실 텐데 죄송합니다. 여기, 프런트예요." 남자 목소리가 말했다. 숙박 수속을 할 때 마주했던 종업원이다.

"무슨 일이지요?"

"실은 지금 그 여학생이 찾아와 아오에 교수님을 뵙고 싶다고 하는데, 방 번호를 알려줘도 될까요?" 목소리를 작게 낮추며 남자 종업원이 물었다.

"그 여학생이라면, 핑크색 모자를 쓴?"

"네, 그렇습니다."

깜짝 놀랐다. 여관을 알려주기는 했지만 설마 진짜로 찾아올 줄은 몰랐다.

"괜찮아요. 방으로 올라오라고 해주세요."

잘 알겠습니다, 라고 말하고 남자 종업원은 전화를 끊었다.

아오에는 유카타에 단젠을 입고 있었지만 서둘러 양복으로 갈아입었다. 그녀에게는 이곳에 조사를 위해 왔다고 말했다. 온천을 즐기고 있는 것처럼 보인다면 섭섭한 일이다.

유카타를 둘둘 말아 붙박이장에 던져 넣은 직후에 노크하는 소리가 났다. 아오에가 문을 열자 그 여학생이 서 있었다. 얼굴은 거의 무표정이었다. 모자는 벗었다. 방한복 호주머니에 넣어둔 것이리라.

"어서 와." 아오에는 말했다.

그녀는 방 안을 슬쩍 들여다보는 몸짓을 하더니 "혼자?"라고 물었다.

"물론이지. 자, 들어와."

그녀가 안으로 들어와 부츠를 벗었다. 방에 발을 딛자마자 매우 잽싼 동작으로 테이블 옆에 앉았다. 자료가 펼쳐져 있는 것을 본 모양이었다.

"엇, 교환 조건도 없이 보여주면 안 되지." 아오에는 서둘러 자료를 치웠다.

그녀는 일순 아오에를 노려보았지만 곧바로 눈의 힘을 풀었다. "부탁할 게 있어요."

"음, 그렇지 않고서야 여기까지 찾아올 리가 없겠지. 하지만 부탁을 하기 전에 우선 자기소개를 하는 게 어떨까."

그러자 그녀는 호주머니에서 종이쪽 한 장을 꺼내더니 무기질적인 목소리로 말했다. "명함, 교환하죠."

"아까 내가 준 명함은 받지도 않더니?"

"마음이 바뀌었어요."

"허허, 자기 좋을 대로구나."

아오에는 자신의 명함을 그녀에게 건넸다. 교환으로 받아 든 종이쪽에는 '우하라 마도카'라고 손 글씨로 적혀 있었다. 아래쪽에는 휴대전화 번호가 있었다.

"본명이겠지?"

그러자 그녀는 지갑에서 카드를 꺼내 아오에에게 내보였다. 신용카드인 데다 분명 'MADOKA UHARA'라고 찍혀 있었다. 가짜 카드인 것 같지는 않았다.

"오케이, 이제 이름은 알았군. 하지만 그것만으로는 자기소개라고 할 수 없겠지. 어디서 뭘 하는 사람인지 알리는 게 자기소개야. 너는 뭐 하는 사람? 학생인가? 그렇다면 어느 대학?"

우하라 마도카는 고개를 저었다. "학생 아니에요."

"그럼 직업은? 무직이라고는 하지 마. 그런 사람이라면 신용카드 심사를 통과하지 못해."

"무직인데요."

"거짓말은 안 된다니까."

"거짓말 아니에요. 이 카드는 아버지의 패밀리카드예요."

흠, 그렇게 나온단 말이지, 라고 아오에는 내심 혀를 찼다.

"그러면 아버님 직업은?"

"의사."

"성함은? 어느 병원이지?"

이 물음에 마도카는 부루퉁한 얼굴이 되었다.

"자기소개를 할 때, 아버지에 대해서도 꼭 말해야 돼요?"

아오에는 말문이 턱 막혔다. 반론이 선뜻 떠오르지 않았다.

마도카의 표정이 조금 누그러들었다.

"어디서 뭘 하느냐고 했죠? 그건 대답할 수 있어요. 난 사람을 찾고 있어요. 그러려고 여기저기 돌아다니는 중이에요."

"젊은 남자?"

마도카의 눈썹이 꿈틀 움직였다. "어떻게 알았어요?"

"아카쿠마 온천 여관의 여주인에게서 들었어. 이곳 프런트에서도 들었고. 여주인 말에 의하면 그 청년이 네 친구라고 했다던데?"

마도카는 스마트폰을 꺼내 빠른 손놀림으로 터치한 뒤에 아오에 쪽으로 화면을 내보였다. 스무 살 전후일까. 예민해 보이는 청년의 웃는 얼굴이 찍혀 있었다.

"아주 소중한 친구예요. 꼭 찾아야 해요."

"왜, 실종이라도 됐나?"

"뭐, 그런 셈이죠. 그래서 좀 도와주셨으면 해요." 마도카는 진지한 눈빛으로 말했다. 그 말에는 웬일로 정감 같은 것이 담겨 있었다. 아무래도 적당히 둘러대는 거짓말은 아닌 것 같다고 아오에는 느꼈다.

"무엇을 어떻게 도와주면 될까. 부탁이라는 건 뭐지?" 우선 그것부터 들어보기로 했다.

"교수님은 그 사고를 조사한다고 하셨죠? 그러면 현장에 들어가실 수도 있겠네요?"

갑작스럽게 교수님이라고 하는 바람에 아오에는 조금 당혹스러웠다. "현장이라니……"

"그 사고 현장 말이에요. 벌써 가보셨어요?"

"아니, 현장까지는 못 갔어. 입구까지만 가봤지. 현장은 출입금지 상태였어."

"하지만 조사를 의뢰했다면……"

아오에는 그녀의 말을 손으로 제지하고 고개를 저었다.

"나한테 조사를 의뢰한 건 경찰이나 관청 쪽이 아니라 신문사야. 따라서 어떤 특권이 주어지는 것도 아니고, 당연히 출입금지 구역에 들어가는 것도 인정해주지 않아."

"……그렇구나." 마도카는 낙담한 기색을 노골적으로 드러냈다.

"만일 내가 현장에 들어갈 수 있다면 어떻게 할 생각이지?"

"물론 나도 데려가달라고 부탁할 생각이었죠. 대학 교수님이시니까 조교라든가 학생을 데려간다고 하면 되잖아요."

아오에는 그녀의 조그만 얼굴을 지그시 바라보았다.

"무엇 때문에? 네 목적은 실종된 친구를 찾는 거잖아. 이번 황화수소 사건과 어떤 관계가 있지?"

마도카는 입을 삐죽이며 흥 콧숨을 내쉬었다. "미안하지만 그건 말 못 해요."

"왜?"

"글쎄 말 못 한다니까요. 게다가 교수님과는 관계없는 일이에요. 전혀 아무 관계도 없다고요." 야멸친 어조로 말하더니 "저거나 좀 보여주세요"라면서 자료가 든 봉투를 가리켰다.

아오에는 봉투를 꽉 잡았다. "자세한 사정을 밝히지 않으면 보여줄 수 없어."

"교수님이 그런 얘기 들어봤자 별 볼 일 없다니까요?"

"아니, 호기심이 채워진다는 매우 큰 메리트가 있지."

마도카는 지겹다는 듯 한숨을 내쉬더니 벽시계를 올려다보았다. 덩달아 아오에도 그쪽으로 시선을 던졌다. 시계는 9시 반을 가리키고 있었다.

"자료 속에 사진이 있었죠?" 마도카가 불쑥 말했다.

"사진?"

"현장 사진 말이에요. 벤치가 찍혀 있었어요, 빨간 벤치."

"그게 어떻다는 거지?"

하지만 그녀는 대답하지 않고 자리에서 일어섰다. 그대로 나가려고 하는 바람에 아오에는 서둘러 뒤따라가 팔을 잡았다. "잠깐, 잠깐."

"아야얏, 놔요."

아오에는 팔을 놓았다. "어쩔 셈이야?"

마도카는 잡혔던 부분을 손바닥으로 비비면서 말했다. "꼭 대답할 의무는 없지요?"

"혹시 지금 현장에 가보려고?"

그녀는 입을 꾹 다물었다. 딱 맞혔다고 아오에는 확신했다. 빨간 벤치를 찾아 산책로로 들어갈 생각인 것이다. 시계를 보고, 이 시간이라면 감시하는 사람도 없을 거라고 예상한 게 틀림없다.

"안 돼. 거긴 출입금지야. 게다가 산책로라고 해도 밤에는 위험해."

"상관 마세요. 아니면 혹시 경찰에 신고라도 하시려고요?"

"그렇게까지는 하지 않겠지만……."

고맙네요, 라고 말하고 마도카는 부츠를 신기 시작했다. 아오에는 초조했다. 이대로 가게 내버려둘 수는 없다. 위험하기 때문에, 라는 것도 있다. 하지만 그 이상으로, 여기서 이렇게 헤어지면 다시는 이 여학생을 만날 수 없다는 예감이 강하게 들었다. 그리고 만나지 못한다면 맹렬히 커져버린 자신의 호기심은 영원히 허공에 떠버린다.

"잠깐, 잠깐만 기다려."

부츠를 다 신은 마도카가 의아한 듯 돌아보았다.

"알았어, 자료 보여줄게. 자세한 사정을 알고 싶지만 오늘은 내가 꾹 참기로 하지. 그러니 다시 방으로 들어와."

아무튼 오늘은 자신이 이 여학생에게 뭔가 선물을 해주었다는 상황을 만들어놓는 게 중요하다.

하지만 마도카는 "아뇨, 됐어요"라고 깨끗이 포기하는 태도였다. "부츠도 벌써 다 신어버렸고. 자, 그럼." 문손잡이를 잡으려고 했다.

"아, 잠깐, 잠깐만." 아오에는 문을 팔로 밀었다.

마도카가 미간을 찌푸렸다. "이번에는 또 뭐예요?"

"갈게, 나도 함께 간다고. 젊은 여자 혼자서는 위험해. 나와 같이 못 가겠다면 경찰에 신고할 거야. 자, 어떻게 할래?"

그녀는 곤혹스러움과 망설임이 뒤섞인 표정을 보였다. 하지만 불쾌해하는 것 같지는 않아서 아오에로서는 그나마 다행이었다.

이윽고 마도카의 입이 움직였다. "그럼 빨리 준비하세요."

산책로의 온천가 쪽 입구에도 〈출입금지〉라고 크게 써넣은 간판이 서 있었다. 그 앞으로 로프를 빙 둘러쳤다.

아오에는 손전등으로 산책로를 비춰 보며 중얼거렸다. "이거, 큰일이네."

"뭐가요?" 마도카가 물었다.

"조금 전까지 눈이 내렸잖아. 산책로에도 쌓여 있어. 이런 곳을 걸어가면 우리 발자국이 줄줄이 찍히게 돼."

"아무렴 어때요? 우리 발자국인 줄 알 리도 없고."

"그래도 누군가 들어갔다는 걸 알고 한바탕 시끄러워질 거야."

"아뇨, 괜찮아요." 마도카는 전혀 개의치 않는 기색으로 산책로를 성큼성큼 걸어갔다. 그녀의 부츠 발자국이 또렷하게 찍혔다. 안절부절못하면서도 아오에는 그 뒤를 따라갔다.

바람도 없어서 산책로는 고요히 가라앉아 있었다. 귀에 들어오는 것은 두 사람이 눈을 밟는 소리뿐이었다. 그리고 눈에 들어오는 것은 흰 눈이 덮인 나무들뿐. 주변이 온통 새하얀 색깔이어서 손전등 불빛은 상상 이상으로 멀리 퍼져나갔다. 어둠 속에 떠오른 눈경치는 실로 환상적이었다.

"꽤 머네." 20분쯤 걸어간 참에 아오에가 말했다.

"그러게요. 하지만 사망한 사람도 이 길을 걸어왔겠죠?"

"아니, 피해자는 반대쪽에서 걸어왔다고 했어. 그때도 눈이 내린 직후여서 피해자의 발자국만 남아 있었다던데."

"반대쪽? 거기까지는 어떻게 왔는데요? 버스든 뭐든, 운행하는 거예요?"

"그런 건 없다고 했어. 탈 수 있는 건 택시뿐인데 그런 어중간한 곳에서 내리는 손님은 없다는 거야. 내가 탔던 택시 운전기사가 이상하다고 연신 고개를 갸웃거렸어."

마도카와 이야기를 나누면서 아오에도 새삼 의아한 마음이 깊어졌다. 피해자는 왜 그런 짓을 했을까. 굳이 온천가 반대쪽의 산책로로 가다니, 거기에 무슨 의미가 있는가.

그나저나 마음에 걸리는 건 역시 마도카의 친구라는 청년이다. 황화수소 사고와 대체 무슨 관계가 있는 걸까.

일순 머리를 스친 것은 그 청년이 이번 사고를 일으킨 게 아닌가, 하는 상상이었다. 그렇다고 하면 마도카가 사고가 일어난 장소를 알아보고 다니는 것도 설명이 된다. 하지만, 하고 아오에 자신의 지식이 즉각 그런 상상을 부정했다. 그런 일은 있을 리 없다. 인위적으로 일으킬 수 있는 사고가 아니기 때문이다. 아카쿠마 온천의 경우라면 형사 나카오카가 말했던 대로 강제적인 방법도 혹시 가능할지 모른다. 하지만 이번은 무리다. 피해자는 달랑 혼자였다. 발자국은 한 사람 것밖에 없었다. 무슨 본격 미스터리 소설도 아니고, 범인이 발자국을 남기지 않고 눈 위를 이동할 방법이 있다고는 생각되지 않았다.

그런 생각을 하고 있는데 마도카가 "아, 저건가?"라면서 자신의 손전등을 앞쪽으로 향했다. 아오에도 그쪽으로 시선을 던졌지만 벤치 같은 건 보이지 않았다. 어디냐고 물었다.

"저기요, 저기." 마도카의 걸음이 조금 빨라졌다. 그 발자국을 아오에도 쫓아갔다.

길이 커브를 그리며 굽어 들고 그 한 귀퉁이에 네모난 눈 덩어리가 있었다. 그 앞에서 발을 멈추더니 마도카는 장갑 낀 손으로 눈을 털어냈다. 그 아래 나타난 것은 벤치의 앉는 면이었다. 이어서 등받이도 나타났다.

"정말이네. 이렇게 눈을 뒤집어쓰고 있는데 용케 알아봤구나."

자신이라면 그냥 지나쳤을 거라고 아오에는 생각했다.

"별거 아니에요. 벤치의 상태를 머릿속에 그리고 있었거든요." 그렇게 말하고 마도카는 손전등으로 주위를 몇 번 비추더니 마지막으로 위쪽 비탈길로 빛을 향했다.

"뭘 하고 있지?" 아오에가 물었다.

"어디서 가스가 흘러들었나 하고요."

"위에서라는 건 틀림이 없겠지. 황화수소는 공기보다 무거워. 만일 여름철이었다면 설령 가스가 지면에서 분출했다고 해도 금세 확산되었겠지만."

"지열 때문에 상승기류가 발생하기 때문이죠?"

시원스럽게 척척 대답하는 마도카의 옆얼굴을 아오에는 돌아보았다.

"아주 잘 아는구나. 맞아. 반대로 겨울철에는 지면이 차가워져서 바람 없는 날에는 공기가 거의 움직이지 않아. 그러니까 가스는 마냥 낮은 쪽으로 이동해 웅덩이 등에 고이게 되지."

그러자 마도카가 떨떠름한 얼굴로 중얼거렸다. "그래서 지금 이 계절을 노린 거겠죠."

"노리다니, 무슨 말이야?"

"아니, 아무것도 아니에요." 마도카는 얼굴을 찌푸리며 니트 모자 위로 머리를 긁적였다. "그보다 교수님, 피해자에 대해 뭔가 들은 거 있어요?"

"뭘?"

"뭐든 좋아요. 주소라든가 이름이라든가 직업 같은 거."

"아, 이름과 직업은 들었어. 별 인기가 없는 배우였다던데."

"배우?" 마도카의 눈이 번쩍 빛난 것처럼 보였다. "이름은요?"

"흠, 나스노 고로라고 했던가."

마도카는 그 이름을 입속에서 몇 번 되뇐 뒤에 다시 물었다. "그 밖에 또 들은 얘기는요?"

"내가 들은 건 그것뿐이야. 그리고 유체를 인수해 갈 사람이 나타나지 않아 경찰이 난처해하고 있다는 정도?"

그렇군요, 라면서 고개를 끄덕이는 마도카의 표정은 눈에 띄게 침울해져 있었다.

"왜 피해자에 대한 것을 궁금해하지? 실종된 친구와 뭔가 관계가 있는 사람이야?"

그러자 마도카는 차가운 눈빛을 던졌다. "오늘은 꾹 참겠다고 하셨잖아요."

"뭘?"

"자세한 사정을 알고 싶지만 오늘은 꾹 참겠다고 아까 얘기하셨어요. 그거, 거짓말이었어요?"

"아니, 거짓말은 아니지."

"그렇다면 더 이상 캐묻지 마세요." 마도카는 발길을 홱 돌리더니 "그만 가요"라면서 걸음을 뗐다.

온 길을 말없이 되돌아갔다. 아오에는 머릿속에서 다양한 의문이

소용돌이쳤지만 입 밖에 낼 수 없었다. 묻지 않기로 약속한 것도 있었지만, 질문을 던지지 못하게 하는 보이지 않는 힘이 우하라 마도카의 등에서 강하게 느껴졌기 때문이다.

이윽고 입구에 도착했다. 아오에는 산책로를 돌아보며 한숨을 내쉬었다. 두 사람의 발자국이 또렷하게 눈에 띄었다.

"내일 아침에 저 발자국을 발견하고 한바탕 시끄러워지겠네."

그러자 마도카가 "괜찮아요"라고 말했다. "이제 곧 눈이 내릴 테니까."

아오에는 하늘을 올려다보았다. 반짝이는 점들이 눈에 띄었다. "별이 떴는데?"

"지금 잠깐뿐이에요." 마도카가 딱 잘라 말했다. "밤 12시 조금 지나서부터는 눈이 쏟아질 거예요."

"그걸 어떻게 알아?"

하지만 그녀는 대답하지 않고 온천가를 향해 걸음을 옮기기 시작했다.

우하라 마도카와는 스즈야 여관 앞에서 헤어졌다. 그녀가 묵고 있는 여관까지 데려다주겠다고 말했지만 단호히 거절했던 것이다. 뭔가 딴 속셈이 있는 것으로 생각할까 봐 아오에는 너무 끈덕지게 권할 수 없었다.

여관방에 돌아와 유카타로 갈아입고 다시 자료들을 들여다보았다. 현장에 다녀온 덕분에 다양한 수치의 의미를 파악하기가 훨씬 수월했다. 하지만 우하라 마도카의 일이 마음에 걸려 아무래도 일에 집중할 수 없었다.

문득 창밖으로 시선을 던져보니 눈이 내리기 시작했다. 아오에는 시계를 보았다. 시곗바늘은 정확히 0시 5분을 가리키고 있었다.

12

차임벨을 누르자 네에, 라는 무뚝뚝한 목소리가 스피커에서 들려왔다.

"구청에서 나왔습니다. 야구치 씨, 문 좀 열어주세요." 나카오카는 애써 환한 목소리로 말했다.

"구청? 무슨 일이죠? 내가 지금 좀 바쁜데요."

"시간은 별로 걸리지 않아요. 금세 끝나니까요, 부탁합니다."

혀를 차는 듯한 소리가 들려왔다. 하지만 문을 열어주기는 할 모양이었다. 나카오카는 계속 입꼬리를 치켜든 채 문이 열리기를 기다렸다. 도어스코프가 달려 있었기 때문이다.

자물쇠 풀리는 소리와 함께 문이 열렸다. 스웨트 셔츠와 바지를 입은 마른 남자가 뜨악한 표정으로 얼굴을 내밀었다. 나이는 서른 살 전후일까.

"무슨 일이죠?" 미간에 주름을 잡은 채 물었다.

"야구치 나오야 씨?"

"네, 그런데요."

나카오카는 머리를 숙인 뒤 경찰 배지를 꺼내 보였다. "문 열어줘서 고마워."

야구치의 얼굴빛이 홱 변했다. "경찰?"

"응, 경찰서나 구청이나 다 똑같은 공무원이잖아."

"나 아무 짓도 안 했어요." 뺨이 바짝 긴장하고 있었다.

"알아, 안다고. 그냥 좀 물어볼 게 있어서 그래. 어때, 잠깐 들어가도 될까?"

"아니, 그건 좀……." 야구치는 방 안쪽을 신경 쓰는 듯한 몸짓을 보였다.

그때 "자기, 뭐 해?"라는 여자의 나른한 목소리가 들려왔다. "문 계속 열어두면 춥단 말이야."

"시끄러. 입 다물고 있어." 야구치가 안쪽을 향해 소리쳤다.

나카오카는 쓴웃음을 흘렸다. "먼저 온 손님이 있었군. 안에는 못 들어가겠네."

"미안해요. 어딘가 다른 곳에서 얘기해도 돼요?"

"물론 되고말고."

그리고 약 15분 뒤, 근처 커피숍에서 나카오카는 야구치와 마주 앉았다.

"미즈키 치사토라는 여자, 알지? 호스티스 시절에 쓰던 이름은 레이카였어."

"예, 알아요." 야구치의 얼굴에 경계하는 빛이 떠올랐다.

"당신, 꽤 오래 사귀었다던데? 긴자의 레드 바에서 5년 넘게 함께 일했고 가게 끝난 뒤에는 나란히 술 마시러 나갔다면서?"

야구치는 당황한 기색으로 손을 내저었다.

"허 참, 그 여자하고는 깊은 관계 같은 거 아니었어요. 둘 다 고향이 니가타라서 얘기가 잘 통했을 뿐이죠. 술 마시러 나갔다고 해봤자 단둘이 간 것도 아니라고요. 레드 바는 종업원이 가게 아가씨에게 손을 댔다가는 즉시 해고였는데요 뭘."

"이상하네. 쉬는 날에 만나는 걸 봤다던데?"

찔끔한 듯 잠시 입을 헤벌리더니 야구치는 몇 번 눈을 깜작거렸다.

"딱 한 번이에요. 쇼핑하는 데 그냥 함께 따라갔다고요. 손님 선물을 골라야 한다고 해서. 넥타이였어요. 진짜예요."

"뭐, 그렇다면 그런 줄 알아야겠지?"

"정말이라니까요. 레이카 씨가 나처럼 가난한 보이를 상대나 해줄 것 같아요?" 야구치는 입을 툭 내밀었다.

"알았어, 믿어줄게. 근데 특별한 관계는 아니었어도 둘이 친하기는 했잖아. 그렇지 않고서야 함께 쇼핑을 다닐 리 없지. 그 여자 결혼한 뒤에도 이따금 만났다면서? 당신이 직접 그렇게 말했다는 거, 작년 연말까지 레드에서 일했던 아가씨한테 다 듣고 왔어."

"이따금은 아니에요. 게다가 최근에는 아예 본 적도 없어요. 메일조차 주고받은 적이 없다니까요."

"마지막으로 만난 게 언제야?"

"그게 언제였더라." 야구치는 고개를 갸웃거렸다. "1년 전이었나.

지금 이맘때쯤이었어요."

"당신이 만나자고 했어?"

"아뇨, 그 여자 쪽에서 잠깐 보자고 연락이 왔어요. 근데요, 그냥 잠깐 봤어요. 같이 밥도 안 먹었다고요."

"아무튼 그때 무슨 얘기를 했어?"

야구치는 일순 눈빛이 허우적거리더니 작은 소리로 대답했다. "그런 걸 어떻게 다 기억합니까."

"그럼 레이카 씨가 별 볼일도 없는데 당신을 불러냈다는 거야? 그러고는 식사도 안 하고 헤어졌다고?" 고개를 떨구고 입을 꾹 다물어버린 상대를 쏘아보며 나카오카는 말을 이었다. "이봐, 야구치 씨. 형사가 이렇게 찾아온 건 어느 정도 증거를 잡았다는 뜻이야. 내가 말했잖아, 당신한테서 그런 얘기를 들었다는 아가씨가 있다고. 그러니까 그 아가씨한테 했던 말을 나한테도 그대로 해주면 돼."

야구치가 고개를 들었다. "나한테 몇 가지 물어보고 금세 갔어요."

"글쎄 그 질문 내용이 뭔지 얘기해달라니까. 시간은 넉넉하니까 찬찬히 생각을 더듬어봐. 커피 좀 마시지? 다 식겠다." 나카오카는 자신의 커피 잔을 들며 말했다.

야구치는 커피에 슬쩍 입을 대더니 머뭇머뭇 말문을 열었다.

"언더 쪽 주소를 알려달라고 했어요."

"언더, 라는 게 뭔데?"

"언더그라운드 사이트."

"불법 사이트 말이로군."

야구치는 고개를 끄덕이며 손등으로 입가를 닦았다.

"예전에 그런 얘기가 나왔을 때 내가 말했었어요. 거의 다 웃기는 사이트들이지만 딱 한 군데 믿을 만한 데를 알고 있다고. 그 여자, 그걸 기억하고 있었던 모양이에요."

"왜 그런 사이트를 알아보는지, 그 여자가 얘기했어?"

"남편이 부탁했다고 하던데요."

"남편이?"

"그 여자 남편이 영화 관련 일을 하는데, 불법 사이트를 소재로 작품을 제작할 예정이라고 하더라고요. 그래서 실태를 파악해야 하는데 그쪽으로 뭔가 아는 거 없냐고 레이카 씨한테 물어본 모양이에요."

"그래서 그 여자한테 알려줬어?"

예, 라고 야구치는 슬쩍 고개를 끄덕였다.

"그 사이트 주소, 지금 알 수 있어?"

야구치는 호주머니에서 스마트폰을 꺼내더니 몇 번 터치한 뒤에 나카오카 쪽으로 화면을 보여주었다. 표시된 주소를 나카오카는 수첩에 메모했다.

"그 여자 얘기를 그대로 믿었어? 남편이 물어봤다는 그 얘기."

"뭔가 좀 거짓말 같기는 했죠. 근데 괜히 한데 엮이는 게 귀찮아서 더 묻지도 않았어요."

"진짜 목적은 뭐라고 생각했는데?"

나카오카의 질문에 야구치는 잘 모르겠다는 듯 고개를 갸웃하는 몸짓을 보였다.

"그 사이트, 주로 뭔가 의뢰하고 청부하는 데지?"

글쎄요, 라고 여기서도 애매하게 얼버무리려고 했다.

나카오카는 커피 잔을 잡으려고 내민 야구치의 손을 움켜잡았다. 그대로 손가락을 비틀자 야구치의 얼굴이 뒤틀렸다. "아야앗, 아프다고요!"

"계속 시치미 뗄 거야? 당신, 그 사이트에 대해 빠삭하게 다 알잖아. 믿을 만한 데라고 방금 자기 입으로 말했으면서." 그러고는 손을 놓아주었다.

야구치는 손을 슬슬 문지르면서 말했다. "그래요, 범죄 사이트예요. 돈만 주면 뭐든지 해준다는 자들이 모여드는 사이트."

"살인도?"

야구치는 망설이는 듯 입술을 한 차례 핥더니 "분명하게 적어놓지는 않았지만 그런 일인 것 같은 의뢰도 가끔씩 있죠"라고 말했다.

"흠, 그래." 나카오카는 커피를 후루룩 마셨다. "그 여자 남편 미즈키 요시로 씨가 사망한 건 알고 있어?"

야구치는 턱을 내밀며 위아래로 끄덕였다. "건너 건너 들었어요. 온천지에서 죽었다고."

"그 얘기 듣고 무슨 생각이 들었지?"

"무슨 생각이냐니……."

"솔직히 대답해봐. 우리 말고는 듣는 사람도 없잖아. 걱정 마. 그런 얘기를 내가 레이카에게 전할 리도 없으니까."

"그렇다면……." 야구치는 손끝으로 머리를 쓸어 올렸다. "잘 해냈구나, 라고 생각했어요."

"잘 해내다니, 무슨 뜻이야?"

"그러니까 그게, 유산이 엄청나겠다고 짐작했단 거예요. 원래부터 재산을 노리고 결혼했으니까……. 아니, 아니에요, 이건 다들 하는 얘기를 옮긴 거고 실제로는 어떤지 나도 잘 몰라요."

흥, 하고 코웃음을 치고 나카오카는 커피 잔을 비웠다.

"요즘 그 여자와 연락을 주고받지 않는다는 거, 진짜지?"

"진짜예요."

"앞으로 연락을 취할 예정은?"

"없어요, 없을 겁니다."

"음, 좋아." 나카오카는 고개를 끄덕이고 테이블의 계산서를 집어 들었다. 자리에서 일어서기 전에 야구치에게 질문을 던졌다. "어떻게 거기는 믿을 만하다고 단언했지?"

"예?"

"그 불법 사이트 말이야. 거의 다 웃기는 사이트인데 그중에 거기 만은 믿을 만하다면서? 그걸 어떻게 알았어? 누구한테 건너 들은 얘 기라는 식으로 속이 뻔히 보이는 거짓말은 하지 마. 그랬다가는 일이 더 귀찮아져. 솔직하게 대답하라고."

야구치의 관자놀이가 실룩실룩 움직였다.

"이용한 적이 있었구나?"

나카오카의 물음에 야구치가 머뭇머뭇 대답했다. "딱 한 번."

"일을 의뢰한 거? 아니면 일을 청부한 거?"

"일을 청부한 거요."

"언제쯤 얘기야?"

"2년 전쯤요. 갑작스럽게 돈이 필요해서……."

"뭘 했는데? 살인?"

"에이, 설마요." 야구치가 눈을 허옇게 떴다. "짐을 운반해줬어요. 가사이 쪽에서 받아 온 짐을 차로 나고야까지 옮겨줬어요. 나고야에서 또 다른 사람이 기다리고 있어서 돈 받고 짐 내주고, 그걸로 끝이에요."

"어떤 짐이었지?"

"박스 두 개."

"내용물은?"

"못 봤어요. 절대로 보면 안 된다고 해서."

"크기는? 무게는 얼마나 됐어?"

"크기는 이 정도쯤인가." 야구치는 두 손을 1미터쯤 벌렸다. "무게는 꽤 나갔어요. 박스 하나가 20킬로는 넘었을 거 같은데."

"그러고 얼마 받았어?"

"10만 엔."

"흠."

상자의 내용물은 절단된 사체였는지도 모른다고 나카오카는 생각했다. 게다가 아마도 타살체일 터였다. 불법 사이트를 통해 고용한 다수의 사람들에게 사체 유기를 떠맡기면 설령 사체가 발견될 경우에라도 경찰이 유기 경로를 추적해 범인을 알아내기가 힘들어진다.

"도쿄와 나고야 왕복만으로 10만 엔? 나쁘지 않네. 근데 그거, 화물자동차 운수사업법 위반이야."

"죄송합니다." 야구치가 몸을 움츠렸다.

"뭐, 됐어. 오늘 나하고 만났던 일은 싸악 잊어버려. 그러면 나도 그 건은 잊어줄 테니까." 나카오카는 자리에서 일어나 야구치의 어깨를 툭툭 쳤다. "어때, 괜찮지?"

"네, 물론이죠. 고맙습니다."

움츠리듯이 고개를 끄덕이는 야구치를 남겨두고 나카오카는 계산대로 향했다.

커피숍을 나와 걸음을 옮기면서 방금 나눈 대화를 되새겼다. 야구치의 위법 행위의 이면에는 살인 사건이 숨어 있을 수도 있지만, 벌써 2년 전 일이라면 그 박스의 행방을 추적한다는 건 거의 불가능한 일이다. 게다가 어차피 다른 경찰서 관할이라서 나카오카가 관여할 수도 없다.

문제는 미즈키 치사토다. 무슨 목적으로 불법 사이트의 주소를 알아내려고 했는가.

그런 생각을 더듬고 있는데 안주머니에서 스마트폰이 부르르 진동했다. 착신 표시를 확인하고 입가를 일그러뜨린 다음에야 전화를 받았다. "네에."

"이봐, 지금 어디서 땡땡이치고 있어?" 계장 나리타가 툴툴거리는 목소리로 물었다.

"아카쿠마 온천 건으로 증거를 찾고 다니는 중이에요."

미즈키 치사토에 대해 내밀하게 수사를 진행한다는 건 나리타 계장에게 이미 허가를 얻은 사안이다.

"그걸 아직도 붙잡고 있어?"

"아직도가 아니죠, 이제 막 시작한 참인데."

"대학 교수가 타살 가능성은 없다고 말했다면서? 이제 어지간히

해둬."

"다른 업무도 착실히 하고 있는데요."

"그건 좋지만 지금 업무가 불어났어. 롯폰기 노래방에서 싸움이 났단 말이야. 얻어맞은 쪽은 중태, 때린 쪽은 토껴버렸네. 손이 비는 인원이 거의 없는 상황이야. 그쪽으로 지원 좀 나가줘."

"알겠습니다."

자세한 위치를 확인하고 전화를 끊었을 때 마침 택시가 달려왔다. 나카오카는 손을 번쩍 들었다.

하지만 현장으로 향하는 도중에도 나카오카의 의식은 아카쿠마 온천 사건으로 내달렸다. 조사하면 할수록 단순 사고라고는 생각할 수 없는 것이다.

사망한 미즈키 요시로의 친가는 치바 지역의 명문가로 부친이 몇 가지 사업을 펼쳐왔다. 그중 하나가 광고업이고, 미즈키는 대학 졸업 후 그 회사에 들어갔다. 거기서 착수했던 것이 CM 제작이라서 그 이후에 본격적인 영화 제작에 관여한 모양이었다. 서른 살 때 독립해 수많은 영화의 프로듀싱을 맡았다. 그중에는 흥행 수입이 역대 랭킹 상위에 들어가는 작품이 한두 개가 아니었다. 또한 미즈키 자신이 직접 기획 고안한 스토리며 캐릭터도 많아서 관련 상품이며 서적의 저작권에서도 엄청난 수입이 있었다. 상세한 액수까지는 알 수 없지만 아무리 적게 잡아도 자산이 5억 엔을 넘을 터였다.

어머니인 미요시 씨가 편지에서 밝혔던 것처럼 그는 두 번 결혼했고 두 번 다 아내와 1년도 안 되는 사이에 이혼했다. 아이는 없고, 2년 전 세 번째 결혼을 할 때까지 널찍한 호화 저택에서 혼자 살았다.

행복한 가정은 만들지 못했지만 영화인으로서의 지위는 높은 모양이었다.

진짜를 알아보는 눈이 있다, 반면 사업적인 이익을 중시하는 면도 있었다, 라는 것이 미즈키 요시로를 아는 사람들의 공통된 의견이었다.

재능이 있다고 판단되면 무명의 젊은 감독이라도 적극적으로 기용했다. 거꾸로 아무리 이름이 널리 알려지고 실적이 높은 감독이라도 신선미가 부족하다고 판단되면 용서 없이 잘랐다. 그 탓에 사이가 틀어진 사람도 적지 않았지만 미즈키는 전혀 신경 쓰는 기색을 보이지 않았다.

작품 소재에 대해서도 일절 타협하지 않는 성격이어서 유행을 쫓는 작품이라면 질색을 했다. 재탕 같은 경우는 아예 말할 가치도 없어서 그런 기획을 내놓으면 격노했다고 한다.

그런 성격이 탈이 되었는지 최근 10여 년 동안 이렇다 할 일거리가 없었다. 그런데 나카오카는 몇몇 영화 관계자로부터 마음에 걸리는 이야기를 들었다.

최근 들어 미즈키가 세상이 깜짝 놀랄 만한 영화를 제작하겠다는 말을 하고 다녔다는 것이다. 그 구체적인 내용에 대한 이야기를 들은 이는 없었지만, 어느 감독에 의하면 "그 사람은 허세나 과장으로 그런 소리를 할 사람이 아니다. 일단 입 밖에 냈다면 분명 뭔가 특별한 기획이 있었을 것이다"라는 얘기였다.

그런 미즈키 요시로가 치사토에게만은 깊이 빠져들었다. 어떻게든 내 것으로 만들겠노라고 주위에 호언장담을 하더니 실제로 손에 넣었다. 단 그녀의 사랑을 얻었다고는 생각하지 않았는지 "그 여자는 내 재산에 홀렸고 나는 돈으로 치사토를 사들인 것이나 마찬가지"라고 자신들의 결혼을 평했다고 한다. 이런 이야기는 어머니 미즈키 미요시의 편지에 적혀 있었던 내용과도 합치한다.

문제의 미즈키 치사토는 니가타 현 출신으로, 고등학교 졸업 후 도쿄에 올라왔다. 롯폰기의 클럽에서 일하기 시작했지만 곧바로 긴자로 옮겼다. '레드'는 긴자에서 두 번째로 일하게 된 바였다. 호스티스로서의 이름은 계속 '레이카'를 사용했다.

긴자로 옮긴 이유에 대해 치사토는 친한 호스티스에게 "돈 많은 노인네를 사귀고 싶어서"라고 대답했다고 한다. 롯폰기에도 부자가 많지만 대부분 나이가 젊어서 안 된다는 것이다.

"아직 젊은 축이면 그 남자가 늙었을 때는 나도 노인이 돼. 노인이 노인을 돌본다는 건 너무 힘들어. 어차피 노인을 모셔야 한다면 그나마 내가 젊을 때가 낫겠지. 남자가 사망했을 때, 나는 아직 충분히 인생을 즐길 수 있는 나이잖아. 게다가 상속한 유산으로 풍족하게 지낼수 있어. 어때, 최고잖아?"

그 이야기에 그것도 그렇겠다고 묘하게 납득해버렸다, 라고 나카오카가 만난 호스티스는 말했다.

치사토가 왜 그런 극단적인 인생 계획을 세웠는지는 확실하지 않지만, 실제로 그녀는 자산가이면서 혼자 사는 노인 손님을 만나면 상당히 적극적으로 접근한 모양이었다. 그래도 노골적으로 색기를 드러내는 게 아니라 그리 표 나지 않게 배려해주면서도 상대에게 마음이 분명하게 전달되도록 어필하는 것이 그녀의 방법이었다.

그렇게 몇 번의 시도 끝에 만난 사람이 미즈키 요시로였다. 미즈키는 가게를 찾은 그날로 치사토를 마음에 들어 해서 뻔질나게 드나들었다. 치사토 역시 그의 자산 상황을 파악하고 이상적인 상대라고 생각한 모양이었다.

그러고는 몇 달 만에 두 사람은 결혼했다. 역시나 주위 사람들 모두가 놀랐다. 하지만 치사토의 일관된 자세에는 레드의 종업원 대부분이 오로지 감탄했을 뿐이라고 한다.

하지만 그런 건 딱히 드문 일도 아니다. 젊은 여자가 경제력을 기대하며 나이 차가 많이 나는 남자와 결혼한다는 건 자주 듣는 얘기다. 고령의 남편이 아내보다 먼저 죽을 가능성은 높다. 설령 돈에 눈이 어두워 결혼했다고 쳐도 젊은 아내로서는 그때까지 꾹 참고 기다리면 되는 것뿐이라서 굳이 살인까지 범하는 건 리스크가 지나치게 높다.

다만 미즈키 치사토의 경우에는 간과할 수 없는 사실이 있었다. 어머니인 미요시 씨가 말했던 대로 사건이 일어나기 석 달 전쯤에 미즈키 요시로가 여러 개의 생명보험에 가입했던 것이다. 어느 보험회사 담당자는 "미즈키 씨는 그다지 내키지 않는 기색이었지만 자신에게 혹시 무슨 일이 생겨서 젊은 아내가 고생하게 되면 가엾다는 생각에 계약할 마음이 난 것 같았다"라고 말했다.

보험금 총액은 3억 엔이 넘는다. 상당한 고액이지만 어떤 보험회사도 현재로서는 사고에 대해 전혀 의심하지 않고 있다.

조사하면 할수록 수상쩍었지만 한편으로 그런 노골적인 짓을 할까 하는 생각도 들었다. 아예 대놓고 의심해달라고 말하는 듯한 일이 아닌가.

나카오카는 아카쿠마 온천에도 가보았다. 지역 경찰은 이미 사고라고 결론을 내려놓고 있었다. 현청 환경보전과의 이소베라는 공무원도 사고 재발 방지 문제만으로도 머릿속이 복잡한 눈치였다.

하지만 미즈키 부부가 묵은 여관에서는 여주인에게서 귀가 솔깃한 이야기를 들을 수 있었다.

이번 온천 여행은 아내 치사토가 제안한 것이고 미즈키 요시로는 아카쿠마 온천 자체를 알지 못했다는 것이다.

나카오카는 살인 가능성을 열심히 찾아보았다. 하지만 언제 어디서 화산가스 농도가 높아지는지 예측할 수 없다는 점만은 아마추어인 그도 충분히 이해가 되었다. 그래서 생각해낸 것이 황화수소를 의도적으로 발생시키는 방법이었다. 다이호 대학의 아오에 교수는 딱 잘라 불가능하다고 말했지만 그래도 나카오카는 아직 포기할 수 없었다.

조후 시의 노인 요양 시설에서 미즈키 치사토와 덜컥 마주쳤던 일을 잊을 수 없었다.

속 시원하실 때까지 마음껏 수사해주세요―. 그녀는 그렇게 말했다. 자신만만한 웃음을 지으면서.

그건 죄가 없는 인간의 얼굴이 아니다. 나카오카는 그렇게 확신했다.

13

똑똑똑, 하고 누군가 문을 세 번 두드린 것은 아오에가 대학원생의 리포트를 살펴보고 있을 때였다. 들어오세요, 라고 대답하자 문이 열리고 오쿠니시 데쓰코가 들어왔다. 손에 대형 봉투를 들고 있었다.

"바쁘신가요?"

"아니, 그렇지도 않아. 이거 읽고 있었어." 리포트를 가리켰다.

"아, 그 사람의?" 오쿠니시 데쓰코의 눈썹이 꿈틀 움직였다. "어떠셨어요?"

"깜짝 놀랐어. 어디선가 본 적이 있는 문장이다 싶어서 곰곰 생각해봤더니 얼마 전에 내가 전문지에 써낸 걸 그대로 베껴 썼더라고. 자네도 눈치챘을 거 같은데?"

"물론 알았죠. 하지만 교수님이 직접 주의를 주시는 게 좋을 것 같아서요."

아오에는 깊은 한숨을 내쉬었다.

"왜 이런 짓을 하는지 모르겠네. 베껴 쓴 논문을 원저자에게 제출하고도 들키지 않을 줄 알았나?"

"아마 원저자가 교수님인 줄 몰랐을 거예요. 우선 다른 누군가가 교수님의 논문을 훔쳐서 자신의 논문이라고 발표했을 거고, 그걸 이번에 우리 대학원생이 다시 훔쳤겠지요."

"그건 또 무슨 소리래?" 아오에는 입이 헤벌어졌다. 하지만 잠시 생각해보니 사정이 이해가 되었다. "흠, 그렇게 된 거였군. 도용한 논문을 재차 도용한 거네."

"교수님이 직접 주의를 주시겠어요?"

"아니, 사양하겠어." 아오에는 손을 내저었다. "시간 낭비야. 그 친구에게는 한 마디만 해줘. 들켰다, 라고."

"알겠습니다."

아오에는 리포트를 옆의 쓰레기통에 휙 던졌다. "그래서 자네는 무슨 용건이지?"

"속달이 왔어요."

"속달? 어디서?"

오쿠니시 데쓰코는 대형 봉투를 내밀었다. "호쿠리쿠 마이초 신문사에서 보낸 거예요."

아하, 하고 아오에는 고개를 끄덕이며 봉투를 받아 들었다. 생각했던 대로, 보낸 사람은 호쿠리쿠 마이초 신문사의 우치카와였다. 당장 그 자리에서 봉투를 북 뜯었다.

"기사가 실린 신문을 보내준 모양이네. 착실하기도 하지."

"조사에 협력해줬는데 그야 당연한 일이죠."

"그런가."

아오에는 봉투의 내용물을 꺼냈다. 짐작대로 기사가 실린 신문이었다. 편지지가 첨부되어 있었다. '덕분에 기사가 완성되었습니다. 우송해드립니다. 정말 고맙습니다. 앞으로도 잘 부탁드립니다'라고 손으로 써 내려간 편지였다.

기사가 실린 똑같은 신문 두 부가 들어 있었다. 한 부를 오쿠니시 데쓰코 앞에 놓았다. "괜찮으면 자네도 읽어봐."

꼭 읽어보겠다면서 그녀는 신문을 집어 들었다.

신문에는 노란 포스트잇이 붙은 면이 있었다. 그곳을 펼쳐보니 '뉴스 되짚기'라는 코너에서 새삼 도마테 온천에서 일어난 사고를 소개하고 있었다. 개요를 설명한 뒤에 전문가의 의견으로서 아오에의 말이 실렸다.

온천지 부근에서는 어떤 흙에서나 황화수소와 이산화탄소가 발생할 우려가 있습니다. 이번에 사고 현장이 된 산책로의 상부에도 그런 장소가 있었던 게 아닐까요. 눈 밑에 갇혀 있던 가스가 어떤 원인으로든 단숨에 분출한 것으로 보입니다. 황화수소는 공기보다 무거워 무풍 상태에서는, 특히 지면이 차갑게 식어 있는 겨울철에는 상승기류도 없기 때문에 아래로 아래로 흘러 내려가 저지대나 웅덩이에 고입니다. 사고 현장은 그런 악조건이 겹쳐지는 장소였겠지요. 황화수소는 흔히 말하는 대로 달걀 썩은 듯한 냄새가 나지만 자극적이라고 할 정도는 아니어서 호흡을 하다 보면 점점 냄새에 익숙해집니다. 스스로 깨닫지 못하는 사이에 치사량을 들이쉬고 운동신경이 망가졌을 가능성이 높습니다.

신문을 덮고 "어떻게 생각해?"라고 조교에게 물었다.

"딱히 문제는 없는 거 같은데요? 타당한 견해라고 생각합니다."

"바로 그거야. 타당하다고 하면 듣기야 좋지만 한마디로 두루뭉술 무난한 얘기라는 뜻이야. 일부러 현지까지 갔는데 이 정도 코멘트밖에 못 했다는 건 전문가로서 실격이라고 해야겠지."

"그렇게까지 자책하실 건 없죠. 기껏해야 신문인데."

"아니, 아무리 생각해도 한심해. 자네니까 솔직히 말하지만, 사실은 불가사의한 점이 너무 많아서 원인이 뭔지 도통 알 수가 없더라고."

"그래요?" 오쿠니시 데쓰코는 희미하게 미간을 좁혔다. "불가사의하다니, 이를테면 어떤 점이?"

"황화수소 냄새. 이 기사에도 나왔지만, 그 달걀 썩은 듯한 냄새, 이번 현장 부근에서는 여태까지 그런 냄새가 난 적이 한 번도 없다는 거야. 생각해보면 당연한 일인 것이 애초에 그런 험한 장소에 산책로 같은 걸 만들 리가 없지. 그 지역 사람들에게 물어봤는데, 산책로 주변은 어디든 초목이 무성하게 잘 자랐고 야생동물의 사체가 자주 발견되었다든가 하는 일도 없었대. 만일 거기에 황화수소가 분출되는 곳이 있었다면 식물의 생육이 나빠지고 동물도 더러 죽어 있었을 텐데 말이야. 어때, 뭔가 좀 이상하지?"

오쿠니시 데쓰코는 안경을 손끝으로 밀어 올렸다.

"그렇다면 분명 이상하군요. 하지만 자연환경은 급격히 변하는 일도 많아요. 인근 화산활동의 영향 때문일 수도 있고요."

"그건 나도 생각해봤어. 근데 이건 아무래도 단순 사고가 아닌 것 같다는 생각이 자꾸 든단 말이야."

오쿠니시 데쓰코는 의아한 얼굴로 고개를 갸우뚱했다. "사고가 아니라면 뭔데요?"

"그러니까 그게⋯⋯." 인위적인 것, 이라고 말하려다가 아오에는 말을 꿀꺽 삼켰다. 아직 입 밖에 낼 단계가 아니다. "단순 사고가 아니라 좀 더 복잡한 요인이 얽힌 사고가 아닌가 하는 생각이 든다는 거야."

"네, 그럴 수도 있겠죠. 하지만 교수님, 이 건에 대해서는 우선 맡은 일을 다 하셨으니까 이제 원래의 업무로 돌아오시는 게 어떨까요. 교수님이 회장을 맡으신 연구회의 원고, 이제 제발 좀 보내달라고 사무국 쪽에서 재촉이 들어왔어요." 안경 안쪽의 눈이 번쩍 빛났다.

"아, 그거? 응, 알고 있어. 얼른 써야지."

"내일까지 부탁드립니다." 그렇게 말하고 오쿠니시 데쓰코는 책상 옆으로 다가와 조금 전에 아오에가 쓰레기통에 던져버린 리포트를 다시 꺼냈다. "그럼 저는 이만 실례하겠습니다." 발을 돌려 문 쪽으로 향했다.

"잠깐." 아오에는 그녀를 불러 세웠다. "자네, 나스노 고로라는 배우, 알아?"

오쿠니시 데쓰코는 안경을 밀어 올렸다. "나스노?"

"응, 나스노 고로. 도마테 온천에서 사망한 피해자인데 배우였대."

그녀는 고개를 저었다. "모르겠는데요. 들어본 적도 없어요."

"그래? 역시 그렇군. 알았어, 이제 됐어."

"그분이 왜요?"

"아니, 아무것도 아니야. 아는가 싶어서 그냥 물어봤어. 어서 가서 일 봐요."

그녀는 미심쩍다는 기색으로 실례합니다, 라고 말하고 나갔다.

닫힌 문을 멀거니 쳐다보다가 아오에는 후우 한숨을 토해내고 다리를 꼬면서 등받이에 몸을 내맡겼다. 오쿠니시 데쓰코가 재촉한 연구회 원고를 쓸 마음은 전혀 나지 않았다. 이런저런 일들이 너무나 많이 머릿속에 걸려 있었다.

아카쿠마 온천과 도마테 온천, 두 온천지에서 일어난 일을 정말 단순 중독 사고로 처리해버려도 될까. 양쪽 모두 전문가로서의 의견을 밝혔지만, 어쩌면 엄청난 실수를 범한 게 아닌가 하는 불안이 머릿속에서 떠나지 않았다.

그 이유는 몇 가지가 있었다. 조교 오쿠니시에게 이야기한 것도 그중 하나다. 하지만 무엇보다 큰 이유는 우하라 마도카의 존재였다. 그 젊은 아이와의 만남에 의해 모든 풍경이 일시에 변해버린 것 같은 마음이 들었다.

그녀는 대체 누구인가. 그녀가 찾고 있는 청년은 어떤 사람인가. 왜 중독 사고가 일어난 곳에 와서 그 청년을 찾고 있는가. 두 사람은 사고와 어떤 관계가 있는가. 만일 뭔가 관계가 있다면 역시 단순한 사고가 아니라는 얘기가 된다.

두 온천지에서 일어난 중독 사고의 공통점은 양쪽 다 영화 관계자가 피해를 당했다는 점이다. 아카쿠마 온천에서는 영화 프로듀서, 도마테 온천에서는 배우였다. 단순한 우연일 거라고 생각했었지만 우하라 마도카의 등장으로 그것도 무시할 수 없게 되었다.

아오에는 책상 위의 노트북을 열어 인터넷에 접속했다. 우선은 '나스노 고로'를 검색해보았다. 곧바로 몇몇 정보가 떴지만 지난번에 스마트폰으로 알아봤을 때와 마찬가지로 역시 별다른 내용은 없었다. 몇 년 전까지는 두 시간짜리 드라마의 단역 등으로 간간이 텔레비전에 나온 모양인데 그 뒤로는 어떻게 됐는지 전혀 알 수 없었다. 영화에 출연한 적도 있지만 거의 10년 전 일이다. 「폐허의 종鐘」이라는 제목의 영화인데 아오에는 그런 영화가 있었다는 것조차 알지 못했다.

문득 떠오르는 것이 있어서 그 영화에 대해 검색해보았다. 혹시 아카쿠마 온천에서 사고를 당한 영화 프로듀서가 관련되어 있을지 모른다는 생각이 들었기 때문이다.

이름이 분명 미즈키 요시로였지—.

영화에 관한 정보는 금세 나왔다. 하지만 캐스트는 물론이고 스태프 중에도 그런 이름은 없었다. 그 참에 영화 스토리를 읽어보았다. 어린 시절의 기억을 잃은 여자가 자신이 태어나고 자란 동네를 찾아가는 이야기인 모양이다. 인간의 존엄이란 무엇인가를 묻고 있다, 라는 과장된 홍보 문구가 붙어 있지만 전혀 보고 싶은 마음은 들지 않는 영화였다.

다음은 '미즈키 요시로'로 검색해보았다. 그러자 정보가 줄줄이 떴다. 위키 백과사전에도 실려 있었다. 우선 편리해서 그쪽을 읽어보기로 했다.

그것에 의하면, 미즈키는 나스노 고로와는 달리 그 경력이 실로 화려했다. 영화나 텔레비전 드라마뿐만 아니라 연극 무대와 라이브 공연, 나아가 유원지 어트랙션의 프로듀서도 한 모양이었다. 관련된 배우나 아티스트들도 모두 유명한 사람들이었다. 단 왕성하게 활동한 것은 10년 전까지고 바로 최근의 정보가 부족한 것은 나스노 고로와 공통된 점이었다.

이런 걸 검색해봤자 별 의미도 없는가─. 그렇게 생각하며 윈도우를 닫으려는 순간, 아오에는 손을 멈췄다. 미즈키 요시로가 관여한 영화 목록에 「얼어붙은 입술」이라는 제목이 들어 있었기 때문이다.

그 영화는 아오에도 본 적이 있다. 20년 전쯤이다. 해외 영화제에서 그랑프리를 수상하며 상당히 화제가 되었다. 유복한 명문가에서 태어난 소년이 사소한 일로 아름다운 창부를 알게 된 것을 계기로 겉으로는 모범생인 척하면서 서서히 섹스와 마약에 빠져든다는 이야기였다. 스토리는 과격하지만 시사성이 풍부하고 영상의 아름다움이 압도적이어서 아마추어인 아오에도 굉장한 영화라고 느꼈었다.

그 영화에 대해 연달아 위키 백과사전으로 알아보았다. 그러자 분명 프로듀서 칸에 미즈키 요시로의 이름이 적혀 있었다.

그 영화의 프로듀싱도 맡았었는가─.

아오에는 갑작스레 그가 친근한 느낌이 들었다. 그 영화라면 자신이 지금껏 본 영화 중에서 분명 베스트 3위에 든다고 생각해왔기 때문이다.

캐스트 칸을 확인했다. 어쩌면 나스노 고로가 단역으로 나왔었는지 모른다. 하지만 그곳에 적힌 목록 속에 나스노는 없었다.

다시 한 번 무심코 스태프 칸으로 시선을 옮겼다. 감독과 각본은 아마카스 사이세이라는 인물이었다. 이름은 들은 적이 있다. 영화에 대해 문외한인 나도 그 이름을 기억할 정도니까 분명 유명한 감독일 것이다.

그 이름을 보고 있으려니 묘하게 마음에 걸리는 게 있었다. 어디선가 본 듯한 느낌이 드는 것이다. 게다가 방금 전이다.

혹시나 해서 영화 「폐허의 종」의 정보가 적힌 페이지로 다시 돌아갔다. 그랬더니 역시 짐작했던 대로였다. 이 영화도 아마카스 사이세이가 감독을 맡은 작품이었다.

아오에는 두 손으로 뒷목을 감싸고 노트북 화면을 응시했다.

이건 어떻게 된 것인가. 단순한 우연일까. 나스노 고로와 미즈키 요시로의 접점은 찾아지지 않았지만, 이 아마카스 사이세이라는 인물을 매개로 두 사람 사이에 연결점이 생긴 셈이다.

그래서 이 인물에 대해 좀 더 알아보기로 했다. 이번에도 위키 백과사전에 이름을 입력하고 엔터키를 눌렀다. 곧바로 아마카스 사이세이에 관한 내용이 떴다. 그 또한 미즈키 요시로 못지않게 경력이 화려했다. 30세에 비디오 영화로 감독 데뷔, 그 1년 뒤에는 극장용 장편영화로 진출했는데 그것이 갑작스럽게 해외 영화제에서 높은 평가를 받았다. 그 뒤에도 히트작, 화제작을 차례차례 만들어내고, 36세 때에 「얼어붙은 입술」로 수많은 상을 수상했다. 대중성과 문학성을 겸비한 작품이 많아 일본 영화계의 미래를 짊어질 인물로 기대를 한 몸에 받았었다, 라고 실려 있었다.

거기까지 읽은 참에 아오에는 고개를 갸우뚱했다. 기대를 받았었다, 라는 과거형으로 되어 있는 걸 보면 그 기대가 어그러진 것인가. 그렇게 생각하며 작품 목록을 보니 최근 10여 년 동안은 영화를 찍지 않은 모양이었다. 마지막으로 찍은 영화가 「폐허의 종」인 것이다.

그런 생각을 더듬으며 아래쪽을 읽어 내려가다가 흠칫 놀랐다. 다음과 같은 기록이 있었다.

47세 때, 자택에서 일어난 황화수소 사고로 인해 가족을 잃었다. 이 일의 충격으로 더 이상 영화에 대해서는 생각할 수 없게 된 듯하다(블로그에서).

14

집에 돌아오자 카레 냄새가 났다. 아오에는 서류 가방을 든 채 거실 문을 열고 말했다.

"나 왔어."

중학교 2학년인 아들 소타가 소파에 앉아 스마트폰을 만지작거리는 중이었다. 아버지 쪽은 돌아보지도 않고 말없이 자리에서 일어섰다. 그러고는 스마트폰에 시선을 떨군 채 옆에 있는 자신의 방으로 쏙 들어가버렸다.

주방에서 아내 게이코가 얼굴을 내밀었다. "어서 오세요. 저녁, 바로 드실래요?"

그러겠다고 대답하고 복도로 들어갔다. 아들에게는 무시를 당했지만 그나마 아내가 내다봐준 것만으로도 다행인가, 라고 생각하면서 침실로 향했다.

옷을 갈아입고 거실로 돌아와 혼자 식탁을 마주하고 카레를 먹었다. 어제는 햄버거, 그저께는 돈가스, 그 전날은 분명 새우튀김이었다. 벌써 몇 년 전부터 아오에가의 메뉴는 아들 소타가 좋아하는 음식을 최우선으로 하고 있다. 찌개나 나물 반찬 같은 건 한참 동안 먹어본 적이 없다. 소타가 싫어하기 때문이다.

아들과 함께 먼저 저녁을 먹은 아내는 소파에서 스마트폰을 들여다보느라 정신이 없었다. 엄마가 저런 모습이니 아들 소타에게 주의를 줄 수도 없다. 휴대전화 시절부터 그런 기미가 있긴 했지만 스마트폰은 아예 가정에서 대화를 앗아 갔다. 최근 들어 아오에는 아들의 얼굴을 정면으로 본 적이 없다. 목소리조차 제대로 들은 적이 없었다.

하지만 그래도…….

그저 건강하게 지내주는 것만도 고마운 일, 이라고 생각하기로 했다.

카레라이스를 입에 떠 넣으며 학교 교수실에서 읽은 블로그 글을 다시 떠올렸다. 그것은 아마카스 사이세이의 블로그였다. 위키 백과사전의 '바깥 고리'에 〈NON-SUGAR LIFE(아마카스 사이세이의 근황)〉이라는 블로그가 링크되어 있었던 것이다.

그걸 클릭했더니 즉시 연결되었다. 틀림없는 아마카스 사이세이의 블로그였다. 하지만 날짜는 벌써 6년 전 것이었다. 톱 페이지의 글 제목은 '잠시 동안의 이별'이었다. 슬슬 읽다 보니 상당히 심각한 분위기의 글이어서 당황스러웠다.

잠시 여행을 떠나기로 했다.

이유는 여러 가지가 있지만, 혼자가 되고 싶다는 것이 가장 큰 이유인지도 모른다.

여태껏 잃어버린 가족에 대해서만 생각해왔다. 할 일이 그것밖에 없었기 때문이다.

그리고 그들을 생각하며 이 블로그 글을 줄곧 써 내려왔다. 어떤 형태로든 나와 그들의 일을 남겨두고 싶었다.

하지만 이제 그다음 단계를 생각할 때가 되었는지도 모른다. 가족은 나의 소중한 보물이었으나 이제는 어차피 과거일 뿐이다. 저세상으로 떠난 유카코와 모에는 물론이고, 기적적으로 회복한 겐토조차 나에게는 과거가 되어버렸다. 나에게 아들이라는 존재는 지금의 겐토가 아니다. 지금의 겐토에게 내가 아버지가 아닌 것과 마찬가지로. 그리고 인간은 과거만을 바라보며 살아갈 수는 없다. 한 걸음씩이라도 좋으니 미래를 향해 나아가는 수밖에 없다. 그러면 분명 새로운 뭔가가 차츰 눈에 보이리라. 확증은 없으나 그렇게 믿는 수밖에 없다.

어디로 갈지는 아직 정하지 않았다. 아무튼 지금 이 자리에서 벗어나기로 했다.

어느 날인가, 다시 영화를 찍을 수 있으면 좋겠다. 앞으로 어떤 일이 일어나든, 무엇이 기다리고 있든, 내가 영화인이라는 것만은 변하지 않는다. 드디어 그런 식으로 생각하게 되었다. 하긴 그게 언제가 될지, 지금의 나로서는 전혀 알 수 없는 일이긴 하지만. 어쩌면 아직 좀 더 시간이 필요할지도 모른다.

마지막으로 나의 가족에게 감사의 말을 전하고 싶다.

고마워, 유카코. 고마워, 모에. 그리고 고맙다, 겐토.

너희들 덕분에 나는 구원을 받았어. 오늘까지 살아낼 수 있었어. 내 일부터도 살아가자고 생각할 수 있었어. 정말 고맙다.

(여기까지 읽어주신 분들에게)

오랜 기간 함께해주셔서 고맙습니다. 이런 우울하고 서툰 글 따위, 아무도 읽어주지 않을 거라고 생각했는데 상상 이상의 반향이 있어서 놀랐습니다. 특히 저와 비슷한 형태로 가족을 잃은 분들이 보내주신 메시지에는 가슴이 아픈 것과 동시에 큰 용기를 얻었습니다. 고통스러운 건 나뿐만이 아니라는 것을 안다는 게 얼마나 큰 구원이 되는지, 통감했습니다.

출판사에 다니는 지인도 이 블로그 글을 읽고 책으로 출간해보는 게 어떻겠느냐고 추천해주었습니다. 역시나 이 서툰 글을 그대로 내놓는 건 문제라고 생각합니다만, 보다 많은 분들이 읽어주셨으면 하는 마음은 있습니다. 충분히 다 써내지 못한 것도 있기 때문에 그것을 가필하고 문장도 수정한 다음에 책이라는 형태로 만들어낼 수 있었으면 좋겠습니다. 그때는 여러분도 다시 읽어주신다면 고맙겠습니다.

앞서 썼던 대로 새로운 한 걸음을 내딛기로 했습니다. 나 자신을 다시 바라보는 여행이 될 것이라고 생각합니다. 그래서 이 블로그는 한동안 쉬게 됩니다. 다음에는 또 다른 형태로 만날 수 있었으면 좋겠습니다. 그때는 좀 더 즐거운 이야기를 쓰고 싶군요.

그러면 여러분, 부디 건강하시기를. 안녕히 계십시오.

이 글만으로는 무슨 일이 있었는지 전혀 알 수 없었다. 판명된 것은 아마카스 사이세이가 오랜 기간의 고민 끝에 뭔가 결론을 내린 것 같다는 점뿐이다.

뒤에 덧붙인 글에 의하면 이 블로그에 상당히 정기적으로 글을 올렸던 모양이다. 책으로 출간하면 어떻겠느냐는 제안이 들어왔을 정도니까 나름대로 스토리가 만들어졌는지도 모른다. 그렇다면 최근 것부터 읽는 건 적절하지 않다. 시간적으로 반대가 되기 때문이다.

블로그 목록을 보니 예전에 올린 글은 모두 남겨둔 것 같았다. 개설한 것은 7년 전이다. 위키 백과사전에 나온 프로필로 계산해보니, 황화수소 사고가 일어난 그다음 해였다. 처음 올린 글의 제목은 '빛을 찾아서'라는 것이었다.

블로그를 시작하기로 했습니다. 그 이유는 이번 제목에 썼던 대로 드디어 빛을 발견한 듯한 마음이 들었기 때문입니다.

아시는 분들도 있겠지만, 몇 달 전 우리 집에 비극이 찾아왔습니다. 그 이후로 줄곧 어둠 속에 홀로 남겨진 것 같은 상태로 지내왔습니다.

다만 최근 들어 조금씩 내게 일어난 일과 정면으로 마주할 수 있었습니다. 동시에 나라는 인간에 대해 조금은 알 것 같은 마음도 들었습니다.

그래서 기록해보기로 마음먹었습니다. 저 절망의 순간에서 아주 조금이나마 빛을 감지하는 시간을 되찾고 이제는 어떻게 하루하루를 보내고 있는지, 글로 남기는 것을 통해 뭔가를 전달할 수 있을 거라고 생각했기 때문입니다. 그것이 명색이나마 '표현하는 자'에 속하는 제가 지금 할 수 있는 유일한 일이라고 생각합니다. 동시에 소중한 가족에 대한 공양이 되지 않을까 하는 기대도 품고 있습니다.

　이 블로그를 찾아주신 분들께 양해를 구하고자 합니다. 지금부터 제가 쓰는 글의 내용은 결코 재미있는 것이 아닙니다. 나이 먹은 보람도 없이 한 남자가 줄줄이 늘어놓는 하소연이 될 것 같습니다. 그런 글은 보고 싶지 않다는 분은 부디 지금 곧 이 블로그를 떠나주십시오. 이건 제가 따로 드리는 부탁입니다.

　아무래도 이 글이 이야기의 출발점인 모양이었다. 여기서부터 시작해 톱 페이지에 떠 있는 글로 막을 내린 것이다.

　여기까지의 문장은 경어를 사용했지만 약간 공간을 띄운 다음에 '여기서부터는 일인칭 소설 문체로 쓰도록 하겠습니다'라는 양해의 말과 함께 본문으로 들어갔다.

　그 내용은 참혹한 것이었다.

　다섯 달 전, 나는 홋카이도 히다카 지역에 가 있었다. 아이누를 테마로 하는 영화를 구상하고 있어서 아이누 문화와 차별의 실태 등을 취재하던 중이었다. 프로듀서 미즈키 요시로 씨도 동행해서, 저녁이면 우리는 지역 명물 음식에 입맛을 다셔가며 신작 영화에 대한 이야기를 나누었다. 음울한 현실 참여 작품이 아니라 새로운 각도에서 아이누를 조명하는 생생한 영화를 만들자고 우리는 의욕을 불태웠다.

　연락이 온 것은 사흘째 되던 날 아침이었다. 휴대전화에 표시된 번호는 전혀 알지 못하는 것이었다. 받아보니 경찰 관계자였다. 불길한 예감이 들었다. 경찰에서 좋은 소식이 올 리가 없다.

"놀라지 말고 들어주십시오."

짐작대로 암울한 목소리로 경찰관은 말했다. 그 순간 교통사고인가 하고 생각했다. 가족 누군가가 교통사고를 당한 게 아닐까, 걱정했던 것이다.

하지만 뒤를 이어 경찰관이 한 말은 그게 아니었다.

"댁에서 큰일이 일어났습니다."

댁이라고 하는 걸 보면 교통사고는 아니다. 그래서 그다음에 생각한 것은 화재인가, 라는 것이었다. 그래서 나는 물었다.

"불이 났습니까?"

목소리가 파르르 떨렸다.

"아닙니다. 중독 사고예요. 황화수소인 것으로 보입니다."

경찰관이 한 말을 전혀 알아듣지 못했다. 아니, 실제로는 귀에 들어왔지만 너무도 뜻밖이라 머릿속에서 제대로 문자로 변환되지 못한 것이다.

"뭐라고 하셨죠? 무슨 사고라고요?"

"중독 사고입니다. 참으로 말씀드리기 어렵습니다만, 가족분이 가스중독으로 사망하셨습니다."

이 시점에도 나는 아직 가스중독이라는 말을 제대로 알아듣지 못했지만 마지막 대목만은 귀에 꽂혔다. 심장이 덜컥 내려앉고 온몸의 핏기가 싹 가셨다.

"누굽니까, 누가 죽었어요?"

내 목소리는 떨리고 갈라졌다.

"부인과 따님입니다. 참으로 안타깝습니다. 진심으로 조의를 표합니다."

　흔해빠진 표현이지만, 그야말로 머릿속이 하얘졌다. 그다음 일은
잘 기억나지 않는다. 미즈키 씨에 의하면 나는 휴대전화를 움켜쥐고
벌벌 떨고 있었다고 한다.

　하던 일을 모두 내팽개치고 비행기에 올랐다. 기내에서는 내내 수
건으로 눈을 가리고 있었다. 눈물이 멈추지 않았기 때문이다. 스튜어
디스가 걱정이 됐는지 몇 번이나 말을 건네주었다. 고마운 일이었지
만 그냥 내버려두었으면 하고 생각했다.

　울면서 왜, 도대체 왜 이런 일이, 라는 생각만 했다. 왜냐하면 우리
집에서 일어난 비극은 아무래도 사고가 아닐 가능성이 높다고 했기
때문이다.

　머릿속이 혼란한 상태에서도 경찰과 몇 가지 대화를 나누면서 무슨
일이 일어났는지 가까스로 파악하고 있었다. 그건 도저히 믿어지지
않는 이야기여서 모두 다 거짓말이라고 생각하고 싶었지만 결국 사실
로서 인정하지 않을 수 없었다.

　그날 아침, 조깅 중이던 한 남자가 우리 집 옆에서 묘한 냄새를 감
지했다. 유황 냄새였다. 남자는 즉시 근처 집의 인터폰을 눌러 경찰에
신고해달라고 말했다. 황화수소에 의한 자살이 한창 화제가 되던 참
이었기 때문이다.

　곧바로 달려온 경찰들이 우리 집에 뛰어들었고 이미 움직임이 없는
아내 유카코, 딸 모에, 아들 겐토를 발견했다. 유카코와 모에는 그 자
리에서 사망이 확인되었다. 유일하게 겐토만은 생명 반응이 있어서
병원에 실려 갔지만 의식은 돌아오지 않았다고 했다.

도저히 믿어지지 않는 이야기였지만, 무엇보다 충격적인 것은 황화수소가 모에의 방에서 발생되었다는 점이었다. 그리고 그 아이의 방문에는 '황화수소 발생 중'이라고 적힌 종이가 붙어 있었다고 한다.

모에가 자기 방에서 자살을 꾀했고 유카코와 겐토는 거기에 휘말렸다, 라는 얘기다.

왜? 어째서?

내가 질문을 던진 상대는 물론 모에였다. 이제 막 열여섯 살이 된 내 딸 모에가 왜 죽음을 선택하지 않으면 안 되었을까. 대체 어떤 고민을 떠안고 있었다는 것인가.

아내 유카코에게도 나는 질문을 던졌다. 당신은 알지 못했어? 전혀 눈치를 못 챘어? 딸이 큰 고민을 안고 있었는데? 죽고 싶어 할 만큼 괴로워했었는데? 항상 함께 지냈으면서 왜 그 위험 신호를 놓쳤어? 그러고도 당신이 엄마야?

물론 이건 단순한 화풀이였다. 게다가 책임 회피이기도 했다. 아버지에게도 딸의 이변을 알아차렸어야 할 의무가 있다. 일 때문에 좀체 집에 들어가지 못했다는 건 변명거리가 되지 않는다. 그런 건 나도 잘 알고 있다. 하지만 어딘가에 이 분노를 퍼붓지 않고서는 멀쩡한 정신을 유지할 수 없을 것 같았다.

첫 번째 글은 그렇게 끝이 났다. 이런 사건이 터졌다면 그야말로 캄캄한 어둠 속에 홀로 남겨진 듯한 마음이 드는 건 당연할 것이다. 사실을 사실로서 받아들이는 것조차 힘들 터였다. 용케도 다섯 달 만에 다시 일어섰구나 하고 감탄스럽기까지 했다.

아내와 딸을 잃은 슬픔이 얼마나 클지, 자식을 둔 아오에로서도 상상이 잘 안 되었지만 아마도 악몽이라는 생각밖에 들지 않을 것이다. 어쩌면 자살해버릴지도 모른다. 그런 생각을 하며 다음 글을 보니 제목이 딱 맞힌 것처럼 '죽음만을 생각하다'였다.

경찰서 영안실에서 유카코와 모에의 유체를 대면했다. 두 사람 모두 파자마 차림이었다. 그 파자마는 눈에 익었지만 유체를 보고 그게 내 아내와 딸이라는 생각은 도저히 할 수 없었다. 그것은 정신적인 이유 때문만은 아니었다.

만일 이 글을 읽는 분들 중에 황화수소 자살을 생각하는 사람이 있다면, 부디 당장 중지하라고 말하고 싶다. 꼭 죽고 싶다면 다른 방법을 선택하는 게 좋다. 황화수소로 편안히 죽을 수 있다는 것은 분명코 거짓이다. 거짓이 아니라면 그토록 모습이 변해버릴 리 없다. 피부 색깔까지 인간의 그것이 아니었던 것이다.

상황을 설명해준 형사의 말에 의하면, 일단 변사였기 때문에 부검에 들어갔다고 한다. 하지만 황화수소 중독사라는 건 틀림이 없을 것이라고 했다.

"따님이 자살할 동기로서 뭔가 짐작하시는 게 있습니까?"

형사가 내게 물었지만 아무것도 떠오르는 게 없었다. 그 이전에 머릿속이 이미 뒤죽박죽이어서 아무 생각도 할 수 없는 것이다.

모에의 방에 유서는 남아 있지 않았다고 했다.

"학교에서 따돌림을 당했다는 이야기는 없었습니까?"

그 질문에도 나는 고개를 저을 수밖에 없었다.

형사는 좀 더 뜻밖의 이야기를 했다. 이건 단순한 자살이 아니라 형사사건이기도 하다는 것이었다. 무슨 말인가 하면, 유카코와 겐토는 모에의 행위에 의한 피해자라고 한다. 죄목은 살인과 살인미수. 물론 모에는 사망했기 때문에 피의자 사망으로 불기소처분이 되는 것이지만.

형사에 의하면, 황화수소 자살의 악질적인 점은 주위 사람에게 피해를 끼칠 위험성이 지극히 높다는 것이라고 한다. 실제로 신고가 들어온 직후, 우리 집을 중심으로 반경 100미터 이내의 주민에게 피난 지시가 내려졌다. 집에 들어간 수사원들만 해도 상당히 엄중한 장비를 했었다는 얘기였다.

아내와 딸이 죽고 아들은 의식불명. 게다가 딸은 범죄자로 취급되고 아내와 아들은 그 피해자. 이런 이야기를 듣고 나는 더욱더 절망했다. 경찰서 화장실을 빌려 쓸 때, 세면대의 거울을 보니 나는 웃고 있었다. 힘없이 웃고 있었다. 아마도 약간 미친 상태였던 게 아닌가 싶다. 실제로 몇 번이나 형사에게서 "괜찮으십니까?"라는 말을 들었다.

경찰서를 뒤로했을 때, 내 머릿속에는 언제 죽을까 하는 생각뿐이었다. 살아 있어봤자 무슨 좋은 일이 있을까. 나는 갖고 있던 모든 것을 잃은 것이다. 지금까지 촬영한 영화라든가 실적이라든가, 그런 건 재산도 뭣도 아니었다. 이 세상에서 가장 소중한 것은 가족이었다. 그것을 새삼 절실히 깨달았다.

15

카레라이스를 다 먹고 아오에는 서재로 건너왔다. 세 평도 안 되는 작은 방이지만 집 안에서 혼자 지낼 수 있는 귀중한 공간이다. 만일 아이를 하나 더 낳았다면 언젠가는 이 방도 내줘야 했겠지만 그건 면했다.

이 방에도 노트북이 있어서 그걸 켜고 〈NON-SUGAR LIFE〉, 아마카스 사이세이의 블로그에 들어갔다.

글은 일주일 정도 간격으로 새로 올려졌다. 한 회의 글의 양이 꽤 많은 걸 보면 미리 초안을 잡아 몇 번씩 퇴고한 다음에 올린 것인지도 모른다. 긴박감이 넘치는 장면을 묘사하고 있는데도 문장 자체는 침착했다.

아오에는 대학 교수실에서, 형사의 설명을 들은 아마카스 사이세이가 비탄에 젖어 경찰서를 나오는 대목까지 읽었다. 그가 받은 마음의 상처를 생각하면 숨이 막힐 만큼 가슴이 먹먹해졌다. 조금 더 읽을까 말까 망설이다가 그다음은 집에 가서 읽기로 했다. 그 뒤로 어떤 비극이 기다리고 있을지 알 수 없었기 때문이다. 왜냐하면 다음 글의 제목이 '일루의 희망, 그리고 절망'이라는 것이었다. 예상보다 더 심하게 우울해지면 집에 돌아갈 기운까지 잃을 우려가 있었다. 대학에서 집까지 꽤 거리가 멀고 게다가 전차 안은 몹시 붐빈다.

심호흡을 한 차례 하고 나서 아오에는 글을 읽어 내려갔다.

유카코와 모에의 유체를 대면한 뒤로 나는 아무것도 하고 싶지 않았다. 아무것도 생각하고 싶지 않았다. 누군가 장례식에 대한 얘기를 했지만 도무지 머릿속에 들어오지 않았다. 그런 행사 따위를 해봤자 아내와 딸은 살아 돌아오지 않는다. 세상 모든 것이 쓸데없는 짓이었다.

죽고 싶었다. 당장이라도 죽고 싶었다. 어떻게 죽을까. 황화수소 자살은 주위 사람들에게 피해를 끼친다는 형사의 말이 머릿속에 남아 있었기 때문에 그건 논외였다. 나는 걸음을 옮기면서 높은 빌딩을 찾아보았다. 투신자살이 생각났기 때문이다. 하지만 그것 역시 남에게 폐를 끼칠 우려가 있었다. 역시 목을 맬까 하는 생각에 집의 어디서라면 그것이 가능할지, 진지하게 고민해보았다.

그래도 실행에 옮기지 않았던 것은 겐토가 있었기 때문이다. 열두 살의 큰아들은 여전히 집중 치료실에 들어가 있었다. 그가 목숨을 건진 것은 방이 3층에 있었던 덕분이다. 황화수소는 기본적으로 아래쪽으로 흘러가는 것이라고 한다. 모에의 방은 2층이다. 그리고 우리 부부의 침실도 2층에 있었다. 모에는 자기 방에서 죽었지만 아내 유카코는 복도에 쓰러져 있었다. 이변을 깨닫고 딸의 방까지 가려고 했지만 도중에 숨이 끊어진 것으로 추정되었다.

겐토에 대한 응급 치료는 무려 수십 시간에 걸친 것이었다. 부디 살아나다오, 의식을 되찾아다오, 라고 진심으로 빌었다. 그러기 위해 내 목숨을 바쳐도 좋다고까지 생각했다. 그 아이만이 내 마음의 버팀목인 것이다.

그리고 사건이 일어난 지 이틀째 되던 날 밤, 드디어 겐토의 주치의에게서 자세한 설명을 들을 수 있었다.

"우선은 상태가 안정적입니다."

의사의 말에 나는 가슴을 쓸어내렸다. 이대로 겐토까지 잃고 마는가, 내내 겁에 질려 있었기 때문이다.

"의식은 돌아왔습니까?"

하지만 그 질문에 의사는 뭔가 거북스러운 표정을 보였다.

"역시 아직 의식이 돌아오지 않은 건가요?"

내가 다시 물어보자 의사는 결심한 듯한 얼굴로 이렇게 대답했다.

"아마카스 씨, 아드님의 목숨은 건졌지만 더 이상 예전의 아드님은 만나지 못한다고 생각해주십시오."

"무슨 말씀입니까?"

"그건 일단 만나보시면 알 겁니다."

"그렇다면 만나게 해주십시오. 지금 당장 만나게 해달라고요."

나는 의사의 멱살이라도 잡을 듯한 기세로 말했다.

그로부터 몇 분 뒤, 나는 집중 치료실에 있는 아들을 만났다. 그 모습을 본 순간, 유카코와 모에의 유체를 마주했을 때와는 또 다른 충격이 온몸을 꿰뚫고 지나갔다.

겐토의 몸에는 튜브가 수없이 연결되었다. 전기 코드도 있었다. 온 갖 기기들과 이어진 채 그는 완전히 기계의 일부가 되어 있었다.

눈은 살짝 뜨고 있었다. 하지만 그 눈에 아무것도 보이지 않는다는 건 명백했다. 내가 아무리 불러도 전혀 반응이 없었다.

"보조적으로 인공호흡기를 사용했지만 자발 호흡은 하고 있습니 다."

의사가 말했지만 그런 말 따위, 임시방편의 위안으로밖에는 들리지 않았다.

대체 어떻게 된 것인가. 지금은 어쩌다 이런 상태일 뿐이고 시간이 지나면 뭔가 개선되는 것인가. 의식이 돌아올 가능성이 생기는가.

일루의 희망에 매달리던 나에게 의사는 절망적인 선고를 했다.

평생 이대로일 것이다, 라는 말이었다.

문득 깨달았을 때, 나는 바닥에 주저앉아 있었다. 도저히 내 다리로 서 있을 수 없었던 것이다. 그 바닥이 젖어가는 것을 보았다. 내 눈물 이라는 걸 깨닫기까지 조금쯤 시간이 걸렸다.

읽지 말걸 그랬다고 아오에는 후회했다.

아내와 딸은 사망하고 유일하게 목숨을 건진 아들은 식물인간 상 태에 빠진 모양이다. 이런 비극을 맞닥뜨린다면 나는 도저히 견뎌내 지 못할 것이다. 무엇을 의지하고 살아가야 할지 몰라 그야말로 죽음 만을 생각하게 될 터였다.

그다음 글을 읽을까 말까, 아오에는 망설였다. 읽어봤자 한없이 암울해지기만 할 것 같은 예감이 들었다. 하지만 이 블로그에 묘사된 일들이 이번에 일어난 온천지 사고나 우하라 마도카와 뭔가 관계가 있을 것이라는 예감 또한 강하게 자리를 잡고 있었다.

게다가 블로그 톱 페이지의 글에는 '기적적으로 회복한 겐토'라는 언급이 있었다. 이 글에서 묘사한 대로 '기계의 일부'인 상태가 지속되었다면 그런 표현은 쓰지 않았을 것이다.

아들 겐토가 다시 살아난 건가. 이런 절망적인 상태에서?

아오에는 다음 글의 제목을 보았다. '결심, 그리고 한 줄기 빛'이라고 되어 있었다.

이건 읽지 않을 도리가 없다, 라는 생각에 아오에는 마우스를 클릭했다.

빈껍데기 같은 하루하루가 무심히 흘러갔다. 친구들 덕분에 아내와 딸의 화장은 마쳤지만 장례식이 어떻게 진행되었는지 나는 전혀 기억에 없다. 일단 참석자들 앞에서 인사는 한 모양인데 그것조차 생각이 나지 않는다. 친지들이 준비해준 글을 읽었을 뿐이니 당연한 일이다.

나의 일과는 겐토의 병문안을 다니는 것뿐이었다. 병문안이라고 해봐야 내가 뭔가 할 수 있는 것도 아니다. 선물을 들고 간들 아무 의미도 없었다. 아무리 맛있는 과일도 겐토에게는 먹일 수 없고 아무리 예쁜 꽃도 겐토에게는 보이지 않는다. 그래도 나는 날마다 아들을 보러 갔다. 아들을 보며 말을 건넸다. 그는 아무런 반응도 보여주지 않았지만 그것이 내가 할 수 있는 유일한 일이었다.

내가 들려주는 이야기는 겐토가 아직 어렸던 시절의 추억이 대부분이었다. 그가 태어났을 때 모두 함께 축복해준 일, 첫 가족 여행, 유치원에서의 운동회, 753*······.

하지만 얼마 지나지 않아 그것도 할 수 없었다. 이야깃거리가 고갈되어버린 것이다. 어쩔 수 없이 똑같은 이야기를 되풀이했지만 점점 그것도 허망해졌다.

나는 최근의 겐토에 대해서는 아무것도 알지 못했다. 학교에 어떤 친구가 있는지, 평소에 무엇을 하고 노는지, 먹을 것은 무엇을 좋아하고 무엇을 싫어하는지, 앞으로의 꿈은 무엇인지, 어처구니가 없을 만큼 나는 무지했다. 생각해보면 당연한 일인 것이, 나는 몇 년째 가정을 돌아보지 않는 생활을 해왔다. 집안일은 모두 아내에게 떠넘기고 영화 제작에만 힘을 기울였다. 그뿐인가, 그런 내 삶의 방식에 자부심마저 품고 있었다. 참으로 어리석은 인간이라는 말밖에는 할 말이 없다.

아내 유카코에 대해서도 내가 얼마나 알고 있었는지 자문해보니 실로 미심쩍었다. 그녀와 마지막으로 여유롭게 대화를 나눈 것이 언제인지조차 분명치 않은 것이다. 예전에는 나에게 이런저런 일을 상의하기도 했었다. 아이 키우기에 관한 고민을 털어놓은 적도 있었다. 하지만 언제부터인가, 그런 일이 없어졌다. 상의할 일이나 고민거리가 사라진 건 아닐 것이다. 분명 집안일에 눈길조차 주지 않는 남편에게 정나미가 떨어져 힘들 때도 자기 혼자 해결책을 찾거나 다른 누군가와 상의했을 게 틀림없다.

---

* 자녀의 성장을 축하하는 행사. 아들은 3세와 5세, 딸은 3세와 7세 되는 해의 11월 15일에 전통 옷을 차려입고 신께 참배한다.

아내에 대해서조차 그런 상황이었으니 딸인 모에에게는 더 말할 것도 없다. 솔직히 털어놓자면 모에가 다니는 고등학교가 어디에 있는지도 나는 알지 못했다. 교복이 어떤 모양이었는지도 알지 못했다. 딸이 다니던 학교의 교복은 장례식 때 처음으로 봤다. 동급생들이 입고 있었기 때문이다. 그 속에 있던 댄스부 여학생이 모에도 댄스부 동아리 활동을 했다고 알려주었다. 모에가 춤추는 모습이라고는 본 적도 없었고 댄스를 좋아했다는 것도 처음 알았다.

형사에게서 자살 동기에 대해 짐작하는 것이 없느냐는 질문을 받았을 때, 제대로 대답하지 못했던 것은 머리가 혼란에 빠져 있었기 때문이 아니었다. 모에에 대해 아무것도 알지 못하니 대답할 수 있을 리가 없었다.

거기에 생각이 이르러서야 나는 깨달았다. 나는 이번 사건에서 가족을 잃은 것이 아니다. 이미 오래전에 가족들은 내 손이 닿지 않는 곳으로 떠나버렸던 것이다. 게다가 그런 사태를 불러들인 장본인은 다름 아닌 나 자신이었다. 사건 이후, 나는 수없이 눈물을 흘렸지만, 실은 울 자격조차 없는지도 모른다.

그러면 나는 앞으로 어떻게 해야 할까. 아내와 딸은 죽어버렸고 아들은 의식이 없다. 이제 더 이상 어떻게도 해볼 수 없는 건가.

고민하고 또 고민한 끝에 한 가지 결론에 가닿았다. 그것은 지금이야말로 내 가족을 되찾자는 것이었다. 아내와 딸과 함께 사는 것은 이제 불가능하다. 하지만 가족이었던 날들을 되찾는 것이라면 가능하지 않을까.

유카코와 모에, 그리고 겐토에 대해 알아보고 싶다고 생각했다. 아내와 딸과 아들은 어떤 사람이었을까. 내 소중한 가족이었던 그들은 과연 어떤 인생을 걸어왔을까.

모에가 자살을 꾀한 이유에 대해서는 경찰에서도 이래저래 조사해 본 모양이었다. 특히 학교 관계자에게는 상당히 깊이 캐고 드는 질문을 한 것 같았다. 중고교생이 자살했을 경우, 우선은 따돌림의 유무를 의심하기 때문이다. 하지만 학교 측의 조사에서는 따돌림이 있었다는 건 확인되지 않았다고 한다. 경찰에서는 모에의 휴대전화도 조사해봤지만 역시 자살로 연결될 만한 것은 발견되지 않았다고 했다.

"남들에게 말할 수 없는 고민이 있었는지도 모르겠습니다."

담당 형사는 모에의 유품을 돌려줄 때 그렇게 말했다. 그 말투로 짐작해보면 자살 동기를 조사하는 작업을 이제는 마무리할 예정인 것 같았다. 그들 역시 업무에 쫓기고 있다. 피의자 사망으로 불기소처분이 내려진 사건에 언제까지고 매달리고 싶지는 않을 것이다.

하지만 나로서는 이제부터가 출발이었다. 모에가 자살한 이유는 물론 밝혀내고 싶다. 하지만 아내 유카코에 대해서도, 그리고 겐토에 대해서도 좀 더 알아보고 싶었다.

나는 여기저기 찾아다니기로 했다. 장례식 방명록에 의지해 처음부터 죄다 전화를 걸어 유카코가 누구누구와 친하게 지냈다는 얘기가 나오면 그 사람을 만나러 갔다. 모에가 다니던 고등학교에 찾아가 댄스부 연습이 끝날 때까지 정문 밖에서 기다린 적도 있다. 부원들에게서 모에에 대한 이야기를 듣기 위해서였다. 겐토가 소속했던 축구 클럽에서는 누가 가장 사이좋은 친구였는지 물어보고 다닌 끝에 골키퍼 가와카미 군이라는 것을 알아냈다. 물론 그 가와카미 군에게도 찾아가 이야기를 들었다.

분명 나를 만난 사람들의 입장에서는 큰 민폐였을 것이다. 일단 만났다 하면 영 놓아주지 않았던 것이다. 길어질 때는 두 시간 가까이 나와 이야기한 경우도 있었다. 그래도 누구 한 사람, 싫은 내색은 하지 않았다.

"아내에 대한 이야기를 들려주십시오."

"모에는 어떤 아이였는지 알려주겠니?"

"겐토는 어떤 녀석이었는지 얘기 좀 나눴으면 좋겠다."

그런 식으로 부탁하면 모두 흔쾌히 응해주고 시간이 허락하는 한, 많은 이야기를 들려주었다. 그 이유를 나는 처음에는 나를 딱하게 여겼기 때문이라고 생각했다. 불행한 사건으로 가족을 잃은 중년 남자가 가엾었기 때문일 거라고. 하지만 어느 날, 모에에 대해 이야기해준 동급생이 돌연 울음을 터뜨리며 친구를 잃은 슬픔을 절절히 토로하기 시작했을 때, 나는 어이없는 착각을 했다는 것을 깨달았다.

그들은 딱히 나를 가엾게 여긴 것이 아니었다. 내게 이야기해준 것을 어떤 도움이라는 식으로는 전혀 생각하지 않았다. 그들 역시 유카코를, 모에를, 겐토를 떠올리고 이야기하고 싶었던 것이다. 그것이 그들에게는 무엇보다 큰 공양이었던 것이리라.

가슴속이 뭉클해졌다.

사랑받고 있었던 것이다. 나의 가족들은 모두에게서 사랑받고 소중하게 대우받았다. 특별히 우수한 것도 아니고 무슨 재능을 타고난 것도 아니었지만, 사랑해주는 사람들이 주위에 많이 있었다.

좀 더 많은 사람들을 만나보자고 나는 결심했다. 시간이 얼마나 걸릴지는 모르겠지만 내 마음속에서 세 사람이 생생하게 뛰노는 날이 올 때까지 더 많은 이야기를 듣고 싶었다.

그런 식으로 내가 드디어 첫걸음을 내딛으려 하던 때, 겐토가 입원한 병원에서는 새로운 일이 펼쳐지려 하고 있었다.

그것은 앞으로의 치료에 대해 상의하는 시간에 담당 의사가 내놓은 제안이었다.

겐토를 가이메이 대학병원 뇌신경외과에서 치료받게 하는 것이 어떻겠느냐는 얘기였다. 그 이유에 대해 의사는 이런저런 난해한 설명을 해주었지만, 요약하면 다음과 같은 것이다.

• 겐토는 식물인간 상태지만 실제로 뇌 손상은 그리 크지 않다는 것이 판명되었다. 하지만 손상된 부위가 미지의 영역이라서 현재 입원 중인 병원에서는 지금까지 다뤄본 적이 없다.

• 가이메이 대학병원 뇌신경외과에서는 지극히 특수한 뇌 손상 환자를 다수 치료해왔고 실제로 식물인간 상태에서 성공적으로 회복한 사례도 많다.

• 특히 우하라 젠타로 박사는 뇌신경세포 재생의 제일인자로서 획기적인 치료 방법을 몇 가지나 고안해냈다.

그런 이야기를 듣고 나는 선뜻 믿어지지 않았다. 요컨대 겐토가 지금의 상태에서 벗어날 가능성이 있다는 얘기인 것이다. 그것은 짙은 어둠 속에서 발견한 희미한 희망의 빛이었다. 바늘구멍보다 작고 미약한 것인지도 모르지만 그래도 빛이라는 건 틀림이 없다.

단지, 라고 담당 의사는 덧붙였다.

"비용은 상당히 많이 들 겁니다."

나는 고개를 저었다. 비용 같은 건 상관없었다. 다행히 유카코가 남겨준 자산이 있다. 그녀의 생명보험금도 나왔다. 여차하면 전 재산을 쏟아부을 각오는 되어 있다. 문제는 겐토가 회복될 전망이 있느냐 없느냐는 것뿐이다. 그 점을 문의했더니, 알 수 없다는 대답밖에는 돌아오지 않았다.

"한 가지 가능성으로서 제안한 것뿐입니다. 우리로서는 어떤 보증도 해드릴 수 없습니다."

요컨대 자신들로서는 힘에 부쳐서 하루빨리 쫓아내려는 것이라고 나는 깨달았다. 하지만 이유 같은 건 상관없다. 1퍼센트, 아니, 0.1퍼센트, 아니, 0.001퍼센트, 그게 아니라 한없이 0퍼센트에 가깝더라도 아무튼 조금이나마 가능성이 있다면 거기에 걸어보는 수밖에 없다.

면담 뒤, 나는 항상 하던 대로 겐토를 보러 병실로 갔다. 그는 변함없이 초점이 일정치 않은 눈을 허공으로 향하고 있었다. 하지만 그 눈을 보며 나는 말했다.

"겐토, 기적에 희망을 걸어보자."

그리고 동시에 생각했다. 지금의 심경을 기록으로 남겨두는 것도 나쁘지 않겠구나, 라고.

아오에는 노트북 화면을 바라보며 한숨을 내쉬었다.

그렇구나, 라고 납득했다. 이때에 블로그를 개설하기로 마음먹은 것이다.

그나저나 참 대단하다고 아오에는 감탄했다. 이 아마카스 사이세이라는 인물은 어쩌면 이토록 강인한 정신력의 소유자인가. 이러니저러니 자기 자신을 비하하고 있지만, 그의 정신력은 평범한 사람으로서는 흉내 내기도 어려울 만큼 강인하다. 절망 속에서 희미한 빛이나마 잡아보려고 필사적으로 다시 일어서는 그 자세에는 저절로 머리가 숙여졌다.

하지만 그건 그렇다 치고…….

이번 글에 등장한 이름을 아오에는 그냥 흘려 넘길 수 없었다. 가이메이 대학병원 뇌신경외과 우하라 젠타로 박사. 뇌신경세포 재생의 제일인자.

우하라, 라는 게 드문 성씨인지 어떤지는 잘 알 수 없다. 하지만 스즈키나 다나카, 사토 같은 흔한 성씨와는 얘기가 다르다. 이걸 우연한 일이라고 치부하기는 어렵다.

게다가 우하라 마도카는 아버지의 직업이 의사라고 말했다. 아마도 이 인물일 게 틀림없다. 즉 마침내 우하라 마도카와 아마카스 사이세이의 연결 고리를 찾아낸 셈이다.

다음 블로그 글의 제목을 보았다. 그것은 '기도하는 나날의 시작'이라는 것이었다. 읽어보니 병원을 옮기는 데 따른 이런저런 수고스러움이며 가이메이 대학병원 뇌신경외과의 과거 실적을 알아본 것, 그리고 병원을 옮긴 뒤에 겐토가 다양한 검사를 받는 상황 등이 기록되었다. 마지막 기회에 모든 것을 걸었다는 아마카스 사이세이의 마음이 절실히 전해져 오는 내용이었다. 한편으로 그는 '지나치게 기대감을 품어서는 안 된다. 기적이란 만에 하나도 일어나지 않는 게 당연한 것이다. 젠토가 현재 상태보다 나빠지지만 않는다면, 목숨이 이어지기만 한다면, 그것만으로도 다행이라고 생각해야 한다. 가이메이 대학병원 뇌신경외과는 실적이 뛰어나고, 우하라 박사는 천재라고 불리는 분이다. 하지만 그 역시 신은 아니다. 아니, 신이라도 때로는 포기하는 경우가 있지 않은가. 진단 결과가 어떻게 나오든 나는 결코 낙담하지 않을 것이다. 우리가 잃을 것이라고는 이제 아무것도 없으니까'라고 스스로에게 되뇌고 있었다.

그리고 마침내 우하라 젠타로 박사에게서 진단 결과가 나온 모양이었다. 제목은 '놀라운 사실'이라고 붙어 있었다.

우하라 박사는 감정을 겉으로 드러내지 않는 사람이다. 처음 만났을 때부터 그랬다. 단정한 얼굴 생김새에 딱히 눈빛이 강한 인상을 풍기는 일도 없고, 침묵하고 있을 때는 입술이 온화하게 닫혀 있다. 환자들이 과도한 기대를 품는 일을 막기 위해서가 아닌가 하고 나는 생각했다.

"결론을 말씀드리자면, 지극히 희귀한 사례입니다. 지금까지 수많은 환자를 진료해왔지만 유사한 케이스는 하나도 없었어요. 따라서 어떤 치료법이 유효한지, 현재로서는 어떤 확실한 말씀도 드리기가 어렵군요."

"예에, 역시……." 나는 낙담이 얼굴에 드러나지 않게 애써 억눌렀다. "이제는 치료할 방법이 없다는 말씀이네요. 젠토는 평생 저 상태로 지내야겠군요."

그렇다, 라는 대답을 예상했다. 이상하다고 생각할지도 모르지만,

안 되면 안 되는 대로 한시바삐 선고를 내려주었으면 하는 심정이었다. 기대와 낙담이 거듭되는 동안 내 감성이 모두 소모되었기 때문일 것이다.

하지만 우하라 박사는 그렇게 말하지 않았다.

"아마카스 씨, 나는 지극히 희귀한 사례라고 말씀드렸을 뿐, 치료할 방법이 없다고는 말하지 않았습니다. 물론 치료가 되리라는 보증은 없습니다만."

무슨 뜻인지 알아듣지 못한 채 입을 다물고 있는 내게 박사는 찬찬히 설명해주었다. 그 이야기는 매우 난해했지만, 박사는 하나하나 쉽게 풀어가며 차근차근 말해주었다. 덕분에 아마추어인 나도 희미하게나마 상황을 파악할 수 있었다.

우하라 박사의 말에 따르면, 겐토의 뇌는 거의 정상이지만 어느 한 부분이 손상된 탓에 현재의 식물인간 상태가 된 것이라고 했다. 그리고 그 손상 부위는 현대의 뇌의학에서도 해명되지 않은 미지의 부분으로, 왜 이번 같은 증상에 빠졌는지도 수수께끼이고, 지금 겐토의 뇌에서 어떤 일이 일어나고 있는지도 정확히 알 수 없다고 했다.

"황화수소 중독이 계기가 되었다는 건 확실합니다. 산소가 뇌에 공급되지 않아 일부 뇌세포가 없어진 것이지요. 하지만 손상 부위가 다른 사람과는 전혀 다릅니다. 왜 이런 일이 일어났는지는 알 수 없습니다. 우연히 그렇게 된 것일 수도 있고, 겐토 군이 갖고 태어난 체질 때문일 수도 있겠지요. 어떻든 손상 부위가 이토록 적었던 것은 그야말로 기적 같은 일입니다."

기적이라는 말에 나는 저항감을 느꼈다. 그건 좋은 일이 일어났을 때나 쓰는 말이 아닌가.

"기적이라고요? 대체 뭐가 기적입니까. 의학적으로는 어떤지 모르겠지만, 실제로 내 아들의 의식은 돌아오지 않고 있어요. 식물인간 상태라는 건 여전히 똑같지 않습니까."

약간 험한 말투로 따지고 들었다.

그러자 우하라 박사는 내 얼굴을 지그시 바라보았다. 그리고 다음과 같이 말했다.

"아마카스 씨, 제가 언제 아드님의 의식이 없다고 말했습니까?"

그 말의 의미를 얼핏 이해할 수 없었다.

"엇, 무슨 말씀이십니까?"

"아마도 겐토 군은 의식이 있을 것이다, 라는 말씀을 드린 겁니다. 그뿐만 아니라 우리 이야기를 듣고 있을 가능성도 있습니다."

"서, 설마, 그럴 리가……."

내 귀를 의심했다. 여태까지 생각조차 못해본 일이었다.

"이전 병원에서는 그런 말을 단 한 마디도……. 이름을 불러도 뇌파에 변화가 없다고 했는데요?"

"우리 대학에만 있는 뇌기능 해석 장치를 사용했습니다. 분자 레벨에서의 변화를 감지하는 게 가능하지요. 대단히 약한 신호지만 겐토 군은 신호를 발하고 있어요. 반쯤 잠든 듯한 상태이긴 해도 의식을 유지하는 뇌세포는 작동하고 있습니다."

박사의 말은 그 끔찍한 사건이 일어난 이후 처음으로 듣는, 나에게는 그야말로 복음福音이었다. 선뜻 믿어지지 않았다. 꿈이 아닌가 하는 생각까지 들었다.

하지만 다음 순간, 또 다른 생각이 머릿속을 오고 갔다.

의식이 있는데 움직이지도 못하고 말도 못하는 삶이란 얼마나 괴로울까. 그러느니 아예 의식이 없는 게 더 편하지 않을까.

내 의문에, 그건 어느 쪽이라고도 말할 수 없다고 박사는 설명했다.

"의식이 있다고 해도 어느 정도인지는 아직 알 수 없습니다. 고통을 느낄 정도인지 어떤지도 명확하지 않아요. 아무튼 우리가 고민해야 할 것은 어떻게 이 아이를 깨어나게 하느냐는 것이지요."

"예에? 깨어날 수도 있어요?"

"아직 모르겠어요. 처음에 말씀드렸듯이 지금까지 유사한 사례는 한 건도 없었으니까요. 우선은 손상된 부위를 복구하려고 최선을 다하고 있지만 결과가 어떻게 나올지는 모르겠습니다. 상태를 지켜보며 더듬더듬 찾아가는 식으로 치료할 수밖에 없어요."

"꼭 좀 부탁합니다." 나는 머리를 숙였다. "비용이라면 얼마가 들어도 괜찮아요. 제가 어떻게든 마련합니다. 겐토를 살려주십시오."

"비용 문제가 아닙니다." 우하라 박사는 말했다. "뇌신경 재생 수술은 몇 번 했었지만 성공률은 결코 높지 않아요. 게다가 앞서도 누차 말씀드렸듯이 겐토 군의 사례는 우리로서도 아직 경험하지 못한 것입니다. 무슨 일이 일어날지 알 수 없고, 자칫하면 악화될 우려도 있어요. 그래도 괜찮겠습니까?"

"괜찮습니다."

나는 즉석에서 답했다. 지금보다 어떻게 더 악화된다는 것인가.

그 뒤, 수술 내용에 대한 설명을 들었다. 이 또한 난해해서 잘 알아듣지는 못했지만 대략적으로 말하면 수술 내용은 두 가지였다. 하나는, 손상 부위에 유전자 조작을 행한 암세포를 이식한다. 또 하나는, 뇌에 전극을 심어 특수한 전기 충격을 가한다. 그런 걸 해도 정말 괜찮은지 불안한 마음도 있었지만, 전문가인 박사님에게 일임하는 수밖에 없다. 나중에 알게 된 것이지만 이건 우하라 박사만이 할 수 있는 수술로 전문가들 사이에서는 '우하라 방식'으로 불린다고 한다.

박사를 만난 뒤, 겐토를 보러 갔다. 나는 그의 손을 움켜쥐었다. 아마도 의식이 있을 거라는 말이 생각나 눈물이 났다. 목소리도 들릴지 모른다고 했다. 그래서 뭔가 말을 건네려고 했지만 할 말이 떠오르지 않았다.

톱 페이지의 글을 먼저 읽어두기를 잘했다, 라고 아오에는 생각했다. 만일 그걸 읽지 않은 채 먼저 올린 순서대로 글을 읽기 시작했다면 '우하라 방식'으로 불리는 수술이 잘되느냐 마느냐로 몹시도 애를 태웠을 게 틀림없기 때문이다. 하지만 톱 페이지의 글에 겐토가 회복되었다는 게 이미 밝혀져 있었다. 그러니 분명 이 수술이 성공한 것이다.

단지 마음에 걸리는 것은 톱 페이지의 글에 이런 얘기도 있었다는 점이다.

기적적으로 회복한 겐토조차 나에게는 과거가 되어버렸다. 나에게 아들이라는 존재는 지금의 겐토가 아니다. 지금의 겐토에게 내가 아버지가 아닌 것과 마찬가지로.

이건 또 무슨 얘기인가. 어떤 비유로서 쓴 것인가. 아니면 부자 관계가 무너질 만한 어떤 일이 있었던 것인가.

어쨌든 계속 읽어나가는 수밖에 없다.

글에는 수술 날짜가 다가올수록 불안과 기대가 극심하게 교차하는 아마카스 자신의 정신 상태가 꼼꼼한 필치로 그려졌다. 사소한 일로 엉뚱한 화풀이를 하거나 급작스럽게 우울해지는 일도 있었던 모양이다. 그럴 만도 하다고 아오에는 생각했다. 나라면 진즉 도망쳐버렸을 것이다.

그다음 글의 제목을 보고는 의아한 느낌이 들었다. '토네이도……!'라는 것이었기 때문이다. 이 대목에서 왜 느닷없이 토네이도가 등장하는 건가.

읽어보니 거기에는 뜻밖의 얘기가 있었다. 아마카스 겐토의 수술을 코앞에 두고 우하라 젠타로 박사의 부인이 급사했다는 것이다. 그리고 그 원인이 바로 토네이도였다. 11월 초의 연휴에 딸과 함께 홋카이도 친정집에 돌아간 참에 돌연한 토네이도의 습격을 받아 건물 잔해에 깔려 사망하고 말았다고 한다.

이 딸이라는 아이가 우하라 마도카인 것이리라. 그렇다면 그녀도 토네이도를 겪었는가. 자신은 살아났지만 어머니의 죽음을 목격했다는 말인가.

아마카스 사이세이는 다음과 같이 써 내려갔다.

사고 얘기를 듣고 깜짝 놀랐다. 이런 가슴 아픈 일이 또 있을까. 따님이 무사한 것은 그나마 다행이지만 사랑하는 아내를 잃은 우하라 박사의 심정을 생각하면 마음이 괴롭다. 그 한편으로 나는 몹시 이기적인 생각을 하고 있다. 들은 바에 의하면, 애초에는 우하라 박사도 홋카이도에 함께 갈 예정이었다고 한다. 하지만 겐토의 수술을 앞두고 있어서 취소했다는 것이다. 박사가 함께 가지 않아서 천만다행이라는 생각이 든다. 그리고 겐토의 수술은 어떻게 될지, 나는 내심 걱정이다. 수술은 중지되는 건가. 우하라 박사의 정신 상태가 안정될 때까지 무기한 연기되기라도 하면 어쩌나 하는 걱정. 물론 입 밖에는 내지 않았지만.

그건 그럴 수도 있다고 아오에는 생각했다. 내 아들이 식물인간 상태에서 벗어나느냐 마느냐가 걸린 문제이다. 아버지로서 수술에 대해 걱정하는 것도 당연하다. 게다가 토네이도는 자연재해가 아닌가. 그저 불운했던 것으로 치고 단념하는 수밖에 없다.

글을 죽 읽다 보니 아무래도 수술은 예정대로 집도한 모양이었다. 우하라 젠타로는 아마카스 사이세이에게 "죽은 사람은 돌아오지 않는다. 내가 할 일은 죽음의 구렁텅이에 빠진 사람을 살려내는 일이다"라고 말했다고 한다. 와아, 이건 너무 멋진 거 아니야, 라고 아오에는 노트북 화면을 향해 중얼거렸다.

그리고 다음 글에서는 드디어 수술 당일의 상황이 나왔다. 그렇지만 물론 수술실에서의 일은 아마카스 사이세이도 알지 못할 터라서 오로지 수술이 성공하기만을 기도하는 내용이었다.

아무래도 수술은 무사히 끝난 것 같았다. 그렇다고 수술이 성공적이었다고는 할 수 없었다. '뇌신경세포가 재생되고 겐토가 눈을 떴을 때에야 비로소 성공이라고 할 수 있다'라고 아마카스 사이세이도 밝혔다.

그리고 이 글에서부터 과거의 기록이 아니라 리얼타임으로 하루하루의 일을 기록하는 형식이 되었다. 글 속의 날짜와 블로그에 올린 날짜가 일치하는 것이다.

겐토의 상태를 지켜보면서 아마카스 사이세이는 아내와 아이들의 생전의 행적을 발굴해내는 작업을 계속한다. 자신이 전혀 알지 못했던 에피소드를 들을 때마다 그는 놀라고 감격하고 때로는 실망하기도 했다. 실망할 때는 대부분 자기혐오가 포함되어 있었다. '아버지라는 자가 그런 것도 알지 못했다니, 나 자신이 한심해진다'라는 뜻의 문장이 빈번하게 나왔다.

아내 유카코는 재력가의 딸로, 부동산을 몇 군데 소유하고 있어서 경제적으로는 남편에게 기대지 않아도 별반 문제가 없었던 듯했다. 그녀는 영화인으로서의 아마카스 사이세이의 재능을 높이 평가해 그가 최대한 일을 잘할 수 있게 후원해주는 것이 자신들의 의무, 라고 딸과 아들에게도 타이르곤 했다고 한다.

모에와 겐토도 아마카스 사이세이의 삶의 방식에는 이해를 표했던 모양이었다. 특히 겐토는 아버지를 은밀히 존경했고 아버지가 만든 영화를 몇 번이고 보면서 언젠가 자신도 영화 관련 일을 하고 싶다고 친구들에게 내비쳤다고 한다.

나는 아무것도 알지 못했다. 참으로 무지했었다. 남편이 집에 돌아오면 언제든 대접할 수 있게 아내 유카코는 내가 좋아하는 음식이며 술이 항상 떨어지지 않도록 챙겨뒀다는 것을 알지 못했다. 남편이 소지한 엄청난 수의 영상 소프트를 정리하고 그 목록을 꼬박꼬박 컴퓨터에 입력해주었다는 것을 알지 못했다. 몸이 차가워 겨울에는 손이 곱아버리는 아버지를 위해 모에가 장갑을 떠놓았다는 것을 알지 못했다. 그 장갑과 한 세트로 레그워머를 만들어 그것을 댄스 연습 때 썼다는 것을 알지 못했다. 겐토가 아버지의 낡은 기타를 꺼내다 아버지 영화의 삽입곡으로 쓰인 노래를 연습했다는 것을 알지 못했다. 그 노래를 아버지의 생일에 연주하고 거기에 맞춰 모에는 노래를 하는 깜짝 공연을 펼치려고 오누이가 머리를 맞대고 작전을 짰었다는 것도 당연히 알지 못했다. 나는 정말로, 정말로 어리석은 인간이었다.

글에서는 깊은 회한이 가슴 아플 만큼 전해져 왔다. 자신이 가족에게서 얼마나 존경받고 있었는지를 아는 것은 흐뭇한 일이겠지만, 그 가족 중 두 명이 죽고 남은 한 명도 어떻게 될지 모르는 상황이라면 도리어 고통스러울 뿐인지도 모른다. '그들이 나를 싫어했다는 것을 알게 되었더라면 어쩌면 조금쯤은 마음이 편했을 것 같다'고 써놓기도 했다.

그런 내용의 글이 몇 편쯤 이어진 뒤에 '각성'이라는 제목의 글이 나왔다. 어떤 예감을 가슴에 품고 아오에는 읽어보았다. 예상은 맞아떨어졌다. 거기에는 겐토가 회복 조짐을 보이기 시작했다는 것이 적혀 있었다.

갑작스럽게 우하라 박사에게서 전화가 걸려 와 나는 크게 당황했다. 겐토의 용태가 악화된 것이 아닌가 하고 놀랐다. 하지만 그런 건 아닌 것 같았다. 우하라 박사의 목소리가 어둡지 않았다.

"아무튼 일단 병원으로 나와주십시오."

우하라 박사는 그 말밖에 하지 않았다.

즉시 병원으로 갔다. 박사는 겐토의 병실에 있었다.

"이것 좀 보십시오."

내게 그렇게 말하고 우하라 박사는 곁의 모니터를 작동했다. 거기에는 뇌의 형태가 CG로 표시되었다. 겐토의 머리에는 수많은 전극이 달린 헬멧이 씌워져 있었다.

이어서 박사는 겐토의 귓가에 대고 '축구'라고 말했다. 그러자 모니터 화면에 변화가 일어났다. 뇌의 일부가 붉어진 것이다.

이어서 박사는 '카레라이스'라고 말했다. 이번에는 뇌의 다른 부분이 붉어졌다.

어떻게 된 것이냐고 나는 물었다.

"겐토가 의사를 표현하는 방법을 구축했어요. 스포츠를 떠올릴 때와 음식을 떠올릴 때는 서로 뇌를 사용하는 부분이 다릅니다. 그것을 이용한 것이지요."

그렇게 말하고 박사는 겐토에게 "너는 남자야? 아니면 여자? 남자라면 축구, 여자라면 카레라이스"라고 말했다.

다음 순간, 놀랄 만한 일이 일어났다. '축구'를 떠올릴 때의 부위가 붉어졌던 것이다.

"겐토의 나이를 알아볼까? 겐토는 지금 열 살이지? 맞는다면 축구, 틀리다면 카레라이스."

박사의 질문에 대한 대답은 '카레라이스', 즉 '아니요'였다.

"그럼 겐토는 지금 열한 살인가?"

이것도 '카레라이스'였다.

"그러면 열두 살?"

나는 숨을 죽이고 모니터를 지켜보았다. 그곳에 나타난 대답은 '축구'였다.

정확히 말하면 현재 겐토는 열세 살이다. 하지만 사고를 당한 이래, 시간 감각을 잃은 것이라면 열두 살이냐는 질문에 대해 '예'라는 대답은 당연한 일이었다.

나는 박사와 서로를 마주 보았다.

"아드님의 뇌는 살아 있어요. 이쪽의 목소리를 듣고 정확히 의사 표시를 하고 있죠. 단지 그것을 몸으로 표현하지 못할 뿐입니다."

박사의 말에 나는 눈물이 쏟아지려고 했다. 이제는 영원히 아들과 의사를 주고받는 일 따위는 없을 거라고 생각했었다.

나는 겐토 곁으로 다가가 불러보았다.

"내가 누군지 알겠니? 내 목소리가 들려? 나를 알고 있다면 '축구'야."

그리고 기도하는 심정으로 모니터를 지켜보았다. 하지만 표시된 것은 '축구'도 아니고 '카레라이스'도 아니었다.

"왜 그래? 나야, 아버지야. 나, 모르겠니?"

하지만 결과는 마찬가지였다.

"몇 가지 질문을 해봤는데, 인간관계 등에 대해서는 대답을 못 했어요. 실은 자신의 이름도 알지 못하는 것 같습니다."

박사의 말에 깜짝 놀랐다.

"이름도?"

"초조해할 필요는 없습니다. 우선은 겐토 군이 자신의 의사를 몸으로 표현할 수 있을 때까지 기다려봅시다."

"그런 날이 올까요?"

"올 겁니다. 겐토 군의 뇌는 하루하루 변화하고 있어요. 단지 표현한다고 해도 말까지 할 수 있을지 어떨지는 모르겠어요. 손끝이 슬쩍 움직이는 것뿐일 수도 있겠지요. 그건 미리 각오해두는 게 좋습니다. 어떻든 뇌신경세포는 분명하게 재생되고 있어요. 이제 시간이 지나면 분명 지금보다 좋아집니다."

나는 고개를 끄덕이며 잘 알겠다고 대답했다. 손끝이 움직이는 것만으로도 충분하다, 라고 생각했다.

지금껏 막연하기만 했던 희망이 그날부터 분명한 형태를 갖게 되었다. 우하라 박사는 완전한 회복까지는 오랜 시간이 필요하다고 말했다. 시간이야 얼마든지 있다. 몇 년이든 몇십 년이든 기다릴 작정이다.

하지만 그런 내 예상은 좋은 쪽으로 배반을 당하고 말았다.

그다음의 기적이 일어난 것은 그로부터 겨우 한 달여 만의 일이었다.

상당히 의미심장한 문장으로 끝을 맺고 있다. 하지만 필시 나쁜 전개는 아닌 것 같았다.

아마카스 사이세이의 기쁨과 함께 우하라 젠타로라는 의사의 대단한 활약상이 전해지는 내용이었다. 마침내 식물인간 상태의 겐토와 의사소통을 꾀하는 데 성공한 것이다. 축구와 카레라이스. 참 잘도 그런 아이디어를 발명해냈구나 하고 감탄할 수밖에 없었다.

다음 글의 제목은 '생명의 깜빡임. 그리고……'라는 것이었다. 글씨를 따라가던 아오에의 마음속에도 기대감이 번졌다.

다시 우하라 박사의 호출을 받고 병원으로 갔다. 병실에서 겐토는 상반신을 일으키고 앉은 상태였다. 그의 머리에 전극이 줄줄이 달린 헬멧은 없었다.

박사는 환하게 웃으면서 말했다. "겐토 군의 눈을 잘 보세요."

그러고는 겐토에게 "내 말이 들리지?"라고 물었다.

그러자 겐토는 두 차례 눈을 깜빡였다.

박사는 내 쪽을 돌아보았다.

"그렇다, 라는 뜻이에요. 아니다, 라고 할 경우에는 세 번을 깜빡여요. 나와 겐토 군이 정한 신호입니다."

놀라서 심장이 벌렁 뛰었다.

"자신의 의지로 눈꺼풀을 움직인다는 말입니까?"

지금까지도 눈을 깜빡이기는 했지만 단순한 생리 현상이라고 생각했었다.

"네, 움직입니다. 겐토는 마침내 컨트롤할 수 있는 부분을 만들어냈어요. 게다가……."

그렇게 말하고 박사는 겐토의 얼굴 앞에서 검지를 들고 좌우로 천천히 움직였다. 그러자 그것을 따라가듯이 검은 눈동자가 움직였다.

"안구도 움직여요. 겐토 군이 사물을 보고 있는 겁니다. 명백히 완쾌를 향해 가고 있어요. 이건 놀랄 만한 일입니다. 뇌의 신경세포가 복구되면서 기능도 회복하는 것이죠. 그 속도는 내 예상을 훌쩍 뛰어넘었습니다."

박사의 말이 나에게는 신의 소리로 들렸다.

나는 겐토 앞으로 다가가 그의 얼굴을 들여다보았다.

"겐토, 내 말 들려? 아버지야. 보이니? 아버지 얼굴, 보여?"

겐토의 눈꺼풀이 움직였다. 한 번, 두 번, 세 번, 그리고 네 번……

나는 박사 쪽을 보며 물었다. "이건 무슨 뜻이죠?"

"네 번을 깜빡이는 건 '모른다'는 신호입니다. 여전히 겐토 군은 자기 자신이 누구인지는 모르는 것 같아요."

"그렇습니까……"

박사의 말에 적잖이 낙담할 수밖에 없었다. 하지만 나는 고개를 저었다. 그런 것보다 겐토가 이만큼 훌쩍 회복했다는 게 참으로 기쁘지 않은가.

그날 밤, 나는 맥주로 축배를 들었다. 그 저주받은 사건 이후로 횟술은 수없이 마셨지만, 이토록 술이 맛있다고 느낀 건 처음이었다.

아오에는 연달아 글을 읽어나갔다. 겐토가 놀랄 만한 속도로 회복되었다는 것은 글의 제목만 훑어봐도 금세 알 수 있었다. '턱을 살짝 움직이다' '표정인가?' '유동식' '손가락 끝으로 신호를'과 같은 제목이 줄줄이 이어졌기 때문이다. 글을 올린 날짜를 보니 몇 주일 간격으로 극적인 변화가 이루어진 모양이었다.

의사소통이 가능해지자 겐토가 원하는 것을 주위 사람들이 해줄 수 있게 되고 그것이 그의 뇌를 활성화시키는 일로 이어지면서 점점 더 양호한 상태로 발전해간 것 같았다. 회복되는 과정에 대해서는 수술을 담당한 우하라 젠타로 박사 스스로가 '경이적'이라고 표현했을 정도였다.

수술한 지 8개월 만에 젠토는 표정을 드러내고 유동식도 먹을 수 있었다. 목소리는 내지 못했지만 입술은 움직였다. '금세라도 말을 할 것 같다'고 아마카스 사이세이는 기록하고 있다.

특수한 재활치료를 통해 팔다리 근육도 조금씩 움직여졌다. 이 단계에 접어들면 인터페이스를 고안해 컴퓨터를 쓰게 할 수 있다. 마침내 그 방법을 마스터한 젠토와 쌍방향의 대화가 가능해졌다. 그때의 상황을 기록한 글의 제목은 '나는 누구?'라는 것이었다.

전날 밤부터 거의 한숨도 못 잤다. 드디어 젠토와 이야기를 나눌 수 있는 것이다. 지금까지는 내 쪽에서 일방적으로 질문하거나 지시했을 뿐이다. 하지만 앞으로는 젠토의 생각을 들을 수 있다. 어떤 생각을 하는지, 드디어 분명히 밝혀지는 것이다.

하지만 기대가 높아지는 것과 함께 두려움도 있었다.

그 사건으로부터 1년 남짓한 시간이 흘러갔다. 그동안에 젠토는 어떤 심정으로 살아왔을까. 아마도 상상을 절하는 고통이었을 것이다. 그 고통을 받아내는 것은 솔직히 두려운 마음이 든다. 하지만 도망칠 수는 없다. 내가 받아내지 않고서 어떻게 할 것인가.

단지 마음에 걸리는 것은 젠토가 아무래도 기억을 잃은 것 같다는 점이었다. 자신이 누구인지 잊어버렸고 나에 관해서도 기억해내지 못

하고 있다.

기억이 돌아올지 어떨지는 알 수 없다, 라고 우하라 박사는 말했다. 어떻든 뇌가 손상된 큰 부상인 것이다. 어떤 일이 일어나도 이상할 게 없는 상황이다.

기대와 각오를 가슴에 품고 병원으로 갔다.

병실의 겐토는 침대 위에서 상반신을 일으키고 앉은 상태로 컴퓨터를 마주하고 있었다. 그의 오른손에는 특수 장치가 달려 있다. 손끝을 움직이는 신경 신호를 캐치해 커서를 작동하는 구조라고 했다.

안녕, 하고 나는 겐토에게 인사를 건넸다. 그는 내 쪽을 쳐다보며 두 번 눈을 깜빡였다. 그것이 그의 인사다. 사건 직후의 일을 생각하면 이런 게 가능하다는 것도 꿈만 같은 일이다.

"어떤 것이라도 괜찮아요. 자유롭게 이야기해보세요."

우하라 박사의 말에 적잖이 긴장했다. 실은 겐토에게 맨 먼저 무슨 말을 할지는 이미 정해두었다.

"나한테 뭔가 물어보고 싶은 거 없어?"라고 말해보았다.

그 물음에 대해 겐토는 좀체 반응을 보이지 않았다. 그래서 아직 알아듣지 못했는가 싶어서 다시 한 번 말하려고 했다. 그러자 그 순간, 갑작스럽게 컴퓨터 커서가 움직이면서 소프트웨어 키보드를 조작했다.

겐토가 내게 보낸 최초의 메시지는 '나는 누구?'라는 것이었다.

그것을 보고 나는 가슴이 아팠다. 역시 아직 기억이 돌아오지 않은 모양이었다.

"겐토. 아마카스 겐토. 네 이름이야."

나는 준비해 온 메모지에 그의 이름을 써서 보여주었다. 그것을 지그시 쳐다본 뒤, 겐토가 컴퓨터에 쓴 것은 '당신은 누구?'였다.

오랜만에 아들과 대화를 나누게 되었건만 나는 서글퍼졌다. 하지만 탄식할 때가 아니었다. 괴로운 것은 분명 겐토 쪽이다.

"아버지. 너의 아버지야. 이름은 아마카스 사이세이. 영화를 만들고 있어. 영화는 알지?"

최근 들어 겐토는 표정을 드러내게 되었지만 그때는 완전한 무표정이었다. 마네킹 같은 얼굴을 한 채 다음과 같이 썼다.

'영화 알아. 당신 몰라.'

하하하, 하고 나는 억지웃음을 지었다.

"역시 그렇구나. 어쩔 수 없네. 그러면 유카코라는 이름은? 모에라는 이름은? 알고 있어?"

겐토의 대답은 '모른다'였다.

"그럼 학교는? 친구라든가 선생님은? 누구라도 좋아, 기억나는 이름은 없어?"

지푸라기에라도 매달리는 심정으로 나는 물었다.

하지만 겐토가 컴퓨터 화면에 쓴 것은 '우하라 선생님. 야마다 씨. 오카모토 씨'였다.

야마다 씨는 겐토를 담당하는 간호사, 그리고 오카모토 씨는 식사 담당자였다.

"그 밖에는? 축구 클럽에서 함께 뛰었던 가와카미 군은 어때? 골키퍼였고 가장 친한 친구였다던데? 겐토가 의식이 돌아오면 병문안을 오겠다고 했어. 이제 그 친구들도 여기 병실에 데려올까?"

겐토가 대답을 쓰기 시작하기까지 잠시 시간이 걸렸다. 이윽고 그는 썼다.

'그만하고 싶다.'

"그만하고 싶어? 무슨 말이지?"

그에 대한 겐토의 대답은,

'이런 이야기 그만하고 싶다'였다.

가만히 보니 겐토의 몸이 가늘게 떨리고 있었다.

우하라 박사가 뒤쪽에서 말했다.

"인간관계에 대한 질문은 그 정도로 끝내도록 하지요."

자신의 기억에 없는 이야기를 해봤자 겐토로서는 괴롭기만 할 뿐이라는 뜻인 것 같았다.

나는 고개를 끄덕이고 새삼 겐토를 보았다.

"알았어. 이 이야기는 그만하자. 그러면 이제 겐토가 좋아하는 이야기를 할까? 어떤 이야기를 하고 싶어?"

다시 잠시 틈을 두고 나서 컴퓨터 화면에서 커서가 움직였다.

'피곤하다. 쉬고 싶다.'

흠칫했다. 이 정도의 작업도 겐토에게는 중노동이라는 것을 그제야 깨달았다.

"그래, 그렇겠지? 미안하다. 괜찮아, 이제 그만 쉬어."

그리고 나는 고맙다고 말했다.

어쩌면 겐토도 '고맙다'라고 써주지 않을까, 기대하며 화면을 바라보았다. 하지만 커서가 다시 움직이는 일은 없었다. 겐토의 얼굴을 보니 이미 눈을 꾹 감고 있었다.

아오에는 한숨을 내쉬며 가만히 머리를 내저었다.

유감스럽게도 부자간의 기념할 만한 첫 접촉은 아마카스 사이세이가 기대했던 만큼 감동적인 게 아니었던 모양이다. 아들의 의식이 돌아오고 의사소통을 꾀하게 된 것은 큰 기쁨이겠지만, 그 아들이 자신을 아버지로 인식하지 못한다면 가족 관계가 부활했다고는 도저히 말할 수 없을 것이다.

이어진 글에서도 아마카스 사이세이가 어떻게든 겐토의 기억을 불러내려고 하는 모습이 그려졌다. 하지만 겐토의 기억이 돌아오는 일은 없었다. 겐토는 점점 더 뚜렷이 회복되고 마침내 목소리를 내거나 팔다리를 움직이는 수준까지 도달했지만, 그는 과거의 일을 전혀 기억해내지 못한 모양이었다. 아니, 오히려 겐토는 자신의 과거에 전혀 흥미가 없는 기색을 보였다. 아마카스 사이세이는 다음과 같이 썼다.

겐토는 과거와는 완전히 다른 인생을 걸어가려 하고 있다. 그의 관심은 어떻게 하면 다시 태어난 자신의 능력을 높일 것인가, 라는 단한 가지에만 집중된 것처럼 보인다. 겐토는 재활치료에 열의를 보였다. 그리고 틈만 나면 언어 발성 훈련을 하고 있다. 컴퓨터를 다루는 일에 관해서는 거의 완벽하다고 할 정도다. 그는 게임을 하고 인터넷을 검색하고 동영상을 즐긴다. 반년 전에는 상상도 할 수 없었던 광경이 그 병실에서 펼쳐지고 있다.

"정말 생각지도 못한 일이에요. 기적이라는 말밖에는 달리 표현할 길이 없습니다."

우하라 박사는 내 얼굴을 보며 흥분한 기색으로 말했다.

"천연성遷延性 의식장애 환자를 몇 명이나 진료했고, 내가 한 수술로 완쾌된 사례도 적지 않았어요. 하지만 이렇게까지 회복된 환자는 단 한 명도 없었죠. 정밀 조사를 해봤는데 뇌의 손상 부분은 거의 복구되었습니다. 어떻게 이런 결과가 나왔는지 나도 잘 모르겠어요. 이건 지극히 소중한 사례입니다. 대학에서 예산을 따내서 다시 철저히 정밀 조사를 해볼 생각이에요. 그렇게 하면 아마카스 씨의 금전적인 부담도 줄어들 겁니다. 협력해주시겠지요? 이미 겐토 군에게는 양해를 구했습니다."

물론 협력하고말고요, 라고 나는 대답했다. 대답하면서 허망함을 느꼈다. 협력이라고? 내가 대체 뭘 할 수 있다는 것인가. 아니, 내가 아무것도 하지 않는 게 바로 '협력'일 것이다.

금전적인 부담 따위, 별것도 아니다. 애초에 겐토를 위해서라면 모든 것을 쏟아부을 생각이었다. 그걸로 단 한 사람의 가족을 되찾을 수만 있다면 비용쯤은 아무것도 아니다.

하지만 나는 아들을 되찾을 수 있을까.

내가 병원에 가면 겐토는 우울한 기색을 내비친다. 그것을 말로 내뱉지는 않지만 나는 감지할 수 있다. 아마도 그에게는, 과거 얘기만 자꾸 들먹이는 '아버지라는 중년 남자'는 단지 짜증스러운 존재에 지나지 않을 것이다.

겐토의 기억이 돌아오면 꼭 물어보고 싶은 것이 있었다. 그것은 모에가 자살을 꾀한 이유다. 여러 곳을 돌아다니며 많은 사람들의 얘기를 들어봤지만 결국 그건 밝혀지지 않은 채 남아 있다. 그래서 겐토만이 내가 유일하게 믿고 의지할 곳이었다. 가족이 아니면 알 수 없는 모에의 비밀이 있었는지도 모른다고 생각했던 것이다.

하지만 자신이 누구인지도 잊어버린 겐토에게 그런 것을 물어봤자 아무 소용 없었다. 그는 자신에게 누나가 있었다는 것조차 알지 못하는 것이다.

"나는 이제 오지 않는 게 좋을까?"

마음을 굳게 먹고 물어보았다.

잠시 생각에 잠겨 있던 겐토가 대답했다.

'모른다. 어느 쪽이든 상관없다.'

소스라치게 놀랐다. 하지만 나는 그런 심경을 얼굴에 드러내는 것을 애써 꾹 참았다. 지금의 겐토는 아마도 사람의 표정을 읽어내는 것도 가능할 터였기 때문이다.

"어느 쪽이든 상관없단 말이지. 응, 그렇구나."

아무렇지도 않은 척하며 나는 말했다.

'미안하다.'

화면에 표시된 그 문장을 본 순간, 한 계절이 이제는 끝난 듯한 마음이 들었다.

이것이 끝에서 두 번째 글이다. 그다음은 톱 페이지에 떠 있던 '잠시 여행을 떠나기로 했다'로 시작하는 마지막 글로 이어지는 것이다.

일이 그렇게 된 거였구나, 하고 아오에는 고개를 끄덕였다. 마지막 글에 있는 '기적적으로 회복한 겐토조차 나에게는 과거가 되어버렸다. 나에게 아들이라는 존재는 지금의 겐토가 아니다. 지금의 겐토에게 내가 아버지가 아닌 것과 마찬가지로'라는 문장의 의미가 이제야 비로소 이해가 되었다.

아마카스 사이세이는 자신이 아들 곁에 있어봤자 그를 위한 일이 되지 않는다고 생각했는지도 모른다. 겐토는 다시 태어났고 새로운 인생을 걸어가려 하고 있다. 자신의 존재는 방해가 될 뿐이라고 판단했을 것이다.

아마도 괴로운 결단이었을 게 틀림없다. 아마카스 사이세이에게는 어떤 의미에서는 가족과의 두 번째 이별이었던 셈이다. 첫 번째는 아내와 딸과의 이별이었다. 두 번째는 아들의 마음과의 이별이다. 그것을 뛰어넘어 그는 미래를 향해 한 걸음을 내딛고자 했다.

그 뒤에 이 부자간이 어떻게 되었는지는 알 수 없다. 블로그는 거기서 멈춰버렸다. 그로부터 6년이 넘는 세월이 흘렀다. 아마카스 사이세이는 지금 어디서 무엇을 하고 있을까. 겐토는 과연 어디까지 회복되었을까.

아니, 그런 것보다…….

중요한 것은 이 블로그에 기록된 일련의 일들이 최근에 일어난 황화수소 사고와 어떤 관련이 있느냐는 점이다. 한 번 훑어본 것만으로는 아무 관계도 없는 것 같다. 하지만 곳곳에서 눈에 띄는 키워드는 아오에로서는 도저히 무시할 수 없는 것들이었다.

온천지의 황화수소 사고로 사망한 피해자 두 사람은 모두 영화감독 아마카스 사이세이와 인연이 있다. 그 아마카스 사이세이의 아내와 딸은 다름 아닌 황화수소에 의해 사망했고, 가까스로 목숨을 건진 아들은 우하라 젠타로라는 천재 의사가 살려냈다. 그리고 그 의사의 딸인 우하라 마도카는 황화수소 사고가 있었던 온천지에서 한 청년을 찾아다니고 있다…….

아니, 아니, 라고 아오에는 머리를 내저었다. 대체 뭐가 어떻게 된 것인지 도무지 감이 잡히지 않는다. 아무리 키워드들을 이리저리 바꿔가며 배열해봐도 도저히 하나의 스토리로 엮어지지 않는 것이다.

16

"전혀 알아볼 만한 데가 없는데요?"

흰 가운의 소매를 둘둘 걷어 올린 오쿠니시 데쓰코가 실험 기구들을 정리하며 퉁명스럽게 대꾸했다. 아오에 쪽은 쳐다보려고도 하지 않았다. 쓸데없는 잡담에 함께 어울려줄 여유는 없다, 라고 그 옆얼굴이 말하고 있었다.

"즉각적인 답변이로군. 좀 더 찬찬히 생각해보고 대답해주면 안 되겠어?"

안경을 쓴 무표정한 얼굴이 그제야 아오에를 돌아보았다.

"생각해볼 여지도 없어요. 가이메이 대학 의학부에는 친구도 없고 지인도 없으니까요. 게다가 뇌신경외과라니, 저와는 전혀 다른 세상이에요."

"흠, 역시 그런가."

아오에는 바닥을 차며, 앉은 채로 의자를 한 바퀴 빙 돌렸다. 연구실에 와 있지만 수업 중이라서 학생들은 모두 나가고 없었다. 의자는 학생 것이다.

"왜 그러시는데요? 교수님 주위에서 누군가 뇌신경외과에 가봐야 하는 분이라도 있어요?"

"아니, 그런 게 아니야. 단지 연락을 취하고 싶은 인물이 있어서 말이야."

"가이메이 대학 의학부에?"

"응, 뇌신경외과에."

오쿠니시 데쓰코는 두 손을 허리에 짚고 미간을 좁혔다. "왜요?"

"그건 좀……. 설명하자면 복잡해."

"네, 그러시다면 괜찮습니다. 저도 별로 궁금하지 않으니까요."

"아니, 일부러 숨기려는 게 아니라 정말로 설명하기가 어려운 얘기라니까."

"그러니까 굳이 설명하실 거 없다고 말씀드렸잖아요. 그보다 원고는 어떻게 됐죠? 연구회 회지의 서문, 오늘 중으로 써주겠다고 약속하셨는데요."

"아, 그거? 응, 얼른 쓸게."

부탁드립니다, 라고 밋밋한 어조로 말하더니 오쿠니시 데쓰코는 다시 작업에 들어갔다.

아오에는 머리를 긁적이며 꾸물꾸물 의자에서 일어섰다.

아마카스 사이세이의 블로그 글을 읽은 뒤로 줄곧 가슴속에 껄끄러운 게 걸려 있었다. 이대로 가만히 있어도 되는가, 라는 자책감이었다.

아카쿠마 온천과 도마테 온천에서 일어난 사고에 대해 아오에는 조사를 의뢰받고 두 곳 모두 불운한 사고라는 추론을 이미 밝혀버렸다. 아카쿠마 온천에서는 그 추론을 바탕으로 대비책이 세워졌다. 도마테 온천에서의 조사는 행정 관청에서 들어온 의뢰는 아니었지만 호쿠리쿠 마이초 신문에 기사로 실려 있다.

하지만 지금 아오에는 자신의 추론에 자신감을 가질 수 없었다. 양쪽 온천지에서 일어난 사고에 뭔가 관련성이 있다는 생각이 자꾸 드는 것이다. 만일 그렇다면 사고가 일어난 것은 우연이 아니라 필연이라는 얘기다. 그리고 필연적으로 일어난 것이라면 그건 사고가 아니라 사건이다. 더구나 사람이 죽었으니 살인 사건이다.

그렇다면 나는 어떻게 해야 하는가. 각 현청 본부에 연락해 그건 사고가 아니라 살인인지도 모른다고 밝혀야 하는가. 그 근거가 무엇이냐고 묻는다면 어떻게 대답해야 하지? 이상한 젊은 여자를 만났고 불가사의한 공통점이 발견되었기 때문, 이라고 대답할까. 그러면 범행 수단을 묻는다면 어떻게 할 건가. 아오에 자신이 인위적으로 황화수소를 발생시키는 건 무리라고 결론을 내렸던 일이다.

그 여학생을 만나봐야겠다고 생각했다. 우하라 마도카. 그 아이라면 뭔가 알고 있다.

도마테 온천에서 그녀가 건네준 종이에는 전화번호가 적혀 있었다. 조금 전에 마음먹고 전화를 걸어봤다. 하지만 들려온 것은 나이든 여자 목소리였다. 마도카가 아니다, 라고 즉시 알았다.

"아, 저는 다이호 대학의 아오에라고 합니다만, 우하라 씨가……

아니시군요?"

"아닙니다. 몇 번에 거셨지요?"

아오에는 종이에 적힌 숫자를 말해주었다. 상대 여자는 자신의 휴대전화 번호라고 말했다. 잘못 누른 건 아닌 모양이다.

"혹시나 해서 물어보겠습니다만, 우하라 마도카라는 여학생을 아십니까?"

"미안하지만, 모르는 이름입니다."

"그렇습니까. 실례했습니다."

전화를 끊고, 털썩 고개를 떨구었다. 번호는 가짜였던 것이다.

하지만 생각해보니 설령 그 번호가 진짜였다고 해도 반드시 그 여학생을 만날 수 있는 것도 아니다. 게다가 만났다 쳐도, 도마테 온천 때와 마찬가지로 그녀가 뭔가를 알려주리라고는 기대할 수 없다.

그렇게 되자 마음에 걸리는 건 아마카스 사이세이의 블로그에 나오는 우하라 젠타로라는 인물이었다. 그래서 어떻게든 그와 접촉해보려고 이래저래 궁리한 것이었는데…….

연구실을 나가려고 아오에가 문손잡이를 막 잡는 순간 전화벨이 울렸다. 오쿠니시 데쓰코가 잽싸게 수화기를 들고 답했다. "아오에 교수실입니다."

아오에는 문을 열고 복도로 발을 내밀었다. 그러자 오쿠니시 데쓰코가 그를 불러 세웠다. "교수님."

"어, 나한테 온 전화야?"

그녀는 송화구를 손으로 막고 말했다. "며칠 전에 오신 나카오카 씨라는 형사예요. 또 교수님을 뵙고 싶다는데요?"

"아, 그 사람?" 야성적인 얼굴 생김새가 뇌리에 떠올랐다.

퍼뜩 생각났다. 그와 상의해보는 게 좋을지도 모른다.

"언제든지 오셔도 좋다고 대답해요."

오쿠니시 데쓰코는 수화기를 귀에 댔다. 얼굴 표정이 부루퉁한 것은 또다시 아오에의 원고가 늦어지겠다고 생각했기 때문일 것이다.

나카오카는 그로부터 30여 분 뒤에 도착했다. 지난번과는 달리 선물은 없었다.

"바쁘실 텐데 죄송합니다." 아오에와 교수실에서 마주 앉자 나카오카는 새삼 머리를 숙이며 말했다.

"아뇨, 마침 잘됐습니다. 내 쪽에서도 상담할 일이 있었으니까요."

아오에의 말에 나카오카는 뜻밖이라는 듯 눈썹을 치켜 올렸다. "무슨 일이신데요?"

"아, 그건 나중에. 우선 형사님 용건부터 들어볼까요?"

"알겠습니다." 나카오카는 등을 꼿꼿이 세웠다. "끈질긴 것 같지만, 이번에도 그 아카쿠마 온천 사고에 대한 일 때문에 찾아왔습니다. 사실을 말씀드리자면 아직도 사건이 아닌가, 의심스럽거든요."

아오에는 고개를 끄덕였다.

"그렇겠지요. 안 그러면 형사님이 여기까지 찾아올 리가 없지요."

"네, 맞는 말씀입니다. 지난번에 했던 얘기, 기억하십니까? 수면제로 피해자를 잠들게 한 뒤에 황화수소를 발생시켜 사망에 이르게 하는 게 가능한지를 여쭤봤었는데, 교수님은 그때 딱 자르셨지요, 그건 어렵다고."

"물론 기억하고 있지요."

그 후, 비닐봉지 등을 피해자에게 씌운다면 실외에서도 소량의 황화수소로 중독사시킬 수 있을지 모른다고 아오에는 다시 생각을 바꿨었다. 어쩌면 나카오카도 그런 가능성을 알아낸 건가.

하지만 형사는 "저도 이래저래 고민해봤는데 역시 그건 좀 어렵겠다고 생각했어요"라고 말했다. "부검 결과를 살펴보니 피해자에게서 수면제 성분이 검출되지 않았거든요."

"그래요?"

그렇다면 그건 더 이상 거론할 것도 없는 얘기다.

"그래서 또 다른 가능성을 찾아봤어요. 아마추어 나름대로 머리를 좀 굴렸죠. 한 가지 생각난 것이 있어서 오늘 이렇게 찾아온 겁니다."

"호오, 꼭 듣고 싶군요. 어떤 생각을 했는데요?"

그러자 나카오카는 양복 안주머니에서 수첩과 볼펜을 꺼냈다.

"이 볼펜을 피해자라고 치죠. 우선 이 피해자를 한 장소에 혼자 서 있게 합니다. 지형적으로 가스가 고이기 쉬운 장소예요." 테이블 위에서 볼펜을 세워 잡았다. "여기서 조금 떨어진 장소에 양동이 같은 용기를 놓습니다. 피해자가 서 있는 곳으로 바람이 불어가는 쪽이에요. 이 수첩을 용기라고 치죠." 수첩을 볼펜에서 30센티미터쯤 떨어진 곳에 놓았다. "자아, 이 용기 속에서 액체를 섞어 황화수소 가스를 발생시킵니다. 발생한 가스는 바람을 타고 이동하겠지요. 그동안에 범인은 가스마스크를 쓴 상태로 바람 위쪽으로 피신합니다. 이윽고 피해자 주위에서 가스 농도가 높아지고 결국 사망에 이르는 것이죠." 그렇게 말하고는 볼펜을 넘어뜨렸다. "어떻습니까, 이 추리는?"

아오에는 테이블 위의 볼펜과 수첩을 지켜본 뒤에 고개를 들었다.

나카오카의 야심만만한 눈빛을 마주 보았다.

"대담한 추리로군요. 피해자의 부인이 그런 짓을 했다는 건가요?"

아뇨, 라고 나카오카는 고개를 갸우뚱했다.

"이 방법이라면 단독으로는 어렵습니다. 극히 짧은 시간 안에 높낮이 차이가 나는 장소를 왔다 갔다 해야 하니까요. 용기의 회수까지 포함해, 가스를 발생시킨 건 별도의 인물일 거라고 생각합니다."

"그럼 부인에게 공범자가 있었다는?"

나카오카는 그 물음에는 대답하지 않고 "어떻습니까?"라고 재우쳐 물었다.

"대단히 유니크한 발상이에요. 하지만 유감스럽게도 불가능하다고 말할 수밖에 없군요."

"왜 그렇습니까?"

"확실성이 너무 낮아요. 현장에 가봤지요? 산속이니까 얼마든지 숨을 수 있다고 생각할지도 모르지만, 현장은 습지 옆이라 피해자에게 들키지 않으려면 최소한 20미터는 떨어져야 합니다. 게다가 지형이 복잡해서 발생시킨 황화수소가 어떤 식으로 흘러갈지, 도저히 예측할 수 없어요. 바람이 부는 방향이 계속 일정하다는 보증도 없기 때문에 범인에게도 지극히 위험한 방법이라고 해야겠지요."

나카오카는 잠시 침묵한 뒤에 "선풍기를 쓴다면 어떨까요?"라고 물었다.

"선풍기?"

"배터리로 작동하는 타입의 선풍기가 있거든요. 그걸 이용해 바람을 일으킨다면 원하는 방향으로 가스를 보낼 수 있지 않을까요?"

엉뚱한 말에 아오에는 다시금 아연해졌다. 형사라는 자들은 모두 이런 식의 발상을 하는 걸까.

"그건 어렵죠. 배터리로 구동하는 선풍기로는 20미터씩 날아가는 바람은 일으키지도 못할 거고."

"무풍 상태의 날씨라면 처음 방향만 잘 조정하면 될 것 같은데요. 그다음은 아래로 아래로 흘러가는 것뿐이잖습니까. 게다가 20미터는 너무 멀다고 하셨지만 주택가에서 황화수소 자살이 일어난 경우를 보면 반경 50미터 이내의 주민을 모두 대피시키던데요."

"바로 그거예요, 형사님. 집 안이라면 또 모르지만 실외에서 치사 농도를 만들려면 상당한 양의 가스를 발생시켜야 합니다. 그런 짓을 했다가는 자칫 애먼 피해자가 나올 수도 있어요. 범인의 눈에 보이는 범위에는 사람이 없었다고 해도 가스가 어디까지 퍼질지는 예측할 수 없지요. 아니면 범인이 다른 희생자가 나와도 괜찮다고 생각했다는 얘긴가요?"

하지만 나카오카는 납득할 수 없다는 표정이었다.

"단순히 거기까지는 미처 생각을 못 했을 가능성도 있잖습니까."

흐음, 하고 아오에는 신음했다.

"그건 정확히 말할 수가 없군요. 막상 해보지 않고서는 모르는 일이라서."

나카오카가 얼굴을 쓱 내밀었다. "즉 가능성이 제로는 아니라는 말씀이군요?"

아뇨, 라고 아오에는 고개를 저었다.

"제로라고 생각해요. 막상 해보지 않고서는 모른다, 라는 건 연습

없이 바로 시작해서는 절대로 무리라는 얘기예요. 현장에서 몇 번씩 실험해보고 재현성을 확인하지 않으면 안 돼요. 혹시 그 부인이 사고가 일어나기 전에도 현지에 드나든 흔적이 있었습니까?"

"아뇨, 그건……. 확인해보겠습니다." 나카오카는 수첩을 펴고 볼펜으로 메모했다.

"그런 일은 없을걸요. 작은 동네라서 몇 번씩 드나들었다면 누군가 얼굴을 알아볼 우려도 있고……." 그렇게 말한 직후, 갑작스럽게 아오에의 뇌리에 번뜩 떠오르는 것이 있었다. 아, 하는 작은 소리가 흘러나왔다.

"왜 그러십니까?" 나카오카가 수첩에서 고개를 들었다.

"아니, 그게……. 말하자면 부인 본인이 아니라 공범자가 사전에 몇 번씩 실험을 해봤다면 얘기가 달라지긴 하는데."

"그렇군요." 나카오카는 만족스러운 듯 고개를 끄덕였다. "고맙습니다. 크게 참고가 되는 말씀이에요."

메모를 하는 형사의 손맡을 아오에는 지그시 쳐다보았다.

"그 추리를 바탕으로 계속 수사할 생각이에요?"

"우선은 그래야겠죠. 교수님 말씀에 의하면, 만일 그게 인위적으로 일어난 사고라면 범인들이 상당히 주도면밀하게 사전 준비 했다는 뜻이잖아요. 그렇다면 어딘가에 증거를 남겼을 가능성이 높아요." 나카오카는 수첩을 덮어 안주머니에 넣었다. "그런데 교수님께서 상의하신다는 얘기는?"

"아, 실은 최근에 또 한 건, 황화수소 중독 사고가 있었어요. 도마테 온천이라는 곳입니다. 그래서 나한테 또 조사 의뢰가 들어왔었어요. 이번에는 신문사에서 온 것이지만."

"도마테 온천요? 유명한 곳이지요. 거기서도 사고가 있었군요. 저는 몰랐습니다. 하지만 그쪽은 틀림없이 사고였겠지요?"

아오에는 코 밑을 쓰윽 비볐다.

"아카쿠마 온천 때와 마찬가지로 우발적인 사고인 것 같기는 해요. 단지 이해가 되지 않는 점이 좀 많아서."

"그건 무슨 말씀이신지."

아오에는 사고의 상세한 내용과 오쿠니시 데쓰코에게 설명했던 것, 즉 현장 부근에서 그때까지 황화수소 냄새가 한 번도 난 적이 없었다는 것, 식물이나 동물에게 영향을 끼친 흔적이 보이지 않는다는 것 등을 얘기했다.

나카오카는 팔짱을 끼고 턱을 치켜들었다.

"그런 건 드문 일입니까? 그런 장소에서 중독 사고가 일어난다는 건?"

"드물죠. 물론 자연계의 일이니까 언제 어디서든 갑작스럽게 이변이 일어나기는 하지만."

나카오카는 몇 차례 고개를 끄덕였지만 뭔가 석연치 않다는 표정을 보였다. "그래서 저한테 상의하실 일이라는 건?"

아오에는 두 손으로 자신의 허벅다리를 쓱쓱 문질렀다. 말하기 힘든 것을 입 밖에 낼 때의 버릇이다.

"형사님에게 이런 걸 상의하는 게 맞는지는 모르겠는데, 아무래도 좀 마음에 걸리는 게 있어요. 실은 아카쿠마 온천 쪽을 조사했을 때, 출입금지 구역에서 한 인물을 만났었어요. 예전부터 알던 사람은 아닌데……. 아무튼 이번에 도마테 온천에 갔을 때, 그 인물을 또 만났지 뭡니까."

"아, 예에." 나카오카가 검지를 치켜세웠다. "그 사람도 교수님과 비슷한 연구를 하는 분인 모양이지요."

"아니, 학자가 아니에요. 젊은 여자예요."

"젊은 여자?" 나카오카의 눈이 둥그레졌다.

"아직 스무 살도 안 됐을걸? 학생은 아니라고 했으니 지구화학이나 화산학과도 관련이 없습니다."

"그러면 단순히 온천 마니아라든가?"

"아니, 아니에요." 아오에는 고개를 저었다. "명백히 사고 현장을 살펴보러 온 눈치였어요. 게다가 사람을 찾는 게 목적이라고 하던데."

"사람을 찾는다고요?"

의아한 얼굴을 하는 나카오카에게 아오에는 우하라 마도카와 나눈 대화를 들려주었다. 하지만 설명이 끝날 즈음, 형사는 점점 더 의아하다는 듯 입가가 삐뚜름해져 있었다.

"뭡니까, 그 여학생은? 대체 어떤 사람이죠?"

"나도 모르겠어요. 어떻든 그런 일이 있어서 양쪽 온천지에서 일어난 사고는 단순한 사고가 아니었는지도 모른다는 마음이 들더라고요. 그래서 일단 형사님에게도 말을 해두는 게 좋겠다고 생각했죠."

"그렇군요." 나카오카는 턱을 끄덕였다. "도마테 온천 쪽의 피해자는 배우라고요?"

"나스노 고로라는 배우였어요. 아카쿠마 온천 쪽 피해자는 영화 프로듀서였죠. 즉 양쪽 다 영화 관계자들이에요."

나카오카는 가슴을 크게 들먹이며 숨을 토해냈다.

"교수님, 그 말씀은 아주 중요한 문제를 내포하고 있어요. 알고 계십니까?"

"뭐, 막연하게는……."

"여태까지 저는 아카쿠마 온천 쪽 사건이 설령 타살이라 해도 단순히 재산을 노린 범행이라고만 생각했습니다. 하지만 도마테 온천 쪽과 연결점이 있다면 이야기는 근본적으로 달라져요. 양쪽을 한 세트로 생각해야 한다는 것이죠. 어쩌면 연쇄살인의 가능성도 있으니까요." 나카오카는 눈을 번뜩이며 말했다. 말투가 약간 빨라진 것은 흥분한 탓이리라.

"나는 거기까지는 미처 생각을 못 했지만, 그 우하라 마도카라는 여학생에 관해 한 가지 특이점을 발견한 게 있어요."

"특이점이라니, 그게 뭡니까?"

"형사님, 아마카스 사이세이라는 영화감독, 알아요?"

"아마카스 사이세이? 아뇨, 모르겠는데요. 영화는 별로 안 보는 편이라서요."

아오에는 나스노 고로와 미즈키 요시로의 공통점을 검색하다가 아마카스 사이세이에까지 가닿게 된 경위를 설명했다. 게다가 아마카스 사이세이가 황화수소 사고로 가족을 잃었다고 말하자 나카오카의 얼굴 표정이 한층 더 험악해졌다.

"대체 어떻게 된 거죠? 도저히 우연이라고는 생각할 수 없는데요."

"나도 그런 생각이 들어서 아마카스 사이세이 씨에 대해 자세히 알아봤어요. 형사님, 시간은 괜찮아요?"

"시간요? 네, 괜찮습니다. 예정이야 얼마든지 바꿀 수 있습니다."

아오에는 고개를 끄덕이고 자리에서 일어나 자신의 책상 서랍에서 인쇄물을 꺼내 왔다. 아마카스 사이세이의 블로그를 날짜 순서대로 정리해 프린트한 것이다.

"내 얘기를 듣는 것보다 이걸 읽어보는 게 빨라요. 분량이 꽤 많긴 하지만."

"네, 그럼 좀 읽어보겠습니다." 나카오카는 긴장한 표정으로 인쇄물을 손에 들었다.

"천천히 봐도 괜찮아요. 나는 옆방에 가 있을 테니 뭔가 있으면 불러주시고."

"알겠습니다. 정말 고맙습니다."

아오에는 교수실을 나왔다. 나카오카가 그걸 모두 읽자면 30분 넘게 걸릴 터였다.

이제 슬슬 다 읽었나 하고 아오에는 교수실로 돌아갔다. 나카오카는 소파에 앉아 있었다. 약간 멍해진 표정이었지만 아오에를 보고 퍼뜩 정신을 차린 듯 등을 곧추세웠다. 인쇄물은 테이블 위에 놓여 있었다.

"읽어봤어요?" 아오에는 맞은편 자리에 앉으며 물었다.

나카오카가 고개를 끄덕였다. "예에."

"어떻게 생각해요?"

나카오카는 낮게 신음한 뒤 "한마디로 말해서 좀 막연하네요"라고 말했다. "솔직히 앞부분에서는 당황스러웠습니다. 분명 황화수소 얘기가 나오긴 하지만, 온천지에서의 일과는 전혀 아무 관계도 없을 것 같았어요. 읽는 걸 중단할까 하는 생각까지 했을 정도예요."

"그렇죠. 아마카스 씨의 슬픔은 절실히 느껴졌겠지만."

"아, 그건 그럴지도 모르지만 공교롭게도 형사라는 인종은 그런 것에는 애초에 둔감하거든요. 어째서 교수님이 이런 걸 읽어보라고 하셨는지 의아했습니다. 그런데 뒷부분으로 들어가면서⋯⋯." 나카오카는 인쇄물을 집어 들고 뒤쪽을 펼쳤다. "우하라 젠타로라는 의사가 나오더군요. 이건 정말 깜짝 놀랐습니다."

예에, 라고 아오에는 대답했다. "아마 우하라 마도카라는 여학생의 아버지일 겁니다."

"이 부분을 읽고 납득했습니다. 우연이라고 흘려 넘길 수 없다는 교수님 말씀, 저도 충분히 알겠습니다. 이건 분명 뭔가 있다는 생각이 들어요."

"그렇죠? 다만 무엇이 어떻게 연결되는지, 나는 전혀 짐작도 못 하겠어서⋯⋯."

"동감입니다. 열쇠를 쥐고 있을 듯한 우하라 부녀가 실은 황화수소와는 직접적인 관계가 없잖습니까."

"바로 그거예요."

아오에는 한숨을 내쉬었다. 뭔가 보일 듯 말 듯하면서도 전혀 보이지 않는다. 실은 아무것도 없는데 뭔가 있는 것 같은 마음이 드는 것뿐인지도 모른다.

"사고 현장에는 피해자의 발자국밖에 없었단 말이지요?" 나카오카가 불쑥 물었다.

"예?" 무슨 이야기인지 아오에는 얼핏 알아듣지 못했다.

"도마테 온천의 사고 현장 말입니다. 산책로에 피해자의 발자국 말고는 아무것도 없었다고 조금 전에 말씀하셨는데."

"아, 그거." 아오에는 크게 고개를 끄덕였다. 그 얘기였는가. "응, 맞아요."

나카오카는 고개를 외로 꼰 채 뭔가 생각에 잠긴 듯 한동안 침묵하더니 이윽고 시선을 아오에에게로 되돌리며 입을 열었다.

"아까 제가 말씀드렸던 방법이라면 어떻겠습니까? 현장보다 좀 높은 장소에서 황화수소를 발생시키는 거 말이에요. 그거라면 범인의 발자국도 남지 않겠지요?"

"도마테 온천에서 일어난 사고도 타살이라는 건가요?"

"우선은 그런 전제하에서 생각해봤습니다. 어떻습니까?"

"글쎄요, 실제로 하자면 몹시 어려울 것 같은데……."

"만일 사전에 몇 번 실험을 했다면, 그렇다면 가능성은 있는 거지요?"

"그렇죠. 몇 번 실험을 했다면……. 형사님, 실은 아까 그 얘기에 관해 좀 생각나는 것이 있는데."

"그게 뭔데요?"

"우하라 마도카가 찾고 있는 젊은 남자 말인데, 실은 아카쿠마 온천에 두 번이나 왔었다는 얘기를 들었습니다."

엇, 하고 나카오카가 눈을 부릅떴다. "두 번이라면?"

"처음 나타난 건 사고 나기 일주일 전이었어요. 피해자와 같은 여관에 묵었죠. 그리고 사고 나기 전날, 사고 현장 근처에서 목격되었어요. 목격자는 처음 왔을 때 묵었던 여관의 여주인입니다."

나카오카는 생각을 굴리듯이 공중에서 시선이 잠시 허우적거리더니 다시금 아오에에게로 시선을 던졌다.

"조금 전에 교수님은 피해자의 부인이 실험을 위해 몇 번 현지를 들락거렸다면 그 지역 사람들이 얼굴을 알아볼 우려가 있다, 라고 하셨지요? 하지만 실험을 한 사람이 공범이었다면 얘기가 크게 달라집니다."

"그렇죠. 바로 그 남자가 머릿속에 떠올라서 한 말이었어요."

"그렇다면……." 나카오카는 아오에의 가슴팍을 손끝으로 가리키며 말했다. "우하라 마도카라는 여학생이 찾는 남자가 바로 미즈키 부인의 공범자일 수도 있겠네요."

"나도 퍼뜩 그런 생각이 들었어요. 하지만……." 아오에는 두 팔을 펼쳤다. "형사님이 말한 범행 방법은 현실성이 떨어지고, 아무리 실험을 거듭한다고 해도 일이 그렇게 술술 풀리지 않을 거라는 생각에는 변함이 없어요."

"교수님, 이렇게 된 마당에 마음먹고 한번 대담하게 가보죠. 멀리 떨어진 곳에 있는 사람을 황화수소 중독으로 죽일 만한 뭔가 좋은 방법이 있다, 라고 가정해보는 겁니다. 그러면 뭔가 감이 좀 잡히지 않겠습니까."

"그건 이를테면 어떤 방법이죠?"

"아직 모르겠습니다. 교수님이시니까 말씀드리는 건데, 미즈키 요시로의 부인이 실은 불법 사이트 쪽에 상당한 관심을 보인 적이 있어요." 곁에 누가 있는 것도 아닌데 나카오카는 목소리를 낮췄다.

"불법 사이트?"

그런 게 있다는 것쯤은 아오에도 알고 있었다. '불법 사이트 살인'이라는 사건이 세상을 떠들썩하게 한 적도 있다. 그런 곳에서는 청부 살인까지 거래된다고 들었다.

"그 정보를 입수했을 때, 미즈키 요시로의 부인이 불법 사이트에서 공범자를 구했을 거라는 생각이 들더군요. 하지만 그게 아닌지도 모르죠. 전혀 다른 곳에서 컴컴한 만남이 이루어졌을 수도 있으니까요."

"그 상대가 우하라 마도카가 찾고 있는 그 청년?"

"예에, 그렇게 생각하면 얘기가 딱 맞아떨어지잖습니까. 어쨌든 도마테 온천 쪽 사고도 알아봐야겠어요. 그리고 우하라 마도카라는 여학생에 대해서도."

"우하라 박사를 만나볼 생각이에요?"

"네, 그럴 겁니다."

"만일 우하라 마도카에 대해 뭔가 알아낸다면……."

나카오카는 씨익 웃더니 고개를 끄덕였다. "알고 있습니다. 가장 먼저 교수님께 보고해드리지요."

"음, 부탁해요. 두 군데 온천에서 일어난 일이 사고가 아니라 인위적인 사건이라면 그걸 명백히 밝혀주는 게 내 의무니까요."

"잘 알겠습니다. 그나저나……." 나카오카는 테이블 위의 종이 더미를 가리켰다. "이 친구는 그 뒤에 어떻게 됐을까요?"

"이 친구라면?"

"아마카스 사이세이의 아들 말입니다. 겐토 군이라고 했던가요? 식물인간 상태에서 다시 살아난 소년."

"아, 그건 나도 무척 궁금한 점이에요."

"블로그에는 그 뒤로 전혀 새 글이 올라오지 않은 거죠?"

"그렇죠." 아오에는 자리에서 일어나 책상 위의 노트북을 들고 왔다. 전원을 켜고 인터넷을 검색해 아마카스 사이세이의 블로그를 열었다. "이게 맨 마지막 글이에요."

나카오카는 진지한 눈빛으로 들여다보았다.

"이 아마카스 사이세이라는 인물에 대해 좀 더 자세한 정보는 없습니까?"

"검색하면 영화감독으로서의 정보는 꽤 많이 나와요."

"이 노트북 좀 잠깐 써도 될까요?"

"예, 그러시죠."

나카오카는 키보드를 두드렸다. 상당히 익숙한 손놀림이었다. 곧바로 정보들이 주르륵 떴다.

"영화감독으로서는 매우 뛰어난 인물이었던 것 같군요. 천재라느니 귀재라느니 하는 평가가 올라와 있어요."

"그렇죠? 나도 그가 감독한 영화 중에 특히 좋아하던 게 있어요. 「얼어붙은 입술」이라는 영화."

하지만 아오에의 말이 귀에 들어오지 않는지 나카오카는 클릭을 계속했다. 이윽고 화면에 사진이 줄줄이 올라왔다. 영화 개봉 전의 무대 인사나 로케 중의 사진인 것 같았다.

"흠, 젊은 시절에는 상당한 미남이었네요." 그중 한 장을 확대해 들여다보며 나카오카가 말했다.

그것은 아마카스 사이세이의 얼굴 사진이었다. 상당히 젊은 걸 보니 감독으로 데뷔하고 얼마 안 된 때인 것 같았다. 분명 미남이라고 못 할 것도 없는 얼굴이었다.

그 사진을 들여다보는 사이에 아오에는 묘한 감각에 휩싸였다. 나카오카가 사진을 닫으려고 해서 "아, 잠깐만" 하고 제지했다.

"왜 그러시죠?"

"아니, 이 얼굴, 어디선가 본 듯한 느낌이 들어서."

"영화 팸플릿 같은 데서 보신 거 아닐까요?"

"아니, 그런 건 한 번도 사본 적이 없어요. 게다가 이 얼굴은 아주 최근에 봤는데……." 거기까지 말한 순간, 갑작스럽게 기억이 되살아났다. "앗, 설마."

"뭡니까?" 애가 타는지 나카오카가 급히 물었다.

"그 우하라 마도카가 나한테 보여준 사진! 그녀가 찾던 젊은 청년의 얼굴 사진과 꼭 닮았어요."

"하지만 나이가 전혀 다른데요?" 그렇게 말한 직후, 나카오카도 퍼뜩 깨달았는지 눈이 휘둥그레졌다.

"우하라 마도카가 찾고 있는 청년이 바로 아마카스 겐토 군?"

아오에의 말에 나카오카는 대답하지 않았다.

둘이서 노트북 화면을 멍하니 들여다보았다. 젊은 시절의 아마카스 사이세이의 웃는 얼굴에는 자신감이 넘실거리는 것 같았다.

17

가이메이 대학 의학부의 방문객 응접실은 벽에 풍경화 한 점 걸린 것 말고는 장식이라고 할 만한 게 아무것도 없었다. 이곳으로 안내받은 방문객과는 대체 어떤 이야기들이 오갈지, 나카오카는 내심 궁금했다. 일류 대학 의학부라면 이권도 막강할 것이다. 거액의 돈이 움직이는 밀담이 오고 가는 일도 많지 않을까, 라고 혼자 상상을 부풀렸다.

다이호 대학 아오에 교수를 만난 게 나흘 전의 일이다. 이렇게 이과 쪽 대학을 자주 들락거린 건 난생처음이다. 나카오카는 경제학부 출신이다. 하긴 대학에서 배운 게 전혀 아무 도움도 안 되었지만.

가이메이 대학 의학부에 전화해 뇌신경외과 우하라 박사를 만나고 싶다고 직접적으로 의사를 타진해본 것은 오늘 오전이었다. 경찰이라고 밝히면 대부분은 적극적으로 전화를 연결해준다. 아니나 다를까 전화를 받은 상대는 공손히 응해주었다. 지금 우하라 박사는 일이 있어서 나올 수 없지만 한 시간 뒤에는 통화가 가능하다는 얘기였다. 일러준 대로 한 시간 뒤에 다시 전화했더니 곧바로 우하라와 연결해주었다.

잠시 만나서 이야기하고 싶다고 나카오카는 말했다. 당연한 일이지만 우하라는 용건을 물었다. 여기서 내 손안의 카드를 보여주는 건 득책이 아니라고 생각했지만, 일단 "따님 일입니다"라고만 말해두었다.

전화 너머에서 헉 숨을 삼키는 기척이 들렸다.

"마도카에게 무슨 일이 있었습니까?"

그런 말을 이끌어낸 것만도 큰 수확이었다. 역시 우하라 젠타로와 마도카는 부녀간이었다.

"아뇨, 그렇지 않습니다. 수사의 일부분일 뿐입니다."

"수사? 딸이 어떤 사건에 연루되었다는 말입니까?"

"그건 아직 말씀드릴 수 없습니다."

"대체 어떤 사건이지요?"

연달아 질문을 던지는 우하라에게 나카오카는 자세한 얘기는 만나서 하겠다고 밀어붙여서 두 시간 뒤에 만나기로 약속을 잡았다.

가이메이 대학 캠퍼스는 광대했다. 나카오카는 의학부 접수처를 찾는 데만도 한참 고생했다. 이름을 대고 잠시 기다리자 검은 정장을 입은 여자가 나타났다. 서른 살 전후일까, 맵시 좋은 미인이었다. 건물 안으로 안내를 받는 중에 궁금증을 참을 수 없어서 "당신도 의사 선생님입니까?"라고 물어보았다. 결과는 "사무직원인데요"라고 가볍게 따돌리는 대꾸를 들은 것뿐이었다.

그 여자가 내준 차를 마시며 나카오카는 우하라에게 접근할 방법을 궁리했다. 상대가 무엇을 얼마나 알고 있고 온천지에서의 일과는 어떤 관련이 있는지, 아무것도 밝혀진 게 없다. 요컨대 전면적으로 수사에 협력해줄지 말지 알 수 없는 상황이므로 되도록 이쪽의 카드는 내보이지 않으면서 상대방의 이야기는 최대한 이끌어내야 한다.

아오에를 만난 뒤로 나카오카는 몇 가지 사전 조사를 했다. 그중하나는 아마카스 겐토에 관한 것이었다.

아오에에 따르면, 우하라 마도카가 찾고 있는 청년은 아마카스 사이세이의 젊은 시절과 꼭 닮았다고 했다. 그렇다면 그 청년은 아마카스 겐토라고 보는 게 타당하다. 8년 전 시점에는 병실에 누워 있는게 당연한 일로 여겨졌던 그가 훨훨 나돌아 다닐 만큼 회복되었다는 것인가.

그래서 겐토를 담당했던 간호사를 찾아가 얘기를 들어보기로 했다. 그 간호사의 성씨는 아마카스 사이세이의 블로그 글에 실려 있었다. '야마다 씨'다. 가이메이 대학병원에 문의해보니 당시 재적했던 간호사 중에 야마다라는 성씨를 가진 사람은 두 명이었다. 좀 더 자세히 조사해본 끝에 야마다 가요라는 간호사가 겐토를 담당했다는 것을 밝혀냈다. 하지만 그 간호사는 3년 전에 다른 병원으로 옮긴 뒤였다.

즉시 그 병원으로 찾아가 구내 커피숍에서 마주 앉았다. 야마다 가요는 약간 통통하고 상냥해 보이는 여자였다.

하지만 아마카스 겐토에 대해 물어보자마자 온화하던 표정이 딱

딱하게 굳어버렸다.

전에 다니던 병원 일이라서 잘 기억나지 않는다, 라고 미리 방어막을 치고 나선 것이다.

"기억하는 범위 내에서라도 좋습니다. 아버지 쪽의 블로그에 의하면 6년 전 시점에 겐토 군은 상당히 회복된 것으로 나와 있어요. 그 뒤에는 어떻게 됐습니까? 그대로 순조롭게 회복되었나요?"

"글쎄요, 그건 저는 좀 알 수가 없다고 할까……." 야마다 가요의 대답은 애매하기만 했다.

"어째서요? 야마다 씨가 겐토 군의 담당 간호사였잖습니까."

"그렇긴 한데, 계속 제가 담당했던 건 아니에요. 곧바로 다른 간호사와 교대했거든요."

"그래도 같은 병원 안이니까 어떤 상태인지쯤은 얘기를 듣게 되는 거 아닌가요? 말을 하게 됐다든가 일어설 수 있게 됐다든가."

"아뇨, 그 환자가 다른 병동으로 옮겨졌거든요. 그래서 저는 정말 모릅니다."

"다른 병동? 그래도 똑같은 가이메이 대학병원이잖습니까."

"그야 그렇지만 그 병원이 워낙 넓어서……." 그렇게 말하면서 야마다 가요는 벽시계로 시선을 던졌다. 한시바삐 이 자리에서 풀려나고 싶은 눈치였다.

"그러면 야마다 씨의 뒤를 이어 아마카스 겐토 군을 담당했던 간호사의 이름을 좀 알려주시겠습니까?"

하지만 그녀는 고개를 저었다. "그건 잘 몰라요."

"하지만 업무 인계도 했을 텐데요?"

"그건 대충 넘기면 되는 일이고……. 아무튼 저는 모르는 일이에요. 그보다, 이제 그만 가도 될까요? 일하던 중에 잠깐 나왔거든요."

계속 붙잡아둘 만한 재료가 나카오카에게는 없었다. 어쩔 수 없이 고맙다고 인사를 건넸다. 야마다 가요는 도망치듯이 총총히 커피숍을 나갔다.

명백히 눈치가 이상했다. 아마카스 겐토에 대해서는 함구령이 내려진 듯한 느낌이었다. 만일 그렇다면 그 이유는 무엇인가.

이어서 나카오카는 아마카스 사이세이에 대해 알아보기로 했다. 하지만 살던 집은 이미 철거되었고 어디 있는지 연락처조차 알 수 없었다. 그래서 미즈키 요시로에 대해 조사할 때 만났던 사람들을 다시 찾아다녔다. 그들 중에는 아마카스 사이세이를 잘 아는 이도 있었다. 특히 각본가 오모토 하지메는 황화수소 자살 사건 이후에 아마카스를 만난 몇 안 되는 사람 중의 하나였다.

"그 사건에는 나도 큰 충격을 받았죠." 온갖 서류며 자료가 산더미처럼 쌓인 책상 옆에서 오모토 하지메는 침통한 표정으로 말했다. 비쩍 마른 자그마한 몸집의 남자다. 나이는 쉰 살 전후쯤이나 될 것이다. 덥수룩한 수염이 턱을 뒤덮었다.

그 사건이란 물론 아마카스 모에의 자살에 대한 것이었다.

"장례식을 옆에서 거들어줬는데, 아마카스 씨를 지켜보면서 걱정이 되어 견딜 수가 없었어요. 혼자 뒀다가는 금세 자살할 것 같더라고요. 귀재니 괴짜니 하는 말을 들었지만, 역시 아마카스 씨도 사람의 아들이구나 하고 생각했어요. 잘 아시겠지만 부인과 아들까지 피해를 입었거든요. 지옥에 떨어진 듯한 심정이 아니었을까요."

오모토에 의하면 사건 후에 아마카스를 만난 건 그 직전에 기획했던 영화의 제작을 무기한 연기하기 위한 상의가 주된 내용이었다고 한다.

"모처럼 아마카스 씨와 일하게 되어서 나로서는 기대가 컸는데, 어쩔 수 없는 일이었어요. 사건 후에 만난 아마카스 씨의 눈은 혼이 빠져나간 것 같았죠. 영화고 뭐고 돌아볼 정신이 없었을 겁니다."

마지막으로 아마카스를 만난 게 6년 전쯤이라고 오모토는 말했다. 함께 만든 영화의 저작권에 대해 확인할 일이 있어서 오모토 쪽에서 연락했다고 한다.

"사건 직후만큼은 아니지만 역시 건강한 상태라고 하기는 어려웠죠. 내 얘기도 거의 귀에 들어오지 않는 듯한 기색이었어요."

딸의 자살 사건은 물론이고 아들 겐토의 상황에 대해서도 그날은 전혀 화제에 오르지 않았다고 했다.

그 뒤로 사무적인 일 처리 때문에 몇 번 메일을 주고받았지만 요새는 서로 간에 전혀 연락한 적이 없었다. 단지 오모토는 아마카스 사이세이에 대해 한 가지 정보를 갖고 있었다.

"1년 전이었나, 아마카스 씨가 곧 책을 낼 거라는 얘기를 내가 아는 편집인을 통해 들었어요. 그의 반생의 기록이라고 하더군요. 자신의 블로그에 올렸던 글을 포함해 지금까지 살아온 궤적을 논픽션 소설로 정리한 것이라고 했어요."

블로그 글의 말미에 그런 얘기가 있었던 것을 나카오카는 기억해냈다. 몇 년이 지나 드디어 그 실현을 향해 움직인 모양이었다. 오모토에 의하면 그 책은 아직 출간되지는 않았다.

나카오카는 그 편집인의 이름과 연락처를 확인한 뒤, 혹시나 해서 아마카스 사이세이의 연락처도 물어보았다. 오모토는 스마트폰을 터치해 휴대전화 번호와 메일 주소를 보여줬지만 그건 다른 사람들이 갖고 있는 연락처와 똑같은 것이었다. 즉 이미 사용되지 않는 것이다. 그 얘기를 나카오카가 해주었더니 "아, 역시 그렇군요"라면서 오모토는 고개를 끄덕였다.

　아마카스 사이세이에 대해 그 밖에 또 뭔가 들은 얘기는 없느냐고 나카오카는 물어보았다.

　"미안하지만, 아무것도 없군요. 영화 업계도 부침이 심한 곳이에요. 한번 잊히면 거기서 그냥 끝이지요. 대단한 재능을 가진 사람이었는데 참으로 안타깝습니다." 오모토는 마치 고인을 회상하는 듯한 얼굴로 말을 맺었다.

　그게 지난 며칠 동안 얻은 결과물이었다. 유감스럽지만 수확이라고 할 만한 건 아니었다. 그런 만큼 오늘 우하라 젠타로에게서는 어떻게든 중요한 정보를 캐내고 싶었다.

　수첩을 들여다보며 생각을 정리하고 있으려니 노크 소리가 들렸다.

　"네에." 나카오카는 수첩을 덮고 자리에서 일어섰다.

　문이 열리고 호리호리한 몸매의 인물이 들어왔다. 짧게 깎은 머리에는 흰 것이 약간 섞여 있었다. 얼굴도 가늘었지만 결코 빈상은 아니었다. 검은 테 안경을 쓴 온화한 눈매에서는 총명함이 느껴졌다. 머리 좋은 사람은 겉모습부터 다르구나, 라고 나카오카는 생각했다.

　"우하라입니다. 오래 기다리셨지요?"

"아뇨, 바쁘실 텐데 갑작스럽게 찾아와 죄송합니다." 나카오카는 명함을 내밀었다.

두 사람이 마주하고 자리를 잡자 다시 노크 소리가 났다. 네, 라고 우하라가 응했다.

들어온 사람은 나카오카를 이곳까지 안내해준 여자였다. 쟁반에 찻잔 두 개를 얹어 내왔다. 그것을 두 사람 앞에 내려놓고 나카오카가 조금 전에 마신 빈 찻잔은 다시 쟁반에 얹더니 인사를 건네고 방을 나갔다.

우하라가 찻잔에 손을 내밀며 말했다. "그래서, 우리 딸에 대한 얘기라는 게 뭡니까?" 전화로 이야기했을 때보다 말투가 침착했다.

"그 전에 또 다른 사람에 대한 질문을 잠깐 드려도 될까요? 예전에 박사님이 수술했던 환자에 대한 것입니다."

"어떤 환자요?"

나카오카는 한 호흡 틈을 두고 나서 "아마카스 겐토라는 소년입니다"라고 말했다. "아, 벌써 몇 년 전 일이니까 이제는 성인이 되었겠지요?"

우하라의 눈썹이 아주 조금 꿈틀거린 것처럼 보였다. 하지만 표정 변화는 거의 없었다.

"분명 아마카스 겐토 군은 내 환자였습니다만, 그의 어떤 것에 대해 알고 싶은 걸까요?"

"우선은 현재의 상황입니다. 겐토 군에 관해서는 부친의 블로그를 통해 알게 되었는데 그 블로그가 이미 6년여 전에 잠정 중단된 상태라서 그 뒤에 어떻게 되었는지 소식을 알 수 없었거든요."

우하라는 차를 한 모금 마시고 찻잔을 내려놓았다.

"그걸 왜 알려고 하지요?"

"어떤 사건과 관련되었을 가능성이 있기 때문입니다. 본인에게 문의하고 싶은데 연락처를 모르겠어요. 그래서 이쪽 병원이라면 아실 것 같아서."

우하라는 오른손 검지를 조용히 가로저었다.

"겐토 군이 퇴원한 게 벌써 몇 년 전이에요. 지금 어디서 뭘 하는지 우리도 알지 못합니다."

"몇 년 전……. 그럼 퇴원할 때의 건강 상태는 어땠습니까? 블로그 글에 의하면 6년 전 시점에 컴퓨터 등은 사용했다던데요. 그 뒤로도 순조롭게 회복되었습니까?"

그러자 우하라는 나카오카의 얼굴을 조용히 쳐다본 뒤에 입가를 풀며 빙긋이 웃었다.

"잘 아시겠지만 환자의 프라이버시에 관한 것은 본인에게 무단으로 외부 사람에게 발설할 수 없습니다."

"그건 물론 잘 알지만……."

"하지만 뭐, 이 정도 얘기라면 별문제 없겠지요. 말씀하신 대로 순조롭게 회복되었습니다. 겉보기로는 일반인과 다를 게 없었어요."

"정말 대단하십니다." 나카오카는 저절로 눈이 둥그레졌다. 진심으로 대단하다고 생각했다.

"아마카스 겐토 군에 대해 언급하는 건 여기까지예요. 더 이상은 어떤 질문에도 답할 수 없습니다. 방금 말했듯이 환자의 비밀을 지켜줄 의무가 있고, 애초에 그에 관한 정보가 별로 없어요. 그 아이는 과

거의 환자입니다." 부드러운 말투지만 단호하게 밀어붙이는 느낌이었다.

"알겠습니다. 그럼 본론으로 들어가지요. 따님에 관한 것입니다." 나카오카는 등을 반듯하게 펴고 앉음새를 바로잡았다. "지금 따님은 어디 있습니까?"

우하라는 검은 테 안경을 슬쩍 올리더니 다리를 꼬면서 천천히 소파에 몸을 기댔다. "여행을 떠났습니다."

"여행? 어디로요?"

글쎄요, 라고 우하라는 어깨를 으쓱했다. "지금 어디 있는지 모르겠군요. 곳곳을 떠돌아다니는 여행이라서."

"온천지 순례입니까?"

"온천지?" 우하라는 미심쩍다는 듯 눈가를 찌푸린 뒤 어깨를 움츠렸다. "예, 그런 곳에 갔을 수도 있겠죠. 자세한 건 모르겠어요."

"따님 혼자서?"

"예에, 이십 대가 되기 전에 전국을 돌아보겠다나 뭐라나. 예전부터 좀 괴팍한 구석이 있는 아이예요."

"아직 어린 따님을……. 걱정되실 텐데요?"

나카오카의 말에 우하라는 무표정하게 고개를 저었다.

"열여덟 살이면 이미 번듯한 어른이지요. 문제는 분별력이 있느냐 없느냐인데 우리 아이는 그게 있습니다."

"신뢰하시는군요."

우하라는 차가운 눈빛을 던져 왔다. "그러면 안 됩니까?"

"아니, 아뇨, 좋은 일이지요. 여행은 언제부터?"

"집을 떠난 건 한 달 전쯤이에요."

"연락은 취하고 있습니까?"

"이따금 메일이 와요. 건강하게 잘 지내는 것 같더군요."

"전화 통화는요?"

"현재로서는 없었어요. 그 아이도 딱히 얘기할 게 없는 모양이고, 나도 이래저래 바쁜데 볼일도 없이 일부러 통화할 건 없죠."

"마지막으로 메일이 온 게 언제였습니까?"

"언제였나." 우하라는 고개를 갸웃했다. "한 열흘쯤 된 것 같은데
……."

"어떤 내용이었지요? 별 지장이 없는 범위 내에서 말씀해주셔도 됩니다."

"지장이 있고 말고 할 것도 없어요. 건강하게 잘 지내니 걱정 마라, 라는 내용이었습니다."

"그 메일 좀 볼 수 있을까요?"

우하라는 헛 하고 콧숨을 토해내며 웃더니 손끝으로 안경을 들어 올렸다.

"보여드려도 상관없지만 유감스럽게도 이미 삭제했어요. 별로 대단한 내용도 아니라서."

"삭제? 혼자 여행하는 딸이 보낸 메일이라면 무사히 돌아올 때까지 보관해두는 게 일반적이 아닐까요?"

"그런 사람도 있겠죠. 하지만 나는 그렇지 않아요. 그러면 안 됩니까?" 우하라의 말투는 듣기에 따라서는 도발적으로 보이기도 했지만, 어쩌면 원래 성격이 그런지도 모른다.

"알겠습니다. 그러면 따님 연락처를 좀 알려주시겠습니까. 메일 주소와 전화번호면 됩니다."

우하라가 등을 쭉 폈다.

"알려줘도 괜찮지만, 일단 무슨 일인지 좀 알고 싶군요. 이건 어떤 사건의 수사지요? 왜 우리 딸을 찾고 있습니까?"

입은 웃고 있지만 눈에는 학자다운 냉철한 빛이 깃들어 있었다. 그 시선을 맞받으며 나카오카는 순간적으로 머리를 굴렸다.

너무 감추기만 하면 이 사람은 아무 말도 안 할 것이다ー. 우하라 젠타로를 보며 그렇게 결론을 내렸다.

"두 지역에서 일어난 사망 사고에 대한 수사예요." 마음을 정하고 나카오카는 말했다. "현재로서는 사고로 다루고 있지만 사건일 가능성도 큽니다."

"어떤 사고인데요?"

"일종의 중독사, 라고만 말씀드리지요."

"예에, 그렇군요. 근데 우리 딸이 그 사건과 어떤 관계가 있지요?"

"그건 아직 모릅니다. 단지 사고가 일어난 두 지역에서 동일하게 따님이 목격되었어요. 양쪽 다 지방의 작은 동네죠. 자세한 건 말씀드릴 수 없지만, 거리로 치면 양쪽이 300킬로미터 이상 떨어져 있습니다. 게다가 따님이 목격된 것은 둘 다 사고 현장 부근이에요. 그러니 경찰로서는 그냥 넘어갈 수 없지요. 본인에게서 직접 얘기를 듣고 싶은 게 당연하잖습니까."

우하라는 후우 하고 굵은 숨을 토해내더니 다시 손끝으로 안경을 올렸다.

"사고에 대해 자세한 얘기는 해줄 수 없는 모양이지요?"

"네, 양해해주십시오." 나카오카는 머리를 숙였다.

"그렇다면 이것만이라도 알려주시지요. 단순 사고라면 경찰이 나서서 이렇게 수사할 리가 없을 거예요. 형사님은 사건 가능성도 있다고 했어요. 그런 경우, 타살이라는 게 됩니까?"

나카오카는 잠시 생각해본 뒤에 고개를 끄덕였다. "그렇게 생각하셔도 무방합니다."

"우리 딸이 살인 사건에 관여했다는 건가요?"

"그걸 확인하려고 이렇게 본인의 연락처를 알아보는 겁니다."

"흠, 알겠습니다."

우하라는 상의 안쪽에 손을 넣어 스마트폰을 꺼냈다. 그리고 테이블에 놓인 나카오카의 명함을 들여다보며 빠른 손놀림으로 터치했다.

곧바로 나카오카의 안주머니에서 스마트폰이 메일 착신을 알렸다. 확인해보니 우하라에게서 온 것이고 메일 주소와 전화번호가 적혀 있었다.

"근데 말이죠." 우하라가 스마트폰을 챙겨 넣으며 말했다. "형사님이 우리 딸에게 메일을 보내도 확실히 받을지 어떨지는 잘 모르겠어요. 게다가 전화가 연결될 거라는 보증도 없어요. 그 아이가 이런저런 제한을 걸어둔 모양이니까요."

"낯선 번호나 메일 주소는 거부한다든가?"

"그렇죠."

예에, 라고 고개를 끄덕인 뒤 나카오카는 상대의 가슴팍을 가리켰다.

"지금 여기서 따님에게 전화를 해주시겠습니까? 그래서 연결된다면 저를 바꿔주시면 될 텐데요."

우하라는 지그시 나카오카의 눈을 바라보았다. 이 형사가 무슨 꿍꿍이인지 간파해보려는 것 같은 눈빛이었다.

이윽고 천재 의사는 시선을 돌리더니 스마트폰을 꺼냈다. 한 손으로 터치한 뒤에 귀에 댔다.

잠시 뒤 우하라는 말했다. "역시 연결이 안 되는군요."

나카오카는 말없이 오른손을 내밀었다. 사실인지 아닌지 확인하겠다는 뜻이다. 알아들었는지 우하라는 한숨을 내쉬며 스마트폰을 내밀었다. 나카오카는 얼른 귀에 댔다. 분명 전화가 연결되지 않는다는 내용의 안내가 흘러나왔다. 발신 표시도 틀림이 없었다.

고맙습니다, 라고 말하며 나카오카는 스마트폰을 우하라에게 돌려주었다.

"그 애가 변덕이 심한 편이라 자기가 통화를 원할 때가 아니면 전화를 받지 않아요."

"급한 일이 생겼을 때는 어떻게 하지요?"

"아직은 긴급히 연락해야 할 일은 없었어요. 하지만 만일 그런 상황이 발생했는데 전화가 연결되지 않는다면 메일을 보내면 됩니다. 그걸 읽고 딸아이도 긴급하다고 생각했다면 그쪽에서 전화를 해 올 겁니다."

"네에. 그러면 따님에게 메일을 보내서 제 명함에 적힌 메일 주소와 휴대전화 번호를 알려주시고, 여기서 온 메일이나 착신은 거부하지 말라고 전해주시면 고맙겠습니다만."

우하라는 잠시 생각해보는 표정을 보인 뒤에 고개를 끄덕였다.

"알겠습니다. 시간 날 때 보내도록 하지요."

"가능하면 되도록 빠른 편이."

"지금 당장, 이라는 뜻입니까?"

네, 라고 말하고 나카오카는 상대의 눈을 마주 보았다.

우하라는 불만스러운 눈치였지만 입을 꾹 다문 채 스마트폰을 터치하기 시작했다.

메일 글을 다 썼는지 나카오카에게 보여주었다. "이렇게 하면 되겠습니까?"

거기에는 '아래 사람에게서 연락이 갈 수도 있으니 거부하지 않도록 해라'라는 내용에 덧붙여 나카오카의 이름과 직업, 메일 주소와 휴대전화 번호가 적혀 있었다.

"네, 좋습니다." 나카오카가 말하자 우하라는 눈앞에서 메일을 송신했다.

"그 밖에 또 질문하실 게 있습니까?" 스마트폰을 챙겨 넣으며 우하라가 말했다. "이제 됐다면 슬슬 실례할까 합니다만."

"끝으로 한 가지만 더." 나카오카는 손가락을 곧추세웠다. "우하라 마도카와 아마카스 겐토는 어떤 관계입니까?"

우하라의 눈이 흠칫 놀란 듯 크게 떠졌다. 처음 내보이는 낭패의 기색이었다.

"……무슨 뜻으로 하시는 질문인지 잘 모르겠군요."

"말 그대로입니다. 두 사람 사이를 묻고 있는 거예요."

우하라는 미간을 좁히며 한 차례 천천히 눈을 감았다 뜬 뒤에 나카오카를 마주 보았다.

"마도카는 내 딸이고, 아마카스 겐토 군은 내 환자였어요. 내가 아는 건 그것뿐인데요."

"두 사람 사이에 직접적인 관계는 없다, 라는 말씀입니까?"

"내가 아는 한에서는." 우하라는 느릿느릿 대답했다. 언뜻 드러났던 낭패의 기색은 사라지고 없었다.

"알겠습니다. 바쁘실 텐데 죄송했습니다." 나카오카는 자리에서 일어섰다.

"나야말로 그리 도움이 되어드리지 못해 죄송하군요. 수사 과정에서 우리 딸에 관한 새로운 사실이 드러난다면 언제든지 또 찾아주세요. 가능한 한 협조하도록 하겠습니다."

"고맙습니다. 그때는 잘 부탁드립니다."

머리 숙여 인사하고 실례했다는 말과 함께 나카오카는 응접실을 나섰다. 마음속으로는, 다음에 찾아오는 건 이 천재 의사의 거짓말을 무너뜨릴 카드가 내 손안에 들어왔을 때, 라고 생각했다.

18

실례했습니다, 라는 말소리가 들려왔을 때 형사의 모습은 이미 모니터 화면에 없었다. 보이는 것은 형사를 배웅하기 위해 일어선 우하라 젠타로의 모습뿐이었다. 뒤를 이어 문 닫히는 소리가 났다. 잠시 지난 뒤 우하라가 이쪽을 향해, 즉 그림 액자로 꾸며둔 몰래카메라 쪽을 향해 이제 괜찮다는 듯이 한 손을 치켜들었다.

기리미야 레이가 스위치를 끄자 모니터 화면이 캄캄해졌다. 그녀는 손목시계를 보며 "의외로 간단히 물러났네요"라고 말했다. "좀 더 오래 버틸 거라고 생각했는데."

"버틸 만한 손안의 카드가 없었던 모양이죠." 다케오가 대답했다. "우하라 박사의 태도에서 뭔가 감추고 있다고 감지했을 겁니다. 그런 상대와 길게 이야기해봐야 별 의미가 없어요. 조금 더 정보를 수집한 뒤에 다시 찾아오자고 생각했을 거예요."

기리미야 레이가 단정한 얼굴을 그에게로 향했다. "역시나 전직 민완 형사님의 평가는 다르시네요."

"내가 일한 부서는 경비과예요. 게다가 시골 경찰서의." 다케오는 고개를 떨구었다.

도쿄에 폭설이 쏟아진 그날 우하라 마도카를 놓쳐버린 이후로 다케오에게는 자택 대기 명령이 떨어졌다. 그동안에도 보수는 지급된다고 했지만 이런 상태가 언제까지 이어질지 내내 마음이 불안했다. 마도카가 돌아오지 않는다면 언젠가는 해고될 것이기 때문이다.

그런데 두 시간쯤 전에 돌연 기리미야 레이에게서 연락이 왔다. 가이메이 대학으로 와달라는 것이었다. 단 수리학 연구소가 아니라 의학부 병동이라고 장소를 지정해주었다. 자세한 건 만나서 얘기하겠다고 그녀는 말했다.

즉각 정장을 차려입고 달려오자 이 방으로 안내해주었다. 기다리는 사람은 다케오가 처음 수리학 연구소에 갔을 때도 봤던 인물이었다. 그는 우하라 젠타로라고 이름을 밝히고, 마도카의 아버지라고 말했다. 게다가 가이메이 대학 의학부 뇌신경외과 교수라는 것이었다.

"인사가 많이 늦어졌지만, 우리 마도카를 경호하시느라 고생이 많습니다. 아, 근데." 우하라는 한쪽 뺨만 치켜들며 미소를 지었다. "그 아이, 곧 돌아올 겁니다. 그러면 다시 경호를 맡아주셔야죠."

다케오는 깊숙이 머리를 숙였다. "저야말로 잘 부탁드립니다."

우하라는 만족스러운 듯 고개를 끄덕였다.

"마음에 걸리는 일도 많을 텐데 지금까지 일절 어떤 질문도 하지 않을 만큼 입이 무거운 분이라고 하더군요. 기리미야에게서 얘기는 많이 들었습니다."

다케오는 침묵했다. 그러는 게 좋겠다고 생각했기 때문이다.

"잠시 뒤 형사가 나를 찾아올 겁니다." 우하라가 새삼 진지한 얼굴로 말했다. "용건은 딸에 대한 것이라는 말만 하고 아무것도 알려주지 않더라고요."

다케오는 고개를 끄덕였다. 형식적인 탐문은 아닌 것 같다고 판단했다.

"다케오 씨도 알다시피 마도카는 여전히 행방불명이에요. 하지만 사정이 있어서 신고는 하지 않았습니다. 우리가 바라는 건 마도카의 행방을 우리 손으로 알아내는 거예요."

여기서도 다케오는 말없이 고개를 위아래로 끄덕였다.

"형사가 어떤 말을 할지, 전혀 예상도 못 하겠군요. 우리로서는 마도카가 실종 상태라는 건 어떻게든 덮어두었으면 합니다. 그래서 이런저런 질문이 날아오더라도, 마도카의 움직임은 파악했지만 현재 어디 있는지는 모른다고 밀어붙일 생각이에요. 우리는 오히려 형사가 가진 정보를 어떻게든 알아냈으면 좋겠어요. 그래서 다케오 씨에게 부탁이 있습니다. 나와 형사의 대화를 모니터로 지켜보면서 그때그때 필요한 충고를 좀 해주셨으면 합니다."

"모니터?"

이거예요, 라면서 기리미야 레이가 가리킨 것은 책상 위에 세팅된 모니터와 스피커, 태블릿 단말기였다.

"방문객 응접실에 몰래카메라와 마이크를 설치해서 우하라 박사님과 형사가 나누는 대화를 이쪽에서도 모두 보고 들을 수 있게 되어 있어요."

요컨대, 라고 우하라가 뒤를 이었다.

"형사와의 줄다리기를 좀 도와달라는 것입니다. 프로를 상대할 때
는 프로가 필요하지요."

다케오는 고개를 저었다. "저는 이제 프로가 아니라……."

"아니, 전직 프로라도 나한테는 귀중한 전력이에요. 어떻든, 도와
줄 수 있겠어요?"

"시골 경찰 출신이 경시청 형사와 상대가 될 수 있을지 모르겠는
데요."

"그래도 괜찮습니다. 맡아줄 거지요?"

거절할 이유는 없었다. 다케오는 고개를 끄덕였다. "네, 그러시다
면 제가 해보겠습니다."

"다행이다." 우하라는 입가를 풀며 웃었다.

곧바로 절차가 정해졌다. 이쪽에서 다케오가 기리미야 레이와 함
께 우하라와 형사의 대화를 모니터링하고, 여차할 때는 다케오가 태
블릿 단말기로 메시지를 전송한다. 그 메시지는 우하라가 착용한 검
은 테 안경의 렌즈에 표시된다. 이런 타입의 상품은 이미 발매되긴
했지만 외관이 평범한 안경과 이토록 흡사한 경우는 드물다. 얘기를
들어보니 수리학 연구소 관련 시설에서 개발한 시제품이라고 했다.

준비가 완벽하게 갖춰진 상태에서 형사를 맞이했다. 응접실에 들
어온 형사는 카메라나 마이크가 있다는 건 전혀 눈치채지 못한 모습
이었다.

곧바로 우하라와 형사의 대화가 시작되었지만 다케오는 당혹스러

울 뿐이었다. 아마카스 겐토라는, 전혀 알지 못하는 이름이 튀어나왔기 때문이다. 당연히 우하라에게 충고해줄 수 있는 건 아무것도 없었다.

이윽고 마도카에 관한 얘기로 접어들었다. 두 사람의 대화를 듣다가 다케오는 한 가지 충고를 보냈다. 그건 '살인 사건의 수사인지 아닌지 확인해보라'는 것이었다.

문을 노크하는 소리가 났다. 기리미야 레이가 예, 라고 대답하면서 자리에서 일어났다. 다케오도 몸을 일으켰다.

우하라 젠타로가 들어왔다. 이제 안경은 쓰지 않았다. 두 사람에게 앉으라는 듯 오른손을 들더니 의자를 당겨 자리를 잡았다.

"어땠습니까." 우하라는 다케오에게로 시선을 던졌다. "내 대답에 뭔가 문제는 없었어요?"

"전혀 아무 문제도 없었습니다. 매우 타당한 대답이었어요. 형사가 지금 이 자리에서 마도카에게 전화를 걸어달라고 했을 때는 저도 좀 당황했지만요."

"음, 허를 찔렸죠. 하지만 나는 아무렇지도 않았어요. 마도카에게 전화해봤자 연결되지 않는다는 걸 미리 알고 있었으니까."

"현명한 결단이었다고 생각합니다."

"그 전에 살인 사건 수사인지 아닌지 확인하라는 충고가 아주 좋았어요. 덕분에 나도 각오를 했죠. 근데 왜 그런 질문을 하라고 했어요?"

"목적은 두 가지입니다. 첫째로는, 형사가 마도카를 용의자로 보느냐 아니냐를 확인하는 겁니다. 살인 사건이라면 반드시 알리바이를 확인했겠지요. 하지만 그는 그런 질문은 일절 하지 않았어요. 즉 마도카는 용의자는 아니라는 얘깁니다."

"오호, 그렇군요. 또 하나는?"

"사건성의 유무가 어느 정도인지 파악하려는 것입니다. 그 형사는 아자부기타 경찰서 소속이었어요. 만일 살인 사건 수사라면 보통 경시청 수사 1과에서 주도합니다. 그러니까 현시점에서는 아직 사건성을 확인하지 못했고 기껏해야 내사內査 단계일 겁니다."

"아, 그렇군. 역시 대단하시네."

우하라는 감탄한 듯 몇 번이나 고개를 끄덕였지만, 별로 대단할 것도 없다고 생각하는 다케오로서는 시선을 떨굴 수밖에 없었다.

자아, 라고 우하라가 말했다.

"그러면 이제 문제는 우리가 마도카를 찾아낼 만한 단서를 얻어냈느냐는 것이로군. 나카오카 형사의 말 속에 뭔가 힌트가 있었던가?"

"우선은 어떤 사고인지 알아볼 필요가 있습니다." 기리미야 레이가 태블릿 단말기를 두드리기 시작했다. "중독이라고 했지요? 이를테면 최근 한 달 동안의 신문 기사를 중독이라는 키워드로 검색해보면……." 액정 화면 위에서 매끈하게 손끝을 움직인 뒤 후우 숨을 내쉬었다. "70건이 넘는군요."

"중독이라는 게 매우 다양하니까 그렇기도 하겠지. 식중독, 약물중독, 가스중독……."

"약물중독은 아닐 겁니다." 다케오가 옆에서 말했다. "그런 거라면 충분히 사건성이 있어요. 사고라는 표현은 쓰지 않겠지요."

"분명 그렇군. 장소는 지방이라고 했어. 특산품을 먹고 식중독 같은 걸 일으켰나?"

기리미야 레이가 재빨리 단말기를 조작했다. "도쿄 이외 지역에서 일어난 식중독이라도 30건이 넘어요."

"그렇게 많아?"

"게다가 꼭 신문에 실렸다고 할 수도 없습니다. 또 다른 키워드가 있었으면 좋겠는데……."

"뭐가 있었을까." 우하라가 턱에 손을 짚고 고개를 갸웃거렸다.

저어, 하고 다케오가 입을 열었다. "장소는 온천지 아니었습니까?"

"온천지?"

"네, 교수님이 마도카가 여행을 떠났다고 대답했을 때, 나카오카 형사가 온천지 순례냐고 물었습니다. 그건 교수님의 반응을 보기 위해 은근히 떠본 게 아닐까 싶은데요."

"아, 그러고 보니 그런 말을 했었어." 우하라가 중얼거렸다.

기리미야 레이가 태블릿 단말기를 터치했다.

"온천과 중독이라는 키워드로 올라온 기사는 한 건이에요. L현의 도마테 온천에서 남성 한 명이 사망, 화산가스에 의한 중독사로 보인다, 라고 나와 있는데요."

"화산가스? 아무리 그래도 그건 관계가 없을 것 같은데?"

우하라가 그렇게 말했을 때, 다케오의 머릿속에서 번쩍 떠오르는 것이 있었다. 그것은 순식간에 커져서 한 가지 생각이 되었다. 저도 모르게 엇 하는 소리를 흘렸다.

왜 그러느냐고 우하라가 물었다.

"마도카가 행방을 감추기 몇 주일 전에 그 비슷한 신문 기사를 본 기억이 납니다. 단지 도마테 온천은 아니었던 것 같은데?" 다케오는 기리미야 레이를 보았다. "마도카가 혼자서 외출하고 싶다고 했던 날이에요. 그녀가 갑자기 신문을 읽기 시작했던 거, 생각나요? 그 신문에 그런 기사가 실려 있었어요. 마도카가 어떤 기사를 읽었는지 마음에 걸려서 나중에 나도 읽어봤기 때문에 기억이 나는데."

"마도카가 사라진 게 한 달 전이었죠?"

기리미야 레이의 손끝이 액정 화면 위에서 급히 움직였다.

"이건가요? 관광객이 산중에서 사망, 아카쿠마 온천지에서, 라고 나와 있네요. 날짜도 맞습니다."

바로 그거예요, 라고 다케오는 말했다. "아카쿠마 온천입니다. 틀림없어요."

"기사를 자세히 좀 보자고." 우하라가 재촉했다.

"아카쿠마 온천 마을에서 인근을 산책하던 남성 관광객이 산속에서 돌연사하는 사고가 일어났다." 기리미야 레이가 기사를 읽었다. "발견자는 이 남성의 아내로, 구급대원이 출동했을 때 현장 부근에서는 희미하게 달걀 썩은 듯한 냄새가 난 것으로 알려졌다. 아카쿠마 온천 마을의 원천에는 황화수소가 포함되어 있어 땅속에서 새어 나온 가스가 일시적으로 정체되면서 농도가 높아져 중독사를 일으킨 것으로 보고 있다……."

"황화수소?" 우하라의 얼굴이 갑작스럽게 험악해졌다.

기리미야 레이가 말없이 고개를 마주 끄덕였다. 그녀의 표정에도 심상치 않은 기색이 감돌았다.

"조금 더 자세한 것을 알 수 없을까? 피해자의 신원이라든가."

"……여기 있군요. 피해자는 도쿄 미나토 구의 영화 프로듀서 미즈키 요시로 씨, 66세, 라고 나왔어요. 부부가 그 전날부터 아카쿠마 온천에 숙박 중이었대요."

기리미야 레이가 화면이 잘 보이게 이쪽으로 돌려주었다. 미즈키 요시로라는 글씨가 눈에 들어왔다.

"나카오카 형사가 소속된 아자부기타 경찰서도 미나토 구입니다." 다케오가 말했다.

"영화 프로듀서란 말이지?" 우하라의 미간에 깊은 주름이 파였다. "아까 봤던 그 기사, 다시 한 번 확인해봅시다. 도마테 온천 쪽 말이야. 화산가스라고 했는데 구체적으로 어떤 가스였지?"

잠깐만요, 라고 말하고 기리미야 레이가 손끝을 움직였다.

"여기 나왔네요. 도마테 온천 산책로에서 남성이 사망한 사건은 부검 결과 사인이 황화수소 중독으로 판명되었다, 라는군요."

"역시 그렇군. 나카오카 형사는 사고가 일어난 장소가 300킬로미터 이상 떨어져 있다고 말했어. 아카쿠마 온천과 도마테 온천이라면 그 말이 딱 맞아. 도마테 온천 피해자의 신원은?"

"모리모토 고로라는 서른아홉 살의 남자예요. 그 이외의 정보는 올라와 있지 않네요."

우하라는 심호흡을 하더니 팔짱을 꼈다. "어떻게 생각해?"

"정확히 찾아낸 것 같아요." 기리미야 레이가 대답했다. "황화수소 중독이라면 그냥 넘어갈 수 없는 얘기예요. 게다가 나카오카 형사가 마도카뿐만 아니라 겐토 군에 대해서도 질문했으니까요."

"그거 말인데, 전에 겐토 군을 담당했던 간호사가 수리학 연구소로 연락을 해 왔어. 형사가 찾아와 겐토 군에 대해 꼬치꼬치 캐물었다는 거야. 물론 잘 모른다고 대답한 모양이지만."

"그것도 나카오카 형사겠죠?"

"아마도." 우하라는 고개를 끄덕이고는 다케오를 돌아보았다. "아마카스 겐토 군에 대한 얘기는 들었던가요?"

다케오는 고개를 저었다. "조금 전에 교수님과 나카오카 형사가 나눈 대화에서 처음 들었습니다."

"아차, 그렇군. 그러면 방금 우리가 나눈 얘기도 뭐가 뭔지 모르겠군요."

"네."

우하라는 망설이듯이 시선을 떨군 뒤, 그 눈빛을 기리미야 레이에게로 향했다.

"겐토 군에 대해서 얘기해주도록 해요."

기리미야 레이는 턱을 바짝 당겼다. "어느 선까지 밝히면 될까요?"

우하라는 잠시 틈을 두고 나서 말했다. "상식적인 범위 내에서."

그러자 기리미야는 태블릿 단말기를 터치했다. 그리고 침착한 눈빛으로 화면을 다케오에게로 내보였다. 그곳에는 '아마카스 겐토'라고 적혀 있었다.

"나카오카 형사와의 대화에서도 나왔지만, 아마카스 겐토 군은 우하라 박사님의 환자였어요. 불행한 사건으로 식물인간 상태에 빠졌지만 기적적으로 회복했죠. 그 뒤에 겐토 군은 사정이 있어 수리학 연구소에서 기거했습니다. 그런데 작년 봄에 돌연 행방을 감춰버렸어요. 이유는 모르겠어요. 편지를 남기긴 했는데 거기에는 병원이나 우하라 박사님에 대한 감사 인사가 적혀 있었을 뿐이에요. 그리고 그 밖에 또 한 사람, 수리학 연구소에서 기거했던 인물이 있었어요. 다케오 씨도 잘 아시는 우하라 마도카. 그녀는 행방이 묘연해진 겐토 군의 일을 누구보다 걱정하고 있었죠. 그대로 두면 당장이라도 찾으러 나갈 기세였어요. 그걸 막기 위해 마도카를 감시해줄 분이 필요했습니다. 그게 바로 다케오 씨였죠."

다케오는 숨을 크게 들이쉬었다. 역시 그랬구나, 라고 생각했다. 마도카가 도망쳤을 때, 퍼뜩 생각했던 게 정답이었던 것이다.

"이야기를 조금 뒤로 되돌려볼까요." 기리미야 레이가 말을 이었다. "겐토 군이 당한 불행한 사건이라는 건 친누나가 자살을 시도한 데 휘말린 것이었어요. 그건 평범한 자살이 아니었습니다. 황화수소에 의한 중독사였어요. 겐토 군의 어머니까지 함께 사망했습니다."

다케오는 저절로 앗 하는 소리를 흘렸다. 그렇게 된 일이었구나.

"이제 우리가 아카쿠마 온천과 도마테 온천에서 일어난 사고에 주목하는 이유를 알겠지요?"

우하라의 말에 다케오는 고개를 끄덕였다. "네, 잘 알겠습니다. 황화수소는 아마카스 겐토 군과 인연이 많은 물질이군요."

단지, 라고 기리미야 레이가 말했다.

"겐토 군이 자신의 신상에 일어난 비극에 대해 어떻게 생각했는지는 확실하지 않아요. 왜냐면 사건이 일어나기 이전의 기억을 잃어버렸거든요."

"기억상실이라는 건가요?"

"네, 그렇습니다. 정신이 들어보니 식물인간 상태였고 자신이 누구이고 왜 이런 일이 벌어졌는지 전혀 모르겠다고 했어요. 그가 사정을 알게 된 건 의사소통이 가능해진 다음이었죠."

다케오는 할 말을 잃었다. 그런 가혹한 상황이라니, 도저히 상상도 되지 않았다.

"겐토 군에 대해 좀 더 자세한 것을 알고 싶다면 이걸 읽어보시면 돼요." 기리미야 레이가 태블릿 단말기의 화면을 다케오 쪽으로 돌려주었다. 인터넷 사이트가 표시되어 있었다. "겐토 군 아버지의 블로그예요."

"그런 것이 있었어요?"

기리미야 레이가 문득 뭔가 생각난 표정으로 화면 위에서 손끝을 죽 밀었다.

"역시 그렇군요. 박사님, 여기 좀 보세요. 미즈키라는 이름의 영화 프로듀서가 나옵니다."

우하라는 화면을 지그시 들여다보더니 "틀림없네"라고 중얼거리고 다케오를 보았다. "겐토 군의 아버지는 영화감독 아마카스 사이세이라는 사람이에요."

"아하." 이해가 되었다. 그 이름이라면 들어본 적이 있다.

"기리미야의 말대로 겐토 군은 극적인 회복세를 보였지만 한편으로는 과거의 기억을 모두 잃어버렸지요. 그것이 밝혀진 무렵부터 아마카스 사이세이 씨의 발길이 뜸해지더니 이윽고 병원에 나타나지 않더군요. 이쪽에서 연락해도 받지 않고. 그 상태로 오늘까지 이렇게 오게 됐습니다."

"그렇습니까."

우하라가 손가락을 타악 튕겼다.

"자아, 문제를 정리해볼까요? 아카쿠마 온천 사고를 신문 기사를 통해 알게 된 마도카가 겐토 군을 찾기 위해 행방을 감춘 것이라고 칩시다. 그런데 왜 그 사고가 겐토 군과 연결된다고 생각했을까. 그리고 만일 정말로 연결이 되는 거라면 겐토 군은 그 사고에 어떻게 관여했을까."

"나카오카 형사가 살인 사건일 가능성을 의심하는 이유도 마음에 걸립니다. 조금 전에 다케오 씨도 말했지만, 수사 1과가 움직이는 건 아닌 모양이니까 타살을 의심할 만한 명확한 근거는 아직 없을 거예요. 나카오카 형사 혼자서 파악한 뭔가가 있는 걸까요?"

우하라는 미간을 찌푸리며 입을 꾹 다물었다. 잠시 뒤에 다케오에게로 시선을 던졌다. "전직 프로의 의견을 듣고 싶군요."

다케오는 한 차례 헛기침을 하고 나서 말했다. "나카오카 형사의 말 중에서 한 가지 걸리는 게 있긴 했습니다."

"그게 뭐지요?"

"그는 분명 이렇게 말했습니다. 사고가 일어난 온천지 양쪽 모두에서 마도카의 모습이 목격되었다고요."

"음, 그런 말을 했었죠. 근데 그게 왜요?"

"그는 어떻게 그런 정보를 얻었을까요?"

"아하." 우하라는 허를 찔린 듯한 표정으로 기리미야 레이와 마주 보았다.

"마도카가 누구나 다 아는 유명 인사라면 이해가 됩니다. 우하라 마도카를 봤다는 증언을 아카쿠마 온천과 도마테 온천에서 얻었다는 것도 있을 법한 얘기겠지요. 하지만 마도카는 유명 인사가 아니에요. 만일 그녀를 사고 현장에서 본 사람이 있었다고 해도, 그리고 그것을 형사에게 전했다고 해도, 기껏해야 젊은 여자를 보았다, 라는 얘기만 했을 겁니다. 양쪽 온천지에서 똑같은 증언을 얻어냈다고 쳐도, 나카오카 형사는 어떻게 그 젊은 여자가 우하라 마도카라는 걸 알아냈을까요?"

"목격자가 본인에게 이름을 물어봤다든가?" 기리미야 레이가 웬일로 자신 없는 표정으로 말한 뒤에 고개를 저었다. "아, 그건 아니겠네요. 마도카가 그리 쉽게 본명을 밝힐 리는 없죠. 게다가 각각 다른 두 지역에서."

"동감입니다. 복수의 장소에서 목격 증언을 얻어낸다는 건 그 인물이 유명 인사가 아닌 경우, 경찰이 특정한 인물로 범위를 좁혀 탐문했을 때에만 가능합니다. 그 인물의 사진을 들고 목격 정보를 탐문해 본 것이지요. 하지만 나카오카 형사의 말을 들어본 바로는, 경찰이 마도카를 주목하게 된 이유는 목격 정보를 얻었기 때문인 것으로 보이니까 이건 순서가 뒤바뀌었어요."

"음, 분명 맞는 말이네요. 그렇다면 나카오카 형사는 어디서 그런 목격 정보를 얻었을까요?"

"한 가지 가능성은 어떤 영상이나 사진을 봤다는 것입니다. 이를테면 양쪽 온천지에 설치된 방범카메라의 양쪽 모두에 마도카의 모습이 찍혔다든가. 그런 경우에도 어떻게 본명을 알아냈느냐 하는 문제는 수수께끼로 남습니다만."

"아니, 그것도 아니에요." 기리미야 레이가 딱 잘라 말했다. "마도 카는 방범카메라에 찍히는 어설픈 실수는 하지 않아요."

"음, 그건 나도 그렇게 생각해." 우하라가 고개를 끄덕이며 말했다.

"그렇다면 가능성은 한 가지밖에 없습니다. 목격자는 한 사람이에 요. 양쪽 온천지에서 동일한 누군가가 마도카를 목격한 겁니다. 그리 고 어떤 계기로든 그 사람이 마도카의 본명을 알게 되었고, 나아가 그런 얘기를 나카오카 형사에게 했다, 그런 것이지요."

"잠깐, 잠깐. 동일한 누군가가 양쪽 사고 현장에 있었다? 그건 과연 어떤 경우일까. 경찰? 아니면 언론 관계자?"

"서로 다른 현이라서 한 명의 경찰관이 양쪽 사고 현장에 갔다고 생각하기는 어렵습니다. 언론 관계자라면, 아마 그럴 수도 있겠지요. 아카쿠마 온천 사고를 취재했던 기자가 유사한 사고라는 점에서 도 마테 온천에도 갔다, 그건 가능하다고 볼 수 있습니다."

우하라가 기리미야 레이를 가리켰다.

"양쪽 온천지의 사고를 다룬 기사를 모두 알아봐요. 두 곳을 모두 다 취재한 언론인을 알 수 있을지도 모르니까."

그가 지시를 끝내기도 전에 기리미야 레이의 손가락은 벌써 신속 하게 움직이고 있었다. 그 눈빛은 마치 표적을 응시하는 저격수 같았 다.

"아주 좋은 착안점이군요." 우하라가 다케오를 보며 말했다. "기리 미야가 추천하더니, 역시 다르시네. 대단해요."

"별말씀을." 다케오는 머리 숙여 인사하고 그대로 몸을 움츠렸다. 칭찬을 받는 건 영 서툴다.

박사님, 하고 기리미야 레이가 말했다. 목소리에 긴장감이 담겨 있었다.

"찾았나?"

"언론 관계자는 아니지만, 양쪽 사고 현장을 찾아간 사람을 발견했습니다."

"어떤 사람이지?"

"학자예요."

"학자?"

다케오는 고개를 들었다. 기리미야 레이가 내밀어주는 태블릿 단말기를 우하라가 뚫어져라 들여다보고 있었다.

이윽고 우하라가 중얼거렸다. "다이호 대학 지구화학과 교수란 말이지……."

19

잔에 든 커피가 반쯤 줄었을 무렵, 커피점 문을 열고 양복 차림의 남자가 들어왔다. 나이는 사십 대 중반 정도나 됐을까. 몸집은 그리 크지 않았다.

남자는 실내를 둘러보더니 나카오카가 테이블에 올려놓은 종이봉투에서 시선이 멈췄다. 유명 백화점 종이봉투다. 그게 서로를 알아보는 신호였다.

나카오카는 자리에서 일어나 남자를 맞이했다. "네기시 씨지요?"

그렇습니다, 라고 약간 긴장한 얼굴 표정으로 남자가 대답했다. 형사를 상대해본 일은 별로 없는 것이리라. 약간 거칠어진 숨소리가 들려오는 것 같았다.

나카오카는 명함을 내밀고 자기소개를 했다. 남자 쪽에서도 명함을 내밀었다. 문예서적 편집부의 편집장이라는 직함이 인쇄되어 있었다.

점원을 불러 마실 것을 주문했다. 나카오카도 자신의 잔을 물리고 추가로 커피를 부탁했다.

"바쁘실 텐데 갑작스럽게 죄송합니다." 자리를 잡고 앉은 뒤, 나카오카는 새삼 인사를 건넸다.

"아까 통화할 때, 오모토 씨에게서 내 얘기를 들었다고 하셨지요?" 네기시가 물었다.

"맞습니다. 지금 어떤 사건을 수사 중인데, 아마카스 사이세이 씨에 대해 좀 알아볼 게 있어서요. 그 사람과 어떤 식으로든 관계가 있는 분들에게 문의하고 다니는 참입니다. 네기시 씨 출판사에서 아마카스 씨의 책을 출간할 예정이라고 들었습니다만."

"네, 분명 그런 기획이 있었죠. 작년 1월경이었던 걸로 기억하는데, 아마카스 씨가 갑작스럽게 연락을 해 왔어요. 보여줄 원고가 있다는 얘기였습니다. 벌써 8년 넘게 만난 적이 없었던 터라 적잖이 놀랐습니다."

"이전부터 안면이 있었군요?"

"아마카스 씨의 책을 한 차례 출간한 적이 있거든요. 「얼어붙은 입술」이라는 영화의 노벨라이즈였어요. 그럭저럭 잘 팔리고 평판도 괜찮아서 제2탄을 제안한 적도 있었는데, 결국 더 이상 진척되진 못했지요. 아마카스 씨는 이제 책을 낼 마음이 없는 모양이라고 생각하고 있었는데……."

점원이 두 사람분의 커피를 내왔다. 나카오카는 밀크를 넣지 않고 한 모금 마셨다.

"오랜만에 연락이 온 셈이군요. 아마카스 씨는 어떤 모습이었습니까?"

네기시는 스푼으로 커피를 저으며 생각에 잠긴 표정을 보였다.

"한마디로, 딴사람 같았어요. 원래부터 호리호리했었는데 한층 더 말랐더군요. 단지 얼굴빛은 나쁘지 않았고 수척해진 느낌도 아니었습니다."

"건강해 보였다는 건가요?"

"건강하다는 것과는 조금 달라요. 표정은 온화하고 어떤 일에도 동하지 않는 분위기가 감돌았어요. 달관해버렸다고 하면 적당하려나."

"흠, 그렇군요. 그래서 어떤 이야기를?"

"자신의 체험을 써 내려간 논픽션 소설을 읽어봐달라고 했습니다. 아마카스 씨의 블로그는 나도 그 전부터 봤기 때문에 그걸 정리한 것이냐고 물었더니, 블로그는 도입부일 뿐이고 그 뒤로 어떻게 살아왔는지가 메인이라고 하더군요. 그래서 즉시 읽어보겠다고 대답했습니다. 그 블로그라면 줄곧 주목해왔으니까 그 뒤로 아마카스 씨가 어떻게 살아왔는지 무척 궁금했거든요."

"그러면 원고를 읽어보셨겠군요?"

"물론입니다."

"어땠습니까?"

네기시는 입을 열려다가 일단 다물더니 입술을 적시고 나서 말했다. "역작이었습니다."

"어떤 내용이었지요?"

"저주스러운 그 사건이 일어난 뒤 오늘날까지 어떻게 살아왔는지,

현장감 넘치는 필치로 극명하게 써 내려간 글이었어요."

"블로그에는 6년 전쯤의 일까지 기록되어 있었는데 그 뒤의 얘기도 담은 거군요."

"그렇습니다."

"구체적으로는 어떤 얘기들이죠? 대략적인 것이라도 좋으니 내용을 좀 알려주시겠습니까?"

네기시는 떨떠름한 표정을 보였다.

"아직 발표되지 않은 작품을 작가의 허락도 없이 발설하는 건 금기입니다. 실화에 바탕을 둔 논픽션이니 더더욱 그렇죠. 프라이버시 문제가 걸리거든요."

"수사를 위해서, 라고 해도 안 되겠습니까?"

네기시는 광대뼈 언저리를 손끝으로 긁적였다.

"그거 말인데요, 대체 어떤 사건의 수사입니까?"

"미안하지만, 그건 말씀드리기가 어려워요."

네기시는 의아한 듯 미간을 좁혔다. "혹시 아마카스 씨에게 혐의를 두고 있는 겁니까?"

아뇨, 아뇨, 라고 나카오카는 손을 내저었다.

"그런 건 아닙니다. 실은 알고 싶은 건 아마카스 겐토, 즉 아들에 대한 거예요. 그 블로그 이후에 부자 관계는 어떻게 되었나 해서요."

네기시는 알겠다는 듯 연거푸 고개를 끄덕이더니 "그런 거라면 수기 내용을 알려드려도 별 의미가 없습니다"라고 말했다.

"왜 그렇죠?"

"수기에는 아들에 대한 얘기는 거의 나오지 않거든요."

"그래요?"

"네, 블로그에 적힌 것 이외에 추가된 건 없습니다."

뜻밖이었다. 유일하게 살아남은 혈육인데 설령 자신을 아버지로 기억하지 못한다 해도 항상 그 아들이 마음에 걸리는 게 인지상정 아닌가.

"그러면 책 얘기는 안 해도 되겠지요?"

"사정은 알겠습니다. 하지만 다른 쪽으로도 참고가 될 수 있으니 개요만이라도 알려주시죠. 부탁합니다."

네기시는 콧잔등에 주름을 잡고 잠시 생각에 잠겼지만 이윽고 못마땅한 표정으로 고개를 끄덕였다. "외부에 흘리시면 절대 안 됩니다."

"물론이지요."

네기시는 다시 한 번 고개를 끄덕인 뒤에 입을 열었다.

"그 블로그를 중단한 뒤에 아마카스 씨는 방랑의 여행길에 올랐습니다. 과거와의 연결을 모두 끊어내고 미래로 나아가는 문을 찾기로 했다, 라고 표현했더군요. 하지만 그 여행이 상당히 가혹했던 모양이에요. 무엇보다 정신적인 것이 컸어요. 며칠씩 잠을 못 자거나 환각에 시달리기도 했다네요. 블로그에서는 나름대로 극복한 것처럼 나왔지만, 실제로는 달랐던 거지요. 각지를 전전하면서, 미래로 나아가는 문이 아니라 역시 나는 죽을 자리를 찾는 것이라고 깨닫는 장면도 있습니다. 원고를 읽어 내려가기가 힘들 정도였어요."

나카오카는 메모를 하면서 미간을 좁혔다. 말로 듣는 것만으로도 마음이 무거워졌다.

그런데요, 라고 네기시가 목소리를 낮췄다. "아마카스 씨의 시련에는 속편이 있었어요."

"속편이 있어요? 그게 뭔데요?"

"지금부터 하는 얘기는 정말로 사적인 내용이니까 절대로 입 밖에 내시면 안 됩니다. 꼭 부탁합니다. 실은⋯⋯." 네기시는 입술을 적시고 나서 말을 이었다. "딸이 자살한 이유가 밝혀진 거예요."

"엇!" 나카오카는 수첩에서 고개를 들었다. "정말요?"

"단 어디까지나 자신의 상상에 지나지 않는 이야기다, 라고 아마카스 씨는 미리 양해를 구하고 글을 썼어요. 그걸 전제로, 모에는 자신의 아이가 아니었는지도 모른다, 라고 밝혔습니다."

나카오카는 크게 숨을 들이쉬었다. "왜 그런 생각을?"

"아마카스 씨가 어느 시골 영화관에서 한 남자를 만났답니다. 글에서는 알파벳의 A로 나와요. 둘 다 영화를 좋아해서 얘기가 잘 맞길래 영화관을 나온 뒤에 함께 술을 마시러 갔답니다. A 씨는 상대가 아마카스 사이세이라는 건 모르는 기색이었대요. 근데 A 씨가 술자리에서 묘한 얘기를 꺼낸 거예요. 자기 지인 중에 딸을 만나려고 한 달에 한 번씩 도쿄에 가는 사람이 있다. 그 딸을 낳은 여자는 유부녀여서 현재 남편의 아이로 키우고 있다. 그리고 그 현재 남편이라는 사람이 유명한 영화감독이라고 하더라⋯⋯."

"그 얘기만으로는 근거가 희박하지 않아요?"

"한 가지가 더 있어요." 네기시가 말했다. "그 딸이 3년 전에 자살했다, 라고 A 씨가 말을 하더랍니다. 그리고 그 시기가 정확하게 일치했다는 거예요."

나카오카는 몸을 슬쩍 뒤로 물리고 커피 잔을 들었다. "그래서 아마카스 씨는 어떻게 했지요?"

"물론 A 씨에게 그 지인이 누군지 물었습니다. A 씨는 떨떠름한 표정이었지만, 아마카스 씨가 정체를 밝히고 자신의 딸이 자살했다는 얘기를 했더니 금세 얼굴이 새파래지더랍니다. 그러고는 지인이라고는 했지만 자기와는 그리 친한 사람도 아니고 딸 얘기도 건너 들은 것이라서 사실인지 어떤지는 잘 모른다고 발뺌을 하더라는 거예요. 그래도 괜찮으니 어서 말하라고 아마카스 씨가 추궁하자 A 씨는 그제야 다도코로라는 성씨와 근무하는 회사 이름을 알려줬다는군요. 아, 그 다도코로라는 이름은 가명입니다. 소설에서 본명은 밝히지 않았어요."

"아마카스 씨는 그 다도코로라는 사람을 만나봤어요?"

"회사로 찾아갔다고 하더라고요. 근데……." 네기시는 어깨를 으쓱 치켜들고 양팔을 펼치며 고개를 가로저었다. "다도코로는 이미 죽고 없더랍니다. 목을 매서 자살했대요. 게다가 그게 3년 전 일이래요. 아마카스 씨의 딸이 사망하고 약 2주일 뒤였습니다."

나카오카는 숨을 헉 삼켰다. "그럼 친딸의 자살을 알고 자신도 목숨을 끊었다는 겁니까?"

"아마카스 씨는 그랬을 거라고 생각한 것 같아요. 다도코로 씨의 과거 행적을 알아봤더니 역시 빈번하게 도쿄에 드나들었다는 거예요. 그때까지 독신이었지만 자신에게는 아이가 있다고 주위 사람들에게 말을 흘린 적도 있었던 모양이에요."

"그건, 네, 결정적이군요."

"아마카스 씨가 옛일을 돌이켜보니 이래저래 짚이는 게 많았다고 합니다. 이를테면 아마카스 씨가 집에 없는 동안에 부인과 딸이 둘이서만 외출했다는 얘기를 겐토 군에게서 자주 들었다든가. 그럴 때마다 딸이 혼자 방에 틀어박히거나 몹시 기분이 상한 모습을 보였던 모양이에요. 무슨 일이냐고 물어봐도 아무것도 아니라고만 하고……. 사춘기니까 어쩔 수 없다고 넘어갔었는데 실은 딸의 마음속에 갈등이 있었던 게 아닌가, 아마카스 씨는 글에 그렇게 썼더라고요."

"그 갈등이라는 게……."

"딸 모에가 어머니를 따라가 이따금 만나는 남자가 자신의 친아버지라는 걸 눈치채지 못했을 리 없다, 라는 거예요. 즉 호적상의 아버지를 배반하고 어머니의 부정한 상대를 만났다는 자각이 있었고, 그것에 대한 죄책감으로 괴로워했던 게 아니냐고 추측한 겁니다. 이건 그리 엉뚱한 추측은 아니겠지요?"

나카오카는 말없이 고개를 끄덕였다. 네기시의 의견에 그도 동감이었다.

"아마카스 씨는 딸의 섬세한 성격을 되돌아보면서, 그 아이가 자신의 존재 자체에 의문을 품었을 가능성도 지적했습니다. 어머니의 불륜으로 태어난 자신이 앞으로 어떻게 얼굴을 들고 살아갈 것인가, 라는 식으로. 그런 다양한 요인이 점점 커져서 마침내 폭발해버린 것이 그 자살 사건이었던 게 아니냐, 라는 것이 아마카스 씨의 추리예요. 단 이미 확인할 도리가 없는 일이죠. 관계자들이 모두 세상을 떠났으니."

네기시는 한숨을 내쉬듯이 가슴을 들먹이더니 커피를 마시고 다시 얼굴을 들었다.

"그렇게 아마카스 씨에게는 새로운 고뇌가 시작된 거예요. 자신에게 가족이란 무엇이었는가, 새삼 알 수 없게 되었죠. 아내의 마음은, 딸의 마음은 어디에 있었는가, 자신이 가정이라고 생각했던 것은 대체 무엇이었는가, 전혀 보이지 않게 되어버렸다고 서술하고 있어요. 넋이 나가서 살아갈 힘도 잃어버렸다고요."

"그런 상태에서 용케 다시 일어섰군요."

"허탈한 가운데서도 죽어서는 안 된다는 마음만은 가까스로 붙잡고 있었던 것 같아요. 지금 현재 자신이 할 수 있는 건 아무튼 사는 것이라고 되뇌면서 다시 걸음을 내딛기 시작했죠. 그리고 각지를 돌면서 다양한 사람들을 만나는 것으로 조금씩 상처를 치유해나갔다고 합니다. 그런 에피소드들이 매우 감동적이고 뛰어난 문학성을 갖고 묘사되고 있어요."

이를테면, 이라면서 네기시는 그중 몇 가지를 이야기해주었다. 어린 자식을 범죄자의 손에 잃은 부부가 경영하는 완구점에서 일을 거들었던 얘기, 일류 기업에 근무하면서도 소매치기를 하다가 해고된 전직 엘리트 사원에게서 노숙자로 살아가는 법을 배웠던 얘기 등이었다. '카이'라고 이름을 붙인 검은 개가 여행의 길동무였다는 얘기도 있다고 했다.

"이윽고 아마카스 씨는 어떤 깨달음을 얻었습니다. 내 눈에 보였던 것이 모든 것, 이라고 하면 되지 않겠느냐는 것이었어요. 속사정이니 진실이니, 그런 건 아무런 힘도 없다. 아내와 딸, 그리고 아들과 함께 행복한 시간을 많이 누리지 않았느냐, 그거면 되는 거 아니냐, 라고요." 네기시는 후우 긴 숨을 토해냈다. "이상이 그 수기의 대략적인 내용입니다."

나카오카는 '내 눈에 보였던 것이 모든 것'이라고 수첩에 급히 써넣었다. "예에, 고맙습니다."

"그 수기를 읽어본 바로는 아마카스 씨는 아들과는 한 번도 만난 적이 없었어요."

"그런 모양이군요. 책은 언제 출간되지요?"

"근데요, 그게 아직 정해지질 않고 있어요. 아마카스 씨가 감상을 들려달라고 전화를 했길래 아주 훌륭한 작품이다, 즉시 출간하자고 말했죠. 그랬더니 자신에게 생각이 있으니 출간 시기에 대해서는 다시 만나서 상의하자고 하더라고요."

"생각이 있다니, 어떤?"

"그건 얘기를 안 했어요. 하지만 아마도……." 네기시는 목소리를 낮췄다. "그 수기를 원작으로 영화를 찍을 생각일 겁니다. 후기에, 이 수기를 발판으로 삼아 영화계로 복귀하고 싶다, 라는 말이 나오거든요."

나카오카는 고개를 끄덕이며 그것도 메모했다. 본업이 영화감독이니 그런 식으로 생각하는 게 자연스러운 것 같다는 마음이 들었다.

"그 뒤로 연락은?"

"글쎄요, 전혀 연락이 없었어요. 나도 그 밖에 이래저래 할 일이 많아서 그 건은 거기서 얘기가 멈춰 있는 상태입니다. 솔직히 형사님 전화를 받기 전까지 까맣게 잊어버리고 있었던 참이에요. 오늘 여기 나오기 전에 아마카스 씨에게 오랜만에 전화를 해봤는데 전원을 꺼뒀는지 연결이 안 되더군요."

나카오카는 들고 있던 볼펜으로 네기시의 가슴께를 가리켰다. "아마카스 씨의 연락처를 알고 있어요?"

"예, 알고 있죠. 근데 집 전화가 아니라 휴대전화 번호만 알아요. 아무래도 주거가 일정치 않은 모양이라서."

"그거 좀 알려주시겠습니까?"

네기시는 잠시 망설이는 기색을 보였지만 "뭐, 알려드려도 별문제는 없겠지요"라면서 자신의 휴대전화를 꺼냈다.

거기에 등록된 번호는 오모토 등이 아는 것과는 달랐다. 방랑 생활을 하는 동안에 바꾼 휴대전화일 터였다.

네기시와 헤어진 뒤, 나카오카는 즉시 그 번호로 전화를 걸어보았다. 하지만 네기시의 말대로 전원이 꺼져 있는지 연결되지 않았다. 나카오카는 일단 자신의 소속과 전화번호, 그리고 연락해달라는 메시지를 부재중 전화로 남겨두었다.

20

유리 케이스 안을 아오에는 홀린 듯한 마음으로 바라보았다. 그곳에는 높이 50센티미터, 폭 40센티미터의 모형이 전시되어 있었다. 유네스코 세계유산에도 등재된 인도의 타지마할이지만, 이건 단순한 모형이 아니다. 놀랍게도 레고 블록으로 만든 것이다. 부품 수가 무려 6천 개에 달한다. 처음 가격표를 봤을 때는 저절로 눈이 휘둥그레졌다. 28만 엔이 넘는 가격이다. 이런 걸 집 안 어디에 놓을 셈이냐고 툴툴거리는 건 고사하고, 우선 신용카드 명세서를 보자마자 아내가 노발대발할 게 분명하다. 그래서 꾹꾹 참으면서 그저 구경만 하기로 했다.

아오에의 방에는 다양한 모양의 레고 블록이 천 개 가까이 있다. 모조리 자신을 위해 사들인 것이다. 저녁을 먹은 뒤 위스키 잔을 찔끔찔끔 기울이며 다양한 것을 만들어보는 그 자신만의 취미 활동이다. 좋은 작품이 나왔을 때는 디지털카메라로 사진을 찍는다. 지난달에 만든 스카이트리 모조품은 제법 괜찮게 나왔다. 하지만 마음이 풀릴 때까지 감상한 뒤에는 해체해야 한다. 완성품을 전시해둘 만한 공간이 없기 때문이다.

아오에는 집 근처 쇼핑센터 안에 자리한 모형 전문점에 와 있었다. 잠시 틈만 나면 대학교에서 돌아오는 길에 저절로 발길이 이쪽으로 향했다.

매장 안을 조금 이동하자 데이코쿠 호텔 레고 블록이 한창 잘 팔리고 있었다. 그 상자를 보고 아오에는 항상 그렇듯이 망설였다. 가격은 마침맞고 사이즈도 허용 범위다. 하지만 집에 들고 갔을 때 가족들에게 무슨 말을 들을지 생각하니 우울해졌다.

"현재 도쿄 데이코쿠 호텔은 이 모형과는 전혀 다르지요?" 갑자기 가까이에서 여자 목소리가 들렸다. 아오에는 흠칫 놀라 옆을 보았다. 검은 정장을 입은 콧날이 뾰족한 여자가 서 있었다. "레고 블록으로 재현한 이 호텔은 건축가 프랭크 로이드 라이트의 대표작으로, 지금은 아이치 현 메이지무라로 이전되었다던데요. 하긴 그것도 현관 부분만 옮긴 것이죠."

"그래도 그 메이지무라 안에서는 가장 큰 건물인데요." 아오에는 말했다.

여자가 그를 돌아보았다. "네, 저도 그렇게 들었습니다, 아오에 교수님."

처음 보는 여자였지만 가슴이 철렁할 만큼 미인이었다. 아오에는 혈압의 상승을 자각했다.

"아, 근데 당신은……."

그녀는 정면으로 아오에의 얼굴을 바라보며 "나카오카 형사를 아시지요?"라고 물었다. "아자부기타 경찰서의."

뜻밖의 방향에서 날아온 질문이었다. 깊이 생각할 여유도 없이 예에, 라고 대답해버렸다.

"역시 그렇군요. 잘됐습니다." 여자의 표정이 부드러워졌다. "잠깐 얘기 좀 하고 싶은데 괜찮으실까요?"

"지금?"

네, 라고 말하고 그녀는 아오에 뒤쪽으로 시선을 던졌다. 사람이 쓰윽 다가드는 기척에 아오에는 뒤를 돌아보았다. 큰 몸집에 험상궂은 얼굴의 남자가 바로 뒤에 서 있었다. 눈썹 옆에 오래된 흉터가 있었다. 그 흉터만 보고도 왠지 몸이 오그라들었다. "뭡니까, 대체?" 한심하게도 목소리가 갈라져 나왔다.

"걱정 마세요. 우린 수상한 사람들이 아닙니다." 여자가 말했다. "우하라 마도카에 대해 잠깐 여쭤보려는 것뿐이에요."

"우하라 마도카? 그럼 당신들은……."

여자가 가방에서 명함을 꺼냈다. 그곳에는 '가이메이 대학 총무과/기리미야 레이'라고 찍혀 있었다.

"며칠 전 나카오카 형사가 우리 대학에 오셨어요. 그리고 뇌신경외과 우하라 박사님께 이것저것 물었다는군요. 그것에 대해 나카오카 형사에게서 뭔가 얘기를 들으셨나요?"

"아니, 요즘 그 사람과는 만난 적이 없어서."

"그렇습니까." 기리미야 레이는 손목시계에 시선을 떨구었다. "그리 오래 걸리지 않아요. 잠깐만 함께 가주시겠어요?"

"예에, 그런 일이라면."

나카오카와 우하라 젠타로가 나눈 대화는 아오에로서도 궁금한 사안이었다.

그들의 차는 쇼핑센터 주차장에 있었다. 검은 세단이다. 험상궂은 얼굴의 남자가 권하는 대로 아오에는 뒷좌석에 앉았다. 운전은 기리미야 레이가 하는 모양이었다. 남자는 조수석 쪽에 앉았다.

그런데요, 라고 아오에는 말했다. "내 얘기는 나카오카 형사한테 들었어요?"

운전석의 기리미야 레이가 고개를 끄덕였다. "우하라 박사님께서는 그렇다고 하셨어요. 그런데 그건 왜요?"

"아뇨, 그냥……."

이상하네, 라고 아오에는 생각했다. 지난번 나카오카와 얘기했을 때, 설령 우하라 젠타로를 만나더라도 아오에에 대한 말은 하지 않겠다고 했던 것이다.

아오에는 조수석 남자를 살펴보았다. 아까부터 한 마디 말도 없는 이 남자도 가이메이 대학 사람인가. 얼굴 생김새나 큼직한 체구에서는 위험한 장면을 수없이 헤쳐온 사람 특유의 오라가 풍기는 것 같았다.

차는 시티 호텔 지하 주차장으로 들어갔다. 호텔 커피숍에라도 가려나 했더니 엘리베이터에 오른 뒤에 기리미야 레이가 누른 버튼은 객실 층이었다.

"방에서 얘기하는 게 조용하고 마음 편하니까요." 아오에의 마음속을 읽어낸 것처럼 그녀가 말했다.

아오에는 침을 꿀꺽 삼켰다. 뭔가 엄청난 일이 기다리는 게 아닌가 하는 불길한 예감이 들었다.

하지만 안내를 받아 들어간 곳은 별다를 것 없는 스위트룸이었다. 그들 외에는 아무도 없었다. 중앙 테이블 옆에 긴 의자와 일인용 의자가 L자형으로 배치되어 있었다. 기리미야 레이가 권하는 대로 아오에는 긴 의자에 자리를 잡았다. 그녀는 일인용 의자 쪽에 앉았다.

"커피, 괜찮으세요?"

"아, 예."

곁의 왜건에 포트와 커피 잔이 준비되었다. 기리미야 레이는 잔에 커피를 따라 아오에 앞에 놓았다. 그동안 험상궂은 얼굴의 남자는 문 앞에 우뚝 서 있었다. 그 시선은 정면을 향하고 아오에와 기리미야 쪽은 일절 쳐다보지 않았다. 그게 어쩐지 더 으스스했다.

"우하라 박사님이 나카오카 형사에게서 마도카에 대한 질문을 많이 받으신 모양이에요. 그래서 난처해하고 계십니다."

"난처하다니, 왜요?"

"답변할 수 없기 때문이에요." 기리미야 레이는 입가를 풀며 빙긋이 웃었다. "마도카는 혼자 여행을 떠난 참이라 지금 어디서 뭘 하는지, 박사님도 파악하지 못하셨어요. 아, 어서 드시죠, 식기 전에."

잘 마시겠다고 말하고 아오에는 커피에 밀크를 넣었다. "그렇습니까, 혼자 여행을 떠났다고요."

"아오에 교수님은 아카쿠마 온천과 도마테 온천에서 마도카를 만나셨다고 하던데요?"

"예, 그냥 우연히 만났었죠."

"실은 우하라 박사님이 마도카를 무척 걱정하고 계세요. 요즘 연락이 전혀 없는데, 정말로 별일 없이 잘 지내나 하고요. 그런 때에 나카오카 형사까지 찾아왔으니 더 불안하시겠지요. 그래서 아오에 교수님께 자세한 말씀을 들어보자는 얘기가 나왔고, 시간 내기 힘드신 박사님 대신 제가 찾아뵙게 됐어요." 미리 준비한 문장을 읽듯이 기리미야 레이는 술술 말했다.

"예에, 그렇습니까." 아오에는 커피를 마셨다.

"마도카를 만나셨을 때의 얘기를 좀 듣고 싶군요. 우선 아카쿠마 온천에서 보셨다면서요?"

"그랬죠. 젊은 여자가 출입금지 구역에 들어와 있어서 나와 함께 갔던 담당자가 주의를 줬습니다. 그때는 그것뿐이어서 딱히 별생각도 없었어요. 하지만 도마테 온천가에서 또 눈에 띄는 바람에 깜짝 놀라 말을 걸어봤지요."

"말을 걸었다고요, 어떻게요?"

"뭐, 그저 그런 얘기였어요. 왜 이런 곳에 와 있느냐고 물어봤죠. 그때는 아무 대답도 해주지 않았지만요."

"그때는, 이라는 건?"

"내가 묵는 여관을 알려줬더니 저녁때 마도카가 찾아왔었어요."

아오에는 여관에서 마도카와 나눈 대화며 둘이 사고 현장을 보러 갔던 일 등을 말했다.

"그랬군요. 마도카가 친구를 찾고 있다고 말했습니까." 기리미야 레이는 생각을 굴리듯이 시선을 옆으로 돌렸다.

"그 여학생, 대체 누굽니까?"

아오에의 질문의 의미를 언뜻 이해하지 못했는지 기리미야 레이가 그를 보며 고개를 갸웃했다.

"아니, 누구냐는 말은 좀 이상하군요. 무슨 일을 하고 있지요? 학교에 다니는 것도 아니고 직장인도 아니라는 말은 본인에게서 들었습니다만."

"그 말 그대로예요."

"하지만 뭐랄까, 신비한 분위기가 있더군요. 단순한 니트족이 아니에요. 유난히 아는 것도 많고 날씨를 정확히 예언하기도 했습니다."

"날씨?"

"눈 내리는 시각을 맞혔어요. 게다가 정확하게."

"아오에 교수님." 기리미야 레이가 미소를 지으며 말했다. "마도카는 평범한 여자애예요. 약간 괴팍한 면은 있을지 모르지만 단순히 개성일 뿐입니다."

"예에……."

"마도카와 그 밖에 어떤 이야기를 하셨지요? 찾고 있는 친구에 대해 그녀가 뭔가 말을 했던가요?"

"친구에 대해서는 아무 말도 안 했어요. 단지……."

"뭡니까?"

"그게……." 말을 해도 좋을지 망설이면서도 아오에의 입은 저절로 움직였다. "나카오카 형사가 아마카스 겐토 군에 대해서도 물어봤지요?"

기리미야 레이가 흠칫 놀란 듯 눈을 크게 떴다. 동시에 지금까지 무표정하게 서 있던 남자까지 아오에에게 날카로운 시선을 던졌다.

"그 이름을 어디서 들으셨어요?" 기리미야 레이가 물었다. 말투가 날카로워졌다.

"블로그에서 봤습니다, 아마카스 사이세이의."

"왜 그 블로그를 보셨는데요?"

"아니, 그러니까 그게……."

아오에는 이야기의 앞뒤가 뒤엉키면서도 아마카스 사이세이의 블로그를 찾아낸 과정이며 거기서 우하라 젠타로라는 이름을 알게 된 것, 또한 나카오카와 나눈 대화 속에서 마도카가 보여준 사진이 아마카스 사이세이의 젊은 시절의 모습과 흡사하다고 감지한 것 등을 말했다.

"그러셨군요. 또 한 가지 궁금한 점이 있어요. 나카오카 형사는 왜 타살 가능성을 의심하는 걸까요?"

"글쎄요, 그건 잘 모르겠어요."

기리미야 레이는 하늘하늘 고개를 저었다.

"숨기시면 안 됩니다. 걱정 마세요, 뭔가 문제가 생기면 저희 쪽에서 전적으로 책임지겠습니다. 물론 아오에 교수님께 들었다는 건 절대 밝히지 않을 거예요."

아오에는 그녀의 이지적인 얼굴을 쳐다보고, 이어서 계속 정자세로 서 있는 남자를 흘긋 올려다보았다. 남자는 여전히 말도 없이 똑바로 앞만 보고 있었다. 그 표정은 솔직히 대답하는 게 신상에 좋을 거라고 은근히 위협하는 것 같았다.

"나카오카 형사는 아카쿠마 온천에서 사망한 사람의 부인을 의심하는 눈치였어요." 아오에는 머뭇머뭇 말했다. "피해자와 나이 차가 많이 나고, 애초에 재산을 노리고 결혼했을 가능성이 높다던데……."

"그렇군요, 부인을." 기리미야 레이는 이해가 된다는 듯 두세 번 고개를 끄덕였다.

그 모습을 보고 아오에는 아까부터 계속 자신만 대답하고 있다는 것을 깨달았다. 사실은 아오에 쪽에서도 궁금한 것이 산더미처럼 많았다.

"그나저나 어떻게 된 일입니까?" 그는 질문하는 자와 대답하는 자의 입장을 역전시켜보려고 했다. "마도카가 찾고 있는 친구라는 건 아마카스 겐토 군이지요? 마도카는 왜 사고가 일어난 온천지에서 그를 찾아낼 단서를 얻을 수 있다고 생각했을까요?"

하지만 기리미야 레이는 퉁명스럽게 "모르겠습니다"라고 말했다.

"처음에 말했듯이 마도카의 의도가 무엇인지는 아버지인 우하라 박사님도 파악을 못 하고 있습니다. 아마카스 겐토라는 청년이 박사님의 환자였던 건 사실이지만, 마도카가 그를 찾고 다닌다는 것도 우리는 이번에 처음 알았어요. 당연히 그 이유도 설명해드릴 도리가 없습니다."

"아니, 그래도……."

"명함 비슷한 걸 받았다고 하셨지요?" 기리미야 레이는 아오에의 말을 가로막으며 감정을 읽어내기 힘든 눈빛으로 말했다. "도마테 온천의 여관에서 마도카가 직접 손으로 쓴 메모 카드를 건네주었다고 하셨어요. 그것 좀 보여주시겠어요?"

"아, 그건 지금 여기에 없어요."

"그럼 어디 있죠? 대학 연구실인가요?"

"글쎄, 그게 어디 있는지……. 아무튼 그건 아무 도움도 안 돼요."

"어째서요?"

"아니, 엉터리 휴대전화 번호를 적어준 거였어요. 나중에 내가 걸어봤는데 엉뚱한 사람이 받았습니다."

"누가 전화를 받았는데요?"

"글쎄요, 모르는 사람이었어요. 나이가 좀 있는 여자였습니다. 마도카가 아니라는 걸 알고 곧바로 끊었어요."

기리미야 레이는 일단 시선을 떨구더니 다시금 아오에의 얼굴을 지그시 바라보았다.

"그 카드에는 그 밖에 또 뭐가 적혀 있었지요?"

"그 밖에는 아무것도 없었어요. 이름과 전화번호뿐이었죠."

"그렇습니까. 하지만 역시 실물을 보고 싶군요. 학교에 있다면 지금 다시 가서 좀 보여주시면 안 될까요?"

"지금?"

"물론 일이 끝나는 대로 댁까지 모셔다 드리겠습니다. 부디 잘 부탁드립니다. 그것만 보여주시면 앞으로 결코 아오에 교수님께 폐를 끼치지 않도록 하지요. 아니, 교수님 앞에 두 번 다시 나타날 일도 없습니다."

부탁드립니다, 라고 그녀는 깊숙이 머리를 숙였다.

"그렇습니까. 하지만 그 카드가 아직 있을지 모르겠군요. 내버린 것 같기도 하고……."

기리미야 레이의 오른쪽 눈썹이 희미하게 움직였다. "학교 쓰레기통에요? 언제?"

"아니, 그것도 기억이 안 나요. 어디였나." 아오에는 팔짱을 끼고 생각했다. 전화번호가 엉터리라는 것을 알게 된 시점에 그건 이미 그에게는 휴지였다. 지금까지 그 종이쪽에 대해 생각해본 적도 없다.

게다가 기리미야 레이가 그런 종이쪽에 집착하는 이유를 알 수 없었다. 기껏해야 이름과 번호가 적혀 있을 뿐이다. 몇 번을 들여다봤으니 틀림없다.

"그러면 발신 이력을 좀 보여주시겠어요?" 그녀가 말했다. "교수님이 마도카의 전화인 줄 알고 걸었던 그 번호가 남아 있겠죠? 그걸 좀 보여주시면 좋겠는데요."

"그야 뭐, 괜찮죠." 아오에는 스마트폰을 안주머니에서 꺼냈다. 그런 번호를 알아서 뭘 어떻게 하겠다는 것인가. 어디로 연결되는지도 모르는 번호인데.

그 순간, 머릿속에서 번뜩 떠오르는 게 있었다. 어디에 연결되는지도 모른다—.

도마테 온천의 여관에 마도카가 찾아왔을 때, 그녀는 아오에의 믿음을 얻으려고 열의를 보였다. 우하라 마도카가 가짜 이름이 아니라는 걸 증명하기 위해 가족 신용카드도 보여주었다. 그렇게까지 했었는데 거짓 전화번호를 알려주었을까. 진짜 번호인지 아닌지 확인하려고 아오에가 그 자리에서 걸어볼 수도 있었다. 마도카가 가진 스마트폰으로 연결되지 않는다면 아오에는 결코 그녀를 믿지 않았을 것이다.

틀림없다, 그 번호는 진짜였던 것이다. 그리고 지난번에 전화를 받은 것도 아마 마도카였을 터였다. 하지만 아오에와의 연결을 끊기 위해 다른 사람인 척했던 게 틀림없다. 보이스체인저를 사용하면 남의 목소리를 만드는 건 어렵지 않다. 그리고 그 점을 아마도 기리미야 레이는 눈치챈 것이다.

"왜 그러시죠?" 기리미야 레이가 의아한 듯 물었다. 아오에가 스마트폰을 손에 든 채 잠시 움직임을 멈췄기 때문이다.

"아, 아뇨, 이 스마트폰으로 전화한 게 아니라는 것이 생각나서."

"그러면 어떤 전화로?"

"분명 연구실 전화였어요. 고정 전화를 썼던 것 같아요."

"그 전화에 발신 이력은?"

아오에는 고개를 저었다.

"고정 전화기에는 발신 이력이 남지 않아요. 우리 대학 전화는 호텔처럼 내선 전화를 겸하고 있습니다. 혹시 전화 회사에 연락하면 알아봐줄지도 모르지만 정당한 이유가 아니면 그것도 안 될 거고. 여러 사람이 사용하는 전화는 프라이버시에 관한 일이 되니까요."

기리미야 레이는 한숨을 내쉬고 문 옆에 서 있는 남자 쪽을 흘끗 올려다보았다. 남자도 일순 시선을 맞추는 것 같았다.

그녀는 아오에를 보았다. "마도카가 건네준 메모 카드는 학교 쪽에 가서 찾아보는 수밖에 없겠네요."

"그거 말인데요, 내가 집에 가져갔던 것 같기도 해요. 그러니 집 쪽을 먼저 찾아보는 게 좋겠어요."

"알겠습니다. 그럼 지금 즉시 출발할까요." 기리미야 레이가 자리에서 일어나 험상궂은 얼굴의 남자에게 눈짓을 건넸다.

"아, 잠깐. 집에는 나 혼자 가도 됩니다. 게다가 그게 꼭 집에 있다는 보장도 없어요. 만일 눈에 띄지 않으면 학교 연구실 쪽도 찾아보겠지만, 오늘은 내가 좀 피곤하니까 이쯤에서 그만 끝내지요. 이렇게합시다, 내가 그 메모 카드를 찾아냈을 때는 물론이고, 못 찾을 경우에라도 일단 당신에게 연락하도록 하지요. 그러면 어떻겠습니까?"

기리미야 레이가 아무래도 미심쩍다는 눈빛을 던졌다.

아오에는 머리를 숙였다. "그렇게 좀 해주시죠." 그대로 허리를 깊숙이 꺾었다.

그녀가 한숨을 내쉬는 소리가 들렸다.

"그러시다면 어쩔 수 없군요. 알겠습니다, 연락 기다리겠습니다."

"미안하군요. 잘 찾아보겠습니다."

기리미야 레이가 집까지 태워다주겠다는 것을 정중히 거절하고 아오에는 호텔 앞에서 택시를 탔다. 차가 출발한 다음에 뒤를 돌아보니 두 사람은 아직도 승차장에 선 채 이쪽을 지켜보고 있었다. 둘 다 얼굴 표정에 의심스러운 기색이 가득했다.

아오에는 스마트폰을 꺼내 발신 이력을 확인했다. 학교 연구실에서 전화했다는 건 거짓말이다. 이 스마트폰으로 걸었던 것이다. 그러니 당연히 발신 이력에 번호가 남아 있었다.

거짓말을 한 것은 기리미야 레이 일행에게 번호를 알려줬다가는 자신이 진실을 알게 될 기회가 영원히 사라질 거라고 생각했기 때문이다. 기리미야가 말하지 않았는가. 두 번 다시 아오에 앞에 나타나지 않겠다고. 그녀는 애초에 아오에에게 어떤 진실도 알려줄 생각이 없는 것이다. 그들의 목적은 분명 마도카의 소재지를 알아내는 것이다. 게다가 그들은 마도카가 현재 사용하는 전화번호도 알지 못한다.

아오에는 스마트폰을 꾹 움켜쥐었다. 지금이라면 아직 주도권은 내 손안에 있다.

집에 돌아오자 저녁밥이 준비되어 있었다. 지라시즈시*였다. 이 또한 소타가 좋아하는 메뉴지만, 햄버거나 카레 같은 것에 비하면 일식을 좋아하는 아오에로서는 감지덕지였다.

아들의 모습은 보이지 않았다. 이미 식사를 마치고 제 방에 틀어박혔을 것이다. 아내 게이코는 밥을 차려주고는 소파에 앉아 텔레비전을 보고 있었다. 오늘도 가족 간에 대화가 없는 채 아오에가의 밤은 깊어갔다.

지라시즈시로 배를 채우면서 아오에는 작전을 짰다. 승부는 딱 한 번이다. 실패했다가는 분명 두 번째 기회는 없다. 어떻게든 체크메이트까지 몰고 갈 수를 써야만 한다.

제대로 맛을 느낄 새도 없이 식사를 마치고 아오에는 자신의 방으로 들어갔다. 스마트폰을 손에 들고 책상 앞에 앉았다. 다시금 머릿속에서 생각을 정리했다.

몇 차례 심호흡을 한 뒤에 스마트폰을 터치했다. 발신 이력에서 그 번호를 골라 통화 표시를 눌렀다.

낯선 번호라면 마도카는 분명 받지 않을 것이다. 하지만 이 스마트폰 번호라면 마도카가 받지 않을 리 없다. 왜냐하면 지난번에는 받았

---

* 식초와 소금으로 간을 한 밥 위에 생선, 고기, 달걀부침, 양념 채소 등을 얹어 내는 요리.

기 때문이다. 지난번에는 받았는데 이번에는 받지 않는다면 그게 오히려 더 부자연스럽다. 마도카로서는 아오에가 이 번호를 계속 엉터리 번호로 알고 있어주기를 바랄 터였다.

호출음 소리가 들렸다. 세 번, 네 번, 아직 받지 않는다. 착신 표시를 보며 망설이고 있는 건가.

일곱 번째 중간쯤에 마침내 연결되었다. 네에, 라는 여자 목소리. 이번에도 나이 든 여자 목소리였다.

"여보세요. 나는 다이호 대학의 아오에라고 합니다." 한 마디 한 마디 또렷하게 말했다.

"네? 누구시라고요?" 여자가 의아한 듯 되물었다. 지난번에는 이 시점에서 마도카가 아니라고 판단해버렸다.

"다이호 대학의 아오에 교수야. 도마테 온천의 스즈야 여관에서 만났었잖아."

"죄송합니다. 무슨 말씀을 하시는지 전혀 모르겠는데요. 몇 번에 거셨어요?"

여기서부터 승부다. 아오에는 숨을 들이쉬었다.

"오늘은 보이스체인저 상태가 별로 안 좋은 것 같군. 마도카, 네 목소리 그대로야. 만나서 할 얘기가 있어. 아마카스 겐토 군에 관한 얘기야. 그에 관한 정보를 원한다면……." 거기까지 단숨에 말해버린 참에 전화가 뚝 끊겼다.

곧바로 다시 걸었다. 하지만 이미 착신 거부 상태였다. 예상했던 일이라 낙담은 하지 않았다.

아오에는 방금 나눈 대화를 되짚어보았다. 마도카라고 단정하고 말을 던졌지만, 만일 정말 다른 사람이었다면 그 여자도 어지간히 당황스러웠을 것이다. 어쩌면 겁이 나서 전화를 해약할지도 모른다.

하지만 아오에는 자신이 있었다. 지난번에는 목소리가 다른 것에 당황해 냉정한 판단을 하지 못했지만, 이번에 보이스체인저일 가능성을 염두에 두고 들어보니 목소리며 말투가 마도카와 비슷한 것 같기도 했다.

문제는 아오에의 제안을 그녀가 어떻게 받아들이느냐는 것이었다. 이래저래 생각한 끝에 마도카의 관심을 끄는 데는 역시 아마카스 겐토를 미끼로 쓰는 게 가장 효과적이라는 결론에 도달했다. 그녀는 설마 아오에가 아마카스 겐토라는 이름을 알고 있을 줄은 생각도 못 했던 터라서 내심 크게 놀랐을 것이다. 지금쯤 아오에의 속셈을 곰곰 생각해보며 어떻게 해야 할지 고민하고 있지 않을까.

언제 전화가 걸려 와도 즉시 받을 수 있게 집 안을 이동할 때도 아오에는 스마트폰을 손에서 놓지 않았다. 욕조에 들어가 앉아 있는 사이에도 착신이 있으면 곧바로 받을 수 있게 문 바로 옆에 두었다.

하지만 자정이 지나고 레고 블록으로 만들기 시작한 작은 성이 완성되었는데도 착신음은 울리지 않았다. 아오에는 점점 불안해졌다.

어떻게 된 일인가. 왜 전화를 하지 않는가. 아마카스 겐토에 관한 정보를 얻고 싶지 않은 건가. 적어도 아오에가 그의 이름을 알게 된 이유 정도는 마음에 걸릴 터였다. 그게 아니면 경계하는 마음이 더 큰 것인가.

오전 1시를 지나 아오에는 침실로 갔다. 옆의 침대에서는 아내 게이코가 잠든 숨소리를 내고 있었다. 베갯머리에 스마트폰을 두고 그도 침대에 들었다. 오늘 밤에는 연락이 안 올 것 같다, 라고 단념하기로 했다.

그로부터 얼마나 시간이 흘렀을까. 문득 깨닫고 보니 누군가 몸을 흔들고 있었다.

"왜, 왜 그래?" 머리가 몽몽했다.

"휴대전화 울리잖아요." 아내 게이코가 부루퉁하게 말했다.

"뭐?"

베갯머리에 두었을 터인 스마트폰이 없었다. 하지만 진동 소리는 분명 들렸다. 아래를 보니 바닥에 떨어져 있었다. 서둘러 주워 들고 침대에서 벌떡 일어나 전화를 받았다. "네, 아오에입니다." 침실을 나와 자신의 방으로 갔다.

상대는 침묵하고 있었다. 일순 전화가 끊겼나 싶어 화면을 확인해봤지만 통화 중으로 되어 있었다. 여보세요, 라고 말을 건넸다.

"지금 혼자예요?" 젊은 여자의 목소리가 말했다. 틀림없이 마도카였다.

"내 방에 혼자 있어. 다른 방에 식구들이 있지만 다들 자고 있어. 나도 자고 있었고. 설마 이런 시간에 전화할 줄은 생각도 못했네." 에어컨 리모컨을 들고 스위치를 누른 다음 시계를 보았다. 오전 3시였다.

"나도 설마 교수님이 다시 전화할 줄은 몰랐어요."

"응, 그랬겠지."

"잘도 알아냈네요, 전화번호가 진짜라는 거. 처음 전화하셨을 때, 보이스체인저 목소리에 완전히 속은 것 같았는데."

"그 뒤로 이래저래 일이 있었어."

"이래저래, 라니요?"

"얘기하자면 길어. 일단 빨리 만나자. 만나서 설명해줄게."

마도카는 잠시 틈을 두었다.

"그럼 이것만이라도 먼저 알려주세요. 교수님이 어떻게 겐토 군을 알고 있죠?"

"그것도 간단히는 설명할 수 없어."

"대충 얘기하셔도 되는데요."

"안 돼. 만나서 얘기하자. 걱정 마, 너를 만난다는 건 아무한테도 얘기 안 할 거야. 기리미야라는 여자한테도."

마도카가 다시 침묵했다. 그 시간이 조금 전보다 더 길었다.

"진짜로 이래저래 일이 많으셨던 모양이네요. 교수님이 이번 일에 휘말릴 줄은 몰랐어요."

"너만 만나지 않았어도 일이 이렇게 되진 않았겠지."

"내 잘못이란 거예요?"

"그런 게 아니지. 너를 만나지 않았다면 나는 아무것도 모른 채 넘어갔을 거야. 아무것도 모른 채 잘못된 사실을 공언하는 얼빠진 학자가 됐을 거라고. 그러니 너를 만나서 천만다행이라고 생각하고 있어."

"잘못된 내용이라니요?"

"양쪽 온천지에서 일어난 일에 대해 내가 밝혔던 의견 말이야. 그건 사고 따위가 아니야. 그렇지?"

"……그걸 왜 나한테 묻는 건데요?"

"너라면 다 알 것 같아. 그러니 좀 알려다오, 사실 그대로. 그 대신 내가 가진 모든 정보를 털어놓으마. 경찰이 아마카스 겐토 군을 쫓기 시작했다는 것까지 포함해서."

다시 침묵의 시간이 흘러갔다. 아오에는 침을 꿀꺽 삼켰다. 혹시 이대로 전화를 끊는 게 아닐까 하는 마음도 들었다.

"알았어요." 마도카가 말했다. "하지만 만날 장소와 시간은 내가 정할 거예요."

"좋아." 아오에는 안도의 한숨을 내쉬었다.

21

나카오카가 형사과에 발을 들이밀자마자 어이, 하고 계장 나리타가 손을 까불며 불렀다. 일은 잘하지만 시간관념은 희박한 상사가 이렇게 이른 시간에 출근한 건 드문 일이었다.

나카오카가 다가가자 나리타는 담뱃갑을 집어 들고 자리에서 일어섰다. 아무래도 흡연실에서 밀담을 하려는 모양이다. 그렇다면 무슨 말을 할지 대략 짐작이 갔다.

"뭐야, 그거?" 흡연실에 들어서자마자 나리타는 나카오카의 손맡을 턱 끝으로 가리켰다. 종이봉투를 들고 있었던 것이다.

"선물이에요. 전병과 메밀국수 좀 샀어요. 전병은 나중에 동료들에게 나눠줄 거고, 메밀국수는 계장님 댁에 가져가세요. 메밀, 좋아하시죠?" 나카오카는 종이봉투에서 메밀국수 꾸러미를 꺼내 나리타에게 내밀었다. 선물을 받아 포장지에 인쇄된 글씨를 들여다보던 나리타의 미간에 주름이 새겨졌다.

"도마테 온천? 휴일에 여자 데리고 여행 다녀왔어? 와아, 부럽다, 부러워."

"아쉽게도 저 혼자 다녀왔네요. 게다가 당일치기로."

"당일치기? 자네한테 그런 취미가 있는 줄은 몰랐네."

"취미가 아닙니다. 일이에요, 일."

"일?" 나리타는 꾸러미를 옆에 챙겨놓고 입에 문 담배에 일회용 라이터로 불을 붙였다. "내가 할 얘기가 바로 그거야. 자네, 왜 몰래몰래 돌아다니지? 행선지가 불명확한 일이 많다고 주위에서 불만이 나오고 있어."

"지시받은 일 외에 딴짓을 하는 건 아닌데요."

나리타는 삐뚜름한 입으로 연기를 뿜어냈다. "내 질문에 대답해. 뭐 하고 다니는 거야?"

"아카쿠마 온천 건이죠. 젊은 마누라가 유산을 노리고 남편을 해치운 거 아니냐는 그 건 말이에요."

나리타는 얼굴을 찌푸렸다.

"아직도 거기 매달려 있어? 수상하기는 한데 별 볼 일 없을 거라고 결론 난 거 아니었어?"

"아니, 근데요, 조사하다 보니 이상한 게 한두 가지가 아니에요. 그러잖아도 이제 슬슬 보고하려던 참이에요."

"이상하다니, 뭐가?"

흡연실에는 그들 외에 아무도 없었지만 나카오카는 계장의 귓가에 입을 바짝 댔다. "이건 틀림없는 대박 사건이에요. 게다가 웬만한 덩치가 아닙니다."

나리타는 담배를 손끝으로 톡 튕겨 재를 떨었다. 얼굴에 노회한 번뜩임이 떠오르는 게 보였다. "뭘 잡았는데?"

"다른 사건하고도 관련이 있더라니까요. 그쪽도 온천지에서 변사, 게다가 황화수소. 이번에는 도마테 온천이에요."

나리타의 눈빛이 예리해졌다. 덥석 물었다는 징후다. 연달아 담뱃불을 붙인 뒤 턱을 슬쩍 치켜들었다. 얘기를 계속하라는 것이다.

나카오카는 아오에와 나눈 대화를 포함해 지금까지의 경위를 숨김없이 얘기했다. 복잡하게 뒤얽힌 내용이라 나리타가 자꾸 끼어들어 질문을 던졌지만, 이건 관심을 가졌다는 증거이기도 하다.

"뭐야, 진짜 수상쩍은데?" 이야기를 모두 들은 뒤, 새 담배를 입에 물면서 나리타는 말했다.

"그렇죠? 내가 몰래 돌아다니는 거, 이해가 되시지요? 잘하면 본청 친구들도 따돌릴 수 있다고요."

"그건 그러네. 하지만 아직 밝혀지지 않은 게 많잖아. 그 살해 방법만 해도 대학 전문가 교수가 아무래도 불가능할 거라고 했다면서."

"근데 우연이라고 하기에는 너무 척척 맞아떨어지잖아요. 영화 관계자 두 명이 잇따라 온천지에서 황화수소 중독으로 사망하다니. 양쪽 피해자와 인연이 깊은 영화감독의 가족은 과거에 황화수소로 사망했고, 거기서 살아남은 아들이 현장에서 목격됐어요. 이걸 그냥 못 본 척 넘어가시겠어요?"

나리타는 담배를 깊숙이 빨아들이더니 이어서 대량의 연기를 토해냈다.

"그냥 넘어갈 사안은 아닌 것 같군. 그래서 자네는 어떤 밑그림을 그리고 있지?"

"내 판단으로는 이렇습니다. 자세한 것까지는 아직 모르겠지만, 양쪽 사건 모두 아마카스 겐토가 관여했어요. 근데 단독범이 아니라 공범자가 있는 사건이죠. 아카쿠마 온천에서는 그게 미즈키 치사토였어요. 이해관계가 일치해서 둘이 손을 잡기로 했다. 어떻습니까?"

"재미있군. 하지만 그걸 어떻게 증명하지? 똑같은 날에 아카쿠마 온천에서 숙박했다는 것 정도로는 증거도 뭣도 안 되잖아."

"분명 아카쿠마 온천만으로는 안 되죠. 하지만 도마테 온천에서도 그 비슷한 일이 확인된다면 어떨까요."

"도마테에서? 그쪽에서도 두 사람이 공모했단 말이야?"

"그럴 가능성이 높아요. 도마테 온천에서 죽은 나스노 고로라는 배우에 대해 좀 알아봤는데, 그 남자가 죽는다고 이득을 볼 사람이 하나도 없어요. 원한을 샀다는 얘기도 없습니다. 만일 범행에 공범자가 필요했다면 아마카스 겐토는 미즈키 치사토를 이용할 수밖에 없었을 거예요. 치사토 쪽에서도 남편을 죽여준 빚이 있으니 부탁을 받으면 못 한다고는 하기 어렵죠. 아니, 그보다 도마테 온천 일에 협조하는 건 아카쿠마 온천 범행 이전에 두 사람 사이에 이미 정해진 일일 겁니다."

나리타는 담배를 입에 문 채 고개를 끄덕였다.

"자네 말은 잘 알겠는데, 그걸 어떻게 확인하느냐는 거야."

"렌터카는 어떨까요?"

"렌터카라니, 무슨 얘기야?"

"다이호 대학의 아오에 교수가 해준 얘기에서 좀 이상한 게 있었어요. 피해자가 혼자 현장에 간 것 같은데, 그 산책로 입구까지 어떻게 갔는지를 모르겠다는 거예요. 그래서 어제 도마테 온천에 가서 내 눈으로 직접 확인했습니다. 그 교수 말이 맞더라고요. 산책로 입구는 온천가와는 반대편인데 가장 가까운 역에서도 몇 킬로는 되는 곳이에요. 차를 이용했다고 생각할 수밖에 없죠."

"그럼 대개는 택시를 타잖아?"

"피해자 혼자라면 그렇겠죠. 하지만 내 생각에는 혼자가 아니었어요. 분명 누군가 피해자를 산책로 입구로 유도한 거예요. 그렇다면 택시는 못 타죠. 사고가 일어난 뒤에 피해자에게 동행이 있었다고 운전기사가 증언해버리면 일이 꼬이니까요."

"미즈키 치사토는 차가 있나?"

"있긴 해요. 하지만 빨간색 마세라티예요. 그런 차를 시골 온천지에 몰고 가면 당장 눈에 띕니다. 게다가 도쿄에서부터 가자면 거리가 너무 멀어요. 자칫 도로가 막혀 계획이 어그러질 위험성도 있죠."

"그래서 렌터카를 이용했을 것이다? 하지만 그건 흔적이 남잖아."

"그 일이 사건이 아니라 단순 사고로 처리되면 경찰이 렌터카 회사를 조사할 일도 없어요. 범인으로서는 전혀 걱정할 필요가 없죠."

나카오카의 설명에 나리타는 납득한 듯 고개를 끄덕이며 짧아진 두 번째 담배를 비벼 껐다. "흠, 그렇군."

계장님, 이라고 나카오카가 새삼 진지한 얼굴로 말했다. "사건 당일에 미즈키 치사토 혹은 아마카스 겐토라는 이름의 이용자가 있었는지, 현 내의 전 렌터카 회사에 조회해보면 어떨까요?"

나리타가 쓰윽 노려보았다.

"다른 현의 렌터카 업계에 기껏 관할 경찰서 계장이 어떻게 그런 일을 의뢰할 수 있겠냐."

"예, 그러니까 그건 좀 연구해볼 필요가 있겠지만……." 나카오카는 어깨를 으쓱 쳐들었다. 물론 호시탐탐 본청 엘리트들을 따돌리려고 노리는 나리타의 성격을 뻔히 알고 해본 몸짓이다.

나리타는 코 옆을 긁적이더니 한숨을 내쉬었다.

"어쩔 수 없군. 알았어, 과장을 통해 그쪽 현경에 협조를 요청해보자. 근데 자세한 건 아직 덮어뒀으면 좋겠는데. 뭔가 대충 둘러댈 이유를 생각해보는 수밖에 없겠네. 과장에게도 한동안 입 다무는 게 좋아. 이봐, 이 얘기 다른 누구한테 한 적 있어?"

"아뇨, 계장님이 처음입니다."

"좋아, 내가 허가할 때까지는 발설 금지야. 그 대신 다른 일은 면제해줄게. 자네는 이 건에만 집중하라고. 도와줄 인력이 필요하면 언제든지 말해. 몇 명 돌려줄 테니까. 단 그 친구들에게도 자세한 얘기는 하지 마. 알았지?"

"알겠습니다. 감사합니다."

"그나저나 앞으로 어떻게 공략할 셈이야?"

나카오카는 턱을 슬슬 문지르며 대답했다.

"그야 당연히 아마카스 겐토 쪽이죠."

"무슨 단서라도 있어?"

"없어요. 그래서 원점으로 되돌아갈 생각입니다."

22

시나가와 역 근처 비즈니스호텔에 도착해서 시계를 보니 정확히 오후 1시였다. 약속한 시각이다.

정면 현관으로 들어서자 중국인 관광객들이 잔뜩 몰려 있었다. 마도카의 모습은 눈에 띄지 않았다. 로비를 걸으면서 전화를 걸었다.

"도착했어요?" 연결되자마자 마도카가 불쑥 물었다.

"지금 로비에 있어."

"그럼 볼링장으로 오세요."

"볼링장? 그런 게 있어?"

"1층에 있어요. 호텔 사람한테 물어보면 알아요." 그렇게 말하고 그녀는 전화를 끊었다.

여직원이 눈에 띄길래 말을 건네 물어보았다. 분명 볼링장이 있는 모양이었다. 하지만 왜 그런 곳에서 만나자는 건가. 의아하게 생각하면서 그쪽으로 향했다.

화장품이며 액세서리숍이 늘어선 매장을 지나 그 안쪽이 볼링장이었다. 입구 옆에 카운터가 있었지만 플레이할 생각은 없는지라 그대로 지나쳤다.

평일 점심때인데도 레인이 상당히 붐볐다. 아무리 봐도 회사원들인데 일은 어떻게 하고 여기 와 있는 건가.

마도카는 플로어 한쪽 귀퉁이의 게임 코너에 있었다. 체크무늬 셔츠에 타이트한 면바지 차림이었다. 눈에 익은 방한복은 손에 들고 있었다. 핑크색 니트 모자는 쓰지 않았다.

그녀는 크레인 게임기 옆에 있었다. 가까이 가자 아오에를 알아봤는지 얼굴을 이쪽으로 돌렸다.

"볼링장에 오는 게 몇 년 만인지 모르겠군." 아오에가 말했다.

"교수님 세대는 꽤 잘 치지 않아요?"

"잘 치는 건 나보다 좀 윗세대야. 내가 어렸을 때는 이미 유행이 지나간 뒤였어."

"나는 거의 해본 적이 없어요."

"그래서 크레인 게임이야?" 아오에는 게임기 안을 들여다보았다. 상품은 미니마우스 봉제 인형이었다. 머리 크기만 해도 20센티미터가 넘는다. 무게도 제법 나갈 거라서 잡아내기는 어렵겠다고 생각했다. "그건 그렇고, 오랜만이구나. 드디어 만났네."

"난 평생 다시 볼 일 없을 거라고 생각했는데요."

"시원찮은 중년 학자 선생에게는 별 볼 일 없다는 건가?"

"교수님은 애초에 국외자예요. 우리 얘기에 끼어들면 안 되었던 거라고요."

"나도 좋아서 끼어든 게 아니야. 단지 내 잘못을 바로잡으려는 것뿐이야. 학자로서의 책임을 다하려는 거라고."

"책임?"

마도카가 고개를 갸웃했을 때, 모녀간으로 보이는 두 사람이 다가와 크레인 게임을 하고 싶다는 몸짓을 보였다. 엄마는 아직 젊고 아이는 학교에 입학하기 전일까. "네, 하세요"라면서 마도카가 기계 앞에서 비켜섰다.

"그냥 단순 사고로 처리하시면 되잖아요. 그렇게 하면 무슨 문제라도 생겨요?"

"문제가 생겨도 아주 크게 생기지. 그런 사고가 나는 바람에 양쪽 온천지가 큰 타격을 입고 있어. 사고가 아니라면 한시바삐 그렇다고 알려줘야 해."

"교수님 말씀은 알겠어요. 하지만 그건 좀 어렵겠는데요?"

"어렵다니, 뭐가?"

"사고가 아니었다는 말만으로 끝날 일이 아니잖아요. 사고가 아니면 대체 뭐였느냐고 할 테니까요."

"당연하지. 그래서 이렇게 너를 만나러 왔어. 너는 뭔가 알 것 같아서. 얘기 좀 해봐, 그건 사고가 아니었니?"

하지만 마도카는 대답하지 않고 시선을 옆으로 돌린 채 한 손을 내밀었다.

"뭐냐?"

"백 엔짜리 동전, 있어요?"

"지갑에 있긴 할 텐데."

"한 개만 주세요."

"뭐?"

마도카의 시선을 따라가보았다. 조금 전의 엄마와 딸아이가 뭔가 티격태격하고 있었다. 아마도 크레인 게임에 도전한 엄마가 미니마우스를 잡아내는 데 실패한 것 같았다. 딸아이는 또 해달라고 졸라대는데 엄마는 아무래도 자신이 없는 모양이다.

"어떻게 하려고?" 아오에가 물었다.

"됐으니까 빨리 동전이나 주세요."

아오에는 지갑에서 동전을 꺼내 마도카에게 건넸다.

그녀는 아이 엄마에게 다가가 말했다. "잠깐 제가 해볼게요."

아이 엄마는 당황한 기색으로 비켜섰다.

마도카는 어린 여자애에게도 "언니가 따줄게"라고 미소를 짓더니 백 엔짜리 동전을 게임기에 넣었다. 그러고는 쇼케이스 안을 노려보며 버튼을 누르기 시작했다. 케이스 안에서 작은 크레인이 움직였다. 이윽고 스르륵 내려오는 크레인을 지켜보며 아오에는 실패했다고 생각했다. 바로 아래쪽에 봉제 인형이 있었지만 위치가 약간 어긋나 몸통을 잡지 못할 것 같았기 때문이다.

하지만 다음 순간, 아오에는 입이 떡 벌어졌다. 미니마우스 인형이 보기 좋게 낚여 올라왔기 때문이다. 크레인이 붙잡은 것은 다리 한쪽뿐이지만 끝마디가 굵직해서 빠져나가지 못했다.

크레인은 미니마우스를 낚아 올린 채 무사히 원위치로 돌아왔다. 마도카는 게임기 아래 출구에서 인형을 꺼내 여자애에게 건넸다.

"이걸 그냥 받아도 될까?" 아이 엄마가 미안한 기색으로 물었다.

"네, 난 별로 갖고 싶지 않거든요."

"그럼 미안하니까 이거라도." 엄마가 지갑에서 동전을 꺼내 내밀었다. 마도카는 고개를 끄덕이고 동전을 받았다.

엄마는 딸에게 인사를 시키고, 몇 번이나 고맙다고 말한 뒤에 자리를 떴다.

마도카가 아오에 쪽으로 돌아와 백 엔짜리 동전을 내밀었다. "돌려드릴게요."

"역시 크레인 게임은 많이 해본 모양이구나." 동전을 받아 지갑에 넣으며 아오에가 말했다.

"아뇨, 이 게임, 두 번째인가?" 마도카가 고개를 갸우뚱하며 말했다.

"두 번째라고? 에이, 설마."

"그건 됐고요. 내가 어디까지 얘기했죠?"

"넌 아직 아무 얘기도 안 했어. 온천지에서 일어난 일이 사고인지 아닌지 내가 물어봤잖아. 근데 갑작스럽게 크레인 게임을 하러 가서……!"

아오에의 말을 가로막듯이 마도카가 그의 얼굴 앞에 손바닥을 쫙 펼쳤다.

"그 질문에 대답하기 전에 제가 물어볼 게 있어요. 어떻게 교수님이 겐토 군을 알고 있죠?"

"내 질문에 먼저 대답해주면 좋겠는데."

"걱정 마세요, 틀림없이 말할 테니까. 나를 믿으시라고요."

아오에는 입가를 삐뚜름하게 틀었다.

"너를 만나는 바람에 양쪽 온천지의 황화수소 사고에 뭔가 연관이 있다고 생각하게 됐어. 둘 다 피해자가 영화 관계자라는 점에서 힌트를 얻어 영화감독 아마카스 사이세이 씨까지 알아냈고 그의 블로그 글도 읽어본 거야. 그 글을 통해 겐토 군에 대한 얘기를 알았어. 그리고 마도카의 아버지에 대해서도."

"역시 그랬구나. 나도 그럴 거라고 생각했어요. 아, 지난번에 통화할 때 기리미야 씨 이름을 대시던데, 교수님 혹시 가이메이 대학에 갔었어요?"

"가이메이 대학에 갔던 건 내가 아니야. 아자부기타 경찰서의 나카오카라는 형사야."

"형사?" 마도카의 얼굴 표정이 심각해졌다.

"그 형사가 아카쿠마 온천 사고에 의문을 품고 나한테 찾아왔었어. 그게 모든 일의 발단이었지. 더구나 그 뒤에 너를 도마테 온천에서 다시 만난 거야. 그러니 나와 나카오카 형사는 당연히 겐토 군의 존재에 주목하게 됐지."

아오에는 지금까지 있었던 일의 자세한 경위와 나카오카가 가이메이 대학에 갔던 일을 말해주었다.

"그렇구나. 그래서 기리미야 씨가 교수님을 찾아갔군요." 마도카는 격투 게임 화면을 쳐다보며 말했다.

"그렇지. 기리미야 씨는 나한테 이런저런 질문을 했는데 내가 물어본 건 거의 대답하지 않았어. 네가 겐토 군을 찾아다니는 것도 처음 알았다고 하더라고."

312

"네, 당연히 그렇게 대답했겠죠."

"그 말투를 보니, 역시 기리미야 씨가 나한테 거짓말을 한 모양이구나."

"기리미야 씨는 고용된 사람이니까 지시에 따라 움직일 뿐이에요."

"지시를 하는 건 누구지? 너희 아버지?"

"그건 말 못 해요."

"뇌신경외과 의사가 왜 그런 일을 할까."

마도카는 얼굴을 찌푸렸다. "글쎄 그건 말할 수 없다니까요? 진짜 끈덕지시네."

끈덕지다는 말에 아오에는 불끈 화가 났다.

"내가 뭘? 너도 기리미야 씨하고 똑같구나. 질문만 잔뜩 던지고 내가 묻는 말에는 전혀 대답을 안 하잖아. 조금쯤은 대답을 해줘야 할 거 아냐. 대체 뭘 감추고 있지? 아마카스 겐토 군이 이 일의 열쇠를 쥐고 있는 모양인데, 너는 대체 왜 그를 찾아다니지? 아니, 애초에 너와 겐토 군은 어떤 관계야? 사실은 단순한 친구 사이가 아닌 거지?"

흥분한 나머지 연달아 질문을 던졌다. 목소리가 컸는지 주위의 손님들이 이쪽을 흘끔거렸다.

마도카는 한숨을 내쉬더니 볼링장 쪽으로 이동했다. 학생인 듯한 젊은이들이 이웃한 두 개의 레인을 차지하고 와와 떠들며 볼링을 즐기고 있었다. 그 모습을 뒤에서 지켜볼 수 있는 위치에서 마도카는 발을 멈췄다.

아오에도 그 옆으로 다가가 작은 소리로 사과했다. "미안하다. 내가 잠깐 화가 나서."

"사과하실 거 없어요. 교수님이 답답해하시는 마음도 잘 알고, 이런 일에 휘말리시게 한 것도 정말 미안하게 생각해요."

"그렇다면 내 질문에 대답을……."

"세 개 남아요."

"응?"

마도카가 저거 보라는 듯이 레인 쪽을 턱으로 가리켰다. 바라보니 오른편 레인 끝에 핀 세 개가 남아 있었다.

"지금 볼링 얘기를 할 때가 아니잖아."

하지만 마도카는 시선을 왼편으로 옮겨 "저쪽은 네 개가 남을 거예요"라고 말했다. 던져진 공은 아직 레인 중간쯤을 굴러가고 있었다. 이윽고 주르륵 늘어선 핀에 명중했지만 그녀가 말한 대로 정확히 네 개의 핀이 남았다.

아오에는 조금 전 그녀의 말을 떠올렸다. "세 개 남아요"라고 말했었다. "세 개 남았다"가 아니다. 즉 아까도 공이 레인을 한창 굴러가는 중에 쓰러뜨리지 못한 핀의 수를 맞혔던 것이다.

"의미가 없어요." 마도카가 말했다. "교수님이 나와 겐토 군에 대해 알아봤자 아무 의미도 없다니까요. 오히려 모르시는 편이 나아요."

"그건 네 얘기를 듣고 나서 내가 판단할 일이야."

"그렇지 않아요, 교수님." 마도카는 아오에에게로 시선을 돌렸다. "교수님은 그게 사고인지 아닌지를 밝히고 싶죠? 사고가 아니면 대체 무엇인지 확인하려는 거잖아요. 그건 나중에 알려드릴게요. 내가 꼭 알려드린다고요. 그러니까 그 밖의 다른 일은 알려고 하지 마세요. 교수님과는 관계없는 일이니까요. 제발요."

마치 애원하는 듯한 말투였다. 거기에서 연기를 하는 듯한 기미는 느껴지지 않았다. 진심으로 아오에를 걱정해서 하는 말처럼 들렸다.

"너 때문에 한계치까지 올라가버린 내 호기심은 어떻게 하고?"

"미안하지만 그건 좀 참아주세요. 몇 번이나 말하지만 그게 교수님을 위해서 좋아요. 더 이상 폐 끼치고 싶지 않아요."

아무래도 마도카의 결심은 요지부동인 것 같았다. 알았어, 라고 아오에는 대답했다.

"기리미야 씨는 내가 너한테서 받은 전화번호를 원하는 것 같았어. 네가 써준 전화번호는 가짜였다고 말했는데도 일단 알려달라는 거야. 끈덕지게 캐묻는 걸 보고 내가 감을 잡았지, 그 번호가 진짜일 거라고. 기리미야 씨가 내 얘기를 듣고, 최대한 믿음을 얻어야 하는 상황에서 네가 거짓 번호를 알려줄 리 없다고 눈치챈 것 같았거든."

"그럴 거예요. 그 사람, 머리가 좋으니까요. 하지만 그걸 눈치챈 교수님도 상당하신데요?"

"괜한 칭찬은 됐어. 나는 기리미야 씨보다 먼저 너를 만나려고 끝까지 전화번호를 알려주지 않고 버텼어. 근데 이제 어떻게 하지? 그 여자에게 알려줘도 되나?"

마도카는 고개를 저었다. "가능하면 알려주지 않는 게 좋아요."

"오케이. 그럼 이렇게 하자. 아무 일 없다면 알려주지 않겠어. 하지만 상황이 바뀌어서 알려주는 게 좋다고 판단될 경우에는 즉시 알려줄 거야. 그걸로, 어때?"

잠시 생각해본 뒤 마도카는 "네, 좋아요"라고 대답했다.

"또 한 가지, 희망 사항이 있어." 아오에는 손가락을 쳐들며 말했다. "내가 거는 전화는 가능하면 받도록 해. 웬만한 일이 아닌 한 전화하지 않겠지만 그래도 꼭 연락해야 할 사태가 발생할지 모르니까. 물론 네가 전화해주는 것도 대환영이야."

마도카는 입을 꾹 다물었다. 망설이고 있는 것이리라.

아오에는 말을 이었다. "나를 믿어달라니까. 나도 너를 배신하지는 않아."

"배신한다는 게 아니라 교수님은 더 이상 이 일에 관여하지 않는 게 좋단 얘기예요. 내 쪽에서 연락할 일도 없을 거고."

"관여하든 안 하든 내 자유야."

마도카는 쓴웃음을 지었다.

"그렇다면 좋을 대로 하세요. 근데요, 미리 말해두겠는데 나도 이래저래 사정이 있어요. 언제든지 전화를 받을 수 있는 건 아니니까 그런 줄 아세요."

"그건 나도 마찬가지지. 어쨌든 거래 성립이지? 그럼 이제 내 요구를 들어줄 차례야." 아오에는 마도카를 지그시 바라보았다. "사고의 진실을 얘기해줄래?"

그녀는 가슴 앞에서 두 팔로 X자를 그려 보였다. "유감스럽게도 지금은 어려워요."

"에이, 이런! 그래서야 약속이……."

"그게 아니에요. 지금 여기서는 어렵단 거예요. 그냥 말로만 들어서는 교수님이 납득하지 못할 거예요. 백문이 불여일견이라는 말도 있잖아요? 교수님 눈으로 직접 보시는 게 제일 좋아요."

"그럼 어떻게 하면 되지?"

"다시 시간과 장소를 연락할게요. 걱정 마세요, 그리 오래 기다리시게 하진 않아요. 오늘 중으로 연락할 테니까."

"정말이지?"

"교수님은 나한테 자기를 믿어달라고 하셨죠? 그럼 나도 믿어주셔야죠."

대꾸할 수 없었다. 알았어, 라고 대답했다.

마도카가 시선을 레인 쪽으로 돌리더니 엇 하는 소리를 흘렸다. 아오에도 그쪽을 보았다. 공이 굴러가고 있었다.

"에구, 딱해라. 양 끝에 두 개."

공이 요란한 소리를 내며 핀을 쳐냈다. 감이 좋았는지 공을 던진 본인은 주먹을 내두르고 있었다. 하지만 스트라이크가 되지 못하고 마도카의 예언대로 양쪽 끝에 하나씩 핀이 남았다.

아오에는 깜짝 놀라 마도카를 돌아보았다.

"그럼 나중에 또 봐요." 그녀는 아무 일 없었던 것처럼 빠른 걸음으로 멀어져갔다.

아오에는 학교로 돌아가기로 했다. 하지만 강의를 하면서도, 연구실에서 학생들을 지도하면서도 마음은 다른 곳에 가 있었다. 호주머니에 넣어둔 스마트폰에만 자꾸 신경이 쓰이는 것이다. 배터리 잔량을 몇 번씩 확인하기도 했다.

"누군가 소중한 분의 중요한 전화라도 기다리세요?" 연구실에서 스마트폰을 만지작거리고 있으려니 이런 때는 필요 이상으로 눈치가 빠른 조교 오쿠니시 데쓰코가 물었다.

"아니, 중요하다기보다 그냥……."

"학생들이 숙덕거리던데요, 오늘 교수님이 좀 이상하시다고. 수업 중에 몇 번이나 똑같은 얘기를 하시고 문득문득 멍해지시고. 무슨 일 있으셨어요?"

"아무것도 아냐. 걱정할 거 없어."

아오에는 자리에서 일어섰다. 더 이상 옆에 있다가는 의심만 받을 것 같아 자신의 방에 틀어박히기로 했다.

노트북을 마주하고 사무적이고 기계적인 작업을 시작해봤지만 그래도 전혀 집중할 수 없었다. 목이 빠져라 연락을 기다리기 때문만은 아니었다. 볼링장에서의 일이 머릿속에서 떠나지 않는 것이다. 우하라 마도카는 볼링공이 핀을 맞히기 전부터 핀이 몇 개가 남을지, 더구나 어떤 식으로 남을지 정확히 예측했다. 프로 선수라면 어느 정도는 가능할지도 모르지만 그렇게까지 정확도를 높이는 건 무리일 것이다. 생각해보니 그 전에 마도카가 보여준 퍼포먼스, 즉 크레인 게임에서 기막히게 봉제 인형을 잡아낸 것도 자꾸 마음에 걸렸다.

그녀는 대체 누구인가. 알아봤자 좋을 게 없다고 그녀는 말했지만, 생각하면 할수록 마음에 걸렸다.

신경이 지칠 대로 지쳤는지 졸음이 몰려왔다. 하긴 간밤에 마도카의 전화를 받은 뒤로 제대로 잠을 못 잤다.

의자에 앉아 끄덕끄덕 졸고 있는데 스마트폰이 울렸다. 마도카에게서 온 것이었다. 서둘러 전화를 받았다.

"오늘 밤 11시, 아리스가와노미야 기념공원으로 오세요." 마도카는 말했다.

"밤 11시? 왜 그런 늦은 시간에?"

"남의 눈에 띄는 건 되도록 피하려고요. 게다가 최상의 조건이 갖춰지는 게 그 시간뿐이에요."

"최상의 조건?"

"와보시면 알아요. 그럼 이따 만나요." 그렇게 말하고 마도카는 전화를 끊었다.

아오에는 시계를 보았다. 이제 겨우 오후 6시를 지난 참이다. 일단 집에 들렀다 가는 방법도 있지만, 밤늦은 시간에 외출할 구실이 언뜻 생각나지 않았다.

책상 위에는 리포트가 산더미처럼 쌓였다. 학생들이 제출한 과제였지만 하나같이 형편없는 내용이라 읽다 말고 던져둔 것이다.

시간 때우기에는 안성맞춤이겠다고 생각하며 손을 내밀었다.

복사해서 붙인 글이 속출하는 리포트 더미와 두 시간쯤 격투한 뒤, 다른 자잘한 업무 몇 가지를 처리하고 식당에서 저녁을 먹기로 했다. 회 정식을 느릿느릿 먹었는데 그래도 아직 10시도 안 된 시간이었다. 어쩔 수 없이 맥주를 주문해 할짝할짝 핥듯이 마시며 텔레비전을 보았다. 유산을 노리고 고령의 남편을 살해한 혐의로 그 아내가 체포되었다는 뉴스를 아나운서가 읽고 있었다. 혼인신고를 한 지 얼마 안 된 참이었기 때문에 결혼 전부터 계획했을 가능성도 있다는 것이다. 비슷한 얘기네, 라고 아오에는 아카쿠마 온천에서의 일을 떠올리지 않을 수 없었다. 그러고 보니 나카오카 형사에게서는 연락이 없다. 가이메이 대학에 다녀온 모양인데 결국 아무 수확도 없었던 건가. 우하라 마도카에 대해 뭔가 알아내면 반드시 연락해준다고 했었는데 그 약속을 아직 지키지 않고 있다.

맥주를 다 마시고 나니 마침 적당한 시각이었다. 식당을 나와 약속 장소로 향했다.

아리스가와노미야 기념공원은 히로오 역에서 도보로 2~3분 거리다. 사각 석재를 쌓아 올린 입구 앞까지 갔을 때, 타이밍을 딱 맞춰 스마트폰이 울렸다.

"지금 어디에요?" 마도카였다.

"공원 입구 앞이야."

"그럼 전화 끊지 말고 그대로 안으로 들어오세요. 산책로를 따라오다 첫 번째 갈림길에서 오른쪽이에요."

밖에서 보니까 공원 안이 캄캄한 것 같았는데 막상 들어서니 군데군데 외등이 있어서 생각보다 환했다. 마도카의 말대로 걸어갔더니 아닌 게 아니라 갈림길이 있었다. 오른쪽으로 꺾어지자 잠시 뒤에 다시 길이 갈라졌다. 마도카에게 말했더니 거기서는 왼쪽으로, 라고 알려주었다. 그런 식으로 안으로 안으로 들어갔다. 산책로는 경사가 있어서 안으로 갈수록 점점 지대가 높아졌다.

아오에는 이 공원을 걷는 게 처음이었다. 게다가 좁은 길이 구불구불 휘어졌다. 점점 자신이 어디쯤에 있는지 알 수 없었다. 외등이 있다고 해도 울창한 나무들에 가려져 짙은 어둠이 드리운 장소도 적지 않았다. 그런 곳에 들어설 때는 정체 모를 뭔가가 툭 튀어나올 것 같아 저절로 긴장했다.

"거기예요." 마도카가 말했다. "경사면 위쪽을 보세요."

아오에는 스마트폰을 귀에 댄 채 주위를 둘러보았다. 경사면은 그의 오른편이었다. 시선을 위로 올리자 어슴푸레한 가운데 파란 불이 빙글빙글 원을 그리고 있었다. 케미컬라이트일 것이다. 거리로 봐서 20미터 이상은 될 것 같았다.

"보여요?" 마도카가 물었다.

응, 하고 아오에가 대답하자 빛의 동그라미는 사라졌다. 그 대신 희미하게 사람 그림자가 떠올랐다. 키나 몸집으로 보아 마도카였다.

"뭘 하려는 거지?"

"보시면 알아요. 답을 알고 싶다고 하셨잖아요."

"그야 그렇지만……."

"그럼 아무 말 말고 거기 계세요."

아오에는 스마트폰을 귀에서 떼고 경사면을 찬찬히 지켜보았다. 마도카가 움직이는 모습은 보이는데 무엇을 하는지는 확인할 수 없었다.

이윽고 그녀의 발치에서 흰 연기 같은 것이 피어올랐다. 게다가 그 연기는 주위로 퍼지는 게 아니라 아래쪽으로 흘러 내려왔다.

흠칫했다. 그 연기가 무엇인지는 금세 알았다. 드라이아이스에 의한 스모크다. 아마 마도카가 물을 넣은 용기에 드라이아이스를 던져 넣은 모양이었다.

스모크는 천천히 아래로 내려왔다. 마치 거대한 흰 뱀이 이동하는 것처럼 나무 틈새를 지나고 풀 위를 기어 아오에 쪽으로 다가왔다. 놀랍게도 꿈틀꿈틀하면서도 스모크의 폭은 거의 변함이 없었다. 확산되지 않는다는 얘기다.

마침내 스모크는 아오에의 발치에 도달했다. 더욱 놀란 것은 그 직후였다. 스모크는 그가 있는 지점을 통과하는 일 없이 그 자리에 고이기 시작했다. 흰 연기가 눈 깜짝할 사이에 아오에의 온몸을 휘감았다.

어떻게 이런 일이—.

이런 현상은 있을 수 없다. 불가능한 일이다. 하지만 실제로 눈앞에서 일어나고 있었다.

아오에는 스마트폰을 귀에 댔다. "어떻게 된 거야? 뭔가 마술이라도 쓴 건가?"

하지만 대답은 돌아오지 않았다. 전화는 진즉에 끊겨 있었다.

아오에는 그 자리를 벗어나 마도카가 있는 곳으로 향했다. 하지만 산책로에 갈림길이 많아서 어디로 어떻게 가야 할지 알 수 없었다.

마침내 도착했을 때, 마도카는 이미 사라지고 없었다. 대신 땅바닥에 놓인 네모난 발포스티롤 상자가 아직도 흰 연기를 토해내고 있었다. 그 옆에서 파란 빛을 내는 건 케미컬라이트였다.

아오에는 전화를 걸었다. 하지만 마도카는 받지 않았다. 수없이 호출음이 울린 끝에야 겨우 연결되었다. 네, 라는 마도카의 목소리.

"지금 어디지?"

"공원 밖이에요."

"왜 밖으로 나갔어? 다시 돌아와. 너와 할 얘기가 있어."

"미안해요. 벌써 택시 타버렸어요."

그 직후, 부우웅 차가 출발하는 소리가 희미하게 들려왔다. 아오에는 스마트폰을 잡은 손에 힘을 꾹 넣었다.

"이래서야 뭐가 뭔지 모르잖아. 답을 알려주기로 했으면서."

"모를 게 뭐가 있어요? 말씀드렸잖아요, 백문이 불여일견이라고."

"어떤 장치를 어떻게 썼는지 알려줘야지. 대체 어떻게 한 거야?"

마도카는 전화 너머에서 후훗 웃었다.

"장치 따위는 없어요. 어린애라도 알걸요? 물속에 드라이아이스를 넣으면 흰 연기가 나온다는 거."

"그거야 알지. 근데 왜 확산되지 않았어?"

"그렇다면 내가 질문하죠. 스모크는 반드시 확산되는 건가요? 어떤 조건에서라도 똑같은 현상이 일어나야 해요?"

"그, 그건……." 말을 이을 수 없었다. 과학적으로는 마도카의 지적이 옳은 것이다.

"이제 알겠죠, 교수님?" 마도카가 온화한 어조로 말했다. "나는 답을 알려드렸어요. 약속은 지킨 거예요. 그러니까 이제 연락하지 마세요."

"아, 잠깐, 잠깐."

"잠깐 못 기다려요. 내가 알려드릴 건 이제 없어요. 그다음은 교수님이 직접 생각하세요. 아 참, 미안하지만 발포스티롤과 케미컬라이트 좀 치워주세요."

그럼 이만, 이라면서 전화는 끊겼다. 아오에는 스마트폰을 귀에 댄 채 그 자리에 멍하니 서버렸다.

발포스티롤 상자로 시선을 던졌다. 여전히 스모크가 발생하고 있었다.

드라이아이스는 이산화탄소를 고체화한 것이다. 마이너스 78.5도에서 승화한다. 물 등의 액체에 투입하면 그 즉시 기화하지만, 발생하는 거품에 순간적으로 응고된 물이 얼음 초미립자 상태로 내포된다. 거품이 수면 위에서 소실할 때는 그 얼음 초미립자가 기화한 이산화탄소와 함께 공기 중으로 방출된다. 그것이 스모크의 정체다.

마도카가 한 말을 모르는 건 아니다. 얼음 초미립자와 이산화탄소의 혼합물인 스모크는 공기보다 무겁다. 즉 조금 전의 스모크는 화학 반응에 의해 발생한 황화수소 가스의 움직임을 비슷하게 재현해본 것이라는 얘기다.

하지만 문제는 왜 확산하지 않고 목적지까지 도달했고, 게다가 거기서 줄곧 고여 있었느냐는 점이었다. 그 움직임을 인위적으로 컨트롤하는 게 가능하다는 것인가.

그런 생각을 하면서 스모크의 행방을 지켜보다가 아오에는 흠칫했다. 조금 전까지와는 전혀 다른 방식으로 흘러갔기 때문이다.

이제 스모크는 확산되고 있었다. 강물처럼 외줄기로 흐르는 게 아니라 부채를 쫙 펼친 것처럼 땅바닥에 퍼졌다. 좀 더 지켜보고 있는 참에 휘익 바람이 불었다. 그리 강한 바람도 아닌데 그것만으로도 스모크는 한순간에 소실되었다. 그리고 다시 발포스티롤에서 새롭게 스모크가 발생하기 시작했다.

그렇다, 이게 일반적인 현상이다. 조금 전처럼 전혀 흐트러짐 없이 강물처럼 일정한 폭을 유지한 채 흐르고, 게다가 한곳에 모여서 고이는 게 이례적인 일인 것이다.

하지만 마도카의 말도 진실이었다. 이례적이기는 하지만 그런 현상이 일어난다고 해도 이상한 것은 아니다. 조건이 갖춰지면, 그렇다는 얘기다.

조건 —.

그러고 보니 마도카가 말했었다. 최상의 조건이 갖춰지는 건 그 시간뿐이라고. 스모크가 어떤 것에도 흔들림 없이 외줄기로 하강하고, 게다가 한 지점에 고이는 조건이라는 뜻이었던가. 무풍 상태에다 지면이 냉각되어 상승기류도 없고 지형 또한 적합하다는 조건. 그래서 한밤중에 이런 곳으로 불러낸 것인가. 그렇다면 물론 그것도 이해가 된다. 하지만 문제는, 마도카가 어떻게 이 시각 이 장소라면 그 조건에 합치한다는 것을 알아냈는가, 라는 점이다.

아오에는 바닥에 놓인 케미컬라이트를 집어 들었다. 20센티미터 길이의 봉으로, 아직 옅은 빛을 내뿜고 있었다.

문득 인기척을 느끼고 돌아보았다. 누군가 다가오는 참이었다. 외등 불빛 아래에 섰을 때, 상대의 단정한 얼굴을 확인할 수 있었다.

아오에는 눈이 휘둥그레졌다. "어, 어떻게 여기에?"

기리미야 레이는 웬일로 미소 비슷한 것을 짓고 있었다.

"교수님이 우리를 여기까지 안내해주셨어요. 대학에서부터 여기까지. 중간에 들른 식당은 단골로 드나드시는 곳인가요?"

아오에는 입을 헤벌렸다. "나를 미행한 거예요? 언제부터?"

기리미야 레이는 어깨를 으쓱 처들었다. "그건 어떻든 상관없잖아요?"

"그래도 미행을 하다니……."

앗, 실례합니다, 라면서 기리미야 레이가 호주머니에서 스마트폰을 꺼냈다.

"네. ……아, 그래요? 알았어요. 계속해서 부탁합니다. 이쪽은 지금

아오에 교수님과……. 네, 그럼 수고하세요." 스마트폰을 호주머니에
다시 넣고 아오에 쪽을 돌아보았다. "마도카의 위치는 확인되었다는
군요."

마도카도 누군가 따로 미행 중이라는 것인가. 어제 기리미야 레이
와 함께 있던 남자의 얼굴이 떠올랐다. 방금 통화한 상대는 아마 그
남자일 터였다.

"당신들, 뭐 하는 겁니까?" 아오에는 들고 있던 케미컬라이트를 기
리미야 레이를 향해 들이댔다. "대체 목적이 뭐냐고."

하지만 그녀는 대답 없이, 스모크 양이 점점 줄어드는 발포스티롤
상자로 시선을 던졌다.

"멀리서나마 저도 처음부터 끝까지 지켜봤어요. 상당히 놀라시는
것 같더군요."

아오에는 케미컬라이트를 힘없이 내려뜨렸다. "그쪽은 놀라지 않
았다는 얘기예요?"

기리미야 레이는 한 차례 시선을 떨구더니 턱을 쓱 당겼다. "네, 이
제는 별로."

"이제는? 그건 또 무슨 소립니까?"

"아오에 교수님." 기리미야 레이가 정색을 하고 지그시 이쪽을 보
았다. "오늘 밤에 여기서 보신 일들, 모두 잊어주시겠습니까?"

"뭐요?"

"못 본 걸로 해주셨으면 합니다. 나카오카 형사에게도 말씀하시지
말고 그냥 교수님 기억 속에만 담아두실 수 없을까요?"

너무도 뜻밖의 말에 아오에는 일순 대답이 나오지 않았다. 잠시 숨

을 가다듬고 나서 말했다. "잠깐만요, 그게 말이 됩니까?"

"안 될까요?"

"당연하죠. 장난치는 것도 아니고, 그런 말이 어딨습니까." 파란 빛을 내는 봉을 내저으며 아오에는 말했다. "가능한 얘기를 해야지요. 분명 신기한 현상이기는 하지만 내 눈앞에서 일어난 건 사실이잖아요. 그렇다면 그걸 해명해보는 게 과학자의 의무예요."

"그럼 좀 여쭤보겠는데, 해명할 자신이 있습니까? 과학적인 증명이란 재현성이 있어야 비로소 성립되는 것이라고 들었습니다. 실례지만 조금 전에 마도카가 한 일을 교수님이 재현하실 수 있을까요?"

"그, 그건⋯⋯." 아오에는 대꾸할 수 없었다. 자신 따위는 없다. 마도카가 한 일은 이론적으로는 가능하다. 하지만 현실적으로는 불가능하다고 할 수밖에 없다.

기리미야 레이는 공부 못하는 어린 제자를 타이르는 교사처럼 조용히 고개를 끄덕였다.

"그렇죠, 마도카에게는 아무것도 아닌 일이어도 평범한 사람으로서는 불가능합니다. 그러니 아오에 교수님이 이 사실을 기억하고 있어도 아무 의미가 없어요. 잊어버리시는 게 더 마음 편한 일이죠."

"마도카는 평범한 사람이 아니라는 거예요?"

"그렇게 생각하셔도 무방합니다."

"어떻게 평범하지 않다는 겁니까? 마도카가 초능력자예요? 기체를 자유자재로 조종하는 능력이라도 갖고 있어요?"

"그렇다고 말씀드리면 받아들이시겠습니까?"

"이 사람이 정말!" 아오에는 케미컬라이트를 땅바닥에 내동댕이쳤다. "진지하게 대답하란 말입니다."

"저는 진지합니다. 게다가 마도카가 어떤 사람이든 그건 교수님과는 관계없는 일 아닌가요?"

"그럴 수는 없죠. 손님이 뚝 끊겨버린 온천지를 생각하면 진실을 숨긴 채 마냥 내버려둘 수는 없어요."

"그럼 수정 기사라도 쓰시겠습니까? 온천지에서 일어난 일은 황화수소 가스를 자유자재로 조종하는 사람이 저지른 것이라고? 하지만 신문사가 과연 그런 글을 받아줄까요?"

아오에는 입을 꾹 다물고 어금니를 악물었다. 분통이 터졌지만 그녀의 말이 옳았다. 사실을 눈앞에서 목격한 지금도 이걸 어떻게 공표해야 할지 알 수 없었다. 그러고 보니 볼링장에서 만났을 때 마도카도 말했었다. 사고가 아니면 대체 무엇인지, 그걸 설명해야 하는 건 몹시 어려운 일이라고.

"온천지 두 곳은 정말 딱하게 됐다고 생각해요. 저희도 마냥 내버려둬도 괜찮다고는 생각하지 않습니다. 어떤 식으로든 대응하려고 하고 있어요. 물론 교수님의 명예에 상처를 입히거나 폐를 끼칠 일은 절대 없습니다. 그러니 이 건에 대해서는 저희에게 맡겨주셨으면 합니다."

조곤조곤 설득하듯이 말하는 기리미야 레이의 얼굴을 아오에는 마주 쏘아보았다. "그나저나 당신들이야말로 대체 뭐 하는 사람들입니까?"

"그것도 교수님과는 관계가 없는 일입니다. 오늘 밤 일은 잊어버리시고, 앞으로 어떤 액션도 취하지 않겠다고 약속해주시겠습니까?"

"싫다고 한다면? 나카오카 형사에게 모두 다 말하겠다고 한다면 어쩌시겠습니까."

기리미야 레이가 예쁘장한 눈썹을 살짝 찌푸렸다.

"그런다고 무슨 의미가 있습니까?"

"나도 모르죠. 단지 나는 진실을 알고 싶을 뿐이에요. 나카오카 형사에게 말하면 뭔가 행동에 나서주겠지요."

"경찰까지 끼어들면 일이 점점 혼란스러워질 뿐이에요. 돌이킬 수 없는 일이 될 수도 있습니다."

"상관없어요. 내 알 바 아닙니다." 아오에는 거친 목소리를 냈다. 하지만 쓸데없는 고집이라는 건 스스로도 잘 알고 있었다.

기리미야 레이는 한숨을 내쉬었다.

"알겠습니다. 그러면 이렇게 하는 건 어떨까요. 교수님의 의향을 위에 전달하겠습니다. 뭔가 지시가 내려올 테니까 그때 다시 교수님께 정식으로 설명해드리도록 하겠습니다."

"그때까지는 오늘 밤 일을 비밀로 해달라는 거예요?"

"그렇습니다. 되도록 빠른 시일 내에 연락드리겠습니다."

아오에는 잠시 숙고했다. 나쁜 제안은 아니라고 생각했다.

"알았어요. 그러면 연락을 기다리지요."

"네, 그럼 저는 이만 실례합니다."

기리미야 레이는 머리를 숙이고 발길을 돌려 멀어져갔다. 그 뒷모습이 옅은 어둠에 섞이는 것을 지켜본 뒤에 아오에는 발포스티롤 안을 들여다보았다. 스모크는 이제 거의 발생하지 않고 물속에서 투명한 거품이 떠오를 뿐이었다.

23

 그 오피스빌딩은 야에스에 있었다. 벽면이 온통 유리로 된 건물의 5층이 나카오카의 목적지였다. 비즈니스 정장을 차려입은 남자들 여러 명과 함께 엘리베이터를 탔다.

 5층에서 내린 건 나카오카뿐이었다. 딱딱한 분위기의 하얀 벽을 따라 복도로 들어가자 덴탈클리닉이라고 적어놓은 유리문이 눈에 들어왔다. 나카오카는 그쪽으로 다가가 입구 앞에 섰다. 조용히 문이 열리고 바로 옆 카운터에 있던 여자가 상냥하게 인사를 건넸다. 이십 대 초반으로 보이는 단정한 용모의 여자였다. 하얀 간호사 가운이 무척 잘 어울렸다.

 나카오카는 경찰 배지를 내밀었다. "아까 전화한 사람입니다."

 "아, 네에." 여자는 웃는 얼굴 그대로 고개를 끄덕였다. "나카오카 형사님이시지요?"

"그렇습니다. 아가씨가…….."

"네, 니시무라예요. 죄송하지만 잠깐 기다려주시겠어요?"

그러겠다고 대답하자 그녀는 자리에서 일어나 안으로 사라졌다. 나카오카는 옆의 소파에 자리를 잡았다. 완전 예약제라서 그런지 기다리는 환자는 없었다.

테이블에 임플란트를 사용한 치료 설명서가 세워져 있었다. 비용을 보고 눈을 허옇게 떴다. 나카오카가 살고 있는 집의 임대료 3개월분이었다.

조금 전의 여자가 돌아왔다. "오래 기다리셨습니다."

"시간은 괜찮습니까?"

"네, 30분 정도라면."

"고마워요. 되도록 빨리 끝내도록 하지요."

빌딩 밖으로 나왔다. 바로 옆에 커피숍이 있다는 건 이미 확인해뒀다. 무엇으로 하겠느냐고 묻자 그녀는 미안해하면서 카페라테를 주문했다. 나카오카는 블랜드 커피를 주문하고, 둘이서 귀퉁이 테이블로 이동했다.

"갑작스럽게 연락해서 미안해요. 놀랐어요?" 나카오카가 말했다.

"조금요. 그게 정말 오래전 얘기잖아요." 그녀는 카페라테 잔을 두 손으로 감쌌다.

그녀의 이름은 니시무라 야요이라고 했다. 아마카스 겐토의 누나 모에의 고등학교 시절 동급생이다. 함께 댄스부에서 활동했다.

"니시무라 씨 얘기는, 나중에 댄스부 부장이 된 스즈키 유리 씨에게서 들었어요. 요즘도 가끔 만난다면서요?"

"유리한테도 찾아가셨어요?" 니시무라 야요이는 큼직한 눈을 깜빡이며 말했다.

"네, 갔었어요. 근데 왜요?"

"아뇨, 날마다 문자를 주고받는데 형사님 만났다는 얘기는 전혀 없었거든요."

아아, 하고 나카오카는 고개를 끄덕였다.

"실은 내가 부탁했어요. 형사가 찾아와 이것저것 물어봤다는 얘기는 니시무라 씨에게 하지 말아달라고. 그런 얘기를 듣고서 예단을 하게 되면 별로 좋지 않거든요."

"그랬군요."

"어떤 질문을 했는지 미리 알아버리면 자기도 모르게 답을 준비하게 되죠. 그러니까 스즈키 씨를 나무라지 말아요."

"아이, 나무라기는요." 니시무라 야요이는 웃으면서 고개를 저었다. "근데 제가 어떤 얘기를 해드리면 되는 거예요?"

전화로는 고등학교 댄스부에서 활동하던 시절에 대해 물어볼 게 있다, 라는 것 외에는 아무 말도 하지 않았었다.

나카오카는 커피를 후루룩 마신 뒤에 등을 바로 세우고 상대를 지그시 바라보았다.

"댄스부 동기 중에 아마카스 모에라는 친구가 있었는데, 혹시 기억 납니까?"

니시무라 야요이의 속눈썹이 꿈틀 움직였다. 입가로 가져가던 카페라테 잔을 다시 테이블에 내려놓았다. 표정이 굳어 있었다. "네, 물론 기억나죠."

미안합니다, 라고 나카오카는 사과했다.

"아마 다시 떠올리고 싶지 않은 일이겠지요. 하지만 사건 수사를 위한 일이에요. 힘들겠지만 협조를 부탁합니다. 스즈키 씨 얘기로는, 아마카스 모에와 가장 친했던 친구는 니시무라 씨일 거라더군요. 그건 틀림없습니까?"

"가장 친한 친구였는지 어떤지는 모르겠지만, 네, 친하게 지낸 건 사실이에요."

"하지만 아마카스 모에가 자살한 동기에 대해서는 짐작 가는 게 없었다는?"

"네, 없었어요. 그래서 그 얘기 처음 들었을 때는 진짜 믿어지질 않아서……."

"그런 일을 벌일 징후 같은 것도 없었던 모양이죠?"

"네, 전혀 없었어요. 다음 대회를 목표로 열심히 연습하자고 거의 매일같이 서로 격려했을 정도니까요."

"니시무라 씨는 아마카스 모에의 아버지와는 만났습니까?"

아버지 얘기가 나올 줄은 예상을 못 했는지 니시무라 야요이는 뜻밖이라는 듯 흠칫 몸을 뒤로 젖혔다.

"네에, 딱 한 번 만났어요. 학교에서 돌아오는 길에 나한테 말을 걸었는데……."

"어떤 얘기를 했어요?"

"물론 모에 얘기였어요. 모에에 대해 이것저것 물어보시더라고요. 댄스부에서는 어떻게 지냈었느냐, 라든가."

"얼마나 오래 얘기했지요? 한 시간?"

"그렇게 긴 시간은 아니었던 것 같은데? 그냥 길에 선 채로 얘기했거든요. 기껏해야 10분이나 5분?"

"아마카스 모에의 아버지가 블로그를 개설한 건 알고 있었어요?"

"아, 네……." 그녀의 표정이 굳어진 것처럼 보였다. "누군가 알려줘서 그 블로그, 읽어봤어요."

"읽어보고 어떤 생각이 들었죠?"

"어떤 생각이라뇨?"

"그 글을 본 느낌을 솔직히 말해주면 돼요. 괜찮습니다. 지금 하는 말은 아무에게도 얘기하지 않아요."

"얘기하셔도 별 상관은 없어요. 네, 우선은 참 안됐다고 생각했어요. 우리는 친구가 죽은 거지만 그 아버지 입장에서는 아내와 딸이 사망하고 게다가 아들까지 그렇게 된 거잖아요. 정말 견디기 힘드실 거라고 생각했어요." 니시무라 야요이는 고개를 떨구고 중얼거리듯이 말했다.

"그 밖에는?"

"그 밖에는, 글쎄요……." 신중하게 말을 고르는 기색이었다. "모에에 대해 우리가 모르는 게 많았구나 하는 생각도 들었어요. 그 블로그 글에 적힌 일화들은 모에를 통해서는 전혀 들어본 적이 없는 얘기들이었거든요."

"그 부분을 좀 더 자세히 말해줄래요? 블로그에 적힌 일화는 모두 아마카스 씨가 모에와 친하게 지낸 친구들에게서 들은 얘기라고 했거든요. 근데 당시 가장 친한 친구였던 니시무라 씨가 모르는 얘기라니, 어떻게 된 거죠?"

"그러니까 나 말고 다른 친구에게서 들은 얘기인가 봐요." 그렇게 말하고 나서 그녀는 시선을 들어 나카오카를 흘끗 쳐다보았다. "저어, 근데요……."

"괜찮아요, 얘기해봐요."

"아니, 아무것도 아니에요." 고개를 젓고 다시 시선을 떨구었다.

"뭔데요, 궁금하잖아요. 얘기를 하려다 마는 건 반칙이죠." 나카오카는 목소리에 웃음을 담아 농담처럼 말해보았다.

니시무라 야요이가 머뭇거리는 기색으로 얼굴을 들었다.

"정말 솔직히 말해도 돼요?"

"물론이죠, 그게 내 희망 사항인데요."

니시무라 야요이는 마음을 정한 듯 심호흡을 한 차례 하고 나서 입을 열었다.

"그 블로그, 뭔가 좀 이상했어요."

"이상해요? 어떤 식으로?"

"글을 읽고도 전혀 공감이 안 된다고 할까, 뭔가 핀트가 안 맞는 느낌이 들었거든요. 방금도 말씀드렸지만 그 글에 묘사된 모에는 내가 아는 모에와는 전혀 달라서 뭔가 딴사람 얘기 같았어요."

"구체적으로는 어떤 점이?"

"내가 아는 모에는 활발하고 잘 까불고, 좀 나쁘게 말하면 말괄량이 같은 면이 있을 정도예요."

"말괄량이?"

"네. 중학교 때는 상당히 불량학생이었다는 얘기도 했어요. 늘 교무실에 불려 가고 담배도 피웠대요. 근데 길거리 퍼포먼스로 춤추는 사람을 보고 댄스를 시작했고 고등학교 때도 댄스 동아리에서 활동하면서 좀 착실해졌다고 했어요. 모에가 나한테 직접 해준 얘기예요."

"그래요? 듣고 보니 정말 블로그에 묘사된 모에와는 느낌이 상당히 다르군요."

"그렇죠? 블로그에 나오는 모에는 얌전하고 청순한 여고생 같잖아요. 그래서 나는 어쩌지 좀 이상하다, 이상하다 하고 고개를 갸웃거렸죠." 그렇게 말하고 니시무라 야요이는 뭔가 생각난 듯 나카오카를 보았다. "형사님, 유리한테도 똑같은 질문, 하셨어요?"

"예, 했죠."

"유리는 뭐랬어요?"

"그건 왜요?"

"아니, 예전에 내가 유리하고 얘기한 적이 있거든요. 그때 유리도 나랑 비슷한 얘기를 했었어요. 그래서……."

"네, 그랬다더군요." 나카오카는 고개를 끄덕이며 말을 이었다. "유리 씨는 이렇게 얘기했어요. 사실이 어떤지는 잘 모르겠지만 아무튼 자기는 그 블로그가 죄다 거짓이라고 생각한다, 라고."

나카오카가 의심을 품게 된 계기는 가와카미 세이야의 증언 때문이었다. 가와카미는 아마카스 사이세이의 블로그에 등장하는 인물로, 축구부 친구들 중에서 아마카스 겐토와 가장 친한 친구였다고 나와 있다.

기억을 잃은 겐토가 예전 축구부 친구와 연락을 주고받았을 리는 없지만, 그래도 뭔가 알고 있을지 모른다는 생각에 만나보기로 했던 것이다.

현재 가와카미는 도쿄의 대학에 다니고 있었다. 나카오카는 집 주소를 알아내 그를 만나러 갔다. 거실에서 마주 앉은 가와카미는 몸집이 그리 크지 않고 오히려 섬세한 느낌의 청년이었다. 그 점을 지적하자 가와카미는 쓴웃음을 지었다.

"중학교 올라가기 전까지는 키가 큰 편에 속했어요. 그래서 나한테 골키퍼를 맡겼죠. 근데 그 뒤로 별로 크지를 않아서……."

축구도 중학교 중간쯤에 그만뒀다고 가와카미는 말했다.

나카오카가 아마카스 겐토와의 관계를 묻자 즉각 가장 친한 친구였다는 것을 인정했다.

"실은 병문안도 가고 싶었어요. 하지만 팀 코치가 지금은 가지 않는 게 좋겠다고 하더라고요. 면회 사절 조치가 내려져 있었대요. 근데 나중에 들어보니까 학부모들이 상의한 끝에 병문안은 보내지 않기로 결정했던 모양이에요. 식물인간 상태인 겐토를 보고 큰 충격을 받을까 봐서 그랬답니다. 그건 아버지 쪽에서 부탁한 일이기도 하다고 들었어요."

"아버지라면, 아마카스 사이세이 씨 말이에요?"

"네, 그렇죠."

"그래서 결국 그 사건 이후에 겐토 군과는 한 번도 못 만났어요?"

"네."

"연락한 적도 없고?"

"연락한 적도 없어요. 아니, 그보다 겐토가 그 뒤에 어떻게 되었는지, 나는 전혀 몰라요. 형사님은 아세요?" 가와카미는 거꾸로 질문을 해 왔다.

"아마카스 씨의 블로그는 봤어요?"

"블로그요? 그게 뭔데요?"

나카오카는 들고 간 태블릿 단말기로 아마카스 사이세이의 블로그를 보여주었다. 가와카미는 진지한 표정으로 읽어 내려갔지만 중간중간 몇 번이나 고개를 갸웃거렸다. 왜 그러느냐고 나카오카가 물었다. 그러자 가와카미는 뭔가 좀 이상하다는 것이었다.

"분명 겐토 아버지를 만나긴 했어요. 축구 연습을 하고 돌아오는 길이었는데 나를 부르더라고요. 겐토에 대해 얘기를 듣고 싶다고 했습니다. 근데 딱 한 번뿐이었고, 여기 이 글처럼 오랜 시간은 아니었어요. 분명히 기억하는데, 별 대단한 얘기도 없었어요."

"그럼 아마카스 씨가 오래오래 대화한 사람은 가와카미 씨 이외의 다른 친구인가?"

"그럴지도 모르죠. 하지만 그런 얘기, 다른 축구부 친구들에게서도 들은 적이 없는데요?"

"그렇다면 뭔가 좀 묘하네."

"게다가 여기 이거." 가와카미는 못마땅한 듯 입을 툭 내밀고 태블릿 단말기의 화면을 가리켰다. "여기 글 속에 겐토가 했던 얘기나 행동이라고 나온 것들이 내가 겐토에게서 들은 얘기하고는 전혀 달라요."

"어떤 식으로?"

"내가 겐토에게서 들은 얘기로는, 이런 식으로 사이좋은 가족이라는 느낌이 아니었어요. 뭔가 각자 따로 놀고, 아무튼 썰렁하다고 했었어요."

"썰렁하다니, 어떻게?"

"애초에 아버지와 어머니의 관계는 완전히 식어버렸다고 얘기했거든요. 아버지가 따로 여자가 있어서 전혀 집에 들어오지 않는다고 하더라고요. 어머니는 그런 걸 다 알지만, 허영심이 강하고 천재 영화감독의 아내라는 자리가 마음에 들어서 일단 아이들이 성인이 될 때까지 이혼은 하지 않기로 한 거라고 했어요."

"그, 그건 얘기가 상당히 다르네?"

"누나에 대해서도 내가 들은 얘기와는 전혀 달라요. 겐토와는 사이가 좋았던 모양이지만 아버지는 엄청 싫어한다고 했거든요. 겐토도 아버지는 어떻게 되건 상관없다고 했어요."

"아니, 그래도……." 나카오카는 태블릿을 터치했다. "여기 이 부분을 봐요. 여기에는 겐토가 아버지를 존경하고 동경한다는 식으로 나오는데?"

화면의 글을 죽 훑어본 뒤에 가와카미는 고개를 저었다.

"에이, 이건 아니에요."

"전혀 생각도 못할 일이라는 얘기?"

"네. 아버지가 감독한 영화 따위, 겐토는 본 적도 없다고 했어요. 나중에 영화에 관련된 일을 하고 싶다는 말은 한 번도 한 적이 없어요." 가와카미는 딱 잘라 말했다.

나카오카는 당혹스러웠다. 그렇다면 아마카스 사이세이의 블로그는 대체 뭐란 말인가.

가와카미의 말 중에서 가장 인상에 남은 것은 겐토의 누나 모에가 아버지를 싫어했다는 것이었다. 그래서 고등학교 댄스부에서 그녀와 함께 활동했던 친구들을 만나보기로 한 것이다.

"모에가 아버지를 싫어했다는 건 나도 잘 알고 있죠." 니시무라 야요이는 카페라테 잔을 손에 든 채 말했다. "아주 어릴 때부터 아버지한테서는 사랑을 느껴본 적이 없다고 했어요. 그 사람은 자기 인생만 중요하고 다른 사람이 어떻게 되건 말건 전혀 관심이 없는, 피도 눈물도 없는 인간이다, 아내나 자식도 자기 소유물로만 본다, 라고 했어요."

"소유물? 이를테면?"

"영화감독 아마카스 사이세이를 꾸며준다고 할까 기를 세워준다고 할까, 아무튼 가족을 자기 이미지를 올리는 데 이용해먹었을 뿐이래요. 모에가 어릴 때, 괴상한 옷을 자꾸 입으라고 해서 엄청 싫었는데, 그걸 입지 않으면 마구 화를 냈대요. 그러면서 남들이 왜 그런 옷을 입었느냐고 하면 모에 자신이 원해서 입었다고 말하라고 강요했다는 거예요. 천재 감독의 비범한 피가 자식에게도 대대로 이어지고 있다는 식으로 자랑하려는 거라고 모에가 말했었어요."

나카오카는 끄응 신음 소리를 흘렸다. 모든 것이 블로그 글과는 전혀 달랐다.

니시무라 야요이의 증언은 계속 이어졌다.

"모에가 중학교 때 비뚤어졌던 것도 아버지가 너무 이기적인 게 화가 나서 그 천재 영화감독이라는 명성에 흠집을 내주고 싶었기 때문이라고 했어요. 그랬더니, 너는 내 자식이 아니라고 엄청 꾸짖었대요. 하지만 모에는 그러더라고요, 그런 사람의 딸이 아니라면 진짜 좋겠다고. 그 사람의 피가 제 몸속에 흐른다는 게 너무 창피하다는 거예요."

"아, 잠깐, 잠깐." 나카오카는 오른손을 펼쳐 들었다. "그 사람의 피가 몸속에 흐른다? 모에가 그렇게 말했어요? 그거, 틀림없어요?"

"네, 틀림없어요. 성형수술을 하고 싶다는 얘기도 했었는데요?"

"성형수술? 왜?"

"아니, 그건요." 니시무라 야요이는 자신의 손끝을 콧등에 댔다. "모에가 코에 꽤 신경을 썼거든요. 못생긴 코는 아닌데 왜 그러느냐고 했더니, 아버지 코를 닮아서 싫다는 거예요. 눈이나 입은 화장으로 어떻게든 되는데 코는 속일 수가 없다면서. 그리고 손도 아버지를 닮은 게 너무 싫다고 했어요."

24

안주머니에서 스마트폰이 진동하는 것을 느꼈을 때, 아오에는 이미 예감하고 있었다. 복도를 걸으면서 전화를 받았다.

"가이메이 대학의 기리미야입니다." 상대가 말했다. "아오에 교수님이시지요?"

"예에."

"지난번에는 실례가 많았습니다. 지금 통화 괜찮으세요?"

"네, 짧게 부탁해요. 지금 강의 들어가는 길이라서."

"알겠습니다. 그러면 얼른 말씀드리지요. 오늘 밤, 시간 좀 내주실 수 있을까요? 두 시간쯤 걸릴 텐데요."

"용건은?"

"그걸 자세히 말씀드리자면 얘기가 길어집니다."

"지난번 일의 대답이라고 생각해도 되겠어요?"

"네, 그렇게 생각하셔도 좋아요. 일정은 어떠세요? 장소와 시간은 교수님 뜻에 따르겠습니다."

"나는 오후 6시면 일이 끝나요. 장소는 그쪽에서 정해주시죠."

"그럼 7시에 지난번 '타지마할' 앞은 어떨까요?"

"알았어요. 7시라고 했지요? 뭔가 준비해 가는 게 좋을까요?"

"괜찮습니다. 소지품을 검사할 수도 있으니까 번거로운 물건은 되도록 가져오시지 않는 게 좋겠습니다."

"소지품 검사? 그런 걸 왜 하는데요?"

"와보시면 알아요. 자, 그럼 오늘 저녁 7시에." 그렇게 말하고 전화는 일방적으로 끊겼다.

아오에는 스마트폰 화면을 멍하니 들여다보다가 전원을 꺼버렸다. 강의 중에는 휴대전화 전원을 꺼두는 게 규칙이기 때문이다. 하긴 그런 규칙을 지키는 학생은 거의 없지만.

그렇게 시작한 강의는 도시에서의 대기오염 메커니즘을 해석하는 내용이었다. 교단에 서서 칠판에 두 개의 빌딩 그림을 그려놓고 아오에는 설명을 시작했다.

"이처럼 길이 큰 건물 사이에 끼어 있는 상태를 스트리트 캐니언이라고 합니다. 이런 상황에서는 특수한 바람이 발생한다는 것은 여러분도 잘 알고 있지요? 하지만 바람이 어떤 식으로 부는지는 건물의 높이, 밀도, 도로 폭, 그때그때의 날씨 등에 따라 천차만별입니다. 일반적으로 도로와 직각으로 바람이 불 때, 가장 전형적인 상태를 보입니다." 아오에는 칠판 그림에 여러 개의 화살표를 덧붙였다. 그러는 동안, 한 가지 광경을 머릿속에 떠올리고 있었다.

흰 스모크가 뱀처럼 흘러 내려오는 모습이다.

지금도 여전히 믿기지 않는다. 눈의 착각이었거나 꿈이라도 꾼 것이라는 생각이 든다. 하지만 그건 틀림없는 사실이었다. 아무런 술수도 트릭도 없는 순수한 물리 현상이었다.

어떻게 그런 일이 가능했을까. 기체의 행방은 인간이 예측할 수 없다. 어느 정도는 가능하다고 해도 대략적인 것이다. 이 칠판에 그려진 화살표처럼.

퍼뜩 정신이 들어 아오에는 뒤를 돌아보았다. 학생들이 당혹스러운 표정으로 그를 빤히 쳐다보고 있었다. 의아한 듯 미간을 찌푸린 얼굴도 있었다.

아, 미안, 이라고 아오에는 말했다.

"며칠 전, 집 근처에서 빌딩풍風을 정통으로 맞은 할머니가 넘어져 골절상을 입는 사고가 있었습니다. 할머니는 병원에 실려 가던 중 고소를 하겠다고 분개했다고 합니다. 하지만 그 할머니, 누구를 고소할 생각일까요?"

몇몇 학생을 가리키며 의견을 발표하도록 했다. 빌딩 시공주, 도시 계획 담당자 같은 의견들이 나왔다. 이윽고 빌딩풍은 자연현상인가 아니면 인간이 만들어낸 것인가, 라는 토론에 들어갔다. 그런 속에서 여러 번 등장한 단어가 수치예보數値豫報였다.

현재의 슈퍼컴퓨터를 활용한 수치예보 기술로는 어떤 바람이 발생하는지 용이하게 예측할 수 있다. 그러니 할머니의 부상은 인재가 아니냐는 것이다.

그렇다, 슈퍼컴퓨터를 사용한다면—. 아오에의 의식은 다시 그날 밤의 일로 내달렸다. 하지만 물론 마도카는 그런 컴퓨터는 갖고 있지 않았다.

만나기로 한 장소에 가보니 이런, '타지마할'이 사라지고 없었다. 그 대신 매장을 장식한 것은 양파 같은 모양의 지붕이 줄줄이 늘어선 성이었다. 빨강, 초록, 노랑 같은 환한 색깔을 사용해서 실로 화려한 모습이었다. '성바실리 대성당'이라고 적혀 있었다.

누군가 등 뒤에 다가서는 기척이 느껴졌다. 풍겨 온 향기로 아오에는 누구인지 알았다.

"모스크바의 붉은 광장에 있는 건물이군요." 기리미야 레이의 해설이 시작되었다. "러시아의 여러 성당 중에서도 가장 아름답다고 일컬어지고 있죠. 실제로 장엄함이 가득하더군요."

아오에는 뒤를 돌아보았다. "가본 적이 있어요?"

"멀리서 봤을 뿐이지만 네, 가본 적이 있어요. 업무차 갔었거든요." 그녀는 시계를 보았다. "정확히 7시군요."

아오에는 그녀의 등 뒤로 시선을 던졌다. "오늘은 파트너가 안 보이네?"

"그는 그대로 할 일이 있어서요. 자, 가실까요?"

"어디로 가지요?"

"차에 타시면 제가 안내해드리겠습니다."

지난번과 마찬가지로 그녀는 쇼핑센터 주차장에 차를 세워놓았다. 눈에 익은 세단이었다. 아오에는 뒷좌석에 앉아 안전벨트를 맸다.

"약속대로 아리스가와노미야 공원에서 본 것은 아무에게도 얘기하지 않았어요. 나카오카 형사에게도."

기리미야 레이는 앞을 향한 채 고개를 끄덕였다.

"현명한 선택이십니다. 저희도 교수님이 경솔하게 행동하실 분은 아니라고 생각했어요. 어떻든 그 예민한 마도카가 마음을 열어준 분 이니까요."

"그 아이가 사람 보는 눈이 확실하다는 뜻인가요?"

"누구보다 확실합니다. 어떤 인간보다."

너무도 단정적인 말투에 아오에는 조금 당혹스러웠다.

"하지만 무턱대고 마음을 놓을 일은 아니죠. 기록은 분명하게 남아 있으니까. 그날 밤 일을 모조리 기록해뒀어요. 그 텍스트 데이터는 언제든, 누구에게든 보낼 수 있어요. 그뿐인가, 일정 시간이 경과하 면 자동적으로 여러 사람에게 메일을 보내게 세팅해두었어요. 지금 부터 나를 어디로 데려가는지는 모르겠지만, 그 점은 꼭 기억해두는 게 좋을 겁니다." 완전 거짓말이었지만 애써 진실인 듯한 느낌을 말 투에 담아보았다.

그러자 기리미야 레이는 미소 짓는 입가를 보여주려는 듯 아주 잠 깐 고개를 돌렸다.

"걱정하시지 않아도 교수님을 납치하는 일은 없어요."

"그야 당연히 그렇겠지만 혹시나 해서."

"네, 잘 알겠습니다."

차는 수도 고속도로를 타고 잠시 달린 뒤에 일반 도로로 내려섰다. 그리고 다시 계속 달렸다. 아오에도 행선지가 어딘지 점점 감이 잡혔 다.

"혹시 가이메이 대학으로 가는 건가요?"

네, 라고 그녀는 대답했다. "단 일반 캠퍼스 쪽은 아니에요."

"그건 무슨?"

"이제 곧 아시게 됩니다."

그로부터 몇 분 뒤, 세단은 하얀 건물의 주차장으로 들어갔다. 아오에는 차에서 내려 기리미야 레이가 안내해주는 대로 정면 현관으로 갔다. 내걸린 작은 명패에는 〈수리학 연구소〉라고 적혀 있었다.

자동문을 지나자 로비 같은 공간이 있었다. 소파와 테이블이 줄지어 늘어섰다. 하지만 진짜 입구는 더 안쪽에 있는 것 같았다. 보안 게이트가 눈에 들어왔다.

기리미야 레이가 말없이 끈이 달린 카드를 내밀었다. 내객용 패스인 모양이었다. 아오에는 그것을 받아 목에 걸었다.

"소지품 검사는?"

기리미야 레이는 의아한 눈빛을 보였다. "검사해보는 게 좋을까요?"

"아니, 그런 건 아니고."

"그렇다면 생략하기로 하지요." 그렇게 말하고 걸음을 뗐다.

게이트를 통과해 복도로 들어갔다. 연구실이 많이 설치되어 있는지 이따금 연구원인 듯한 사람들이 드나들었다. 다들 바쁜 기색이어서 아오에와 기리미야 쪽은 돌아보지도 않았다.

"여기서는 어떤 연구를 하지요?" 걸음을 옮기면서 물어보았다.

"다양합니다. 한마디로는 도저히 표현할 수 없을 만큼. 하지만 굳이 한마디로 말하자면, 지능에 관한 연구예요."

"지능? 인공지능이라든가?"

"네, 그것도 있죠." 기리미야 레이는 별일 아니라는 듯 태연히 대답했다.

한 연구실 앞에서 그녀는 발을 멈췄다. 문 옆에 마이크 달린 패널이 있었다. 그녀가 패널에 손을 대자 네에, 라는 남자 목소리가 들려왔다.

기리미야예요, 라고 그녀는 말했다. 곧바로 록이 해제되는 소리가 들렸다.

문을 열고 기리미야 레이가 안으로 들어갔다. 아오에도 그 뒤를 따라갔다. 곧바로 눈에 뛰어든 것은 100인치는 될 만한 거대한 디스플레이였다. 화면에 무수히 많은 선으로 그려진 도형이 떠 있었다. 입체 지도 같기도 하고 우주의 천체를 표기한 것 같기도 했다.

디스플레이 앞에 한 남자가 서 있었다. 마른 몸집에 얼굴도 뾰족하다. 약간 넓은 이마에 백발이 섞인 앞머리가 내려와 있었다.

남자는 웃는 얼굴로 다가왔다. "어서 오십시오, 저희 연구소에." 오른손을 내밀었다. "우하라입니다."

"우하라 젠타로 박사님이시군요."

"그렇습니다, 아오에 교수님."

아오에는 악수에 응했다. 우하라의 손은 부드러웠다.

"뭔가 마실 것이라도?" 기리미야 레이가 물었다.

"난 됐어요." 아오에는 즉시 답했다. "그보다 빨리 본론으로 들어가고 싶은데요."

우하라가 쓴웃음을 지었다.

"그러시겠지요. 하지만 우선 자리에 앉으시죠. 이렇게 선 채로는 서로 간에 이야기 나누기도 힘드니까."

디스플레이 옆에는 마주 앉기 좋은 책상과 의자가 줄지어 있었다. 한쪽의 의자를 권해줘서 아오에는 그곳에 앉았다. 우하라도 자리를 잡고, 기리미야 레이는 조금 떨어진 곳에 앉았다.

"자아, 우선 인사부터." 우하라가 입을 열었다. "우리 딸이 이래저래 큰 폐를 끼쳤습니다. 깊이 사과드립니다"라면서 고개를 숙였다.

"폐를 끼쳤다기보다 좀 곤혹스러웠어요. 뭐가 어떻게 된 건지 도통 알 수가 없었거든요. 모르는 게 낫다고 마도카는 말했지만, 저로서는 그렇게 넘어갈 사안이 아니라서."

"네, 충분히 이해합니다. 다만 기리미야에게서 얘기를 들으셨겠지만 이 일에 관해서는 아오에 교수님은 전혀 아무 관계가 없어요. 괜한 일에 휘말리시지 않게 하자는 우리의 결정은 지금도 변함이 없습니다."

"그걸로 납득하라는 건가요? 그런 장면을 내 눈앞에서 목격했는데도?"

아오에의 말에 우하라는 얼굴을 찌푸리면서도 입가에 웃음을 띠었다. "스모크를 사용했다고 하던데요?"

"깜짝 놀랐어요. 연기를 자유자재로 조종하는 것 같았으니까요."

"네, 놀라셨겠지요. 그런데 잘 아시겠지만 조종을 한 건 아닙니다. 그런 조건을 선택한 것뿐이에요."

"그렇기는 하겠지만, 어떻게 그런 일이 가능한가 하는 점이 정말 수수께끼예요."

우하라는 책상에 양 팔꿈치를 짚고 얼굴 앞에서 두 손을 마주 꼈다.

"아마카스 사이세이 씨의 블로그는 읽어보셨지요?"

"예, 봤습니다."

"그렇다면 아마카스 겐토 군이 겪은 불행한 사건과 그 뒤에 그가 어떤 경과를 보였는지, 어느 정도는 아시겠군요."

"기적적으로 회복될 징후를 보이기 시작했다, 라는 곳까지는."

우하라는 고개를 끄덕이고 자리에서 일어났다. 그리고 거대한 디스플레이 옆에 놓인 태블릿 단말기를 들고 돌아왔다. 그가 그것을 터치하자 디스플레이 화면이 바뀌었다.

영상에 한 소년이 등장했다. 십 대 중반쯤일까. 책상 앞에 앉아 뭔가를 굴리고 있었다. 아오에는 소년의 얼굴을 보고 흠칫했다.

"저건 아마카스 겐토 군?"

"그렇습니다." 우하라는 말했다. "수술하고 3년쯤 지났을 때예요."

"겨우 3년 만에……." 아오에는 새삼 화면을 바라보며 숨을 삼켰다.

화면에 비친 소년에게서는 장애의 기미 따위는 털끝만큼도 느껴지지 않았다. 앉은 자세여서 상반신밖에 보이지 않았지만, 그 동작은 실로 경쾌했다. 아카쿠마 온천에 자주 나타났다고 해서 현재는 일반인처럼 돌아다닐 수 있는 모양이라고 생각하긴 했지만, 이렇게 이른 단계에 이만큼 회복되었다는 건 경탄할 만한 일이었다. 그런 얘기를 하자 우하라는 '기적'이라고 말했다.

"전혀 생각도 못한 일이었어요. 어느 정도 효과는 기대했지만 설마 완쾌될 줄은 꿈에도 몰랐습니다."

"정말 대단하십니다. 이건 좀 더 대대적으로 발표해야 할 일 아닙니까."

"예, 나도 그렇게 생각했어요. 하지만 사정이 달라졌지요. 분명 이 렇게까지 완쾌된 것만으로도 기적입니다. 하지만 진짜 기적은 다른 곳에 있었어요."

"진짜 기적?"

"화면을 자세히 보십시오. 그리고 귀를 기울여보세요."

우하라가 태블릿 위에서 손끝을 움직였다. 그러자 디스플레이에서 겐토의 손맡이 확대되었다. 책상 위에 데굴데굴 굴린 것은 약간 큼직 한 주사위였다. 한 변의 길이가 3센티미터 정도나 될까.

목소리가 들려왔다. 삼, 오, 일, 육……. 겐토가 주사위의 숫자를 읽 는 것이었다.

"뭘 하는 겁니까?" 아오에가 물었다.

"그의 목소리를 듣고, 화면을 잘 봐주세요."

우하라의 말에 아오에는 디스플레이로 시선을 돌렸다. 겐토는 주 사위를 계속 굴렸다. 나온 숫자를 말하고 다시 주사위를 굴린다. 그 되풀이였다.

아니, 그게 아니다.

던져서 나온 주사위 숫자를 말하는 게 아니었다. 그가 목소리를 내 는 건 주사위가 정지하기 전이었다. 아직 굴러가는 중에 그 숫자를 맞힌 것이다. 그리고 그것이 번번이 적중하고 있었다.

아오에는 우하라를 보았다. 입을 열기는 했지만 선뜻 말이 나오지 않았다.

"알아보셨군요." 우하라가 말했다.

"주사위 숫자를 예언하고 있어요……."

우하라는 천천히 고개를 저었다.

"예언이 아니라 예측입니다. 자세히 보십시오. 겐토 군이 숫자를 말하는 것은 주사위가 손을 떠난 직후예요. 이걸 거꾸로 말하면, 주사위가 아직 손바닥 위에 있을 때는 겐토 군도 어떤 숫자가 나올지 모릅니다. 손을 떠날 때 주사위에 작용하는 힘은 중력, 그리고 거의 무시해도 무방한 공기저항뿐이지요. 그리고 책상에 떨어진 뒤에는 낙하각도, 관성모멘트, 책상과의 반발계수, 책상 표면과의 마찰력 등의 지배를 받으면서 데굴데굴 구르다가 이윽고 정지합니다. 이런 일련의 물리 현상에는 사실상 예측 불가능한 요소는 일절 관여하지 않아요. 그래서 어떤 숫자가 나올지는 주사위가 손을 떠난 순간에 정해집니다. 겐토 군은 그것을 입 밖에 내서 말하는 것이지요."

"설마 그런 일이……." 아오에는 다시 한 번 디스플레이 화면을 바라보았다. "그런 일이 가능할 리가 없잖습니까."

"하지만 겐토 군은 하고 있어요. 아니면 저건 트릭 영상이라는 말씀인가요?"

"아니, 그런 말은 아니지만." 고개를 저었다. "도저히 믿어지지 않는군요."

"나도 믿지 않았어요. 겐토 군이 실은 최근에 이런 걸 할 수 있게 되었다고 내게 털어놓을 때까지는. 뭔가 비밀 장치가 있는 게 아닌가, 계속 의심했습니다. 하지만 마술도 아니고 트릭도 아니었어요."

"대체 어떻게 저런 걸 해낼까요?"

"겐토 군에 의하면, 별로 특별한 일도 아니라는군요."

"저게 어떻게 특별한 일이 아니라는 겁니까?"

"그러면 잠깐 이런 상상을 해볼까요? 우선 한 변의 길이가 30센티미터쯤 되는 주사위가 있습니다. 소재는 나무로 하면 좋겠지요. 그 주사위를 6이라는 숫자가 위로 나오도록 양손에 끼워 들고 1미터 높이에서 판판하게 고른 모래 위에 떨어뜨립니다. 그러면 어떻게 될까요?"

"한 변이 30센티미터인 주사위를 모래 위에……." 아오에는 미간을 좁히고 그 상황을 머릿속에 떠올렸다. "모래 위에 떨어진다면 주사위는 굴러가지 않겠지요. 반듯하게 아래로 떨어지면 6이라는 숫자가 위로 드러난 채 모래에 살짝 파묻히겠네요."

"그렇죠. 보세요, 조건이 갖춰지면 교수님도 예측이 가능하지 않습니까?"

"아니, 그것과 이건 얘기가 다른데……."

"똑같습니다. 현상이 다소 복잡해지기는 해도 물리법칙을 바탕으로 예측한다는 점에서는 다를 게 없어요. 물론 그러기 위해서는 엄청난 양의 데이터가 필요합니다. 이 영상을 촬영하기 전까지 겐토 군은 100번이 넘게 실제로 실행해봤어요. 처음에는 제대로 예측하지 못했지만, 50번을 넘어설 때쯤부터 적중률이 높아졌습니다. 주사위나 책상에 관한 물리적 데이터가 구비되었다는 얘기겠지요. 그러니 다른 주사위를 사용할 경우에는 다시 처음부터 새로 시작해야 합니다. 참고로, 주사위가 이보다 작으면 적중률이 뚝 떨어져요. 겐토 군에 의하면 책상 표면의 위치에 따라서 반발계수가 미묘하게 달라지기 때문이라는군요."

우하라는 한 가지 더 보여주겠다면서 태블릿을 터치했다. 바뀐 디스플레이 화면의 영상은 어딘가 운동장인 것 같았다.

체격이 좋은 남자 한 명이 양궁 장비를 들고 서 있었다. 스테빌라이저가 몇 개나 달린 활은 오른손에 들었다.

돌연 화면이 세 개로 나뉘면서 남자의 모습은 중앙 화면에 배치되었다. 그리고 그것을 사이에 두고 양쪽 화면에 과녁이 나타났다. 중심은 노란색이고 빨강, 파랑, 검정, 흰색의 동심원으로 구성된 과녁이다. 오른쪽 화면에 보이는 건 실제 과녁인 것 같았다. 하지만 왼쪽 화면의 과녁은 실제가 아니라 액정 화면에 그린 것이었다.

"무슨 일이 일어나는 겁니까?" 아오에는 물었다.

"보시면 알게 될 거예요." 우하라가 입가를 풀고 웃으며 말했다.

남자가 현에 화살을 메기고 활을 당기기 시작했다. 잠깐 정지해서 노릴 곳을 정하더니 손을 놓았다. 발사된 화살은 순식간에 화면에서 사라졌다.

그 직후, 왼편 화면에 손이 나타나 과녁의 일부를 검지로 딱 짚었다. 그곳에 초록색 점이 찍힌 것과 실제 과녁에 화살이 도착한 것은 거의 동시였다.

화살은 시계 방향으로 2시 위치, 즉 빨강 범위에 꽂혔다. 액정 화면의 과녁에 찍힌 초록색 점과 거의 동일한 위치였다.

남자가 다시 화살을 메기고 발사했다. 다시금 왼편 화면에 손이 나타나 과녁을 짚었다. 이번에는 6시 방향의 파랑 범위에 초록색 점이 찍히고, 거의 같은 타이밍에 실제 화살도 그 위치에 꽂혔다.

"과녁까지의 거리는 90미터, 과녁의 크기는 직경 122센티미터, 이 남자는 국가대표 수준의 양궁 선수인데 항상 한복판을 노리고 화살을 쏘아달라고 미리 부탁했습니다." 우하라가 말했다. "이미 다 아셨지요? 왼편 화면에 나온 손의 주인은 겐토 군입니다. 그는 선수가 화살을 쏜 직후에 과녁의 어느 위치에 맞을지 예측한 거예요. 물론 그러기 위한 데이터는 필요합니다. 실은 이 실험 전에 선수에게 몇 번화살을 쏴달라고 했습니다. 겐토 군은 그 모습을 관찰하는 것으로, 발사된 화살의 탄도 경향, 바람의 영향 등을 뇌에 입력해나갔죠."

아오에는 새삼 화면을 응시한 뒤에 긴 숨을 내쉬었다. "믿어지지는 않지만 믿을 수밖에 없네요."

"기적이라고 말했던 것도 그다지 과장은 아니었지요?" 우하라는 태블릿을 터치해 영상을 껐다.

"왜 이런 일이 일어났습니까? 역시 수술의 영향인가요?"

"그렇게 생각할 수밖에 없겠지요. 하지만 그 전에 잠깐 다른 얘기를 해야겠군요. 예전에 우리 연구실에서 다루었던 엑스퍼트 브레인이라는 것에 대한 얘기입니다."

"엑스퍼트 브레인? 뭔가 난해한 얘기 같군요."

"교수님이라면 간단히 이해하실 겁니다. 나는 당시 뇌의 고차 기능을 분자와 세포 수준에서 분석하는 연구를 하고 있었어요. 그 결과, 뇌의 신경 활동과 기억 및 학습의 관계에 대해 상당한 단계까지 해명하는 데 성공했죠. 그래서 그다음으로 주목한 것이 공예품이나 재료 가공 분야에서 수작업을 통해 초인적인 기술을 이뤄낸 명인, 이른바 달인이라고 불리는 사람들의 뇌였어요. 몇몇 달인의 협력을 얻어 조사해본바, 놀랄 만한 사실을 알게 되었습니다. 한마디로 말하자면, 그들은 복수의 뇌를 갖고 있었어요."

예에? 하고 아오에는 몸을 뒤로 젖혔다. "복수의 뇌라니, 설마……."

"물론 이건 비유로서 한 말입니다." 우하라는 고개를 끄덕이며 말했다. "해부학적으로는 일반인의 뇌와 전혀 다르지 않아요. 하지만 일단 작업에 들어가면 그 차이가 분명하게 드러납니다. 우선 그들은 약간 복잡한 작업이라도 대뇌의 극히 일부밖에 쓰지 않았어요. 깎고 구부리고 조립하는 등의 작업을 할 때, 보통 사람들은 대뇌를 광범위하게 써야 합니다. 약간 복잡한 작업이라면 뇌의 거의 전역을 써야 해서 누가 옆에서 말을 걸어도 알아차리지 못할 정도지요. 집중력이 뛰어나다고 하면 듣기야 좋지만, 요컨대 정보처리 능력이 한계에 달한 상태인 거예요. 그런 점에서 명인이나 달인이라고 불리는 사람들은 정보처리 능력에 여유가 있어서 작업을 하면서도 동시에 다양한 것을 관찰하고 생각해가면서 그것을 작업에 피드백하는 게 가능합니다. 게다가 좀 더 믿을 수 없는 사실은 그들 자신이 그걸 자각하지 못한다는 점입니다. 수많은 정보처리가 무의식중에 이루어지는 거예요. 그들이 '직인의 감感'이라고 표현하는 게 바로 그것입니다."

아오에는 끄응 신음 소리를 냈다. 명인이나 달인이라고 불리는 직인들이 대단하다는 건 알고 있었지만, 과학적으로 설명을 듣고 보니 또 다른 박력이 있었다.

"그건 역시 훈련을 통해 얻어지는 겁니까?"

"훈련은 불가결한 요소입니다. 하지만 나는 유전자적 요소도 있을 것이라고 생각합니다. 반복적인 훈련으로 뇌는 효율성이 뛰어난 신경 회로를 만들어내지만, 그 속도나 성과에는 분명 개인차가 있는 것이지요."

그 점은 아오에도 이해가 되었다. 스포츠 등의 재능도 비슷하다. 똑같은 노력을 해도 똑같은 결과를 얻어낼 수는 없는 것이다.

"그럼 다시 겐토 군 얘기로 돌아갈까요." 우하라가 말을 이었다. "그의 경우, 새로운 신경 회로가 형성되는 속도가 현격하게 빠릅니다. 이를테면 어떤 정보를 뇌에서 처리할 경우, 처음에는 약간 시간이 걸려도 몇 번 거듭하는 사이에 처리 속도가 비약적으로 빨라지는 것이지요. 조사해보니 그 처리를 하는 데 사용하는 대뇌의 범위가 필요 최소한으로 좁혀져 있다는 게 밝혀졌습니다. 달인들과 마찬가지로 뇌에 여유가 있어요. 그렇게 남아도는 부분으로 전혀 다른 정보를 처리할 수 있지요. 한때는 식물인간 상태에 떨어졌던 겐토 군이 기적적으로 완쾌된 이유는 바로 거기에 있었습니다. 그러면 이 정보처리 능력을 어디까지 높일 수 있는가. 그 점에 흥미가 있었습니다. 그래서 겐토 군을 우리 수리학 연구소에서 맡기로 한 것입니다. 여기서는 지능이란 무엇인가라는 문제에 대해 다방면으로 연구하고 있으니까요. 겐토 군은 매일매일 다양한 테스트를 받았습니다. 물론 본인도 승낙한 일이었죠. 이윽고 그의 뇌에서 일어나는 일들이 조금씩 밝혀졌어요. 그것을 단적으로 말하자면, 미래 상황을 거의 완벽하게 예측할 수 있다는 겁니다. 오감을 통해 수집되는 현재 상황에 관한 정보를 즉각즉각 분석해서 그다음 순간에 어떻게 될지를 예측해냅니다. 그런 과정을 반복하는 것을 통해 주사위 숫자나 양궁의 화살이 어디에 맞을지 예측할 수 있게 된 것이지요."

우하라의 말을 들으면서 아오에는 몇몇 장면을 머릿속에 떠올렸다. 그 비슷한 일을 그 역시 몇 차례나 목격했다. 스모크뿐만이 아니다. 볼링장의 핀, 크레인 게임……. 아니지, 하고 머리를 저었다. 그 이전에도 목격했었다. 아카쿠마 온천의 여관 로비에서였다. 테이블에 흘린 액체의 행방을 정확히 예측해냈다. 단지 그 일을 한 사람은 아마카스 겐토가 아니라 다른 인물이었다.

"혹시 마도카도?"

"그 얘기는 나중에 해드리도록 하지요." 우하라가 제지하듯이 손을 내밀었다. "교수님은 조금 전에 왜 이런 일을 발표하지 않느냐고 의아해하셨어요. 우선 그 점부터 대답하도록 하겠습니다. 이유 중의 하나는, 수리학 연구소가 가이메이 대학만이 아니라 정부 연구기관이기도 하다는 점 때문입니다. 겐토 군에 대한 일은 당연히 후생노동성*이나 문부과학성**에도 전달되었습니다. 그리고 경찰청에도."

"경찰청?"

"이제 정보공학은 범죄 수사와도 밀접한 관련이 있으니까요." 우하라는 말했다. "그런 정부 행정기관에서, 겐토 군의 일에 대한 발표는 연구가 진척되어서 어느 정도 기술을 확립한 뒤에 검토해볼 것이고, 그때까지는 극비 사항이라는 지시가 내려왔습니다."

"극비……."

"생각해보면 당연한 일이에요. 어떻든 일종의 천재를 만들어내는 기술이라고 할 수 있으니까요. 섣불리 발표했다가 여기저기서 인체실험이라도 벌어지게 된다면 정말 큰일이지요. 물론 획기적인 연구

---

* 사회복지, 사회보장, 공공 위생 및 환경에 관한 업무를 담당하는 행정기관.
** 교육과 과학기술을 담당하는 행정기관.

를 우리 나라에서 독점하고자 하는 게 가장 큰 이유겠지만."

"연구는 어느 정도나 진척되었습니까?"

우하라는 어깨를 으쓱 치켜들고 양손을 가볍게 들어 올렸다.

"아직 갈 길이 멀어요. 겐토 군이 처음 연구소에 왔을 때는 그 능력이 수술에 따른 영향인지 아니면 그가 원래부터 갖고 있던 능력인지조차 판단을 내리지 못했습니다. 비슷한 수술을 받은 환자가 꽤 있었지만 겐토 군 같은 케이스는 한 명도 없었으니까요. 이윽고 몇 가지 힌트를 포착해서 역시 수술의 영향이라는 것은 밝혀냈지만, 문제는 재현성이었습니다. 그것을 확인하는 데는 아주 큰 장애물이 있었어요. 한마디로, 겐토 군과 완전히 똑같은 뇌 부위에 완전히 똑같은 수술을 할 필요가 있었다는 것이지요. 당연히 우리가 원하는 조건에 딱 맞는 환자가 나타날 가능성은 지극히 낮아요. 그래서 해결책으로 한 가지 아이디어가 나왔습니다. 하지만 그건 윤리적인 면에서 반드시 책임이 뒤따르게 되는 금단의 실험이었습니다. 그게 어떤 것인지, 상상이 되십니까?"

"혹시 건강한 사람에게 수술을?"

우하라는 한숨을 내쉬며 고개를 끄덕였다.

"정확히 맞히셨어요. 뇌에 아무 장애가 없는, 게다가 세포 재생 능력이 높은 어린아이를 데려다 겐토 군의 뇌 손상 부위와 똑같은 자리에 수술을 하자는 것입니다. 물론 이상이 생기면 즉시 원래 상태로 되돌린다는 얘기였지만, 어떤 일에나 완벽이라는 건 없는 법이지요. 수술로 인해 중증 장애가 남을 위험성도 전혀 없는 건 아니었습니다."

"하지만 박사님은 그런 위험한 수술을 하셨군요." 아오에는 말했다. "딸 마도카에게."

"제정신이 아니라고 해도 당연한 말씀이지요." 그리고 우하라는 옅은 미소를 보였다. "실제로 반쯤 미쳤었어요. 나도, 주위 사람들도."

"아니, 그건 아니에요." 갑작스레 옆에서 목소리가 들려왔다. 기리미야 레이가 의자에서 일어나 있었다.

"아니라니, 그건 무슨 말이죠?" 아오에가 물었다.

"기리미야." 우하라가 나무라듯이 만류했다. "그런 얘기는 할 거 없어."

"아뇨, 이건 아오에 교수님께서도 알아두시는 게 좋아요." 기리미야 레이는 천천히 이쪽 자리로 다가왔다. "마도카에 대한 수술은 우하라 박사님이 처음 말을 꺼낸 것도 아니고, 그렇다고 다른 누군가가 그런 제안을 한 것도 아니었습니다. 마도카 본인이 나서서 실험대가 되기를 희망했던 일이에요."

아오에는 흠칫 몸을 물리며 엇 하는 소리를 냈다. "설마."

"사실입니다. 제가 직접 마도카에게서 들었으니까요. 왜 그런 수술을 받으려고 하는지 마도카 본인이 내게 얘기했습니다." 기리미야 레이는 숨을 가다듬으려는지 잠시 가슴이 들먹거린 뒤, 마치 중대한 고백이라도 하듯이 말을 이었다. "나는 라플라스의 마녀가 되고 싶다, 라고 했어요."

"라플라스?"

"마도카의 마음을 뒤흔든 것은 토네이도입니다."

25

누군가 자신의 이름을 부르는 것 같아 눈을 떴다. 잠깐 졸고 있었던 모양이다. 마도카는 몸을 일으키며 나이트테이블의 시계를 보았다. 오후 8시 가까운 시각이었다.

침대에서 내려와 창가로 다가갔다. 커튼 틈새로 바깥 상황을 살펴보았다. 맞은편 파친코점 옆에 왜건 한 대가 주차되어 있었다. 아마 그 차일 거라고 내심 짐작했다. 어제까지는 노란색 경자동차였다. 날마다 똑같은 차를 세워놓으면 너무 쉽게 눈에 띈다고 판단했을 것이다. 기리미야 레이의 지시였을 가능성도 있지만 아마도 다케오 자신의 판단일 거라고 마도카는 생각했다. 그가 주의 깊은 성격이라는 건 잘 알고 있다.

아리스가와노미야 기념공원에서 아오에를 만난 뒤 택시를 잡아탔다. 그 택시 안에서 곧바로 미행하는 차가 있다는 것을 눈치챘다. 공원에 갈 때는 뒤따라오는 차가 없었으니까 미행자는 아오에 교수를 추적해 온 사람들이다. 그렇다면 기리미야와 다케오 외에 다른 사람은 생각할 수 없다.

따돌려버릴까 하는 생각도 했지만 그래서는 그쪽이 앞으로 어떻게 나올지, 전혀 모르게 된다. 미행을 한다는 건 지금 당장 데려갈 생각은 아닌 거라고 짐작하고, 마도카는 일부러 자신의 숙소를 노출했다. 저렴한 비즈니스호텔이다. 그날부터 수상쩍은 차가 호텔 앞 도로에 주차하고 있었다. 호텔 현관을 감시하는 것이다.

편의점에 먹을 것을 사러 나갈 때, 손거울을 이용해 차 안을 슬쩍 훔쳐보았다. 짐작했던 대로 운전석에 앉은 다케오의 험상궂은 얼굴이 보였다.

왜 감시만 하고 데려가지는 않는가. 생각할 수 있는 건 마도카의 목적을 이미 다 알고 그 추이를 지켜본다는 것이다. 물론 이쪽의 행동 모두를 묵인해줄지 말지는 알 수 없다. 마지막 순간에 끼어들어 방해할 가능성도 매우 크다.

그러나 목표로 삼은 방향은 마도카와 다르지 않을 터였다. 즉 아마카스 겐토가 더 이상 죄를 범하지 못하도록 하는 것, 그를 멈추게 하는 것이다.

창가를 떠나 다시 침대에 누웠다. 하지만 더 이상 잠은 오지 않았다. 말똥말똥한 눈가에 되살아나는 것은 겐토를 처음 만난 날의 일이었다.

식물인간 상태였던 소년을 아버지가 획기적인 수술로 깨어나게 했다, 라는 이야기는 그 전부터 듣고 있었다. 하지만 마도카는 아무 관심도 없었다. 오히려 그런 얘기는 굳이 귀담아 듣지 않으려고 했다. 왜냐하면 그 화제는 자신의 짧은 인생에서 가장 슬픈 추억으로 곧장 이어졌기 때문이다.

그 추억이란 다름 아닌 엄마와의 일이었다. 그리고 엄마의 목숨을 앗아 간 토네이도.

건물 잔해에 묻힌 엄마가 마지막 순간에 보여준 미소는 그 뒤에도 줄곧 마도카의 뇌리에 낙인으로 찍혀 있었다. 숨을 거두기 직전까지 엄마는 딸의 안부만을 걱정했던 것이다. 딸이 무사하다는 것을 알고 진심으로 안도했던 것이리라. 그 마지막 미소가 생각날 때마다 마도카는 가슴이 울컥해지곤 했다.

다정했던 엄마, 따스했던 엄마, 누구보다 강했던 엄마—. 마도카에게 둘도 없이 소중한 사람을 토네이도는 단 한순간에 앗아 가고 말았다.

등 뒤에서 검고 거대한 원기둥이 덮쳐들던 그 광경은 평생 잊을 수 없다고 마도카는 생각했다. 모든 것이 파괴되어버린 그 모습은 나중에 돌이켜봐도 이 세상 일이었다는 것이 믿어지지 않았다.

하지만 딱히 누군가가 잘못한 것도 아니었다. 토네이도는 자연현상이다. 그저 운이 나빴던 것뿐이다. 그날 그 시간, 그 장소에 있지 않았다면 재난을 피할 수 있었다.

그렇다, 아버지 젠타로는 그 자리에 없었던 덕분에 재난을 피했다. 그는 도쿄에 있었고, 그래서 토네이도라는 건 본 적이 없다.

아버지가 외할머니 댁에 마도카나 엄마와 함께 가지 못한 것은 병원 일에서 손을 놓을 수 없었기 때문이다. 아버지가 아니면 안 되는 중요한 수술이 있어서 그 준비로 바쁜 상황이었다. 이번 연휴에는 마도카의 외가에 다녀오자, 라는 말을 처음 꺼낸 건 아빠였는데—.

그렇다고 아버지를 나무랄 마음은 없었다. 만일 아버지까지 함께 갔다면 마도카는 부모님을 동시에 잃었을지도 모르는 것이다.

수술을 예정대로 강행한 것에도 마도카는 오로지 감탄했을 뿐이다. 아버지가 엄마의 죽음을 얼마나 슬퍼하는지는 아주 잠깐만 곁에 있어도 충분히 느껴졌다. 밤늦은 시간에 집에 돌아온 아버지가 영정 사진 앞에서 위스키를 마시는 모습을 몇 번이나 목격했다. 아버지가 마음속으로 세상 떠난 아내에게 말을 건네는 목소리가 마도카의 귀에도 들리는 것만 같았다.

하지만 아버지가 집도한 수술 자체에는 흥미가 없었다. 수술에 성공했다니 다행이라고는 생각했지만 그저 그것뿐이었다. 젠타로도 수술에 대한 얘기는 하지 않았다. 원래부터 집에서는 일 얘기를 거의 하지 않았지만, 전보다 더 그런 얘기는 피하는 것처럼 느껴졌다. 아마도 딸의 마음을 헤아려주는 배려일 것이다.

그래서 그날 젠타로가 스마트폰을 세면대에 깜빡 잊고 출근한 것은 우하라 부녀에게는 그야말로 운명의 장난이었다.

그날, 이라는 건 지금부터 4년 전의 어느 가을날이다. 평일이지만 마도카는 집에 있었다. 왜냐하면 개교기념일이었기 때문이다. 같은 재단이라서 중학교에 올라가도 개교기념일은 초등학교 때와 똑같았다. 즉 토네이도의 습격을 받은 날로부터 정확히 4년째가 되는 날이었다.

스마트폰을 발견한 마도카는 그것을 아버지에게 전해주려고 집을 나섰다. 아버지의 직장인 가이메이 대학병원에는 몇 번 가본 적이 있었다.

밖으로 나오자 그 전날부터 내리던 비는 걷혀가고 있었다. 하지만 아직은 날씨가 수상쩍었다. 잠시 망설이다가 마도카는 우산을 들고 나왔다.

병원에 도착해 접수처에서 아버지의 소재를 확인했다. 그랬더니 오늘은 병원에 없고 수리학 연구소에 가 있다고 알려주었다. 장소를 물어보니 병원에서 조금 떨어진 곳에 있다고 했다.

추울 정도의 날씨는 아니어서 슬슬 걸어가기로 했다. 다행히 비는 그쳤다. 사람의 왕래가 적은 길 곳곳에 빗물이 고여 웅덩이가 생겨났다.

수리학 연구소―. 아버지가 왜 그런 곳에 가 있을까. 뇌신경외과 의사인 아버지는 수리학이라는 말과는 별 관련이 없는 것처럼 생각되었다.

마도카도 스마트폰이 있었지만 아버지에게서 온 연락은 없었다. 어쩌면 집에 깜빡 잊고 온 것을 알지 못하는지도 모른다.

이윽고 왼편 앞쪽에 하얀 건물이 나타났다. 그 앞까지 가보니 〈독립행정법인 수리학 연구소〉라는 팻말을 확인할 수 있었다. 마도카는 건물을 올려다보았다. 예각이 두드러지는 디자인이 수리학이라는 말과 잘 어울리는 것 같았다.

입구는 스모크 유리문이라서 안이 전혀 보이지 않았다. 어딘지 모르게 관계자 이외의 출입을 거부하는 분위기가 감돌았다.

마도카가 머뭇거리고 있는데 누군가 뒤에서 말을 건넸다. 돌아보니 한 남자애가 이쪽으로 뛰어오는 참이었다. 그가 급하게 소리쳤다. "우산을 펴!"

"응? 뭐라고?" 마도카는 당황스러웠다.

남자애는 곁으로 다가와 마도카의 손에서 우산을 빼앗았다. 그러고는 잽싸게 펼쳐 들더니 마도카의 머리를 꾹 누르며 말했다. "빨리 앉아!"

무슨 영문인지도 모른 채 마도카는 그 자리에 웅크리고 앉았다. 그러자마자 트럭 한 대가 바로 옆을 휘익 지나갔고, 다음 순간에는 흙탕물이 우산에 촤아악 튀었다. 뭐가 어떻게 된 건지 도통 알 수 없었다.

남자애는 후우 한숨을 내쉬더니 자리에서 일어섰다. 다행이다, 라면서 우산을 접었다.

"운전을 진짜 난폭하게 하더라고. 내 예상대로, 물웅덩이를 피하지도 않았고 속도도 줄이지 않았어." 그렇게 말하고는 자아, 라면서 마도카에게 우산을 내밀었다.

상황을 이해하지 못한 채 우산을 받아 든 마도카에게 남자애는 통로를 가리켰다. 길가에 커다란 물웅덩이가 있었다.

그것을 보고서야 마도카는 이해했다. 트럭 타이어가 빠른 속도로 물웅덩이를 밟고 달려가는 바람에 그 물벼락이 이쪽으로 튄 것이다.

"웅덩이 물이 나한테 튄다는 거, 어떻게 알았어?"

남자애는 난처한 듯 눈썹 끝을 내려뜨리며 고개를 갸우뚱했다.

"어떻게 알았냐고? 나는 그 질문이 제일 괴롭더라. 그냥저냥, 이라는 말밖에 설명할 방법이 없어서."

"그래?"

똑같은 질문을 받는 일이 많았던 모양이라고 마도카는 내심 생각했다. 그렇다면 이런 일이 자주 있다는 뜻인가.

하지만 그런 생각보다 우선 마도카에게는 해야 할 일이 있었다.

"고마워. 덕분에 물벼락을 피했어." 그리고 마도카는 남자애의 면바지 자락이 젖은 것을 보고, 미안하다고 사과했다.

"네가 사과할 일이 아니잖아. 그보다 하얀 옷에 진흙탕이 튀지 않아서 다행이다." 그는 마도카가 입은 하얀 파카를 가리키며 말했다.

남자애는 자그마한 몸집이었지만 자세히 보니 마도카보다 약간 나이가 많은 것 같았다. 콧날이 우뚝하고 눈은 가늘고 길어서 서늘한 인상이었다. 학교에서 여학생들에게 인기가 많겠다고 마도카는 생각했다.

"연구소에 무슨 볼일이 있어?" 남자애는 건물 쪽에 시선을 던지며 물었다.

"아빠가 잊어버리고 간 게 있어서 전해주려고 왔어."

"그래? 너희 아빠가 누군데?"

"우하라 의사 선생님……."

남자애의 눈이 조금 커졌다. "가이메이 대학의 우하라 박사님?"

"너도 알아?"

"물론이지, 나의 은인이신데."

"은인?"

남자애는 자신의 머리를 손끝으로 가리키며 말했다. "수술해주셨어. 4년 전에."

마도카는 고개를 갸우뚱하다가 흠칫 놀라서 새삼 그의 얼굴을 마주 보았다.

"혹시 너, 식물인간 상태에서 회복된 그 기적의 소년이야?"

맞아, 라고 그는 고개를 끄덕였다. "그거 내 얘기야. 그러니까 우하라 박사님은 나의 은인이야. 생명의 은인."

마도카는 깜짝 놀랐다. 수술이 성공했다는 건 알고 있었다. 하지만 이렇게까지 회복되었을 줄은 상상도 못 했다. 의식이 돌아오더라도 뭔가 후유증이 있을 거라고 막연히 생각했었다. 하지만 눈앞에 서 있는 남자애는 어디를 어떻게 봐도 보통 사람이었다. 아니, 조금 전에 보여준 민첩한 행동은 마도카로서는 흉내도 낼 수 없을 정도였다.

"이렇게 건강해졌어?"

그녀가 솔직한 느낌을 말하자 그는 씨익 웃었다. "다 박사님 덕분이야."

내 아버지에 대한 감사의 말을 듣고 기분 나쁠 사람은 없다. 마도카도 저절로 뺨이 풀어지면서 빙그레 웃었다. 하지만 곧바로 뭔가 위화감이 들었다.

"근데, 이름이?"

마도카가 물어보자 그는 "아마카스 겐토"라고 이름을 알려주었다. 희귀한 성씨였다. 마도카도 자기소개를 했더니 겐토가 말했다. "마도카, 예쁜 이름이네."

"근데 아직도 병원에 다녀? 겉으로 보기에는 다 나은 것 같은데."

겐토는 웃음을 머금은 채 턱 끝을 건물 쪽으로 향했다. "여기, 병원 아니잖아."

"아, 그런가?" 마도카는 건물 입구를 쳐다본 뒤 겐토에게로 다시 시선을 돌렸다. "그럼 겐토 군도 여기에 볼일이 있어서 왔어?"

"볼일이 있다기보다……." 그는 자신의 머리칼을 만졌다. "나, 여기서 살아."

"그럼 여기가 집이야?"

"집이라고 하기는 좀 그렇지? 하긴 다른 거처도 없으니까 결국 여기가 집인가."

"왜 이런 데서 살아?"

그러자 그는 약간 미심쩍다는 눈빛을 던져 왔다.

"나에 대해서 우하라 박사님에게 아무 말도 못 들었어?"

"아무 말도 못 들었는데?" 마도카는 고개를 저었다. "아빠는 집에 와서는 병원 얘기는 전혀 안 해."

"그렇다면 나도 말하면 안 되겠다. 외부에 발설하지 말라고 하셨거든."

"비밀인 거야?"

"뭐, 그런 셈이지." 그는 어깨를 으쓱 쳐들었다.

이런 얘기를 들으면 공연히 더 궁금해진다.

"절대 아무한테도 말하지 않는다고 약속해도 안 돼?" 마도카는 한 번 더 버텨보았다.

그는 웃음이 담긴 얼굴로 말했다. "안 되지. 그런 약속은 믿을 게 못 된다는 거, 너도 잘 알잖아?"

대꾸할 수 없었다. 맞는 말이었기 때문이다.

"안에 들어갈래? 내가 안내해줄게."

"와아, 고마워."

그는 익숙한 몸짓으로 건물 입구로 향했다. 마도카도 그 뒤를 따라 안으로 들어갔다. 빛의 양을 약간 줄여둔 듯한 조명 아래, 소파와 테이블이 여러 개 줄지어 있었다. 남자 한 명이 구석 자리에서 잡지를 읽고 있을 뿐, 그 밖에는 아무도 없었다.

안으로 들어가자 역의 자동 개찰기 같은 것 두 개가 나란히 붙어 있었다. 그 옆의 카운터에는 여자가 앉아 있었다.

겐토는 그 여자에게 다가가 뭔가 얘기했다. 여자가 웃는 얼굴로 알 겠다는 듯 고개를 끄덕이며 마도카를 보았다. 그러고는 수화기를 들고 어딘가에 전화를 걸기 시작했다.

전화를 마치자 그녀는 겐토에게 뭔가 얘기했고 그는 고개를 끄덕이고 마도카 쪽을 돌아보며 이쪽으로 오라는 손짓을 했다. 그녀는 그쪽으로 다가갔다.

"우하라 박사님이 지금 일 때문에 나오시기 어려운 모양이야. 스마트폰은 여기에 맡겨두면 돼. 나중에 박사님께 전해주겠대."

"그렇구나." 마도카는 호주머니에서 아버지의 스마트폰을 꺼내 카운터에 올려놓았다. "잘 부탁드립니다."

"응, 꼭 전해드릴게."

여자가 스마트폰을 챙겨 넣는 것을 확인하고 마도카는 겐토와 함께 카운터를 떠났다.

"고마워."

"별일도 아닌데 뭘. 그보다 연락처 같은 거, 물어봐도 될까?"

"응응, 완전 괜찮아."

마도카도 똑같은 생각을 하고 있었던 것이다. 가슴이 두근거릴 정도는 아니지만 호감은 가질 수 있었다. 어딘지 수수께끼 같은 부분에도 흥미가 있었다. 그 자리에서 두 사람은 연락처를 교환했다.

겐토는 입구 밖까지 배웅해주었다. 조금 전의 물웅덩이가 마도카의 눈에 들어왔다.

"집은 가까워?" 하늘을 올려다보며 겐토가 물었다.

"전차 타고 15분쯤? 역은……."

그녀가 말한 역 이름을 듣고 겐토는 자신의 스마트폰을 재빨리 터치했다. 화면에 지도를 불러내고 있었다.

"여기서 서쪽으로 12킬로구나. 역에서 집까지는 가까워?"

"걸어서 7분쯤?" 왜 그런 걸 묻는지 의아한 마음이 들었다.

"그래? 좀 애매한데."

"뭐가?"

겐토는 손끝으로 하늘을 가리켰다. "앞으로 25분 뒤에 비가 올 거야. 여기서 역까지 5분, 차 기다리는 시간을 생각하면 네가 전차에서 내릴 때쯤부터 비가 쏟아져. 그 우산, 또 쓰게 될 거 같다."

"날씨 예보에 그렇게 나왔어?"

"날씨 예보에는 안 나왔지만, 틀림없이 그럴 거야."

어떻게 대답해야 할지 몰라서 마도카가 입을 다물자 "그럼, 잘 가"라면서 그는 건물 안으로 들어갔다.

석연치 않은 기분으로 역까지 걸어갔다. 잠시 뒤에 들어온 전차를 타고 가다가 바깥이 조금 어둑어둑해진 것을 깨달았다.

전차가 집에서 가까운 역에 도착했다. 마도카가 역을 나온 직후에 갑작스럽게 비가 쏟아졌다. 우산을 받쳐 들고 스마트폰을 꺼내 시각을 확인했다. 겐토가 예언했던 대로 정확히 25분이 지나 있었다.

그날 밤, 집에 돌아온 아버지는 스마트폰을 챙겨줘서 고맙다고 마도카에게 말했다.

"덕분에 요긴하게 잘 썼어. 너한테 연락하려다가 거기까지 나오라고 하기도 미안해서 안 했는데. 그나저나 용케 잘 찾아왔더구나."

"병원에 갔는데 그쪽으로 가라고 알려줬어. 아빠, 요새는 계속 그쪽 건물에서 일해? 뭐라더라, 수리학 연구소라고 했던가."

"계속 그쪽인 건 아니고 가끔씩. 왜 그런 걸 묻지?"

마도카는 잠시 망설이다가 아마카스 겐토와 만난 일을 얘기했다. 그가 건물 안으로 안내해줬다는 것도.

그러자 아버지의 표정이 갑자기 굳어버렸다. "그 애가 뭔가 보여줬어? 아니면 뭔가 얘기했어?"

그 눈빛이 심상치 않은 것을 보고, 아무래도 말하지 않는 게 좋겠다고 짐작했다. 마도카는 고개를 저으며 건물 안에 안내해준 것뿐이라고 얼버무렸다.

아버지는 이내 고개를 끄덕였지만 뭔가 미심쩍어하는 기색이었다.

그날 이래로 마도카는 겐토의 일이 궁금해서 견딜 수가 없었다. 거기서 무엇을 하는 걸까. 왜 남들에게는 비밀로 해야 할까.

우선은 그에게 메일을 보내보기로 했다. 그날 고마웠다는 인사, 그리고 그가 말했던 대로 비가 내려서 깜짝 놀랐다, 라는 내용이었다.

곧바로 답신이 왔다. 생각지 못한 기회에 은인의 딸을 만나 반가웠다는 것이며, 이런저런 비밀이 많아서 힘들다는 것이 장난스러운 투로 적혀 있었다. 가볍게 읽히는 문장이었지만 실은 내면에 뭔가 무거운 것을 떠안고 있는 사람의 글이라는 느낌을 받았다.

한동안 무난한 내용의 메일을 주고받았다. 그의 글로 봐서는 마도카 말고는 메일을 주고받는 사람이 없는 모양이었다. 그 이유에 대해 '사귀는 친구들이 많아지면 비밀을 유지하기가 점점 더 힘들어지기 때문'이라고 했다.

그 부분을 읽고 실은 그도 비밀을 털어놓고 싶은 거라고 짐작했다. 그걸 어떻게 하면 털어놓게 할 수 있을지 궁리해봤지만 좋은 방법이 떠오르지 않았다.

그런 참에 오래간만에 다시 만나기로 했다. 둘 중 누구랄 것도 없이 얘기가 그런 쪽으로 흘러간 것이다. 가이메이 대학 옆에 시네마 콤플렉스와 쇼핑센터가 함께한 대형 복합몰이 있어서 거기서 만나기로 약속했다.

한 달여 만에 만난 아마카스 겐토는 상당히 어른스럽게 보였다. 마도카는 자신의 옷차림이 너무 밋밋한 것 같아 마음에 걸렸다. 짧은 핑크색 반바지에 티셔츠를 입고 그 위에 베이지색 후드 재킷을 걸쳤을 뿐이다. 예쁘게 보일지 말지, 전혀 자신이 없었다. 하지만 그는 아주 잘 어울린다고 말해주었다.

과일디저트 찻집이 있어서 거기에 가려고 했지만 아쉽게도 만석이었다. 겐토는 매장 안을 쓰윽 살펴보더니 잠깐만 기다려보자고 말했다.

"금방 자리가 날 거야. 창가에 앉고 싶었는데 마침 잘됐다."

실제로 그 뒤 채 5분도 안 되어 가족인 듯한 세 사람 일행이 나왔다. 안에 들어가자 여점원이 창가 테이블을 치우는 참이었다.

"어떻게 이 자리가 빈다는 걸 알았어?" 자리에 앉은 뒤에 마도카가 물었다.

"확신이 있었던 건 아니야. 인간의 행동은 예측하기가 어렵거든. 근데 몇 가지 근거가 있었어."

"근거? 어떤 근거?" 마도카는 호기심이 나서 얼굴을 앞으로 쭉 내밀며 물었다.

겐토는 어깨를 으쓱 치켜들었다.

"자세히 설명하려면 한이 없어. 엄마 쪽은 주스를 끝까지 다 마시려고 했고, 이미 커피를 마셔버린 아빠 쪽은 답답한 듯 테이블을 손끝으로 툭툭 치고 있었어. 아들아이는 따분한 듯 다리를 덜렁덜렁 흔들었고, 그 세 사람 사이에는 별다른 대화가 없었어. 뭐, 대충 그런 거야. 그중 어떤 게 결정적이었다고 할 수도 없어. 그냥 전체적인 분위기를 통해 감지한 거지. 인간이란 다음 행동으로 옮겨 갈 때, 반드시 일정한 신호를 발하거든. 본인들은 무의식적으로 하는 행동이겠지만."

마도카는 눈을 깜빡거리며 겐토의 얼굴을 지그시 바라보았다.

"그런 세세한 것까지 다 관찰했어? 한번 쓰윽 쳐다보기만 했었는데?"

"한번 쓰윽 쳐다보면 충분해." 겐토가 입가를 풀며 웃었다. 그러고는 창밖으로 시선을 돌리며 표정이 약간 흐려졌다. "역시 저녁 5시쯤에 비가 올 것 같아. 우산 챙기자고 생각은 했었는데, 나올 때 깜빡 잊어버렸어."

"비?" 마도카는 스마트폰을 확인해보았다. "날씨 예보에 그런 얘기는 없는데?"

"응, 날씨 예보는 그렇지. 하지만 비가 올 거야." 겐토는 자신만만하게 말했다.

지난번하고 똑같다고 마도카는 생각했다. 그때도 그는 비가 올 것을 정확히 예고했다. 내리기 시작하는 시각까지 딱 맞혔다. 어떻게 그런 걸 아느냐고 물어보려다가 관뒀다. 그가 떠안고 있는 비밀과 관계가 있을 것 같았기 때문이다.

주스를 마시면서 음악이며 학교 얘기 등을 했다. 하지만 이야기는 주로 마도카가 했고 겐토는 처음부터 끝까지 들어주는 역할이었다. 그가 학교에 다니지 않는다는 건 그간 메일을 주고받는 동안에 막연히 알게 되었다. 하지만 공부를 안 하는 건 아니다. 그 수리학 연구소라는 곳에서 누구보다 열심히 공부하고 있었다. 그 내용은 아마도 일반 학교에서 배우는 것보다 훨씬 높은 수준일 터였다. 그에게서 직접 들은 건 아니지만 어쩐지 알 수 있었다.

과일디저트 찻집을 나와서 둘이 나란히 게임센터로 갔다. 게임을 하고 싶다고 겐토가 말했기 때문이다. 하지만 중간에 겐토가 발을 멈추고 뭔가를 주웠다. 하트 모양의 종이처럼 보였다. 마도카는 옆에서 들여다보았다. 별 모양과 함께 인쇄된 것은 인기 록밴드 이름이었다. 그러고 보니 근처 이벤트 회장에서 조금 전에 그 록밴드가 콘서트를 하고 있었다.

"콘서트 회장에서 뿌린 거겠지?" 겐토가 말했다. "요즘 이런 게 유행한다는 얘기는 들었어. 종이처럼 보이지만 실은 발포스티롤 페이퍼야. 선물 대신 가져가던 팬이 깜빡 떨어뜨린 거 같은데?"

"이런 걸 콘서트 회장에 뿌린다고? 왜?"

"그야 분위기를 띄우려는 거지."

마도카는 하트 모양의 종이쪽을 보고 고개를 갸우뚱했다. "이런 걸로 분위기가 띄워지나?"

"응, 너도 보면 알 거야."

겐토는 주위를 둘러보더니 에스컬레이터를 향해 걸어갔다. 하지만 에스컬레이터에는 타지 않고 그 바로 앞에서 멈춰 섰다.

현재 서 있는 곳은 3층이지만 통천장이라서 1층 매장까지 훤히 내려다보였다. 겐토가 몸을 숙여 아래를 들여다보았다.

"좋아, 돌아다니는 사람들이 별로 없어. 이 정도면 공기가 흐트러지지 않아 일이 잘될 거 같다."

"뭘 하려고?"

하지만 마도카의 물음에 대답하지 않고 그는 주의 깊은 눈빛으로 여기저기를 살펴본 뒤, 손잡이 너머로 팔을 내밀어 하트 모양의 그 얇은 발포스티롤 카드를 살짝 떨구었다.

깜짝 놀란 건 그다음 순간이었다.

분명 아래로 뚝 떨어질 줄 알았는데 그렇지 않았다. 하트 모양의 카드는 수평 자세를 유지한 채 공중을 비스듬히 가르며 천천히 내려가기 시작했다. 그 모습은 초소형 글라이더라고나 할까. 게다가 허공에 머무는 시간이 예상보다 훨씬 더 길었다.

"콘서트가 한창 고조될 때 이런 카드가 몇백 장씩 쏟아져 내려오면 팬들이 좋아하겠지?"

젠토의 말에 정말 그렇겠다고 생각하면서 마도카는 하트의 행방을 눈으로 따라잡았다. 어쩌면 팬들 사이에서 서로 카드를 차지하려고 다툼이 일어날지도 모른다.

하지만 마도카가 다시금 깜짝 놀란 건 그 뒤였다. 하트 모양의 글라이더는 미묘하게 방향을 바꿔가면서 1층까지 내려갔지만 결국 착지한 곳은 설마, 안내센터의 책상 위였다. 그곳에 있던 담당 여직원은 돌연 눈앞에 나타난 물체를 보고 놀라고 있었다. 머뭇머뭇 집어들더니 어디서 날아왔는지 알아보려고 둘레둘레 주위를 살피기 시작했다.

젠토는 킥킥 웃으면서 마도카를 돌아보았다. "누군가 잊고 간 물건은 인포메이션에 갖다 주는 게 맞지?"

마도카는 선뜻 말이 나오지 않았다. 방금 자신이 본 현상을 어떻게 설명해야 할지 알 수 없었기 때문이다. 아무래도 젠토는 처음부터 안내센터의 데스크를 향해 그 하트 모양의 카드를 날려 보낸 것 같았다. 하지만 마음먹은 대로 그리 쉽게 날아갈 수 있는 건가. 이곳에서 안내센터 데스크까지는 상당히 먼 거리였다.

멍해져 있는 마도카의 손을 잡고, 그만 가자면서 젠토는 걸음을 옮겼다.

게임센터에서 둘이 다양한 게임을 즐겼다. 카레이스 게임, 배틀 게임, 리듬에 맞춰 큰북을 치는 게임 등이다. 그런 것들을 즐기는 모습만 보면 젠토는 평범한 남학생들과 전혀 다르지 않았다. 특별히 게임을 잘하는 것도 아니어서 때로는 마도카가 이기기도 했다.

하지만 이제 슬슬 게임센터를 나서려는 참에 다시 한 번 깜짝 놀랄 일이 일어났다. 마도카가 무심코 크레인 게임의 유리 케이스 안에 있는 봉제 인형을 갖고 싶다고 말했을 때였다.

겐토의 눈이 반짝 빛난 것처럼 보였다. "어떤 인형? 몇 개나?"

마도카는 케이스 안을 들여다보며 봉제 인형 세 개를 가리키고 그중 어느 것이든 좋다고 대답했다.

겐토는 고개를 끄덕이더니 지갑에서 백 엔짜리 동전 세 개를 꺼냈다.

그다음부터는 완전히 마술을 보는 것 같았다. 그는 동전을 기계에 넣을 때마다 차례차례 원하는 인형을 따낸 것이다. 마치 손으로 집어내는 것 같았다. 너무 간단해 보여서 그것이 게임이라는 걸 잊어버릴 뻔했다. 겨우 5분 사이에 마도카의 손에 인형 세 개가 들어왔다.

"더 갖고 싶은 건 없어?" 겐토가 신이 난 듯 물었다.

마도카는 말없이 고개를 저었다. 선뜻 입이 열리지 않았다. 그래서 고맙다는 인사도 하지 못했다.

이제 어디로 갈까, 하고 겐토가 물었다. 마도카는 좀 피곤하다고 대답했다.

"그럼 잠깐 쉬자."

마침 게임센터 밖에 벤치가 있었다. 그곳에 나란히 앉았다. 창 너머로 근처 공원이 내려다보이는 자리였다. 하지만 경치는 그리 좋지 않았다. 하늘이 좀 어두웠기 때문이다. 그런 생각을 하는 참에 곧바로 빗방울이 창을 두드리기 시작했다. 퍼뜩 생각나서 마도카는 시계를 보았다. 오후 5시를 막 넘어선 참이었다.

"우산, 어떡하지? 새로 사기는 좀 아깝잖아." 겐토가 말했다. "하긴 8시에는 비가 뚝 그칠 거야." 자신의 예측이 어긋나리라는 건 전혀 생각하지 않는 말투였다. 마도카는 안고 있던 인형들을 옆에 내려놓고 겐토를 보았다.

"너, 어떻게 그런 걸 알 수 있어?"

겐토의 옆얼굴에 그늘 같은 것이 쓰윽 내달렸다. 마도카의 말이 그의 내면에 있는 뭔가를 자극했다는 건 분명했다.

"그냥 되는 건 아니잖아." 마도카는 말을 이었다. "날씨를 정확히 맞히고, 크레인 게임에서는 쉽게 인형을 집어내고, 그런 거. 아니, 그것뿐만이 아니야. 아까 하트 모양의 카드를 날려 보낸 것도, 처음 만났을 때 웅덩이의 물이 어떻게 튈지를 예상한 것도, 보통 사람은 못 하는 일이야. 근데 그거에 대해서 물어보면 안 되는 거야?"

겐토는 창밖으로 시선을 던진 채 아무 말도 하지 않았다. 물론 마도카의 얘기를 듣지 못한 건 아닐 터였다. 그 나름대로 망설이고 머뭇거리는 기척이 진하게 전해져 왔다.

이윽고 그의 입이 움직였다. "내가 좀 교활한 짓을 한 것 같다."

"응?"

겐토는 창피한 듯 뺨을 풀며 피식 웃더니 작은 한숨을 내쉬었다.

"그래, 궁금할 거야. 네가 이상하게 생각하는 게 당연해. 그럴 줄 뻔히 알면서 나는 내 능력을 숨기지 않았어. 숨기기는커녕 자랑하듯이 다 보여줬지. 네가 궁금해하도록, 네가 그런 질문을 하도록, 내가 작전을 쓴 거야. 난 정말 교활한 인간이야. 진짜 지겹다."

"겐토……."

그는 등을 꼿꼿이 세우고 마도카 쪽을 보았다.

"실은 털어놓고 싶은 게 있었어. 그래서 너를 만나기로 했어. 메일이 아니라 직접 보면서 얘기하고 싶어서."

마도카는 심호흡을 한 뒤에 그의 얼굴을 마주 보았다.

"나도 어쩐지 그런 느낌이 들었어. 겐토 군은 뭔가 큰 비밀을 갖고 있는데 그걸 아무에게도 말하지 못하는 게 너무 힘들어서 누군가 얘기를 좀 들어줬으면 할 거라고 예상했어. 그래서 나도 오늘 마음의 준비를 단단히 하고 나왔어."

"예상이 딱 맞았네?"

응, 하고 마도카는 고개를 끄덕였다. "나는 별로 감이 예리한 편도 아닌데, 이번에는 딱 맞혔어."

그러자 겐토는 의미심장한 눈빛으로 슬쩍 고개를 저었다.

"실은 그런 게 아니야. 네가 그렇게 예상하도록 내가 미리 수를 쓴 거야, 메일 주고받을 때."

"응? 그건 또 뭐야?"

"연구소에서 처음 만났을 때, 내가 그곳에서 사는 이유는 비밀이라고 했지? 근데 마음속으로는 너에게라면 털어놓아도 괜찮을지 모른다고 생각했어. 아, 아니, 그게 아니다." 겐토는 고개를 저었다. "그냥 털어놓고 싶었어. 솔직히 말하면, 내내 누군가 내 얘기를 들어줬으면 했는데 그럴 사람을 찾지 못했어. 근데 너를 만났을 때, 드디어 찾았다고 생각했지. 그래서 그날, 비가 내리는 시각을 일부러 알려준 거야. 네 호기심을 자극하려고."

"그러면 그렇다고 좀 더 빨리 말해줬으면 좋았잖아."

"내 직감에 자신은 있었지만, 그래도 너에 대해 좀 더 알고 싶었어. 그리고 메일을 몇 번 주고받는 사이에 역시 틀림없다고 확신했지. 그래서 비밀을 털어놓고 싶은 내 마음이 너에게 전해질 수 있도록 메일을 썼어. 네가 방금 말한 것처럼 미리 마음의 준비를 할 수 있게."

마도카는 가슴에 손을 얹었다. 모두 다 겐토가 계산한 대로 흘러갔다는 얘기인가. 하지만 왜 그렇게 복잡한 짓을 할까.

"잠깐 여기 좀 만져볼래?" 그렇게 말하며 겐토는 허리를 틀어 자신의 목 뒤쪽을 짚었다.

마도카는 손을 내밀어 만져보았다. 살짝 눌러보니 손끝에 뭔가 위화감이 있었다.

"어때?"

"딱딱해. 뭔가 박혀 있는 거 같아."

"맞아, 속에 박혀 있어. 배터리와 펄스 발신기를 심어둔 거야. 발신기는 뇌에 심은 전극과 연결되어 있어. 둘 다 우하라 박사님이 심어주셨어."

"그때 그 수술에서?"

"응, 이것 덕분에 나는 보통 사람과 똑같이 움직이고 얘기하고 음식을 먹을 수 있게 됐어. 근데 얼마 뒤에 단지 그것뿐만이 아니라는 걸 알았어. 사실은 보통 사람과는 전혀 다른 인간이 되어 있었던 거야."

그리고 그는 다음과 같은 이야기를 들려주었다.

수술에 의해 점차 의식이 또렷해지고 이윽고 바깥 세계와 교신할 수 있었다. 처음 목소리가 나왔을 때의 기쁨은 도저히 말로 표현할 수 없다. 이윽고 팔다리가 움직이고 식사도 가능해졌다. 마치 다시 태어난 듯한 기분이었다. 그야말로 새로운 몸을 손에 넣은 셈이었다. 그 몸을 제대로 사용하기 위한 훈련은 즐거웠다. 하루하루 성장이 있었다. 학습하고 있다는 실감이 있었다.

위화감을 느끼기 시작한 것은 수술을 받고 1년쯤 지났을 무렵이었다. 아니, 실제로는 그 이전부터 희미하게 느끼기는 했지만 몸의 기능을 되찾는 일로 머릿속이 가득해서 그런 건 별로 신경도 쓰지 않았다.

그 위화감을 한마디로 말하면 '감이 예리해졌다'라는 것이다.

다양한 일들에 대해 그다음에 어떻게 될지, 어쩐지 알아버리는 것이다. 물리적인 현상에 대해서는 그런 일이 특히 더 뚜렷했다. 이를테면 공중으로 날아간 야구공이나 축구공이 어떤 궤도를 그리다가 어디에 떨어질지, 순식간에 예측할 수 있었다. 카펫 위를 굴러가는 골프공도 마찬가지다. 공을 친 순간, 어디쯤에서 정지할 것인지 미리 알아버렸다.

물리 현상 외에도 예측 가능한 것들이 있었다. 병원 복도를 걷다가 이제 곧 수술이 시작된다는 것을 문득 알아버리고, 대기실에 앉아 있는 환자들 중에 다음에는 누가 일어날지, 어쩐지 척척 알아맞히곤 했다.

주위 사람들에게 얘기하면 비웃음을 살 것 같아 아무 말 않고 있었지만, 검진 때에 마침내 우하라 박사에게 털어놓았다. 그런 건 착각일 뿐이지, 라고 무시당할 각오를 했었다. 하지만 우하라 박사는 그러지 않았다.

다음 날, 우하라는 겐토를 대학병원 근처의 수리학 연구소로 데려갔다. 그리고 그곳에서 몇 가지 트레이닝과 테스트를 하게 해주었다.

이윽고 우하라는 겐토의 뇌 속에서 어떤 일이 벌어지고 있는지 설명해주었다.

그의 말에 따르면, 겐토의 예측 능력은 단순한 감이 아니라 분명한 근거가 있는 일이라고 했다. 현상을 반복해서 관찰하는 동안 그 물리적 특성을 이해하고 결과를 예측하게 되었다는 것이다.

수술이 시작되는 시간을 미리 알아버리거나 대기실에 앉아 있는 환자의 다음 행동을 짐작하는 일은 경험에 의한 것이었다. 평소에 간호사와 환자를 자주 봐왔기 때문에 그들의 무의식적인 동작을 통해 그것을 알아낼 수 있었다. 단 물리 현상은 아니라서 이건 항상 적중하는 건 아니다.

그런 얘기를 듣고 겐토는 뜻밖이었다. 스스로는 그런 경험칙을 축적하고 있다는 것을 거의 자각하지 못했기 때문이다.

어떻게 그런 능력이 생겨났는가. 이건 물론 지난번 수술과 관계가 있을 것이라는 얘기였다.

그로부터 겐토의 생활은 크게 달라졌다. 가이메이 대학병원 병실에서 수리학 연구소로 옮겨져 수많은 테스트와 훈련을 받게 되었다.

우하라 박사 팀은 겐토의 능력의 한계를 탐색하려는 것 같았다. 그러기 위해 준비된 것은 물리 현상에 관한 엄청난 양의 데이터였다. 그것을 머릿속에 주입해나가면서 점차 다양한 예측이 순식간에 가능해졌다.

"크레인 게임은 물리의 초보 중에서도 초보에 속해. 인형을 따내는 건 당연한 일이지. 하트 모양의 카드를 목표점까지 날리는 건 좀 어렵긴 했지만, 공기의 흔들림이 적었던 덕분에 성공했어."

"와아, 대박!" 마도카는 겐토의 얼굴을 빤히 바라보았다. "겐토 군, 초능력자가 된 거네?"

"초능력하고는 약간 다른 거 같은데?" 그는 얼굴을 찌푸리며 머리를 긁적였다. "투시를 한다거나 손대지 않고 뭔가를 움직이는 게 가능한 건 아니니까. 순간이동도 못해. 가능한 건 예측뿐이지. 그것도 물리현상에 한정되어 있어. 당연한 일이지만 생물이 개입되는 경우에는 예측이 어려워. 길고양이는 어디로 사라졌느냐 같은 건 전혀 몰라."

"그래도 진짜 굉장하다. 왜 그런 걸 비밀로 해야 돼?"

겐토는 팔짱을 끼며 끄응 신음 소리를 냈다. "이래저래 많아, 어른들 세계의 사정이라는 게."

마도카는 힝 하고 콧숨을 내쉬었다. 깊은 내막을 알아봤자 따분하기만 할 것 같았다.

"물리 현상이라면 어떤 것이든 예측이 가능해?"

"아니, 그런 건 아냐. 못 하는 게 더 많아. 지진 예측 같은 건 아무리 데이터를 들여다봐도 도무지 안 돼. 아마 예측에 필요한 데이터를 아직 인간이 찾아내지 못한 모양이야. 게다가 난류亂流의 예측도 너무 어려워."

"난류?"

"한자로는, 어지러울 '란'에 흐를 '류'를 쓰는 단어야. 액체나 기체가 유동하는 상태의 일종이지. 이 난류를 예측하지 못하면 미래의 날씨도 알 수 없어."

"하지만 겐토 군은 예측했잖아, 저것도." 마도카는 창밖을 가리켰다. "비 오는 거, 정확히 맞혔어."

겐토는 얼굴을 찡그리며 고개를 저었다. "그런 건 별것도 아니야. 아직 멀었어."

"그래?"

"요즘은 내 주위의 기후쯤은 분 단위로 예측이 가능해. 근데 비가 내린다든가 그친다든가 하는 정도야. 그런 걸로는 어림도 없어. 급격히 발생하는 국지적 현상을 예측해내야 비로소 난류를 제압했다고 말할 수 있지."

"급격히 발생하는 국지적 현상이라니?"

"이것저것 많아. 뇌우라든가 다운버스트 같은 거. 그리고 토네이도."

"토네이도?" 가슴이 철렁했다.

"슈퍼컴퓨터를 활용하는 현재의 날씨 예보에서도 그런 난류 발생에 대한 적중률은 지극히 낮아. 토네이도는 기껏해야 10퍼센트 정도야. 즉 열 번에 아홉 번은 틀리는 거야. 그만큼 어려운 일이라는 얘기지."

마도카의 입안에 씁쓸한 것이 퍼져갔다. 이런 자리에서 그 악몽 같은 일을 다시 떠올리게 될 줄은 몰랐다.

"하지만 우하라 박사님을 비롯한 수리학 연구소 팀들은 슈퍼컴퓨터로는 불가능해도 나한테는 희망이 있다고 생각하시는 것 같아."

"그건 무슨 얘기야?"

"그들에 의하면, 내 머릿속에서 이루어지는 건 단순한 계산이 아니래. 좀 더 다른 뭔가가 있어서 이를테면 날씨를 예측할 때도 컴퓨터와는 전혀 다른 방법을 채택한다는 거야. 그렇게 생각하지 않고서는 이론적으로 맞지 않는다나? 그리고 만일 그렇다면 인류에게는 그야말로 획기적인 일이 될 거래. 나비에 스토크스 방정식이라는 게 있는데 ……. 아차, 넌 그런 건 모르지?"

"나비에 스토크스? 처음 듣는 말이야."

"아직껏 해결되지 않은 물리학의 난제인데, 이 문제를 풀기만 하면 과학에 엄청난 영향을 주게 돼. 근데 수리학 연구소 팀에서는 그 힌트가 바로 이 안에 있을지도 모른다고 생각하는 거야." 겐토는 자신의 머리를 가리키며 말했다.

"그 문제가 풀리기만 하면 토네이도의 예측도 가능하단 말이야?"

"이론적으로는 그래."

"우와, 대박!" 마도카는 두 손을 부르쥐었다. "빨리 그 문제가 풀렸으면 좋겠다."

"그렇지? 하지만 갈 길이 멀어." 겐토는 어깨를 으쓱 치켜들었다. "나 혼자서는 너무 힘에 부쳐. 동료가 필요해."

"그러면 동료를 좀 더 만들면 되잖아. 아버지 연구 팀에서는 왜 겐토 군 같은 사람을 더 만들어내지 않아?"

"그건 제약이 있기 때문이야. 나는 사고를 당해서 우연히 그 수술을 받게 됐어. 근데 그런 사고를 당하지도 않은 사람을 억지로 수술할 수는 없는가 봐." 그리고 이렇게 덧붙였다. "라플라스의 악마가 되는 데는 그만한 각오가 필요한 거야."

26

"수학자 라플라스를 아십니까? 풀네임은 피에르 시몽 라플라스, 프랑스인이에요." 기리미야 레이가 아오에에게 질문을 던졌다.

"라플라스? 아니, 들은 적이 없는데."

"만일 이 세상에 존재하는 모든 원자의 현재 위치와 운동량을 파악해내는 지성이 존재한다면 그 존재는 물리학을 활용해 그러한 원자의 시간적 변화를 계산할 수 있기 때문에 과거와 현재의 모든 현상을 설명하고 미래까지 완전하게 예지가 가능하다……." 기리미야 레이는 마치 시를 읊는 것처럼 말을 이어나갔다. "라플라스는 그런 가설을 세웠습니다. 그 존재에는 나중에 '라플라스의 악마'라는 별명이 붙었어요. 겐토 군의 예측 능력은 그 라플라스의 악마와 이미지가 비슷하다고 할 수 있죠. 그래서 수리학 연구소에서는 겐토 군의 능력에 대한 연구를 '라플라스 계획'이라고 명명하기로 했습니다. 계획,

이라고 이름을 붙였으니 최종적인 목표점도 설정해야겠지요. 연구소가 설정한 목표는 대략 두 가지였습니다. 하나는, 그의 뇌에서 무슨 일이 일어나는지를 해명하는 것. 그리고 또 하나는, 조금 전부터 누차 얘기했던 대로 재현성의 입증이었습니다. 전자는 기나긴 여정이 될 것으로 보입니다. 후자 역시 높은 장벽이 가로막고 있었죠. 아무리 궁리해봐도 어떻든 인체 실험을 피할 수 없었습니다. 피실험자를 어떻게 찾아낼 것인가. 애초에 그것이 윤리적으로 허용될 일인가. 거기에 관해서는 후생노동성이나 문부과학성에서도, 물론 경찰청에서도 지혜를 주지 못했습니다. 내심으로는 한시바삐 건강한 일반인에게 수술을 했으면 하고 바랐겠지만, 혹시라도 사고가 발생할 경우를 우려해 아무도 선뜻 입 밖에 내지 못했던 것이죠. 그런 때에 라플라스 계획의 실질적 책임자인 소장님에게로 한 소녀가 찾아왔습니다. 그리고 그녀는 놀랄 만한 말을 합니다. 라플라스 계획의 피실험자로 지원하고 싶다는 것이었어요."

아오에는 눈이 둥그레진 채 침을 꿀꺽 삼키고 입을 열었다. "그게 바로 마도카?"

"그렇습니다."

"그럼 마도카가 아버지에게 그런 얘기를 했던 게 아니군요?"

고개를 떨구고 있던 우하라가 얼굴을 들고 머리를 저었다.

"나한테는 한마디 상의도 없었습니다. 마도카가 라플라스 계획을 알고 있다는 것 자체가 나한테는 전혀 예상 밖의 일이었지요."

"소장님도 놀란 얼굴이셨어요. 이 계획은 절대 극비, 관계자 전원이 가족에게도 정보를 누설하지 않겠다는 서약서에 서명을 했으니까요. 누구에게서 들었느냐고 물어봤더니 겐토 군에게서, 라는 대답이 나왔습니다. 분명 겐토 군만은 서약서에 사인한 적이 없었어요. 당연한 일이죠. 우리 연구소는 전적으로 그의 협력을 받아 일을 추진하는 입장이었으니까요."

"지원한 이유에 대해 마도카는 어떻게 말했죠?"

"자신도 겐토 군 같은 능력을 갖고 싶다고 했다는군요. 나비에 스토크스 방정식의 수수께끼를 풀어 사람들을 도와주고 싶다, 라고요."

다시 낯선 단어가 나왔다. "무슨 방정식이라고요?"

"나비에 스토크스 방정식. 유체역학에 관한, 아직껏 풀리지 않은 난제예요. 장기간의 연구를 통해 겐토 군의 예측 능력이 그 방정식과 관련이 있을 가능성이 높다는 게 밝혀졌어요. 그것이 앞으로 좀 더 밝혀진다면 과학은 비약적으로 진보하겠지요. 슈퍼컴퓨터로도 100퍼센트 시뮬레이션이 불가능한 난류를 수학적으로 해석해낼 수 있게 됩니다. 이론적으로는 100년 후의 날씨까지 알 수 있는 것이죠. 마도카의 어머니의 목숨을 앗아 간 토네이도의 발생도 정확한 예측이 가능하게 됩니다."

아오에는 아하 하는 소리를 흘렸다. 그렇게 된 일이었구나, 하고 저간 사정을 이제야 모두 이해할 수 있었다.

"그래서 연구소에서는 어떤 대응을?"

"즉각 관계자들이 소집되었습니다. 물론 우하라 박사님도 참석하셨죠. 그 자리에서 난상 토론이 벌어졌다고 합니다. 저는 그 자리에는 없었는데……." 기리미야 레이는 우하라에게로 시선을 던졌다. 그다음 이야기는 직접 해주었으면 하는 눈치였다.

그녀의 마음을 짐작했는지 우하라가 깊은 한숨을 내쉬며 고개를 끄덕였다.

"회의에 들어가기 전에 마도카와 얘기를 해봤습니다. 그 아이의 결심은 요지부동이었어요. 만에 하나, 후유증이 남을지 모른다고 위협도 해봤는데 꿈쩍도 않더군요. 그렇게 되면 틀림없이 아빠가 자기를 구해줄 거라고 태연히 얘기하는 거예요. 설득하기는 도저히 어렵겠다고 생각했습니다. 그리고 왜 아빠한테 먼저 말하지 않았느냐고 물어봤습니다. 그랬더니 먼저 말하면 아빠가 반대해서 소장님에게 직접 말할 기회까지 사라질까 봐 그랬다더군요. 그건 분명 맞는 말이었습니다."

흐음 하고 아오에는 신음했다.

"당시에 마도카는 중학생이었지요? 아직 어렸는데 어떻게 그런 점까지 미리 짐작을 했죠?"

우하라는 쓴웃음을 지으며 고개를 저었다.

"나한테 말하지 말고 소장에게 찾아가라고 일러준 건 겐토 군이었어요. 라플라스의 악마답게 겐토 군은 사람의 마음을 읽어내는 능력도 뛰어나니까요. 마도카가 피실험자로 지원한 것도 그의 영향이 컸던 게 아닌가, 나 혼자 짐작만 하고 있습니다."

아오에는 마도카의 사람 보는 눈이 누구보다 확실하다고 단정했던 기리미야 레이의 말이 생각났다. 이른바 라플라스의 악마가 되면 그런 능력도 생기는 것인가.

"그래서 회의 결과는 어떻게 나왔습니까?"

우하라는 괴로운 듯 입가를 일그러뜨렸다.

"나를 제외한 다른 팀원들의 의견이 일치했습니다. 즉 판단을 내게 일임한다는 것이었어요. 수술할 사람도 나였고 게다가 피실험자의 유일한 혈육이니 그건 당연한 결과라고 해야 할까요. 하지만 다들 이 기회를 놓치지 않기를 바란다는 건 누가 봐도 명백했습니다. 이토록 이상적인 피실험자는 두 번 다시 없을 테니까. 나는 고민에 고민을 거듭했습니다. 내 딸의 몸을 실험대로 삼아도 되는가. 만일 무슨 일이 생길 경우에는 어떻게 할 것인가. 그 한편으로 연구 팀의 기대에 부응하고 싶은 마음도 물론 있었어요. 아니, 실은 그보다……." 두 손으로 머리칼을 쥐어뜯듯이 부여잡았다. "내 탐구심을 억누를 수 없었어요. 과연 재현성이 있을까. 새롭게 라플라스의 악마를 탄생시킬 수 있을까. 만일 재현성이 인정된다면 인류는 새로운 진화에의 열쇠를 손에 넣게 될지도 모른다……."

우하라는 두 손을 떨구고 후우 큰 숨을 토해냈다. 그 즉시 온몸에서 기운까지 스르륵 빠져나가는 것처럼 보였다. 그는 아오에를 향해 자조적인 웃음을 지었다.

"나는 매드 사이언티스트가 되는 길을 선택했어요. 마도카를, 내 딸아이를, 인체 실험에 사용한 겁니다. 병에 걸린 것도 아닌 딸아이의 머리를 가르고 유전자 조작 암세포를 심고 전극과 기계를 넣었어요. 아버지로서, 아니, 인간으로서 용서받을 수 없는 행위였다고, 이제야 그런 생각을 합니다."

"하지만 수술은 성공했군요."

"일단은. 하지만 마도카는 수술 후 일주일 동안 전혀 의식이 없었습니다. 절망적인 기분이었죠. 만일 그대로 의식이 돌아오지 않으면 딸을 안락사시키고 나도 죽자는 생각까지 했어요. 여드레 만에 마도 카의 눈꺼풀이 열리고 내 부름 소리에 응했을 때, 나는 다리에 힘이 풀려 서 있을 수가 없었습니다. 바닥에 주저앉아 어린애처럼 엉엉 울 었어요."

정말 그랬을 거라고 아오에는 생각했다.

"그 이후부터 마도카는 라플라스의 마녀로서의 길을 걷기 시작했 군요."

우하라는 고개를 끄덕였다.

"원래 건강하던 아이여서 겐토 군보다 더 순조롭게 다양한 능력을 습득했습니다. 퇴원 후에는 겐토 군과 함께 이 연구소에서 생활하면 서 라플라스 계획에 협력하게 되었죠. 참 세월이 빨라요, 그로부터 벌써 4년 가까운 세월이 흘렀으니."

"이제 마도카는 겐토 군과 거의 동일한 능력을 갖고 있습니다." 기 리미야 레이가 이야기를 이어받았다. "아리스가와노미야 공원에서 보여준 실험도 마도카에게는 그리 어렵지 않은 일이었어요."

"아카쿠마 온천과 도마테 온천에서의 일은 역시 아마카스 겐토 군 의 범행입니까?"

기리미야 레이는 괴로운 듯 미간을 좁히며 우하라와 마주 본 뒤에 다시 아오에 쪽으로 시선을 돌렸다.

"유감스럽지만 그럴 가능성이 높아요. 겐토 군은 작년 봄에 이 연 구소를 떠난 이후로 내내 실종 상태였습니다. 왜 이곳을 떠났는지, 우리로서는 그 목적을 알지 못했었는데 아무래도 최악의 범죄에 손 을 댄 것 같아요."

"동기는? 왜 살인을 저질렀지요?"

"그건……." 기리미야 레이는 거기서 문득 입을 다물고 고개를 가로저었다. "거기까지는 말씀드릴 수 없습니다. 아오에 교수님과는 전혀 관계없는 일이라서."

"이만큼 밝혀놓고 어떻게 여기서 딱 자릅니까? 끝까지 얘기해줘야지요. 관계가 없다고 하는데, 온천지 일에 대한 진실을 묵비하는 대신에 나도 왜 그런 비참한 사건이 일어났는지 알 권리는 있잖습니까."

"그래도……." 기리미야 레이는 말을 머뭇거리며 의견을 청하듯이 우하라를 돌아보았다.

천재 의학 박사는 눈가에 고민하는 기색이 역력했지만 이윽고 고개를 끄덕였다.

"알겠습니다. 그러면 내가 말씀드리도록 하지요. 단지 현재로서는 어디까지나 상상일 뿐입니다. 그 점을 감안해서 들어주세요. 그리고 지금 하는 얘기도 일절 외부에 발설하지 않는다고 약속해주시겠습니까."

"좋습니다. 약속하지요."

우하라는 마른 입술을 혀로 적셨다.

"1월 초에 마도카가 돌연 행방을 감췄습니다. 겐토 군이 실종된 뒤로 줄곧 그를 찾으러 가겠다고 조르던 참이었으니까 아마 그것 때문에 사라졌겠지만, 우리는 그것 말고는 전혀 아무것도 모르는 상태였어요. 그런데 갑작스럽게 나카오카 형사가 우리를 찾아오고, 교수님에게서 마도카를 만나게 된 경위 등을 듣고 나니까 그제야 무슨 일이 일어났는지 희미하게나마 윤곽이 잡히기 시작했죠. 방금 교수님이 말씀하신 대로 온천지에서의 사건은 우리도 겐토 군에 의한 범행이라고 추측하고 있습니다. 게다가 황화수소에 집착하는 범행인 것을 보면 예전에 겐토 군이 당한 비극과 떼어놓고 생각할 수 없는 일이에요. 무슨 얘기인지는 교수님도 알고 계시지요?"

"겐토의 누나가 황화수소 자살을 하는 바람에 어머니까지 함께 사망한 그 사건?"

"그렇지요. 겐토 군은 이 연구소에서 계속 연구에 매진했다면 그야말로 빛나는 미래가 보장된 귀한 인재였습니다. 그런데 그걸 모두 내팽개치고 살인을 저지를 만큼 누군가를 증오했다면, 그리고 황화수소에 그토록 집착했다면, 그 동기는 단 한 가지뿐입니다. 즉 누나와어머니를 죽인 자에 대한 복수예요."

그 말은 납덩이처럼 묵직하게 아오에의 가슴속에 털썩 내려앉았다. 저도 모르게 꿀꺽 침을 삼켰다.

"그, 그럼 누나의 자살은 자살이 아니었습니까? 자살처럼 위장한타살이었다는 건가요?"

"어디까지나 추측일 뿐입니다. 하지만 그것 말고는 겐토 군이 살인을 저지를 만한 다른 동기가 없어요."

"그게 타살이었다면 분명 겐토 군이 복수하려는 것도 이해 못 할 일은 아니군요. 아니, 하지만 그게······." 아오에는 손으로 이마를 짚었다. 생각지도 못한 전개에 미처 의식이 따라가지 못하고 있었다. "자살이 아니라 타살이었다니, 그렇다면 모순되는 점이 몇 가지가 있는데요? 우선은 겐토 군이에요. 그는 기억을 잃었다고 하지 않았던가요? 누나가 자살한 것도, 어머니까지 함께 사망한 것도, 전혀 기억을 못 한다고 했었는데? 아니, 애초에 자신에게 누나와 어머니가 있었다는 것도 모른다고 했어요. 그런데 어떻게 복수할 생각을 하지요? 아니면 최근에 기억을 되찾기라도 했습니까?"

아오에의 질문에, 아주 좋은 지적이라는 듯 우하라는 고개를 끄덕였다.

"실은 오래전부터 아무래도 미심쩍은 점이 있었습니다. 아마카스 사이세이 씨의 블로그에 내가 처음으로 겐토 군과 의사소통을 꾀하는 장면이 나오는데, 기억나십니까?"

"예, 그거라면 생각납니다. 카레라이스와 축구, 둘 중 하나를 떠올리면서 뇌의 변화를 살펴보는 것이었지요."

"정확히 기억하시는군요. 맞습니다. 겐토 군은 몇 가지 질문에는 대답했지만, 자신의 경력에 대해서는 거의 아무것도 기억해내지 못했어요. 자신의 이름도, 가족에 관한 것도, 어디서 살았는지도."

"예, 블로그 글에도 그렇게 나왔었어요."

"그런데 말입니다……." 우하라는 목소리 톤을 낮췄다. "자신의 나이는 대답을 했어요."

"예에?"

"내 질문을 받고 겐토 군은 분명하게 열두 살이라고 대답했습니다. 실제로는 열세 살이었지만, 그런 착오는 문제가 안 됩니다. 사고를 당한 시점이 열두 살이었으니까 그 뒤의 시간 경과를 파악하지 못한 건 오히려 당연한 일이지요. 문제는, 약간의 착오는 있었다 해도 어떻게 나이를 대답할 수 있었는가 하는 점입니다. 인간의 기억에는 종류가 있거든요. 이를테면 시계, 손수건, 책상 같은 물품의 이름을 기억하는 것과 사람의 이름을 기억하는 데는 전혀 별개의 계통이 사용됩니다. 과거의 기억을 잃었더라도 모국어나 물건의 사용법, 규칙이나 관습은 잊어버리지 않는 건 그 때문이지요. 기억상실의 경우, 경력이나 인간관계를 잊어버리는 게 일반적입니다. 겐토 군의 경우도 그랬어요. 하지만 딱 한 가지, 자신의 나이만은 기억했어요. 나는 그게 내내 마음에 걸렸습니다. 왜냐하면 나이도 경력 중의 하나니까요."

"그, 그러면 겐토 군이 기억을 상실한 게 아니었다는?"

"예, 그렇게 가정하면 이번 사건도 얘기가 맞아떨어집니다. 겐토 군에 의한 복수극이라는 추측이 맞는다면 그렇다는 얘기입니다만."

"설마 그럴 리가……."

"나 역시 이렇게 말하면서도 반신반의입니다. 나이를 대답했다는 것 이외에 겐토 군의 기억상실을 의심할 만한 근거는 아무것도 없으니까요. 하지만 이번 사건이 터지고 그가 범인이라고 추측할 수밖에 없는 상황이 되고 보니 역시 그는 기억상실이 아니었다고 판단하게 된 겁니다. 교수님이 말씀하신 대로, 기억에도 없는 가족을 위해 복수극에 나설 사람은 없으니까요."

"그렇다면 겐토 군은 왜 기억상실인 척했을까요?"

"그 점에 대해서도 짚이는 것이 있습니다. 하지만 그 전에 아마카스가에서 일어난 비극에 대해 다시금 검증해볼 필요가 있어요."

"그건 자살 사고가 아니라 살인 사건이었다는 말씀이시군요. 하지만 왜죠? 이름이 뭐였더라, 아카쿠마 온천에서 사망한 그 사람……."

"미즈키 요시로, 영화 프로듀서입니다." 기리미야 레이가 대답했다. "그리고 도마테 온천에서 사망한 사람은 배우 나스노 고로, 본명은 모리모토 고로."

"맞아요, 그런 이름이었어요. 즉 그 두 사람이 아마카스 겐토의 가족을 죽였다는 겁니까? 대체 무엇 때문에?" 아오에는 두 팔을 크게 내저었다. 그러고는 곧바로 "아니, 아니죠, 그건 좀 이상한데?"라고 말을 이었다. "그건 불가능해요. 나스노 고로라는 배우에 대해서는 잘 모르겠지만, 프로듀서 쪽은 그 사건과는 전혀 관계가 없었을 겁니다. 왜냐면 겐토 군의 누나가 자살을 꾀했을 때, 그 프로듀서는 홋카이도에 있었어요. 부친인 아마카스 사이세이와 함께 있었죠. 블로그 글에 그렇게 나와 있었어요."

우하라는 씁쓸한 표정으로 깊숙이 고개를 끄덕였다.

"네, 맞습니다. 미즈키 요시로에게는 알리바이가 있었지요. 하지만 그렇다고 범행에 관여하지 않았다고 단정할 수는 없어요. 실행범은 따로 있고 미즈키 요시로는 공범이었을 가능성도 있으니까요. 이를테면 나스노가 실행범이었다는 건 어떨까요?"

"그건……. 네, 그런 거라면 가능할 수도 있겠지요. 하지만 왜 그들이 그런 짓을? 뭔가 동기가 있었습니까?"

그러자 우하라는 크게 숨을 들이쉰 뒤 고개를 저으면서 그 숨을 토해냈다.

"잘 모르겠어요. 아니, 그보다 그들에게는 직접적인 동기가 없었던 게 아닌가, 짐작만 하고 있습니다. 피해자들과 거의 아무 관계도 없는 사람들이었으니까요. 그런데 말입니다, 동기를 가진 주범은 따로 있었고 미즈키와 나스노는 공범에 지나지 않았다, 라고 생각할 수는 없을까요?"

"한 명이 더 있다고요?"

"예."

"그게 누구지요?"

우하라는 마음을 가라앉히려는 듯 천천히 눈을 깜빡였다.

"피해자들과 깊은 관계가 있는 인물입니다. 미즈키나 나스노와도 관계가 있어요. 그리고 그 인물에게도 미즈키와 마찬가지로 완벽한 알리바이가 있습니다."

일순 아오에는 우하라가 누구를 말하는 것인지 알 수 없었다. 그런 사람이 있었나? 하지만 다음 순간 흠칫했다. 설마, 하고 생각했다.

"우하라 박사님, 혹시 겐토 군의 친아버지를, 그 아마카스 사이세이 씨를 의심하는 겁니까? 그 사람이 딸과 아내, 그리고 아들까지 죽이려 했다고요?"

우하라는 대답하지 않고 두세 번 크게 숨을 내쉬었다. 그때마다 가슴과 어깨가 오르내렸다.

"어처구니없는 추측이겠지요? 나도 차마 그런 생각은 하고 싶지 않습니다. 하지만 그렇게 생각하면 겐토 군이 기억상실인 척했던 이유도 모두 설명이 되는 겁니다."

그 말의 의미를 찾아보기 위해 아오에는 생각을 더듬었다. 이윽고 한 가지 생각이 떠올랐다. "겐토 군이 그 사건의 진실을, 즉 친아버지가 범인이라는 진실을 알고 있었다?"

예, 라고 우하라는 낮은 목소리로 대답했다.

"그렇게 생각하면 얘기가 정확히 맞아떨어져요. 겐토 군은 진실을 알고 있었다. 하지만 식물인간 상태였던 소년은 그것을 누군가에게 호소할 방법이 없었다. 이윽고 의사소통을 꾀하게 되었지만 상대의 질문에 예스와 노라고 대답할 수 있었을 뿐이다. 아들의 속마음을 전혀 알지 못하는 아마카스 사이세이는 당연히 아버지로서 아들과의 접촉을 꾀해 왔다. 아내와 딸을 잃고 아들마저 큰 장애를 갖게 된 가엾은 아버지로서. 겐토 군은 어떻게든 그런 아버지와의 연결 고리를 끊으려고 했다. 그래서 아마카스 겐토로서의 기억을 모두 잃어버린 것으로 하기로 했다……. 어떻습니까, 이건 지나친 억측일까요?"

아오에는 선뜻 말이 나오지 않았다. 지금껏 자신이 믿어온 상식으로는 도저히 받아들이기 힘든 이야기였다.

그러면, 이라고 중얼거리며 우하라를 마주 보았다. "겐토 군은 부친까지 살해할 생각이라는 건가요?"

"아마도."

"그럴 리가 있습니까? 이건 말이 안 되지요." 아오에는 책상을 탕 쳤다. "그런 이야기를 믿으라니, 어떻게 그런 걸 믿겠습니까. 아비라는 자가 제 가족을 몰살시키려 했고, 그걸 알게 된 아들이 제 아버지의 목숨을 노리다니……."

"그렇다면 그 밖에 어떤 가능성이 있지요?"

"……대체 동기가 뭡니까? 아마카스 사이세이라는 자는 왜 제 가족을 모조리 죽이려고 했지요?"

"그건 모르겠어요." 우하라는 조용히 대답했다. "그의 마음속에서 어떤 일이 벌어졌는지, 상상도 안 됩니다. 하지만 아오에 교수님도 뉴스에서 들은 적이 있잖습니까. 사춘기 소년이 제 가족을 모두 죽인 사건."

"아마카스 사이세이는 번듯한 성인이잖습니까. 사춘기 소년이 아니에요."

그러자 우하라는 침통한 얼굴로 입을 꾹 다물었다. 설득을 당해서 할 말을 잃은 게 아니라 뭔가 망설이는 것처럼 보였다.

왜 그러느냐고 아오에가 재우쳐 물었다.

우하라는 한숨을 내쉬더니 태블릿 단말기를 손에 들고 터치했다. 다시 디스플레이의 전원이 켜졌다. 액정 화면에 나타난 것은 몇십 마리의 작은 생물이었다. 유리 케이스 안에서 돌아다니고 있는 그것이 실험동물 마우스라는 건 금세 알아보았다.

"아마카스 부자는……." 우하라가 말했다. "한 가지 중대한 결함이 있었습니다."

27

 계단을 올라오는 사람을 보고, 저 남자구나, 라고 나카오카는 생각했다. 나이가 아마카스 사이세이와 엇비슷하게 보였기 때문이다. 하지만 분위기는 영화감독 아마카스와는 전혀 달랐다. 양복 차림에 깔끔한 가르마 머리, 그리고 안경을 썼다. 팔에는 코트와 서류 가방을 안고 있었다.

 남자는 걸음을 멈추고 가게 안을 둘러보았다. 나카오카는 자리에서 일어나 인사를 건넸다.

 약간 굳은 표정으로 남자가 다가왔다. 얼굴에 경계심이 감돌았다.

 "우노 씨지요?"

 "네, 그렇습니다."

 "바쁘실 텐데 죄송합니다." 나카오카는 명함을 내밀었다.

 아뇨, 라면서 상대도 명함을 꺼냈다. 우노 다카오라는 이름 위에

영업부장이라는 직함이 찍혀 있었다.

자리에 앉아서 점원을 불러 우노의 희망을 물은 뒤, 커피 두 잔을 주문했다.

"전화로도 말씀드렸지만." 우노가 조심스럽게 입을 열었다. "요즘은 거의, 아니, 전혀 왕래가 없었어요, 아마카스와는."

"알고 있습니다. 중학교와 고등학교는 함께 다녔고, 대학생 때까지는 교류가 있었다고 하셨지요?" 나카오카는 수첩과 볼펜을 꺼내 들었다.

"예, 그렇긴 한데 대학생 때는 기껏해야 서너 번 만난 정도예요. 만날 때마다 점점 더 얘기가 통하지 않더라고요. 아니, 그보다 내가 그의 얘기를 따라갈 수 없었던 것이죠. 전문적으로 공부한 덕분이기도 하겠지만 아무튼 괴물로 변해버려서 좀 놀랐어요."

"얘기를 따라갈 수 없었다는 건, 영화 얘기겠지요?"

"물론 그렇습니다." 우노는 고개를 끄덕였다.

우노와 아마카스는 중고등학교 동창일 뿐만 아니라 고등학생 때는 영화연구회 동아리에서 함께 활동한 사이였다.

아마카스 사이세이는 고교 졸업 후, 사립대 예술학부 영화과로 진학했다. 우노가 전문적으로 배웠다고 말한 건 그 얘기일 터였다.

"그래도 중고등학교 때는 친하게 지냈던 것 같은데요?"

"중학교 때는 같은 반이 아니라서 그리 친했던 건 아니에요. 역시 고등학교 때였죠. 동아리 친구들과 어울려 일주일에 몇 편씩 영화를 보고, 방과 후에는 찻집에서 몇 시간씩 얘기를 나누곤 했으니까요." 당시의 일이 떠올랐는지 우노는 표정이 조금 온화해졌다.

"우노 씨도 영화를 아주 좋아하셨군요?"

"그런 동아리에 들어갈 정도였으니까요. 하지만 아마카스만큼은 아니었어요."

커피가 나왔다. 나카오카는 설탕 없이 블랙으로 마셨다.

그런데요, 라고 우노가 살피는 듯한 눈빛을 보였다. "어떤 사건의 수사인지 알려주시면 안 됩니까? 일단 아마카스가 관련된 사건인 모양이죠?"

나카오카는 오른손을 슬쩍 내두르며 미안하다고 고개를 숙였다.

"유감스럽지만 그건 알려드릴 수 없습니다. 우리도 규칙이라는 게 있거든요."

그렇습니까, 라고 우노는 찻잔을 앞으로 끌어당겼다.

"그나저나 아마카스 씨가 괴물이었어요?"

나카오카의 물음에 우노는 커피에 밀크를 넣고 저으면서 쓴웃음을 지었다.

"글쎄요. 아무튼 영화는 엄청 좋아했습니다. 처음부터 끝까지 영화였어요. 아마카스에게서는 영화에 관한 얘기 외에는 들어본 적이 없습니다. 하지만 영화밖에 모르는 녀석은 아니고 오히려 다방면으로 박식한 편이었죠. 소설 얘기든 음악 얘기든 마지막에는 반드시 영화로 이어지는 식이었어요. 기억력도 아주 뛰어나고 학교 성적도 좋았습니다. 항상 일등 자리를 놓고 다퉜으니까요. 게다가 운동까지 두루두루 잘했으니 괴물은 괴물이죠."

나카오카는 어깨를 으쓱 쳐들었다. "너무 완벽한 거 아닙니까?"

"네, 완벽 그 자체였어요. 내가 항상 했던 말이 있습니다. 재능을 지나치게 많이 갖고 태어난 놈이라고. 근데 그 친구는 전혀 기뻐하는 얼굴이 아니었어요. 잘난 척하는 것도 없었고. 이 정도로는 어림도 없다고 늘 얘기했죠. 좀 더 완벽한 것을 목표로 한다고 했어요. 아까 제가 괴물이라고 했지만, 그보다는 완벽주의자라고 하는 게 적합할 것 같네요. 아무튼 이상이 높은 친구였어요."

"그건 자기 자신에 대해서만? 혹시 남들에게도 완벽을 요구하지는 않았습니까?"

"그러지는 않았어요. 기본적으로 타인에게 관심이 없었어요. 우리는 그 친구가 성적이 우수했다는 걸 다 알지만, 그 친구는 아마 나에 대해 아무것도 모를 겁니다." 그렇게 말하고 나서 우노는 문득 뭔가 생각난 표정을 보였다. "아 참, 근데……."

"뭐죠?"

"예외는 있었네요. 완벽하기를 요구한 사람이 있었어요."

"그게 누군데요?"

"사귀던 여자 친구."

나카오카는 볼펜을 다시 쥐었다. "연인이 있었군요. 이름을 좀 알려주시죠."

"아뇨, 그게요, 연인 사이까지 발전하지도 못했어요. 게다가 한두 명이 아니라 이름은 일일이 기억도 안 납니다."

"그건 무슨 말씀이신지."

"공부 잘하고 운동 잘하고, 게다가 생긴 것도 나쁘지 않았어요. 그런 아마카스가 사귀자고 하면 여자들은 대부분 오케이였죠. 근데 그게 오래가지를 않아요. 매번 잠깐 사귀다가 금세 헤어지더라고요. 왜 그러느냐고 물어봤더니, 실망했다는 거예요. 그런 맹한 여자인 줄 몰랐다, 완전 실망이다, 라고요. 그러고는 또 다른 여자를 만나요. 그런 짓을 수없이 되풀이했죠. 한번은 아마카스와 사귄 여학생과 얘기할 기회가 있었는데, 그쪽은 그쪽대로 엄청 분개하고 있었습니다. 자기가 먼저 사귀자고 했으면서 너무 거만하게 굴었다는 거예요. 옷차림에 머리 스타일까지 일일이 잔소리를 하고 자기 취향을 강요했던 모양이에요. 아마 그게 아마카스의 이상형이었겠지요."

나카오카는 메모하던 손을 멈췄다.

"그런 완벽주의는 대체 어디서 나온 걸까요? 그런 쪽으로 뭔가 들은 얘기는 없습니까?"

"자세한 얘기까지는 못 들었어요. 단지 아버지 쪽 영향이 컸을 것 같은데요?"

"아버지라면……." 나카오카는 수첩 책장을 넘겼다. 아마카스 사이세이의 부친에 대해서는 이미 조사해뒀다. "조각가 아마카스 다이세이 씨 말이죠?"

"네, 분명 그런 이름이었어요. 천재 조각가였지요."

"나는 그런 조각가는 이번에 처음 알았습니다. 인터넷으로 검색해보니 작품이 많이 올라와 있던데요. 그거 보고 놀랐습니다. 아무리 봐도 나무를 깎아 만든 것 같지 않던데요."

자연계에 존재하는 모든 것을 나무 조각으로 표현한다, 라는 것이 아마카스 다이세이의 작풍作風이었다. 그 정교함에는 경탄하지 않을 수 없었다. 동물은 당장이라도 뛰쳐나올 것 같고 식물의 꽃잎은 바람에 하늘거릴 것 같았다. 게다가 단순히 리얼하기만 한 게 아니라 보는 이에게 뭔가 호소하는 것이 있었다. 천재의 작업이란 이런 것인가 하고 예술에는 문외한인 나카오카도 감각적으로 납득했다.

"아마카스는 그런 아버지를 강하게 의식하는 것 같았어요." 우노가 말했다. "자기도 똑같은 피가 흐를 텐데 그 혈통에 부끄러운 짓은 할 수 없다고 말한 적이 있거든요. 자신은 조각가가 되기는 좀 어렵지만 분명 뭔가 해낼 것이고 그건 아마도 영화일 것이다, 그런 식으로 말했습니다."

"그 아버지가 아마카스 씨를 비롯한 가족들과 함께 살지 않았다는 건 알고 있었습니까?"

"그래요? 아니, 나는 전혀 몰랐는데?"

"아마카스 씨가 초등학교 때 집을 떠났다고 하던데."

"허어, 저런." 우노는 당혹스러운 기색이었다. 정말로 처음 듣는 얘기인 모양이었다.

근데요, 라고 나카오카는 말했다. "그 블로그는 읽어보셨어요?"

커피를 마시려던 우노는 찻잔을 다시 내려놓고 순한 얼굴로 고개를 끄덕였다. "예, 읽어봤어요."

아마카스 사이세이의 블로그 얘기다. 나카오카는 우노에게 연락했을 때, 가능하면 그 블로그 글을 읽고 와달라고 인터넷 주소를 알려주었다.

"어땠습니까?"

"그건 뭐, 예에." 우노는 눈이 약간 커졌다. "놀랐어요. 그가 영화감독이 된 건 알고 있었지만 그런 끔찍한 사건을 겪었다니 정말 뭐라고 해야 할지……. 참 너무나 딱하더라고요."

"대학 때 이후로는 만나지 못했다고 하셨죠? 그러면 당연히 아마카스 씨의 부인이나 자녀들에 대해서도 전혀 모르시겠군요."

"예에. 그 블로그 글을 읽고서야 알았어요. 나도 그 또래 아이가 있어서 정말로 남의 일 같지 않더라고요."

"아마카스 씨의 가족에 대해서는 어떻게 생각하셨어요?"

"어떻게, 라는 건 무슨?"

"어떤 것이든 좋습니다. 그냥 단순한 느낌이라도."

"글쎄요, 역시나 아마카스답다고 생각했어요. 그 블로그 글로 봐서는 대단히 모범적인 부인이고, 아이들은 무척 똑똑하고 착한 것 같더군요. 그런데 딸은 아마도 감수성이 너무 강했던 게 아닌가 싶어요. 그래서 그런 짓을……. 어쩌면 아마카스의 완벽주의를 그대로 물려받았고, 그런 성품 때문에 괜한 고민이 많았던 거 아닐까요? 나는 그런 생각이 들더라고요."

그러니까, 라고 나카오카는 상대를 지그시 바라보았다. "아마카스 씨에게 있어서 이상적인 가족이었다, 라는 말씀인가요?"

"예, 나는 그렇게 느꼈습니다."

나카오카는 고개를 끄덕이고 수첩을 덮었다.

"크게 참고가 됐습니다. 협조해주셔서 감사합니다."

"이제 됐습니까?"

"네, 고맙습니다."

우노는 당혹스러운 기색을 보이면서도 커피를 다 마시고 "그럼 이만"이라면서 일어섰다. 계단으로 향하는 도중에 뭔가 묻고 싶은 듯한 표정을 보였지만 결국 인사만 꾸벅 건네고 그대로 계단을 내려갔다.

나카오카는 점원을 불러 커피 리필을 부탁했다. 그러고는 다시 수첩을 펴고 우노와의 이야기를 머릿속에서 되짚어보았다.

이상적인 가족……

사실을 알려주면 우노는 어떤 표정을 보였을까. 실제로는 그 블로그 글과 전혀 다르다, 아내도 자식도 완전히 창작품이었다, 라고 알려줬다면.

최근 며칠 동안 나카오카는 아마카스 사이세이와 그의 가족에 대한 탐문 수사를 했다. 아마카스 모에의 동급생들에게서 들은 이야기가 너무도 뜻밖이어서 선뜻 믿어지지 않았기 때문이다.

하지만 몇 명을 만나보고 얻은 결론은 동급생들의 이야기가 옳고 블로그 글 쪽은 사실과 전혀 다르다는 것이었다.

아마카스 사이세이의 아내 유카코에게는 치바 가시와 시로 시집간 언니가 있었다. 그녀는 유카코에게서 남편에 대한 불평을 어지간히도 많이 들었노라고 했다.

"집에 제대로 들어오지도 않고, 아이들 키울 때 도와준 적도 없어요. 그런 주제에 어쩌다 집에 오면 이러니저러니 애들을 꾸짖기만 했다는 거예요. 그러니 당연히 모에도 겐토도 아버지를 싫어해서 자꾸 피하기만 했죠. 유카코가 넌지시 그런 얘기를 하면서 앞으로는 꾸짖지 말라고 당부했더니, 당신이 그런 식으로 어리광을 받아주니 아이들이 형편없다고 도리어 화를 내더래요. 나는요, 그 사람은 아버지가 되어서는 안 될 인간이었다고 생각해요."

딸 모에가 중학교 시절에 불량소녀였다는 것도 유카코의 언니는 인정했다.

"그 일로 유카코가 한때는 고민도 참 많이 했어요. 근데 고등학교 올라간 뒤로 댄스부 활동도 열심히 하고, 이제 다시 제자리를 찾았다고 얼마나 좋아했는지 몰라요. 그러던 참에 그런 참혹한 일이 일어났으니, 나는 정말 아직도 무슨 영문인지를 모르겠어요." 유카코의 언니는 울먹이는 목소리로 그렇게 말했다.

나카오카는 모에의 중학교 시절에 대해서도 알아보았다. 불량서클에서 친하게 지냈던 몇몇 친구들을 탐문해본 결과, 한 친구에게서 놀랄 만한 이야기를 들었다.

모에가 중학교 때 임신을 해서 낙태한 적이 있다는 것이었다.

"상대는 같은 그룹에서 놀던 두 살 연상의 남자 친구였어요. 임신한 것 같다고 나한테 상의하러 왔는데, 어떻게 해야 좋을지 나도 대답을 못 했죠. 하지만 결국 엄마한테 들켜서 병원에 갔다고 하더라고요. 빠른 시기였고, 학교에서도 소문이 돌지는 않았지만요."

아버지 아마카스 사이세이가 그런 사실을 알았는지 어떤지는 모르겠다, 라고 그 친구는 대답했다.

조사하면 할수록 블로그 글과의 모순이 점점 커져갔다. 그러면 아마카스 사이세이는 어째서 그런 거짓 글을 썼을까.

모순이라고 하면, 출판사에 보내온 수기 내용도 이상했다. 거기서 밝혀진 모에의 자살 동기는 출생의 비밀에 관한 것이었다. 모에는 아내 유카코와 불륜 상대 사이의 자식이고 아마카스 자신의 친혈육이 아닌 것 같다, 라고 추측하는 내용이다. 하지만 모에가 아마카스 사이세이를 친아버지로 인식했다는 점은 코와 손의 모양새가 아버지를 닮은 것을 몹시 싫어했다, 라는 동급생의 증언을 봐도 명백했다.

대체 아마카스 사이세이는 어떤 인물인가. 나카오카는 어린 시절부터 그를 아는 사람들을 찾아가보기로 했다. 인간성을 파악하는 데는 그게 가장 효과적이라고 생각했기 때문이다. 대학 시절에 같은 학부였던 사람, 아마카스 사이세이가 조감독 시절에 함께 일했던 사람 등을 만나 이야기를 들어보았다.

결론을 말하자면, 그들 중에 아마카스를 나쁘게 얘기하는 사람은 없었다. 하나같이 아마카스의 능력을 높이 평가했다. 그들의 의견을 종합해보면 '항상 자신에게 엄격하고, 결코 빈틈을 보이지 않는 완벽주의자'라는 것이었다. 우노가 해준 얘기와 똑같았다.

또 한 가지, 공통되는 점이 있었다. 아마카스 사이세이는 타인에게는 완벽하기를 요구하지는 않았지만 연인에 대해서는 달랐다는 것이다. 꽤 많은 여자와 사귀었고 곧바로 헤어졌다. 어떤 사람은 취향이 까다롭다고 말했고, 어떤 사람은 이상이 지나치게 높다고 표현했다. 한마디로, 자신이 추구하는 연인상이 있어서 상대가 거기에 합치하지 않는다는 걸 알면 금세 흥미를 잃은 것이다.

서른 살 때 아마카스 사이세이는 무명 여배우였던 유카코와 결혼했다. 그렇다면 유카코가 마침내 만나게 된 이상형이었는가. 하지만 당시의 아마카스를 잘 아는 사람들의 의견은, 그 점에 대해 대부분 부정적이었다.

유카코는 이상형에는 미치지 못하지만 사업을 하는 그녀의 친가 쪽 자산이 그 결혼을 결정하게 된 요인일 것이라는 얘기였다. 그 무렵 아마카스는 아직 영화감독으로서 입지를 구축하지 못한 상태였다. 그런 때에 강력한 경제적 배경을 가진 집안이라는 점이 유카코의 부족한 부분을 메워줬다는 것이다.

나카오카는 수첩을 덮었다. 어느새 리필 커피가 나왔다. 입을 대보니 약간 식어 있었다.

완벽주의자. 사실과는 다른 블로그 글과 수기―.

뭔가 보일 듯 말 듯한 느낌이었다. 안개 속에 희미하게 윤곽이 떠오르고 있다. 하지만 그 안개가 걷히는 것을 가로막는 뭔가가 있었다. 그 정체가 무엇인지 나카오카는 알 수 없었다.

아마카스 사이세이의 행방은 여전히 파악하지 못했다. 몇 번이나 전화를 걸어봤지만 항상 전원이 끊겨 있었다. 메시지는 남겼는데 그쪽에서 연락해주는 일은 없었다. 대체 어디로 자취를 감춘 것인가.

수첩을 호주머니에 챙겨 넣었을 때, 스마트폰이 울렸다. 나리타 계장이었다. 어디에 있느냐고 물었다.

"신바시의 커피점이에요. 지난번에 말씀드린 그 건으로 관계자의 얘기를 들어본 참입니다."

"그랬군. 이제 끝났어?"

"네, 끝났어요."

"그럼 지금 즉시 들어와. 할 얘기가 있어." 무뚝뚝한 말투였다. 기분이 별로인 모양이다.

"무슨 일인데요?"

"만나서 얘기하자고." 그렇게 툭 내뱉고 나리타 계장은 전화를 끊었다.

대체 무슨 일이야. 나카오카는 커피 잔을 비운 뒤에 계산서를 들고 일어섰다.

형사과로 돌아갔더니 항상 그렇듯이 나리타 계장이 흡연실로 데려갔다. 그들 외에 다른 사람은 없었다. 나리타는 담뱃갑에서 담배를 뽑았지만 냉큼 불을 붙이지 않고 머무적거렸다. 그 대신 입에서 튀어나온 것은 뜻밖의 말이었다.

나카오카는 즉각 입을 툭 내밀었다.

"손을 떼라니, 그게 무슨 말입니까?"

나리타는 담배를 입에 물고 라이터로 불을 붙였다. 얼굴을 찌푸리며 연기를 토해내더니 "이 친구가 말귀를 못 알아듣나"라고 부루퉁하게 내뱉었다. "그 온천지 사건에서는 이제 그만 손을 떼란 말이야. 더 이상 관여하지 말라고."

어째서냐고 물어보려다가 그 말을 꿀꺽 삼켰다. 나리타 계장이 이런 식으로 부루퉁하게 말하는 게 어떤 때인지, 지금까지의 경험으로 잘 알고 있다.

"위에서 뭔가 지시가 내려왔어요?"

나리타는 아랫입술을 툭 내밀고 고개를 끄덕였다.

"점심때 서장에게 불려 갔었어. 형사과장들도 다 모였더라고. 나카오카에게 뭔가 일을 시킨 모양인데 당장 손을 떼도록 하라는 거야."

나카오카는 혀를 찼다.

"어떻게 눈치를 챘죠? 도마테 온천 건으로 렌터카 회사에 대한 조사를 그쪽 현경에 의뢰했던 게 실수였나요?"

"아니, 그런 게 아냐." 나리타는 담배를 손가락 사이에 끼우고 고개를 저었다. "분명 좀 더 위쪽에서 내려온 지시야. 본청, 혹은 경찰청까지도 얽혀 있는 거 같아. 서장 말투로 봐서는 그런 느낌이었어."

"경찰청?"

"이 건에 대해서는 수사는 물론이고 아예 입 밖에도 내지 말라는 거야. 지금까지 듣고 본 것도 싹 잊어버리라네. 그 대신, 지시한 대로 따르면 그간 비밀 수사를 했던 것이며 그 내용을 보고하지 않은 것에 대해서는 불문에 부쳐주겠대. 아무래도 우리가 아주 고약한 덤불숲을 들쑤신 모양이야."

"그렇다면 점점 더 들쑤시고 싶은데요? 얼마나 큰 뱀이 기어 나올지, 내 눈으로 꼭 봐야겠어요."

나리타는 담배를 잡은 손을 내둘렀다.

"아서라, 아서. 자네가 좌천당하면 나도 곤란해. 그간의 비밀 수사는 불문에 부쳐주겠다니 그나마 다행이라고 생각해야지." 나리타는 마지막으로 연기를 후욱 내뿜고 담뱃불을 재떨이에 비벼 껐다. "괜히 나서지 말고, 시키는 대로 해." 마지막 말을 던지고 흡연실을 나가면서 거칠게 문을 닫았다.

나카오카도 뒤따라 나왔다. 복도를 통통통 걸어가는 나리타의 등이 보였다. 그도 분통이 터지는 심정이라는 건 그 뒷모습만 봐도 알수 있었다.

내가 대체 무엇을 들쑤신 것인가. 관할 경찰서의 일개 형사 따위에게 들켜서는 안 되는 뭔가가 이번 사건의 배후에 있었다는 건가.

지금까지 듣고 본 것도 싹 잊어버리라네—.

그렇다면 나는 이미 극비 사항의 꼬리를 잡았다는 뜻이다. 그게 무엇인지는 모르겠지만.

아, 잠깐—.

나카오카는 발을 멈췄다.

그러면 그 사람은 어떻게 되는가. 다이호 대학의 아오에 교수. 그도 나와 비슷한 만큼 이번 사건에 대해 파악하고 있다. 그에게도 똑같이 함구령이 내려졌을까. 하지만 그는 경찰관이 아니다. 나한테 한 것처럼 강제 명령은 내릴 수 없다. 그러면 어떻게 그의 입을 막을까.

해명.

그것밖에 없는 거 아닌가.

나카오카는 스마트폰을 꺼냈다. 아오에의 연락처는 물론 아직 잘 보관해두었다.

28

인테리어 잡지를 보고 있는데 곁에 둔 스마트폰이 울렸다. 액정 화면을 확인하고 치사토는 한 차례 심호흡을 했다. '기무라'라고 찍혀 있었기 때문이다.

전화를 연결하고 네, 라고 대답했다.

"지금 혼자?"

"응, 집 거실이야. 나 말고는 아무도 없어."

좋아, 라고 작게 중얼거리는 소리가 들렸다.

"드디어 감행하기로 했어. 마지막 단계야. 실행은 오늘."

"오늘? 너무 갑작스럽잖아."

"대략적인 날짜는 전부터 말했었지? 다른 일정은 넣지 말고 언제라도 연락받을 수 있게 하라고 했잖아."

"그야 알지만, 이렇게 갑작스러울 줄은 몰랐어."

"나도 사정이 있어서 정확한 날짜와 시간을 막판까지 결정하지 못했어. 아무튼 일의 수순은 기억하고 있지?"

"그건 기억하고 있지. 근데 정말 잘될까? 만일 그쪽에서 연락을 안하면 어쩌지?"

"그건 걱정할 거 없어. 틀림없이 올 거야. 연락을 안 할 리가 없어."

그는 항상 자신만만하다. 하지만 그 근거를 설명해주지 않으니 치사토로서는 불안했다. 그래도 여태까지 그가 말한 대로 되지 않은 적은 한 번도 없었다.

"연락이 온다고 쳐도 이렇게 급한 호출은 안 된다고 할 수도 있잖아. 그쪽도 일정이 있을 텐데."

"그럴 경우에는 처음부터 다시 시작할 수밖에 없어. 다음에 연락하겠다고 말하고 전화를 끊으면 돼. 하지만 어떻게든 응하려 할걸? 어떤 바쁜 일정이 있더라도 이걸 우선할 거야."

여전히 단정적인 말투였다. 그가 그렇게 말한다면 그럴 거라고 생각하는 수밖에 없다.

"지금 바로 전화하면 돼?"

"응, 잘 부탁해."

"알았어."

전화를 끊고 치사토는 자리에서 일어나 거실장 서랍을 열었다. 그곳에서 한 대의 휴대전화를 꺼냈다. 남편 미즈키 요시로의 것이다. 바로 오늘을 위해 그가 죽은 뒤에도 해약하지 않고 내내 보관해왔다. 전원을 켜려고 했지만 배터리가 떨어져 있었다. 서랍에 충전기도 함께 넣어두었다. 그걸 전화에 연결해 옆의 콘센트에 플러그를 꽂았다.

그 상태로 전원을 켜고 주소록을 열었다. '아' 행에 상대의 이름이 있었다.

심장의 두근거림이 빨라졌다. 오른손으로 가슴을 누르고 숨을 가다듬었다. 머릿속에서 할 말을 정리했다. 어떤 말을 해야 하는지는 기무라가 미리 알려주었다.

침을 삼키고 발신 버튼을 누르려고 하는 순간, 휴대전화가 울리기 시작했다. 누군가 전화를 건 것이다. 번호 표시는 제한으로 되어 있었다.

받을까 말까 망설이는 참에 착신음이 사라졌다. 상대 쪽에서 끊은 것이다.

치사토는 크게 당황한 채 휴대전화를 멍하니 들여다보았다. 대체 누가 전화를 했을까. 아니면 잘못 걸려 온 전화였을까. 오랜만에 전원을 켜자마자 잘못 걸려 온 전화, 라는 우연이 과연 있을까.

잠시 기다려봤지만 전화는 다시 울리지 않았다. 역시 잘못 걸려 온 전화인지도 모른다.

잊어버리기로 했다. 지금부터 큰일을 해치워야만 한다. 쓸데없는 걱정은 금물이다.

액정 화면의 내용을 확인하고 발신 버튼을 눌렀다. 전화기를 귀에 대자 발신음이 들려왔다.

문득 불안해졌다. 만일 상대가 전화를 받으면 어떻게 해야 하는가. 그럴 리 없다고 기무라는 말했지만, 만에 하나라는 게 있는 거 아닌가. 그럴 경우에는 일단 끊으면 되는 걸까. 아니, 그러면 상대가 공연히 경계하지 않을까.

하지만 그런 망설임은 쓸데없는 걱정이었다. 잠시 뒤 들려온 것은 부재중 전화로 바뀐다는 안내 목소리였다. 치사토는 안도의 한숨을 내쉬며 휴대전화를 잡은 손에 꾸욱 힘을 넣었다. 지금부터가 첫 번째 승부처다.

삐이 하는 발신음이 들렸다. 치사토는 숨을 들이쉬었다.

"아마카스 사이세이 씨인가요? 저는 미즈키 요시로의 아내 치사토라고 합니다. 긴히 말씀드릴 것이 있어서 연락드렸습니다. 이 메시지를 듣는 대로 미즈키 요시로의 휴대전화로 연락해주시면 고맙겠습니다. 번호가 표시되어 있겠지만, 다시 한 번 말씀드리겠습니다."

전화번호를 두 번 반복해서 남긴 뒤, 잘 부탁드린다고 말하고 전화를 끊었다.

충전기에 이어진 휴대전화를 거실장 위에 내려놓고 치사토는 소파로 돌아왔다. 몸을 내던지듯 누워버렸다. 기껏해야 메시지를 남긴 것뿐인데 겨드랑이에서 식은땀이 흘렀다.

이제 곧 끝난다. 모든 것이.

테이블에 놓인 작은 달력이 눈에 들어왔다. 깨닫고 보니 이제 곧 3월이다. 즉 그 일로부터 벌써 1년 가까이 지난 셈이다. 그 만남으로부터.

그날 치사토는 혼자서 마세라티를 운전하고 있었다. 피부미용실에 다녀오는 길이었다.

집 근처의 좁고 구불구불한 길로 접어들었을 때, 돌연 시야가 가로막혔다. 무슨 일인지 미처 파악하지 못한 채 패닉 상태에 빠져버렸다. 저도 모르게 정신없이 브레이크를 밟았다.

하지만 차가 완전히 정지하기 전에 쿠웅 하고 뭔가에 부딪치는 충격이 있었다. 치사토는 허둥지둥 차에서 내렸다.

길가에 한 젊은이가 웅크리고 있었다. 그 모습을 보자마자 머릿속이 하얘졌다.

"괜찮아요?" 치사토는 뛰어가서 말을 건넸다.

젊은이는 얼굴을 일그러뜨리면서도 고개를 끄덕였다. "네, 괜찮아요." 하지만 말과는 다르게 고통스러운 듯이 허리를 붙잡고 있었다.

"내 차가 친 거예요?"

"나도 잘 모르겠는데 아마 그런 거 같은데요? 걸어가는데 갑자기 뒤에서……."

"미, 미안해요. 느닷없이 앞이 보이지 않아서."

치사토는 자신의 차를 돌아보았다. 앞 유리에 신문지가 붙어 있었다. 어디선가 바람에 날려 와 찰싹 달라붙은 것 같았다.

클랙슨이 뿡뿡거렸다. 뒤에서 차가 온 것이다.

"잠깐만요." 젊은이에게 말하고 앞 유리의 신문지를 떼어낸 뒤에 일단 차를 도로가에 붙였다.

다시 젊은이에게로 뛰어갔다. 그는 아직도 웅크리고 앉은 채였다.

치사토는 가방에서 스마트폰을 꺼냈다. "구급차를 불러야겠어. 아, 그리고 경찰에도 연락해야지."

하지만 젊은이는 손을 흔들었다.

"신고하면 나중에 괜히 귀찮아지니까 하지 마요. 그쪽도 이래저래 조사받는 건 싫잖아요."

"그래도 이런 일은 정확히 처리해야……."

치사토의 말에 젊은이가 쓴웃음을 지었다.

"괜찮아요. 아, 나중에 내가 괜히 떼쓸까 봐 걱정돼요? 그럼 이렇게 하죠. 지금 병원에 가서 진찰을 받고 그 진단서를 본 뒤에 경찰에 신고할지 말지 결정하자고요."

젊은이의 제안은 이치에 맞는 것처럼 생각되었다.

"그쪽이 그렇게 해도 괜찮다면……."

"그럼 그렇게 해요. 근데 이 근처에 병원이 있던가?"

"내가 아는 병원이 있어. 거기로 가요."

젊은이를 조수석에 태우고 병원으로 향했다. 치사토는 초조해하면서도 젊은이가 질이 나쁜 사람은 아닌 것 같아서 안도했다. 불량한 차림새도 아니고 말투도 공손했다. 얼굴 생김새에도 기품이 있었다.

병원에서 진찰을 받은 결과, 가벼운 타박상으로 밝혀졌다. 진단서를 받아 든 그는 더 이상 아픈 기색을 얼굴에 드러내지 않았다.

"이제 해결됐네요. 이 정도 일로 경찰에 신고하다니, 괜히 오라 가라 일 처리만 복잡해져요. 그쪽도 이제 마음이 놓이죠?"

"그야 그렇지만……. 아 참, 맞다." 치사토는 지갑에서 만 엔짜리 지폐를 몇 장 꺼내 젊은이에게 내밀었다. "봉투도 없이 이렇게 건네서 미안하지만, 우선 이거라도……."

그는 얼굴 앞에서 손을 내저었다.

"에이, 이런 거 필요 없어요. 진찰비를 내줬잖아요."

"내가 진찰비를 내는 건 당연하지. 이대로는 내가 마음이 편치 않으니까 어서 받아요."

젊은이는 치사토의 손말을 바라보며 잠시 생각에 잠겼다. 이윽고 응, 하고 고개를 끄덕였다.

"이렇게 하죠. 그 돈으로 다음에 밥을 사주세요. 가능하면 불고기로. 어때요?"

깜짝 놀라서 치사토는 젊은이의 얼굴을 마주 보았다. 그러자 그는 빙긋 미소를 지었다.

"걱정 마요, 결혼한 분을 유혹할 생각은 아니니까. 실은 이번 달에 지갑이 허전해서 제대로 된 걸 먹지 못했거든요."

그 표정이며 말투가 부드러워서 치사토는 희미하게 싹튼 경계심이 스르르 풀렸다.

"그렇다면 기꺼이 초대하겠지만, 불고기로 되겠어? 프렌치든 이탈리안이든, 다 사줄 수 있는데."

그는 고개를 저었다.

"코스 요리의 오르되브르라느니 샐러드라느니, 번거롭기만 하잖아요. 그냥 불고기면 돼요."

"알았어. 그럼 그렇게 하자."

날짜와 시간, 만날 장소를 그 자리에서 정했다. 남편 이외의 남자와 단둘이 식사하는 건 오랜만이었다. 게다가 상대는 치사토보다 아마도 다섯 살 이상은 어린 남자였다. 왠지 마음이 둥실 떠올랐다.

그것이 그와의 만남이었다. 사흘 뒤 저녁에 니시아자부 불고깃집에서 마주 앉아 식사를 했다.

그는 기무라 고이치라고 이름을 알려주었다. 가이메이 대학에 다니는데 현재는 휴학 중이라고 했다.

어떤 공부를 하느냐고 치사토가 묻자 잠시 생각해본 뒤에 그는 대답했다.

"한마디로 말하면, 예측이라고 해야 하나?"

"예측? 뭘 예측하는데?"

"여러 가지. 세상에서 일어나는 모든 일을 예측하죠. 이를테면⋯⋯."
그는 접시 하나를 치사토 앞에 놓았다. 그리고 양념병을 손에 들었다.
"이 접시에 양념을 조금 따를 거예요. 어떤 모양이 될 것 같아요?"

치사토는 가볍게 미간을 좁혔다. 묘한 것을 물어보는구나, 라고 생
각했다.

"잘은 모르겠지만, 아마 둥근 모양이 되지 않을까?"

기무라는 접시에 시선을 떨구었다. "약간 일그러진 하트 모양." 그
렇게 말하고는 병을 기울여 양념을 조금 따랐다.

치사토는 깜짝 놀랐다. 하얀 접시 가운데 갈색 하트가 그려져 있었
다.

"정말이네? 어떻게 알았어?"

"그러니까 예측이죠. 양념의 점도, 접시의 표면 상태, 그런 걸 종합
적으로 판단한 거예요." 그는 접시를 끌어당기더니 잘 구워진 갈비를
하트 위에 찍어 입에 넣었다. "음, 맛있네. 진짜 좋은 고기네." 흐뭇한
듯 눈이 가늘어지면서 웃었다.

괴짜 같은 젊은 애, 라고 치사토는 생각했다. 하지만 인상은 나쁘
지 않았다. 즐거운 식사가 될 것 같았다.

그렇다, 그때는 그 정도로만 생각했었다. 괴짜 같은 젊은 애―. 그
이상도 그 이하도 아니었다.

식사를 하면서 많은 이야기를 나누었다. 기무라는 얘기를 잘 이끌

어내는 능력이 있었다. 치사토에 대해 이런저런 질문을 던졌다. 딱히 감출 일도 아니라서 뭐든 망설임 없이 대답했다. 별 재미도 없다고 생각한 내용에도 그는 표정을 바꿔가며 민감하게 반응을 보여주었다. 이런 손님만 있다면 클럽에서 일하는 것도 훨씬 더 즐거웠을 텐데, 라고 옛날 일을 떠올리기도 했다.

"다시 만날 수 있어요? 다음에는 내가 낼게요. 아르바이트비가 들어올 예정이니까." 식사 후에 기무라가 말했다.

"응, 꼭." 치사토는 대답했다. 그저 빈말로 한 대답이 아니었다. 그리고 어떤 예감을 품었다.

언젠가 이 청년과 섹스를 할 것이다, 라는 것이었다. 그것도 나쁘지 않겠다고 생각했다. 요시로와 결혼한 이래, 다른 남자와는 잔 적이 없었다. 별로 그런 욕구가 없었기 때문이다. 하지만 그건 착각이고, 단순히 그럴 만한 만남이 없었던 것뿐인지도 모른다.

그리고 그날은 예상보다 훨씬 더 빨리 찾아왔다. 다음에 만나 식사를 한 뒤, 기무라의 청으로 들어간 호텔 바에서 실은 방을 예약해두었다, 라고 그가 말했던 것이다.

"처음 만났을 때, 유혹할 생각은 없다고 말했었는데, 미안." 카운터석에서 그는 머리를 숙였다. "지난번 식사가 정말 즐거워서 멋진 여자분이라는 생각이 들어버렸어요. 물론 싫으시다면, 뭐 괜찮아요, 앞으로 절대 청하지 않을 테니까."

기무라가 여자를 사귀는 데 익숙한 것처럼은 보이지 않았다. 오히려 지나치게 착실한 성품이라는 건 지난번에 만났을 때 이미 알았다. 나름대로 큰 용기를 내서 하는 말이라는 게 느껴졌다.

"잠시만 생각하게 해줘." 치사토는 대답했다. 하지만 마음은 이미 정해졌다. 한 시간 뒤, 두 사람은 그가 예약한 방에 가 있었다.

짐작했던 대로 기무라는 섹스 경험은 부족한 듯했다. 하지만 그것을 메우고도 남을 만한 젊음이 있었다. 야생동물 같은 약동감과 넘치는 에너지를 치사토는 온몸으로 받아들였다. 침대 시트는 두 사람의 땀으로 흠뻑 젖었다.

그 이후, 몇 주일에 한 번의 페이스로 만났다. 처음 한동안은 단순히 섹스 친구가 생긴 것뿐이라고 생각했다. 애정이 있는 건 아니다. 단지 놀기 좋은 상대를 찾은 것뿐이다. 리드하는 건 언제든지 내 쪽이다. 이 관계를 지속하는 것도 끝내는 것도 모두 내가 하기 나름이다. 싫증 나거나 위험이 감지되면 관계를 끊어버리면 된다.

하지만 몇 번 만나는 사이에 두 사람의 관계가 조금씩 변해가는 것을 치사토는 깨달았다. 기무라는 그녀에게 꼭 필요한 존재가 되어갔다. 그와 보내는 시간이 너무도 즐거워서 눈 깜짝할 사이에 지나가곤 했다. 요컨대 자신은 이런 시간에 굶주려 있었다, 라고 새삼 깨달았다. 나이 차가 많이 나는 남자와 결혼하면서 돈은 많지만 자극이 없는 하루하루를 보내왔다. 그것이 한계에 달해 있었던 것이다.

치사토는 기무라에게 어떤 얘기든 다 하게 되었다. 그러다가 결국 남편에 대한 불만, 현재의 생활에서 빠져나오고 싶은 마음까지 털어놓았다.

"그럼 빠져나오면 되지." 침대 안에서 치사토의 머리를 쓰다듬으면서 기무라가 말했다.

"어떻게?" 그녀는 물었다.

"당신은 이렇게 생각하는 거잖아. 남편이 빨리 죽어줬으면 좋겠다. 20년쯤은 참아줄 생각이었는데 점점 힘이 든다. 그렇지?"

"그야 그렇긴 한데……."

"그럼 그런 날을 앞당기면 되지. 별로 어려운 얘기도 아니네, 뭐."

"그래도……." 치사토는 고개를 저었다. "그건 안 돼, 사람을 죽이다니."

기무라는 의미심장하게 웃었다. "근데 상상해본 적은 있지?"

치사토가 대답하지 않자 그는 큰 소리를 내며 웃었다.

"걱정할 거 없어. 당신은 아무것도 안 해도 돼. 나는 그저 그날을 앞당기자고 했을 뿐이야. 그날이라는 건 남편이 죽는 날이야. 물론 불사신이 아니니까 언젠가는 죽겠지. 그런 날을 좀 앞당기기만 하면 되는 거야."

"무슨 말인지 모르겠어. 그게 바로 죽인다는 얘기 아니야?"

"넓은 의미로 보면 그럴지도 모르지. 하지만 형법상으로는 살인이 아니야. 결론부터 말하자면, 남편은 사고로 사망하는 거야. 게다가 한없이 자연재해에 가까운 사고로. 재해가 일어날 곳에 데려가 그 피해를 당하게 하는 거. 자연재해는 불가항력이니까 어느 누구도 처벌받지 않아."

어때, 라고 기무라는 치사토의 얼굴을 지그시 들여다보았다.

그녀는 눈을 깜빡거리며 젊은 애인의 눈을 마주 보았다.

"자연재해가 일어난다는 걸 어떻게 알아?"

"말했잖아, 내 전공이 예측이라고. 어디서 어떤 자연재해가 일어나는지, 그것도 어느 정도는 예측할 수 있어. 당신은 그런 곳에 남편을 데려가기만 하면 돼. 물론 당신은 거기서 멀리 떨어져 있어야 해. 아, 그리 오래 걸리지도 않아."

"그 자연재해라는 게 어떤 건데?"

치사토가 묻자 기무라의 눈이 번쩍 빛나는 것처럼 보였다. 그는 단정한 얼굴에서 표정을 지우고서 말했다. "황화수소."

기무라의 말에 의하면 그것은 치사율이 높은 맹독 가스라고 했다. 그리고 다음과 같이 설명해주었다.

화산 지대인 일본에는 전국 곳곳에 화산가스 발생원이 존재한다. 그중 하나가 온천지로, 지하에서 황화수소 가스가 방출되고 있다. 평소에는 문제가 없지만 기상 조건에 따라 치사량 수준까지 농도가 상승할 우려가 있는 곳도 있다. 그런 곳에는 출입금지 조치가 내려지지만, 아직 발견되지 않은 위험 지역 또한 전국에 산재한다.

그런 곳을 찾아내 남편 미즈키 요시로를 데려가기만 하면 직접 손을 대지 않아도 죽음에 이르게 할 수 있다, 라는 얘기였다.

그 얘기를 듣고, 일이 그렇게 쉽게 풀릴까 하는 의문이 들었다.

"설령 일이 잘 풀리지 않더라도 아무 문제 없어. 의심받을 일이 전혀 없어서 몇 번이든 도전할 수 있거든. 이만큼 안전한 계획도 없을 거야. 당신이 할 일은 단 한 가지, 남편을 온천지에 데려가 산책을 가자고 해서 그 위험 지역에 서 있게 하는 것뿐이야."

그것뿐이라면 분명 간단할 것 같기는 했다. 무엇보다 리스크가 없다는 점이 좋았다.

"어때, 해볼 거야?" 기무라가 물었다.

치사토는 처음 그가 호텔 방에 청했을 때와 똑같은 대답을 했다. "잠시만 생각하게 해줘."

하지만 그때와 마찬가지로 이미 마음은 정해졌었는지도 모른다.

치사토는 니가타 현의 나가오카에서 태어나고 자랐다.

아버지는 근처 공장에 다니는 회사원이고, 어머니는 그보다 열 살이 어렸다. 작고 허름한 단독주택에서 치사토는 아버지 어머니, 그리고 조부모와 함께 살았다. 아버지의 수입이 그리 많지 않았는지 살림살이는 늘 빠듯했다.

치사토가 철이 들 무렵, 여든 가까운 나이였던 조부는 이미 치매 징후를 보였다. 특히 심한 것이 배회 증상이어서 아버지 어머니가 손전등을 들고 찾아 나서는 모습을 여러 번 지켜봤던 게 아직도 기억이 난다.

게다가 딱하게도 조모까지 넘어져 허리와 다리에 골절상을 입었다. 치사토가 초등학생 때였다. 그때부터 조모는 거의 자리보전 상태였다. 당연히 조부를 돌봐줄 수도 없었다. 모든 일거리가 어머니에게 집중되었다. 치매 걸린 시아버지와 누워 지내는 시어머니를 모셔야 했던 것이다. 도움을 줄 만한 친척도 없었다. 아버지는 요양 시설을 찾아보려 했지만 그것도 마음먹은 대로 되지 않았다. 구청에 가서 상의해봐도 유효한 해결책을 얻지 못한 채 시간만 흘러갔다.

아버지 어머니는 거의 매일 밤마다 말다툼을 했다. 어머니는 늘 지쳐 있어서 치사토에게 그 화풀이를 했다. 아버지도 음울한 얼굴로 웬만해서는 입을 열지 않았다.

치사토가 중학생 때, 결국 부부는 이혼했다. 치사토는 어머니가 거둬주었다. 낮에는 슈퍼에서 밤에는 주점에서 일하느라 밤늦게야 파

김치가 되어 돌아온 어머니는 치사토의 얼굴을 들여다보며 말하곤
했다.

"여자가 행복해지는 건 어떤 남자를 만나느냐에 달려 있어. 결혼할
때는 상대를 미리 잘 알아보란 말이야. 남편 될 사람뿐만 아니라 그
부모 형제도. 막상 결혼했는데 너한테 힘든 일거리가 털썩 떨어지면
어떡할 거야? 제일 좋은 남편감은 나이 많고 돈도 많은 남자야. 그런
사람이면 설령 시부모가 있어도 세상 떠나기까지 그리 오래 걸리지
않을 거고, 일단 돈이 있으면 노인 모시기도 훨씬 수월해. 나도 그런
사람을 골랐어야 했어. 괜히 사랑 타령만 하다가는 편한 밥은 못 먹
는 거야."

오랜 세월 어머니의 노고를 지켜본 치사토의 뇌리에 그 말 한 마
디 한 마디가 깊이 새겨졌다.

이혼은 했지만 아버지와는 정기적으로 만났다. 만날 때마다 아버
지는 여위어가는 듯했다. 얼굴색도 좋지 않았다. 얘기를 들어보니,
조부모를 돌봐주려고 회사를 조기 퇴직했다는 것이었다.

언젠가 집에 몰래 가본 적이 있었다. 현관문이 잠겨서 마당으로 돌
아가는데 목소리가 들려왔다. 고함 소리였다. 뒤를 이어 부르짖는 듯
한 또 다른 목소리.

치사토는 머뭇머뭇 안을 살펴보았다. 바닥에 덜퍼덕 주저앉은 할
아버지가 팔다리를 버둥거리며 소리치고 있었다. 마치 떼쓰는 어린
애 같았다. 그 곁에는 아버지가 서 있었다.

"안 돼, 안 된다고 했잖아!" 아버지가 꾸짖으면서 조부의 뺨을 내리
쳤다. 그 목소리에는 답답함과 함께 슬픔이 담겨 있었다.

치사토는 상황을 이해했다. 할아버지가 뭔가 말썽을 부린 것이다. 그토록 효심 깊던 아버지가 할아버지에게 손을 대다니. 학대라는 단어가 머릿속에 떠올랐다.

발소리를 죽여 도망치면서 역시 어머니 말이 옳다고 치사토는 생각했다. 돈만 있었다면 아버지가 저렇게까지는 하지 않았을 것이다.

고등학교를 졸업하고 도쿄로 올라왔다. 재학 중에 친하게 지냈던 선배가 도쿄 롯폰기 클럽에서 일하고 있었다. 혹시 함께 일할 생각이 있으면 언제든지 연락하라고 진즉부터 말했었다. 어머니에게는 사실대로 말했지만 반대하지 않았다.

"네 인생이니까 너 좋을 대로 해. 근데 허접한 남자한테는 절대 빠지지 마. 알았지?" 그렇게 말하며 배웅해주었다.

롯폰기 클럽에서 일을 시작했다. 요령은 금세 파악했다. 특별히 좋아해주는 손님도 많았고, 데이트를 청해 오는 건 노상 있는 일이었다. 그중 몇몇 남자와는 관계를 가졌지만 모두 치사토에게는 운명의 사람이 아니었다. 이대로는 눈에 차는 사람을 못 만나겠다는 생각이 들어서 얼마 뒤에 긴자 쪽으로 옮겼다. 그래도 이렇다 할 인물은 나타나지 않았다.

긴자에서 두 번째로 옮겨 간 가게에 찾아온 사람이 미즈키 요시로였다. 독신이라는 말을 듣고 흥미가 생겼다. 이야기를 하다 보니 자산가라는 게 밝혀져 더욱더 마음이 쏠렸다. 고령의 모친이 있는 모양이지만 이미 요양 시설에 들어갔다니 이건 문제가 되지 않았다.

미즈키 요시로도 치사토가 마음에 든 눈치였다. 2차 데이트를 청했을 때, 재미 삼아 원하는 게 아니라면, 이라고 대답했다.

"진심으로 사귈 마음이시라면 오케이예요."

"물론 진심이지." 요시로는 말했다. "결혼을 전제로 사귀는 걸로, 어때?"

치사토는 미소를 지으며 고개를 끄덕였다. 그리고 그날 밤 요시로에게 안겼다.

마흔 살이나 나이 많은 남자와의 결혼 생활은 그리 나쁘지 않았다. 요시로는 호화롭게 살게 해주었고 실력파 프로듀서의 아내라는 명예도 기분 좋았다. 요시로의 친척들에게게서는 곱지 않은 시선을 받았지만 그런 사람들과는 되도록 만나지 않으면 그만이다.

하지만 기무라가 그의 죽음을 앞당겨준다면 그것도 괜찮은 일이다. 엄청난 재산을 손에 넣고 아직 충분히 젊은 상태에서 새 인생을 꾸려갈 수 있다는 건 눈부실 만큼 꿈이 넘치는 이야기였다.

다음에 만났을 때 기무라는 마음의 결정을 했느냐고 물었다.

치사토는 아직 망설이면서도 저도 모르게 말이 흘러나왔다. "남편을 어느 온천으로 데려가면 되는 거야?"

기무라는 만족스러운 웃음을 보이며 후보지는 아카쿠마 온천이라고 대답했다. 나아가 시기는 11월에서 12월 사이가 될 것이라고 덧붙였다.

"다양한 조건이 갖춰지는 게 분명 그 무렵이야. 남편 일정을 미리 파악해둬."

"응, 알았어."

그렇게 계획은 굴러가기 시작했지만 치사토는 여전히 머릿속이 멍한 상태였다. 밥을 먹다가 요시로를 보면서 이 사람이 내년에는 이

세상에 없는 건가, 라고 생각해봐도 전혀 실감이 나지 않았다.

그래도 기무라의 계획이 성공하기를 기대하며 요시로에게 생명보험을 들자고 말해보았다. 결혼한 뒤에 남편의 자산을 알아보니 예상했던 만큼 많지는 않다는 걸 알았기 때문이다. 의외로 요시로도 그리 수상쩍게 생각하지 않았다. 오히려 "응, 이제 슬슬 그런 얘기 나올 줄 알았어"라면서 짓궂은 웃음을 보였다. "당신은 일단 재산을 노리고 나와 결혼했으니까 말이야. 좋아, 내가 다 해줄게. 당신이 원하는 만큼 실컷 계약하라고."

아마도 그는 아무리 재산을 노린 결혼이라도 치사토가 설마 남편을 죽이는 어리석은 짓까지는 하지 않을 거라고 생각한 게 틀림없었다. 그건 어떤 의미에서는 사실이기도 했다.

12월에 접어들자 치사토는 요시로에게 온천 여행을 가자고 말했다.

"웬일이야, 온천 같은 데는 관심도 없는 것 같더니?"

"아니에요. 진짜 멋진 비탕이라는데요? 함께 가요, 여행 준비는 내가 할 테니까."

"그렇다면 나야 좋지." 젊은 아내의 여행 제안에 남편은 싫지 않은 눈치였다.

일정에 대해서는 이미 기무라의 상세한 지시가 있었다. '자연재해가 일어날 확률이 높은 날'이라는 얘기였다. 그가 알려준 날을 끼고 2박 3일의 플랜을 짰다.

그런데 실행일이 다가오자 기무라가 뜻밖의 말을 꺼냈다. 부탁이 있다는 것이었다.

"이번 일이 잘되면 그다음에는 당신이 나를 도와줬으면 좋겠어. 나역시 빨리 죽어주었으면 하는 인간이 있거든. 게다가 두 명이야."

치사토는 숨을 헉 삼켰다. 생각도 못한 일이었다. 도와달라니, 대체 뭘 어떻게 도와달라는 것인가. 범죄를 저지르라는 건가.

"괜찮아. 별일도 아니야. 이번 일과 마찬가지로 당신이 손댈 건 전혀 없어. 누구도 당신을 의심하지 않아."

나아가 기무라는 말을 이었다.

"우선 남편이 어떻게 되는지 잘 지켜봐. 그러면 당신도 틀림없이 납득할 테니까."

그런 말을 듣고 보니 거절할 이유가 생각나지 않았다. 기무라의 화술에는 치사토의 마음을 생각지도 못한 방향으로 끌고 가는 마력이 있었다.

그리고 마침내 그날이 닥쳐왔다.

치사토는 요시로에게 산책을 나가자고 말했다. 그리고 기무라가 미리 지시해준 시각에 여관을 나섰다. 몇 번이나 시계를 확인하며 그가 알려준 곳으로 걸어갔다. 도중에 요시로가 의아한 듯 치사토에게 물었다.

"길을 잘못 든 거 아냐? 폭포는 어디에도 없을 거 같은데? 그보다여기가 원래 사람이 드나드는 길인가? 짐승 길 아니야?"

"걱정 마세요. 내가 알기로는 이 길이 틀림없으니까."

이윽고 문제의 지점에 도착했다. 치사토는 여관에 카메라 배터리를 깜빡 놓고 왔다고 요시로에게 말했다.

"금방 가져올게요. 여기서 기다려요."

"사진 좀 안 찍으면 어떻다고?"

"아이, 싫어, 모처럼 여기까지 왔는데. 잠깐만 여기 있어요. 아무 데도 가지 말아요." 뒤돌아보지 않고 치사토는 뛰었다. 요시로는 뒤쫓아 오지 않았다.

그다음은 경찰과 소방대에 몇 번이나 진술했던 그대로였다. 여관에 돌아가 카메라 배터리를 챙겨 원래의 자리로 돌아왔더니 요시로가 쓰러져 있었다. 주위를 둘러봤지만 아무것도 달라진 건 없었다. 희미하게 달걀 썩는 듯한 냄새가 났을 뿐이다.

치사토는 다리가 파르르 떨려 왔다.

진짜구나. 진짜였구나. 기무라의 얘기는 거짓이 아니었어……. 이 것이 진짜로 일어난 일이라고 생각하니 더럭 겁이 났다.

여관에 전화를 걸었다. "큰일 났어요. 산길에서 남편이 쓰러져 전혀 움직이지를 않아요." 목소리가 갈라졌지만, 그건 결코 연기가 아니었다.

그때 더 이상 되돌아올 수 없는 길로 접어들었는지도 모른다. 치사토는 기무라라는 인간이 두려워졌다. 거스르는 것 따위, 불가능했다. 약속한 대로 나스노 고로라는 배우를 도마테 온천의 산책로 입구까지 안내했다. 나중에 뉴스를 통해 그 역시 화산가스로 사망했다는 것을 알았다.

그리고 이제 기무라는 또 한 사람을 죽음으로 초대하려 하고 있었다. 치사토는 그 일을 거들어야만 한다. 그는 이번이 마지막이라고 말했지만, 그게 정말일까. 이대로 계속 저승사자의 조수 역할을 해야 하는 건 아닐까.

두 번째 타깃이 아마카스 사이세이라는 말을 듣고 치사토는 제 귀를 의심했다. 남편의 장례식 때 나타났던 인물이었기 때문이다. 어떻게 이런 우연이 가능할까.

혹시―.

기무라는 처음부터 이럴 목적으로 내게 접근했던 게 아닐까. 내가 운전하던 차의 앞 유리를 향해 신문지를 날리고, 시야가 가로막힌 틈을 노려 큰 부상을 입지 않을 정도로만 일부러 부딪혔는가. 기무라라면 얼마든지 가능한 일인 것 같았다.

전화 통화 때 그 얘기를 하자 기무라는 시들한 목소리로 "그거야 어찌 됐건 상관없잖아?"라고 말했다. "우연이었든 의도적이었든 무슨 차이가 있어? 결과적으로 당신과 나는 원래 목적을 착착 달성해가고 있는데."

"혹시 원래 내 남편도 네가 죽이고 싶었던 거 아니야? 맞아, 그렇구나, 나를 이용한 거였어?"

"글쎄 그것도 당신과는 상관없는 일이야. 게다가 나한테 이용당했다고 해도 당신이 뭔가 손해라도 봤어? 아니잖아?"

"……너, 누구야?" 치사토가 물었다. "기무라가 본명이 아니지? 대체 누구야?"

"이봐요, 치사토 씨." 기무라가 웬일로 이름을 불렀다. 오싹할 만큼 차가운 목소리였다. "이 세상에는 모르는 게 오히려 좋은 일도 있어. 아니면 당신의 운명이 앞으로 어떻게 될지, 내가 예측이라도 해줄까?"

치사토는 선뜻 말이 나오지 않았다. 그걸 어떻게 받아들였는지 "그렇지, 그렇게 입 다물면 돼"라고 그는 말했다. "아무것도 알려고 하지 마. 그러면 당신 인생은 그리 나빠지지는 않아."

암흑 밑바닥에서 울려오는 듯한 그 목소리는 지금도 치사토의 귓속에 달라붙어 있다.

어떻든 한시바삐 풀려나고 싶다. 기무라와는 더 이상 관계를 맺어서는 안 된다. 이번이 반드시 마지막이어야 한다.

착신음에 퍼뜩 정신을 차렸다. 죽은 남편의 휴대전화가 거실장 위에서 울리고 있었다.

자리에서 일어나 침을 꿀꺽 삼키며 그쪽으로 다가갔다. 착신 표시에 '아마카스'라고 찍혀 있었다.

29

스마트폰의 알람 소리를 들은 것은 드라이어로 한창 머리를 말리던 때였다. 마도카는 드라이어를 내던지고 욕실을 뛰쳐나왔다. 스마트폰은 침대 위에 있다. 서둘러 알람 소리를 껐다.

드디어 왔구나―.

마도카는 나갈 채비를 시작했다. 머리는 아직 덜 마른 느낌이지만 여기서 미적거릴 수는 없다. 상대가 언제 움직일지 모르는 것이다. 지금 당장은 아니더라도 미리미리 준비해서 나쁠 건 없다.

옷을 챙겨 입고 핑크색 니트 모자로 마무리했다. 다케오가 설마 자신을 놓칠 리는 없지만, 만에 하나의 상황을 대비한 것이다. 어떻든 금세 알아볼 수 있게 해두는 게 좋다.

호텔 정면 현관을 나와 길을 건넜다. 잠시 기다리자 택시가 다가왔다. 손을 들어 택시를 잡아타고 행선지를 말했다. 운전기사의 대답이 퉁명스러운 것은 너무 가까운 거리이기 때문일 것이다.

마도카는 가방에서 거울을 꺼내 뒤쪽을 살펴보았다. 역시나 흰색 왜건이 뒤에 따라붙었다. 운전석에 앉은 사람은 다케오. 검은 안경은 변장을 해보겠다고 쓴 것인가.

목적지 근처에서 운전기사에게 말해 택시를 세웠다. 요금을 내고 밖으로 나서자 수십 미터 앞쪽으로 시선을 던졌다.

흰 담장에 둘러싸인 저택이 보였다. 한적한 주택가에서도 유독 눈에 띄는 건물이었다. 미즈키 요시로의 집이다. 지금은 아내 치사토가 혼자 살고 있다. 그리고 이 순간에도 그녀는 집에 있을 터였다.

아마카스 사이세이의 전화를 기다리기 위해.

아니, 어쩌면 전화는 이미 왔는지도 모른다. 그래서 그다음 행동에 나서려고 준비하고 있을지도.

마도카는 발길을 돌렸다. 저만치 길 위에 흰색 왜건이 눈에 들어왔다. 운전석의 다케오는 시트를 한껏 뒤로 젖히고 모자로 얼굴을 가리고 있었다.

왜건 왼편으로 달려가 뒷좌석의 슬라이드도어를 휙 열었다. 누워 있던 남자가 헉 소리를 내며 몸을 일으켰다. 수리학 연구소에서 근무하는 젊은 직원이었다.

운전석의 다케오가 뒤를 돌아보며 눈이 둥그레졌다. 할 말을 잃은 모습이었다.

"아저씨는 연구소로 돌아가세요." 마도카는 남자 직원에게 말했다. "나한테 들켰다고 보고하시면 돼요. 자, 어서요."

남자는 판단을 망설이는 얼굴로 다케오 쪽을 보았다. 다케오가 말없이 고개를 끄덕이자 그는 옆에 놓아둔 여행 가방을 품에 안고 차에서 내렸다.

자리를 바꾸듯이 마도카가 뒷좌석에 올랐다. 빠른 걸음으로 멀어져가는 직원의 뒷모습을 보며 마도카는 다케오에게 물었다.

"저 아저씨는 이번 일을 어디까지 알고 있어요?"

"거의 아무것도 모르지. 내가 잠깐 눈 붙이는 동안 감시를 대신 해 준 것뿐이야. 마도카가 호텔에서 나오면 깨워달라고 했어." 다케오는 젖혀둔 시트를 올리고 모자를 벗었다.

"어휴, 고생 많이 하셨네." 마도카는 곁에 놓인 종이 박스 안을 들여다보며 말했다. 빵이며 음료수가 들어 있었다.

"감시를 눈치챌 줄은 몰랐어."

"내가 바보예요? 아, 그 안경은 벗으세요. 어울리지 않으니까."

다케오는 안경을 벗었다.

"이제 어떻게 할 생각이지?"

"어라, 나한테 질문하면 안 된다는 게 규칙일 텐데요?" 짜증 난 듯 입을 꾹 다물어버린 다케오의 옆얼굴을 보며 마도카는 빙긋이 웃었다. "저기 흰색 담장의 저택이 보이죠?" 앞 유리 너머를 손끝으로 가리켰다.

응, 하고 다케오가 고개를 끄덕였다.

"저 집에서 어떤 여자가 나올 거예요. 그때까지 기다려야 해요. 그 다음은 제가 그때그때 얘기할게요. 아셨죠?"

"알았어." 다케오는 기합을 넣듯이 앉음새를 바로잡았다.

마도카는 시트에 등을 기대고 다리를 꼬았다. 종이 박스 안의 크림

빵을 꺼내 먹었다. 적당히 단맛을 줄인 빵이라서 꽤 맛있었다.

그러자 겐토가 유난히 단것을 좋아했던 게 생각났다. 연구소에서 두 사람은 기본적으로 따로따로 테스트와 훈련을 받았지만, 휴식 시간은 늘 함께 보냈다. 그런 때에 그는 초콜릿 같은 달콤한 간식을 즐겨 먹곤 했다.

둘이서 많은 이야기를 나눴다. 세상에서 오직 두 사람만이 나눌 수 있는 내용도 많았다. 해저의 기복과 리얼타임의 온도 변화를 지구상의 몇 개소에서 모니터하면 지진의 예지가 가능할 것인가, 라는 토론을 한 적도 있었다. 그런 얘기가 무척 즐겁다는 것을 보통 사람들은 이해하기 어려울 것이다.

그렇게 둘만의 대화를 나누는 사이에, 겐토가 오랜 세월 동안 깊은 고독감을 품고 살아왔다는 것을 서서히 알게 되었다. 다양한 일들의 예측이 가능하더라도 그것을 공유할 동료가 없다면 도리어 홀로 남겨진 듯한 기분이 드는 것이다. 마도카에게는 겐토가 있었다. 하지만 그는 그때까지 내내 혼자였다.

마침내 얻게 된 동료에게 그는 마음의 문을 열어준 모양이었다. 어느 날, 중대한 사실을 털어놓았다. 그것은 선뜻 믿을 수 없는 엄청난 얘기였다.

아마카스가에서 일어난 황화수소 사건에 관한 것이었다. 그건 자살이 아니라 타살이었다, 라는 것이다. 게다가 겐토는 범인을 알고 있다고 했다.

"범인의 입으로 직접 들었어. 그러니까 확실해."

그 범인의 이름을 겐토는 말하지 않았다. 하지만 누구인지는 명백했다. 왜냐하면 범인을 알게 된 것이 그가 식물인간 상태일 때였다고 말했기 때문이다. 그 시기에 겐토를 만난 사람은 한정되어 있다.

동기는 범인의 단순한 이기심, 이라고 겐토는 말했다. 머리가 돌아 버린 인간이 저지른 이기적인 범죄, 라고.

"그자를 그대로 놔둘 수는 없어. 반드시 내 손으로 단죄할 거야. 그러니까 그때는……." 겐토는 마도카를 지그시 바라보며 말을 이었다. "뒷일을 잘 부탁해."

마도카는 그의 진의를 알아차렸다. 복수를 위해 연구소를 떠날 생각이다. 그리고 두 번 다시 돌아오지 않겠다고 결심한 것이다. 복수를 끝낸 뒤에는 스스로 죽음을 선택할 생각이리라.

그건 좋지 않아, 라고 그녀는 중얼거렸다. 하지만 더 이상 설득의 말을 이어갈 수 없었다. 그게 쓸데없는 일이라는 걸 잘 알고 있었기 때문이다.

그날 이후로 마도카는 안절부절, 초조한 마음이었다. 겐토가 걱정스러웠다. 누군가와 상의하고 싶었지만, 비밀을 지켜주기로 한 그와의 약속을 깨고 싶지는 않았다.

이윽고 우려했던 일이 벌어졌다. 겐토가 연구소에서 사라진 것이다. 다들 무슨 일인지 알지 못해 당황하고 있었다. 하지만 그때도 마도카는 사실대로 말하지 못했다. 단지 그를 찾으러 가겠다는 말만 거듭했다. 그러자 위험하다고 여겼는지 그녀에게 보디가드라는 명목으로 감시가 붙여졌다.

대책도 없이 시간만 흘러갔다. 그러던 참에 아카쿠마 온천에서 일어난 일을 알게 되었다. 드디어 겐토가 움직이기 시작한 것이라고 확신했다. 미즈키 요시로라는 피해자의 경력을 알고는 아마카스 사이세이의 범행과 관련된 인물일 거라고 짐작했다.

더 이상 손을 놓고 있을 수는 없었다. 마침 수도권에 폭설이 내릴 타이밍이 다가오고 있었다. 게다가 기상청의 날씨 예보는 허술했다. 이 기회를 놓치면 다음 기회는 없다. 마도카는 마음을 굳게 먹고 탈주 계획을 세웠다.

성공적으로 탈주한 뒤, 즉시 아카쿠마 온천으로 달려가 상황을 파악했다. 겐토가 한 짓이 틀림없었다. 단지 공범자는 필요했다. 피해자의 아내가 그 역할을 맡았을 것으로 짐작이 되었다. 그래서 그들이 묵었던 여관에 찾아가 밤중에 숙박부를 훔쳐보며 미즈키 부부에 대해 조사했다.

이제 겐토는 어떤 수를 쓰고 나올까. 아마카스 사이세이를 단죄하기 전에 매장해버려야 할 공범이 아직도 남아 있는 걸까. 그렇게 속을 태우고 있는 참에 도마테 온천에서 똑같은 양상의 사건이 또다시 일어났다. 피해자의 신원을 미처 파악하지 못했지만, 아오에 교수에게서 무명 배우였다는 말을 듣고 역시 겐토의 짓이라고 확신했다.

하지만 어째서 황화수소 중독에 그토록 집착할까. 자신들과 똑같은 고통을 느끼게 해주려는 것인가. 하지만 그런 사건이 일어날수록 아마카스 사이세이 쪽에서 경계하게 되리라는 건 예상을 못 하는 건가.

거기까지 생각했을 때, 겐토가 노리는 것이 무엇인지 퍼뜩 깨달았다. 그는 8년 전의 살인에 대한 복수가 시작되었다는 것을 아마카스 사이세이에게 통고한 것이다. 더구나 이 복수극의 주인공이 바로 겐토 자신이고, 기억을 잃기는커녕 옛일을 똑똑히 기억하고 있노라고 일부러 알려주고 있었다.

왜 그런 짓을 하는 건가. 그 목적은 단 한 가지, 아마카스 사이세이를 밖으로 끌어내려는 것이다. 아마카스의 입장에서는 그 일의 진실을 알고 있는 겐토는 방해가 되는 존재다. 어떻게든 제거하려고 들터였다. 자신을 죽이려고 겐토가 서서히 다가온다면 그 또한 반격에 나서는 것이다.

하지만 거기까지 내다보고 겐토는 덫을 놓았다. 그가 이용하는 건 유일한 공범자 미즈키 치사토일 것이다. 그녀에게 지시해 아마카스에게 연락하도록 한다. 그럴 경우, 분명 미즈키 요시로의 휴대전화를 쓸 것이다. 낯선 번호에서 걸려 온 전화라면 아마카스도 판단을 내리기 어렵다. 하지만 미즈키 요시로의 휴대전화에서 연락이 온다면 그는 즉각 덫이라고 눈치챌 것이다. 그렇다, 덫인 줄 알면서도 아마카스가 움직일 거라고 겐토는 내다본 것이다.

마도카는 미즈키 요시로의 휴대전화에 걸어보았다. 예상대로 전원이 끊겨 있었다. 하지만 언젠가 그 전원을 켜는 때가 온다. 바로 겐토의 복수극이 마지막 장을 맞이하는 때다. 마도카는 스마트폰을 개조해 5분 간격으로 미즈키에게 발신 번호 표시 제한 전화를 걸고, 만일 연결될 경우에는 알람이 울리게 해두었다. 조금 전의 알람 소리가 바로 그것이었다.

미즈키 치사토는 아마카스 사이세이에게 전화를 걸었다. 하지만 경계하던 아마카스가 곧바로 전화를 받지 않았을 가능성이 높다. 그녀는 메시지를 남길 것이다. 그것을 듣고 아마카스 쪽에서 전화를 건다.

그리고 그다음은 어떻게 될까. 유감스럽게도 마도카 역시 아직은 알 수 없었다.

문득 깨닫고 보니 다케오가 우물우물 뭔가 말하고 있었다. 어디선가 걸려 온 전화를 받고 있는 것 같았다. 알겠습니다, 라고 말하고 전화를 끊더니 스마트폰을 호주머니에 넣었다.

"누구랑 통화했어요? 뭘 알아냈죠?" 마도카가 물었다.

"기리미야 씨야. 우선은 마도카의 지시를 따르라고 해서 그러겠다고 대답했어."

조금 전의 남자 직원에게서 얘기를 들은 모양이다.

"잘됐어요. 이제는 그냥 기다리는 것뿐이네요."

다케오가 슬쩍 목을 돌려 이쪽을 보았다. "질문 좀 해도 될까?"

"규칙상 안 되지만, 이번만 특별히 봐드릴게요. 뭔데요?"

"저 집에서 여자가 나오면 미행할 생각이야?"

"네, 그럴 건데, 왜요?"

"그렇다면 한 가지 양해를 구할 게 있어."

"뭐죠?"

"이 차에는 발신기가 달렸어. GPS에 의한 위치 정보가 리얼타임으로 당국에 전해지게 돼."

"당국?"

"경찰 당국. 이 건에 대해 경찰청이 주도하는 특별 수사 팀이 움직이기 시작했거든."

마도카는 차의 천장을 우러러보았다. "아이 참, 그런 건 미리미리 말했어야죠!"

"미안하다." 다케오가 목을 움츠렸다.

"그 발신기는 어디에 붙였죠? 떼어낼 수 없어요?"

"특수한 공구가 아니면 안 돼."

큰일 났네, 라고 마도카는 생각했다. 아직은 경찰의 방해를 받고 싶지 않았다.

하지만 어떻게 해야 하나. 최소한 이 차로 미즈키 치사토를 미행하려던 계획은 철회하는 게 좋을 것 같다.

다른 자동차 한 대, 그리고 도와줄 사람도 한 명이 더 필요하다. 그런 사람이 있을까. 일의 전후 사정을 알지 못한 채 도와주겠다고 나설 사람을 찾기는 어렵다. 그렇다면 어느 정도 이번 일을 아는 사람에게 기대는 수밖에 없다.

그러자 딱 한 사람이 머릿속에 떠올랐다. 더 이상 이 일에 끌어들이고 싶지 않아 실은 마도카 쪽에서 관계를 끊은 사람이다. 내가 필요하다고 다시 불러내는 건 너무 이기적인 거 아닌가. 하지만 중요한 일을 앞둔 상황에서 염치를 따지고 있을 여유는 없다.

호주머니에서 스마트폰을 꺼냈다.

30

가느다란 빗줄기가 떨어지고 있다. 오늘은 아침부터 내내 하늘이 어둡다. 아오에는 창가에 서서 멍하니 밖을 내다보며, 마도카와 겐토라면 이 지겨운 비가 걷히는 시각도 정확히 예측해낼 거라고 생각했다.

노크 소리가 들렸다. 네에, 라고 대답하자 살그머니 문이 열리고 오쿠니시 데쓰코가 들어왔다. "손님께서는 가신 모양이군요."

"응, 미안하지만 저것 좀 정리해줄래?" 아오에는 테이블 위의 찻잔을 가리켰다.

알겠습니다, 라고 말하고 오쿠니시 데쓰코는 쟁반에 두 개의 찻잔을 얹었다. "나카오카 씨라고 했던가요, 그 형사분?"

"맞아. 그런데 왜?"

"아뇨, 가시면서 옆방에도 들르셨거든요. 저한테 약간 묘한 질문을 하셨어요." 오쿠니시 데쓰코는 찻잔을 얹은 쟁반을 두 손으로 들어 올렸다.

"어떤 질문을?"

"최근에 아오에 교수님이 뭔가 달라진 듯한 기색은 없었느냐, 누군가 찾아오지 않았느냐, 라고 묻던데요?"

"그래서 뭐라고 대답했어?"

"딱히 달라지신 건 없는 것 같다고 했어요. 혹시 제가 잘못 대답했나요?"

"아니, 아니야, 잘했어. 그랬더니 나카오카 형사는 뭐래?"

"뭔가 불만스러운 눈치였어요. 그럴 리가 없다는 듯한."

"그래?"

만일, 이라면서 오쿠니시 데쓰코는 진지한 시선을 던져 왔다.

"다시 똑같은 질문을 받더라도 저는 이번과 똑같은 대답을 할 생각이에요. 그러면 되겠지요? 아니면 사실대로 말하는 게 좋을까요? 교수님이 요즘 계속 안에 틀어박혀 계시고, 뭔가 고민거리가 있으신 것 같습니다, 라고."

아오에는 흠칫 놀라서 오랜 세월 함께해온 조교를 멀거니 바라보았다. 하지만 그녀는 딱히 이상한 말을 한 것도 아니라는 듯 태연한 얼굴이었다.

아니야, 라고 아오에는 대답했다. "그건 안 되지. 그게 그러니까, 오늘 했던 그대로 대답해줬으면 좋겠어."

"알겠습니다. 그럼 이만 실례합니다." 오쿠니시 데쓰코는 고개를 끄덕이고 등을 돌렸다.

"아, 오쿠니시, 잠깐만." 뒤돌아보는 그녀에게 아오에는 말했다. "고마워."

조교는 아주 조금의 미소를 보이고 방을 나갔다.

아오에는 의자에 앉아, 절전 모드였던 노트북을 재가동했다. 오늘 안으로 처리해야 할 일이 몇 가지 있었다. 하지만 도저히 집중할 수 없을 것 같았다. 물론 나카오카가 했던 말이 머릿속에 달라붙어 있기 때문이다.

긴히 할 말이 있어서 꼭 만나뵙고 싶다, 라는 나카오카의 전화가 온 것은 어제저녁이었다. 아오에는 승낙했다. 나카오카가 진실을 어디까지 파헤쳤는지, 흥미가 있었기 때문이다.

그리고 한 시간 전, 교수실에 찾아온 형사가 한 말은 온천지 사건에서 손을 뗀다는 것이었다. 상사에게서 그런 지시를 받았지만, 아마도 외부의 압력이 있었을 것이라고 그는 파악하고 있었다.

"지금까지 알아낸 것들에 대해서는 일절 발설 금지, 나 스스로도 최대한 빨리 잊도록 하라는 지시를 받았어요. 그 이유에 대한 설명은 전혀 없었고요." 답답함을 토로하듯이 나카오카는 말투가 빨라졌다.

그걸 납득하고 받아들였느냐고 물었더니 그는 "천만에요"라고 손을 내저었다.

"그럴 수는 없잖습니까. 그래서 이렇게 교수님을 찾아왔어요. 어떤 의미에서는 저보다 더 이번 사건에 근접하신 분이잖아요. 교수님의 지적이 없었다면 저도 애초에 움직이지 않았을 겁니다. 내게 압력을 가한 자들이 교수님도 그냥 둘 리가 없다, 반드시 뭔가 액션을 취할 것이다, 라고 짐작했죠. 어떠세요, 제 생각이 틀리진 않았지요?" 나카오카는 자신만만한 말투였다.

그의 말을 들으면서 역시 대단한 형사라고 아오에는 생각했다. 실제로 액션이 있었던 것이다. 나카오카의 방문이 조금만 더 빨랐다면 아마도 일이 크게 달라졌을지도 모른다.

하지만 아오에는 고개를 저을 수밖에 없었다. 딱히 아무런 압력도 없었다고 말했다.

"정말입니까? 어디서도 입단속을 강요하지 않았단 말씀이에요?"

정말로 그런 일이 없었다고 아오에는 대답했다.

"그렇다면 재미있게 됐군요." 왜 그런지 나카오카가 눈빛을 번득였다. "교수님, 여기서 한번 승부를 걸어보는 건 어떻겠습니까?"

나카오카의 제안은, 지금까지 알아낸 것들을 아오에 쪽에서 직접 발표해보자, 라는 것이었다. 온천지 두 곳에서 일어난 불가해한 황화수소 중독 사고, 수수께끼 같은 여학생과의 만남, 두 피해자의 공통점과 아마카스 사이세이, 나아가 겐토에 대한 것까지 발표해버리면 분명 세상이 한바탕 떠들썩해질 것이다. 그렇게 되면 이윽고 어떤 형태로든 진실이 밝혀지지 않겠느냐는 것이다.

게다가 나카오카는 깜짝 놀랄 만한 새로운 정보가 있다고 말했다.

"그 블로그, 기억하시지요? 아마카스 사이세이의 블로그 말입니다. 그런데 그 블로그, 새빨간 거짓말이에요. 아마카스가 자신에게 유리하게 지어낸 이야기일 뿐입니다."

어떤 부분이 거짓이냐고 물었더니, 처음부터 끝까지 다 거짓이라고 나카오카는 대답했다.

"황화수소로 딸과 아내를 잃었고 아들 겐토가 식물인간 상태가 되었다는 건 사실입니다. 하지만 아마카스 사이세이와 가족 간의 관계는 그 블로그 글에 적힌 내용과는 전혀 달랐어요. 아이들은 아버지를 몹시 미워했습니다."

나카오카는 아마카스 모에의 동급생들에게서 들은 이야기를 예로 들었다. 그 블로그 글에 나온 미담 따위가 생겨날 여지는 전혀 없었다고 잘라 말했다.

아마카스 사이세이의 젊은 시절에 대해서도 나카오카는 샅샅이 조사했다. 아마카스는 이상하다고 할 만큼 완벽주의자였고, 가족에게도 똑같이 완벽하기를 강요하는 습성이 있었다. 아이들이 아버지를 싫어하게 된 것도 그것이 원인일 가능성이 높다, 라고 나카오카는 추측하고 있었다.

"어떠세요, 교수님. 이만큼 기삿거리가 갖춰졌는데 언론에서도 가만있지는 않을 겁니다. 뭐하면 제가 아는 신문기자를 소개해드리죠." 나카오카는 눈빛을 반짝이며 말했다.

하지만 아오에는 고개를 끄덕이지 않았다. 그런 일은 하고 싶지 않다고 대답했다.

"왜 그러십니까. 진상을 알고 싶지 않아요? 온천지에서 일어난 일이 사고가 아니라 인위적인 사건이라면 그것을 명백히 밝히는 게 교수님의 의무라고 말씀하셨었지요. 지금 이대로 넘어가도 괜찮은 겁니까?"

추궁하듯이 말하는 나카오카를 향해 아오에는 계속 거부 입장을 고수했다. 그런 그의 태도에 나카오카도 의심을 품은 모양이었다.

"교수님, 혹시 뭔가 알고 있는 거 아닙니까? 누군가 접촉을 시도했고, 그래서 뭔가 해명을 들은 거 아니에요?"

그런 일은 없었다고 아오에는 대답했다. 온천지 일에 대해서는 앞으로도 상황을 지켜보겠지만 그것도 어디까지나 연구의 일환이고 형사사건이 될 만한 일에까지 신경을 쓸 여유는 없다고 둘러댔다. 그리고 이제 더 이상 자신을 이런 일에 끌어들이지 말아달라고 부탁했다.

부디 이쯤에서 그만 끝내주시지요, 라고 결국에는 강제로 매듭을 지어버렸다.

나카오카는 쏘아보는 듯한 시선을 던진 뒤, 자리를 털고 일어섰다. 오쿠니시 데쓰코가 내온 차에는 마지막까지 손도 대지 않았다.

그에게는 정말 미안하게 됐지만 아오에로서는 그런 태도를 취할 수밖에 없었다. 그가 아직 모르고 있을 뿐, 이건 한 나라의, 아니, 인류 전체의 장래가 좌우될 수도 있는 문제다. 아마카스 겐토와 우하라 마도카의 존재가 밝혀진다면 세계는 일대 혼란에 빠진다. 경솔하게 공개할 수는 없는 노릇이다.

게다가 사건 자체는 이제 곧 막을 내릴 것이다. 어떤 모양새로든 수습이 될 터였다.

나카오카에게 압력을 가한 윗선은 아마도 경찰청일 것이다. 수리학 연구소는 경찰청과도 연결되어 있다. 우하라 젠타로의 이야기를 듣고 담당자들이 경시청에 손을 쓴 게 틀림없었다.

완벽주의자—.

조금 전 들은 나카오카의 말이 떠올랐다.

이제야 모든 조각이 맞춰지면서 퍼즐이 완성된 것 같다. 도저히 받아들이기 힘든 사건의 전모가 분명하게 눈에 들어왔다.

우하라 젠타로가 보여준 영상이 뇌리에 되살아났다.

그것은 수컷 마우스가 신생아 마우스를 공격하는 영상이었다.

"이 수컷 마우스는 교미 미경험으로, 당연히 이 신생아 마우스는 친자식은 아닙니다. 이 수컷 마우스만 특이한 것이 아니라 교미 미경험의 수컷은 신생아 마우스에 대해 예외 없이 이런 공격 행동을 보입니다. 그 원인은 신생아 마우스가 발하는 페로몬에 있어요. 그 페로몬에 의해 수컷 마우스의 서비鋤鼻 신경 회로라는 부분이 활성화되면서 공격 행동을 유발하는 것입니다. 하지만 교미를 경험했고 임신한 암컷 마우스와 동거한 경험을 가진 수컷 마우스의 경우에는 페로몬을 감지하는 기관에서 정보 전달이 억제되기 때문에 이런 공격 행동은 취하지 않습니다. 오히려 새끼를 보호하고 몸을 핥아주는 등, 양육 행동을 하지요. 실제로 이 교미 미경험의 수컷 마우스도 페로몬을 감지하는 기관을 절제해주면 이렇게 됩니다."

그렇게 말하며 우하라가 보여준 것은 조금 전의 수컷 마우스가 신생아 마우스에게 몸을 비벼대는 영상이었다.

"교미 미경험의 수컷 마우스가 신생아 마우스를 공격하는 것은 그 모친인 암컷 마우스와의 교미 기회를 좀 더 빨리 얻어보려는 것으로 생각됩니다. 자식에게 수유하는 동안에는 암컷 마우스의 발정이 억제되기 때문이에요. 한편 아버지가 된 마우스는 제 새끼를 자칫 죽이는 일이 일어나지 않도록 공격 행동이 억제됩니다. 어느 쪽이든 자신의 유전자를 물려받은 자손을 확보하기 위한 행동이지요. 생물학적으로 지극히 합리적이라고 말할 수 있습니다."

그리고 우하라는 아오에에게 옅은 웃음을 건넸다.

"왜 이런 이야기를 하는지, 의아하게 생각하시겠지요?"

"아뇨, 나도 어쩐지 짐작이 갑니다. 아마카스 부자의 얘기지요?"

우하라는 다시 진지한 표정으로 돌아와 고개를 끄덕였다.

"부친이 친자식을 죽인다? 보통 사람들은 그런 일은 있을 수 없다고 생각합니다. 왜냐고 물어보면, 사랑스럽기 때문에, 라는 게 일반적인 답변이겠지요. 그러면 사랑이란 무엇인가. 그것은 어디서 생겨난 것인가. 결론부터 말하자면, 그 근원은 여기에 있습니다. 바로 뇌예요." 우하라는 자신의 관자놀이를 손끝으로 짚으며 말했다. "자식을 지키기 위해 부모가 양육 행동을 취하는 것은 모든 포유류에 공통된 습성입니다. 그 목적은 자신의 유전자를 보다 효과적으로 남기려는 것이지요. 그 점은 마우스든 인간이든 똑같습니다. 일반적으로 인간은 마우스처럼 신생아에게 공격 행동 따위는 취하지 않고, 페로몬 같은 단순 구조에 행동이 지배되는 일도 없어요. 하지만 마우스가 그렇듯이 인간의 양육 행동, 남성에 대해서만 말하자면 부성 행동이라는 것을 봐도 결국은 유전적으로 프로그래밍 된 것이에요. 그리고 그 프로그램을 편의상, 사랑 혹은 애정이라고 부르는 것뿐입니다. 그러면 그 프로그램이 고장 나거나 애초에 결락되어 있다면 어떻게 될까요."

"양육 행동, 부성 행동을 취하지 않는다, 라는 말씀인가요?"

우하라는 깊숙이 고개를 끄덕였다.

"아마카스 겐토 군의 뇌의 움직임에 대해 우리는 다양한 방향으로 접근했습니다. 그의 정보처리 능력이 초인적이라는 건 이미 여러 번

452

말씀드렸지만, 그것과는 별도로 특필해야 할 점이 있었어요. 보통 사람은 인간의 아기뿐만 아니라 강아지나 새끼 고양이, 아기 펭귄 등을 보면 본능적으로 귀엽다고 느낍니다. 우리는 수많은 피실험자를 대상으로 그런 때에 뇌의 어느 부분이 자극을 받는지 밝혀냈습니다. 그것을 부성 패턴이라고 합니다. 연약한 것을 지켜주려고 할 때 나타나는 것이지요. 그런데 겐토 군의 경우, 그게 거의 나타나지 않았습니다. 나는 처음에는 그게 황화수소 중독의 영향 때문이라고 생각했어요. 하지만 좀 더 면밀하게 검사해봤더니 그게 아니라 선천적인 것이라는 게 밝혀진 겁니다. 우리는 이것을 '부성 결락증'이라고 하고 있습니다. 그리고 지극히 유전적이라는 것도 밝혀냈으니까 아마카스 사이세이도 똑같을 것으로 추측할 수 있었죠."

나아가 우하라는 다음과 같이 덧붙였다.

"잔학한 흉악범들은 많든 적든 그런 종류의 결락증을 뇌에 품고 있다, 라는 것이 내 의견입니다. 환경의 영향은 그리 크지 않아요. 결국 그런 유전자를 갖고 태어나는 겁니다. 그들에게는 동기 따위, 무엇이든 상관없습니다. 아무튼 사람을 죽여보고 싶었다, 라는 이유만으로 지인을 살해한 자도 있었잖아요. 아마카스 사이세이가 왜 자신의 가족을 죽이려고 했는지는 모르겠습니다. 뭔가 이유는 있었겠지요. 그로서는 그거면 충분한 거예요. 가족이라서 죽이지 않는다, 라는 지극히 일반적인 메커니즘이 그의 뇌에서는 애초에 작동하지 않습니다. 무의미한 것이지요."

아오에로서는 충격적이라고 할 수밖에 없는 얘기였다. 우리가 사랑이라고 하는 것의 정체가 뇌에 입력된 프로그램에 지나지 않고, 그것이 결락된 인간의 심리에는 상식이 통하지 않는다는 것이다.

"여기까지가 교수님께 말씀드릴 수 있는 전부입니다. 뭔가 질문이 있습니까?" 우하라가 물었다.

"온천지 사건은 어떻게 될까요?"

"그건 모르겠습니다. 수리학 연구소와 연결된 정부기관의 톱에게는 이미 정보가 전달되었어요. 그들이 뭔가 조치를 취할 겁니다. 어쨌든 겐토 군은 국가의 재산이니까요."

"없었던 일로 할 수도 있다는 말입니까?"

글쎄요, 라고 우하라는 고개를 갸웃했다. "그건 제가 어떻게도 말씀드릴 수가 없군요. 애초에 살인 사건으로 성립이 될지 말지, 그것도 명확하지 않으니까요."

"아마카스 사이세이는 어떻게 되죠? 8년 전에 살인을 저지른 범죄자인데."

"그것도 잘 모르겠어요. 사태가 우리 손이 닿지 않는 단계로 돌입해버렸으니까요."

그래서, 라고 우하라는 말을 이었다.

"그래서 교수님도 더 이상 이 일에 관여하지 않는 게 좋아요. 이건 교수님을 위해 드리는 말씀입니다. 이제 연구실로 돌아가 일에 전념해주세요. 그리고 거듭 말씀드리지만, 모든 것을 가슴속에만 담아두셔야 합니다. 남들에게 이야기해봤자 좋을 게 아무것도 없어요. 머리가 이상해진 거 아니냐는 소리를 들을 뿐이지요."

애초에 아오에도 이 일을 입 밖에 낼 마음은 없었다. 게다가 우하라의 말대로 어느 누구도 믿어주지 않을 터였다.

"한 가지만 더 질문해도 될까요?" 아오에는 검지를 세우며 말했다. "마도카를 라플라스의 마녀로 만든 것에 대해 박사님은 어떻게 생각하십니까."

이 물음에 우하라는 한동안 침묵한 뒤에야 입을 열었다.

"언젠가 마도카가 이런 말을 한 적이 있습니다. 아빠, 이 세상은 물리법칙에 의해 움직이고 있어, 라고."

아오에는 고개를 갸웃했다. "그건 무슨 뜻일까요?"

"나도 그렇게 물어봤어요, 무슨 뜻이냐고. 마도카에 의하면, 인간을 하나의 원자로 보면 이 세계를 파악하는 것도 가능하다는 거예요. 그 일례로, 축제 날의 인파 얘기를 해줬습니다."

"축제 날?"

"축제 날이면 노점이 좌우로 줄줄이 늘어선 좁은 통로를 수많은 사람들이 오고 가지요. 하지만 서로 부딪히는 일은 거의 없습니다. 왜 그럴까요."

"그야 맞은편에서 사람이 오면 피해주기 때문이겠지요."

"그것도 있습니다. 하지만 그것뿐일까요? 앞쪽에만 신경을 쓰다가는 축제를 즐기기도 어렵잖아요."

아오에는 축제 날의 상황을 머릿속에 떠올렸다. 듣고 보니 맞는 말이었다. 이윽고 깨달았다.

"그런 곳에는 인파의 흐름이 생기지요? 저쪽으로 가는 사람과 이쪽으로 오는 사람의 흐름. 그걸 따라가기 때문에 부딪히지 않고 걸어갈 수 있는 거 아닐까요?"

"네, 맞습니다." 우하라는 말했다. "안내해주는 사람이 있는 것도 아닌데 그런 흐름이 자연스럽게 생기죠. 왜 그런가. 우선 무질서한 상태를 상상해볼까요. 맞은편에서 오는 사람을 피하기에 급급해 걸음을 떼기도 힘들 겁니다. 하지만 한 가지 방법을 사용하면 걸어가기가 아주 수월해져요. 즉 같은 방향으로 가는 사람 뒤에 따라붙는다, 라는 것이죠. 그렇게 하면 굳이 피해가며 걷지 않아도 돼요. 모두가 그렇게 하다 보면 행렬이 만들어집니다. 맨 앞에 선 사람은 힘이 들겠지만, 그 사람도 누군가의 뒤에 따라붙는 방법을 선택하면 부담이 줄어듭니다. 그리고 이쪽에서 피하는 게 아니라 맞은편에서 오는 사람이 피해가게 하려면 행렬을 굵직하게 만드는 게 효과적이에요. 가는 사람과 오는 사람, 양측의 사람 수가 비슷하면 결과적으로 길을 좌우로 양분하는 인파의 흐름이 생겨납니다."

아오에는 그 광경을 머릿속에 그려보았다. 우하라의 설명에는 설득력이 있었다. "예에, 정말 그렇군요."

"중요한 것은, 아무도 그런 현상을 의식하면서 걸어가는 건 아니라는 점입니다. 무의식중에 자신에게 가장 편한 방법, 이익이 되는 길을 선택하는 것뿐이지요. 이건 단순히 축제 날의 행렬에만 해당되는 것은 아닙니다. 조금 전에도 말했듯이 사랑이라는 것도 유전적인 프로그래밍의 산물입니다. 개개인은 자유의지에 따라 움직인다고 생각하지만 인간 사회라는 집합체로서 바라볼 경우에는 그 행동을 물리 법칙에 적용해 예측하는 것이 그리 어렵지 않다, 라는 얘기입니다."

"무슨 말씀이신지 알 것 같아요."

"마도카와 겐토의 눈에는 단순한 물리 현상뿐만 아니라 현대사회가 어디로 나아갈지, 그리고 인류의 미래는 어떻게 될지, 희미하게나마 보일 겁니다. 하지만 그들은 아무것도 할 수 없습니다. 단지 예측할 뿐이지요. 최근에 마도카가 크게 변했습니다. 명랑한 모습은 부쩍 줄어들고 염세적이 됐어요. 입 밖에 내지는 않지만 그 아이의 눈에 보이는 것이 그리 바람직한 미래상이 아닌 것이겠지요."

우하라는 혼잣말처럼 내 딸아이에게 참으로 몹쓸 짓을 했다고 중얼거리고 이렇게 덧붙였다.

"미래가 어떻게 될지 모르기 때문에 사람은 꿈을 가질 수 있습니다. 나는 아마카스 사이세이를 비난할 자격이 없어요. 내 딸아이에게서 꿈을 가진 인생을 빼앗았다는 점에서는 그 죄가 똑같이 막중하다고 해야겠지요."

우하라 박사의 그 말을 다시금 머릿속에서 되새겨보면서 아오에는 마도카를 생각했다. 몇 번 만났을 뿐이지만, 그 아이가 걱정이 되어 견딜 수가 없다. 지금 어디서 무엇을 하고 있을까. 아마카스 겐토를 찾아내기는 했을까.

어디에 있건 부디 무사하기를 빌었다. 아리스가와노미야 공원에서의 일이 눈꺼풀 안에 되살아났다. 그 기적을 꼭 다시 한 번 보고 싶었다.

그런 상념에 빠져 있는데 불현듯 착신음이 들렸다. 서랍에 넣어둔 채 잊고 있던 스마트폰을 꺼냈다. 착신 표시를 보고 흠칫 놀랐다. 마도카, 라고 찍혀 있었다. 기막힌 타이밍이다. 서둘러 전화를 받았다. "응, 나 아오에 교수야."

"물어볼 게 있는데요." 우하라 마도카가 뜬금없이 말했다. "차, 있어요?"

31

조금 전부터 내리던 비가 간간이 기세를 올렸다. 마도카는 스마트폰으로 다양한 기상 정보를 체크했다. 실제로 하늘을 올려다보며 색깔을 확인하고 가로수의 흔들림으로 풍향을 짐작해보기도 했다.

"어휴, 날씨 진짜 이상하네. 곳에 따라 이상한 구름이 발생할지도 모르겠어요."

"이상한 구름?"

"네, 까다로운 구름. 어쩌면 흉조일지도."

다케오는 어떤 구름이냐고 묻지 않았다. 질문을 최대한 삼가고 있는 것이다.

스마트폰을 챙겨 넣고 마도카는 미즈키 저택 쪽을 지켜보았다. 문은 여전히 닫혀 있지만 치사토가 언제 나올지는 예상할 수 없었다. 오늘은 움직이지 않을 생각인가.

"마도카." 다케오가 백미러를 보며 말했다. "뒤쪽에서 흰색 크라운 차가 오고 있어."

돌아보니 흰색 세단이 달려와 마도카 일행의 왜건 뒤에서 멈췄다.

시계를 보았다. 전화하고 아직 한 시간도 안 되었다. 정말 급하게 달려와준 모양이다.

마도카는 슬라이드도어를 열고 왜건 밖으로 나왔다. 비가 쏟아지는 가운데, 그쪽 차로 달려가 운전석의 아오에를 확인하고는 조수석 쪽 문을 열고 잽싸게 올라탔다.

"죄송해요, 무리한 부탁을 해서." 옷에 묻은 빗방울을 털어내며 마도카는 인사를 건넸다.

"응, 솔직히 깜짝 놀랐지." 아오에가 말했다. "느닷없이 차를 빌려 달라질 않나, 사정은 나중에 얘기하겠다고 몰아붙이질 않나."

"시간이 없었어요. 정말 고마워요. 감사드립니다."

앞의 왜건에서 다케오가 내려서 이쪽 운전석 쪽으로 다가왔다.

"저분이 운전하게 해주세요. 그리고 교수님은 저 앞의 왜건 차를 타고 집에 가시면 돼요."

"아, 잠깐. 아직 무슨 일인지 얘기를 안 했잖아."

"다음에요. 다음에 꼭 설명해드릴 테니까 오늘은 그냥 가시면 안 될까요?"

"안 돼, 지금 들어야겠어. 아니면 차는 못 빌려줘." 아오에는 두 손으로 핸들을 움켜쥐었다.

마도카가 한숨을 내쉬었다. 이렇게 미적거리고 있을 때가 아니다. 언제 치사토가 나올지 모르는 상황이다. 밖에서는 다케오가 당혹스러운 기색으로 서 있었다.

"오케이, 알았어요. 얘기할게요. 얘기할 테니까 우선 운전석부터 비워주세요. 지금 우리가 어떤 사람을 미행해야 하거든요. 근데 교수님은 미행 전문가는 아니잖아요."

"미행? 누구를?"

"글쎄 그것도 다 얘기한다니까요."

"운전석 비워주자마자 나만 떼어놓고 달아나는 거 아니야?"

"그런 짓은 안 해요."

"아니, 믿을 수가 없어." 아오에는 안전벨트를 풀고 등받이를 바짝 뒤로 젖힌 뒤 비좁은 공간을 뚫고 뒷좌석으로 넘어갔다. 진짜로 의심스러웠던 모양이다.

아오에가 무사히 뒷좌석에 자리를 잡자 다케오가 운전석에 올랐다.

"교수님, 어디까지 알고 있어요?" 다케오가 좌석 위치를 조정하는 모습을 곁눈으로 지켜보며 마도카는 물었다.

"대략적인 건 우하라 박사에게서 들었어. 너와 아마카스 겐토의 특수 능력에 관한 얘기도."

"그 밖에는? 이번 사건에 대해서 뭔가 얘기했어요?"

"우하라 박사는 한 가지 추리를 하고 있었어. 정말 엄청난 얘기야. 두 군데 온천지에서 일어난 일이 아마카스 겐토에 의한 복수극이고, 그 시초는 8년 전에 일어난 황화수소 중독 사건, 그리고 사건의 주모자는 아마카스 사이세이. 그래서 겐토가 결국에는 부친을 노릴 거라는 얘기야."

460

마도카는 큰 한숨을 내쉬며 고개를 저었다.

"역시나 천재적인 뇌 과학자라니까. 거기까지 꿰뚫어 보다니, 우리 아빠지만 진짜 감탄할 수밖에 없네요. 그럼 겐토 군의 기억상실이 연기라는 것도 눈치챈 거예요?"

"겐토가 자신의 나이만은 대답했던 것을 계속 미심쩍게 생각했었는데, 이번 사건으로 확신하게 됐다고 하시더라."

"그랬구나." 마도카는 아버지의 얼굴을 머릿속에 떠올리며 "역시 대단하셔"라고 다시 한 번 중얼거렸다. 겐토도 그때 나이를 대답해버린 건 중대한 실수였다고 말한 적이 있었다.

"나로서는 정말 믿을 수 없는 얘기였어. 아비라는 사람이 제 가족을 몰살시키려고 하다니. 우하라 박사에게서 부성 결락증에 대한 설명을 듣지 않았다면 나는 아직도 그런 주장은 믿지 못했을 게야."

"부성 결락증? 그게 뭐예요?"

"너는 몰랐어? 아마카스 부자에게 공통적으로 드러난 뇌의 결함이라던데."

"무슨 얘기죠?"

"그러니까 이를테면 마우스의 경우에는……." 거기까지 말하다가 아오에는 부루퉁해져서 마도카를 쏘아보았다. "잠깐, 왜 나만 대답하고 있지? 설명을 해줘야 하는 건 너잖아."

"하지만 교수님이 어디까지 아시는지 먼저 알아야 나도 설명을 해드릴 수 있을 거 아니에요."

"글쎄 대략적인 건 다 알고 있다고 했잖아."

마도카, 라고 다케오가 말했다. "여자가 나왔어!"

흠칫해서 앞쪽을 보았다. 미즈키 저택의 카포트에서 빨간 마세라티가 나오는 참이었다.

다케오가 시동을 걸었다. 마도카는 뒤를 돌아보며 양손을 맞댔다.

"교수님, 미안해요. 지금 미행을 시작해야 돼요. 어서 내려주세요."

"뭐야? 난 아직 아무 얘기도 못 들었어."

"다음에 말할게요. 꼭 설명해드린다니까요. 제발."

"안 돼. 당최 믿을 수가 있어야지."

마도카, 라고 옆에서 다케오가 채근했다. "지금 즉시 출발하지 않으면 놓쳐."

딱 2초 동안 고민하다가 마도카는 "출발해요"라고 지시했다. 다케오가 액셀을 밟았다.

빨간 마세라티는 주행 차선의 다섯 대 앞을 달렸다. 속도는 그리 내지 않고 있었다. 안전 운전을 하려는 것이리라. 어설프게 이런 데서 교통경찰 오토바이에 걸리기라도 하면 정말 말이 안 된다고 생각했는지도 모른다.

저택을 나선 뒤, 일반 도로를 잠깐 달리다가 곧바로 고속도로를 탔다. 그로부터 약 30분이 지났다. 치사토의 행선지는 아직 알 수 없었다.

뒷좌석의 아오에는 입을 꾹 다물고 있었다. 미즈키 치사토를 미행하는 이유에 대해서는 이미 설명했다. 그도 납득한 것 같아서 그만 차에서 내리라고 하고 싶었지만, 내려줄 만한 타이밍을 잡지 못했다. 이제는 어쩔 수 없이 함께 가는 수밖에 없다고 마도카는 마음을 다

잡았다.

아오에는 부성 결락증에 대한 얘기를 해주었다. 그건 마도카도 고개가 끄덕여졌다. 겐토에게는 분명 잔혹한 면이 있었기 때문이다. 축제 날, 노점에 나온 병아리를 보고 구워 먹고 싶다는 말을 했었다. 그건 너무 잔인한 짓이지, 라고 마도카가 말했더니 닭은 아무렇지도 않으면서 왜 병아리는 안 되느냐고 도리어 의아한 표정을 보였다. 또 언젠가는 대학병원에 입원한 난치병 꼬마에 대해, 태어났을 때 이미 몇 년밖에 살지 못한다는 게 판명되었다면 좀 더 일찌감치 안락사를 시키는 게 나았다고 말한 적도 있었다. 부모님 입장에서는 단 몇 년이라도 그야말로 소중한 시간이라는 마도카의 말에도, 도무지 이해가 안 된다, 어중간하게 살려두면 자기들도 힘들 텐데, 라고 고개를 갸웃거렸다.

겐토에게 그런 피를 물려준 것이 바로 부친 아마카스 사이세이인 모양이다. 그 두 사람이 이제 곧 대치하게 된다. 어떤 일이 벌어질지, 상상도 안 된다. 어떻든 일이 평화롭게 끝날 리는 없다.

마도카로서는 아마카스 사이세이가 죽는 건 상관없었다. 죗값을 치르는 게 당연하다고 생각한다. 문제는 겐토다. 오랜 세월의 원한을 풀고 난 그가 스스로 목숨을 끊는 것만은 어떻게든 막아야 한다.

그런 생각을 하면서 마세라티를 눈으로 좇고 있는데 뒤에서 아오에의 목소리가 날아왔다. "마도카, 혹시 아마카스 사이세이가 가족을 해치게 된 동기에 관해 겐토가 뭔가 얘기한 적이 있었니?"

"단순한 이기심이라고 했어요." 앞을 향한 채 마도카는 대답했다. "머리가 돌아버린 인간이 저지른 이기적인 범죄였대요."

"구체적인 얘기는?"

마도카는 고개를 저었다. "그건 못 들었어요."

"그렇군."

"왜요?" 마도카는 고개를 슬쩍 뒤로 돌렸다. "교수님은 뭔가 아세요?"

"내가 알았다기보다 이 사건을 여태까지 수사해온 형사에게서 들은 이야기가 있어. 나카오카 형사라고, 내가 전에 얘기했었지? 그 형사가 아마카스 사이세이에 대해 흥미로운 얘기를 해줬어. 젊은 시절부터 아마카스는 완벽주의자였다, 스스로도 항상 완벽한 인간이 되려고 했고, 사귀던 여자 친구에게도 자신의 이상을 강요했다, 라는 거야."

"역시 이상한 사람이네요. 그래서 교수님은 무슨 말씀을 하시려는 거예요?"

"아마카스가 가족을 해친 이유는 그들이 완벽하지 못했기 때문이 아닐까?"

"예?"

"아내도 딸도 아들도, 자신이 꿈꿔온 모습과는 거리가 있었어. 완벽하지를 않았지. 그래서 없었던 일로 하기로 했다. 즉 죽이기로 했다. 어때, 그런 거 아닐까?"

"그게 뭐예요? 마음에 안 들면 자기가 집을 나가면 되잖아요. 부인과 이혼하고 아이들과도 헤어져서 살면 되죠. 그리고 새로 이상에 맞는 가족을 만들면 될 거 아니에요. 아, 혹시 위자료가 아까웠다던가?"

"그건 아니겠지. 아마 돈이 걸린 문제는 아닐 거야. 아마카스로서는 그들의 존재 자체가 마음에 안 들었던 게 아닐까. 그렇다면 단순히 헤어지는 것만으로는 의미가 없었겠지."

설마, 라고 중얼거렸을 뿐 마도카는 그다음 말이 나오지 않았다. 아오에의 주장은 겐토가 말했던 '머리가 돌아버린 인간이 저지른 이기적인 범죄'라는 표현에 딱 맞는 것이었다.

"마도카." 다케오가 급하게 말했다. "마세라티에 움직임이 있어."

앞쪽으로 시선을 돌렸다. 마세라티가 왼쪽 깜빡이를 깜빡거리고 있었다. 휴게소로 들어갈 모양이다.

다케오도 똑같이 깜빡이를 켜고 휴게소 진입로로 차를 몰았다. 의심을 사지 않게 적당한 거리를 유지하며 뒤따라간 끝에 마세라티에서 20미터쯤 떨어진 자리에 주차했다.

치사토가 차 밖으로 나왔다. 한 차례 손목시계를 들여다보더니 이윽고 걸음을 옮겼다.

"화장실에 가는 건가?" 다케오가 말했다.

"아, 그런 모양이네요. 우리도 다녀오기로 하죠." 마도카는 차에서 내렸다. 다행히 세찬 비는 가랑비로 바뀌었다.

예상대로 치사토는 화장실에 갔다. 마도카도 들어가 우선 볼일부터 봤다. 개인 칸에서 나오자 치사토가 세면대 앞에 서 있었다. 거울을 마주하고 자신의 얼굴을 빤히 들여다보고 있었다. 그 눈빛에 긴박감이 엿보였다. 뭔가 각오를 다지는 것처럼 보였다.

새삼 바라보며 예쁜 여자라고 생각했다. 겐토는 어떻게 이 여자를 한편으로 만들었을까. 치밀한 사전 조사와 주도면밀한 준비 끝에 접근했겠지만, 마지막에는 남녀 관계를 맺었을 게 틀림없다. 그게 가장 효과적인 방법이기 때문이다. 하지만 그런 결론을 내리자마자 가슴 속에 꺼끌꺼끌한 불쾌감이 스쳤다. 질투심에 의한 것인지 아닌지, 마도카 스스로도 알 수 없었다.

치사토의 뒤를 따라 화장실을 나와 차로 돌아왔다. 다케오와 아오에는 이미 돌아와 있었다.

마세라티 쪽으로 시선을 던졌다. 치사토는 차에 탄 뒤에도 출발할 기미를 보이지 않았다.

문득 주위가 음울해진 듯한 느낌이 들었다. 아니, 정확히 말하면 어둠이 쓰윽 덮쳐든 듯한 감각이었다. 마도카는 시선을 옮겼다. 그리고 숨을 헉 삼켰다.

검은 코트 차림의 남자가 천천히 걸어오고 있었다. 온몸에 오싹할 만큼 불길한 기운이 감돌았다. 얼굴 생김새는 기품 있고 단정하지만 그 눈빛에 온화함이라고는 한 조각도 없었다.

아마카스 사이세이, 라고 마도카는 확신했다. 겐토는 전혀 달갑지 않겠지만 얼굴 생김새에 공통점이 아주 많았다.

생각했던 대로 검은 코트의 남자는 마세라티 차로 다가갔다. 안을 굽어보더니 이윽고 조수석에 올라타는 모습이 보였다.

드디어 만났구나라고 생각한 순간, 마도카 바로 옆에서 툭툭 치는 소리가 났다. 왼쪽을 돌아보니 양복을 입은 마른 남자가 차 옆에 서 있었다.

마도카는 파워윈도를 내렸다. "왜요?"

"우하라 마도카 씨?"

"네, 그런데요?" 경계심이 들었다. 어떻게 내 이름을 알고 있는가.

"안심해요. 수상한 사람 아니니까. 경찰청 형사국에서 나왔어요."

"경찰청?"

"즉시 차에서 내려요."

"왜요?"

"마도카 씨를 보호하라는 지시를 받았어요. 부탁 좀 합시다." 남자가 슬쩍 머리를 숙였다.

아무래도 우리 일행 역시 미행을 당한 모양이다. 왜건에는 발신기만 부착된 게 아니라 따로 감시까지 하고 있었다는 얘기인가.

마도카는 잽싸게 머리를 굴리며 마세라티 쪽을 흘끗 살펴보았다. 치사토와 아마카스가 언제 출발할지 모르는 상황이라서 속이 바작바작 탔다.

"저기 빨간 차라면 걱정할 거 없어. 우리 팀 동료가 추적할 거야. 마도카 씨는 나와 함께 여기 남으면 돼. 이제 곧 지원 차량이 도착할 예정이니까." 그렇게 말하고 남자는 허리를 숙여 운전석을 들여다보았다. "다케오 씨지요?"

예에, 라고 다케오가 대답했다.

"다케오 씨는 다음 인터체인지에서 도쿄로 돌아가세요. 뒷일은 우리가 인수할 겁니다."

결정을 내려달라는 듯이 다케오가 마도카를 보았다. 남자의 말을 통해 마도카는 미행 차량이 한 대뿐이라는 것을 알았다. 그렇다면 여기서 일대 모험을 해보는 수밖에 없다.

"하라는 대로 하죠. 일단은."

알았어, 라고 다케오가 고개를 끄덕였다.

마도카는 차 문을 열고 밖으로 나왔다. 마세라티 쪽은 아직 별다른 움직임은 없었다.

"신분증 좀 보여주세요." 남자에게 말했다.

남자는 허를 찔린 듯한 표정이었지만 곧바로 쓴웃음을 지으며 신분증을 꺼내 마도카에게 내보였다.

"이제 믿을 거야?"

마도카는 대꾸하지 않고 주위를 둘러보았다. "같은 팀 차는 어디 있죠?"

"저쪽에 주차해뒀어." 남자가 손끝으로 가리켰다. "감색 RV 차 옆의 검은 세단."

차를 발견하자마자 마도카는 그쪽으로 성큼성큼 걸음을 옮겼다. 남자가 당황한 기색으로 쫓아왔다. "뭘 하려고?"

그 질문에도 마도카는 대꾸하지 않았다. 총총걸음으로 검은 세단을 향해 다가갔다. 운전석에 있던 남자가 의아한 얼굴로 쳐다보았다. 차를 출발시킬 기미가 없는 것은 마세라티가 아직 움직이지 않기 때문일 것이다.

운전석 쪽으로 돌아가 유리창을 두드렸다. 파워윈도가 천천히 내려갔다. 마도카는 핸들 옆을 재빨리 살펴보았다. 기대했던 대로 전자식 키가 제 위치에 꽂혀 있었다.

"무슨 일이지?" 운전석의 남자가 마도카를 올려다보며 물었다.

"신분증 좀 보여주세요."

"뭐?"

"신분증, 빨리요."

뒤따라온 남자가 귀찮다는 듯이 "얼른 보여줘"라고 말했다.

운전석의 남자가 신분증을 꺼내 내밀었다. 마도카는 그것을 받아 들고 찬찬히 들여다보았다.

"이제 됐지?" 남자가 운전석에서 손을 내밀었다.

"왜 경시청이 아니고 경찰청 쪽에서 나왔어요?"

"그건 마도카 씨가 걱정할 일이 아니야." 말을 하다가 남자는 건너 편으로 시선을 던지며 엇 하는 소리를 흘렸다.

마도카는 뒤를 돌아보았다. 빨간 마세라티가 천천히 출발하고 있었다.

"안 되겠어! 어서 신분증 돌려줘."

"알았어요." 마도카는 신분증을 운전석이 아니라 조수석 쪽으로 확 던졌다. 남자가 불끈 화가 난 기색으로 조수석 쪽으로 몸을 틀었다. 그 순간을 놓치지 않고 마도카는 핸들 옆으로 손을 내밀어 잽싸게 키를 뽑아냈다.

앗 하는 소리를 올린 사람이 운전석의 남자인지 아니면 옆에 서 있던 남자인지는 알 수 없다. 그 소리가 들렸을 때, 마도카는 이미 전 속력으로 뛰고 있었기 때문이다. 아오에의 크라운 차를 향해 힘껏 내달렸다.

하지만 거의 다 도착한 참에 남자에게 어깨를 잡혔다. 억센 힘으로 잡아채는 바람에 마도카는 하마터면 나동그라질 뻔했다.

"놔요!"

"안 돼, 키를 줘!"

마도카는 키를 움켜쥔 채 등을 웅크리고 앉아버렸다. 남자가 위에서 덮치며 마도카의 손에서 억지로 키를 빼앗으려고 했다.

하지만 다음 순간, 덮쳐누르던 힘이 사라졌다. 뒤를 돌아보니 남자가 바닥에 쓰러져 있었다. 얼굴을 일그러뜨린 채 허리를 부여잡고 있다.

바로 옆에 다케오가 서 있었다. 아무래도 그가 남자를 내동댕이친 모양이었다.

또 한 명, 운전석에 앉아 있던 남자가 마도카를 향해 달려왔다. 하지만 그 손이 마도카에게 닿기 전에 다케오는 남자를 붙잡아 두 팔을 뒤로 꺾었다.

"여기는 내가 맡을게!" 다케오가 소리쳤다. "운전은 교수님한테 부탁해. 얼른!"

"알았어요."

마도카는 다시 몸을 날려 크라운 차로 갔다. 아오에가 차 밖에 나와 있었다.

"운전해요, 빨리!" 조수석으로 뛰어들면서 외쳤다.

아오에는 운전석에 앉자마자 시동을 걸었다. 급히 출발하면서 핸들을 크게 꺾었다. 마도카는 안전벨트를 매면서 다케오 쪽을 보았다. 그는 두 남자와 몸 씨름을 하고 있었지만 아오에의 차가 무사히 출발하는 것을 보고 슬슬 힘을 빼는 것 같았다.

나를 감시하는 역할이지만 역시 보디가드이기도 했어 ─.

마도카는 퍼뜩 그런 생각을 했다.

32

핸들을 움켜쥔 손의 떨림이 멈추지 않는다. 손뿐만이 아니라 양 무릎까지 파들파들 떨린다. 옆에서 싸한 기운이 휘감겨 오는 것만 같다. 치사토는 태어나 지금까지 이토록 큰 공포감은 느껴본 적이 없었다. 솔직히 어디론가 도망치고 싶었다. 하지만 그건 불가능하다. 일이 이렇게 되고 보니, 자신이 결코 들어와서는 안 될 영역에 끌려들었다는 것을 새삼 자각하지 않을 수 없었다.

전화로 얘기했던 대로 아마카스 사이세이는 조금 전 휴게소에 나타났다. 가랑비의 옅은 안개 속에 검은 코트 차림으로 다가오는 아마카스는 불길한 세계의 사자使者 같았다.

치사토는 그 얼굴을 보고 소스라치게 놀랐다. 기무라의 얼굴과 겹쳐졌기 때문이다. 왜 여태까지 알지 못했을까. 두 사람은 분명 부자간이라고 그제야 직감적으로 깨달았다.

두 번째 표적이 아마카스 사이세이라는 것을 알고 치사토는 그의 블로그 글을 읽어보았다. 거기에는 겐토라는 아들이 등장했다. 글에는 그가 식물인간 상태에서 회복 중이라는 장면까지 나왔었다. 그렇다면 그 뒤로 순조롭게 회복했다는 얘기인가. 그리고 이제는 제 부친을 살해하려고 한다는 것인가.

아마카스는 차 안을 들여다보더니 조수석 문을 열고 옆에 앉으면서 "혼자로군"이라고 말했다.

"네. 그런데 왜요?"

"아니, 동행이 있을 줄 알았거든. 흥, 그렇군. 목적지에서 기다릴 심산인 거야."

"누가요?"

치사토가 묻자 그는 큭큭 목을 울리는 것처럼 웃었다.

"시치미 뗄 거 없어. 전부 다 알고 있어. 그래서 나도 댁의 급한 호출에 순순히 이런 묘한 곳까지 찾아온 거야. 통화할 때 내가 아무 질문도 하지 않았지? 다 알고 있기 때문이야."

어떻게 대답해야 할지 몰라서 치사토는 침만 꿀꺽 삼켰다. 그러자 아마카스가 "그 녀석은 잘 지내나?"라고 물었다. "내 아들 녀석 말이야."

역시 짐작했던 대로였다. 두 사람은 부자간인 것이다. 게다가 아마카스는 지금 가는 곳에서 아들이 잠복 중이라는 것도 알고 있다.

치사토가 아무 말도 하지 않자 아마카스는 다시 기묘한 웃음소리를 냈다.

"그야 당연히 쌩쌩하겠지. 그렇지 않고서야 이런 짓은 못 할 테니까. 멀쩡한 성인 남자 셋을 연달아 죽이려 들다니."

치사토는 등줄기가 써늘해졌다. 아마카스도 아들이 자신의 목숨을 노린다는 것을 아는 모양이다. 세상에 이런 부자간이 또 있을까. 도저히 이해가 되지 않는다.

"그나저나 아주 재미있군. 그 녀석이 어떻게 당신을 꼬드겼을까. 보통은 아무리 유산에 욕심이 나더라도 웬만해서는 살인에 가담하지 않을 텐데 말이야."

나는요, 라고 치사토는 가까스로 목소리를 냈다. "살인에 가담한 적 없어요."

"아, 그러셔?"

"나는 남편과 아카쿠마 온천에 간 것뿐이에요."

"그런데 거기서 우연히 황화수소 사고를 당했다고?"

"그래요, 내가 대체 뭘 어쨌다는 거예요?" 떨리는 목소리로 반론을 내밀었다.

아마카스는 잠시 침묵한 뒤 "뭐, 좋아"라고 말했다.

"남편이 사망한 건도 그렇고, 도마테 온천에서 나스노가 죽은 건도 불행한 사고일 뿐 사건성은 없다고 이미 결론이 내려진 모양이더군. 대체 어떤 방법으로 해치웠는지 실은 나도 짐작이 가질 않아. 하지만 양쪽 다 단순한 사고가 아니라는 거, 그건 내가 알지. 누구 짓인지도. 그 뒤로 계속 기다리고 있었어. 녀석 쪽에서 연락이 오기를 말이야. 어떤 식이 될지는 모르지만 틀림없이 연락할 거라고 생각했어. 그랬더니만 당신이 전화를 했더라고. 아, 이거구나, 딱 감이 왔지. 녀석이 당신을 한편으로 끌어들인 거야. 당신이 거기서 어떤 역할을 했는지는 모르겠지만, 아무튼 그 녀석이 뭔가 마술을 구사해서 두 사람을 죽인 건 사실이야. 그렇잖아?"

치사토는 대답이 궁했다. 반론해봤자 소용없다는 건 알고 있었다. 그러자 아마카스가 "갑시다"라고 말했다. "출발하자고. 녀석이 목이 빠져라 기다리고 있을 텐데."

입을 꾹 다문 채 치사토는 차를 출발시켰다. 문득 깨닫고 보니 몸을 떨고 있었다. 그 떨림이 줄곧 멈추지 않는 상태로 운전을 하고 있다.

아마카스는 이따금 헛기침을 할 뿐, 아무 말이 없었다. 앞으로 또 무슨 일이 일어날지 두렵기만 했지만 치사토는 그래도 기무라가, 아니, 아마카스 겐토가 지시한 대로 하는 수밖에 없었다.

이윽고 그 인터체인지가 다가왔다. 치사토는 깜빡이를 켰다. 그러자 아마카스가 "여기였어?"라고 중얼거렸다. 뒤를 이어 흥 코웃음을 쳤다. 뭔가 짚이는 것이 있는 모양이었지만 그는 더 이상 입을 열지 않았다.

33

아오에는 이것이 과연 현실인가, 의심하면서 핸들을 잡고 있었다. 오늘 아침까지도 대학 연구실에 있었던 몸이다. 그런데 지금은 고속도로 위에서 빨간 마세라티를 추적하고 있다. 조금 전에는 휴게소에서 액션 영화 같은 격투극까지 목격했다. 이 일에 휘말리기 전까지 자신과는 전혀 인연이 없던 세계다. 하지만 지금, 그 세계의 한복판에 떨어져 있다. 꿈이 아니라는 건 물론 잘 알지만 도무지 실감이 나지 않는다.

앞쪽에서 달리던 빨간 차가 깜빡이를 켰다. 다음 인터체인지에서 나가려는 것이다. 아오에는 바짝 긴장했다.

"이상한 곳에서 고속도로를 벗어나네." 조수석에서 마도카가 혼자 중얼거렸다. "왜 하필 이런 곳이지?"

아오에도 알 도리가 없는 일이라서 "그러게 말이야"라고 고개를 갸웃거렸다.

마세라티의 뒤를 이어 인터체인지를 나왔다. 지금까지는 다른 차량을 몇 대쯤 사이에 끼고 미행했지만 이제부터는 그것도 어려울 것같다. 들키지 않으려면 상당히 거리를 둘 필요가 있다.

일반 도로로 나서자 예상대로 교통량이 부쩍 줄어들었다. 첫 번째 신호에서 마세라티 바로 뒤에 붙고 말았다. 아마카스 사이세이와 미즈키 치사토의 뒷모습이 보였다. 이쪽 차를 의식하는 기색이 없는 걸보니 미행을 눈치채지는 않은 것 같았다.

파란불이 켜지고 마세라티가 출발했다. 아오에도 액셀을 밟았다.

그다음 사거리에서 마세라티가 왼편으로 꺾어 들었다. 똑같이 좌회전을 하면서 이건 별로 안 좋은데, 라고 아오에는 생각했다. 폭이좁은 도로는 아무래도 근처 산으로 이어지는 것 같았다. 외줄기 길이라 따라가기는 쉽지만 거꾸로 말하면 상대에게 들킬 위험성도 높아지는 것이다.

아오에는 속도를 약간 늦췄다. 좀 더 거리를 두는 게 좋겠다고 생각했기 때문이다.

빗발이 강해졌다. 와이퍼의 리듬을 빠르게 높이고 앞쪽으로 시선을 집중했다. 길이 구불구불해서 이따금 빨간 차가 시야에서 사라지곤 했다.

옆에서 스마트폰을 터치하던 마도카가 "앗, 이건가?"라고 혼잣말을 흘렸다.

"왜, 뭔가 찾아냈니?"

"어째서 여기로 오는지, 이것저것 검색해봤어요. 겐토 군이 이쪽을 선택한 거라면 분명 뭔가 이유가 있을 테니까. 그랬더니 아마카스 사이세이가 예전에 이 지역에서 영화 촬영을 했다는 내용이 떴어요."

"오호, 영화 로케지였어?"

"「폐허의 종」이라는 영화예요. 아마카스 감독이 찍은 마지막 작품이라는데요?"

"그 제목이라면 나도 인터넷에서 본 적이 있어. 흠, 그 영화 얘기였군."

그때였다. 앞쪽에 갈림길이 나타나면서 마세라티는 명백히 샛길로 보이는 오른쪽 좁은 길로 들어섰다. 아오에는 다시금 속도를 늦춰 그 길 입구로 다가갔다. 거기에 입간판이 있었다. 그것을 보고 급히 브레이크를 밟았다. 〈막다른 길〉이라고 적혀 있었기 때문이다.

"안 되겠어. 여기서 더 쫓아가면 상대 쪽에서 금세 눈치챌 거야."

마도카는 잠시 생각하더니 "괜찮아요"라고 말했다. "상관없으니까 계속 가요."

"상관없기는? 반대편으로 나가는 길이 없는 곳이야."

"그러니까 가야죠. 여기가 목적지라는 얘기잖아요. 종점이라고요. 겐토 군이 거기 있을 거예요. 그를 만나기만 하면 이제 저 사람들한테 들켜도 상관없어요."

자신만만한 그 말투에 아오에는 대꾸할 말이 없었다. 브레이크 페달에서 발을 뗐다.

34

폭은 좁지만 포장도로인 데다 완만한 오르막길이다. 주위는 온통 울창한 나무들이 둘러싸고 있다. 제대로 손질해주던 시절에는 이 길로 접어들면서부터 벌써 방문객들은 가슴이 뛰었을지도 모른다.

치사토는 바로 얼마 전에 이곳을 알았다. 기무라의 안내로 다녀갔던 것이다. 여기가 마지막 장소, 라고 그는 말했었다.

이윽고 앞쪽으로 건물이 보이기 시작했다. 벽이고 지붕이고 온통 회색빛으로 보이지만, 까마득한 옛날에는 아마 선명한 흰색이었을 것이다. 아르데코풍의 창문들이 줄줄이 달렸으나 그 유리 대부분이 깨지거나 없어진 것을 치사토는 알고 있다.

건축된 것은 거의 100년 전이라고 들었다. 독일 군인의 별장이었는데 소유주는 오래전에 사망했고, 그 뒤에 수많은 사람의 손을 거치면서 용도가 바뀌다가 결국 버려졌다는 얘기였다. 폐허 마니아들 사이에서는 유명한 건물이라고 했다.

이윽고 도로가 로프로 가로막혔다. 〈출입금지〉라는 팻말이 걸려 있었다. 로프를 풀어버리면 못 들어갈 것도 없지만 그 뒤쪽은 건물 잔해가 어지럽게 널려 있어서 억지로 들어갔다가는 금속 조각에 타이어가 펑크가 날 우려가 있었다. 치사토는 차를 세웠다.

"여기서부터는 걸어가야 합니다." 조수석의 아마카스에게 말한 뒤, 뒷좌석의 코트와 우산을 들고 치사토는 차 문을 열었다.

밖으로 나오자 공기가 차가웠다. 서둘러 코트를 걸치고 우산을 폈다. 여전히 가느다란 비가 내리고 있었다.

아마카스도 차에서 내렸다. 건물 쪽으로 시선을 던지더니 "아, 반갑네"라고 중얼거렸다.

"마지막으로 왔던 게 10여 년 전이야. 거의 하나도 변하지 않았어." 그렇게 말하고 아마카스는 피식 웃으며 치사토를 보았다. "하긴 그렇지. 여든 살 할머니가 아흔이 되어봤자 별반 달라질 것도 없으니까."

농담이라고 한 말인지도 모르지만, 치사토는 웃을 마음 따위는 없었다. 가시죠, 라고 말하고 걸음을 뗐다.

발밑을 조심해가며 건물로 다가갔다. 멀리서 보면 멋스러운 서양식 건물 같지만, 가까이 다가갈수록 아직도 서 있다는 게 이상할 만큼 썩어버린 모습이 눈에 들어온다. 벽에 무수히 금이 가서 금세라도 무너져 내릴 것 같다.

정면 현관은 차를 댈 수 있는 지붕 역할도 하는 구조였다. 하지만 콘크리트 부지 곳곳에 금이 가고 거기에 잡초가 무성하게 우거져 있었다.

유리는 깨지고 얼룩진 철골만 남은 현관문은 반쯤 열린 상태로 움직임을 멈춰버렸다. 치사토는 그 틈새로 슬쩍 몸을 들이밀어 안으로 들어갔다. 눈앞에 펼쳐진 것은 예전에는 홀로 쓰였던 공간으로 부서진 테이블과 의자가 구석에 흩어져 있었다. 천장은 높직하게 위까지 뚫렸고, 오른편에는 2층 회랑으로 연결되는 계단이 있었다.

치사토는 시계를 보았다. 거의 예정대로의 시각이었다.

"여기서 기다리시면 돼요. 이제 곧 그가 나올 거예요."

아마카스 사이세이가 흘끗 노려보았다. "당신은?"

"밖에서 기다릴게요." 치사토는 현관으로 향하려고 했다. 하지만 아마카스가 오른손을 홱 잡아챘다.

"그건 안 되지. 내 옆에 있어주지 않으면 곤란해." 치사토의 팔목을 움켜쥔 채 아마카스는 2층 회랑을 올려다보며 말했다. "겐토, 어서 나와! 서로 얼굴 보면서 얘기하는 게 좋잖아? 아니면 이대로 황화수소를 내뿜을 생각인가? 아니, 그랬다가는 이 여자도 무사하지 못해. 어때, 그래도 괜찮겠냐? 복수를 위해서는 관계없는 사람까지 죽어 나자빠지는 것도 감수할 거야?"

나지막하지만 배 속에서 밀어 올린 그 목소리는 어슴푸레한 공간에 퍼져 나갔다. 그리고 그 목소리에 호응하듯이 멀리서 우르릉 천둥소리가 울렸다.

위에서 나무판자가 삐걱거리는 소리가 들려왔다. 2층 정면 회랑에 쓰윽 사람 그림자가 나타났다. 기무라, 아니, 아마카스 겐토였다.

큭큭큭 하고 아마카스 사이세이가 목을 울렸다. 그 눈빛이 번뜩였다. "드디어 주인공이 등장하셨군."

35

빨간 마세라티 옆에 차를 세우고 마도카는 아오에와 함께 길 안쪽으로 걸어갔다. 치사토와 아마카스 사이세이의 행선지는 이미 파악했다. 저 앞에 보이는 건물이다. 아무래도 지금은 폐허가 된 모양이다. 아마카스 사이세이가 「폐허의 종」이라는 영화의 로케지로 사용했다는 건물일 터였다.

비는 그리 강하지 않지만 바람에 꽤 세진 것 같았다. 마도카는 하늘을 올려다보았다. 조금 전의 천둥소리가 마음에 걸렸다.

"······같은데?" 걸음을 옮기면서 아오에가 말했다.

"네? 뭐라고 하셨어요?"

"아니, 저 건물 말이야." 그는 앞쪽의 폐허를 턱으로 가리켰다. "벽에 온통 금이 갔잖아. 그래서 레고 같다고 생각했어."

"레고?"

"장난감 블록 말이야. 조립해서 다양한 것들을 만들어내지. 좀 부끄럽지만, 그게 내 취미야. 유명한 성이나 교량을 만들고 있어. 유감스럽게도 다 만든 뒤에는 사진만 찍고 곧바로 해체해야 돼. 그대로 놓아두면 거치적거린다고 해서."

그의 말에 마도카의 머릿속에서 번쩍 떠오르는 게 있었다. 그녀는 발을 멈췄다. 그걸 어떻게 해석했는지 "아, 미안"이라고 아오에가 사과했다. "내가 엉뚱한 얘기를 했구나. 너무 긴장해서 그걸 풀어보려고 나도 모르게……."

"알아냈어요!" 그의 말을 가로막으며 마도카는 외쳤다.

"뭐?"

"겐토 군이 노리는 게 뭔지 알아냈다고요."

"무슨 소리야?"

하지만 설명해줄 여유는 없었다. 마도카는 주위를 둘러보며 다양한 정보를 수집하기 시작했다. 지형, 구름 상태, 건물 배치 등등. 그런 정보에서 결론을 이끌어내는 데까지 1분쯤 걸렸다.

"다시 차로 돌아가요!" 발길을 돌려 마도카는 뛰었다.

"뭐야, 어떻게 하려고?" 아오에가 뒤따라오면서 물었다.

"됐으니까 빨리요, 시간이 없어요."

차에 타기 전에 출입금지 팻말이 걸린 로프를 풀어버렸다.

"시동 걸어요. 그대로 직진하면 돼요." 그렇게 말하면서 조수석에 앉았다.

"이 길로? 바닥이 온통 잔해투성이야!"

"그래도 못 가는 건 아니잖아요. 차가 망가지면 배상할게요."

뭐가 뭔지 모르겠다는 표정으로 아오에는 차를 출발시켰다. 잔해 더미가 걸릴 때마다 차체가 출렁 뛰었다. 아오에는 핸들을 조정하느라 애를 먹고 있었다.

건물로 바짝 다가간 참에 "스톱!"이라고 마도카는 말했다. 아오에가 브레이크를 밟았다.

"조금만 더 오른쪽으로. 5미터 정도만. 좀 더, 좀 더. 네, 여기예요. 엔진 끄고 밖으로 나가요."

차와 건물의 거리는 약 15미터였다. 머릿속에서 계산해보고 이 정도면 된다고 확인했다. 결과가 어떻게 나올지는 모르지만, 일단 겐토의 계획을 어그러지게 하는 건 가능하다.

이제 우리는 어떻게 하느냐는 문제만 남았다. 마도카는 다시 주위를 둘러보았다.

그때, 돌연 하늘이 컴컴해지면서 굵은 빗방울이 후드득 떨어졌다.

36

겐토는 말없이 회랑을 지나 천천히 계단을 내려왔다. 바닥에 발이 닿자 한 차례 심호흡을 한 뒤에 입을 열었다.

"작년 1월쯤이었나, 텔레비전을 보는데 미즈키 요시로가 출연했더라고. 오랜만에 공식 석상에 나타난 그 사람이 이런 얘기를 했어. 가까운 시일 내에 깜짝 놀랄 만한 작품을 발표할 예정이다. 자세한 건 아직 말할 수 없지만 실화를 바탕으로 한 영화고 주인공 모델이 된 인물이 직접 메가폰을 잡을 것이다……. 그 말을 듣고 즉각 당신 얘기라고 확신했어. 동시에 미즈키와 당신 사이의 더러운 관계가 아직껏 이어지고 있다는 것을 알았지. 바로 그때 이 복수 계획을 짜게 됐어. 언젠가는 반드시 단죄할 생각이었지만 당신 소재지를 파악하지 못해서는 어떻게도 해볼 수가 없었으니까. 하지만 미즈키에게 접근하면 분명 기회가 있을 것 같았어." 그렇게 말하고 겐토는 양팔을 펼쳤다. "자,

나한테는 아무것도 없어. 그 사람은 좀 풀어주시지?"

"네 말을 덥석 믿어버릴 만큼 난 어수룩하지 않아." 아마카스 사이세이가 말했다. "이 여자를 풀어주자마자 어딘가에서 가스가 발생하게 만들어뒀을 수도 있거든."

겐토가 희미한 웃음을 지었다.

"나도 처음에는 당신을 황화수소로 보내버릴 생각이었어. 바로 이자리에서. 당신이 마지막으로 만든 영화의 로케지인 이 폐허에서. 쓰레기 인간이 죽을 자리로는 쓰레기 영화의 무대가 그야말로 잘 어울리니까."

"흥, 내가 만든 영화 따위는 안 본다고 하지 않았나?"

"안 봤어. 하지만 쓰레기 영화라는 건 알아. 이 폐허가 무대라는 건어딘가 화장실 쓰레기통에 처박혀 있던 팸플릿을 보고 알았어. 그때이곳에서 보내버리자고 결심했지. 하지만 몇 차례 사전 답사를 해보는 사이에 황화수소 중독사보다 좀 더 멋진 죽음을 선사할 수 있다는 걸 알았어. 오늘 이 시각에 당신을 이 자리에 세워놓기만 하면 그게 가능한 거야. 그야말로 신이 주신 기회라고 생각했지."

"오호, 어떤 죽음일까?"

"이제 곧 알게 될 거야. 아무튼 황화수소는 아니야. 그러니 안심하시고 그 여자는 풀어줘."

"그렇다면 여자는 풀어주겠지만, 그 전에 잠깐 얘기나 할까? 말해봐, 넌 언제 알았던 거야?" 아마카스 사이세이는 목소리 톤을 낮추며말을 이었다. "그때 집 안에 황화수소를 발생시킨 사람이 나라는 거."

흠칫 놀라서 치사토는 아마카스를 쳐다보았다. 이 사람이 제 가족을 죽인 것인가.

"그야 뻔하지. 처음부터 다 알았어." 겐토는 태연히 대답했다. "병원에 달려온 당신이 주위에 아무도 없는 것을 확인한 뒤에 말했어. 멋지네, 이런 스토리도 좋지, 드라마가 되겠다……."

"내가 그랬었나?"

"그러고는 전화를 걸었어. 상대는 미즈키 요시로였지. 당신이 어떤 소리를 지껄였는지, 지금도 똑똑히 기억해. 우선 이렇게 말했어. 미즈키 씨, 내 얘기 들어봐. 아들놈은 가까스로 목숨을 건졌지만 식물인간 상태야. 움직이지도 못하고 말도 못해. 아마 의식도 없을 거야. 그냥 숨만 붙어 있어. 어때, 이것도 재미있잖아? 가족이 모두 사망한 것보다 훨씬 더 비참하다고. 이건 정말 기막힌 스토리가 될 거야……. 그러더니 당신 말투가 약간 바뀌었어. 불만스러운 듯 투덜거렸지. 이봐, 미즈키 씨, 이제 와서 꽁무니 뺄 거야? 진짜 스토리라면 좋겠다, 박력 있는 실화라면 좋겠다고 말한 건 당신이야. 괜찮아, 걱정 말라고. 그보다 나스노 그 친구는 제대로 움직여줬지? 나 대신 돌아다니면서 알리바이는 잘 만들어뒀느냐고." 겐토는 줄줄 외우듯이 말한 뒤, 후우 긴 숨을 토해냈다. "어때, 정확히 기억하고 있지?"

아마카스 사이세이가 끄덕끄덕 고개를 위아래로 흔들었다.

"맞아, 내가 미즈키에게 그런 전화를 했었어. 그렇군, 그때 의식이 있었던 거야."

"그 말을 들었을 때, 내 기분이 어땠을까? 처음에는 도저히 믿어지지 않았어. 식물인간 상태에서 단순히 악몽을 꾸는 거라고 생각하고 싶었어. 이윽고 뇌의 기능이 회복되고 의사소통을 할 수 있었지만 당

486

신에게 어떤 태도를 취해야 할지 알 수가 없었지. 그래서 과거의 기억을 잃어버린 척했던 거야."

"흥, 그런 거였어?"

"아들이 식물인간 상태에서 회복되는 것을 보고 솔직히 당신은 초조했겠지. 어떤 말을 하고 나설지 몰라 꽤 두려웠을 거야. 하지만 기억을 잃어버렸다고 하니까 당연히 마음이 놓였겠지. 그래서 그런 블로그를 개설했을 거고. 거짓말로 가득 찬 블로그를."

"그래도 그 블로그 글에는 지금도 감동의 찬사가 밀려들고 있어."

"허접하기는. 그딴 것에 무슨 의미가 있어?"

그러자 아마카스 사이세이는 입가를 일그러뜨리며 혀를 끌끌 찼다.

"도통 뭘 모르는구나. 넌 아무것도 몰라."

"뭘 모른다는 거지?"

"내가 왜 너희를 한꺼번에 죽이려고 했을까. 한마디로, 너희에게 실망했기 때문이야. 아마카스 사이세이라는 인물의 가족으로서는 완전 실패작이었단 말이야. 그런 여자를 아내로 맞아들인 것도 실수였고, 태어난 자식들도 부실하기 짝이 없었어. 특히 기막힌 건 모에였지. 나이도 어린 게 임신까지 하고. 그때 더 이상 안 되겠다고 생각했어. 실패작은 새로 만들어야지. 나에게 어울릴 만한 가족으로 다시 만들어내는 수밖에 없단 말이야."

"그렇게 마음에 안 든다면 이혼을 했으면 되는 거 아닌가?"

아마카스 사이세이는 어이없다는 듯 얼굴을 찌푸렸다.

"그러니 넌 뭘 모른다는 거야. 천재 아마카스 사이세이가 이 세상에 그따위 실패작을 남겨둘 거 같아? 어떻게든 완벽한 작품으로 마무리해야지. 살아 있는 너희에게 그건 도저히 기대할 수 없는 일이었어. 그래서 일단 말소해버린 뒤에 새롭게 과거의 기억을 수정하기로 했어. 그 블로그를 봤다면 너도 알겠지? 그 글 속에서 너희는 이 아마카스 사이세이의 훌륭한 가족이야. 저 어리석은 모에조차 영민하고 지혜로운 딸로 새로 태어났어. 머지않아 그게 논픽션 소설로 발표될 거야. 이어서 영화로도 만들 생각이지. 물론 감독은 내가 맡을 거고. 그때야 비로소 아마카스 사이세이의 가족이 완성되는 거야."

겐토는 고개를 저으며 "완전히 미쳤군"이라고 말했다. 치사토도 동감이었다.

아마카스 사이세이가 치사토 쪽을 보며 말했다.

"미즈키 요시로는 내 계획을 듣고 대단하다고 평가해줬어. 딸의 자살로 모든 것을 잃어버린 한 사내가 자신의 반평생을 영화로 만든다. 이건 프로듀싱만 잘하면 흥행 대박, 아마카스 사이세이의 새로운 대표작이 될 거라고 했어. 하긴 그 계획을 내가 정말 실행할지 말지, 그는 반신반의였던 모양이야. 알리바이 만들기를 도와줬으면서도 막상 그 일이 현실이 되니까 그 즉시 나스노와 함께 슬슬 빠지려고 하더라고. 자기는 아무 관계도 없다, 농담 삼아 한 말이었다, 꽁무니를 빼는 거야. 크게 실망했지. 단순히 돈 때문에 일을 거들어준 나스노는 그렇다 쳐도, 미즈키는 좀 당당한 면을 보여줘야 할 거 아니냔 말이야. 하긴 경찰이 무사히 자살이라고 결론을 내린 것을 알고는 손바닥 뒤집듯이 「완벽한 가족」을 어떻게 진행할 거냐고 재촉하고 나서긴 했지. 그래, 그게 영화 제목이야, 「완벽한 가족」. 어때, 겐토, 나쁘지 않잖아?"

젠토는 팔을 허공에 대고 후려쳤다. "진실을 왜곡한 주제에 완벽이라고? 어이가 없네."

"흥, 진실?" 아마카스 사이세이는 한쪽 눈썹을 꿈틀 움직였다. "웃기는 소리를 하는구나. 그렇다면 좀 물어보겠는데, 진실이란 게 뭐지? 그걸 누가 판정하는 건데? 결국은 기록된 것만이 진실이야. 기록되어서 사람들이 인식해주었을 때, 그게 바로 진실이야. 이 폐허를 봐. 이 건물에는 어떤 진실이 있지? 과거에 어떤 일이 있었건 아무에게도 알려지지 않은 채 사라져버린 것은 진실이라고 할 수 없어. 그런 의미에서 대다수의 범용한 인간들은 아무런 진실도 남기지 못한 채 사라져버리는 거야. 인터넷을 봐. 타인의 험담과 하소연만 가득하지? 공격의 창끝을 겨눌 곳을 찾아내면 앞다투어 비난을 퍼붓고 있어. 스스로는 아무것도 창조하지 못하고 아무것도 생각하지 못하고 아무 책임도 지지 않고, 그러면서 제 마음대로 되지 않으면 마냥 불평만 늘어놓는 인간들이 어떤 진실을 만들어낼 수 있지? 진실이라는 단어로는 알아듣기 힘들다면 역사라고 말을 바꿔도 좋아. 그런 인간들은 태어나든 태어나지 않았든 이 세상에 아무 영향도 미치지 못해. 너희도 마찬가지였어. 이 세상에 없어도 무방한 인간들이었단 말이야. 그러니 행복한 줄 알아. 내 영화에 등장인물이라는 형태로 영원히 남겨지게 됐잖아. 게다가 훌륭한 인간으로."

다시 우르릉 천둥소리가 울렸다. 조금 전보다 가깝게 들렸다. 빗발도 거세진 것 같았다.

젠토가 고개를 내저으며 손목시계를 들여다보았다. "연설은 그만

두시지. 지겨우니까."

"좋아, 그렇다면 이제 슬슬 정리해볼까." 아마카스 사이세이는 코트 안쪽에서 뭔가 검은 물체를 꺼냈다. 그것이 권총이라는 것을 깨달은 순간, 치사토는 작은 비명을 올렸다.

"그런 걸 준비하셨어?" 겐토의 목소리에 겁에 질린 듯한 느낌은 없었다.

"영화감독이란 게 워낙 다양한 사람들을 만나는 일이거든. 이걸 받아 온 게 벌써 10여 년 전 일인가. 그때는 이런 식으로 쓰게 될 줄은 상상도 못 했지."

"나를 그 총으로 죽이고, 그다음은 어떻게 하려고?"

"어떻게든 각색할 수 있어. 아버지의 마지막 영화 로케지에서 아들이 자살. 어때, 뭔가 의미심장하잖아? 「완벽한 가족」의 스토리에 극적인 에피소드가 더해지는 거야." 말을 내뱉고 아마카스 사이세이는 드디어 치사토의 팔을 놓아주었다.

"뛰어!" 그 즉시 겐토가 소리쳤다. "빨리 달아나. 여기 있으면 안 돼!"

치사토는 현관을 향해 뛰었다. 하지만 그 직후, 바깥이 갑작스럽게 어두워졌다. 동시에 후두두둑 뭔가 흩뿌려지는 요란한 소리가 덮쳤다. 우박이라는 것을 깨닫기까지 잠깐 시간이 걸렸다.

이어서 땅울림 같은 굉음이 울려 퍼졌다. 현관문 틈새로 들이치는 바람이 차갑다고 느낀 직후에 치사토의 몸은 뒤로 날려 갔다. 대체 무슨 일이 일어났는지 알 수가 없었다.

엄청난 바람이 창문으로 밀려들었다. 눈을 뜨기조차 힘들었다. 두 손으로 얼굴을 가리고 손가락 틈새로 상황을 살펴보았다. 깨어진 유리가 휘날렸다. 겐토와 아마카스 사이세이도 그 자리에 몸을 웅크리고 있었다. 도저히 서 있을 수 없는 것이리라.

이건 대체 뭔가. 무슨 일이 일어난 건가. 실내에서도 이렇다면 바깥은 어떤 상황일까.

그때였다. 단 한순간의 무음 상태가 지나가는가 싶더니 온몸을 꿰뚫는 듯한 굉음과 함께 건물이 뒤흔들렸다. 치사토는 소리가 난 쪽으로 시선을 돌렸다. 그곳에는 믿어지지 않는 광경이 펼쳐져 있었다. 거꾸로 뒤집힌 하얀 차가 벽을 뚫고 뛰어든 것이다.

무너진 벽으로 폭풍이 덮쳐들었다. 치사토의 몸은 반대쪽 벽까지 날려 가 그대로 내동댕이쳐졌다. 팔다리가 움직여지지 않았다.

우르르르 건물 전체가 흔들리는 소리가 들렸다. 뭔가가 차례차례 무너져 내렸다. 마침내 치사토가 내동댕이쳐진 벽도 기울기 시작했다.

이렇게 죽는구나, 라고 생각했다.

37

굉음, 폭음, 파열음, 그 밖에 온갖 소리와 거센 진동이 휩쓸고 지나
간 뒤에도 마도카는 한참 동안 움직이지 못했다. 니트 모자를 쓴 머
리를 두 팔로 부여잡고 양 무릎을 깊이 꺾은 자세로 최대한 몸을 웅
크렸다.

목덜미에 차가운 비가 떨어지는 것을 의식한 다음에야 가까스로
마음이 침착해졌다. 귀를 기울여봤지만 약간 강한 정도의 바람 소리
와 바닥에 비가 떨어지는 소리가 들려올 뿐이었다.

마도카는 슬며시 고개를 들었다. 옆에서는 아오에가 아직 머리를
감싼 채 납작 엎드려 있었다.

"교수님, 이제 괜찮은 거 같아요."

아오에가 천천히 팔을 내리면서 고개를 들었다. 눈이 빨갛게 충혈
되었다.

두 사람이 도망쳐 온 곳은 건물에서 조금 떨어진 네모난 웅덩이였다. 예전에 정화 시설로 쓰인 듯한 곳의 한 귀퉁이다.

마도카는 슬금슬금 밖으로 나왔다. 비는 아직도 내리고 있었다.

건물을 보고 헉 숨을 삼켰다. 그것은 이제 더 이상 건물이 아니라 거대한 잔해 더미였다. 지붕은 날아갔고 벽은 반절쯤만 남았다. 잔해 더미 속에 아오에의 흰색 크라운 차가 보였다. 완전히 거꾸로 뒤집혀 있었다.

실패했는가.

차를 들이박은 정도로는 부족했던 걸까.

하지만 잔해 더미의 일부가 움찔움찔 들춰지고 그 아래에서 호리호리한 윗몸이 드러났을 때, 마도카의 입에서는 저절로 안도의 한숨이 흘러나왔다. 단정한 얼굴은 1년 전 그대로 전혀 변한 데가 없다.

마도카는 급히 달려가 잔해 더미를 밀쳐냈다. 겐토가 그제야 마도카를 알아보고 흠칫 놀라는 기색이었다. "너, 어떻게 여기에?"

"내내 찾아다녔거든." 마도카는 대답했다. "겐토 군을."

겐토가 몸을 일으켰지만 제대로 다리를 가누지 못하고 비틀거렸다. 손등에서 피가 흘렀다.

"괜찮아?"

"별거 아냐. 그보다 마도카, 혹시 아마카스 사이세이를 뒤쫓아 왔어?"

"그렇다고 할 수 있지."

정확하게는 미즈키 치사토를 뒤쫓아 온 것이지만, 그걸 설명하자면 얘기가 길어진다.

"내가 뭘 노리는지 알고 있었구나."

"응. 그래서 못 하게 하려고 왔어."

겐토는 겸연쩍은 표정을 보이더니 거꾸로 뒤집힌 차로 시선을 던졌다.

"저건 네가 한 거?"

응, 하고 마도카는 고개를 끄덕였다.

"적란운이 발생하고 있다는 건 나도 알았어. 하지만 겐토 군이 그걸 이용할 줄은 몰랐지. 근데 이 폐허가 붕괴 직전인 것을 깨닫고 그제야 네가 뭘 노리는지 이해했어. 그래서 기상을 자세히 점검해보고는 정말 깜짝 놀랐어. 모든 조건이 다운버스트가 덮친다는 것을 알려주고 있었으니까."

다운버스트. 적란운에서 냉기를 동반한 강한 하강기류가 지면에 부딪쳐 엄청난 강풍으로 주위를 덮치는 현상이다.

"게다가 풍속이 60미터가 넘는 강력한 다운버스트였어. 이런 폐허는 한주먹감도 안 되겠지. 일단 붕괴가 시작되면 한순간에 산산이 부서져. 실내에 있던 사람이 살아날 확률은 제로에 가까워. 잔해 더미와 함께 날려 가거나 아니면 잔해 더미에 깔려버릴 거야. 그걸 막으려면 방법은 한 가지밖에 없었어. 건물 붕괴가 시작되기 전에 일부를 무너뜨리는 거. 거기로 바람이 들어가면 내측의 압력이 높아지니까. 어차피 건물은 무너지겠지만 힘이 외부에서만이 아니라 내부에서도 작용하기 때문에 붕괴되는 양상도 달라진다고 예측했어. 성공할지 어떨지는 나도 자신이 없었지만, 생각나는 게 그 방법뿐이었어. 강풍에 날려 간 차가 건물을 정확히 들이박을 만한 포인트를 급하게 계산해냈어."

"그 결과, 건물 지붕이 날아가면서 무너진 잔해가 반 이하로 줄었구나." 겐토가 피식 웃었다. "다운버스트, 제법 정확히 예측해냈는데?"

"생각 안 나? 우리 둘이 수없이 얘기했었잖아. 나비에 스토크스 방정식에 대해."

"그래, 맞아. 난류는 정말 어려워."

"동감이야. 그래도 내가 예측에 성공했어."

두 사람이 마주 보고 있을 때, "마도카!"라고 부르는 소리가 들렸다. 돌아보니 아오에가 허리를 숙이고 아래를 들여다보고 있었다. 잔해 더미 밑을 살펴보는 것이다.

그쪽으로 달려갔더니, 위를 보는 자세로 누운 아마카스 사이세이가 보였다. 하반신이 잔해 더미에 깔려 꼼짝도 못 하고 있었다. 눈을 깜빡거리는 걸 보면 목숨은 건진 모양이다.

"아직 살아 있었어?" 혼잣말을 중얼거리며 겐토가 가까이 다가가려고 했다.

마도카는 두 팔을 펼쳐 그 앞을 가로막았다. "안 돼."

"비켜."

"아니, 이런 일에 손을 더럽혀서는 안 돼."

겐토는 서글픈 듯 눈꼬리를 내려뜨렸다. "오늘까지 이것만을 위해 살아왔어."

"알아. 그러니까 안 돼. 오늘부터는 이것 이외의 것을 위해 살아가야 해. 내 결심을 바꾸게 하는 건 무리야. 겐토는 라플라스의 악마니까 잘 알지?"

젠토는 미간을 좁히며 눈을 질끈 감았다. 그리고 한참 뒤에야 눈을 떴다.

"저자는 어떻게 할 생각이야?"

"모르겠어. 아마 누군가가 어떻게든 해주겠지."

"저자는 살인마야."

"알아. 하지만 이 세상에는 다양한 제재 방법이 있어."

젠토는 다시 침묵했다. 그러고는 한 손을 점퍼 주머니에 찌르고 한 걸음 앞으로 쓱 나섰다.

"안 돼, 젠토 군."

"알았어, 손은 대지 않을 거야."

젠토는 아마카스 사이세이 쪽으로 다가가 아래를 굽어보았다.

"당신에게 식물인간 상태였던 때의 내 심정을 가르쳐주고 싶었어. 마치 산 채로 매장당한 것처럼 절망적이었거든. 팔다리도 움직이지 못하고 목소리도 내지 못하고, 그런데도 살아 있는 거야. 아예 죽여주기를 기도했던 적도 있어. 당신도 그것과 똑같은 고통을 겪게 해주고 싶었어. 산 채로 매장해버리는 거. 이곳에서, 나와 함께. 구조의 손길 따위는 없어. 둘이서 오로지 어서 죽기만을 기도하는 거야. 둘 중 누가 먼저 죽을지, 그걸 마음껏 즐겨볼 생각이었어." 그는 호주머니에서 뭔가를 꺼냈다. 보이스레코더였다. "아까 당신이 지껄인 말은 모두 녹음했어. 계획대로 성공했다면 이게 내 유서 대신 남겨졌겠지. 하지만 이제는 부적 삼아 내가 항상 지니고 다닐게. 당신 같은 인간이 쓰레기 영화를 만들어내는 걸 막기 위한 부적으로."

보이스레코더를 챙겨 넣으면서 겐토는 "아, 또 한 가지"라고 말을 이었다.

"당신은 수많은 잘못을 저질렀지만 그중 가장 큰 잘못이 무엇인지 알려줄게. 대다수의 범용한 인간들은 아무런 진실도 남기지 못한 채 사라져버리고, 그런 인간들은 태어나든 태어나지 않았든 이 세상에 아무 영향도 미치지 못한다—. 아까 당신이 그렇게 말했지? 하지만 아니야. 이 세상은 몇몇 천재들이나 당신 같은 미친 인간들로만 움직 여지는 게 아니야. 얼핏 보기에 아무 재능도 없고 가치도 없어 보이 는 사람들이야말로 중요한 구성 요소야. 인간은 원자야. 하나하나는 범용하고 무자각적으로 살아갈 뿐이라 해도 그것이 집합체가 되었 을 때, 극적인 물리법칙을 실현해내는 거라고. 이 세상에 존재 의의 가 없는 개체 따위는 없어, 단 한 개도."

겐토는 휙 몸을 돌렸다. 그리고 한쪽 다리를 절면서 걸음을 옮겼 다. 마도카 쪽은 돌아보려고도 하지 않았다.

"붙잡지 않아?" 아오에가 물었다.

마도카는 한숨을 내쉬었다. "소용없어요."

겐토는 뒤돌아보는 일 없이 멀어져갔다. 그 발걸음에서는 어떤 망 설임도 느껴지지 않았다. 그는 이미 미래를 똑똑히 내다보고 뭔가 분 명한 방침을 세운 것이다.

마도카의 시야 끝에서 뭔가가 움직였다. 잔해 더미 틈새에서 먼지 투성이가 되어 버둥거리는 것은 미즈키 치사토였다. 그녀도 무사한 모양이었다.

마도카는 그쪽으로 뛰어가 "괜찮아요?"라고 물었다. 돌연 낯선 여자의 부름에 치사토는 크게 당황한 기색이었다. 땅바닥을 네 발로 기면서 미처 말을 내뱉지 못하고 있었다.

그녀의 이마에서 관자놀이까지 길게 피가 흘렀다. 몇 센티미터 정도의 짧은 상처지만 꽤 깊이 파인 듯했다. 스스로도 느꼈는지 팔을 들어 상처를 더듬어보고는 아픔에 얼굴을 찡그렸다. 손에 묻은 피를 보고는 금세 새파랗게 질렸다.

"걱정할 거 없어요. 그런 흉터를 성형하는 데는 천만 엔쯤이면 충분할 테니까." 마도카는 말했다. "그 정도 비용은 별것도 아니잖아요? 겐토 덕분에 억만장자가 됐으니까."

치사토는 뭔가 대꾸하려는 듯 마도카를 노려보았다. 하지만 마도카는 여자의 말 따위를 기다려줄 마음은 전혀 없었다.

스마트폰을 손에 들었다. 누구에게 연락할까. 10초쯤 생각하다가 기리미야 레이의 번호를 선택해 살짝 터치했다.

38

신고를 받고 달려간 곳은 아자부주반의 상점가에 자리한 고급 액세서리 점포였다. 빌딩 1층이고, 가게 앞 도로는 일방통행이었다.

"그 이인조, 처음부터 복면을 쓰고 나타났어요?" 반지며 목걸이 등이 진열된 쇼케이스 안을 들여다보며 나카오카는 여점원에게 물었다.

"그런 것 같긴 한데 확실하게는 모르겠어요. 나는 전표를 확인하느라 고개를 숙이고 있었거든요. 어이, 하고 누가 말을 걸길래 고개를 들었더니 눈앞에 칼이 있었어요." 젊은 여점원의 목소리는 떨리고 있었다.

"그다음에는 어떻게 했죠?"

"검은 부대 자루를 내밀면서 거기에 돈을 넣으라고 했어요. 돈 있는 거, 전부 다 넣으라고. 그래서 그냥 시키는 대로 했어요."

"그 자루에 넣은 돈이 얼마나 됩니까?"

여점원은 겁에 질린 표정으로 고개를 저었다.

"모르겠어요, 너무 정신이 없어서."

그럴 만도 하다. 얼마가 됐든 도난 액수는 나중에 계산해보면 밝혀 질 것이다.

"그자들 옷차림, 생각나요?"

"검은색 옷이었던 것 같기도 하고, 아니, 회색이었나? 죄송해요, 잘 기억이 안 나요."

"체격은 어땠습니까? 마른 편인지 뚱뚱한 편인지, 그리고 키는?"

여점원은 고개를 갸웃거렸다.

"그냥 보통 몸집이었던 거 같은데. 키는 형사님하고 비슷한 정도였 나……. 아니, 잘 모르겠어요."

"목소리에 뭔가 특징은 없었어요?"

"글쎄요……."

"내국인 발음이었습니까? 아, 혹시 사투리 같은 건 없었어요?"

"나는 말소리 같은 건 듣지도 못했는데, 어쩌면 사투리를 쓴 것 같 기도 하고……."

요컨대 범인의 특징을 아무것도 기억하지 못한다는 얘기다. 이것 도 나름대로 괜찮다, 라고 나카오카는 깨끗이 단념했다. 어중간한 단 서를 대주는 바람에 도리어 수사가 공연히 멀리 돌아가게 되는 일도 허다하다.

"그사이에 또 한 명은 뭘 하고 있었지요?"

"나는 제대로 못 봤는데, 나중에 들어보니까 권총을 겨누고 있었다 고 하더라고요."

나카오카는 곁에 서 있는 나이 든 여점원에게로 시선을 던졌다.

"당신한테 권총을 겨누고 있었습니까?"

네, 라고 그녀는 고개를 끄덕였다. 얼굴이 하얗게 질려 있었다.

"그자가 뭔가 말을 했어요?"

"꼼짝 마, 라고 했어요. 그 말 한 마디뿐이었어요."

"그때 가게 안에 손님은?"

"없었어요. 폐점 시각이라서 이제 슬슬 문을 닫아야겠다고 생각하는 참에 느닷없이 들이닥쳤거든요."

"그자들이 가게에 들어서는 장면을 봤습니까?"

"아뇨, 상품을 정리하는 데 정신이 팔려 있어서 내가 쳐다봤을 때는 이미 가게 안에 들어와 있었어요."

"그때 이미 복면을 쓴 상태였어요?"

네, 라고 대답하더니 여점원은 조금 자신이 없는지, 아마도, 라고 덧붙였다. 이렇게 새파랗게 질려 있는데 그들에게서 쓸 만한 단서를 기대한다는 게 무리한 얘기다. 역시나 범인의 특징에 대해 질문해봤지만 제대로 된 대답은 거의 나오지 않았다.

현장검증을 끝내고 일단 경찰서로 돌아왔다. 수집한 자료를 읽어보더니 형사과장은 큰 한숨을 내쉬었다.

"폐점 직전에 들이닥쳐 현금만 빼앗고 도주. 이인조에 한 명은 나이프, 다른 한 명은 권총. 이거, 지난주에 니혼바시에서 일어난 사건하고 완전히 똑같잖아?"

"규모가 그리 크지 않은 점포를 노린 것도 공통점이에요. 아마 방범이 허술하다고 생각했을 겁니다." 계장 나리타가 말했다.

"도주 차량에 관한 목격 정보도 그쪽 사건 때와 비슷합니다. 동일

범으로 봐도 틀림없겠는데요?" 1계 수사원이 말했다.

"성급한 판단은 금물이지만 이건 뭐, 그럴 가능성이 높겠군. 그쪽 경찰서와 연대해서 수사하게 될 것 같아. 좋아, 그러면 수사 방침은⋯⋯."

형사과장에게서 대략적인 지시가 내려온 뒤, 회의는 끝이 났다. 나카오카는 자신의 자리로 돌아와 스마트폰을 터치했다. 메일이며 인터넷 기사를 확인하기 위해서였다.

메일은 별다른 게 없었지만 인터넷 기사 하나를 보고는 흠칫했다. '영화감독 아마카스 씨, 다운버스트 피해'라고 실려 있었기 때문이다. 서둘러 자세한 내용을 확인했다.

S현에서 발생한 다운버스트로 보이는 돌풍의 피해 상황이 속속 밝혀지고 있는 가운데, 붕괴된 폐허에서 발견된 부상자 중 한 명이 영화감독 아마카스 사이세이 씨인 것으로 알려졌다. 아마카스 씨는 하반신이 잔해 더미에 깔린 채 신음하다가 구조되었다. 다리와 허리 등에 골절상을 입었으나 생명에는 지장이 없다고 한다. 구조된 또 한 사람은 작년 말에 사망한 영화 프로듀서 미즈키 요시로 씨의 부인 치사토 씨인 것으로 알려졌다. 치사토 씨는 얼굴에 경상을 입었다. 문제의 폐허는 아마카스 씨가 감독한 영화 「폐허의 종」의 모델이 된 곳이기도 하다.

이건 또 무슨 일인가. 결국 소재지조차 파악하지 못했던 아마카스 사이세이가 이런 곳에서 불쑥 튀어나오다니. 게다가 미즈키 치사토와 함께 있었다고 한다. 왜 그 두 사람이 그런 폐허에 간 것인가.

생각에 잠겨 있는데 왜 그러느냐고 누군가 어깨를 짚었다. 돌아보니 나리타 계장이었다.

"유난히 심각한 얼굴로 스마트폰을 들여다보고 있잖아. 무슨 일이야?"

이거요, 라고 나카오카는 기사를 보여주었다.

기사를 읽어 내려가던 나리타의 표정이 금세 흐려졌다. 스마트폰을 나카오카에게 돌려주면서 물었다. "이런 거 읽어서 뭘 어쩌려고?"

"이상하잖아요. 아마카스 사이세이와 미즈키 치사토, 둘이 그런 곳에 가서 뭘 하고 있었죠?"

나리타는 맥이 빠진다는 듯이 입이 일그러졌다. "알 게 뭐야."

"그 사건에서 손을 떼라는 지시가 내려온 직후에 두 사람이 만났어요. 뭔가 너무 척척 맞아떨어지는 거 아닙니까?"

이봐, 하고 나리타가 얼굴을 바짝 들이댔다.

"잊어버리라니까. 어차피 우린 졸병이야. 게다가 보병이란 말이지. 이 세상을 움직이는 건 한참 위에 계신 존재들이야. 보병은 그냥 아무 생각 말고 한 걸음 한 걸음 나아가는 수밖에 없어. 딴생각은 굳이 하지 않아도 된단 말이야."

나카오카가 입을 꾹 다물자 나리타는 그의 어깨를 툭툭 치며 "내일부터 또 열심히 뛰어보자"라고 말하고 자리를 떴다.

나카오카는 스마트폰의 기사를 다시 한 번 들여다보았다. 치사토는 얼굴에 어떤 부상을 입었을까, 라고 생각하다가 내가 걱정할 일도 아니네, 하며 스마트폰 화면에서 기사를 지워버렸다.

39

자동 개찰기를 건너기도 전에 이소베의 모습이 먼저 눈에 들어왔다. 작업복 차림으로 손을 흔들고 있었다. 우유병 바닥을 나란히 놓은 것처럼 두툼한 안경을 쓴 그의 얼굴 표정이 환했다.

"교수님, 먼 길에 고생하셨지요? 오래간만입니다." 개찰기를 건너간 아오에에게 싱글벙글하며 다가왔다.

"기분이 좋아 보이셔서 다행이군요." 아오에는 말했다.

"그야 좋고말고요. 드디어 문제가 해결되었으니까요. 이제 마음 편히 잘 수 있게 됐습니다. 교수님께는 이래저래 폐만 끼치고, 참말로 죄송합니다."

"이소베 씨가 사과할 일도 아닌데요, 뭘."

아니요, 아니요, 라고 이소베는 걸어가면서 손을 내저었다.

"우리 지역 경찰과 소방대가 현장을 좀 더 상세히 조사했다면 이런 일도 없었을 겁니다. 완전히 근무 태만이었지요. 그래서 그 친구들을 대신해서 제가 사과를."

"예에, 그렇습니까."

지난번처럼 이소베가 운전하는 차로 아카쿠마 온천가로 향했다. 차 안에서 바깥 경치를 내다보니 시내의 눈은 거의 다 녹은 모양이었다.

이소베가 아오에 쪽에 연락해 온 것은 그저께였다. "아이구, 이것 참, 어쩐대요?"라는 게 전화를 받자마자 들려온 첫마디였다.

이소베의 말에 의하면, 아카쿠마 온천에서의 일은 사고가 아니라 악질적인 장난일 가능성이 높다는 것이었다. 현경 본부 쪽에 익명의 편지가 날아왔는데 황화수소는 자신이 의도적으로 발생시킨 것이라고 고백하는 내용이었다. 편지에는 가스 발생 순서와 사용한 약제 및 용기, 그리고 그런 것을 처분한 장소까지 상세히 적혀 있었다. 수사원이 현장을 조사해본바, 분명 해당 물품이 발견되었다고 한다.

"세상에 그런 몹쓸 놈이 다 있습니까. 우리 온천가 사람들이 지금 펄펄 뛰고 있어요. 이번 겨울의 매상을 보상하게 하라고 씩씩거리고 있습니다. 하긴 아직 그놈이 누군지도 모르지만 말이에요." 라이트밴을 운전하면서 이소베가 말했다.

"편지를 보낸 그자가 다른 곳에서도 똑같은 짓을 했다고 밝혔다면서요?"

"글쎄 그렇답니다. 처음에는 흥미 본위로다가 아카쿠마 온천에서 가스를 만들어봤다. 그랬더니 중독 피해자가 나왔다. 이걸 어쩌나 하고 초조했다. 근데 사고라는 걸로 일이 처리됐다. 그러니 정말 자기 때문에 사람이 죽었는지 어떤지 애매해졌다. 그래서 온천지 몇 군데를 돌면서 시험해보기로 했다. 이윽고 도마테 온천에서도 똑같은 사고가 났다. 그제야 첫 번째 사고도 자신 때문이라는 걸 확신하고 더럭 겁이 났다. 계속 침묵할 생각이었지만 고민을 거듭한 끝에 양쪽 현경에 참회의 편지를 보내기로 했다. 예에, 대충 그런 얘기인 모양이에요."

"즉 범인을 아직 알아내지 못했다는 건가요?"

"그렇다니까요." 이소베는 잔뜩 찌푸린 표정으로 고개를 갸웃거렸다. "이런 건 말이죠, 철저하게 검거해야 합니다. 모방범이라고 하던가요? 똑같은 짓을 하려는 놈들이 자꾸 기어 나올 거라고요. 경찰에서 무슨 수를 써서라도 꼭 체포해주면 좋겠어요."

그렇지요, 라고 대답하면서도 아오에의 속마음은 시들해져 있었다. 그런 범인 따위, 어디에도 없다는 것을 잘 알고 있기 때문이다.

이소베의 전화를 받기 이틀 전에 기리미야 레이가 아오에를 찾아왔다. 그녀는 온천지에서의 중독 사고를 어떻게 처리하기로 결정했는지 자세히 들려주었다.

정체불명의 인간에 의한 장난 같은 짓이었던 것으로 처리한다—.

경찰청을 중심으로 짜낸 시나리오는 그런 것이었다.

"교수님 입장에서는 기대에 크게 어긋난 조치라는 건 충분히 잘 알고 있습니다." 기리미야 레이는 무표정한 가운데서도 죄송하다는 뜻을 담아 말했다. "하지만 이 문제를 최대한 온건하게 끝내기 위해서는 그런 모양새가 가장 무난한 것이 아니겠느냐는 결론을 내리고 저희 수리학 연구소 측에서도 그 제안에 동의했습니다. 그러니 교수님께서도 부디 양해해주셨으면 합니다. 이런 말씀을 전하는 역할은 제가 자원해서 이렇게 찾아왔습니다. 이번 일로 교수님께 큰 폐를 끼쳤는데, 그런 저간 사정을 알지 못하는 공무원들이 혹시라도 명령하듯이 다그치는 일이 있어서는 안 되겠다 싶어서……."

가까운 시일 내에 양쪽 온천지에서 아오에게 의견을 청해 올 것이라고 그녀는 말했다.

"부디 진실은 가슴속에만 담아두시기를 부탁드립니다. 악질적인 장난이었다는 것으로 처리하면 온천지 쪽은 모든 문제가 풀립니다. 그렇게 매듭을 짓는 것으로, 어떠신지요."

담담히 말하는 기리미야 레이에게 절대로 안 된다고 자기주장을 고수할 생각은 없었다. 잘 알겠다고 말한 다음에 아오에는 물었다. 아마카스 부자는 어떻게 되느냐, 라고.

그건 잘 모르겠다고 그녀는 대답했다.

"해당 부서에서 겐토 군의 행방을 추적 중입니다. 하지만 쉽게 찾아내지는 못할 거예요. 어쨌든 상대는 라플라스의 악마니까요. 인간이 어떤 수를 쓰고 나올지, 뻔히 다 보이겠죠. 현재 병원에 입원 중인 아마카스 사이세이의 처리에 대해서도 해당 부서에서는 난감해하는 눈치예요. 이제 새삼스럽게 8년 전의 사건을 검증할 방도가 없으니까요. 부상이 회복되면 그 길로 방면될지도 모르겠어요."

그런 악행을 저지르고도 아마카스 사이세이는 처벌을 받지 않는다는 것인가. 그건 불합리한 일이라고 여기면서도 한편으로, 그자가 앞으로 어떻게 이 세상을 살아갈지 생각하면 머릿속이 복잡해졌다. 그자에게 살아갈 의미 따위, 과연 있기나 할까.

생각에 잠겨 있는 사이에 차는 아카쿠마 온천가의 주민 회관에 도착했다. 네모반듯해서 살풍경한 건물이지만 어쩐지 반가웠다.

이소베가 방대한 양의 파일을 꺼내 왔다. 위험 지역으로 지정한 지점의 황화수소 농도를 측정한 기록이다. 그것을 보고 아오에는 묘한 기분이 들었다. 사건의 배경을 알지 못하는 범용한 사람들은 이토록 성실하게 자신들이 할 수 있는 만큼 노력해온 것이다. 이것이 의미 없는 일일까. 아니, 결코 그렇지 않다. 의미 없는 노력이란 이 세상에 없다. 이것 또한 원자다. 이 세상을 구성하는 중요한 요소 중 하나인 것이다.

"어떻습니까?" 채점 결과를 기다리는 학생 같은 눈빛으로 이소베가 물었다.

"아주 좋은데요." 데이터를 정사精査한 다음에 아오에는 말했다. "이 정도라면 아무 문제 없습니다. 그 사고는 악질적인 장난 때문이었던 것으로 결론을 내려도 무방합니다. 출입금지는 해제합니다."

이소베의 얼굴이 다시금 환해졌다.

"교수님의 그 말씀을 들으니 진짜로 마음이 턱 놓입니다. 경찰도 소방대도 해제에 동의해주었고, 이제는 전문가의 의견을 여쭙는 일만 남았던 참이니까요. 내일 최종 회의 때 교수님의 허락을 받았다고 보고하겠습니다. 다들 한시름 덜었다고 반색할 겁니다. 아아, 잘됐네요. 참말로 다행입니다."

"사건 이후로 역시 관광객이 줄었습니까?"

"그야 뭐, 평소의 30퍼센트 정도였지요, 이번 겨울은. 하지만 이제 악질적인 장난이었다는 게 언론에 속속 보도될 거고, 앞으로 차근차근 만회해나갈 생각입니다." 파일을 정리하면서 대답하는 이소베의 목소리에는 단단한 각오가 담겨 있었다.

여관은 지난번과 같은 곳에 묵었다. 한없이 선량한 얼굴의 여주인이 상냥하게 맞아주었다. 그녀도 사정을 알고 있는지 "교수님께서 이상한 일에 휘말려 정말 수고가 많으셨습니다"라고 위로해주었다.

대욕탕에서 피곤한 몸을 달랜 뒤, 로비로 갔다. 텔레비전 앞의 테이블을 보고 마도카가 생각났다. 어떤 사내아이가 물을 흘렸는데도 그녀는 테이블에 놓인 스마트폰을 살짝 옮겨뒀을 뿐이다. 그런데도 실제로 스마트폰이 물에 젖는 일은 없었다. 이제 와서 돌이켜보니, 물의 흐름을 예측하는 일쯤은 마도카에게는 별것도 아니었다.

소파에 앉아 곁에 놓인 석간신문을 펼쳤다. 무심코 사회면에 시선을 떨구었다가 흠칫했다.

그 기사의 작은 제목은 '영화감독 아마카스 사이세이 씨 자살'이라는 것이었다.

40

이게 좋을까, 라면서 마도카가 집어 든 것은 은빛 볼펜이었다. 심지를 꺼냈다 넣었다 한 뒤에 "어떻게 생각해요?"라고 다케오에게 물었다.

"솔직히 말해도 될까?"

물론이죠, 라고 마도카는 고개를 끄덕였다.

"나는 5천 엔짜리 비싼 볼펜은 아까워서 도저히 못 쓸 것 같다."

"그러니까 좋은 거예요. 아까워서 못 쓰고 오래오래 책상 서랍에 넣어둘 거잖아요. 그래서 이걸 볼 때마다 떠올리겠죠. 아, 내 생일에 마도카가 사준 선물이구나 하고. 음, 좋아, 이게 첫 번째 후보."

마도카는 볼펜 견본을 제자리에 넣고 다시 쇼케이스 안을 살펴보았다. 볼펜 외에도 만년필과 페이퍼나이프, 문진 같은 상품이 진열되어 있었다.

이제 곧 오후 8시가 된다. 수리학 연구소를 나온 게 오후 5시였다. 오늘은 더 이상 외출은 없겠다고 생각한 참에 마도카가 갑작스럽게 밖에 나가겠다고 말했다. 아버지 생일이 며칠 뒤라는 게 생각나 선물을 사러 가겠다는 것이었다. 그건 내일 낮에 가도 되잖아, 라고 생각했지만 그녀의 변덕은 어제오늘 일이 아니다. 그런 성격을 잘 알고 있는지라 기리미야 레이도 불만스러운 기색 하나 없이 늘 하던 대로 담담히 운전을 해줬을 터였다.

가게 몇 군데를 돌아봤지만 눈에 차는 물건을 찾지 못한 모양이었다. 그리고 15분쯤 전에 이곳에 들어왔다. 폐점이 8시라는데도 마도카는 서두르는 기미가 없었다. 문 닫겠다고 손님을 쫓아내는 가게라면 다시는 오지 않을 심산인 것이리라.

이런 때 다케오는 주로 가게 밖에서 기다리곤 했다. 하지만 오늘은 함께 가달라고 마도카가 졸랐다. 선물할 물건에 대해 의견을 듣고 싶다는 것이다. 아이도 없는 자신이 적절한 충고를 해줄 리 없다고 거절했지만 마도카는 말을 듣지 않았다.

그리 넓지는 않지만 고급스럽고 차분한 분위기의 귀금속점이다. 마도카가 둘러보는 곳은 고급 사무용품 코너였다. 가장 값비싼 상품은 안쪽에 진열되어 있다.

그 두 남자가 가게에 들어온 것은 오후 8시를 조금 지난 참이었다. 어쩌다 입구 쪽에 시선을 던진 다케오는 그들을 본 순간, 뭔가 불온한 것을 감지했다. 둘 다 고개를 푹 숙이고 검은 니트 모자를 쓰고 있었다.

그들이 니트 모자를 당겨 얼굴을 덮어버렸을 때, 자신의 예감이 적중했다고 확신했다. 그것은 니트 모자가 아니라 바라클라바였다.

"조용히 해. 떠들면 죽인다." 남자 하나가 가까이에 있던 여점원에게 나이프를 들이댔다.

또 다른 한 명은 가게 안을 둘러보며 "그 자리에서 꼼짝 마"라고 말했다. 그는 손에 권총을 들고 있었다.

가게 안에는 다케오, 마도카, 기리미야 레이 외에 남녀 두 명의 점원뿐이었다. 남자 점원은 다케오 일행 옆에서 얼어붙은 듯 꼼짝도 하지 못했다.

나이프를 든 남자가 여점원을 위협하며 슬금슬금 이동했다. 현금이 있는 곳으로 안내하라는 것이다. 그동안 권총을 든 남자는 위협하듯이 다케오 일행을 노려보았다.

마도카가 다케오의 옆구리를 쿡 찌르며 속삭였다. "스프레이 좀 주세요."

"안 돼." 작은 소리로 대답한 것은 기리미야 레이였다. 이런 상황에서도 기리미야의 표정은 냉정을 잃지 않았다.

하지만 그 말을 마도카는 무시했다. "스프레이, 빨리요."

다케오는 양복 안주머니에 손을 넣었다. 호신용 소형 최루 스프레이는 항상 휴대하고 다닌다. 하지만 아직까지 사용해본 적은 없었다.

총을 든 남자에게 들키지 않게 스프레이를 마도카에게 슬쩍 건넸다. 받아 들면서 마도카는 남자들의 움직임을 지켜보고 있었다.

나이프를 든 남자가 부대 자루를 던지며 여점원에게 현금을 넣으라고 했다. 지폐 다발이 여러 개가 들어갔다. 천만 엔은 족히 넘을 것 같다.

마도카는 가게 안을 둘러보는 척하며 비스듬히 아래쪽을 향해 스프레이를 발사했다. 그 소리가 들렸는지 총을 든 남자가 "거기, 뭐야!"라고 으르댔다. "섣부른 짓을 하면 쏜다!"

쏠 테면 쏴보시지, 라고 다케오는 마음속으로 중얼거렸다. 남자가 손에 든 것이 모델 총이라는 건 이미 눈치챘다. 아마 마도카도 알고 있을 것이다.

최루 스프레이는 근거리에서 상대의 얼굴을 향해 분사한다. 현재, 침입자들과의 거리는 10여 미터 정도. 마도카가 뿌린 최루액은 이제 가게 안의 어디쯤을 떠돌고 있을 거라고 다케오는 추측했다.

나이프를 든 남자가 현금 자루를 낚아챘다. 가자, 라는 듯이 총을 든 남자에게 눈짓을 했다. 두 남자가 입구로 향하고 자동 도어가 열렸다.

그 순간, 침입자들 중 한 명이 크으윽 하는 묘한 소리를 냈다. 그리고 둘이 똑같이 몸을 웅크리며 캑캑거리기 시작했다. 크흐흐흑 하는 괴로운 호흡 소리도 들렸다.

뭐가 어떻게 된 것인지 모른 채 멍하니 서 있는 남자 점원에게 기리미야 레이가 물었다. "이 가게, 뒷문은 어디죠?" 무슨 질문인지 알아듣지 못하고 허둥거리는 그에게 기리미야는 다시 한 번 소리쳤다. "뒷문이 어디에요? 뒤쪽에도 출입구가 있죠?"

"아, 예, 있습니다. 저쪽이에요."

남자 직원이 가리킨 쪽으로 기리미야 레이는 성큼성큼 걸어갔다. 다케오도 마도카와 함께 그 뒤를 따라갔다.

"어휴, 짜증 나. 모처럼 쇼핑하러 나왔는데 완전 망쳤어." 차 뒷좌석에 앉은 마도카가 말했다.

"잘 들어, 저 가게는 다시는 못 갈 줄 알아. 틀림없이 질문 공세가 펼쳐질 테니까." 기리미야 레이가 씁쓸한 얼굴로 말하고 차를 출발시켰다. 어디선가 들리는 경찰차의 사이렌이 점점 가까이 다가왔다.

"아빠 선물은 그냥 감사 인사로 때울까? 하긴 해마다 그랬잖아. 좋아, 올해도 똑같이 하기로 결정!"

깨끗이 단념하는 마도카의 말을 듣고, 다케오는 역시 어딘가 좀 이상하다고 생각했다. 생활 패턴도 원래대로 돌아왔고, 이제 마도카는 예전의 명랑함을 되찾은 것처럼 보였다. 하지만 아무래도 무리하게 태연한 척하는 것처럼 느껴졌다.

아마카스 사이세이가 자살한 게 지난주의 일이었다. 병원 입원실에서 젖은 수건을 목에 둘둘 감고 질식사했다고 한다. 너무도 기묘한 방식의 죽음이라서 타살을 의심했지만, 아마카스 스스로 한 일이라는 게 과학적으로 증명이 되었다고 한다. 어지간히 강력한 의지 없이는 불가능한 자살 방법이라고 인터넷에 해설이 실려 있었다.

동기는 밝혀지지 않았다. 그동안 슬럼프에 빠져 영화 작업이 부진했던 것을 괴로워한 게 아니냐는 의견이 많은 모양이지만, 애초에 그에 관한 뉴스는 화젯거리에 오르지도 못했다. 요즘에는 자살 따위, 그리 대단한 사건도 아닌 것이다.

그의 자살에 대해 마도카는 아무 말이 없었다. 겐토 얘기도 전혀 입에 올리지 않았다.

"아 참, 이거 돌려줄게요." 마도카가 최루 스프레이를 내밀었다. "고마워요."

"뭘, 인사받을 일도 아닌데……."

"하지만 덕분에 누군가를 멋지게 도와줬잖아요. 좋아, 포상으로 질문할 권리를 줄게요. 나에 대해 뭐든 물어봐요."

"질문?" 다케오는 머리를 긁적였다. 갑자기 그런 상을 받아봤자 난감하기만 하다.

"단 딱 한 가지만."

"흠, 그렇다면 딱 한 가지만 질문하도록 하지. 실은 계속 궁금한 게 있었어."

"뭔데요?"

"그게 그러니까 결국 마도카에게는 어떤 식으로 보이는지 궁금하더라고."

"보이다니, 뭐가요?"

그러니까, 라고 말하고 다케오는 마른 입술을 적셨다.

"이 세상의 미래 말이야. 대체 어떻게 되는 거야?"

그런데 대답이 없었다. 마도카는 침묵하고 있었다. 마음에 걸려서 다케오는 뒤를 돌아보았다. 그러자 마도카는 깊은 한숨을 내쉬더니 고개를 가로저으며 대답했다.

"그건요, 모르는 게 더 행복할걸요?"

과학과 미스터리의 절묘한 융합

갑작스럽게 덮쳐든 천재지변에 목숨을 잃는 것처럼 안타까운 일도 없다. 홍수와 지진, 토네이도, 온갖 다양한 자연 재난은 사람을 가리지 않고 선악을 따지지도 않는다. 왜 그 사람이 그 시간에 그곳에서, 라는 의문에 인간은 어떤 명쾌한 답도 내릴 수 없다. 자연은 수많은 혜택을 주지만 때로는 인간에게 악의惡意를 품은 것처럼 날뛴다. 누군가의 소중한 부모님과 자녀와 친구를 한순간에 앗아 간다. 인간의 사정을 전혀 아랑곳하지 않는 거대한 존재, 그 앞에서 인류의 문명은 무력하기 짝이 없어서 인간이 오랜 세월 구축해온 정의나 윤리 도덕, 권선징악, 사랑과 정情 따위의 소중한 가치마저 공허한 집착처럼 느껴진다. 우주에는 차가운 물리법칙만 존재할 뿐이다. 그런데 모든 물리 현상의 정보를 축적하고 분석하여 미래를 예측할 수 있는 인간이 출현한다면 어떨까. 돌발적인 기상을 예측하고 나아가 인간의 행동 양식을 파악하여 인류의 미래까지 정확히 예측하는 인간이 나타난다면 어떨까.『라플라스의 마녀』는 그런 염원에서부터 시작한 소설이다.

프랑스의 수학자이자 물리학자인 라플라스(1749∼1827)는 '만일 우주의 모든 원자의 정확한 위치와 운동량을 알고 있는 존재가 있다면, 뉴턴의 운동 법칙을 이용해 과거와 현재의 모든 현상을 해명하고 미래까지 예측할 수 있다' '어느 순간 모든 물질에 있어서의 역학적인 데이터를 알고 그것을 순식간에 해석할 수 있는 지성이 존재한다면 이 세상에 불확실한 것은 없어져서 미래를 예측할 수 있다'라는 주장을 펼쳤다. 주로 근대의 물리학 분야에서 미래의 결정성을 논할 때에 가상하는 초월적 존재의 개념이라고 한다. 후에 이 존재에게는 '라플라스의 악마'라는 별명이 붙었다. 수학, 물리학, 철학, 문학에 이르기까지 수많은 논의를 불러일으킨 이론이다.『라플라스의 마녀』에서는 뉴턴의 운동방정식과 난류와의 연계 선상에서 세계 7대 난제 중의 하나라는 나비에 스토크스 방정식도 차용하고 있다.

난해한 과학 이야기를 미스터리 소설에 어떻게 녹여낼 것인지, 작가도 독자의 입장에 서서 수없이 고민한 흔적이 보인다. 일본에서는 이 소설의 발매에 맞춰 문예지《소설 야성시대》139호에「히가시노 게이고 특집」이 개설되었는데 거기에 작품 구상 단계에서부터 작가와 함께해온 신입 편집자의 '제작 현장 잠입 르포'가 실렸다. 써내는 족족 베스트셀러에 오르는 대작가를 담당하게 된 신입 편집자의 황망한 모습이 담긴 글이었다. 그의 기록에 따르면, 소설 첫 부분의 원고 200여 매를 받고 편집부가 온통 환호하는 참에 작가가 뜻밖의 얘기를 꺼냈다. "이 원고, 아무래도 파기하는 게 좋겠다"는 것이었다. "불특정 다수의 독자의 기대에 부응할 만한 재미가 부족하다. 아는 사람만 알면 된다는 식으로 소설을 쓰고 싶지는 않다"는 것. 새파랗게 질린 편집부의 간청으로 작가는 다시 처음부터 집필에 들어갔다. 끊임없이 '아이디어 고갈'이라는 불안에 시달리는 가운데, 어느 순간 '나는 생각해본 적도 없는 것을 생각하는 인물'이라는 아이디어가 떠올랐다. '지금까지의 나는 정을 중심으로 인간을 묘사했다. 하지만 내가 생각해본 적도 없는 행동을 하는 인물이라면 그런 행동을 하고 나선 이유는 대체 무엇인가. 이번에는 그런 쪽으로 써보자'라고. '이런 자가 있다면 독자는 틀림없이 경악할 것이다. 하지만 과연 독자들이 그것을 수용하고 공감해줄까'라는 고민이 시작되었다. 제목도 바뀌었다. 『나비에 스토크스의 딸』에서 『라플라스의 마녀』로.

소설이 종반에 접어들었을 때, 히가시노 소설을 읽으면 반드시 읊조리게 된다는 "설마 이런 엄청난 반전이!"라는 탄성이 편집부 곳곳에서 터져 나왔는데, 그런 편집부를 다시 한 번 발칵 뒤집는 작가의 발언이 날아왔다. "지금까지 쓴 원고, 역시 파기해야 할 것 같다." 편집자의 피를 말리려는 것도 아니고, 이 무슨 일인가. '이래서는 아무 재미도 없는 게 아닐까. 독자가 원하는 수준까지는 도달하지 못한 것 같다'는 불안에 시달린 끝에 나온 폭탄선언이었다. 다시금 개고改稿 작업. "나 자신이 '상식'이라는 것에 사로잡혀 있었다. 그래서는 이 작품은 쓸 수 없다는 것을 깨달았다." 악인을 단죄하는 결말에는 당초에 작품 속에 묘사되었던 '황화수소 가스 사건'을 넣기로 구상했었지만, 분위기상 너무 덤덤하다는 의견에 따라 수없이 고민한 끝에 그의 말대로 '자신의 기존 작품을 깨부수는' 액션감 넘치는 장면이 탄생했다. 마침내 탈고했을 때의 감개무량함이란. 그 밖에 각 출판사의 히가시노 게이고 전담 편집자들의 모임이 있어서 함께 볼링을 한 이야기, 와규[和牛] 스테이크를 먹을 때 느낀 작가의 철저한 자기 관리, 스포츠를 애호하는 성향 등이 담겨 있었다.

주인공 마도카의 경호를 맡은 전직 경찰관 다케오는 특히 편집부에서 호감도가 높았다고. 작가의 구상에서는 딱 한 번만 등장시키려고 했던 인물인데 편집부의 성원에 힘입어 끝까지 살아남았다고 한다. '내 한 몸을 던져 누군가의 생명을 지켜낸다는 것'에 기쁨을 느끼는 그의 과묵한 성품은 독자들에게도 호감 가는 캐릭터로 다가올 것 같다. 200명 강의실에 20명밖에 찾지 않는 '지구환경 과학' 전문가 아오에 교수는 황화수소 사고의 원인 규명을 위해 온천지에 나갔다가 점점 사건에 휘말리게 된다. 어제까지만 해도 조용한 대학 연구실에 앉아 있던 학자가 갑작스러운 난투극을 목격한 데다 자동차로 범인 추적까지 하게 되었을 때의 난감한 표정이 눈에 선하다. '톰과 제리' 같은 앙숙이자 동료인 오쿠니시 조교와의 관계도 재미있다. 아들의 안위를 걱정하는 미즈키 미요시 할머니의 밤 만주와 그 맛을 끝내 잊지 못하는 형사 나카오카. '졸병' '보병'으로서의 자부심이 당당한 나리타 계장. 어떤 상황에서도 냉철함을 잃지 않는 기리미야 레이의 예의 바른 배려. 자신의 직분에 누구보다 충실한 현청 환경보전과 공무원 이소베의 유리병 바닥처럼 두툼한 안경. 지방 신문사 기자 우치카와는 짧은 등장에도 언론인의 근성이 무엇인지를 보여주었다. 온천가를 찾는 손님에게 친절한 데다 눈썰미도 뛰어난 여관 안주인마에야마 요코까지, 수많은 인물들이 등장하지만 한 사람 한 사람 평범하면서도 진실한 이야기를 가진 캐릭터로 살아 있다. 1,700매가 넘는 분량을 번역하는 동안에 어느새 이웃 사람처럼 친근해진 그들의 이름을 하나하나 불러주고 싶었다. 그들은 이 우주의 거대한 흐름을 형성하는 소중한 원자原子이며 진정한 주인공이므로.

좀처럼 전모를 드러내지 않는 수수께끼, 경악의 반전으로 독자를 빨아들이는 미스터리 속에 자칫 어렵게만 느껴지는 수학과 물리학, 뇌의학의 세계를 이토록 구체적으로 짜 넣은 작가의 필력에는 역시 경탄할 수밖에 없다. 완독 후에는 옛 수학자 라플라스의 주장과 그 이후에 등장한 학설들, 세계 7대 난제 등에 부쩍 관심을 갖고 저절로 인터넷을 마주하고 검색에 나섰다. 그야말로 과학과 미스터리의 절묘한 융합의 세계다. 분명 책을 덮고 난 뒤에는 이곳에서 얻은 우주적 상상력을 바탕으로 여태껏 써본 적이 없는 두뇌를 풀가동하는 경이로운 체험을 하게 될 것이다.

히가시노 게이고의 데뷔 30주년을 기념하여 일본 문학계는 그의 기나긴 노고를 되돌아보는 한 해였다. 그간 집필한 80여 권의 작품을 일목요연하게 정리한 평론가 니시가미 신타의 글이 특히 눈에 띄었다. 주제를 중심으로 여섯 가지 키워드에 따라 분류하였다. 과학 및 의학을 다룬 『변신』 『레몬』 『뻐꾸기 알은 누구의 것인가』 『플래티나 데이터』 『탐정 갈릴레오』, 가족 관계를 다룬 『비밀』 『편지』 『붉은 손가락』 『유성의 인연』, SF적인 소도구를 차용한 『도키오』 『나미야 잡화점의 기적』 『패러독스 13』, 범죄의 심리를 추구한 『백야행』 『환야』, 사랑의 비극이 담긴 『잠자는 숲』 『패럴렐 월드 러브스토리』, 복수의 고통을 담은 『방황하는 칼날』 『공허한 십자가』 등을 대표적인 작품으로 꼽았다. 나아가 30주년 기념작 『라플라스의 마녀』에는 수리학, 물리학 및 뇌의학과 SF, 거기에 마도카와 겐토의 가족 관계, 황화수소를 이용한 범죄, 두 주인공의 사랑과 복수 등 여섯 가지 주제를 집대성한 작품이라고 평했다. 히가시노 게이고의 작품을 꾸준히 읽어온 독자에게 세월의 매듭을 계기로 작가를 돌아보고 응원하는 데 이 분류법은 도움이 될 것 같다.

히가시노 게이고는 다작이면서도 태작이 드문 작가로 알려져 있다. 이 작가는 과연 어디까지 진화할 것인가. 일본 전국 서점원들의 코멘트는 그에 대한 애정이 담겨 있는 만큼 핵심을 꿰뚫고 있다. '물리적인 법칙을 사용하면 가까운 미래는 예측 가능할지도 모르지만, 히가시노 게이고의 소설은 어떤 법칙을 사용해도 예측 불가능하다. 예측 불가능한 것이야말로 미스터리의 묘미다.' '무엇을 어떻게 어떤 식으로 궁리하면 이런 이야기가 태어나는지, 작가의 머릿속을 한번 들여다보고 싶다.'

30년의 작가 생활, 여든 번째 작품에서 그는 인류의 미지의 영역에 과감히 도전하였다. 이 기념비적인 작품은 분명 그의 또 다른 출발점이 될 것이다.

라플라스의 마녀

지은이 히가시노 게이고
옮긴이 양윤옥
펴낸이 김영정

초판 1쇄 펴낸날 2016년 1월 11일
초판 37쇄 펴낸날 2024년 12월 20일

펴낸곳 (주)현대문학
등록번호 제1-452호
주소 06532 서울시 서초구 신반포로 321 (잠원동, 미래엔)
전화 02-2017-0280
팩스 02-516-5433
홈페이지 www.hdmh.co.kr

ISBN 978-89-7275-757-3 03830

* 책값은 뒤표지에 있습니다.
* 파본은 구입처에서 교환해드립니다.